史杰鹏　著

亭长小武

山西出版传媒集团
山西人民出版社

图书在版编目（CIP）数据

亭长小武 / 史杰鹏著. —太原：山西人民出版社，
2024.4
ISBN 978-7-203-13160-1

Ⅰ. ①亭… Ⅱ. ①史… Ⅲ. ①长篇小说—中国—当代
Ⅳ.①I247.5

中国国家版本馆CIP数据核字（2023）第247824号

亭长小武

著　　者：史杰鹏
责任编辑：李　鑫
复　　审：崔人杰
终　　审：梁晋华
装帧设计：陈　婷

出 版 者：山西出版传媒集团·山西人民出版社
地　　址：太原市建设南路21号
邮　　编：030012
发行营销：0351-4922220　4955996　4956039　4922127（传真）
天猫官网：https://sxrmcbs.tmall.com　电话：0351-4922159
E - m a i l：sxskcb@163.com　发行部
　　　　　　sxskcb@126.com　总编室
网　　址：www.sxskcb.com

经 销 者：山西出版传媒集团·山西人民出版社
承 印 厂：山西出版传媒集团·山西人民印刷有限责任公司

开　　本：720mm×1020mm　1/16
印　　张：30
字　　数：510千字
版　　次：2024年4月　第1版
印　　次：2024年4月　第1次印刷
书　　号：ISBN 978-7-203-13160-1
定　　价：98.00元

目 录

── 第一章 ──
经年为亭吏　奉券入县廷

　　小武是南昌县西乡青云里的亭长，自小拜同里的退休老吏李顺为师，学习法律条文。三年过去，水平很高了。李顺很赏识他，想以自己的老面子，推荐他到南昌县廷当个狱吏，比如狱史、令史、小史之类。但是不巧，所有职位都满员。碍于李顺的面子，又禁不住他一个劲地夸奖小武的才能，县令王德就让小武先到青云里试守①亭长。

　　亭长这个官职，在有勇力者看来，是个好差使，主要监察所辖亭部的不法行径，加上勘验尸体，追捕盗贼，间或迎送过往的官员、邮吏、戍卒，本朝的高祖皇帝，就是从亭长干起，逐步发迹，最终一并天下的。做亭长，需要日日披甲持盾，在闾阎巡行，若发现哪个青壮男子四处游逛，不事生产，就要上前盘问，有疑处马上收捕。小武还有两个职位分别称为"求盗"和"亭父"的副手。顾名思义，"求盗"就是协助小武捕盗贼的；至于"亭父"，身份较低，一般用来使唤打杂。捕人这活不好干，得自身孔武有力，否则会被不良少年看轻。小武天性看似懦弱，加之生得秀气，闾里的不良少年也都公然藐视他，所以青云里盗贼公行，县令对小武很不满意。李顺也忧虑，并不是认为自己看错了人，他知道小武的特长不在逐捕盗贼。可王德不会管这些，总有一天他会派人把李顺叫去，说不得不褫夺小武的职位。若真如此，小武就会丧失那份微薄俸禄，不得不同百姓一样下地耕种了。

---

① 试守：暂时聘用，一年后考核合格再正式聘用。

小武对此也很着急，只是无计可施。好在天无绝人之路，机会突然来了。

原来这时南昌县发生了一起持刀袭击，受害人是一户人家的婢妾，幸亏只是受了伤，并没有死。但事情发生在县廷附近，让县令极为愤怒，倘若传到郡太守那里，太守会觉得他软弱不胜任[1]，考绩就完了。他立即成立了一个察狱[2]小组，总共四个老练狱吏，昼夜勘查，寻找蛛丝马迹。但现场除了一枚契券，没有留下更多证据。老吏们冒着酷暑，忙碌了几十天，一无所获，而受害者的主人家却是本县大族，屡次派人来县廷催问结果，声言再无进展，将上讼郡府，甚至长安廷尉府。

王德好不容易谋了个官做，怎受得这吓？当即想起李顺，急招来商量对策。二人客套一番，王德想请李顺出山帮忙，李顺为难道："明廷[3]面前，臣也不敢拿乔，臣之壮也不如人，今垂垂老矣，精力不济，恐怕无能为力了。"看着王德脸色失望，李顺又说："若明廷不弃，臣可推荐一人，相信他不会辜负期望。"县令急道："谁？若能帮我解决这起狱事，让本县的考绩不负殿[4]，我还有什么不可以敬献的？"李顺道："青云亭亭长沈武。""他？"县令拉下脸来，"先生是在戏弄我吗？亭长这样的粗活，他都干不好，怎能胜任察狱？"

李顺叹了口气："明廷可谓聪明一世，糊涂一时。所谓人各有其长，亦有所短。明廷难道不知，我大汉开国功臣陈平名节不修，却为高祖皇帝六出奇计，遂定天下。即如当年淮阴侯韩信，手无缚鸡之力，若任以亭长，一样会软弱不胜任；可是官拜大将，指挥千军万马，却能驰骋疆场，斩帅搴旗，建不世之功勋。臣这学生沈武，心思缜密，文法娴熟，还兼通儒术，是难得的人才。"县令惊道："先生休提反贼韩信——若沈武真如先生所说，实为万幸。不过时间紧迫，我只能给他半个月。成功，则郡府嘉奖，不然，只怕亭长都做不成，先生可考虑清楚了？"李顺道："臣不用考虑什么，恕臣直言，以臣看来，明廷身边可谓满堂碌碌，无一能成事，沈武乃是明廷唯一机会，还有什么犹豫的？"

这天下午，小武正在亭舍的望楼上乘凉。天气十分燠热，站在望楼上，能看

---

① 软弱不胜任：汉代考核官吏的术语，指不能胜任所掌职位，是非常差的评语，一旦被评为软弱不胜任，基本再也不可能做官。

② 察狱：相当于今天的破案。

③ 明廷：汉代对县令的尊称。

④ 负殿：考核排名垫底。

见远处平整的金黄稻田，和弯腰忙活的农人。南风习习，稻子快要熟了。小武想见父母和弟弟正在家劳作的情景，心中焦躁。但身为亭长，除了巡行和休沐日，吃喝拉撒睡都不能擅自离开亭舍。家里的事，是完全帮不上忙了。其实他也知道，自己并不真的想帮忙。种田太苦了，想起来就不寒而栗。自七岁开始，他就随着父母在田里忙上忙下，撅起屁股，弯着腰，在稻苗间蹲行，从这头蹲到那头，好像一条狗。太阳放肆地喷着烈焰，背脊上仿佛悬着一个火炉。泥土的气息被暑气一蒸，窜入鼻孔，让人窒息。他害怕干这种活，恐怕也没有一个人不怕，只是大部分人都认命罢了，而他不想认命。五岁那年，他随父亲老沈在集市上卖草履，就此认识了李顺，从此进入了一个完全不同的地方。当时李顺买了一双草履，看见小武，啧啧称奇，对老沈说："令郎骨相清奇，或者能够大贵，何不送他去学书识字？"老沈为难道："多谢先生吉言，只是我等穷人家，哪有余钱拜师学书？"李顺说："臣不才，颇识得几个字，倘不嫌弃，就让令郎从臣游吧。若他日觅得名师，臣再让贤。君且放心，臣不收取束脩。"父亲当然喜出望外，满口感谢。

从此小武整天跟着李顺识字、背诵律令、作爰书①，一直学到十六岁。刚开始父亲确实欢天喜地，后来发现干农活总缺帮手，加之每次乡里訾量资产，小武家都不到四算②，够不上最低做官资格③，因此心灰意冷，想让小武回来。好在李顺恳请县令让小武当了个亭长，暂时塞住了老沈的嘴。亭长一个月能拿到六百钱，官服还另发，颇有盈余，老沈也欢喜。可是，渐渐传来消息，说小武干不长了，今年县令就要将他夺职。小武焦虑但无计可施，看着墙壁上的蚂蚁爬来爬去，反而羡慕它们悠闲自在。

正在这时，亭父送上来一封文书，是县廷下传的，还绑着封泥。亭父递给他时，表情颇有点意味深长。小武的手有些发抖，他想：完了，大概是免职文书。他硬着头皮剥开封泥，将竹简摊开，上面写着：

---

① 爰书：秦汉时通行的司法文书名称。

② 四算：算，秦汉时代计量财产的单位，一算相当于一万钱，四算为四万钱。

③ 汉景帝后元二年曾经下诏："今訾算十以上乃得宦，廉士算不必众。有市籍不得宦，无訾又不得宦，朕甚愍之。訾算四得宦，亡令廉士久失职，贪夫长利。"意思是，以前做官必须家产十万以上，现在降到四万就够资格。

征青云亭长沈武守①县廷贼曹史②，廉察③卫府剽劫④案，即日诣廷。主吏万年。

小武当即跳了起来："啊，太好啦！"笑自己愚蠢，免职文书一般都是露布的，哪里需要封泥缄封。他攀着栏杆，对着远方大声呼喊，可惜没有山，听不到回声，倒是几只喜鹊被他一惊，立刻飞了起来。小武一把操过身边的弓箭，就想射去，转瞬又放下了，急匆匆跑下望楼。

他赶到县廷，拜见王德。王德面色阴沉，说："好好努力，这件事办好了，才对得起令师。我想你不会让他失望，对吧？"小武道："臣一定尽力。"又客套了几句，然后告别，拿着任命文书，坐进了县廷的贼曹官署。几个老吏见了他，爱理不理。小武也不说什么废话，首先传受害人到署讯问。

受害人，也就是那个大族婢妾，名叫卫缀。她身材中等，面庞白皙，一看就知道是上等奴仆，不但用不着干粗活，恐怕还是长年在内室侍奉主人的。小武看着卫缀光洁的脸蛋，心头蠢动，免不了有些遐想。

"这也许是上天给我的机会！"小武看着卫缀，犹自做梦一般，好一会才回过神来，语气凝重："你叫卫缀？事发那天，怎的去了旗亭⑤？"

卫缀怯怯地瞥了小武一眼，又垂下眼帘："回令史君，主人差遣婢子去购物，婢子哪敢不去呢？"

她语气温顺，颇有教养，不像寻常大族人家的婢妾，一旦被主人宠幸，总是骄横无礼。小武心中暗赞，但还是哼了一声，不假声色："可是本掾查阅过，那天旗亭停市。县廷出了文告，由于本县郊外蝗虫为灾，县廷特地征召全县精壮黔首⑥，赶赴田场杀蝗，因此无法开市。这你难道不知么？"

---

① 守：术语，暂时担任。

② 贼曹：县廷掌管盗贼的具体负责部门。曹，相当于现在的科。史：秦汉时的低级官吏，主要辅佐县令管理文书方面的事宜。

③ 廉察：秦汉法律术语，指考察，视察。廉，通"覝"，指打起火把察视。

④ 剽劫：秦汉法律术语，即抢劫。

⑤ 旗亭：也称市亭、市楼，以其上高悬旗帜为标志而被称为旗亭，是当时管理市场的市官办公之处。一般建在市场中心，便于市官监察市场情况。

⑥ 黔首：秦汉时代对百姓的称呼。

"令史君所言不虚。"卫缀面色依旧柔和，"不过婢子当时忘了这事。到了市场，见到旗亭大门紧闭，一个人也没有，只好提着一千二百钱回来了。"

"哦"，小武道，"你被袭击的场景是怎样的，再复述一遍如何？"

卫缀这才脸色略变，身子微微颤抖："回令史君，那天的事，婢子简直不愿回忆，太可怕了。当时下着大雨，婢子孤身一人，走在县廷左边的小巷子里，路很难走，到处都是泥泞。婢子左手撑着雨伞，右手提着一千二百个铜钱，愈发吃力。谁知才走过巷子不到一半的路程，突然有股巨大的力量朝婢子背上一推，婢子当即栽进泥泞里，失去了知觉。过了好一会才醒来，发现紧紧缠在手臂上的钱索不见了。婢子当时号啕大哭，那可不是一笔小数目啊。一个做奴婢的，每月工钱没几个，何时赔得起呢？婢子当时一边哭，一边大声尖叫，这时巷子旁边一扇门开了，一女童探出头来，听说她的名字叫蒋琛。她看见了我，立即双手捂着脸，也惊恐地尖叫起来。起初婢子想，可能是因为自己满脸泥泞的样子吓住了她。但是随即她伸出手，指着婢子的背，含糊不清地吐出两个字：'插——刀……插——刀……'婢子这才发现自己背上剧痛，反手一摸，摸到一个刀柄，正插在婢子的右肩上。婢子想自己这次真要死了，捏着那刀柄，不敢拔出来，怕拔了血止不住，就会死掉。后来来了人，也来了医工，医工帮婢子拔出了刀，又用药覆住伤口。那刀大约长九寸，幸好没有插很深，只进去一半，否则婢子就不能在这里回令史君的话了。"

卫缀几乎是边哭边说，她的口才不错，语句完整连贯。小武暗赞：难怪被主人宠爱。他突然想到一个问题，道："你说背上遭到很大的力量推攘，那应该是个大男子①。可你说当时小巷里阒寂无人，地上又泥泞难走，一大男子尾随你走了大半个巷子，肯定发出了不小的声响，为何你竟然没有一点察觉呢？"

卫缀愣了一下："那天下着较大的雨，婢子撑着油布伞，雨点打在上面，吧嗒吧嗒的，就在耳边响，根本听不到别的脚步声；再说，那天虽是白昼，却天色晦暗，婢子心里也有些慌张，只顾急匆匆赶路，没太细心管后面。"

"那你之前去街市的路上没有碰到一个人吗？"小武道。

卫缀道："碰见过的，有几个老妇，但都不认识。"

---

① 大男子：秦汉时代法律术语，有大男子、大女子、未使男、未使女等。大男子和大女子，年龄在十五岁以上；使男和使女，年龄在七岁至十四岁；未使男和未使女，年龄在二岁至六岁。

"哦，那就是说，没有熟人能证明你的行踪了。"小武顿一下，"你有没有怀疑过，谁最可能暗算你呢?"

年轻的女子抬起头来，泪光闪闪，迷茫地看着面前文弱的小吏。

小武提醒她:"你平日是否跟人有怨?比如别的婢女，和你有过争吵甚或相斗的。或者，和你有利害关系的。利害关系，就是——比如给你作过财物担保之类的。或者你同里的邻居，相识的朋友，甚至之前兄弟中有没有特别贫穷的，看你现在地位特殊，时常经手不少财物，因此一直在密谋抢夺。你仔细想想，有没有这样的人?"

卫缀很爽快:"没有，婢子一向小心谨慎，从不向主人争宠，和同侪的姐妹都相处很好。也从未向别人借钱，以及购物赊欠，从不和庸保打交道。我以前的几个兄弟，也都忠厚老实，绝不会有谋劫我钱财的企图。"

小武心里隐隐有气，这婢子否决起来不假思索，未免太快了吧。他的手指一时无法自控，在案上敲动，发出噗噗的沉闷声响，两腿也烦躁地上下抖动。他也知道，如果愤怒，就代表自己无能。若自己三言两语就能打开缺口，王德也不会找他。正因为难，才能体现自己的价值，也不枉老师在县令面前为他求恳一场。小武一把握住放在案上的凶器，小刀长约一尺，中脊突起，刀柄末端为铁环，上面有个浇铸不匀导致的凸起。他目光呆滞地盯着刀，刀身一会模糊，一会清晰，一时没什么主意。忽然目光游离出去，锁定在刀旁的竹券上。他又抓过竹券，竹券也长约一尺，上面刻了好几道参差不齐的齿，乃是市场买卖货物用的凭证。他随口问道:"这枚竹券是不是你的?"

"回假令史君，这枚竹券不是婢子的。婢子当时醒来，发现它在身边，可能是贼盗不小心遗落的。"卫缀的话语很坚定。

"那好吧，今天先问到这里。"小武转过头来，对着旁边肃立的小吏和书胥发令，"你们先分头去市场，找商人询问一下这枚竹券的用途，是哪个行业用的，值钱几何。嗯，我猜前人已经问过了，再详细问问，一个字都不要放过。"

不知怎的，小武觉得整件狱事有点奇怪。事发当天，县府的胥吏们早早去了各个乡里巡回宣告，说一早各户精壮黔首就出发，赴郊田捕杀蝗虫。本县常有蝗灾，今年又是蝗灾最严重的年份，若不及时杀灭蝗虫，不但无税粮上交，还要靠朝廷运粮救济，那本县今年的考绩就会负殿。所以即便如卫缀主家这样的豪猾大族，也必须派出所有强壮的男子和奴仆，协助县廷灭蝗。文书早就下到他的府第，他们不可能不知。而卫缀当天却提着一千二百钱去市场购物，委实有点难以理解。他看着油灯下那些漫不经心的胥吏们，心情烦躁："难道那枚竹券的线索一无用处，你们问过所有巨商大贾了？"

胥吏们本来就瞧不起他，只是特殊情况下，勉强遵从。"我们问过所有的商贾。"其中一个胥吏说，"他们只说这枚竹券像是贩运缯帛这行当的物事，券齿十一个，每齿折合一百八十钱，这枚竹券价值一千九百八十钱。说那盗贼可真是损失大了。除此之外，也说不出别的。"

"这当中似有问题。"小武道，"像是一个幌子，想骗我们上当。此贼一推之力，就将受害人撞晕，发不出任何求救声，他肯定身体强壮，而且野蛮、胆大。但当时全县男子都去了郊外捕蝗，全县空荡，那贼动手，完全可以好整以暇，怎会慌张到将贵重竹券丢下？有这枚竹券，又何必冒险剽劫？我大汉刑法严厉，比亡秦有过之而无不及，抢掠一千一百钱以上，斩右趾为城旦①，一辈子都废了。若非走投无路，何必冒险？那么，剩下的可能，就是这枚竹券乃是伪造，贼盗故意丢在现场，是想引诱我们上当，让我们枉费心力，去追查贩缯帛的商人。你们的确也没有查到这枚竹券的左券②在哪里，是不是？我猜它根本就没有左券。得寻找一条新的追查途径！"

"沈假令史，不可能有新的途径了。"那胥吏笑了笑，"假令史"中的"假"字吐音格外重，"除了那柄人人都有的书刀，再平常不过的书刀，现场留下的唯一线索就是这枚竹券。"

"你不妨说清楚一点。"小武强行按压怒气。

那胥吏大声说道："立即系捕所有可疑的游侠少年、商贾、隶臣③、富家奴仆、不事产业的大男子、在本县客居的他县人，还有豪猾大族子弟，严加拷掠。"

"大汉的律令倒是允许我们这样做。"小武尽力挤出微笑，他知道现在还不是把愤懑挂在脸上时候。"可是，"他顿了一下，接着说，"可是该系捕多少人呢？本县的牢狱无疑放不下，况且声势弄得太大，也影响不好，王公肯定会有顾虑。还是尽量不张扬，私下访察比较妥当。当然，如果诸君以为方便，那我也没有意

---

① 斩右趾：剁掉右脚。城旦：秦汉时代刑罚名称，刑期为六年，服刑期间的任务是做筑城等重体力劳动。

② 左券：古代称契约为券，把竹从中剖开，分为左右两半，形成犬牙交错的齿纹，立约的各拿一片以为凭证。

③ 隶臣：秦汉时代一种刑徒的名称，刑期为三年。

见。"那胥吏笑道："那下吏这就去安排。"

隔天，小武才到署，立刻有小吏进来，对小武道："假令史君，县令要你去一趟。"

小武立刻跟着去了后院，见王德在堂上满面怒容等着，心中忐忑，思量并未得罪他，自己也才上任不久，不宜指望我立刻就能交出凶手，但也只能伏地拜谒。

王德道："今年是大考之年，卫缀的主人我也得罪不起，你知道他的来历吗？"

小武见王德并无责怪之意，心中稍安，说："臣知道，卫家是六国时卫国公室的遗族，亡秦时由濮阳迁至豫章，高皇帝定天下，颍阴侯①略定②豫章，卫家里应外合，有功，高皇帝封卫家族长为下沙侯，食南昌县下沙乡五百户，拜左中郎将，后来因为细事不谨免官，回自己封邑。其长子也被赐爵大庶长③。世世复④，非有急不服役。传到卫益寿这里，袭了父祖的爵位，尊贵不减。南昌人人知道，卫家上下都不说豫章方言。"

王德道："是啊，他们恃宠生骄，往往不把官府当一回事。出门乘马驾车，张弓挟矢，惊吓百姓，还招纳外地亡命匪徒，椎埋为奸。我平日尽量不惹他们，谁知还是躲不掉。"说到这里，突然厉声道，"李令史说你心思缜密，擅长察微观细，处理疑狱。可是我听说你昨天派人征发强弩，捕捉了数百人，搞得里巷不安，你就擅长这个？"

"明廷教训得极是。"小武当即再拜，辩解道，"可是捕人一事乃是贼曹属吏的擅自举措，臣资历卑微，无法阻止。"

王德愣了一下："当真？你是决曹史，如何会被下属凌犯？"

小武道："都知道臣是守贼曹，也即假令史，他们每次称呼下吏，都故意把'假'字突出，假——令史，假——令史地叫，也许不过十天半月，就解职归乡里了，臣发号施令，哪里肯听？"

王德颓然坐下，半晌道："若我任命你为真贼曹史，你能保证把贼人给我捕到吗？"

---

① 颍阴侯：灌婴，汉开国大将，曾打下豫章郡，封颍阴侯。
② 略定：强占平定。
③ 大庶长：二十等爵的第十八等。
④ 世世复：世代免除赋税。复，免除赋税。

小武想，哪有保证成功的事，但失败了大不了归乡里务农，于是道："臣敢保证。"

王德转怒为喜："如此甚好。"当即叫来阁下吏①，让人把曹吏全部叫到后院。曹吏很快都来了，包括昨天顶撞小武的那位资深滑吏。王德站在阶上，当场呵斥："你简直胆大包天，凌犯自己的长吏，还擅自在全县大肆捕捉，什么游侠少年、商贾、隶臣、大族子弟，这哪里叫察狱？这是胡闹。是怕我事不够多？你们这些竖子，说起来都是老吏，平时自伐无所不能，无论什么疑狱，似乎手到擒来，谁知只懂得拷掠打人！打人谁不会？用得着每月花许多薪俸养你们？还私下从武库调了几十张弩，包围数个大族府第，那些大族，哪个在太守府没人？我都惹不起，你们惹得起？立刻给我放了。"

众胥吏个个手举笏板，躬身请罪，王德骂够了，宣布道："沈武是我的左膀右臂，我现在就正式任命他为真令史，今后他说的话，就是我说的话，你们若敢再阳奉阴违，别怪我不讲情面。"这时阁下吏举起简书："沈武擢为真令史，任命文告在此，现悬挂阁门，不可轻忽。"说着把简书高悬在阁门之上。庭上众吏低头叫道："敬闻明廷之命。"

小武心里有点想笑，却假装劝王德："明廷万勿急躁，这次贼曹诸吏虽然动作急切了些，但也趁机爬梳了一回本县的无业男子，对本县将来的治理还是有用的。大族们虽然不满，还不至于敢公然反抗。接下来臣一定竭智尽力，尽快为明廷查出真相。"

第二天是休沐日，小武把事情交接好，就往家赶，黄昏时分回到青云里。守闾里的监门瘸子老万叫道："秀才回来休沐了。"小武微微一笑。整个闾里没几个人识字，识字的也顶多能写一封家书，像小武这样能把《论语》倒背如流的一个也没有。老万常说小武是"秀才"，这个名目自十多年前在天子诏书中首次出现以来，天下郡县闾里的小吏都已经很熟悉了。诏书要求各州每年举荐秀才一名，若无举荐，将会获罪，因此地方官不敢怠慢，赶紧向乡县传达，老万这样的闾里监门，自然也背得滚瓜烂熟。

---

① 阁门：古代宫殿、官署的侧门，通常在此阁门安置传达官吏，称为阁下吏。后来敬称大人物为阁下，又讹为阁下。

老万说："令尊令堂好像去田间了，令弟倒好像在家。"

小武谢了老万，径直回家，果然不见父母，门倒是敞开着。小武走到屋后，见隔壁张媪正在院子里晒衣服，张媪见了他，赔笑道："大公子回来了，你翁媪带着阿思去田里了，还没回来，你弟弟在后山。"小武也谢了一声，沿着里巷走到后墙，夯土的墙壁风烛残年，多年没有修整。有一个豁口，当年夯筑进去的稻草、渔网之类的东西，嶙峋地飘在风中。墙外是一座小丘，种着一簇竹林，青翠挺拔。小武爬上去，见弟弟去疢正蜷着腰削竹子，将一根根圆竹剖成细细的竹条，对小武的到来浑然不觉。

"你在做什么？"小武问。

去疢回头看他一眼，又转过去，把屁股对着他，不说话。小武怒了："你也该干点正经事，现在农忙时节，匀稝灌溉捕虫这类活，总不能都让老父老母干吧？要知道大汉有律令，不孝者黥①为城旦，甚至处死，就算不死，也会被里巷嗤笑，使宗族蒙羞。我沈家虽然现在不振，但也是有世系的，楚王封在沈丘，赐给族姓，延续数百年。看在祖宗面上，你也该洗心革面才对。"

"行了行了。"去疢很不耐烦地挥手，"少给我来这套陈谷子烂芝麻的，凭你这样的窝囊废，有什么资格教训我？难道像你那样每日被里巷少年嘲笑，就给祖宗增荣添宠了？到底是谁将为祖宗增光，现在还不知道呢。"

"你他妈的，"小武大怒，忍不住骂出一句脏话，"你以为你是谁？这次县廷命令搜捕本县所有不事产业的无赖少年，你本来已经上了搜捕券，若不是我这次恰巧奉调县廷为贼曹史，你现在已经关在大牢里了。知道他们怎么对付你这种人吗？打得皮开肉绽算好的，多少人抬回去没几天，就咽气了。你活到这窝囊份上，还敢说我窝囊？"

去疢的脸憋得通红，好半天才回答："大丈夫死便死了，又何必像你活得这么卑贱。我不稀罕你的恩赐，也许将来什么时候，我救你一命也未可知。你看如今天下汹汹动荡，正是英雄奋发之机。"说着双手张开，仰天长笑。

小武怒极，捏紧了拳头，又怕打弟弟不过，听到弟弟最后那句话，顿时又有些恐慌。他回头往家走，边走边回味，很不踏实。见父母回来了，父亲正在整理农具，母亲则在用糠秕喂几只小鸡。夕阳已经不见，庭院里还有一些霞光。院子

---

① 黥：秦汉时代的刑罚，在脸上刺字。

的一角种着一棵桑树，叶子很少，里巷有人养蚕，都被他们摘残了。厨房的灶突①也升出炊烟，小武进去舀水洗手，见家中的婢女阿思在灶膛烧火，阿思今年十五岁，是前几年从县廷买的。她父亲因为犯罪，被流放到远郡，妻子儿女就此没为奴婢。当时小武觉得父母身边没人照顾不行，就劝父母买了阿思。她坐在炉膛前，火光映得半边脸红彤彤的，见了小武，惊喜道："大公子回来了。"小武道："这里太热了，苦了你。"阿思道："大公子，这是奴婢该做的。"小武道："有劳了。"心中有些慨然，想将来发迹的话，一定要解脱阿思的奴籍。

小武的父亲老沈是个忠厚的老头子，面色黝黑，手指粗大，一副多年劳苦的迹象，听到小武诉说和去疢的争执，默然不语。吃饭的时候，沈媪和阿思端上一盆煮得稀烂的葵菜，一小耳杯咸肉，三碗粗糙米饭，一个染盘——放着一些黄酱。小武把饭送进嘴里，感觉粗糙难咽。沈媪看着他，怜爱道："武儿，我看你又瘦了，这个亭长当得辛苦，又何必呢？"小武道："阿母，我前几天被调到县廷贼曹当令史了。"

"真的？"老沈一惊，"不做亭长了，好，好，也没听你说起。"母亲和阿思也欢呼："万岁，万岁。"

小武反而有些忐忑，早知道不说了，要是这个狱事解决不了，自己连亭长都当不成，怎么有脸见人？但看家中光景，说了能振一下气氛，管它呢，他日的事他日再说，因道："县令调我去贼曹，是想让我解决一件疑狱，你们也知道，就是卫府婢女卫缀遇刺的那件事。"

老沈道："这事谁人不知？但听说几个老吏都没摸到边，你能行吗？"

小武道："我尽力。若最后不成，大不了回来帮大人②耕作。"

老沈道："倒也是，你在县廷做亭长，薪俸就那么一点，还不如不做。家里这祖上传下来的数十亩薄田，我和你母亲忙不过来，不得已卖了几亩，只怕过几年，你想做亭长，家产也不够资格呢③。"

小武脸上有些火辣辣的，他曾经私下还怨恨过家里，没有足够的钱供他去长安进宫做郎官，做郎官没有薪俸，什么都要自己花钱，但郎官经常能见到皇帝，

---

① 灶突：烟囱。

② 大人：秦汉时期对父母的称呼。

③ 秦汉律令规定，要做官，先要上报家产，达到四万钱才有资格。每年八月都重新上报一次，一旦家产减少到四万以下，就自动免职。

机会更多。小武觉得自己的才能适合做郎官，不适合做亭长。当然他也知道，即使自己有钱做郎官，要飞黄腾达也得靠运气，运气不好，再有才华也没用。多少人年轻时去长安做郎官碰运气，熬到头白依旧一无所得，最后溜回家乡，成为乡里笑柄。他说："大人放心，这回要么就坐稳令史，要么就回来耕种，再也不会让大人担忧了。"

沈媪却为小武打圆场："其实武儿做这几年亭长，也不是那么不堪，里中那些妇人其实都艳羡呢。"老沈道："那些人，表面恭维你，一转头就笑话你呢，你连这都不知道？"沈媪有些尴尬："也不至于吧，我家武儿识文断字，不比他们一群睁眼瞎强？吃饭。"阿思忽然道："大公子这么有才学，那些粗蠢妇人知道什么？我见到里中的年轻女子，都说想嫁大公子呢。"

小武倒被她说得不好意思："胡说。"但也不知道接下来该责备什么。阿思笑道："我说的都是真的，不过我总是骄傲地说，我家大公子将来是要娶贵家女子的。上次大公子的老师来，不也说了吗，大公子极有才华，只是需要机遇。若时运凑巧，这青云里的里门就要改筑加高，才能容纳大公子的怒马轩车呢。"

老沈道："你这妮子尽胡说，人家说点客套话，你要是当真，将来输得连中衣都不剩呢。"

阿思倒颇大胆，又说："李令史不像是客套的人，否则才不会一钱不收，无偿教大公子这么多年律令。奴婢还记得李令史说，当年文皇帝的侍臣张释之，家里是南阳的富户，父母双亡，只和长兄一起过活，长兄见他酷爱读书，就资助他进京，侍奉文帝为骑郎，十年过去，没捞到升迁机会，做骑郎没有薪俸，反要长兄寄钱，也差点退缩了，预备回乡。谁知他上司知道他有才华，求皇帝将他留下。皇帝就召他见面，大吃一惊，差点放跑一位才子，后来他升到了廷尉。奴婢没记错吧？"

小武暗笑。沈媪点了阿思一下脑门："你这妮子，记性倒好，还有口辩，可惜就是生错了人家。我是记不得这么多。"脸却展开了，对老沈说，"说不定武儿这回就解了卫家那疑狱，也当上令史了，看那些村妇还敢嚼舌头。"

老沈道："哪有那么便宜的事？先前被委任的四个老吏，你道是蠢货？那都是脚能画弧的能人，不知道察过多少疑狱的，这回都没办法。"

阿思吐了吐舌头，不说话。小武道："都是做儿子的不孝，让大人忧心。"

老沈倒是叹口气："你还算好，我最担心的还是你弟弟，他交游的那些人，都不像好人，近些日子鬼鬼祟祟，只怕连累祖宗。去县廷告他忤逆吧，人家又会笑我不慈，总想着你在县廷做了官，能有威严些，帮我教训教训。"

小武看着案上父亲粗糙的手掌，颇为歉疚："大人，都是儿子无能。最近东边广陵一带喧嚣不安，而我们豫章郡地当兵家要冲，本县的几个豪族也蠢蠢欲动，太守陈不害已秘密下达朝廷诏书，要全郡十八个县的县令、长、丞、尉密切注意。刚才我见到弟弟了，言辞闪烁，据说他最近投身卫府，只怕有奸。若参与大逆不道之事，我们都逃不了干系。律令说：'谋反者皆腰斩，其父母、妻子、同产，无少长皆弃市①。其坐谋反者，能偏捕，若先告吏，皆除坐者罪。'除非我们自己捕捉案犯自首，或主动报官，方能免除，想起这些，心乱如麻。"

沈媪急道："啊，谋反？武儿，这话可不能乱说。假如真有苗头，你得帮帮他，他不爱学书识字，可毕竟是你的同产弟弟。"老沈咬牙切齿："都是些不省心的畜生。"

小武叹了口气："大人放心，我绝不会让他连累祖宗。"

离县令王德限定的决狱期限逐渐临近，这几天小武一直在街市私访，却没有什么头绪，那枚竹券看来果真是罪犯所布的迷阵，但按理说，任何狱事都会留下蛛丝马迹，这件岂能例外？从时间上来说，事情正好发生在全县黔首去郊外捕蝗的时候，不像是外郡县的流贼所为。"也许我该搜捕那些平日穷困，近来花费奢侈的人。"小武想，"大多数贼盗抢掠到钱财，都不可能一直藏着不花。"于是他伸手招来书吏："写公告，遣人送到各乡、亭、里，敦促百姓举报近数旬来饮食奢靡过当的男子，条列状貌色②，及其近来出入郡县的情况，报到我这里。要尽快！"

书吏们现在比以前略微恭敬，至少不再当面给小武脸色，不过那种强做出的恭敬，还是一眼看得出来的。小武的心又被刺了一下，但为了哄他们办事，还是装作没有察觉，反而挤出一点笑容，讨好道："这疑狱若解决，本县的考课将为全郡之最，我们都会有好处。大汉三公九卿，不少都是从小吏中超擢的呢，难保我们……"

---

① 弃市：秦汉时代对死刑的称呼。

② 状貌色：秦汉法律术语，指身材、相貌、肤色。

"沈令史。"书吏好像根本没有听小武后面说的，微笑道，"下吏这就去办。对了，昨天下吏路过青云亭，亭部①的百姓拦着下吏，问怎么好久不见沈令史。下吏说，沈令史这回为县令破解了疑狱，升为令史了，不会回亭部了。百姓们眼泪汪汪的，说舍不得沈令史呢。"

小武强行按捺住愤怒，挥手道："你去吧。"他目光茫然地看着门外，清晨的阳光斜射进来，照在决狱曹署前斑驳的砖地上，砖地上依稀可见残留的血迹。在这血迹映衬下，金黄的阳光非但没带来温暖，反而更衬出阴森。他站起来，踱步到阳光下，看到自己的影子投射在院子的草地上，柱后惠文冠上两个角的影子特别清晰，他觉得自己像一头耕牛，突然，心里又掠过了一丝光亮。

---

① 亭部：一个亭所管的地域，相当于今天片警所管的片区。

——第二章——
悉心廉疑狱　微伺见真形

小武疾步走到西厢，抑止不住热切，呼唤另一个文书吏，声音沙哑："快，把'卫氏县廷剽劫狱'的文书找出来，还有那凶器。"

那文书吏态度也不好，斜了小武一眼，懒洋洋地走到墙边的一列柜子前，其中一个柜门上用朱色墨迹写着"太始四年"的字样。他拉开柜门，捧出一摞竹简，放在案上，顺手把竹简摊开，那柄九寸长的小刀滚落了出来，刀上的血迹并没有擦拭，经过两个月时间的磨洗，发出暗红的光。

"这刀，沈令史不是早看过无数遍了吗？"文书吏笑道，"这样的刀，市集上不知有几千几万，如何有用？"

小武不理会文书吏的唠叨，虽然他很想一个嘴巴把那竖子打到墙角。他凝神盯着那刀，严格地说，那并不能叫作刀，一般的刀有三尺长短，可这刀只有书刀那么长，大家口头上都称它为"拍髀"。寻常男子也人各一把，挂在腰间，走动时刀身晃动，不住地拍击着大腿，称为"拍髀"，的确形象。刀把手很短，不足两寸，上面缠了一些麻布条，色泽暗淡，刀环的下部靠着把手的地方有一处小小的缺口，缺口处不大规则，有突出的裂纹。"对了，这柄刀当时并未留下刀鞘，若能查到刀鞘的下落，狱事就有进展。"小武自言自语。

那文书吏依旧嬉笑："如果我是贼盗，才不会留着一个只值几文钱的刀鞘。扔掉难道不省事？贼盗宁愿留下一柄价值几十文的刀，又怎会在乎这几文钱的鞘？况且他不是掠走了卫府的一千二百钱么？那可供他重新选购六十柄崭新的好刀了。"

"你在跟我抬杠吧？"小武抬头道，"我知道你是以父荫得为狱书佐的，从小衣食无虞，怎能理解一般黔首的想法？所谓'布帛寻常，庸人不释'①，汉十三年，江夏郡西陵县剽劫狱事，案犯乃一无爵士伍②，他以一张一石半的敝弓劫掠富户东阳氏，劫得三千钱，翻垣逃跑时弓从肩上滑下。他舍不得那张不值二十文的弓，又跳下垣墙拣拾，被东阳氏族人得到机会，将其斩伤，送官黥为城旦。文皇帝八年，汝南郡洛阳县大男子有爵不更③陈无忧，盗掘城中大族杜氏陵墓，抢掠随葬珠玉而逃，又持剑击伤追捕他的官吏，被判斩左趾为刑徒。当时他本来可以逃脱，只因为返回寻找他不值几文的草履，被追贼吏发现踪迹。若依你的看法，这两个贼盗因为掠得大量金钱，就会随意丢弃不值几文的东西，又怎能落网呢？你也不要太过于自信了。我觉得凭刀鞘可以找到这刀的主人。"

"那就看你的好了。"文书吏嘟哝了一句，往辞曹署走去。他虽然不服气，但还是被沈武对案例的熟稔镇住了。

就在这时，门外传来急促的脚步声。一个狱吏跑了进来："令史君，我们抓了几个贼人，刚关押在圜室，等令史君前去讯问。"

"哦，你们为何觉得他们是贼人？"小武兴奋起来，"可是外地客商？"

"令史君放心，"这个名叫婴齐的狱吏面目俊秀，他出身本县大族，叔父婴庆忌现在是豫章太守属下的功曹史④，德高望重，因了这个关系，本县掾属甚至县令对婴齐都一例客气。他本身温文尔雅，对小武也谦恭有礼，和其他掾吏的傲慢神色截然两样，所以小武见了他，总觉得心中温暖。此刻婴齐解下背上的竹筒，仰头喝了口水，欣快道："这两个人，我们已经跟踪几天了。他们日日没事可干，其中一个白天在市亭乱逛，晚上就睡在邮亭的后墙下，看来是个游惰齐民⑤。另一个更奇怪，每天下午从家里出来，并不去田间劳作，而是直奔市场，却又不从事任何买卖，只在旗亭的墙下来回游荡，无聊之极。等到黄昏日暮，亭楼上的大旗降下，罢市的鼓声响起，又逍遥地回去。一连几天都是如此。"

---

① 布帛寻常，庸人不释：《韩非子·五蠹》里的话，意思是，一块普通的布，普通人就舍不得放手。

② 士伍：秦汉时代，共有二十等爵位，平民也可以获爵，没有任何爵位的普通百姓称为士伍。

③ 不更：二十等爵位中的第四等。

④ 功曹史：太守属下的高级掾吏，主管一郡的人事，从某种意义上说，是一郡中地位仅次于太守的职位。

⑤ 齐民：平民。

小武沉吟道："这后一个的确可疑，我们现在就去验问。另外，我刚才又有了一个想法，正在想如何能够实施呢。"他压低了声音道，"不过我想他们又要笑我了。"

"令史君不必跟他们一般见识，"婴齐轻声道，"虽然这些天似乎没什么突破，但看令史君的思路，新方法如涟漪般一波接一波，可知聪明齐敏。像他们那样只是捕捉良民、大肆拷掠反而高明了？前此诏书屡下，文末总要加一句'毋趣聚烦民'，可惜皇帝陛下近年性情大变，用法严苛，各县、道①也以拷得罪人为上，希望就此升迁。那敕告治狱不要惊扰百姓的话，都成一纸具文了。这次拷掠而死的无辜良民又有好几个，他们倒不反省自己刻薄寡仁，当真让人气愤……"

小武赶忙止住婴齐的话头："婴君休要说这些，虽是忠言诤语，只怕传出去变样。还是验问嫌犯要紧。"

县廷的别院里，惨叫声如沸腾的开水一般。这是个宽阔的庭院，三进三出，院子四周被回廊环绕。第二进的西侧，是个单独的小院子，东南角还种着一畦蔬菜，西南角则是个马厩，系着数十匹健马，正打着响鼻。西北角有几间小平房，搭着悬山式的屋檐，像个亭榭一般，亭榭里面，一边的砖地上堆着一堆黑冷的刑具；另一边，有两个男子正在接受讯问拷掠，其中一个衣服还算洁净，他帽履周全，身体健硕，正老老实实地跪着。背上有几个脚印，衣服却无破痕。另一个男子则破衣烂衫，蓬头垢面，似乎几个月没有洗沐，正脊背朝天地趴在砖地上，背上尽是血污，身下也是一摊暗红的血迹，看不出到底被鞭笞过多少次了。几个健壮的狱吏正围着他们，凶神恶煞一般。一个狱吏呵斥道："该死的贼刑徒，再不招认，只怕过不了今夜就要送到山上。"另一个狱吏高举着一块长三尺半左右的竹片，作出要死命下击的样子。竹片又薄又细，鞭笞的那头窄小，捏在那狱吏手里，像一支沾满鲜血的毛笔，犹自向下滴着血珠。

婴齐叫道："沈令史来了，诸君且先停下。"又指着白壁墙上用墨写的《封诊文书》和《为吏之道》的几个条文，说，"随便拷掠刑徒，也是违背律令的。"

几个狱卒见是婴齐，不约而同地笑笑，说："婴君在县廷呆了几年，还是像以前那样温良，像个女子，怎吃得了我们这碗饭……那就让沈令史来验问吧。不

---

① 道：有少数民族居住的地区称为道，相当于县级行政机构。

过期限紧张，会簿之日眼看就到了。"说到这里，他们互相看看，好像忍住笑的样子，他们都知道，离王德给的期限还有五天，看来小武的令史是当不长了。

小武深吸一口气，把胸中恶气压下，径直走到那两个疑犯跟前，低沉着声音道："请医工给他用创药。"然后跨过趴着那人的身体，走到那跪着的健硕男子跟前，转了两圈，不发一言，目光突然转到这男子的腰带上，心中顿时狂跳。

那男子腰间系着一条黑色丝带，左腰处挂着一个铜扣。小武暗道，对了，那是挂刀的地方。依这铜扣的大小，必是挂一柄小刀的。他转首面对婴齐，"这就是你说的每日在旗亭下游荡的那个奇怪男子么？"

婴齐应道："正是。刚才下吏去找令史君之前，已经略略问过，他三十二岁，爵位公士，本县洪崖里人，其他还未招认。爵位这么低，家中必定还有长兄。皇帝陛下近年来多次大赦，每次都赐百姓长子爵级。如果他是长子，少说也该是大夫了。"

"嗯，"小武赞许地笑笑，"百姓家的少子多有心态失衡而为非作歹者。"他转向那男子，"你以何为常业？难道不知汉家法令？百姓终日游荡，不事劳作者，皆当有罪论处！你每日去市场干什么？可有市籍①？若无市籍，又为何天天在旗亭下游荡？必有奸宄不法之事，若不如实招供，怕要吃皮肉之苦。"说着瞥了一眼那个血染脊背的嫌犯，那人已经没有力气爬起来，几个狱吏七手八脚，一人扯着他一条肢体，像拖一具尸体，拖到门外去了，只留下一条血迹追随他的踵跟。

跪着的男子抬起头，他面目粗野，颇含畏惧，飞速瞟了小武一眼，又低下头："求令史君宽贷，小人一定如实回答。小人家住县南洪崖里，家中确有长兄。不过小人几世清白为良民，刚才众多吏君说小人剽劫杀人，实在冤枉，小人连蚂蚁都舍不得踩，怎会杀人？"

"好了，"小武打断他，"新捕来的嫌犯，从未有主动承认自己犯法的。你还没回答我以何为常业呢，难道果真名隶市籍？姓名为何？我将调阅市籍册，确定你的身份。"

那男子低头道："小人名为韩孔，家贫，靠给人帮佣过活。前月因一场小小的过失，被主人辞退。父母早亡，家有长兄，却悭吝无情，不容我倚靠，无田地可以耕种，只好每日去市场游荡，希望捡些残汤剩饭充饥，哪敢剽劫杀人啊……"

① 市籍：秦汉时代把百姓按照职业分为不同的户籍，商人的户籍称为市籍，在当时颇受歧视。

"那么你的佩刀呢?"小武打断了他,突然大声喝问。

韩孔吓得抖了一下,随即一脸茫然:"什么佩刀?小人从不耍刀弄棒。不知令史君的话是什么意思?"

小武道:"还不老实,你既然并非名隶市籍,难道连每年秋天的例行操练也敢不参加么?如果真未参加,已经违背了《徭律》,起码要髡钳①为司寇②。事到如今,还敢诡辩?不知道既然进了决狱曹,就万没有轻易放出去的道理。"

韩孔嗫嚅道:"令史君所说的是。但小人除了公事征调,平日并不舞刀弄棒。"

小武冷笑道:"我提醒你一句,你腰带上的铜扣,那不分明是挂刀的吗?铜扣处的腰带还有小块地方颜色要深一些,分明是长久挂刀的痕迹,还敢抵赖?"

韩孔脸上肌肉抖动,叫道:"小人冤枉,这条革带是小人在旗亭边拣到的。小人穷困,衣不蔽体,一直用麻绳系腰。倘若小人知道拣条革带就会惹来死罪,宁愿光着屁股也不敢的。"

旁边的狱吏早耐不住了,其中一个拎起竹杖就往韩孔背上鞭了一下,另一个冲上前死死揪住他的发髻,要往亭柱上撞。小武叫道:"诸君请住手,我们要做良吏,万不得已不可动刑,以免伤了皇帝陛下的仁厚之心。诸君且去休息,我有办法叫他招认。"

小武和婴齐两人回到决狱曹,吩咐文书吏:"立即拟订一份命令,说卫府剽劫狱不日可破。"婴齐喜道:"令史君真如此有把握么?"小武笑了笑:"婴君应该已经注意到那韩孔谎话连篇。他肌肉发达,孔武有力,偏要装出一副饥寒交迫的模样。试问衣食不周的人,可有这般肥健的?我看他手掌上起茧的部位,又分明握惯刀剑。问他秋季乡里例行操练的事,偏又装得愚昧无知。凡是喜欢撒谎的人,心中无不有小大隐情。他目光凶悍,却装得害怕之极。腰带上分明有长期佩戴短刀的痕迹,却抵死不肯承认。传令下去,立即移书本县各乡、亭、市、里,传告亭长、三老、乡正。"他顿了一下,开始口授:

> 豫章郡南昌县洪崖里有爵公士韩孔,出入居处不节,又无耕作产业。县吏以游惰不力田系捕,经决狱曹验问,得韩孔居处出入不节状。且颇廉得他

①　髡钳:剃掉头发,戴上铁钳,是秦汉时代常见的刑罚。钳:颈上的刑具。
②　司寇:刑罚名,刑期两年。

隐情，衣带故有佩刀处，而今无佩刀。瞻视应对甚奇，不与他人等。今韩孔应对曰：家贫，无耕作产业，雇佣人家。未尝配髀刀，亦未尝盗且杀伤人，无所坐罪。然诸狱曹掾史杂问，以为卫府剽劫狱事，韩孔最具嫌疑。书下，各乡、里即传讯所治下黔首百姓：凡尝接受韩孔衣服、器具、钱财者，即向县吏自言所得状，毋敢有所隐。知状而弗诣县吏者，与同罪。太始四年六月癸卯。决狱曹守令史武、狱书佐吏忠。

那个叫忠的文书吏开始还有些不屑，但看到小武言辞果断，凛然如霜，也恭敬起来，一丝不苟地书写。

"令史君，真的相信有人会把那刀鞘送交县廷吗？还是相信韩孔会将劫掠到的钱财送人？这个恐怕很难吧？"婴齐低声问。

"从这人的出身及生活习惯来看，他应当不是喜欢挥霍的人，所以，他劫掠的钱财一定不会慷慨地分给别人。也正因为此，他舍不得丢弃那刀鞘，就像贫苦的黔首们会下意识地把街市地上散落的每一块烂布片掖在怀里一样，我相信这几日一定有新的线索。婴君，"小武顿了一顿，"听说令叔父在太守陈君府中做事，那边可有什么异常消息？我前几日听县令说，最近东南诸郡流民增多，恐怕会出事呢。"

婴齐轻笑道："家叔父一向为人谨慎，我问他太守府院子里的松树有几棵，他都顾左右而言他的，并警告我身为县吏一定要廉洁敦悫。"小武道："惭愧。"婴齐又道："令史君，若此番能破解卫府狱事，下吏一定会告诉家叔父，保令史君能获得'无害'的称号。"小武道："不敢因此劳烦令叔父关注。"婴齐道："令史君，虽然卫府这事算不上巨狱，但涉及旧濮阳大族卫氏，已经惊动了长安御史寺，御史寺切责①文书两次下到新淦②，家叔父怎敢不关注？所以下吏才敢说这样的话，到时令史君若想去太守府，补百石卒史③也不难。令史君是有才之人，理当由卒史而登进县令，将来做太守，甚至京兆尹，也不是不可能啊！"

小武大惊："婴君太高看我了，我哪有那本事，切勿跟人说啊。"婴齐笑道：

---

① 切责：秦汉行政术语，指严厉斥责。

② 新淦：当时豫章太守府所在。

③ 卒史：秦汉时代郡级以上的掾属职位，一般薪俸为百石。

"那些俗人，怎配我跟他们说。"小武仰首县廷东北角高大的阙楼，叹道："乌雀飞兮长安漫漫，登阙楼兮安能望见！知我者婴君也。"

县廷的楼钟响了数下，忙碌了一天的县吏们纷纷走出院子，留下一片慑人的死寂。此时，远处也传来了旗亭罢市的桴鼓之声。

第二日一早，小武刚走进贼曹署，婴齐就迎上来，喜笑颜开："令史君真是料事如神，那个丢失的刀鞘果然有了下落。"

"真的?"小武大喜，"详细说说。"

婴齐拉过身后一个身着浅绛色麻衣的狱吏，道："请向令史君禀告具体情况吧。"

那狱吏胳膊上缠着麻布，浸润出淡淡的血痕，脸上污秽不堪，似乎本来沾有泥土，又被汗液浸透了，随手一抹抹出来的样子。他微微欠了欠身，开始了讲述：

"回令史君，今晨微明的时候，县廷桓表①前发生殴斗。一个二十多岁的大男子持刀追逐一个四十多岁的中年男子。中年男子围着桓表狂奔，大呼救命。正巧我等两个巡夜的逐贼吏回县廷交接，见这情况，即持剑相救。那二十多岁的大男子黑布蒙面，身高七尺上下，见我们逼去，非但不逃跑，反而舞刀格捕。他刀法娴熟，每一击都异常沉猛，我等巡行了大半晚上，十分劳累，体力不支，被其击伤。幸好打斗声惊动了不远处的南浦亭亭长和求盗，二人即持剑过来相助，那大男子见又跑来两人，只好悻悻逃了。据我们救下的中年男子招供，原来他昨天下午听乡正说，倘若接受过韩孔的衣服、器具、钱财，一定要立刻向县吏自言所得状，否则与贼同罪。他想了一晚上，越想越怕，所以一早即来县廷等候官吏坐曹②，预备自首。谁知突然跑来个男子持刀威吓，想将他劫持。他奔跑呼救反抗，那男子就想直接将他杀死，幸好我们及时赶到。之前卫府剽劫事也发生在县廷附近，倘若这次再发血案，可不得了。"

这个狱吏边说边晃动他那只带伤的手臂，脸上浮现自豪骄傲的神情，特别是说到最后几句的时候，得意之色简直按捺不住。小武微笑地听着，想拍拍他的肩膀以示勉励，手到半途，却又缩了回去，只温声道："君这番立了大功，我会奏报县令封赏的。"他转向婴齐，"立即讯问那个自首的男子。"

---

① 桓表：即华表。古代府廨亭舍旁，常树立一根高柱子作为标识，称为桓表，后来读音发生变化，讹为华表，进而规格增长，非皇帝宫殿前不能使用。

② 坐曹：上班。

很快，那个中年男子被带上堂来。

小武说："自述姓名、爵位、居处、年龄以及过去的重要经历。"

那人道："小人姓韩名仆，今年四十三岁，爵位为上造①。家住南昌县洪崖里，与韩孔为邻，从辈分上讲，算是他的族叔。一向为良民，更役、徭役从来没有逃避过，元朔三年，曾在陇西郡服役一年，元朔四年，曾服役未央宫，为金马门卫卒，第二年回乡。从无作奸犯科的经历。"

"哦，"小武皱皱眉头，"你的经历很丰富，但为何这么多年，爵位还只是上造？皇帝陛下历年大赦，皆赐百姓爵级，你难道都没赶上？"

韩仆道："令史君英明，小人原本爵位不低，按说应该是公大夫②了。但前两年收成不好，父母又双亡，办理丧葬事宜借贷不少，共欠公家私人钱一万二，就把爵位卖给了城中富户大族卫氏，共五级爵位，得钱一万五千。靠着那剩下的三千钱，才勉强活到了今天。"

又是卫府，小武深吸了口气，假装笑道："这就对了。如果你不卖掉爵级，我今天恐怕要向你行礼。暂不说这些……据说，韩孔送了你一匹绢，和一个革制刀鞘？快呈上来，把事情经过详细说一遍。"

韩仆道："的确如此，证物已经呈给县吏了。"

婴齐吩咐："把韩仆带来的刀鞘和绢交呈上来。"

一个狱吏上来，双手托着一个木质的漆盘，放在小武面前的案上。那是一匹白色的细绢，色泽暗淡，缠裹在一个黑色的牛皮刀鞘上。小武拿起那刀鞘，仔细端详，良久才放下，问道："韩仆，令侄韩孔为何给你这些物品？他是否经常给你送东西？"

"回令史君，小人这个侄子不务正业，天天聚赌。他父母留下的家产被他败掉不少，他大兄倒是个本分人，前两年在乡里长老的干涉下，干脆兄弟两个分了家。可是不到一年，他就把自己的分内所得赌光了。只好去给人做佣工，又生性懒惰，做了没几天和主人吵了起来。主人家申徒氏是个大族，哪会容他，立即就叫家奴将他捆绑，传话给乡正，说要斩下他一条腿。幸得小人和几个族中长老赶去为他求情，又反复说汉家法律严禁私刑，人家总算放过他。后来他就失踪了好

---

① 上造：二十等爵中的第二级。
② 公大夫：二十等爵中的第七级。

一阵，上个月又突然出现，给了小人这个刀鞘和那束绢。其实小人要这个也没什么用，不过因他以前几乎从不理会小人这做族叔的，小人觉得很意外，怕拒绝了他会惹他不高兴，就收下了。后来小人也差不多忘了这事。昨天听到乡正挨家挨户宣告，说得了韩孔的馈赠，一定要赶快报官坦白，小人才知情况不妙。虽然这东西也不值几文钱，但官府既然郑重其事，小人怎敢藏匿？而且小人不知道韩孔到底犯了什么大罪，昨天跟老婆一商量，她吓得旧病都犯了，哼哼了半晚，要小人一早赶来自首。小人年轻时卫戍过长安，在军中也习得不少法律条文，如果韩孔犯了死罪，小人不是要稀里糊涂为他陪葬吗？小人昨晚也一夜没睡，就是被吓的，至今还头疼欲裂。"他边说边揉着额头。

小武暗想，这倒是个老实人，于是对婴齐说："让韩孔和他叔叔对质如何？"婴齐表示首肯。

韩孔上来看见叔叔，脸色变了一下，又恢复了满不在乎的神情。小武瞧着这个身坯粗蛮的大汉被狱吏们按倒，跪在自己面前，心里有种说不出来的满足。他自小就不喜欢这种性情粗鄙、目不识丁的无赖，偏生当亭长时，总要跟这类人打交道。他们大都身体壮大，随身不离武器，不到万不得已，自己不敢上前逐捕。所以县令说他"软弱不胜任"，倒也不假。倘若自己不管抓人，只管拷掠，那该多么惬意！

他浮想联翩，忽听得韩孔的一声大叫："叔叔，你怎么能冤枉侄儿？虽然侄儿曾对你不够恭敬，但也不至于陷害侄儿吧？将来如何下去面对家父？侄儿什么时候给过你刀鞘了？人命关天，叔叔可不能公报私仇啊。"

小武把刀鞘往案上一拍："不许在县廷喧哗。这刀鞘的鼻纽挂钩和你衣带的铜扣十分吻合。当然，你还可以说这些在街市上都是成套出售的，可我审视鼻纽，上面的磨损部位和你铜扣的磨损部位也相当一致，这又怎么解释？你似乎还可以狡辩这刀鞘和卫府剽劫案无关，但我刚才也查过了那柄凶刀，你这刀鞘不是那种只包裹刃部的鞘，而是连刀柄全部裹住的类型。真是苍天有眼，那凶刀的刀环下端，有类似浇铸不完美时留下的突出赘瘤，而与这突起的赘瘤相应的刀鞘部位皮革，正好也有青白色的磨损。如果不是正好相配的刀鞘，怎会这样？现今证据确凿，你再不招认，依律令可以用刑了，来人，让这贼刑徒吃点苦头。"

两个狱吏过来，把韩孔按倒在地，等待小武的命令。小武咳嗽一声："韩孔，刑罚严酷，今天你受了刑，还想手脚利索着出去么？一旦受刑，肢体亏损，就算将来出狱，也只能输送隐官^①，一辈子不见天日。你现在人赃俱获，早点招供才是明智。"

韩孔眼中闪过几丝畏惧，他嗫嚅道："那刀鞘的确是小人送给族叔的，但小人也是在洪崖里赌场门前拣来的。要说小人杀人剽劫，实在冤枉啊。"

"那就用刑吧。"小武扔下一枝竹券。随即，韩孔杀猪般的嚎叫响彻了院子，两个手掌鲜血淋漓。"你还是不肯招供么?"小武道，"按照律令，我有这些证据，立刻可具狱^②上奏郡府。只是狱有谋主，非主犯可轻判。你如想活命，机会还在，一旦具狱，后悔莫及。不妨告诉你，前日御史寺文书移送太守府，此狱可能和广陵王刘胥谋反有关，倘若查实，那是要全族连坐的。"

旁边韩仆吓得脸色煞白，突然插话："令史君，小人已经自首告罪，不应受连坐吧。"

"你放心，"小武笑了笑，"大汉《盗律》有明文，一意包庇的，方与贼盗同罪。朝廷制定连坐罪，本意正在于少杀，以便谋反消匿于无形。贼盗亲属主动告发，可以除罪。他有妻儿没有? 可怜他妻儿逃脱不了干系。"

韩仆道："这无赖倒是有妻子，还有两个孩子，但他们并不知情，能否宽贷呢? 他那妻子娶来时，小人长兄还在世，长兄临死时，希望小人能帮忙照顾其子，但这无赖对我不理不睬，他妻子却是个本分人，孩子也很听话。"

小武道："这些我作不了主的。这韩孔还不肯招，只好动用笞刑了。把他衣服扯下，四肢拉开，笞背四十。"

"我招，"韩孔终于嚎叫了起来，"令史君，我招。"

小武道："这样最好，最终都要招，刚才何苦?"

韩孔要水喝，喝了大瓢凉水，喘息道："小人自被申徒氏斥退以来，穷途末路，欠了很多赌债，债主扬言，再不还钱，就要将小人绑到城北的梅岭活埋。小人想劫点钱远走他乡。那天下着大雨，旗亭的大门紧闭，小人看见一女子提着一麻布袋子向市场走来，从袋子的形状看，应该装着一吊吊的铜钱。那女子很奇怪，看见旗亭闭市，却并不离去，只在门口东张西望。好一会儿，显得很失望的

---

① 隐官:秦汉时代,受刑后肢体亏损的人,不方便再抛头露面,刑满释放后只能输送到特定的隐藏场所工作,这种人和工作场所都称之为隐官。

② 具狱:秦汉法律术语,即审理结案后,具文呈报上级机关。

样子，慢慢地走开了。当时街上没人，对了，有几个老妪坐在屋檐下傻愣愣听雨，但那么老的人，只会吃喝拉撒，也算不得人了。小人心中暗喜，悄悄尾随过去，一直尾随她拐进一条小巷。小巷里更是寂静，两边人家的门窗都紧闭着，只有雨声打在屋顶上嗒嗒作响。小人也很紧张，杀人越货的事，之前到底没做过啊。"

"少废话，继续。"旁边有狱吏喝道，"只回答令史君问的内容。"

韩孔号哭起来："小人见她丝毫不觉察，迅速跳上去，在她背上刺了一刀。她连一声都没有哼，向前扑倒在泥地上，雨伞扔在一边。我刀也不敢拔，解下她腕上的钱袋就跑了。"

"你立刻就逃走了？还是另外又做了什么？"小武道。

"没有，当时小人很慌张，什么也不敢做啊，没有强奸她。"

"没说你有强奸。"小武忍不住想笑，"那，那枚竹券呢？你还是挺有心计的，竟然知道伪造一枚竹券扔在现场，引我们上当。其实你虽然贼杀①人，但受害人未死，本来也判不了死刑。但你伪造商贾竹券，触犯了大司农新发布的《金布律》，这可是大罪。"

"啊。"韩孔嚎叫起来，"小人根本不知道有什么竹券。对了，还有些事，小人一并说了，以显得小人赤诚。"

"赤诚？"小武斜睨着他，"说说看。"

韩孔道："刚才听令史君说这件狱事和广陵王谋反有关，倒让小人想起一件事。其实小人没有杀那女子，虽然当初的确想抢点钱财，可是并未得逞。"

韩孔的面目死灰，用两只鲜血淋漓的手抱着肩膀，好像突然想起了什么恐惧的事。小武也有点诧异，一阵寒意隐隐从心底升起，不禁忆起前两天和县令王德在密室的谈话，当时王德忧心忡忡："沈先生，我刚接到新淦发来的文书，有大事，长安怀疑广陵王刘胥要谋反，本县大族卫氏恐怕和刘胥有牵连。"小武当时问："怎敢如此？卫益寿来头再大，这样也是要赤族的②。"

王德说："卫家当初戴罪归国，本来该老老实实灌园治产，加倍谨慎小心才是。可没想到现在卫益寿越发乖戾嚣张，竟跟诸侯王勾结，威胁朝廷。我现在忧

---

① 贼杀：秦汉时代法律属于，指谋杀。

② 赤族：赤，空。全族人扫荡一空，是灭族的隐晦说法。

惧的是，谋反案发生在我的县治，怕脱不了干系。这可如何是好？"

小武当时心里一震，又喜意盈胸，他想，"南昌虽不算小县，还是豫章郡都尉治所，但和三辅①、三河②等大郡的诸多名都相比，又不值一提。若我能破解这个谋反大狱，该多好啊！只怕马上就可以选补县丞吧？那可是三百石的长吏啊，腰间可以挂方形印绶的。我的老师李顺勤恳了一辈子，也只是个有秩啬夫③，秩级不过百石。腰间虽配着官印，却是长条形的半通印，有甚稀奇？只能吓唬乡下人。若我能配上县丞印，那时回到青云亭，出入闾里，还有谁敢不敬？"他语调都有些颤抖，安慰王德："明廷不必担心，按《盗律》，凡发觉谋反，率先有所捕斩的，非但不会坐罪，还有大功。明廷要飞黄腾达了。"王德没那么自信，拍拍小武的肩膀，叹道："全仰仗先生了。狱事结束之后，一定保举先生为县丞。"

小武呆呆坐着，一时间心里浮想联翩，险些忘了继续讯问。

婴齐不知何时走了进来，在他耳边提醒道："令史君。"小武这才回过神来，两手手指互相交叉，把关节按得脆响："韩孔，把你当天所见一一讲来。"

韩孔低下头想了想："希望令史君能安排一个方便的地方。"

小武点了点头，招手把婴齐叫到身边，低声道："让这些狱吏都出去，就我们两人留下。"

狱吏们都蜂拥出去了。婴齐关上门，闩好，回到韩孔身边："这回你该全部交代了吧。"

韩孔的脸色仍有些忧惧，再次要求喝水，才缓缓道："要说起那天的事，实在不可思议。那天，小人根本没有来得及剽劫，只见那女子走到巷子中央，旁边一个门突然开了，那女子侧身蹩了进去。接着门内探出一个男子的脑袋，大约二十米岁，很年轻的样子，他向四周望了望，脸色诡异，又不见了。那天鬼使神差，小人非常好奇，见旁边正好有棵高大樟树，就冒雨爬上去，落到那个屋顶

---

① 三辅：西汉时期，长安京畿地区分由三位官员治理，称为京兆尹、左冯翊、右扶风，后也成为三位官员管辖的地区之称，辖境相当于今陕西中部地区。

② 三河：汉时称河东、河内、河南三郡为"三河"，在当时地理位置特别重要，《史记·货殖列传》云："昔唐人都河东，殷人都河内，周人都河南。夫三河在天下之中，若鼎足，王者所更居也。"

③ 啬夫：秦汉时的官名，起初是各级官署主管官员的泛称。乡啬夫按所在乡人口多少，级别也不同，大乡的乡啬夫，称有秩啬夫，秩级为百石；小乡就称乡啬夫，秩级低于百石，为斗食。乡啬夫主要掌管本乡诉讼、收税、户口等事宜。

上，又跳下屋顶，见旁边是个堆草料的房子，似乎没人，就躲了进去。里面黑咕隆咚的，但那夯土墙正好有个缝隙，小人凑上去，眼睛正好能看到屋里的情形。"

"你看见什么了？"小武忍不住插嘴。

"小人见那女子收起伞，突然回过脸来，脸上似笑非笑。原来她的脸色很白，长得很好看，就是男人一看了就想搂抱亲嘴的那种。我正在奇怪，忽然见她傻笑了一下，把伞换到右手。这时，那个二十岁左右的男子和另外一个身着杏黄衫子的女子走了过来。他们都是背对着我，那持伞女子见了，躬身施礼，很恭谨地说：'翁主^①，今天外面一个人都没有，真是扫兴，看来只有采取别的办法了。'"

小武惊讶地打断韩孔："你说什么，翁主？你没有听错？"

"绝没有听错。当时屋里很静，小人离他们并不远，当时也有些害怕，怪不得，一般人家哪会有这样白的女子，原来竟是翁主家的。小人又听到那黄衫女子道：'不管怎样，这事要完成。若能劫得这三十万五千张强弩，我们的力量就足够了。对了，卫益寿那边怎么样？'

"那持伞女子道：'不怎样，卫益寿那伧父，胆小如鼠，仍是犹犹豫豫，不敢动作，大概还想等皇帝陛下的赦令呢。'

"那黄衫美人道：'卫益寿的确是个伧父，他的族弟卫子方做长乐卫尉，官是不小，可近来突然就倒霉了。皇帝陛下这些年来，可真是越来越糊涂，病恹恹的，竟然相信什么鬼巫蛊^②，怀疑有人祝诅^③他。而江充这个奸贼投其所好，大肆鼓吹，最近卫子方已经牵连此事下狱，结果不知道会如何呢？'

"那持伞的女子道：'是啊，婢子得到翁主的文书，当即转告了卫益寿，他还不信。皇帝陛下不住在长安未央宫、建章宫，却跑到三百里外的甘泉宫养病，并且下了一道密诏，让一个什么侯，好像是姓韩的，全权处理巫蛊狱事。我看这回连皇太子也凶多吉少。'"

小武又打断了他："姓韩的侯？莫不是按道侯韩说？"

韩孔道："对对，我记得听起来像是这个名字。令史君太博学了。"小武笑道："你继续讲。"

---

① 翁主：汉代皇帝的女儿称公主，诸侯王的女儿称翁主。

② 巫蛊：古代迷信，认为巫师会使用邪术嫁祸于人，这种邪术称之为巫蛊。

③ 祝诅：诅咒。

"小人听那黄衫美人哼道：'幸好按道侯最亲信的奴婢是我们大王宠婢的同产弟弟，急忙把这件事情通过秘密邮传报告大王，大王这几日真是又喜又忧啊。'

"那持伞的女子说：'其实大王何必忧虑？皇太子倒了，我们也可以改变计划，说不定大王就被立为皇太子呢?!'

"那二十来岁的男子笑道：'果然这样的话，我们也省了很多事。其实大王何尝想去谋反，不过因为皇帝陛下近年来喜怒无常。去年宗庙祭祀典礼，一天之内褫夺了一百多个列侯的爵位，理由竟是助祭的黄金成色不纯，态度不够恭敬。自从皇帝陛下御体有恙，总怀疑大臣盼他早死，连他一向喜爱的宠臣，也因为修治驰道没有及时完工，被他责问，自杀谢罪①。如此喜怒无常，大王也很怕某一天会突然掉脑袋啊。'

"'是啊。'那黄衫美女低首沉思了一会，'这些事暂且不管它。诸君好好想想，怎样才能找个借口冲击县廷，进而劫持郡都尉，夺得那武库的强弩和兵车？我倒想了个主意，不知你们怎么看？'

"那男子喜道：'翁主有什么主意快说。现在皇帝陛下御体不安，长安形势不定，动手越早越好。'

"那翁主笑了笑，突然转过头来，我魂飞魄散。"

小武道："怎么，吓得？那翁主长得很丑么？"

韩孔道："正好相反，说来令史君肯定不信，我才赞叹持伞的女子好看，但跟这个穿黄衫的女子比，简直就像乌鸡见了凤凰。那是天仙，天仙啊，她长着大眼睛，一闪一闪的，对着我藏身的地方看，突然抓过身边男子腰间的短剑，一扬手，把那短剑朝我掷来。我趴在那里，动不了，那短剑钉在我身边的房梁上，发出噗哧的声音。

"围在她身边的人都惊了，这时她开口了：'有人在这偷听我们的谈话。'她身边的男子立刻拔剑，大嚷：'在哪里？绝不能让这人跑了。'他身边的两个随从也马上拔出环刀，朝我隐藏的方向扑来。

"我马上跳起，撒腿就跑。那两人差不多已追到我身后，其中一个扬剑就劈，我听得脑后风声，赶忙向前一扑，他的剑尖劈中了我的脚踵。我心里也怒了，知道这次不管怎样也逃不出去，干脆拼个鱼死网破。于是也拔出腰间短刀，回身便

---

① 据描述的事迹，指酷吏义纵。

刺。那两个人的刀术说不上太好，甚至有点畏怯，让我有机会靠近他们。不一会儿，其中一个被我刺中了小腹，另外一个惊恐低呼，退后了好几步。我也不想纠缠，只想着逃跑，心里惊恐极了。天汉元年，我曾服过兵役，在长安驻守，有半年是做建章宫卫卒，亲眼见过谋反狱的残酷，那次是济南太守王卿和邳离侯路博得的儿子勾结，贩卖关中铁具出关，牟取暴利。事情发觉，被定为大逆不道，牵连而死的有两千多人，在渭水边处决。行刑那天，我执戟站在建章宫的神明台上值班。那台子很高，可以俯视渭水的河岸，我看见五个刽子手一起行刑，从早食一直砍到日仄才结束，渭水的确被染成了红色，我亲眼看到的。中间，刽子手们还停下来吃了饭，亏他们吃得下。这些人的谋反阴谋被我听到，是绝不会放过我的。果不其然，因我脚踵受伤，还没出门，只听得后面飕飕声响，随即我的小腿和肩胛骨一疼，各被钉上了一支短箭。我扑倒在地，那翁主走到我面前，我先看见裙裾，顺着裙裾往上看，仙女手上端着一张色泽黯淡的小弩，弩背上画着菱形的花纹。我低头看那支插在我肩头的羽箭，箭杆削治得很好，我当建章宫卫卒的时候，经常奉官厩令的命令，把武库的兵器搬出来晾晒，知道什么样的箭杆是好的。……哦，是，我是扯得太远了。她身边那个男子罩衣后面露出一角皮甲，手里握着一柄暗绿花纹的长剑。呃，令史君，再给小人一碗水喝吧。"

小武笑道："嗯，你描绘得不错，没白在长安当两年卫卒。婴齐君，再给他一碗水喝。"

韩孔咕嘟咕嘟喝水，小武看着他，暗暗思忖，"他们一定想拉韩孔入伙。刚才我一直纳闷，这个椎鲁的粗人，口才似乎还不错，原来戍卫过建章宫，看来长安真是龙腾虎跃之地，便去见识几年，也不一样。"这样想着，心中油然向往。

韩孔用衣袖擦了擦嘴："那男子提剑就想刺死小人，天仙阻止他道：'且慢。这人我认识，好像和县廷无关。'她看着我问，'你是叫韩孔吧？我在卫府见过你，你不是经常去卫府赌博的吗？'

"我看着天仙，赶紧答应，说：'天仙姊姊，我的确经常去卫府赌博，卫府的某个侠客是我的结拜兄弟，他常劝我一心一意来卫府效力，可是我生性懒惰，不愿为人奔走。况且卫府——我知道这样的家族很复杂，最好别卷进去，当初在长安，眼见这类罪臣最后都被族诛，我还想保条命呢……你，你怎么会这么美？神仙也没你这么漂亮！'

"那天仙笑道：'少胡说八道，本翁主看你会些技击，而且能选进建章宫做卫卒，应该有些本事。刚才你刺伤我一个属下，我不怪你。现在你面前有两条路好走，一是让我给你喉管钉上一箭。'她晃晃手中小弩，'我还有淬毒的箭头，射入不会马上死掉，可以慢慢享用。二是跟我们一起干。你做过建章宫卫卒，也算见过世面，长安很美吧！他日我们大王当上皇帝，我让你做建章卫尉，你想不想？奇华殿的美食，你吃过吗？'

"我看着天仙，神不守舍。令史君不要怪小人胡言乱语，假如令史君见过那天仙，只怕一样。我满口答应：'好的，我愿做你的奴仆。'天仙笑了，转首对那男子道：'那就把这人收了，大王说了，网罗游侠，多多益善。尽力把豫章郡的几十万张强弩弄到手，再把高辟兵干掉。'"

小武惊了，高辟兵是新任豫章郡都尉，看来这韩孔说的话，完全可信。他想，豫章郡竟然有这么大的武库，自己当了几年的亭长，竟不知道，因道："广陵王国，总共才五个县，人口二十万，胜兵者①只怕还不到三万，竟有这么大野心。"

韩孔道："小人也不知虚实，只知道卫府和广陵王国的确有秘密邮传往来。"

小武不屑道："当年吴楚七国那么大的声势，尚且没有成功，这小小的广陵国，真是癞蛤蟆想吃鸿鹄屁。今上几位皇子，燕王、昌邑王，只怕都比广陵王够格。很好，韩孔，虽然你参与谋反，但能自首，可以除罪了。还有什么可以补充的没有？"

"谢令史君，"韩孔高兴起来，"天仙说完，招手叫那个持伞的女子，小人这才真正看清那女子相貌，椭圆形的面庞，嘴角长着一颗小黑痣。小人感觉好像在哪里见过，还没想出来，只听得天仙对她笑道：'丽戎，这次需要你吃点苦楚，让他们南昌县热闹热闹。'那持伞女子皱皱眉头，说：'翁主放心，婢子愿意。'"

"哦，我明白了。"小武叫道，"那个女子喜欢皱眉头，她就是卫缀，怎么又叫丽戎了？"

韩孔道："小人听见天仙叫她丽戎，原来她又叫卫缀？怪不得面熟，可能小人在卫府见过。"

"嗯，你的确只能在卫府见过她。"小武用指头敲了敲几案。

"那天仙走到我跟前，俯下身来，伸出两根手指，捏住我手上短刀的刀刃，意思是要我放手。我看见她的面庞，手指就松了。她对我笑着说：'像你这样的

---

① 胜兵者：能打仗的人。

好汉，就用这样破烂的刀，太委屈了。这样也好，卫府的兵器都质量精良，碰上干吏，恐怕能看出破绽。你这刀市面上到处都是。'她转过身，一刀插在丽戎的左肩上，丽戎只轻轻哼了一声，强笑道：'翁主刀法精妙，再深得一寸，奴婢只怕要魂归泰山，在地下帮翁主造反了。'

"天仙的脸色变了一下，又笑了笑说：'哪里是造反，我们大王本来就该当皇帝。再说，不是万不得已，我也不想让你受苦，谁知道你弟弟现在是我姑姑盖主床上的红人，要不是你弟弟，盖主也不肯这样帮我们大王。'天仙又从身上掏出一个精巧的漆盒，说：'这是秦朝皇宫藏的神药，药方已经失传，高皇帝入关的时候，萧相国只在少府的官邸找到几十盒，十分珍贵，你现在所受的宠遇不低吧。'

"丽戎道：'跟了翁主这样的主子，自然没有坏处。'天仙道：'盖主一定会让你弟弟尚①她，汉家规矩，尚了公主可以封侯，到时大王还会把肥成和梁父两县都封给你们。你们家族就不再是我广陵王的奴仆了，而是新皇帝的功臣。现在我们该走了，以下的事就看你的了。'"

"哦，原来丽戎姓丁氏，卫缀乃是她的化名。"小武喃喃地说，"这事还牵连到了鄂邑盖主，真是越来越玄妙了。"

"令史君怎么知道她姓丁？"韩孔道。

"这你不用管，韩孔你只管继续讲下去。"小武道。

"接下去那翁主就说：'出发。'小人被他们带到了卫府。丽戎留了下来，她接下来要干什么，小人不知道。其实另外有件事，小人不知该不该跟令史君讲。"

"当然应该讲。"小武道。

韩孔斜了婴齐一眼："小人认识令史君的弟弟去疢，他不就在卫府做门客吗？他的武艺很卓绝，是卫益寿的贴身护卫，出入离不开的。小人不知令史君怎么处理这事，当时小人叔叔要去县廷自首，他事先探得消息，前去追杀，只是没有成功。"

小武脑袋嗡的一声，险些瘫倒，原来在桓表前和县吏格斗的大男子就是弟弟。不过他马上坐直了身躯，凝视着韩孔："那个孽竖，真要是这样，我也只能大义灭亲。"他让婴齐把韩孔带下去："刚才的审问暂且不要公开。"

---

① 尚：身份低的人娶公主、翁主叫尚。

—— 第三章 ——

伧夫任都尉　群盗集江汀

　　高辟兵一直很烦恼，他没想过会被发配到豫章郡来当都尉。他这辈子从未带过兵，也没有任何基层吏治经验，靠着家族的荫庇，得以封侯。虽然他从小也接受了良好的教育，《论语》《孝经》背得烂熟，可那都是被动的，他自身并不喜欢。长大以后，他对争做中郎、侍郎、郎中简直毫无兴趣。无奈大汉的规矩，多少大吏都是出身于郎官的，他怎么好例外？当然也有另外一条路，就是从最基层干起，忙忙碌碌，一年一年地累积功劳，缓慢升迁。若有幸多次考核为优等，再碰到运气好，就可能被朝廷派去试守"剧郡"[1]。仍旧合格，就可能做上京兆尹，然后升九卿，御史大夫，最后封侯拜相。可高辟兵自生下来就没有这兴致，他还不到三十岁，体态已经肥硕臃肿，平生唯一的爱好就是下厨做菜，有时他还会引用《论语》的"食不厌精，脍不厌细"来为自己辩护。既然大汉的诏书都喜欢引经据典，他为什么不可以呢？他可以一整天在厨房里鼓捣吃的喝的，家里的厨子都被他赶跑了，就这样，他把自己养得丰满白嫩。但同时，也引起了他同母异父妹妹史次倩的无比蔑视。

　　史次倩在十六岁那年嫁给皇太子刘据，被封为"良娣"[2]。本来也不是太子的正妻，可是因为她第二年就生了儿子，皇帝十分高兴，特意御临明光宫，看望

---

① 剧郡：当时称政务繁重、治安很差的郡为剧郡。
② 良娣：汉代太子妃嫔分为三个等级，妃、良娣、孺子，良娣是第二个等级。

初生的孙儿，并亲自赐名为刘进。大约是希望这孩子能日渐进步，明摆着，皇位终究会传给他。母因子贵，史次倩立刻被扶正，当上了太子正妃，家族也马上兴旺发达起来，四五个兄弟获得荫庇，做上了郎官侍从。他们的名字登录在皇族名册上，可以自由出入未央宫和长乐宫。

高辟兵是史次倩的母亲和前夫生的儿子。他们的母亲姓田，大名贞君，小名叫细儿，家族早年从鲁国迁居到长陵，年轻时漂亮明丽，早早就被长陵的高氏看上。高氏是从齐国迁来的大族，家产巨万。他们派人来求亲，细儿家当然不会拒绝。虽然细儿家本身也不贫穷，可和高氏相比，却是小巫见大巫。

细儿出嫁后也时常回娘家，和母亲相处融洽。有一天，母女两个一起去逛长安城，在厨城门①外，看到一个乞丐，正坐在城墙脚下晒太阳。时值春日，韶光骀荡，空气里充溢着芬芳的气息。那乞丐的头顶上，青色的细柳如线，不时地拂着他蓬乱肮脏的头顶，他却一直埋头专心致志捉着虱子。细儿经过他面前，丢过几枚五铢的铜钱，声调沉闷地落在他的木碗里。那乞丐好像被吵醒了好梦，猛地抬起头，一瞥之下，眼睛突然发直，嘴巴张得老大，良久没有闭拢。细儿心里暗暗好笑，可能是自己的美貌让这老乞丐也神不守舍了，穷成这样，还真有心情。细儿忍不住笑出声来，对母亲说："阿媪，你看他好生奇怪，竟然这样看女儿……真是讨厌。"母亲看那乞丐，也笑了："我们家的细儿，自小就名扬三辅，五陵的富家少年哪个不神魂颠倒，何况一个乞丐?! 让他看两下也掉不了一块肉，这样的人，真是可怜。我们走吧！"

那乞丐似乎听见了母女俩在车上的对答，嘎嘎笑了，张开缺了几颗牙齿的大嘴："阿媪这话说得逆耳，你这女儿虽然美貌动人，可也未必能让老夫惊艳啊。别看老夫现在潦倒，年轻时也是偎遍花丛的。长安是天子的行在所，天下郡国的美女云集，老夫早看腻了。你们啊，眼窝子浅。"

"哦，"母亲惊讶那老乞丐吐辞文雅，不觉莞尔，"那么，真是唐突老丈了，老丈既然见多识广，那不妨明示，为何刚才表情大变呢？"

"嗯。"老乞丐掸了掸前襟，目光向着远处如缎带一般的渭水，似乎流露出一缕哀伤，"金庭玉砌，老夫当年也不是没踏过的，只可惜世间的事就是这样，算

---

① 厨城门：汉长安城北面有三个门，从西向东依次是横城门、厨城门和洛城门。西汉时，厨城门作为主门，国家一切重大活动必须由厨城门出入。

得了别人的成败，却算不了自己的盛衰。"

细儿转首向母亲，低声耳语："这老乞丐好大的口气，动辄老夫，好像是卿大夫出身一般。看他这邋遢猥琐的样子，可半点像富贵过的？"

母亲倒严肃起来："你这孩子知道什么？富贵荣华随运而化，没有万世享用的道理。"她指着城门，"这厨城门内的西市，近几十年，就不知有多少王侯将相在那里引颈受戮呢。你且听他讲些什么。"说着已经下了车，对老乞丐说，"小女无知，请先生勿怪，明示端的。"

老乞丐微露喜色："老媪是个明白人，实不相瞒，老夫乃河南郡人，自小拜荣阳留长卿为师，学习相术。后来游学梁国，得梁孝王宠幸，聘我留在宫中，赐给高爵。再后来梁孝王因为谋反忧死，宫中大小都被牵连，我也输入中都官为鬼薪①。三年刑满，我因为腿在服刑期间受伤，无处可去，就想依附大族，做点小职事糊口，却因为在王国任过职务，按照《左官律》，倍受歧视。后来腿伤加重，成了个瘸子，只好在这厨城门外乞讨为生了。刚才见到令媛，的确让我眼睛一亮。不过并非惊异她的美丽，令媛丰颐宽额，其实是大贵之相，贵不可言。我年少时遍阅相书，悉心钻研，如果这次看错了，那这世间的相书都该烧掉了。"

细儿母亲疑惑道："先生所言实在让人惊异，贱女已经嫁了长陵高氏，高氏固然曾是齐地豪族，但近几十年来，也没有做官做到二千石以上的，所谓贵不可言，恐怕难以指盼吧。"

老乞丐笑了笑："我还指望田媪当上皇亲，将来能依附以度残生呢。区区二千石的小官，也值得老夫开口吗？老夫认为，不出二十年，令媛会当上皇帝的岳母，她生的女儿贵不可言。"

细儿母亲满心欢喜，给了乞丐一千钱。过了一年，细儿生了一个儿子，取名高辟兵，满心指望下次生个女儿，以应了乞丐的预测，却没料到再过得一年，丈夫却因病一命呜呼。细儿回家时怨恨道："都怪阿母贪图富贵，将我嫁给高氏，却没想到是个病鬼。阿母还相信那乞丐的昏话，说我将来生个女儿会当皇后。哪来的女儿？我现在只能做寡妇。"

看到女儿悲伤，田媪也有点悔恨。谁知没过几天，灞陵的大族子弟史步昌浪游长陵，偶然碰到了细儿，垂涎她的美貌，再打听到她新近死了丈夫，好不欢

---

① 鬼薪：秦汉法律术语，一种服三年劳役的刑徒名称。

喜，当即下了聘礼，将她娶去做了小妾。细儿过门不两年，一连生了两个女儿，大女儿叫史曼倩，小女儿叫史次倩，都长得如花似玉，尤其是那次倩，十五岁的时候，美貌之名已经传遍三辅，比细儿当年有过之而无不及，连皇太子所在的东宫，都知道了。皇太子立即派人去史家纳聘，娶次倩进宫，封为良娣，地位仅次于正妃。细儿这才想起乞丐的话，十分感激，派人去厨城门找，想请回家终身奉养，却听说乞丐已经在前一个冬天冻死了。周围的乞丐还说，那老乞丐死前一直念叨，说贵人没如约来报答他。细儿听了，心里嗟叹不已。

次倩嫁给太子刘据后，肚子倒也很争气，次年就给太子生下了皇太孙刘进。太子也把史氏的很多族人都招进太子宫，只是次倩仅有个姊姊，同产中没有男性，未免感到遗憾。细儿突然想起当年在高家和前夫生的儿子高辟兵，于是请求给高辟兵一个职位。刘据正宠幸次倩，对岳母无不听从，立刻推荐高辟兵进宫为中郎。谁知高辟兵并不争气，坐在郎署经常瞌睡，嘴角涎水流得老长，同僚无不匿笑。细儿觉得郎吏清闲，难免瞌睡，又请女儿游说皇太子，想将高辟兵发到下面郡县去担任实际管事的官职，历练一下。太子不好亲自出面，请妹妹鄂邑盖主帮忙，盖主就暗暗讽劝丞相、御史大夫，奏请高辟兵为豫章郡都尉。

江山易改，本性难移。高辟兵来了豫章郡，还是老样子，天天躲在家里下厨做饭，吃饱喝足了，就躺在庭院的大榖树底下睡觉。丞属掾吏们很着急，集体去拜谒，想请他去官署处理政务。高辟兵光着个膀子卧着，乐呵呵地说："诸位不知道，我这是'无为而治'啊。当今天下太平，君臣无为，不骚扰百姓，才是最好的治道嘛。"他脸上、胸脯上的肥肉一颤一颤，晶亮的汗水在肉的褶皱之间闪烁游走。"哎，你们豫章怎么会这么热呢？"他岔开话题。

掾吏们赔笑道："敝郡地处江南，这南昌城里又有赣水流过，难免又湿又热。我等都是本地人，习惯了炎热，真羡慕都尉君生长帝都，长安是非常的爽垲吧？"

"那是，"高辟兵笑笑，"你们不知道，每次皇帝下诏书，要列侯们回自家封地，那些封邑在江南的列侯，无不唉声叹气的。还是长安好啊！"他一双绿豆大小的眼望着都尉丞，"公孙君，你也是在阳陵邑①长大的，应该知道的。"

---

① 陵邑：西汉皇帝从高帝刘邦到宣帝刘询，都在所葬的陵墓附近建筑城邑，迁徙天下豪富大族充实其中，称为陵邑。

那个叫公孙都的都尉丞笑道："的确，下吏刚来的时候，也适应不了这里的燠热，可是过了几年，反而喜欢上了。都尉君住在长安的直城门边，面向北阙的甲第，下吏曾经求家叔带下吏去见识见识，却被家叔拒绝了，还指斥下吏读书太少，性格粗鄙，礼节不修，恐怕惹皇族人笑话。对了，都尉君能来此执掌重职，可见深受皇帝陛下器重。虽然辛苦一些，可是有什么比得到皇帝陛下的信任更重要呢？刚才都尉君说无为而治，非常精辟，只是下吏侧闻，皇帝陛下崇尚儒术，都尉君身为皇亲，自小也熟读《论语》《孝经》，儒学深厚，皇帝陛下喜欢以经义治国，以《春秋》断狱，都尉君正好可以施展才华，将来致位公卿。黄老之说，恐怕已经不合时宜了吧。"

高辟兵的笑容收敛了，他摸摸自己肥硕的胸脯，随手一把汗甩了出去，险些甩到掾吏们的脸上。他不耐烦道："《论语》《孝经》，天下无人不读，哪里算什么深厚儒学？我若擅长儒学，难道不早早去钻研《诗经》《仪礼》，当清闲的博士，还跑到这鬼地方来受罪？诸位不要再说了，无为而治，早就证明有效的，文皇帝、景皇帝就是靠无为而治，才令天下衣食滋殖。还有本朝的汲黯，做东海、淮阳太守时，天天就在屋里睡觉，年终考课却总在天下郡国前列。况且都尉职任不比太守，都尉只管军备，不治民事，而当今天下太平，当载戢干戈，载櫜弓矢①，放马于南山之阳。我们啊，安享太平就行了。"

丞属们既知高辟兵有显赫的背景，任职地方不过是做个样子，捞取点升职的资历，见他懒洋洋的，只好怏怏告退。高辟兵吩咐奴仆关上阁门，不许人进来打扰，随即在树荫下眯着眼，继续晾一身肥肉。公孙都等掾属面面相觑，回到前院，正要各自归曹署，公孙都道："既然都尉君说无为而治，我等回曹署做事，倒像是故意和都尉君对着干似的，今天也算休沐日，不如各自放松，去外面找个酒馆吃点好的。"

公孙都虽是都尉丞，可秩级很高，一般说来，各郡都尉只信任自己选拔的掾属，对朝廷派遣来的都尉丞佯装客气，并不重用。掾属也个个心知肚明，对都尉丞颇为轻视。但豫章郡都尉高辟兵既然是个饭桶，掾属们本能地都奉公孙都为长吏。听他这么说，个个附和。于是大家整整衣装，就往府外去。公孙都压低声

---

① 载戢干戈，载櫜弓矢：出自《诗经·周颂·时迈》。戢，收藏。櫜，包裹。干戈，古代的两种武器，引申为战争。这两句是说，将武器收藏起来，指不再诉诸武力。

音，对其他掾吏说："没想到我们都尉府每日只见袅袅炊烟，叫百姓们知道，真要笑掉大牙，皇帝陛下怎么会派这人来掌管冲灵武库？"

掾属们还有些谨慎，你望我，我望你，不敢回答。公孙都遂指着自己亲信的一个曹吏说："你看，大家都不敢说，将来出了事，我还可以说我是劝谏过的，按《置吏律》，长吏犯重罪，之前苦苦劝谏过的掾属，可以免罪；未劝谏的，都要下狱。你们明哲保身，不一定保得住脑袋。"

这话有效，那曹吏当即愤愤道："他是皇太子妃的大兄，有什么奇怪？"公孙都拈了拈颔下稀疏的胡须："诸君有所不知，近年来皇帝陛下宠爱钩弋夫人，卫皇后家族已经失宠了。据说，皇太子天天担忧自己被废掉，只怕不久之后，波澜四起。所以我不明白，为什么皇帝会让这样的人来做豫章都尉。冲灵武库的安全与否，和我们每个人息息相关，我们千万不要为他陪葬了。"

掾吏们个个脸色凝重，有一人叹道："都尉丞君，下吏斗胆说一句实在话，皇帝陛下近年来律令变换频繁，用法又峭刻，我等真是战战兢兢。当年暴公子①被任命为绣衣使者，持节，到我们豫章郡来巡视，二话不说，就征发郡中的车骑甲士，把太守、都尉及丞属十多人斩首，现在想起来还后怕。真怕不久之后，又一个绣衣使者下来，我们不知还能否保住这颗吃饭的家伙。都尉丞君也知道，现在梅岭那边盗贼聚集有数百人，我们也只能封锁消息，不敢让长安知道，按说这是欺君大罪。都尉丞君何妨向令族叔公孙君侯打听一下消息，探询皇帝派高辟兵来掌管冲灵武库到底是何用意？"

公孙都皱起眉头："疑问就在这里，但家叔目前实在顾不上这事。我也不怕向诸君坦白，我堂兄太仆公孙敬声去年被人陷害，说他贪赃，已经下廷尉狱了。家叔因此向皇帝请求，以捕获阳陵大侠朱安世为条件，为堂兄赎罪。皇帝一向器重家叔，自然是答应的。现在家叔已经布置家吏，以丞相府的名义给天下郡县发牒，逐捕朱安世。但皇帝有个期限，如果不能在十月考课结束之前捕获朱安世，我堂兄性命不保。"

有个掾吏欲言又止，但最终还是开口道："下吏有个疑问，这朱安世再了不起，也不过是个豪猾大侠，逐捕他，不过是亭长的职分，何至于惊动皇帝陛下？况且皇帝要捕朱安世，直接下诏名捕即可，天下郡国小吏岂敢懈怠？何必要假手

---

① 暴胜之，字公子，曾任绣衣直指使，当时官至御史大夫。

令叔？此外，公孙太仆因罪下狱，若捕一匹夫便可得赎，置律令于何地啊？也不像皇帝陛下的行事风格。"

公孙都叹了一声："朱安世很不好捕，皇帝曾经下诏，一直没有捕到。"

另一掾属说："下吏曾经听说，前年皇帝陛下行幸河东后土，郎官苏贤随从圣驾，正好碰到宦骑与黄门驸马争船，把驸马推到河里淹死了。宦骑逃亡，皇帝下诏让苏贤追捕，没捕到，苏贤因此惶恐服毒自杀。"说到这里，他自己停住了。大家面面相觑。公孙都倒是强笑："我就喜欢听真话，家叔应该也能想到，万一捕不到朱安世，不但我堂兄活不成，家叔自己也会受牵连。"

另一掾属岔开话题："不知道朱安世犯了什么天大的事情，以致皇帝陛下不惜任何代价要捕到他？"

公孙都叹了口气："你们不知，这朱安世是名震整个三辅的大侠，我年幼时，就知他的大名。此人不但武功高强，还乐于周济贫困，因此吸引了一帮五陵恶少拥戴。他想杀一个人，根本不用吩咐，那些恶少会随时观察他的脸色，偷偷去帮他杀，杀完也不向他表白。他的声名极致时，连朝廷卿相都争相吹嘘自己是朱安世的朋友。"

"这也太没有王法了。"掾吏中有人怒道，"人命至贵，谁能够代天子致刑罚？怪不得皇帝陛下震怒。只是下吏还有一点不明白，如果皇帝陛下的诏书都捕不到朱安世，丞相又怎能捕到？"

公孙都紧锁眉头："狱吏阳奉阴违，不肯尽力也是有的，家叔这些年养了不少门客，他们还是有些本事的。"又压低了声音，"也许皇帝陛下只是想给家叔一个机会救我堂兄，陛下还是太子的时候，家叔就开始侍奉他，到今天都快五十年了，陛下对家叔还是颇有感情的。不管怎样，达议一定要抓住朱安世。"

掾吏们相视点头，纷纷道："现在高府君不管事，一切都听都尉丞君调遣。"公孙都也笑着点点头。都尉府旁的第一个里便是南浦里，众人这时走到南浦里门前，只见里门旁边的墙上，被垩粉新刷得雪白，上面新增了墨书大字。公孙都不由得止住脚步，眯着眼仰头看那些大字，写的是：

太始四年八月丁亥朔丁未，南昌县令德、决狱曹令史武行丞事，告南昌县各乡、亭、市、里：今诏书名捕三辅大盗朱安世，督盗贼史写移诏书，书下移至各部吏，各部吏即逐捕所辖各部界中，并明白大圖书写此牒文，悬于各乡、亭、市、里高显处，使吏民尽知之。

下面也是新刷的一块白墙面，也是墨笔的大字：

太始四年七月辛丑朔戊辰，丞相臣贺承制诏侍御史曰：今逐验捕治京师大盗贼朱安世，年四十五岁，为人：中状、黄色、大头、黑发有虬须、圆面。书到，二千石遣无害都吏逐捕。御史大夫下丞相、中二千石、二千石、郡太守、诸侯相，承书从事下当用者。如诏书。

正看着，一个五十岁左右的男子从里门内的小屋里出来，躬身拜谒："都尉丞君，怎么有空出来？"公孙都知道他是里长，说："王德的手脚倒不慢。不过这个决狱曹掾吏名叫武的是什么人？姓氏是什么？他竟然'行丞事'①，原来的县丞呢？"

里长讨好道："都尉丞君有所不知，这决狱曹掾吏沈武，是县令王公才亲自提拔的，原来是本县青云里的亭长，因为刚刚破获一起疑难凶杀狱，王公上书为他请求嘉奖，太守报文，将他破格提拔为守县丞的。"

"哦，"公孙都惊讶地说，"是不是那件卫府剽劫狱，竟被他破获了？我前两天还听说那件狱事特别复杂，恐怕很难考竟的。"

里长恭敬地说："那件狱事的确复杂，当初县廷几个老练狱吏费尽辛苦，一无所得。而卫府催逼又紧，县令王公好不烦恼，亏得这位沈武明智冷静，捕获了一个名叫韩孔的真凶。"

公孙都有点兴致盎然，笑着吩咐里长："你去拿几张竹席来，今天是休沐的日子，我们闲着也是闲着，索性就在这里帮你纠察来往的奸人算了。"

那里长没想到一个八百石的长吏肯和他这小小的里长聊天，脸上当即绽开了一朵菊花。他欢天喜地道："都尉丞君请稍候，小人这就去准备竹席瓜果。"退了两步，转身扭进了里门，像只兔子那么迅疾，只听得门内传来他惊喜的叫声："老婆子，儿子，快，都尉丞公孙君来做客，这可是祖坟冒烟了，快把那陈年的米酒搬出来。"

公孙都听着笑了笑，对掾吏们说："百姓没见过世面，见我这个小官就欢喜

_____

① 行丞事：还没有正式任命，暂时代理县丞的职事。

成这样。若在长安，我就跟一个乞丐差不多。不过，你们可以看到，当官，实在是何等荣耀啊！"他沉吟了一下，又仰首叹了口气，"希望家叔在丞相的任上，不要出什么差错才好。"

掾吏们面面相觑，不约而同露出为难之色，他们低声道："朝廷有规定，二百石以上的长吏进入里门，官服都应该穿戴整齐。丞君可是八百石长吏，官仪威严，今天要和里长坐在一起喝酒，若被奸人看见告一状，说丞君混迹黔首之间，不顾官仪，亏损朝廷威严，只怕不好。"

公孙都笑了："诸君勿太过虑。其实高府君虽然疏懒，但他刚才有句话却并非没有道理，朝廷任命你做地方官，不管你用什么方法，只要能保证地方平静无事，你就是能吏，不必拘泥小节。在百姓面前注重官仪固然重要，但偶尔展示亲民姿态，百姓更会感恩戴德。说点正事，我现在很想知道，那个沈武到底有什么能耐，如果他真擅长决狱，倒是个人才。我听说朱安世可能就在九江郡、广陵国一带活动，想抓捕朱安世，需要多选拔些能人才好。"

他们正说着话，忽然里巷一阵喧动，只见刚才还空荡荡的里门前，已经挤满了人头。不管是里门左边的穷人，还是里门右边的富人，都一个个呆傻而艳羡地看着公孙都和里长一家。里长更是兴奋，大声对那些人说："都回去都回去，不要看热闹，有什么好看？丞君莅临我们南浦里，我们里邻固然光荣，但也不要妨碍了丞君公事。"又指了指墙上的匾书，"看见没有，丞君奉皇帝陛下的诏书，逐捕京辅大盗朱安世。你们这样拥挤混乱，若被奸人混迹其间，就会生事，就会废格诏书，废格诏书就要杀头。你们摸摸自己的脖子，有几个头可杀？"

里门内外登时一阵哄笑。不多时，那些脑袋们也就渐渐缩回去了，只剩下里长一家五口。他们把竹席子铺在里门口一棵冠如车盖的大柚子树下，恭敬道："丞君请东向坐。"

公孙都也不客气入席，随行几个掾吏按照级别，或南向或北向或西向坐好。公孙都问里长："我要继续问刚才的问题，你说的卫府剽劫狱，按说是一件小小的狱事，怎么前些天闹得满城风雨似的？"

里长诺诺连声："小人也不清楚，只是听说本郡太守陈府君屡次为此事下记切责县廷。"又看看四周，低声道，"还有人说，是卫府故意生事，想趁机作乱。"

公孙都见他神色紧张，也知道缘由，普通百姓哪敢得罪卫府，就抚慰道："你不用怕，有什么事，本都尉丞可为你做主。"又环视掾吏，"你们难道不觉得卫府太嚣张了吗？一个区区五百户的列侯，在地方上不夹着尾巴做人，岂不找死？所有列侯，地方官都会派人盯着呢。小吏们巴不得他更嚣张，那是发财的机会。"他笑了两声，看着里长，"刚才你说到那个沈武，以前有政绩没有？"

里长说："他原来只是个亭长，三年考课，曾经软弱不胜任，没看出有过人之处。县令王公差点将其免职，是本县退职老吏李顺给他担保，才勉强留用的，谈不上政绩。丞君为何对他感兴趣？"

"主要对有才干的人一向钦佩。"公孙都笑道，"治狱乃天下重事，不是随便什么人都可以胜任的；相反，洒扫庭除、送往迎来之类，不需要什么技能。如果这个代理县丞果然吏事明敏，那当初让他当亭长就是个错误。"

里长恭维道："听丞君一言，恍如发蒙。看来退职老吏李顺也是识人的，沈县丞春秋甚富，当初为亭长时，仅十五岁多一点，现在快有二十了吧。"

公孙都惊讶道："啊，这么年轻？怪不得老狱吏们会看他不起，不过有才能又何必年高？"

掾吏们连连称是，又悄悄劝道："丞君，我们该走了。今天虽是休沐日，却并非节日，无故聚集饮酒，毕竟有干律法。"

公孙都点头，正要起身，忽然眼睛直直望着远处："那是什么？"众掾吏循着他目光望去，只见远处烟尘飞腾，大道旁的尽处，隐隐出现几辆马车，正朝着他们所在的方向疾驰而来，看过去每辆车都是驷马驾。南浦里闾里的门楣和赣江平行，右侧靠江的地带是条笔直的驰道，宽大约六丈有余，可以并排驰行数辆马车。驰道两旁树木参天，遮蔽不见白日，这是长安文书传达到都尉府的重要干道，那些车十分快捷，平常只有送军书或传达天子驾崩诏令时，所发的邮传车才能有这样的速度。只听得车毂声伴着高大的杨树叶子哗啦哗啦的响声，眨眼间就到了面前。

公孙都霍的一声站起来，背倚着大柚子树，厉声喝道："哪来的车马？竟敢妄行官道，赶快停下，把出入津关的符节交出查验。"

掾吏们也站了起来，笑道："估计又是哪个不怕死的富商大贾罔顾朝廷禁令，在官道上驰行游猎了。不过有些奇怪，他们来的方向不是散原山，而是江都官道。"

"管他什么方向？"公孙都说，"这回一定要让他们大大出血。看这车马的豪华，车主肯定家资巨万啊。"他回头笑了一下，"我们要发点小财了，这种商贾本身干犯了律令，绝对不敢去上面告我们贪墨。"他说着转过头来，眼光又向前扫视，突然脸色变了。

只见五六辆车缓缓停住，突然车盖同时从后面掀翻，每辆车上站着三个黑布蒙头的壮汉，腰间都挂着环刀，每个人都手握一张巨大的大黄肩射弩。弩的机括就扣在他们的手指里，羽箭的箭括顶在弩臂的后端，弓弦绷得笔直，箭镞在阳光下闪烁。

公孙都面如土色，他知道这种大黄肩射连发弩的威力，如此近距离的击发，哪怕自己身穿重甲，也足以将自己穿透。在北方战场上，那些擅长骑射的匈奴人，听到汉军的大黄弩军队也会退避三舍。公孙都嘶声道："你们是什么人？敢于攻杀长吏么？"他抖抖索索地从衣袖里扯出一枚一寸见方的铜印，上面系着墨色的绶带。"我可不是普通的闾里黔首，而是豫章郡的都尉丞公孙都，八百石长吏，这是我的印绶。你们这伙刑徒识相点，下车束手就擒，我包你们无事。否则都要族诛。"

掾吏们却体如筛糠，齐声附和："对，对，对。"他们张口结舌，"我们是豫章郡……豫章郡，郡，都尉府的属吏，今天休沐，没有穿着公服。丞君叫你们……你们下车，就听从了吧。"

里长早已伏在地上不敢动。汉家的法律极严，官吏有至高无上的权威，平民对官吏敬畏如神，甚至被二百石以上的官吏多看上一眼，就能兴奋一个月。公孙都也知道这点，因此即刻亮明身份，强振官威，企图吓住对方。

那第一辆车的御者随即跳下车来，拔出腰间的环刀，哈哈笑了一声："一个八百石的都尉丞，就敢这样趾高气扬？"他中等身材，声音沙哑，脸上也蒙着块黑布，头上没有头巾，只斜斜地挽了个髻子。"不过今天老子还真不是来找你的，既然不巧碰上，只好一起收取了。"他用刀尖指了指，"这几个带着不方便，射杀了吧。"话音刚落，只听得嗡嗡几声弓弦响，那几个掾吏身上各中一箭。由于弩的力量太大，他们的身体都向后飞了出去，仰面摔落。身上的箭孔喷射出鲜红色的血幕，远远望去，如雾如霭。

公孙都见这景况，扑通跪倒，半天不能出声，印绶也啪的一声，掉到地下。那中等身材的蒙面客迅疾过来，用刀尖挑起印上的绶带，嗤笑道："嘿嘿，官印都不要了，你这个都尉丞还能当吗？先捆了。"另两个蒙面的汉子奔过来，将公孙都反绑。公孙都已经完全说不出话，树叶缝里透过的斑驳日光照在他鲇鱼般的眼睛上，让他的脸看上去仿佛死人。

提环刀的汉子沉声吩咐："快点下车，尽快结束。"五六辆车上的汉子们全部跳下，谁知这时，那趴在地下的里长突然跳起来，嘶声狂呼道："有贼盗——有贼盗。"边呼边转身往里门狂奔。这下变故猝然，提刀的汉子忘了下令射箭，本能地抬脚追上去，但已经晚了。里长一踏进里门，顺手把门关上，咣当一声，上了闩。

提环刀的汉子大怒，他知道整个里起码有三十户人家，按每户人家五口人计算，也足有一百五十人左右，其中胜兵的起码占三分之一强，而且他们不是乌合之众，每年农闲季节都会接受军事训练。大部分人家都藏有弓弩和刀剑，虽然他们的武器比较粗笨，但以寡敌多，还是很难对付的。提环刀的汉子怒而转身，一把揪起里长的妻子，那个女人四十多岁，三个儿子都十来岁，早已瘫成了一团。提环刀的汉子把环刀横在女人的脖子上，朝里门吼道："马上开门，否则我把这四人全部杀了。"

话音才落，只听得里门内传来鼓声，然后是一片喧哗的声响，旋即右边的角楼上出现了几个人头。看来里长丝毫不理会，已经击鼓宣告有贼了。提环刀的汉子烦恼异常，他有点后悔，当初怎么没首先杀了里长。警贼鼓一响，立即会惊动周围的乡、亭，等官吏们一来，大势去矣。这个里长真疯了，连妻儿的性命都不顾。当然汉子也知道，里长也是迫不得已。若向他投降，按照律令，里长本人腰斩，妻儿父母、同产兄弟都要流放。

提环刀的汉子听到里中的谩骂声，突然暴怒起来，左手一把揪住里长妻子的头发，右手环刀一挥，只听得咔嚓一声，就将那女人的首级硬生生割下，又一脚将尸体蹬到一旁。女人颈部的血管缩了进去，血液伴随着嘶嘶的声响，像喷泉一样溅满了汉子的衣服。那三个儿子见状，齐齐发出惊恐的嚎叫。那汉子杀得性起，奔上去一刀一个，三个首级全部滚落在灰扑扑的泥土上。刚才还欢天喜地的里长一家，有四个变成了无头尸体。提环刀的汉子叹了口气，弯腰拾起首级，一个一个从里门上方扔了进去。里门内随即响起一阵杂乱的喧哗声，咣当一响，门又开了，里长出现在门口。他握着一枝长戟，哭号道："天杀的畜生，戳你娘哦。"又向身后大叫，"一起上啊，杀一个，赐爵一级，钱一万啊。"一群百姓也跟着他冲出，每个人手里都握着刀剑。

提环刀的汉子叹道："早点开门，我何必杀他们？"大喝一声，"放箭。"霎时大黄肩射弩的弓弦声此起彼伏，对面迎头的里长首先栽倒，十多个百姓紧接其后。提环刀的汉子大步奔向里门，他的那些随从们也左手握弩，右手执刀，跟了上去。

高辟兵正懒洋洋地躺在树底下打瞌睡，太阳似火球一样悬在树的上空，竹榻边到处都是鲜红的榖树果实，金龟子在果实丛里嘤嘤乱飞，可这一点都不影响他的睡意。肥白的肉像牛奶一样，几乎把竹榻每个缝隙都填满了，他嘴边还汪着一道晶亮的涎水，挂在乱蓬蓬的胡子上。他正在做着回了长安的美梦，梦里的长安，是多么美啊！在这样的夏天，皇帝去甘泉宫或者五柞宫避暑了，他可以偶尔有幸到未央宫的渐台上去睡午觉。渐台那么高，那么华丽，矗立在沧池的中央，被阴凉的水汽环抱着，一觉醒来，俯视着遥不可及的池水，看着鱼儿空游在澄碧中，觉得浑身冰凉冰凉，胃口大开。不像在这偏僻的南昌县，热得让人食欲也减了。另外，跟妹妹去长杨宫游历，也是很惬意的事，那里的杨树真大真高，让人难以想象。几百株杨树并排站在一起，仰头看去，漫天都是绿色。杨树之间一条夯筑的驰道，伸向远方，平直如砥，略伤野趣，却添了皇家的威严，人世的繁华。这样的游玩虽不能常有，但怎么也强似睡在这燠热的榖树底下。想着想着，高辟兵在梦中哭了起来，他哭得很伤心，抬臂想擦擦泪水，却发现身边围了很多人。

　　"你们怎么又来了？"高辟兵眯缝着眼，呵斥道，"不是说了，公事你们看着办就行了吗？"

　　话还没说完，脸上一热，一个巴掌印在了脸颊上。他本能地跳起来，却被一只脚踹了回去，那只脚还追踪过来，死死踏住了他。他呻吟一声，揉了揉眼睛，面前是一个四十岁左右的黄脸汉子，手上提着一柄闪亮的环刀，刀尖上血滴跳跃，好像荷叶上的水珠。那汉子喝道："你看看我们是谁，高辟兵，高府君，你被劫持了，懂事的话，就给我老实点，门外有车骑围住了整个南浦里，那都是你的部下。在南昌县，你是唯一二千石秩级的长官，没有人敢不听从你的命令，你现在听我们的，我可以保证你不死。"

　　高辟兵感觉嘴角和鼻子发黏，他用手背一抹，登时杀猪般嚎叫起来："你们是什么人？可知汉家法律，殴打长吏是要腰斩的。"他说完这句，又感觉有点不对，因为面前的人都带着似笑非笑的神情，充满讥嘲。这种神情，以前他只在同母异父妹妹史次倩的脸上见过，其他人对他都是毕恭毕敬的，即便是皇帝，在仅有的几次见面中，对他也都和颜悦色。他虽然椎鲁，也知道这次恐怕要倒霉。

　　扇他一巴掌的是个二十岁的年轻人，歪着嘴巴笑着，好像他的嘴巴天生就是歪的，看上去很邪恶。这样的面孔，他在京城都官狱里见过一些，是典型的刑徒脸孔；街上也有一些，都是好勇斗狠的恶少年，腰上总是佩着刀剑，甚至走路都持着弓，好像上天许可，活在世上就该做杀人越货的勾当。有一次公孙敬声新拜少府，他和一些亲友去祝贺，筵席上还有廷尉监郏吉和丞相长史张喜。酒酣之时，公孙敬声说请他们去放松放松。起初他还以为是去玩家中蓄养的歌伎，哪知道公孙敬声带他走进一个阴暗潮湿的所在，边走边讲解："看，这就是少府的司空狱，我平常累了就来放松的。"随即命令狱吏："提几个刑徒来消遣消遣。"狱吏很快牵来了四个犯人，分给他们一人一个，再奉上竹鞭，原来是请他们鞭笞犯人解闷。高辟兵分到的，就是一个带着这种神情的刑徒，歪着嘴巴睥睨他，满脸桀骜不驯。高辟兵有点不习惯，避过脸去不愿瞧他。公孙敬声笑道："该死的贼刑徒，到了这里，还敢摆这样的脸色。"抢过竹鞭狂抽，抽得那个刑徒在木架上发出瘆人的嗥叫，最后，整条腿被抽成了猪肝色。公孙敬声气喘吁吁扔掉鞭子，对狱吏说："他想活命，你就给他锯掉那条腿，想死，也由他。"高辟兵知道，落在这样的人手里，就像他们落到公孙敬声那样的人手里，是没有好果子吃了。

高辟兵颤抖着不说话，那少年越发得意，像一只刚发情的公鸡一样，围着竹榻蹦来蹦去，同时发出怪笑："这死肥猪，还是皇亲国戚呢，老子小时候还真见过你，就住在北阙外的戚里……嘿嘿，叫我阿翁。"高辟兵的胖脸涨得通红，嗫嚅道："家父早就物故①了。"那少年变了脸，抬手又狠狠抽了他一个耳光。"妈的，敢讨价还价？"他怒道，"现在我就是你父亲，快叫阿翁，叫大人，否则老子把你细细切成肉末喂狗。"高辟兵无奈，低头嗫嚅道："阿翁，父亲大人。"少年又啊啊发出怪笑，再次围着竹榻蹦来蹦去，显得无比得意："听，我有个二千石的儿子了，真孝顺啊。"突然又踢了高辟兵一脚，"叫阿翁哪能站着叫，给老子跪下。"旁边几个汉子也哈哈哈笑个不停。这时那中年汉子过来了，呵斥道："王干将，你做什么！想坏我大事。你们，都赶快给我隐蔽到墙垛下面，装好弩箭。外面全是县吏，目前他们的武器不够精良，但若征发郡兵，我们插翅难飞。"

那少年有点不大情愿地住了手，吸了一下鼻子："都尉已在我们手上，他们发什么鸟郡兵？按照律令，没有都尉本人的印绶和郡太守、都尉两府的节信，郡兵是万万发不了的。没有郡兵，凭这县廷的几个小吏，能把我们怎么样？他们不敢冒险。郡尉有个三长两短，掾属们都要连坐。他们不会都想死吧？"

---

① 物故：汉人对死的委婉称呼。

那中年人道："虽然你也懂点律令，但是你别忘了，即使没有郡都尉的印绶和节信，也不是没有其他办法……当然他们未必有这胆量。况且，我们来到这里，也不是专为劫持都尉的。光劫持这么一头肥猪，有个屁用！"

那少年道："事情也是被你搞成这样的，倘若一开始就击杀那里长，神不知鬼不觉进了里门，抓住这个白胖子，夺了他的符节，这时冲灵武库的几十万张强弩已经在我们手中，还怕他不屈服？他丢了武库，皇帝一定会将他腰斩，连他家的太子妃恐怕也保不住。皇帝这回倒真算找到一个借口，可以一古脑杀掉一直想杀的人了。枉大王这么信任你，原来你这个京辅大侠也是徒有……啊……"

少年的话被噎在半路，因为一柄刀突然刺出，贯穿了他的胸膛。那中年汉子冷笑道："连你父亲王温舒当年也对我客气三分，何况你这个早该掉脑袋的贼刑徒。"他一脚蹬开那少年的尸体，抽出血淋淋的环刀，大声道，"不听命令者，就是榜样。"

那些下属面面相觑，个个躬身："朱大侠，我等怎敢不听命令？"

朱安世将环刀在王干将的尸身上擦拭血迹，道："现在首要任务，是以高辟兵的性命来威胁王德。王德正在里门外，包围我们的，大约有两三百县吏，革车二十乘。我们要尽量拖延时间，跟我们约好的梅岭群盗就要到了，他们一来，里应外合，翦灭这些县吏，事情就成了。"

属下诺诺连声，个个行动，院子里脚步杂沓，朱安世攀上阙楼，向外喊道："请县令王公进来谈话，否则我将割下豫章郡都尉高辟兵、都尉丞公孙都的首级。你们都知道天子新近颁布的《兰台令第卅三》，凡丢失二千石长吏的，百石以上官吏全部处死。你们若不想死，就赶快进来谈判。我们来此，只为求财，并不想杀人。"

外面正当里门的是一排兵车，县令王德凭着车轼站立，满脸乌黑和焦虑。他几乎带着哭腔问身旁那个少年："沈君，要不要进攻？"那少年正是当了数年亭长，现在身为决狱曹令史，却代行县丞权力的小武。

本来今天是休沐日，县廷也不坐曹治事。王德正光着身子，和妻子在卧房做那男女之事，好久没有这样的闲情逸致了。他在县令这个职位上干了五年，按规矩应该升迁了。他不是江南人，不习惯这燠热的气候，但一个家无显赫背景的小吏，在什么地方任职，是丞相、御史两大府决定的，由不得他讨价还价。除非他辞官，可辞官不是随便说说的，从县小吏升迁到六百石的长吏，也花了十多年时间，家产耗去不少，就为了享受那份让百姓敬畏的虚荣，实际上却要时刻小心。尤其是近几年皇帝性情乖戾，地方官时不时会因细过砍掉脑袋，他也生怕一个不谨慎，就把命丢了，是以平时一丝不敢懈怠。今天天气很热，但躺在南窗的榻下，倒也有一阵阵的凉风，好不惬意，妻子就缠着他要做那事。王德想想，也的确，这个官当的，差点让妻子守活寡了，于是也打起精神，谁知还没弄几下，突然一阵桴鼓传来，吓得他一哆嗦，一泄如注。但他随即像球一样弹起，喊家仆："快，去看一下怎么回事？"妻子抱怨道："好不容易盼到休沐的日子，又是这样。"王德充满歉意："这官是真的当不得了，天天胆战心惊的，还不如回家种地。卫府那件狱事的文书奏上，廷尉还没报文，已让我焦头烂额。这平白无故又哪来的鼓声，难道梅岭群盗敢来攻击县廷？"话音刚落，鼓声突然停了，妻子很欢喜地拉住他："夫君不用着急，可能是哪家的童子不懂事，随便敲鼓玩耍。"王德摸摸妻子的背，叹了口气："这样的声音，只有里门内的警贼鼓才敲得出来。且无故击鼓要罚金四两，百姓哪敢随便敲？"

正说着，家仆已经跑进来，上气不接下气："大事不好，县廷值日掾来报，不知何处来的群盗，大约二三十人，劫持了豫章都尉高府君和都尉丞公孙君。"

王德脑袋嗡的一声，险些没吐血，跳下床，胡乱穿戴好，就跑向前院官署，立即发下符节，征召所有县吏和革车，驰围都尉所居里第。赶到门前，已经是满地尸首了。他站在革车上，手足发颤，知道除非全歼这伙群盗，否则自家要下大狱。如果都尉被劫走或者被杀，那自家性命也将不保。金黄的旗帜在他头上哗啦哗啦地晃荡，细细的流苏在他面前闪烁，他忽然大叫一声，喷出一口鲜血。

"明廷。"小武站在他身边，赶快扶住他，安慰道，"要保持镇定。下吏刚才察看尸体，发现所中的箭都不是本地所制。"说着将手中一枝羽箭伸到王德眼前，"这箭的箭头，尺度这么长，足有一尺六寸，箭镞是铜铸的，箭铤①却是铁铸，十分沉重，分明是弩机发射的飞虻矢，力道十分强劲，所以几个都尉的掾吏中了这箭，竟连身子都被钉在了地上。除了边疆诸郡防御匈奴，一般内郡都没有。可见这伙群盗的身份十分可疑，他们器械如此精良，就算守吏有失，按律令也可减免罪责。明廷就不用太担心了。"

"真的？"王德道，"可有先例？"

---

① 箭铤：箭头装入箭杆的部分。

"元封四年，东海郡铁官徒造反，攻占郡府，杀死太守。郯县县令救援不力，按律当腰斩。后乞鞫①说，当时铁官徒偷盗了武库，所获刀戟强弩之精良，远超县吏所持兵器。后廷尉报文免罪。另天汉二年，九江郡寿春群盗攻占郡都尉府，劫走都尉，掾属丢失二千石长吏，按律当腰斩。后掾属乞鞫，说群盗人数有两千之众，是当时都尉府吏卒人数的六七倍，相差悬殊，虽殊死抵抗，也难以挽回败局。廷尉不敢自专，上奏皇帝。皇帝哀怜，赦都尉掾属皆无罪。"

王德喜道："真的吗？"小武说："千真万确，我不会记错的。"王德心下稍微安定，攥住小武的手说："李顺先生果然没看错人，现在这事我委托你全权处置。就算最后失利，我也不怪你，我是一县长吏，也不能一味推诿责任。你看现在该怎么办？"

"多谢明廷厚爱，"小武说，"现在先命令群吏将弓弩持满，射住里门，不让群盗出来。然后宣布，县吏每捕斩贼盗一名，赐爵位一级。不愿要爵位的，按照《盗律》，赏钱二万。明廷干脆将今年县廷的岁入赢余拿出，号令每斩首一人，赏钱五万。重赏之下必有勇夫，捕盗吏每五人一组，若组中有人员损失，而不能斩获相当的群盗首级来补偿的，全部戍边二年，罚金四两。"

王德的眼睛一亮："好，你深通律令，又懂得捕斩方略，当初让你当亭长，真是有眼无珠。对了，如果贼盗首领要我进去谈判，怎么应付？就怕他们一怒之下击杀了高府君和公孙君。"

小武冷笑道："非常时期，就只能用非常之法。如果高府君被劫走，群盗又一无损失，全身而退，就算陛下不斩我们，我们自己也没脸见人。我要赌一次，从目前情况看，他们似乎不会轻易击杀人质。这次的劫持，也并非求财那么简单，我们自己要先镇定。"

王德连连点头，从袖子里掏出县令印绶："我相信你，现在就委任你行县令事，全权处置眼前一切。"

小武说："非常时期，下吏就不谦让了。"他接过印绶，解开墨绿色的绶带，认真系在自己左手的肘上，然后整整衣襟，右手拔出佩剑，扬起来，剑尖指着左手肘下晃荡的印信，大声喊道："诸位县吏听令，王明廷身体有恙，命令我代行

---

① 乞鞫：秦汉法律术语，指上诉制度，当事人若不服判决，可在法定时间内请求复审，称为乞鞫。复审期限为三个月。

县令事，印绶在此，有不听令者，立刻斩首。"

都尉宅第的院子里，朱安世有点烦躁，在院子里踱来踱去，嘴里骂道："没想到这王德软硬不吃，难道我真的宰了这口肥猪不成？可冲灵武库的强弩还是得不到。看来王德是不见棺材不落泪了，来人，把这两人推到阙楼上去，我谅他们也不敢强攻，拖延到梅岭群侠一来，就有机会了。外面好像也没多大动静，王德搞什么鬼？"

这时外面传来一阵喧哗之声，几个汉子跳下墙头，说："王德的乘车退后了，好像换了一个少年男子在指挥县吏。他肘上系着王德的印信，正在发号施令呢。"朱安世惊叫了一声，转身就往墙头跑去，只听得嗡嗡嗡，弓弦声大作，几枝羽箭已经飞了进来，钉在了院子里榖树的树干上，树冠一阵晃动，落下几个鲜红的果子，摔在地上，汁水四溅。

朱安世又惊又躁："王德那竖子叫了谁来指挥，竟然命令射箭，真不怕我杀害人质？我在三辅干过多少劫持列侯的买卖，二千石长官最后没有不乖乖交钱赎人的——难道那小竖子不懂律令，只会蛮干？丢失二千石可是死罪。"

他马上提过一块盾牌，爬上阙楼，往里门外看。只见整个里四周烟尘滚滚，数十辆革车环围着，正中的革车上站着一个少年，左手握一柄高三尺的盾牌，右手握剑。他身旁围着三层军吏，远处还有一大片百姓，持着各式各样的武器观望。最前面的几排军吏们引弓待发，中间的持戈戟，后面的握盾持刀剑。"这竖子还挺懂布阵的，"朱安世大叫道："停止射箭，我找县令说话。"

那少年仰起头，叫道："我知道你是谁了。朱安世，你竟然跑到豫章郡来劫掠。听着，我是南昌县贼曹令史沈武，现在行县令事。我不想和你们这帮群盗啰嗦，现在请高府君上楼，我和高府君说话。"

朱安世暗暗高兴，对部下说："听见没有，不管你是什么人，只要你心里还想着上司，就不敢随便动武，这是我多年得来的血的经验。天汉三年，我在云阳县甘泉里劫持成安侯韩延年，要赎金三百万，左冯翊殷周率领几十辆兵车将我包围在一个院子里，几次想下令强攻，都在我的威胁和韩延年家人的苦苦恳求下改变了主意；元封三年，我劫持水衡都尉阎奉，要求赎金千金，那时王温舒当京兆尹，他站在冲车上威胁我，声色俱厉，说要将我族灭，但慑于皇帝一定不能伤害阎奉的诏令，那闻名天下的恶棍竟然还是屈服了。我他妈的当时还真是吓得满头大汗呢！看来老子天生就是干这行的，运气好，连酷吏都奈何我不得，何况门外那乳臭未干的小子。"部下纷纷喝彩："朱大侠万岁，万岁。"朱安世挺起胸脯，笑道："把死肥猪押到阙上来。"

高辟兵站在楼阙上，俯视着他的吏民和旗帜，两腿不停地哆嗦，裤子淅淅沥沥往下滴水。朱安世站在他身后，捏着鼻子。高辟兵有气无力地叫道："快找王德说话，千万不要射箭。射伤了我，你们都要腰斩的，一个不剩。"

小武仰头凝视高辟兵的窝囊样子，有点好笑。不过他心里也在激烈权衡，从这些群盗持有的强弩和发射的飞虻箭来看，他们显然不是一般人。若放走他们，没准自己全家性命不保，但若下令强攻，人质没了，自己个人的脑袋也保不住。真是两难，长安那帮蠢货，是怎么制定律令的，纯粹让人拘手拘脚啊。劫持人质这种事，就不应该和他们讨价还价，哪怕他们劫持了皇帝。他心里随即打定了主意。

"你们这些凶逆的狂徒，竟敢劫持二千石长吏，大逆不道，难道还想活着出去吗？"小武大声叫道，"而且，我现在代理县令事，奉国家律令讨贼，怎可能因为一个都尉而废格诏令，岂不是上负天子，下负黎民？这次放了你们，以后南昌县将永不得安宁。"他猛地扬起长剑，咔嚓一声，斩下车厢的一个角，随即抬袖掩面，泪飞如雨，目视高辟兵，悲伤道："下吏无能为力了，即便想救府君，其奈国法何？府君身荷国家重职，膺天子洪恩，朱轮华毂，一门卿相，居甲第，出省禁，享尽荣华，这回也该报答天子了……"他闭起眼睛，仰天长叹了一声，猛然举剑，厉声下令，"强冲里门，急击贼盗，一个都不能放过。"

朱安世差点信不过自己的耳朵，一时呆住了，还没等回过神来，只听得下面桴鼓雷鸣，呐喊声此起彼伏，弓弦声嗡嗡不绝，箭矢像迷路的野蜂，没头没脑地朝院内乱撞，阙楼的楹柱上，霎时间钉上了数十枝。他急忙拉住高辟兵，仓惶跳下阙楼，对属下道："那竖子是个疯子，快给我集中目标，将他射死。"

群盗们也慌乱了，爬到墙头，往外狂放箭。但他们的箭矢有限，虽然弩机的力量强大，甚至有的穿透了县吏们的盾牌，射死不少人，却禁不起县吏们人多，还有不少乱七八糟的黔首百姓，抱着斩首升爵的梦想，帮助县吏攻击。很快，空中各种规格的箭矢，如雨般泼进院子，墙头上不少尸体跌落下来。有的盗贼充满了恐惧，趴在墙垛后怪叫："朱大侠，那小竖子早已经躲到队伍后面去啦！前面一排都是盾牌，我们的箭矢也快射光了。没有长戟，光凭刀剑怎么跟他们打啊？"

朱安世大怒，感到从来没有这么失败过，他一手扯过高辟兵，推到墙头上，大声吼道："你们射吧射吧，射死你们的长官吧。"话音未落，只感觉高辟兵的身体在他手掌中剧烈地颤抖了几下，随即重量急剧增加，差点将他的手臂压折。大惊之余，他手臂一沉，高辟兵的身体立刻像个肉袋似的，滑进他臂弯里，一阵浓烈的血腥气扑面而来，原来一刹那的功夫，高辟兵脸上和前胸已经中了七八支羽箭。他连抽搐的时间都没有，就一命呜呼了。血液从上半身的各个部位汩汩地涌出，饶是朱安世平生见多识广，也不由得心惧胆寒。他一屁股坐在墙垛下，呆了半刻，忽然又跳下来，提起剑奔到公孙都面前，兜头就是一阵猛砍，他觉得只有如此才能平息自己的恐惧。他的意识已经变得空白，只能听见剑在骨头和血肉间冲击的嗤嗤声。一连剁了上百剑，像一个厨子在聚精会神地剁肉馅。忽然又觉得腿上一疼，不由自主跪了下去。一大群县吏冲了进来，将他踢倒，反剪了他的双手。他被俘了。

　　朱安世这才回过神来，茫然地望着院内已经涌进的大批县吏，没有一丝表情。在兵车上指挥的那个少年赫然身在其中，他面色凝重，走进来，看见高辟兵的尸体，疾步跑去，抚尸大哭。"府君，"他哭道，"都怪下吏无能，没有尽到保护你的责任，但是元凶已经擒获，你也可告慰于九泉了。"过了好一阵子，他回过头来，泪眼蒙眬地盯着朱安世。

　　"没想到名震三辅的大侠朱安世就是这副模样。"小武冷冷地说，"令人好不失望。"他站起来，围着朱安世踱了两圈，"我曾经很景仰侠客的，童稚时候，就听说过不少关于侠客的故事，他们留在我心中的印象，却跟你毫无联系。朱家、剧孟、田仲、郭解，都有他们的道德准则，不妄杀无辜，不恃强凌弱，慷慨激昂，愿为人死，毁家纾难，而唯恐人知。像你这样的鸡鸣狗盗，真是玷污了侠客的声名。"

　　朱安世不怒反笑："哼，乳臭未干的小子，你懂个屁，倘若我起先狠一点，早早地射杀了那里长一家，他哪有机会击鼓？事已至此，要杀便杀。只可惜你毕竟稚嫩，你的上司既然死了，你的死期也不远了，我们大概可以赶在今冬一起斩首吧，哈哈哈哈……"

　　小武哼了一声："你所言也不是毫无道理，但如果我放了你，恐怕会死得更惨。况且我敢说，你也并非普通贼盗，倘若我因此破解了一个谋反大狱，即便没有保住二千石长吏，也是功大于过。说不定皇帝陛下开恩，非但不砍我的脑袋，反会升我的官呢。"

朱安世大笑:"真是异想天开,今上一向以刻薄寡恩闻名,杀起三公九卿来也跟儿戏一样,你这小小的县吏,倒指望他开恩,他知道你是哪棵草啊?好,既然如此,老子有悲天悯人之德,不想妨碍你继续做梦。"

小武盯着朱安世满是血污的脸,沉默了半晌。陡然间,外面又鼓声大作,一个小吏跑进来:"县丞君,不好了,从散原山方向奔来数十辆革车,朝我们呐喊鼓噪,有可能是梅岭群盗趁机来攻。县尉已经击鼓,招集军吏守候。不过刚才这场攻击,我们这边已经死伤五六十人,箭矢也几乎耗尽,锐气大减。而看那些贼盗车辆四周的烟尘,恐怕不会少于五百人,我们只能退入里门守御。"

朱安世怒骂:"这帮竖子,现在才来接应。早到一刻,我们里外夹攻,早把这帮官府的狗奴才送进泰山地府了。"他吐了一口夹血的浓痰,恨恨道,"数月之功,毁于一旦。"

小武却像冬天掉进了冰窟:"不慌,去看看。"他跟着那县吏跑到阙楼,王德已经站在上面等他,惊慌失措:"沈君,你看……这,这怎么办?"小武手搭凉棚,向散原山方向眺望,果然看见几十辆革车正滚滚向里门方向涌来,车上站着的人,个个头上发髻散乱,斜插着一支野花,这正是梅岭群盗的标识,只是花的品种随季节有所更替。

小武心中暗暗叫苦,干了几年亭长,好不容易抓到个机会立功,升了县丞,还没即真①,又碰到这等人难,看来真是命里没福。他转头看了一眼王德,见王德一脸愁苦,又暗叹自己还不算太糟,人家王德混了十几年,好不容易升了县令,命不是比自己更苦么?还有婴齐,年纪轻轻的,若现在死了,岂不是白白在富贵之家恓惶一回?且一向平和无事的豫章郡,近几个月怎会发生如此多的事情?群盗竟敢主动进攻都尉府,真是闻所未闻。既然一开始就不得不以赌博的形式解决,现在也只能继续赌下去。于是他再次拔剑,吩咐道:"传话出去,将吏卒招集起来,先退入里门,用冲车护住两侧,弓箭手持满待发。"说完下了阙楼,对站在楼下门前守卫的婴齐说,"婴君,请随我进来一下。"

---

① 即真:转正。

第四章

矫诏征郡卒　赣水血气腥

　　婴齐跟着小武，跨进了高辟兵的屋子。高辟兵的家人和奴仆也刚从惊慌中恢复过来。高辟兵的妻子靳莫如，出自三辅高门，是江都侯靳石的女儿，年龄不大，看上去才二十岁左右，一副婉嬺娴静之态。但似乎和高辟兵的感情并不融洽，因为她刚才看见丈夫的尸体，脸色固然苍白，眼泪却连一滴也没有，还似乎隐隐露出一丝轻松。

　　小武走近她，语气沉重："高夫人，请节哀。都怪下吏未尽到职责，致使高府君壮烈殉职。等下吏料理完这帮贼盗，再以爱书①自劾。廷尉报文一到，下吏当解衣伏诛西市，以慰高府君在天之灵。"

　　靳莫如蟒首低垂，叹道："府君能为国效忠，战死城阙，也算没有辜负皇帝陛下的恩典了。沈君年少果断，大家都看在眼里。妾身思量，刚才的事，不管什么人来，都想不出更好的办法。如果任贼盗劫走府君，丢失冲灵武库，那才是大罪，东南一带都将生灵涂炭。"

　　这是第二次听到冲灵武库的名称，小武心中一跳，脱口道："冲灵武库——下吏从未听说，在什么地方？"

　　靳莫如沉吟了一下，道："沈君自然不知。本来这是朝廷的秘密，在本郡，除了太守陈府君和高府君等少数几个长吏，谁都不知，这帮贼盗竟然晓得，可见

---

① 爱书：秦汉时代，司法文书称为爱书，记录案情内容和讯问经过。

他们来历很不简单。说起来高府君也未向妾身提过这个武库，不过家父曾官拜将作大匠，了解朝廷在天下郡国的武库规划。妾身也是出嫁前，偶然听家父在闲谈中说起的。"

"那下吏实在多嘴了，"小武道，"高夫人刚才真不该告诉下吏。"

靳莫如盯着小武看了一会，微微摇头："倒也无妨，贼盗刚才在院子里大呼小叫，只怕也瞒不住。况且妾身看出沈君是个果敢的人，关键时候不会拘泥小节而误了大事。妾身之所以告诉沈君，就是想让沈君更果敢地去应付这帮贼盗。无论如何，沈君已无退路。"

小武点头："多谢夫人信任。不过这回事情的确麻烦，贼盗有备而来，人数达到五六百之巨，而县吏能胜兵者不到二百，而且下吏没有料到这后来的事，刚才急躁敦促进攻，箭矢都快耗尽了。下吏——想借高府君的兵符节和印绶一用，想必夫人应该知道他收藏在哪。"

"妾身知道了，"靳莫如没有惊讶，"沈君想借他的兵符发郡兵？的确，现在只有征发洪崖里篁竹营的郡兵来才能成事。不过，沈君不知道么，光有都尉府的符节和印绶，是不够的。这点，妾身也曾听父亲闲谈时说过。"

小武叹道："的确如此，如果没有太守的符节和印绶合用，即便我们这里被贼盗杀得干干净净，也不会有一个郡兵出来救助。《军律》的规定也真有些掣肘，擅发郡兵者，本人腰斩，父母妻子同产无长少皆弃市，甚至亲属也要髡钳为奴……唉，看来我们真的是毫无希望了。"

"是啊。太守的治所新淦县离这至少有二百里，即便用速度最快、级别最高的置传①，没有两天也不能来回。更何况江都官道已被贼兵堵截，附近邮亭只怕心遭到了攻击，哪有驷马轺车可以驾驶呢？"

小武很惊异，感觉这女子真不简单，世家公侯出身的子弟，毕竟见多识广，可那高辟兵怎么就跟蠢猪似的？两人太不般配了。若不是那头肥猪没用，哪会轻易就让贼盗闯进官署？他还号称"卧治"②，他以为他是汲黯？真是可笑，人家汲黯从小行侠敢任，赢得四方豪杰景仰，其正直刚强果敢，连皇帝都有点忌惮，

---

① 置传：驾四匹良马的驿车，在当时规格最高。次一等的叫驰传，再次一等的叫乘传。

② 卧治：躺着治理。指政事清简，无为而治。典出西汉武帝前期，汲黯为东海太守，因为多病，只能躺在闺阁内发号施令，谁知一年就把东海郡治理得井井有条。武帝召他为淮南太守，他不肯接受。武帝说："您看不起淮南郡吗？我只因为看重您的威望，希望您躺着处理政事就行。"

由此名闻天下，号称"直黯"，当然可以"卧治"。凭人家的威望，哪个贼盗敢去惹？而这头肥猪，每天除了在厨房打转，就是卧床蓄肉，也想学人家"卧治"，真是自丑不觉。

"夫人真是文思缜密。"小武低声恳求，"下吏认为，现在只有一个办法，就是先找到高府君的印绶符节。然后……可以考虑诈刻太守府的印绶符节，这……恐怕是最后的办法了。"

"什么！"靳莫如吃了一惊，"伪造八百石以上的官印，是要斩首的。"

小武再躬身："下吏代理县令事，击斩群盗，导致二千石长官被害，已经够斩首了，反正只有一个头，干脆拼着杀了这帮群盗，为高府君报仇。"

靳莫如轻叹了一声，轻声说："其实沈君何必自责，我并不怪你。府君本身不胜任职位，早有目共睹。等妾身回到长安，一定要求家兄上书皇帝陛下，力陈沈君功劳，准许沈君向少府纳钱赎罪。家兄现任御史中丞，能够经常出入宫禁，陛下说不定肯听他的。"

小武心中一震，惊喜交加，赶忙屈膝跪下："夫人的同产兄睢陵侯靳不疑以忠直敢谏名闻天下，如果他肯为下吏上书皇帝陛下，陈明下吏的两难困境，下吏即便这番战死，也不枉了。"

靳莫如倒显得很不好意思："沈君何必多礼？先把目前的危难解决再说。"

小武激动道："谢夫人。私刻八百石以上的官印，的确要弃市，但现在也没有更好的办法，只能舍命一搏。只是还有个难处，若伪造太守的印绶符节，印绶还好办，符节则难。我们无法知道篁竹营符节左半的齿纹形状，齿纹对不上，就会暴露。下吏想，干脆一不做二不休，伪造御史大夫寺下传的诏书，以天子的诏命征发郡兵，加盖都尉印，再手执都尉符节，就可以了。"

"啊，"靳莫如轻叫了一声，"伪造皇帝信玺，罪行更重，是要腰斩的。"

小武道："弃市和腰斩，有什么不同？不过死得更痛苦些罢了。再说，伪造御史文书，不一定要皇帝信玺，有御史寺的封印就行。县廷的文书下吏看过不少，并非每封都有皇帝信玺。况且《二年律令》有明文：'矫制，害者，弃市；不害，罚金四两。'①即便伪造皇帝诏书，只要没有造成恶劣后果，也只是罚金四两。这些看似矛盾的律令，今天倒成了救命良方，当初制定法律的萧相国等人也

---

① 这几句的意思是，矫诏如果造成了危害，判处死罪；没有造成危害，罚款四两黄金。

着实考虑周到啊。恳请夫人帮忙找出高府君的印绶符节，下吏立刻伪造诏书和御史寺的印信，大概半个时辰之后，就可以派人驰奔箽竹营调郡兵击贼了。"

靳莫如长长叹息了一声："看来也只有如此，请沈君稍候。"说着转身走进内寝。

小武拉过婴齐："我知婴君擅长制印，请帮忙刻制一枚御史大夫印，我来起草诏令。"

婴齐局促不安："令史君真的不要命了？"

"谁不想要命？"小武按剑道，"可现在你有好办法吗？相信我，这事我会全部揽下，和你无关。刻制印信，很难判断是谁的手笔。而书写文书的笔迹很容易辨认——要不是时间来不及，我自己都包了。"

婴齐勃然大怒："你当我是胆小鬼吗？我不过可惜你一身才干，不忍看你被腰斩罢了。"

小武笑了，拍拍婴齐的肩膀："我这次所为，早该死几次了。一旦破贼，即便斩首西市，也无愧于心，对得起黎民百姓。"又故作轻松，"其实我也未必一定会死，有先例的，孝景皇帝前元五年，颍川太守赵禹卿和都尉擅发郡兵，捕捉豪强大族，本当腰斩，事下公卿杂议①，廷臣多以为颍川乃是天下剧郡，一向为游侠伏薮的渊薮，换了几任太守都不胜任，甚至有太守深夜被贼盗割了首级而去。赵禹卿擅发郡兵逐贼，也属无奈之举，应酌情宽宥。皇帝听后，认为有理，乃制诏御史，准许赵禹卿罚金免罪。元朔四年，谒者汲黯持天子节信，巡视河南郡，见河南郡的百姓因为水灾，饥寒交迫，流离失所，乃矫诏打开郡官仓，发粟赈救贫民，当今皇帝陛下也赦免他无罪。所以，放心吧，说不定我也能得到赦免。"

婴齐早把制印器具取出："下吏以前还真没看出，县丞君是一个胆子比天还大的人。记得君刚来县廷时，大家都私下窃笑，说君软弱不胜任。家叔则熟识尊师李顺，知道尊师眼光极高，很少妄赞，因此告诫下吏不可谬随流俗褒贬，果然家叔所言是真。"他一边用书刀刻着木印，一边感叹。

---

① 杂议：秦汉法律术语，指一起商议。

小武笑道："这就是古人说的'人各有能有不能'①吧。那些贼盗，让我单独提剑逐捕，我真发怵，但看见群盗结伙攻劫，我反而泰然，真是奇怪之极。"他说着话，手下不停，笔毫在木牍上夭矫飞动。他面前的几案上，是一枚闪亮的银印，鼻纽上系着青色的绶带，鲜艳欲滴。正是高辟兵的豫章郡都尉印。

一会儿，婴齐将印信刻好。小武快速将写满字的两枚木牍对扣在一起，用丝线缠起，再将另一枚短木牍捆在上面，在木牍的凹槽内塞上软泥，钤上印信。"好了，"他对婴齐说，"这事也不好交付别人，只有麻烦君随我亲自跑一趟，再挑选一个擅长驾车的县吏。这里暂让县令王公恢复指挥，顶多一个半时辰，我们就能赶回来。"

王德把小武送到后门口，叫着小武的字："仲卿，好好保重，等你回来。"小武点头道："明廷放心，下吏速去速回。"他戴上头盔，披上重甲，吩咐御者立刻出发，"奔赴洪崖里篁竹营。"

篁竹营位于赣江之西，离南昌县廷大约二三十里，郡兵的首领名叫魏无知，实际官名为豫章郡都尉长史，这是一种本来在边境郡县才有的六百石官职，因为豫章郡的军事地位，也破格设置。篁竹营的郡兵来自天下各郡，每三年轮换一次，他们平时在驻所附近屯田耕作，没有征调命令，绝不能乱走。

小武驾驶的两马革车在路上狂奔，他不敢走平坦的官道，但出门时还是遭到小股群盗的堵截，御者不幸中了两箭，登时奄奄一息。婴齐果断推开御者，自己亲自驾车，原来他的御车术竟然非常高明，比死去的御者还好。小武自身也中了一箭，好在穿了两层重甲，没有受伤。豫章郡的甲胄一向精良，是东南地区甲胄器械的最大制造场地，附近九江郡、武陵郡、南郡的兵器甲胄，都由豫章郡供给，豫章郡的百姓因此被朝廷减免了徭役和赋税，日子相对好过一些。当然，也因为那些贼盗的箭矢不是飞虻矢，否则再好的甲胄也救不了小武了。

---

① 典出《左传·定公五年》："王使由于城麇，复命。子西问高厚焉，弗知，子西曰：'不能，如辞。城不知高厚，小大何知？'对曰：'人各有能有不能。王遇盗于云中，余受其戈，其所犹在。'袒而示之背，曰：'此余之所能也。'"说的是春秋时，楚昭王派王孙由于去修筑麇邑城墙，回来汇报，子西问王孙由于城墙的高度与厚度，王孙由于回答不上来。子西说："你干不了这事，就应该推辞。筑城却不知多高多厚，又怎么知道范围的大小？"由于回答说："我坚决推辞说不能干，是您派我去的。人们各自有干得了有干不了的事。君王在云梦中碰上盗贼，我用身子挡住盗贼的戈，伤疤还在。"脱下衣服让子西看他的背，说："这是我能干的，您能干的事，我也干不了。"

过了不知道多久，前面陡然出现了一大片竹林，葱翠连绵，在风中婀娜摇摆，发出悦耳的声响。几个兵士坐在竹林下打闹，看见小武乘坐的革车，呼啦一声全部站起来，喝道："什么人？"营门的卫士也向前踏了几步，横着戈，闪亮的戈援对着小武革车奔来的方向，一脸紧张之色。

小武让婴齐停车，将竹简举到头顶，高声喊道："豫章郡高府君下传长安天子制书到，请都尉长史魏君恭迎。"有个队率模样的人当即脸色肃然，对身边的一个士卒道："快去报告长史君。"又面朝小武，"请使君驻车稍候，等长史君示下。"

小武跳下车："好，不过军情紧急，万勿拖延。"

等候过程中，小武不停地和那个队率搭讪闲聊，抑制紧张。过了好一会，才有人出来通报："请使者去长史营帐。"

几个士卒将小武二人引进门去，穿过一条曲折的小径，面前出现一座院落。绕过萧墙，刚走到正廷前，魏无知就睡眼惺忪地走了出来。他是一个四十多岁的汉子，肤色浅绛，面颊饱满，留着蓬乱的胡须。一个年轻的女子跟在他后面，嗲声嗲气地叫："主君，你别急嘛。"魏无知回头呵斥了她一句："回去，在床上等我。"一边系腰带，一边奇怪地看着小武。

小武感觉心脏几乎要跳出体外，深深吸口气，叫道："长史君，下吏沈武，现为南昌县县丞，奉高都尉之令传达天子制诏，有紧急公务，请长史君接诏。"

魏无知虽然神情落寞，一副懒散之态，听到制诏下达，还是疾走了几步，躬身接过诏书，很仔细地端详了一番封印，再小心地掰下，解开竹简的丝绳，摊开木牍，轻声念道：

制诏豫章郡高都尉：朕闻迩来东南一带，群盗出没，二千石不能尽职逐捕。朕初欲遣使者合虎符，发郡兵击灭，重趣聚烦民，故未能也。诗不云乎："王赫斯怒，爰整其旅。"今贼盗不深畏其罪，伏藏薮泽；乃群出劫掠，剥割元元，君即以都尉印绶符节，发本郡县营兵，便宜行事。毋令贼盗久流窜，百姓失职。

魏无知抬起头，急忙说："这是发给高府君的诏书。他有什么命令吗？"

小武松了口气，他就怕魏无知怀疑他矫诏，于是赶忙掏出银印和符节，大声道："这是高府君的印绶和符节，现在梅岭群盗五六百人包围了都尉府，劫掠百姓。高府君派兵将我送出重围，让我带着天子诏书和都尉印绶符节，令魏长史即刻尽发郡兵，击斩群盗。"

魏无知伸手接过符节，又翻来覆去地看，狐疑道："刚才诏书封泥上只加盖御史大夫印信，怎么没有皇帝信玺?"

小武的心陡然一沉，假装愤怒道："长史君官高位显，对文书尺符这类小事当然从不在意。下吏曾为县廷治书掾史，常经手长安下行文书，很多诏命并不都加盖皇帝信玺。现高府君正处于危难，长史君却拘泥小节，若被群盗击破县廷和都尉府，恐怕长史君也难逃罪。"

魏无知哦了一声："是吗?"他知道小武所言不假，他自己也是从小吏晋升上来的，文案律令也颇娴熟。心中的疑问基本上打消了，不过对小武的直率语气有点不满，嘟哝道："群盗击破县廷和都尉府，又不是我的责任。没有两府的文书或天子诏令，就算人都死光，也跟我没有丝毫关系。"

小武从身后箭壶里拿出一枝羽箭："长史君请看，此次群盗非比寻常。这样的箭矢，一般民间是锻造不出来的。我们所缴获的贼盗刀剑上，竟然有洛阳武库的刻字，可见群盗背后或有官高爵显的人物撑腰。长史君有没有听说广陵王刘胥最近鬼鬼祟祟，群盗或者与其有关，此千载良机，长史君若能破解背后阴谋，必赐列侯。何况有制诏，请长史君即刻发兵。"

魏无知本来还笑眯眯的，侧着头想了想，"不对，这小吏传达天子诏书，应该趾高气扬才对，怎么反而急急解释，低声下气，好像在巴结我。……"他突然变了脸，大声道："这诏书有疑问，等我查清楚再奉诏不迟。"

小武大怒，当即拔出剑大吼道："魏无知废格诏书，给我拿下。"他刚说完，婴齐早闪电般冲过去，一剑斩在魏无知的脖子上。这是二人途中就商量好的，一定要行动果断，才能让人觉得他们有恃无恐，像个真正传达制诏的使者。虽然婴齐以前从未斩杀过人，现在也顾不得那么许多。他的剑一下切断了魏无知脖子右侧的血管，殷红的血浆发出轻微的嘶嘶声，成扇面状飞溅。

魏无知大叫一声，右手捂着脖子单腿跪下，随即扑通一声向前栽倒，身体不停地抽搐，满手是血，颤抖着，在地上乱抓，显得十分痛苦。他似乎想说什么，但只听见喉咙中发出艰涩的嗬嗬声。原先跟在他身后的女子听见响声，也从堂上奔出，花容失色，不停尖叫。宁静的篁竹营鸟雀惊飞，不知道突然发生了什么变故。

院子周围的兵士一阵哗然，有数人持戈就想冲上去，叫道："这贼人杀了我们的魏长史，将他们碎尸万段。"

小武纵身跳到台阶上，扬剑喝道："大胆，都给我站住。魏无知废格天子诏令，本使者奉诏斩杀，和诸位无关。现高都尉印信和符节全部在此，怎能有假？诸位难道也想反叛不成？赶快随我奔赴南昌县讨贼。延误时机，全部斩首。"

众兵士见他慷慨激昂的阵势，当即凝立，没敢上扑，但手中还是紧紧握住刀剑。小武看出魏无知并不甚得军士心，而且这些人本来都是蒙昧无知的百姓，远离家乡来当士卒，不过想找个机会立功受赏。他们的出身大多贫苦，小武在县廷处理文书的时候，时常能接到他们家乡县廷传来的文书，有催逼他们交纳赋税的，有催逼他们归还官府债务的，他们有的甚至是家里的唯一希望。小武还记得有封来自河南郡平阴县的文书，要求查找一个名叫郭破胡的士卒，他家因为使用官家的耕牛，欠官府钱八百文，官府屡次催逼缴纳，可他家一贫如洗，无力偿还。平阴县县廷只好把文书传给豫章郡，要豫章郡查访此人在何县服役，并代为敦促，要他设法还清债务，否则将他妹妹系押为官奴居债①。小武想到这，又忙大声补充："诸位都是国家戍卒，国家征召你们出征，按《军兴律》②，每斩获盗首一级，赐爵一级，不愿要爵级者赏钱五万。这是天子的恩典，还不赶快奉诏出发？"

众军士面面相觑，突然欢呼："愿意听从使君号令，立即出发，击捕盗贼。"

整个营寨立刻沸腾了，马嘶声，兵器碰撞声，人的吵嚷声交杂在一起。兵士们跺脚大呼："授兵！快授兵！"

小武跳上战车，大叫道："治兵啬夫，赶快发放刀戟、甲胄、箭矢。救兵如救火，快。"

一个精瘦的汉子立即跑出队列，应声道："听从使君吩咐，下吏这就去打开武库。"

人群哗啦一声全部朝山坡上跑去，山坡上有一座硕大的歇山顶房子，全用巨石砌成，小武知道，那应该就是篁竹营的武库了。精瘦的汉子跑在最前面，他解下腰带上的钥匙，打开武库的大门，回头喊道："请使君亲自过来授兵。"

---

① 居债：秦汉法律术语,因为欠债,通过罚作劳役来还清债务,叫居债。居,服劳役抵偿。

② 军兴：战时施行的法律制度,《汉书·隽不疑传》云："(暴胜之)以军兴诛不从命者,威振州郡。"颜师古注："有所追捕及行诛罚,皆依兴军之制。"

小武跳下车，和婴齐跑过去，进入武库，只见里面左边排列着无数的戈戟，右边的一个石头池子里，箭矢堆积如山。他心中狂喜，走出库门，大声道："时间来不及了，请众位兄弟自己入库，拣选兵器，立即出发。"

数刻后，一大堆兵马奔跑在通往南昌县的驰道上，行动迅速，但十分安静，每人的脖子上都系着一枚竹简，每张嘴巴都牢牢地咬着它，甚至连马嘴都被丝带捆绑了。这是一支两千多人的沉默军队，战车和马蹄带来的灰尘在他们周围飘荡，每个人都是赤贫的黔首，心里都怀着斩首立功的渴望。他们最怕三年戍卒满期之后，两手空空地回家种地，但现在有机会发财赐爵，怎不兴奋？虽说打仗有战死之虞，可赤贫地活着，又比死好多少？

围绕豫章都尉府的贼众还在加紧进攻，守卫的县吏已经死伤过半。幸好县令王德还活着，他带着少数兵卒躲在高台和阙楼里，他的屁股上中了飞矢，一瘸一拐，却停不下来，不时疼得打哆嗦。他感觉自己要死，时不时踮起脚，引颈翘望西北方向，心里隐隐怀着一丝希望。面前的景象可谓近几十年来绝无仅有，在承平已久的大汉豫章郡，忽然有一股群盗胆大包天，坚持不懈地进攻县廷和都尉府，长达三个时辰之久，不知道图个什么。

"王德，放了朱安世大侠，我愿意退兵。"一个群盗首领骑在马上，用本地话大声叫道。

"给我射死他。"王德命令道。

他身旁的县吏可怜巴巴地说："明廷，箭矢不多了，而且我们没有强弩，射不到那么远，只是浪费箭矢。"

王德怒气冲冲抢过他手上的弓，搭上箭，大骂道："叫老子放人，做梦，朱安世恶贼是皇帝陛下诏书名捕的重犯，我还指望靠他封侯呢。"说着引弓放了一箭，但他的力量弱得可笑，那箭像风吹柳絮一样飘了出去，刚飞出都尉府门，就打了个旋，坠在地上，惹得群盗一阵哄笑。然后是弓弦数响，飕飕连声，他们也发了几箭，作为报复。王德赶快蹲下身去，箭从他头顶飞过。他有点想哭。

双方就这样僵持着，忽然间群盗喧哗起来："快退，有人攻击我们。"还有人惊呼："这么多人来了，你们在后卫的怎么听不到？耳朵都聋了？"然后就听得空中弓弦声响彻，似乎突然上演着一场什么乐曲的合奏。只不过这乐曲不够雍容祥和，不断有惨呼声、马嘶声陪伴，游荡在四合的暮色里。天已经快黑了，而赣江东岸的驰道旁，正在进行又一场鏖战，或者算不上鏖战，只是一场屠杀。这场战斗结束得太快，半个时辰之后，小武已经在清点战利品了，除了十多个群盗逃脱，当场留下了四五百具尸体。尸体们的外围是一个很大的不规则的圆圈，那是由郡兵们的兵车组成的。

果然不愧为郡兵，击杀群盗的能力如此之强。小武欣慰之余也不禁打个冷战。

"郭破胡，你发财了。"一个河南腔调的声音传来。小武循声看去，见一身材粗壮的大汉，左手提着五六个首级，右手提着长剑，昂扬站着。他满脸都是血迹，显得颇为狰狞，又憨厚地对身边的同伴说："这下俺家可以还得起县廷的债务了，俺还要给爹妈买两头耕牛。"

"你现在就算十头耕牛也买得起了。最近耕牛降价，一头才要三千钱。你斩首五级，可得二十五万钱，成中产之家了。"那伙伴非常艳羡。

那个叫郭破胡的看看同伴，见他手上空空如也，想了一下，把手上的首级放在地上。五个首级的头发全部缠在一起，郭破胡解了半天，拿出一个，递给同伴："喏，这个给你，给你爹妈也买两头耕牛吧。"那同伴讷讷道："这怎么好，怎能白要你的钱呢？那是你拼命赚的。"郭破胡说："俺还有四个呢，准备去领十万赏钱，另外十万换两级爵位。俺现在还是个'上造'呢。俺想加两级，到'不更'，这样就不用经常被征发去服徭役了①，还可以提早退职，就算是不小心犯了过错，县廷抓俺去打屁股，也会少打几下，有爵位撑着嘛。"那同伴推辞得并不是很坚决："那我就不客气，谢谢郭兄了。"羞涩地接过首级。

听到他们的谈话，小武心里暗笑，原来这就是郭破胡，倒是个鲠直的汉子。当初我帮他私下交了八百钱给平阴县廷，算是没看错人，这人以后或可以为我所用。想到这里，心中又有些酸涩，唉，还不知道这次能否保住性命。的确，当今皇帝太老了，做事稀里糊涂，如果他完全不念我的功劳，将我处死也是可能的。小武叹了口气，望着远处薄暮夕阳下的赣江，命令道："好了，敲钟。"

众兵士呼啦一声围拢上来。小武大声道："现在大家立即驰归篁竹营。长史丞和佐吏回去清点人口，将伤亡和捕斩情况登记到尺籍②，明日一早来都尉府上交。府掾吏会上奏丞相府、御史大夫寺。诏书一下，即可论功行赏。"

兵士一阵欢呼，随即整理车驾，这行兵马在尽情的杀戮之后，心满意足地踏

---

① 秦汉时代根据爵位高低分配田产和徭役,爵位越高,田产越多,徭役越少。

② 尺籍:秦汉时代,军队登记功绩的簿册。

上了回程之路。夕阳照射在他们闪亮的甲胄上，和赣江粼粼的波光交相辉映，辨不出是鲜血，是流萤。

都尉府的阙楼上，王德瘫成一团，斜躺在栏杆上。刚才完全靠着一口气强行支撑，现在贼盗一灭，他陡然松懈，整个人就像沙袋漏了个大洞，眼睁睁看着沙子往外泄出，怎么也捂不住。小武命令道："把明廷先扶进都尉府休息，叫医工来诊治。没有受伤的县吏，今晚就在这里宿营，不用回去了，明天一早起来，挖个大坑，把尸体掩埋，立个碑，宣扬明廷击斩群盗的功绩。"

众县吏也几乎没有站立的力气了，他们摇摇晃晃打起火把，有一小股没有回去的郡兵在教他们搭帐篷。天色已经完全黑下来了，刚才杀戮的战场，现在只能看见一枝枝火炬，照着尸横遍地的场景。那些尸体大多没有头颅，因为兵士将头颅全部割下带走了，要等到明天各人把自己的斩首级数登上了功劳簿后，才会还回来。这些无头的尸体横七竖八地躺着，平添了许多狰狞恐怖。残疾可怕，不完整的尸体更加可怕，虽然这种残缺对尸体本身来说，已经无关紧要。

小武也基本上快要虚脱，他随便找了张床，摊开四肢，就昏死过去，也不知道睡了多久，等到醒来，天色竟还没有大亮。虽然很累，但心中有着难以压制的兴奋，实际上睡得并不特别沉。他佩上剑，走出里门，外面的帐篷也很安静，兵士们一个也没醒。那些无头尸体们在熹微的晨光中，显得异常惨白。他吸了口气，似乎空气中还荡漾着浓厚的血腥气息。他的心情还好，那些尸体似乎在给他凭空增加信心："你不会死的，有了我们，皇帝一定会赦免你的。"他眼前似乎有点幻觉，好像那些尸体们脖子上的断裂处正在一张一合，代替着嘴巴的功用，对他进行劝慰。他长叹了一声，爬上阙楼，坐了下来，阙楼很高，地上和壁上全是血迹和箭矢，是昨天贼盗射上来的。他眯着眼睛眺望远处的赣江，清冷的凉风从江上吹来，带着氤氲的水汽，钻进人的脖子里，有种说不出的惬意。"已经快中秋了。"小武自言自语地说。这时太阳渐渐地升了上来，本来缥碧的江水有一半染上了红色。小武舒心地伸了个懒腰，转过身，爬下阙楼，往王德的住处走去。

"明廷今天感觉如何？"小武说，"下一步，该好好拷掠朱安世了。下吏相信，他背后一定有靠山。若能拷问出来，我们就可脱罪。"

王德靠在枕头上，有气无力："若避过这劫，我宁愿封还官印。这个县令我当不了，下面的事，你干脆帮我一并处理吧，这次多亏你了。"

"那好，明廷你好好养病，下吏就不打扰了。"小武心中窃笑，拱手告辞。

他转身走到院子里，婴齐正在那里等他，悄悄说："刚才都尉丞公孙都的妻子来了，要找令史君说话。我说令史君出去办事了，让她在县廷等候。令史君要不要去看看？公孙君死得真惨，整个人都被朱安世那疯子砍成了肉酱，我还不敢告诉她呢。只说尸体被暂时封存，等明日县廷主持，一起发丧。"

小武有些烦躁："她来干什么？我听说公孙都的叔叔是当朝丞相公孙贺，逐捕朱安世的文书，就是丞相府发下的。本来这类文书都要先经过御史大夫寺，因为公孙贺向皇帝陛下请求，以捕捉朱安世来换取他儿子的赦免。公孙敬声原先官拜太仆，秩级中二千石，因为贪污北军钱一千九百万，被下廷尉狱，他等着抓获朱安世来救命呢。"

婴齐喜道："这是好事啊，现在令史君捕获了朱安世，正好献给公孙君侯，公孙君侯一定会重谢令史君。他位高权重，只要他肯在皇帝跟前美言，赦免本县丢失二千石长官和矫诏之罪，就轻而易举。"

小武皱着眉头："婴君，你只知其一，不知其二，事情恐怕没那么简单啊！我感觉其中还有很多不可解之处，公孙贺怎么会有资格跟皇帝陛下谈条件？"

他们边说边走到县廷，一女一男正等在那里。那女子三十多岁，满脸横肉，看见小武，气势汹汹地说："朱安世那狗贼在哪里？我要手刃他，为我夫君报仇。"那个男子也上前一步，一副义愤填膺的样子："我是公孙都的亲同产弟弟公孙昌。请沈君带我去见朱安世，我阿兄死得好惨。"

小武脸色凝重："二位请节哀。都尉丞君为国捐躯，下吏等都很难过，但也不可意气从事。朱安世身上可能牵涉了重大谋反阴谋，又是皇帝陛下诏书名捕的重犯，我们现在非但不能伤害他，还要好好保护。等诏书下达，槛车征往长安，让皇帝陛下亲自发落。大汉律令，槛车征召的犯人，若路上有差错，斩主管官员。不过，这两天我们可以适当讯问，二位可以旁听，只是不能带刀剑进入县廷。"

公孙昌当即变了脸色："家叔乃当今丞相葛绎侯公孙君侯，你知不知道？倘惹得他发怒，你这个小小的县丞，立刻要家破人亡。我劝你还是放聪明点，况且皇帝陛下下诏逐捕朱安世这个狗贼，本来就是全权委托家叔办理的，如果槛车征召，肯定也是丞相府下达文书，你看着办吧。"

小武忽觉心头冒火，他深吸口气，强笑道："那好，等丞相府报文一到，下吏就请求明廷，让公孙君跟随槛车一起进京，反正二位要护送都尉丞君的灵柩回长安的，也不会留在豫章郡了，不过……"他停顿了一下，欲言又止，终于憋出一句，"请先回，明日县廷给高府君和公孙丞君发丧，二位也要先去准备一下吧。"

四人鱼贯走出县廷，还没出院子，迎面又来了一个年轻女子，几个仆从跟在她身后。公孙昌和公孙都的妻子望见她，不约而同地叫道："邑君，你也来了。"那女子回答："妾身特意来看望沈武君。多亏了他的果敢，才抓住了朱安世，还全歼了朱安世的徒党和梅岭群盗。"

小武见是靳莫如，赶忙施礼："高夫人也来了。下吏办事不力，死罪死罪。"

靳莫如道："沈君过谦了，妾身刚收到家兄书信，他还不知道豫章郡的变故。妾身准备回书告诉他，过些日子就回长安。如果押解朱安世的公务，沈君肯亲自接手，我们倒是可以同路啊。到了长安，妾身带你去见家父和家兄，也许他们能帮帮你。你知道你现在麻烦不少。"

小武感激道："有邑君从中出力，加上令尊靳君侯、令兄靳中丞关照，即便不成功，下吏魂归九原，也要结草报恩。"

公孙昌冷眼看着小武，对靳莫如说："邑君，你怎么还感激他？若非他们守职不力，哪会引来这么多群盗？现在都尉和丞属都惨遭杀害，豫章郡治理不力的臭名流播天下，他们这帮小吏，实在是死有余辜了。"

靳莫如脸上毫无表情，冷冷道："都尉本来就主管一郡的治安和甲兵，怎能把责任推到一个小小的县吏身上？昨日贼势那样强大，即便调拨所有县吏，也只是孤羊入群狼。如果当初都尉治郡严谨，哪里会有那么多盗贼？也不知道每年考核，他们是怎么蒙混过关的。"

公孙昌越发诧异："邑君怎么这么说？高府君可是令夫君，又是鄂邑盖主举荐来的，恐怕不好说他不尽责吧——邑君是不是太伤心了？"

"妾身现在很清醒，"靳莫如依旧一脸冷漠，"妾身一门五侯，世受皇帝陛下隆恩，绝对不会朋党为奸。即便是妾身的丈夫，只要他的确失职了，妾身也只有如实奏报。沈县丞年轻有为，吏材明敏，行事果断，若不是他，又怎能捕获朱安世？况且南昌县乃军事重镇，不采取权宜之策，击灭群贼，损失更是无可弥补。"

公孙昌还想说话，大嫂扯了扯他的衣襟，挤出一点笑容对靳莫如说："邑君的话也有道理，也许是我等见识浅陋吧。我等暂且告退了。"

两个人走出去，转过弯，公孙昌低声埋怨道："靳氏今天怎的如此古怪？自家丈夫死了，看不出半点悲伤，反而汲汲为一小吏辩解。"

大嫂叹口气："那有什么办法，她父亲和兄长现在正得皇帝宠幸，咱们惹她不起。况且，我听说她对高府君并不喜欢，只是慑于皇太子的威势，才勉强出嫁的。"

公孙昌不悦："家叔官拜丞相，号称万石君侯。他们一门五侯，也就仅仅抵得家叔一个，何况我堂兄下狱前，还是中二千石的大吏呢。"

"再别提你叔叔了，在他前头，皇帝陛下已经杀了好几个丞相。你叔叔当时听说要拜相，不是吓得痛哭流涕，请求皇帝陛下开恩收回成命么！唉，现在皇帝陛下对你叔叔又不满意，真让人辗转反侧。我嫁到你们公孙家这些年，日子过得一天比一天惶恐，恨不能干脆放弃劳作，美衣甘食，把钱财全花个干净，免得将来身伏斧质断头裂胸时后悔。"

公孙昌看看四周，捏住嫂子的手，安慰道："大嫂不必忧伤，哪里就至于到那地步。现在家兄死了，对你我也未必不是件好事啊。"他色眯眯地笑笑，"嘿嘿，大嫂刚才说起高辟兵那头肥猪，的确是可笑得很，据说他很早就不能人道，否则不会这么久也没有一个子嗣。他又比靳氏大了近二十岁。也难怪靳氏看到他死了，反而如释重负了。刚才那个姓沈的小吏眉清目秀，你说，那靳氏是不是对他有什么意思啊？"

大嫂挣脱他的手，低声喝道："你疯了，在这外面——若被人看见告上去，我俩就完了。叔嫂和奸，要判腰斩——你别提人家高辟兵了，你阿兄在床上难道就行了？如果他行，我怎会和你搞上？说来好笑，豫章郡都尉和都尉丞，两个都不是真正的男人，也难怪整个郡盗贼横行。人家靳氏年轻貌美，嫁了那么头肥猪，也的确冤枉。她的悲戚，我是能切身领会的。就算看上了那小吏，又有什么不对？郎才女貌，挺般配的。只是那小吏出身贫苦，想娶到侯门女做妻子，也是做梦。况且，他的脑袋这回保不保得住，还未知呢。"

"管他娘的。"公孙昌道，"总之我们刚才的表现是必要的，不能让人说家兄、夫君死了，却不见你们悲伤和义愤。现在我们静等长安报文，很快就可回老家享福了。"

那边小武跟靳莫如聊了会，才将其送走，回来心中颇有快意，这侯门女如此友善，让人心开。难道她对自己有意？想到这，他自己也笑了，"不可能。也许她天性温良，见谁都如此。不过，她说要请父兄劝谏皇帝，帮我脱罪，简直好得不可思议。为何公孙都的妻子那么不讲道理，她又这么通情达理？不管怎样，是天大的好事。"心中甜蜜了一会，又想到朱安世，他在县廷的堂上打转，想试试能否让朱安世开口。最后他下定了主意，让厨房立刻烧些酒菜，自己提着，进了关押朱安世的密室。

朱安世颈上戴着铁钳，手上戴着桎梏，脚上戴着铁釱①，像肉粽子似的箕坐在草席上，看见小武，脸上表情漠然："小竖子，来干什么？有种就将老子一刀杀了。"

小武笑道："想和大侠聊聊天下趣事和三辅旧闻。"

"哈哈，"朱安世仰首大笑，"要说趣事旧闻，老子胸中还真有不少。不过你这小竖子前倨后恭，定然不是想听趣事来的。酒菜我笑纳了，趣事可以讲两桩，其他的，你就死了心吧。"

小武道："很好，爽快。"他跪坐在席上，打开朱安世手上的桎梏，又给朱安世满满地斟了一杯酒："请大侠莫怪，职责所在，不能不捕你。"

朱安世揉搓自己的手腕，骂道："老子手都麻了，劳烦你给老子喂一杯。"

小武长跪道："敬闻命，敢不听从。"将酒杯送到朱安世唇边，朱安世仰头将酒一饮而尽，笑道："你这小竖子倒懂些礼仪，刚才不怕我出手将你卡死？"

"我死倒不足惜，只怕朱大侠活着比死不如。再说这种卑劣事，只有最不要脸的人才会做吧。"小武笑嘻嘻地说，又撕了一条鸡腿递给朱安世。

朱安世接过鸡腿大嚼，一会笑道："你很会谄媚，这点我倒是没想到。"

小武道："我要是会谄媚，就不止现在还做个守县丞。"

两人觥筹交错，不着边际地闲扯，一时醉醺醺的。小武一个劲问朱安世的辉煌经历，朱安世好像憋久了，逐渐失了防备，滔滔不绝起来。小武假装不经意地问："朱大侠知不知道，这天下谁最迫切想捕你？"

"不就是刘彻吗？"朱安世叹口气，"没想到老子纵横江湖三十来年，失手栽在你这小竖子手里。老子还真没见过你这样不要命的，有点犯糊涂了。当然，主要还是见你年少，过于轻敌。"

小武笑道："朱大侠，承蒙夸奖，不过，这也是没办法的事，我若退缩，仍旧是个死。谚语说得好：'畏首畏尾，身其余几？'不如豁出去了，还有一星活路。"

---

① 釱：脚上的刑具，相当于脚镣。

朱安世点头："若我早二十年碰上你，不能活到今天。虽然你只是个小竖子，我觉得比那帮名声在外的酷吏强，有我们豪侠的风格。"

小武又劝了他一杯："臣从小也是以朱家、郭解等人以楷模的，可惜体素羸弱，家又贫困，不足以交接游侠……臣有一点死活想不明白，大侠怎么就得罪了当朝丞相公孙贺？"

"小竖子，你倒是聪明，如果要问我受谁指使，我自然死也不会说。"朱安世顿了一顿，又道，"不过你刚才说的是什么意思？我怎么会得罪公孙贺？那个老竖子，他儿子当初跟我交情还不错呢。在长陵的时候，我和他是邻居。他原来是北地郡义渠的胡人，一个戎狄而已，后来归顺汉家，在军队里混，靠军功积累，慢慢升了官。他儿子是个混蛋兼财迷，小时候我们常结伴去挖三辅的富家坟墓。哼，他有很多阴事都足以判腰斩。不过，我们的交情一直还不错。这次我逃出三辅，投奔东南，就是他出的主意，他还给了我不少金银，算是很讲义气了。嘿嘿，你提到他，是不是想用反间计啊，难道我会那么容易上当吗？"

小武笑道："可是大侠刚才说的已经不少了。"

朱安世哈哈大笑："那又怎么样？就你一个人在这，没有旁证，当不了证据的。你知道我们这类人的性格，死可以，义气不能不要。"

"嗯，的确，这也是在下佩服你们的地方。不过，大侠虽然讲义气，未必公孙敬声也会。他们不是大侠，而是汉家官吏。只怕大侠的血，可以把他的车藩染得更红了①。"小武夹了一块狗肉，塞在嘴里。

朱安世怔住了，奇怪地问："你这是什么意思？"

小武笑道："没什么意思，只是觉得有趣。"

朱安世说："有什么趣？你还有什么招数，可以尽情使出来。"

小武长叹了一声，语带嫉妒："没什么招数，只是羡慕大侠的头颅挺值钱的。虽然大侠被我捕获，我却远不如大侠高贵，这颗脑袋不会运到长安去斩。在南昌县西市，随便就像狗一样斩掉了。"

朱安世又恢复了笑容，骄傲道："那是自然。好歹我朱安世也在外混了这么多年，当年长安多少名公巨卿都以和老子交朋友为荣啊！公孙敬声跟在我屁股后面，追着我大兄长大兄短的叫唤，后来他靠父亲的荫庇，官做得很大，在我面前

---

① 汉代的规矩，二千石的官员，乘坐的车厢两侧都要涂上红色，不足二千石的，只能将车的左边涂红。

却也不敢摆架子，从来都是让我东向坐，自己北向坐①的，斟酒侍奉如同子侄。"

"嗯，很好。"小武说，"大侠做了人家那么多年的大兄，也应该有所报答了，用脑袋救他一命，没什么不该吧。"

"你说什么？"朱安世道，"我是听说他下狱了，可那是皇帝要找他家的麻烦，跟我有什么关系？"

小武也假装诧异："咦，大侠真不知道？在下这么卖力逐捕大侠，原因就在这啊。公孙君侯得到皇帝陛下同意，打算用大侠的命去换公孙敬声的命。虽然公孙敬声位列九卿，可是比起名震天下的大侠来说，也没什么了不起。长安的公卿将相都说公孙君侯有眼光，懂得做交易。当然皇帝陛下也高兴，他要案治②一个公孙敬声，有多大意思呢？如果能让公孙君侯卖力，捕获大侠这心头大患，还是很值的。所以公孙君侯使出所有手段，在天下各郡县逐捕大侠。甚至私下传告，有谁捕获了朱安世，除了朝廷例行赏赐，他另出千金馈赠。愿意做官，还可以保举进宫为郎。千金，一千万钱，哪位豪杰能不动心？"

朱安世脸色发青："这么看来，你这小竖子要发财了。原来如此，老子在广陵的时候就觉得奇怪，为什么应该由御史大夫寺发的缉捕令，这次由丞相府下发，原来是公孙贺老竖子在搞鬼。幸好我为了完成一件大事的缘故，早早通告公孙敬声，骗他说自己去了西域。否则凭我以前对他的信任，一定时时和他书信来往，那可能真活不到今天。公孙贺老竖子当真可恶！"

小武道："原来公孙君侯一家这么无耻，这倒真是万万没想到。"他沉吟了一下，"朱大侠，在下很敬重君，也很同情君，很难过不能对君有所帮助。当初不顾一切要捕斩君，并非为了发财，只是为了活命。放了君，在下一定会死；捕获了君，多少还有一点生的希望。公孙君侯把君献给皇帝陛下，肯定会为在下说好话。即便在下纳金赎为庶人，有了公孙君侯那千金的赏钱，这辈子也可衣食无忧。况且，皇帝陛下一向喜爱敢于捕斩的官吏，说不定过几年又重新起用在下去治理剧郡呢！这不是没有先例的，张汤、杜周、减宣、义纵那些有名的酷吏就是这样。"

---

① 秦汉时代，以面朝东坐为尊，面朝北坐为卑。

② 案治：秦汉法律术语，指查办。《史记·李斯列传》："赵高案治李斯，李斯拘执束缚，居囹圄中。"

朱安世将酒杯重重一顿，胸脯一起一伏，突然又仰天哈哈大笑："这个算筹摆得真妙，想得太美。公孙贺老竖子想用我的颈血去染红他的车藩，简直做他妈清秋美梦。"他收住了笑容，阴沉沉地说，"嗯，我会让他失望的——幸好我当时多了个心眼。"

　　小武假装有点惋惜："可惜君已经成了阶下囚，纵有大侠的威风，也无可奈何了。君应该知道自己现在的处境，按照汉家的老例，不管什么王侯将相，不管曾经如何高车驷马，从骑如云，只要进了监狱，就是死狗一条，狱吏就是大父。想当年功高如萧何、周勃，意气如韩安国，在狱中还不是受到百般折辱，只能哭嚎：'今日方知狱吏之贵也！'汉家以律令治天下，狱事是天下之本，君如果现在肯服软，还来得及。君是大侠，我会让狱吏们好好侍奉的。"

　　"哼，"朱安世不屑一顾地说，"等我到了长安，会让公孙贺老竖子好看。他想用我的脑袋来换他儿子的脑袋，是绝对做清秋美梦。"

　　"哈哈，"小武也大笑起来，假装激动道，"君还做什么美梦？以为自己真能活着去长安？刚才我不过是戏弄君罢了，君难道真以为自己长着一个大侠的脑袋就了不起？真能比我一个小吏的脑袋值钱？公孙君侯发送文书的时候有个副本，凡是捕获朱安世的，立即割下他的脑袋领赏。活的不要，只要死的。"

　　朱安世大怒，发出尖利凄恻的笑声："这狗贼心肠好不狠毒，枉我一直把他当丈人行，尊重有加。既然他不仁，也别怪我不义，我朱安世做人一向恩怨分明。"他突然刹住了笑声，转过头来，冷冷地说，"那么，你何不现在就斩下我的脑袋，去向公孙贺老竖子领赏呢？"

　　小武道："大侠问得好，刚才在下说过，从幼年开始，就听了很多侠客的故事，很佩服他们的为人。只是生于穷乡僻壤，一直无缘亲见。这次能亲眼见到朱大侠，实在幸何如之！加之刚才又听大侠说了事情的来龙去脉，对公孙君侯一家的行径也颇为不齿，愈发佩服君刚强鲠直、重然诺、讲义气、轻生死的品格，所以……很踌躇啊。"

　　朱安世脸色略有平和："虽然你说得比较虚伪，但我还是有些高兴。我们打开天窗说亮话吧，你到底想知道些什么？"

　　小武又斟上一杯酒，递给朱安世："朱大侠果然爽快，君也知道，天生烝民，秉性不齐，爱好各异。有的人爱钱，有的人爱官，有的人爱美女，还有的人就爱当庄稼汉。爱好这东西，是很要命的事。我这人呢，就爱做官，喜欢享受百姓的仰视，那荣耀感，是万金也换不来的。在下也有理想，希望自己能像萧何、曹参那样治好天下，哪怕是一个郡，使百姓丰衣足食。公孙君侯那千金的赏钱，能给在下什么呢？哪怕在下自己贴钱，也愿意做好一个县令。在下想，朱大侠一定知道很多东西，足以让在下放弃那笔赏钱，满足继续做官的渴望。"

朱安世轻轻叹气："你的理想，哼……我年轻时也有过，不过你一定会失望的。"他低下头沉默了一会，又道："好，你给我一点时间，我要再想想。"

小武两眼盯着朱安世，良久，叹道："好吧。不过希望君能快点，君还记得自己斩杀的公孙都吧，他弟弟公孙昌对君恨之入骨，天天来县廷吵闹，要求见君，恨不能马上将君给磔了。我吓唬他说，朱安世乃是诏书名捕的重犯，要押往长安受审，敢公报私仇，就是废格诏书，他们才暂时忍了。不过，既然公孙贺想要死的朱安世，总是有办法的。对了，他为什么一定要死的朱安世呢？"

"哼，一定是想杀人灭口吧。"朱安世道，"因为我知道他们太多的奸事，每一条都足以让他族诛。"

"哦，"小武道，"那君还犹豫什么？何不立刻告诉在下那些阴事，倘若级别足够，臣可以请求征召郡兵保护槛车，至少君一路上不会有危险了。"

朱安世叹道："好吧。我也不想死得不明不白。公孙贺家的罪状，就算伐尽终南山的竹子，也写不完；砍尽褒斜谷的木头，也不够做刑具来械系他们一家。唉，没想到，我和他儿子也算从小的交情，这回要看到他赤族了。"

小武喜道："好，这里没有旁人，在下即刻拿刀笔来，君慢慢写，也许皇帝陛下见到君告奸之功，会特诏赦免君也未可知。"

—— 第五章 ——

岂意丞相怒　逃死正屏营

广陵国广陵县，广陵王宫。

日华殿上，灯光黯淡，殿外雨声淅淅沥沥，刘胥烦躁地在殿中来回盘桓，他的女儿刘丽都有点不高兴地道："大王，不要走来走去了，转得女儿心都烦了。"

刘胥阴沉着脸："你还说，都是你请来的什么侠客，还吹嘘是什么京辅大侠，倾倒京城无数名公巨卿。他带去我的几十个精锐侍卫，都一去不返。如果落到汉家官吏手里，他们经不起拷掠，我们都死无葬身之地。"

刘丽都道："刚才不是接到卫益寿的书信了吗？我们派去的人除了朱安世，全部被射杀。朱安世既然号称大侠，怎会泄漏我们的秘密？大侠一向是轻生死、重然诺的，不然活着岂非耻辱？当年河南郡的大族褚氏，以任侠闻名天下，郡国豪侠都慕名前去投奔。后来因为他配合太守减宣，出卖投奔他的亡命盗贼，天下游侠为之不齿，牵连到整个河南郡脸上无光。当地游侠曾歃血相约，要手刃他，一洗河南游侠的羞耻。他最后只好上书司马门，请求全家迁徙到陇西郡躲避。一失足成千古恨，朱安世岂会不引以为戒？他就算死，也不会吐露半个字的。"

"行了行了，"刘胥恼怒地说，"就算你请的那个大侠嘴巴严，又有什么用？我养条狗嘴巴还严呢。我不惜重金，想聘请的是能干之人，可朱安世连高辟兵那个饭桶都对付不了，枉了你的姑姑鄂邑盖主在长安花那么大力气，故意把高辟兵这头肥猪送到南昌。唉，现在一事无成。可怜我苦心经营培养的侍卫，一下子全部魂散他乡。"

刘丽都也有点烦躁，她不停地捻着垂下来的头发，道："大王你现在抱怨也没有用，这次行动，长安未必知道是我们干的。朱安世哪里至于那么没用，据说他当时很顺利地捕获了高辟兵和公孙都，把那个懦弱的县令王德也吓得半死，谁知半道会杀出一个叫什么沈武的狱吏，居然行县令事，不顾一切射杀了高辟兵。后来朱安世自己联系的五六百梅岭群盗来救他，那死狱吏竟然矫天子诏书，征召篁竹营郡兵，将群盗全部歼灭。平淡无奇的狱吏中，竟然有这么一个不要命的，这个谁能想得到？"

刘胥目中射出阴沉的光："去打听一下这个沈武是什么来历。我苦心孤诣的计划，就被这竖子给坏了，可以考虑派刺客去将他解决掉。"

刘丽都站起身来，笑道："大王你是不是吓糊涂了，这时候派人去刺杀他，不等于自己把自己供出来吗？"她顿了顿，"要查他也容易，大不了女儿再走一趟，我倒还真想看看这个人长什么样子，难道有三头六臂不成？"

刘胥看看这美貌的女儿，点了点头，叹道："任何男子见到我女儿，都不会不动心的。"

刘丽都笑道："大王说什么话……不过这世上还没有哪个男子值得女儿去勾引。那帮所谓侠客，自以为见多识广，见了女儿还不都是一副神魂颠倒的丑态，令人作呕。至如那个朱安世，还名震三辅呢，一样是个过不了关的，女儿答应他事成之后定有好处，他喜欢得什么似的……这个叫沈武的，据说乃是亭长出身，每日里干的都是送往迎来的仆役事务，想来也只是个乡下牧竖，难道还能比朱安世更沉稳吗？"

说起朱安世，刘胥忽然又心烦起来："好好，你去吧去吧。"

刘丽都带点撒娇的腔调，抱怨道："大王真是没出息，碰到这点小小挫折就垂头丧气的，和女儿小时候眼里的父亲相差太大了。我记得那时，看见大王在兽圈里和猛虎搏斗，只持一柄拍髀的短刀，就将猛虎刺倒，何等威猛？大王还招来国中力士，比赛举鼎，可那些力士大多徒有虚名，都在大王面前败下阵来。那时候的大王，就是我心中的天神。没想到才过去十多年，大王就豪气尽失了。"

"别说这些了。"刘胥突然低吼起来，"力士有什么用？如果不是我这么爱好田猎和举鼎，招致力士，皇帝哪里会对我如此不满，只封给我一个小小的广陵，总共不过五六个县。再说要不是你的怂恿，我怎会干这些犯上作乱的事？闹得天天提心吊胆的。"

刘丽都的目光中有些轻蔑，语气却缓和了下来："大王不要再忧虑啦。天下的事就是这样，求而不得者有之，未有不求而自得者也。女儿也是为大王着想，一辈子屈居在狭小的广陵，是何等郁闷！大王不是老说长安怎么怎么好吗，女儿也想从广陵国翁主晋升为大汉公主，去三辅享受享受。唉，自从母亲不在了，我就不知道什么叫作欢乐。"

刘丽都抑郁地站起身来，往外面走去，她的背影修长窈窕，走动时满是婀娜的风姿。外面的雨已经小了很多，日华殿的台阶下，是一个宽阔的湖，湖面上荷花已经颇为凋残，十分萧瑟。大殿的西边立着高大的阙楼，凌空架着一条长长的复道，横穿过假山和湖泊，延伸到北面的永信宫。刘丽都凝立在那里，好一会儿，叹了口气，提起裙子，回头对刘胥说："大王，我上复道，到永信宫去看看。"

永信宫是刘丽都母亲生前居住的地方，一提起这位逝去的王后，刘胥心里也颇为郁郁，那毕竟是他深爱的女子。他还没回答，忽然听得大殿下面有人匆匆奔入，叫道："启禀大王，有使者来拜见大王，说是来自彭城，楚王派来的。"

刘丽都停住了脚步，心里暗想："楚王派人来干什么？"她折回大殿。看见刘胥很兴奋地搓着手掌："快，你赶快吩咐宫门令，安排使者在显阳殿等候，寡人马上过去。"

刘丽都奇怪地说："大王听到楚王派使者来，怎的如此高兴？楚王和我们并没有很亲的血缘关系。上次燕王的使者来，大王也只是淡淡的，那可是大王的亲兄弟啊。"

刘胥满面春风："我的宝贝女儿，这你就不知道了。前年新年，我去长安朝见的时候，和楚王延寿一起去终南山打猎，他的箭法很一般，当时一头野猪向他扑去，他连射了两箭都落空了。眼看野猪就要跳到他车上，他吓得怪叫。幸好我在旁边，一矛刺中那野猪的眼睛，将它刺倒在车下。从那以后，他就跟我情同手足。"说到这里，刘胥压低了声音，"楚王还私下告诉我，说他已经觉察到皇帝陛下不大喜欢太子。如果另立太子，按照岁数排，应该轮到我的同产兄，也就是你的亲伯父燕王刘旦。但是尽人皆知，皇帝陛下一向讨厌燕王，嫌他权欲太重。前年还大发脾气，斩了他的使者，削了好几个县的封地，敕令他连续三年不得朝请。那么按顺序，就该是我了。楚王还说，如果天下有变，他可以征发全楚之兵，帮我夺取皇位。现在他派使者来，我怎能不高兴呢？"

刘丽都哦了一声："如此，我倒也要见见这使者了，楚王大概不会派一般的人来吧？"

刘胥道："这个，我也不知道，我们现在就去显阳殿看看。"

仿佛雨过天晴，父女两个欢快地走出日华殿，上了西边的阙楼，走上复道，向显阳殿走去。

那使者正坐在几案后面，一边饮汤，一边若有所思。他大概二十来岁的样子，五官倒也端正，颜色微黑，脸上线条和缓，上唇留着短髭，穿着精致华丽，眉目之间却隐隐透出一丝市侩气息。他听见脚步声，抬起头来，满脸堆笑，突然嘴巴张开，脸上的肌肉凝固不动，有一种难以掩饰的失态。

刘胥一见这人，当即笑逐颜开："听说楚王兄弟派来了使者，寡人急匆匆赶来，没想到竟是赵先生亲自来了。寡人何等荣幸，我兄弟还好吧？"

那男子这才惊醒过来，赶忙跪立，拱手匍匐施礼："外臣赵何齐叩见大王，祝大王玉体安康。"又身体微侧，对着刘丽都施礼，"也祝王后玉体安康。"

刘胥笑着说："赵先生何必这样多礼。丽都，这位是楚王王后的亲同产弟弟赵何齐先生。赵先生的家族原先是定陶县的商贾，富可敌国。我兄弟虽然贵为楚王，可是要论家产财物，只怕还不及他家的一半呢。"刘胥一边说，一边俯身拉起赵何齐，"赵先生弄错了，这位是小女丽都，哪里是什么王后。赵先生还是过于恭谨啊，问也不问就先来跪拜。"

赵何齐陡然惊喜起来："真的？原来是翁主，大王赦罪，大王赦罪。臣真是罪该万死，竟然张嘴就胡说八道，罪该万死啊。臣看见翁主如此花容月貌，惊为天人，心想，只有像大王这样英睿神武，才有资格娶得如此天仙般的女子作王后。没想是翁主，真是罪该万死，罪该万死。不过臣仍旧以为，既然翁主如此丰姿超逸，那王后也自然不会差的。"

刘丽都知道自己的美貌足以颠倒众生，平日各种谀词听得耳朵起茧，却也从未感到厌倦，这会听到赵何齐夸自己，心里同样甜滋滋的，噗哧一声笑道："大王，你说这位赵先生是商贾人家，怎么还这么喜好咬文嚼字，华丽的词句一套一套的。"

刘胥笑道："难得的就是，赵先生虽然出身商贾，却自小从齐国聘请了好几个硕学通儒，一直恭敬奉养，每日里学习《诗》《礼》和《论语》，要论学问，恐怕你也只能望他项背呢！"

赵何齐谦虚地说："大王过奖了，臣也就是认得几个字而已，不至于算错账目，哪里敢说懂得高深的儒家经典啊！不像翁主，出身贵胄之家，自小就有德高辞赡的保傅相伴，大王宫中又尽多满腹经纶的大儒，翁主耳濡目染，所得到的学问，臣这辈子就算悬梁刺股，寝食俱废，也是学不来的。"他说话的时候，一双眼睛像驴拉磨一样，在刘丽都光滑洁腻的脸蛋和脖子周围游走，没有离开一下。

刘胥笑道："赵先生可别宠坏了她，请堂上坐。"他转头对刘丽都说，"丽都，你去招集一下宗族长老和你弟弟，吩咐厨工和乐工，哺时上晚膳，鼓瑟吹笙，迎接楚王尊贵的客使。"

刘丽都答应一声，转身走了出去，心里暗暗好笑，这个呆子真好玩，不知楚王派他来作甚。

宴会设在显阳殿的前殿。显阳殿空间不大，结构却精致绝伦。大殿四围都是镂花的琐窗，皆用名贵的檀木雕制而成。寻常时候，琐窗被竹帘和帐幔遮蔽着，掀起那些青翠的竹帘和素白的帐幔，左边可以眺望清澈澄碧的菱鉴湖，湖水荡漾，好像就在脚边喧逐，叫人感觉清凉沁骨，可谓避暑的佳地。右边则是个花园，起伏的假山，枣树错落，大殿前面的院子里，散立着几十株桂树。这时细雨已经全部停了，桂树枝头上满是细密的黄色和白色，重又发出一阵阵袭人的香气，被湖上的清风一吹，像看不见的帷幕一样，缭绕在大殿的周围。

赵何齐推开琐窗，极目浩淼的烟波，夸赞道："大王真会享受，正值中秋，如此美景，真让臣恍然觉得自己身在月宫之中呢。枣树和桂树，又是何等符合大王的经历啊。二十四年前，大王才十多岁，就被皇帝陛下封为广陵王，这不是早就贵显了吗？下臣希望大王托这些桂树的吉祥，再贵一级，那就完美无缺了。"

刘胥大悦，笑道："先生请饮酒。寡人以眇眇之身，托先人荫庇，得王此土。只要终生能享受这良辰美景，于愿已足。先生的家族素称定陶首富，这样简陋的园子和楼阁，怕早就不稀奇了。"

"哪里哪里。"赵何齐饮了一尊酒，"汉家的规矩，商贾的地位卑微啊。高皇帝甚至还下诏，说商贾再有钱，也不能乘高车，不能穿丝帛的衣服。当今皇帝陛下讨伐匈奴，也屡屡征发商贾从军以填沟壑，臣家若不是纳钱大司农佐边，臣只怕也早就横死在大漠了。唉！没有地位，便有金山银山，又有什么乐趣呢?!"说着嗟叹连连。

刘胥安慰道："先生休要懊恼，总有机会改变的。再说，商贾其实也只是表面卑微，实际享受，远远不是一般宗族诸侯能望其项背的。寡人好在身为当今皇帝的亲子，处境才稍微过得去。至于隔得远一点的宗室，有些穷得只能坐牛车呢。寡人听说，定陶周围的诸侯就经常向君家借贷的，他们每年所能收到的微薄租税，恐怕永远也还不清君家的债务吧。"

赵何齐微笑道："大王真是词锋机敏。不过，这也说明大王懂得一个道理：如果不能成为天下的大宗，富贵终难长久。大王真是英明。"

成为天下的大宗，也就是做皇帝的隐晦语。刘胥左右看看，咳嗽了一声："今日宴乐，不谈这些沉重的话题。寡人能见到先生，非常高兴，今日不醉无归。来人，传令奏乐，为楚王使者侑酒。"

赵何齐道："不用了，外臣酒量甚浅，不敢奉命，恐怕酒醉失礼，有违法典。"

刘胥哈哈笑道："今日寡人高兴，就不用拘什么礼节了。寡人这就让家令退下，你我尽兴就是。还有，小女丽都擅长歌舞，今天让她为大家舞一曲如何？寡人的爱姬左修又擅长鼓瑟，就让她们两个展示技艺，为先生和宗族长老们侑酒吧。来人，撤了燕乐。"

堂上堂下的乐工恭谨地退了出去。刘丽都站起来，笑道："大王总喜欢在客人面前出女儿的丑。不过有左姬鼓瑟伴舞，我是横竖不能错过的，谁不知道左姬难得一动纤指，除了大王，谁经常能有耳福呢！"

左姬笑道："翁主就不要取笑妾身了。能为翁主伴舞，是妾身的荣幸，恭请翁主起舞吧。"说着纤指按瑟，一阵泠泠的瑟声顿时从她指下飞出，如凤凰一样，绕梁飞舞。堂上所有人都不由自主停止了咀嚼。

刘丽都放下酒樽，踱到大殿的中央，她修长曼妙的身躯在悠扬深沉的瑟声中，缓缓旋转起来。她头上梳着堕马髻，乌黑的发丝披散至腰际，快至发梢的部位松松地挽了个结，用一条雅淡的丝带束着，一抹尖细的发梢斜斜地散在一边。身上穿着裁剪合体的淡绿色深衣，衣襟的曲裾为深褐色，上绣着菱枝状的花纹。曲裾绵长，在身上缠裹了数层，斜掩在身后，也同时勾勒出她曲线窈窕的身躯。由于深衣曲裾的数层缠裹，在大腿以下形成数道斜斜的花边。那深色衣裙边侧的菱枝，在她婀娜的身躯上天矫跳跃。伴着那凄美的瑟声，这女子宛如姮娥。对，就是姮娥，正飞扬在天香云外之中。

赵何齐目不转睛地盯着美女的舞步，心里暗暗惊叹，若能与这广陵国的翁主缠绵一夜，死亦不恨。对了，她肯定还没嫁人，我何不向她父亲求婚，娶了她回国？现在我姊姊是楚王的宠妃，楚王也须借助我家的财力，才能过上奢华的日子。我唯一的遗憾是，家世虽然豪富，却没人当上高官，连高爵都没有。姊姊虽然嫁了楚王，可现今一般的诸侯王没有什么权势，想帮我做官封侯，心有余而力不足。楚王这次派我来广陵国，就是为了结交这个当今皇帝的亲儿子，希望能说动他，准备有朝一日入居长安，成为大汉天子，到那时，我这个出了力气的人，无论如何也该封个列侯，光耀赵氏的门楣。人生而不富贵，固然了无乐趣；如果已富而不能贵，就像粱肉含在嘴里却不许咽下，岂非更加痛苦？

他看着刘丽都的倩影，咽了咽口水，谄媚地对刘胥说："翁主舞姿如此动人，请原谅外臣词拙，实在找不到夸奖的词语来了。"

刘胥这时似乎已经喝得半酣，没有理会赵何齐的话，站起大笑道："女儿你且歇会，今日寡人实在太高兴了，左爱姬，你给寡人鼓起你们家乡的巫山云曲吧，寡人要舞剑高歌和之。"

说着，他拔出佩剑，离了席位，开始起舞。只见剑光如虹，满堂闪烁。这个王的身姿也着实矫健，无怪乎从小就能格斗熊罴，徒步搏虎。他舞到兴起，慷慨高歌起来：

> 欲久生兮安有终？
> 思长乐兮讵①无穷？
> 奉天期兮靡不通。
> 乘天马兮遨云中。
> 下视蒿里②兮何朦胧。
> 取酒为乐兮长融融。
> 富贵皆可踵，
> 独死不得取代庸③！

唱完，他挂剑于地，突然激昂不可抑止，涕泗滂沱，在颐下流淌。赵何齐见

---

① 讵：岂。

② 蒿里：山名，相传在泰山之南，是埋葬死者的地方，后来泛指墓地或者魂魄聚居的阴间。

③ 代庸：受雇佣的人，引申指替身。

其如此，心中有些不快，看不出这广陵王表面粗鄙，骨子里竟然多愁善感。好好的一场欢宴，就这样被他搅了，真是遗憾。赵何齐站起来，举起酒杯劝慰道："大王可能累了吧，不如先休息一会。待会再请大王赐个方便的场合，何齐有要事与大王商量。"

刘丽都也嘟起嘴，不满道："大王好不让人扫兴。这么美的良夜，怎么哭起来了？"刘胥有些不好意思，呵呵笑道："这是我前几天新作的歌词，今天一时高兴，就唱来助兴。其实哪有悲伤，不就是些劝人及时行乐的意思吗？"他把剑递给侍者，接过赵何齐递过的酒杯，仰首一口饮尽，道："赵先生不必担心，凭这点酒，还醉不倒寡人，寡人非常清醒。赵先生有什么事，可以直说。在座的其实都是寡人的姬妾宫人和心腹家臣，没有什么不便的。"

赵何齐哦了一声，说："那好，大王真是雄姿英发，身为长安贵胄，却也雅好楚声。看来王妃也是楚国人了。这次楚王让臣带来了一个人，恐怕大王会感兴趣的。"

刘胥好奇道："什么人啊，怎不同来？"赵何齐道："大王愿见，臣才敢派人去召。"刘胥道："先生特意带来的，肯定非同凡俗，请马上召来吧。"赵何齐吩咐随从："请李神巫，就说广陵王召见。"

随从应声出去，没多久引了一个人进来。那人身穿黑袍，头上挽着男人的发髻，戴着黑色纱冠，全身上下如一截烧毁的木材，看不出是男是女。这人走到刘胥面前长跪施礼，刘胥见其面目乌黑僵硬，心中颇有些寒意，莫不是鬼吧。正想着，却听赵何齐介绍道："大王，这位先生名叫李女嫛，乃吾楚有名的神巫，故籍南郡秭归，是我们大王花重金聘请到彭城来的。"

李女嫛，听这名字，应该是女人了，可这哪像个女人？刘胥心中不喜，勉强揖道："得见先生，有幸有幸。"

李女嫛笑了，像老树开裂一般，她说："大王多礼了。刚才臣在外面侧闻大王唱歌，'独死不得取代庸'一句，实在悲凉怆恻，令人低徊。是啊，贵为王侯，这人世间，什么事都可以雇人来做，独有死亡，是绝对找不到人代替的，否则，那就不是自己的死，而是别人的死了。不过，大王又何必如此悲凉？臣学过相术，刚才细看大王容貌，实在贵不可言，有位登至尊之望啊！"她声音格磔，宛如劣锯锯铁，与其容貌可谓天作地合。

刘胥虽不喜欢这刺耳的声音，但听她讲的内容，精神陡然一振。

赵何齐插嘴道:"大王,李神巫不但会看相,而且擅长巫蛊,只要找到所憎恨之人的生辰八字,刻在偶人上,由她来祭祷,就可置那人于死地。她产于当年楚国三闾大夫屈原的乡里,当地的神巫,一向非常灵验的。"

刘胥脱口道:"真的?"心里暗暗思虑,如果真有这么厉害,倒不妨试试。不过当今皇帝陛下毕竟是自己亲生父亲,诅咒他死,似乎是大大的不孝,不孝的人,上苍也不会护佑的。不如让她祭祷,让皇帝陛下改立自己为皇太子。他对李女媭笑道:"寡人倒没什么仇人,仅有个小小的心愿,若神巫果真愿意帮助寡人,寡人就算空举国之财帛,也是在所不惜的。"

李女媭道:"大王若信得过臣,臣自然会竭智尽力,效犬马之劳。臣家在南楚,当地巫山神女最为灵验,臣每次祭祷,无不如心所愿。臣愿择吉日为大王祭祷巫山,祷请皇帝陛下立大王为皇太子。"

说得也太直接了,刘胥反有点猝不及防。他假笑一下,掩饰自己的慌乱,心想,看来这女人果有些本事,我刚才所想,她马上就知道。不过,难道不能委婉些吗?于是假意道:"如此洪福,寡人岂敢妄想?不过希望神巫能让我广陵国与大汉同衰荣罢了。况且皇帝陛下二十多年前就立了太子,太子也一向温良恭俭,深得皇帝喜爱。与他相比,寡人无论是德行还是才能,都不逮远甚。神巫取笑了。"

李女媭发出桀桀的怪笑:"万事自有天定,大王就想推辞,只怕也不能够。前年冬天,丞相葛绎侯公孙贺慕臣的微名,特意请臣去为他看相。那一天是冬至日,京师各都官府寺休沐三天,庆祝节日。那晚,皇太子全家也来到公孙贺的宅邸,臣在宴上曾近距离见过皇太子一面,他眉上有一道纵纹,延入眼角,命相微薄,恐怕近年之内就会大祸及身,别说当不了太子,只怕还有杀身之祸呢!"

刘胥心中如擂鼓般乱跳。他喘了口气,身体不由自主往前倾了过去:"果真如此?"不过马上意识到自己的失态,解嘲道,"纵使神巫所见不差,依年龄长幼,也该轮到寡人的同产兄燕王入承大宝,寡人岂能有份?"

刘丽都轻轻在刘胥耳朵边道:"大王,别再犹犹豫豫了,这神巫既然说得如此确定,不如择个吉日,让她祠祷巫山,看是否真有效验。"

刘胥脸色苍白,呆若木鸡。他身体壮健,性格粗野,本是个敢作敢为的人,但过去的二十年间,目睹了父亲凛冽的治国手段,竟慢慢变得胆小起来。父亲喜好任用酷吏,以摧破宗室为功,凡有关于宗室不法的狱事,只要官吏敢于杀戮,就能得到嘉奖。过去的二十年,起码有十多家宗室,三十多家列侯,总共十几万人被大大小小的酷吏残灭。而这些酷吏，最后无不被皇帝认为是能吏，加以擢拔超迁。他的确是有点害怕，他之所以敢于和同产姊姊鄂邑盖主勾结，觊觎皇位，一方面是因为诱惑太大，一方面是听说父亲身体日渐不佳。一个体弱多病的皇帝，杀戮的戾气总要减弱一些的吧，他常常自我安慰地想。此刻他对着李女娿微微点头，默然不语。

九月就要结束了，天气逐渐有些凉意。在当今皇帝元封六年以前，也就是二十年前的这时候，天下各官府都要准备封印，休沐过新年了。因为那时是以十月为新年的，时常会大赦天下，赐百姓家长子爵位，女子牛酒①，并允许乡里大酺②。现在却不一样，离新年还远，南昌县县廷正急着等候长安的报文。今年非常奇怪，关于鞫问卫府剽劫狱案犯韩孔，供词连逮广陵王翁主的爰书，早就送达长安的廷尉府。爰书中请求朝廷派遣大吏穷治此狱，可是将近三个月过去，竟然毫无回音。以邮车送信给长安豫章郡邸③的官员，令他们打听，却被告知皇帝陛下将有关此狱事的文书留中④不发，只让廷尉府给南昌县下令，将案犯韩孔就地斩首，牵连到卫府的一系列亡命贼盗也全部弃市，这其中包括小武的弟弟去疢。至于广陵王刘胥，则"有诏勿论"⑤，也就是皇帝装聋作哑，放过了他。也许皇帝念在毕竟是自己亲生儿子的份上吧。另外嘉奖文书也一起递到，命沈武由行县丞事改任为真。

如今关于逮捕朱安世，请求廷尉以槛车征往长安的爰书也送去了一月，依然没有报文。小武在县廷里如坐针毡，晚上屡屡做噩梦，梦见弟弟去疢满面血污，突然跳到自己床前，眼光还是那么蛮横粗暴。再就是时常恍闻外面喧哗，有长安诏书到，宣布以矫诏及丢失二千石长官罪，立即将王德和沈武枭首豫章市。这一个月真是度日如年，午夜梦回，无不汗出沾背。父母也因为他没有救下弟弟，对

---

① 牛酒：牛和酒，古代馈问、宴犒、祭祀多用牛酒，汉代朝廷有庆，常赐给百姓长子爵位，他们的妻子则若干户分一定数目的牛和酒。

② 大酺：百姓合聚饮酒。秦汉时代，法律禁止五人以上的百姓无故群聚饮酒，只有在诏书特别许可下才可以。

③ 豫章郡邸：相当于豫章郡驻长安京师的办事处。

④ 留中：秦汉法律术语，指朝廷将奏章文书等压住，不发放到外廷处理。

⑤ 有诏勿论：秦汉法律术语，指皇帝特意下诏，叫官吏不要再追查某指定案犯，相当于特赦。

他颇有怨言，这让他分外孤独。他有时想，自己应该立即娶个妻子，以遣寂寞。每次回家，阿思倒是对他含情脉脉，可是难道能娶自家奴婢？律令也不允许啊。若不娶她，只是玩弄，似乎也不厚道。

这天休沐日，他再次回家，阿思如常欣喜，他能看出阿思对自己的情愫，正值血气方刚的年纪，每次躺在床上，经常被情欲折磨得辗转反侧，这时他眼前会浮现出靳莫如的面容。他想，靳莫如该是对自己有些好感的吧！近些日子，她几乎隔几天就要来一次县廷，总会找出一些理由和他闲谈，经常不掩饰对他的钦佩，偶尔透露她兄长的书信内容，说皇帝离开了未央宫，在云阳甘泉宫养病。兄长催促她束装先回长安，她却想等诏书下达后，随朱安世的槛车回去，而且她已经央求兄长，让廷尉府下令南昌县派县丞押送。

小武在黑暗中喘着气，这么个玉人，偏偏嫁了那口肥猪，简直暴殄天物。也许他这次死在乱箭下，冥冥之中是上天的安排。上天恼怒他的浪费，所以收了他去，那温良的女子应当属于自己。他想着，很快就沉浸在虚幻的快乐之中。忽然，听到敲门声，他赶紧穿上裤子，阿思进来，端着一盘青团糕，说是新做的，让他尝尝。他有些局促。阿思吸了吸鼻子，说："什么气味，这房间公子很少住，不在家时，总是关着，只怕有霉味，该打开透透。"小武由着她打开窗，院子里桂花的清香立刻涌进来，把屋中之味冲淡了。

阿思看见地板上扔着一些书，又蹲下来收拾。这栋房子是小武的祖父建的，地板已经陈旧，上面有好些老鼠洞。阿思一边收拾，一边说："这竹简上面的字都模糊了，原先的胶都被你的手指磨掉了吧，改天我再弄些胶来刷一遍。"小武道："谢谢你，你太能干了。"阿思道："你是少君，我是奴婢，谢什么？"小武道："人是有感情的，相处久了就是亲人，别提什么少君奴婢之类的话。再说我们家这个样子，也不是有权有势的，哪来那么多规矩？"阿思道："公子都做到守县丞了，还这么谦逊？我看好公子，公子做亭长时，我就知道公子一定会出息的。主君和阿媪平日在家，总谈起公子还未娶妻，我总是说，公子一定能娶到贵人，何必着急？"

小武道："谢谢你，可是哪来的贵人？"阿思道："我已经听说，郡都尉的新寡夫人对公子有些意思，不知真假？"

这句话正中了小武的所想，但他恨无人可以倾诉，于是说："你觉得都尉夫人会看上我吗？她父亲是列侯，他长兄是御史中丞。"

阿思道："为什么不能？公子多才多艺，只是出身不如她。若公子出身也是贵胄之家，她们哪里配得上公子，爬梯子都够不着哩。"

小武忍不住笑了，又心痒痒的："真的吗？你想啊，她父亲的地位比本郡太守还高，本郡太守我能见着吗？见都见不着，就算碰到，人家也不会正眼瞧我一眼。你能想象陈不害如果有个女儿，会招我为婿吗？他的姻亲，也必然是二千石这个秩级的。"

阿思道："其实公子这么问我，肯定是已经看出她对你有意了，还有什么犹豫的？这事能传到我都知道，说明她自己也不忌讳，就等你去挑明呢。"

小武沮丧道："婚姻都要媒妁之言，我怎么挑明？我向她挑明吗？汉家可不能这样，我要找个媒人去关中的靳家下聘，这简直是做梦啊。"阿思轻轻地说："好像是的。可是侯家爱女，也许可以通融。若绝对不能，她也不必来找你。你跟她直接说，或许她早有办法。"又好像自言自语，"就是不知这位列侯家的女儿性情如何？"小武道："性情倒是真好，毫无骄奢之气。"阿思道："这就好，公子的脾气我知道，吃软不吃硬，若她性格过强，公子肯定受不了的。"小武道："谢谢，她确实最近经常来县廷找我，说是谈她亡夫高辟兵的善后事宜，但该说的都说过了，也没什么新鲜的东西，而且无论她兄长来信说了什么，都要马上来告诉我。当然，我还是觉得，我何德何能，人家凭什么喜欢我，我会不会是自我慕恋，过分拔高了自己？其实在别人看来特别可笑。"

阿思道："公子，你没有自我拔高。我虽然身份卑贱，但也是个女子，我感觉她是真的喜欢公子。没有哪位女子会无缘无故找一位不喜欢的男子聊天，她身边仆从众多，要真有什么公事，一定会吩咐仆人跟公子接洽，怎会亲自去县廷找公子呢？"

小武心中欢喜，也不置可否："真的奇怪呢。"又道，"对了阿思，你在城中有喜欢的男子吗？我去帮你说，到时还给你备上一份丰厚嫁妆。"阿思道："我不想嫁人，就想一直陪伴阿翁阿媪。"小武道："总不能永远陪伴，青春一霎就不在了。"阿思道："我不嫁人，公子就让我终生侍候你吧。我很听话很乖巧，我什么都会做，那位靳侯之女既然性情好，我一定能侍候好你们。"小武看她神色，眼中似乎泪光点点，心中一震，说："你还小，也许一两年后，就改变了想法，到时再说吧。"阿思使劲摇头："不用到时再说，我的想法是不会变的，除非你赶我走，那我会很伤心。"小武叹气道："我不会赶你。"又抚慰几句，打发她出去，躺在床上发呆，逐渐觉得乏困，也就睡着了。

朦胧中突然外面有叫门的声音，小武登时惊醒了，一看窗外，已经天亮了。接着听得父亲似乎在堂上和什么人说着话，随即自己的房门响起了敲击声，十分急促。小武跳起来，打开门，是父亲和婴齐。两人的脸色都非常惊骇哀苦。小武心里一沉，似乎意识到了什么，声音都有点哆嗦："阿翁，你怎么了？婴齐君，这么大早，还没到坐曹的时间吧？"

婴齐突然涕泪零落："沈君，家叔派人夤夜从新淦县送信过来，说昨天傍晚，太守府来了长安的使者，带着丞相公孙贺的封印文书，要将君以矫诏和丢失二千石长吏罪收系，使者监临杂问①，可能会判君腰斩。君还是弃了官印，亡命去吧！"

父亲老泪滂沱而下，一屁股坐在门前："我快四十岁才有了你们兄弟两个……这才没了少子，眼看长子也保不住……呜呜，上天为何不仁，要让我绝嗣。"这时母亲和阿思也踉跄奔入，惊问怎么回事。婴齐擦干泪水，安慰她道："阿媪，没什么大事，是县令让县丞君去商量一些事情，稍微有些棘手。"

小武无力看着父亲，一时之间，悲愤、伤心、歉疚、绝望相继涌上心头，更多的是歉疚。唉，我没救下弟弟，父母虽然怪我，却并不曾抛却对我的爱护。其实他们也知道，我没有能力救弟弟，不被他牵连进去就算万幸了。父母都快六十了，脸上已隐隐有暗黑的寿斑，行止也多呈老态，这就是一般闾里贫穷百姓的生活常态，如果他们是贵族，怎会衰老得这么快？如果我有出息，又怎么能让父母过这样的日子？我曾经昼夜勤劳，苦习律令，得知当今皇帝爱好儒术，又找来《论语》《诗》《书》《礼》等书汲汲研习，期望能够凭着才干怀金纡紫，报答父母，现在大志未酬，却要命丧黄泉，这大概就是命吧。他难过地穿上衣服，伏地哽咽："阿翁阿媪，儿子不孝，不能侍奉于尊前。苍天何辜，必欲歼我沈武，使我上不能孝养父母，下不能挽救弱弟，我……"

婴齐抓住他的胳膊："沈君还是听我一句，赶快逃亡。逃到一个偏僻的地方，过几年碰上大赦，又可以回来，何为而不可？君熟悉故事②，不用我说——现在走还来得及，等天明丞相府使者赶到，就都晚了。"

小武重重拍着床栏，怒吼道："不，我做错了什么？公孙贺要这样对我？是，

① 杂问：秦汉法律术语，指几个部门的官员一起讯问罪犯。
② 故事：秦汉法律术语，指案例。

南昌县是丢失了二千石长吏，但我一个小小的守县丞，能负什么责任？我是矫诏发郡兵了，可那也是无奈，若群盗攻陷都尉府和县廷，不但冲灵武库要被洗劫一空，朱安世也会逃之夭夭，皇帝陛下不会首先斩了他的儿子吗？"他一边怒吼，一边在屋里打转，"丞相府的使者，为什么不是天子诏书？我知道公孙贺老竖子想置我于死地，因为我没有立即斩下朱安世的头献给他。我何尝不想？我只是怀疑即便献给他，他也不一定会放过我，我知道察见渊鱼者不祥，何况我还下令不顾人质进击群盗，导致他的侄子公孙都、姻亲高辟兵双双毙命。不对，他一定没有将这事上报天子，当今天子明察秋毫，不可能会处死我。"

婴齐跺脚道："沈君，现在不是倾诉冤枉的时候，还是赶快收拾一下，逃亡要紧。留得身躯在，不怕不出头。丢了性命，就什么都没有了。"

母亲也扶着小武哭："我知道你一向不屑听阿翁和我的话，但婴君说得有理，既然丞相要害你，哪听你说什么，先逃命，藏起来，等着皇帝大赦。快走吧。"

小武拔出横搁在床头兰锜①上的剑，一剑斩下去，将兰锜斩成了两半。他发疯般狂斩几下，然后收剑入鞘，恨恨道："我现在就走。不过，婴齐君，会不会连累你？"

婴齐道："沈君放心，家叔在太守府做功曹史，好歹有些地位。快走吧，再拖，就真的来不及了。"

小武说："好。"他提起阿思准备好的衣物。阿思泪眼婆娑："公子，好好保重，你一定能逢凶化吉的。"小武叹口气，突然想起了什么，对婴齐道，"我自少交游不广，就算想逃，也没处可去。"

婴齐从身上掏出一样物事，道："这不用担心，我有个从兄在南阳郡任县廷仓啬夫，为人豪爽，喜好任侠，你带上我的口信去投奔他，他就是舍了性命，也一定会保护你周全。另外，这是家叔为你弄来的符传，有了它，也不怕关津盘查。"

小武抱住婴齐："感谢令叔，不知何以为报。另外，去投奔令从兄，万一被他人发觉，岂不让他连坐？"

婴齐骂道："沈武，怪不得外间都说你儒弱，这种时候，还婆婆妈妈？先躲避一时要紧，说不定明年就大赦天下呢。"

小武也怒道："我要是儒弱，还不先逃了再说……"

---

① 兰锜：搁放兵器的木架。

他话还没说完，忽听见窗口传来一个清脆的声音："沈县丞如此慌张，不如暂往我们那里躲避。我们大王一向求贤若渴，会把你奉为上宾的。以沈县丞之年轻有为，何处不可干出一番事业？"

屋内几个人都吓得手足无措，齐齐朝窗口望去，几个人影一晃而过，似乎向正门而来。小武道："出去看看。"拔剑出鞘，穿堂来到阶前，看见三五个人已经进了院子，个个衣着华美，腰间都挂着刀剑。

小武强作镇静，喝道："你们是什么人，怎么进来里门的？"

领头的一个少年笑道："口气好大，像个三百石官吏的样子。"他穿着墨绿色云雷纹上衣，头戴着刘氏冠，面如霜雪，眉如墨画，看上去像个富家公子，但从走路姿态和声音，小武已经觉察此人是个女子。小武下意识地把眼光转向她的胸脯，果真隐隐坟起一块，又马上掠开目光，注视她的脸蛋。只见她停住脚步，丹唇微启，露出淡红的牙龈和洁白的牙齿，笑靥如花："里长怎会不让我们进里门呢？我们有广陵相府颁发的符传，是正儿八经的良民。"

小武心里咯噔一下，竟然是广陵王的人。他忽然想到韩孔的供词，从这女子的容貌来看，她可能就是翁主，果然是天仙般的容色。小武知道当今皇帝最喜欢穷治宗室，凡有官吏不畏宗室，皇帝总夸赞说："此真臣子所当为也。"随即越阶擢拔。因此也曾梦想，这次狱事牵连了广陵王，也许可以立个大功，谁知结果是"有诏勿论"。也许长安早有人为广陵王说话，那他们也该能打听到，是一个叫沈武的掾吏坏了他们的事，免不了要来报复，只是没想到来得这么快。于是小武微微冷笑："我一个小小的县丞，怎敢劳广陵王使者亲自登门拜访？请回吧。"

正如小武所猜，这女子就是刘丽都。上个月她本来就要来南昌县会会小武，只是由于楚王使者赵何齐的突然来访，推迟了计划。他们在一起密议，让李女嬃祭祷巫山，请求神明保佑皇帝立刘胥为皇太子。后来赵何齐就回去了，李女嬃留在广陵国，等待祭祷效验。接着，长安的使者又来了，天子制诏广陵王，责备他行事不谨，有和群盗勾结的嫌疑，公卿廷议，都请求皇帝穷治，诛杀广陵王。皇帝念在亲子之恩，"有诏勿论"，但警告刘胥不可再犯。惊惧之余，他们对李女嬃的巫术也有了七成相信。因为他们深知皇帝的性格，平常一些小狱，只要牵连到宗室，都会血流成河，而这次事情闹得颇大，却"有诏勿论"，太神奇了。如果不是神巫祭祷之故，又能怎么解释呢？李女嬃还说，这次化险为夷，是大福将到的前兆，真正的美事还在明年，只要刘胥对祭祷保持虔诚，去长安为帝，是翘足可待的事。刘胥听得心花怒放，每天等着预言成真。

但刘丽都不这样看，她觉得既要敬天命，也要尽人事。她实在好奇，她和卫府的计划虽算不得特别严密，也算周到，怎么败得那么惨？朱安世被活捉，她一直惴惴，在父亲面前若无其事，不过是强作镇静罢了。万一朱安世熬不住刑怎么办？她心里实在不放心，因此带着几个心腹，又潜来南昌县，在得到小武的住址后，立即赶来青云里，没想到刚才在窗口，竟然听到小武在做逃亡的打算，欣喜难以形容，忍不住叫了出来。

"别人不知道沈君，我还不知道吗？依沈君近几月的表现，不要说一个小小的县丞，就是做廷尉监、丞相长史都足够了。可惜生不逢时，大功未报，却要亡命草泽，岂不可惜？"刘丽都不疾不徐。

小武哼了一声："那又怎么样？遇与不遇，命也，我能怨谁，怨天吗？只恨上不能报效朝廷，下不能抚循苍生。"

刘丽都说："对了，这才是有志气的人说的话。苍天是不会辜负有心人的，君现在随我去广陵，我们大王思贤若渴，岂不比伏窜草泽强得多？"

小武心里一动，她说的也有道理，我逃亡到一个小县，以公孙贺现在的势力，说不定没几天就被他捕获了；若逃去广陵国，则能安全等到大赦。他语气松了："只怕广陵王也没那么大气魄，敢明目张胆收留郡国的死刑犯人。"

刘丽都走上前，一把抓住小武的手："有什么不敢？像沈君这样的才干之吏，我们广陵国多多益善。快随我走，别拖出变故。"小武陡然闻到她身上的芳泽，心中大荡，又偷扫了一眼她的胸脯，那柔软的坟起就在眼前，一种朦胧的欲望顿时勃然而起，这种时候，还有这种心情，他有点惊讶自己。他急忙回头，望了望婴齐，微微颔首。婴齐急道："沈君不要信他，上次君治理的狱事牵扯到广陵国，他们是想把你骗去杀害。"

刘丽都正色道："这位先生，你这就错了。为大事者不计小怨，我以广陵国翁主的名义发誓，绝不会伤害沈君，天上明神为证，如果我刘丽都违背誓言，将来全家族灭，靡有孑遗。"

小武虽然已经猜到，但听她直截了当披露身份，还是有些惊讶："你是广陵国翁主？那不是第一次来豫章了。"

刘丽都道："是的，第二次了。"

小武当即下了决心："好，我随你们去。"他转身对婴齐拱手，"婴君，我走了，希望他日有机会报君大恩。"又面向父母跪下，泣道，"请原谅儿子不孝，保重。"叩了几个头，愤然而起，看了阿思一眼："帮我照顾好翁媪，感激不尽。"阿思抽泣着拼命点头。小武对刘丽都道："走吧。"

几个人大踏步迈出院庭，正在这时，外面咚咚咚响起一阵鼓声。小武登时嗒焉如丧："完了，我们迟了，使者已经率领车骑封锁了里门。"汉家规矩，以诏书或文书捕人，首先在外击鼓。有身份的列卿听到鼓声，就会仰药自尽，"不生诣廷尉"①已是汉家规矩。当然对小武这样的下层官吏来说，不必遵循。小武拔出剑怒道："是公孙贺老竖子的使者，我敢肯定，不是皇帝陛下的本意。"

刘丽都道："现在说什么本意不本意，都没有用。不用惊慌，你也没有门客，他们不会发太多车骑的，顶多只是封锁了里门。我们从里门北面攀墙出去，赣江口的鲤鱼亭亭前，有我准备好的驷马革车。翻到墙外，跑几百步就可以到。"

小武道："好，那我们走。"他一把拉住刘丽都的手，往外急奔。刘丽都葱白的纤手滑腻粉嫩，没想到这样的紧急关头，自家依旧春心荡漾。他想，如果不紧急，自己也没这胆子抓她的手。即使被捕了，她也跑不掉。能和她系在一起，或许也不太痛苦。她的美貌让他心慌。

几个人旋风般冲出去，刚跑到闾里的主干道，一队身穿浅绛色衣服的狱吏，大约十多个人，在一个穿青衣的中年汉子带领下，刚刚跨进了里门。那汉子看见小武等人，大声喝道："我等持丞相符节，来青云里搜捕要犯，众百姓不要惊慌。咦，"他随即惊讶地叫了一声，"你们带着刀剑干什么？大概又是不事产业的游荡恶少。"转身对带路的里长说，"你们乡亭②的主事官吏不称职啊。"

小武觉察这领头的丞相府使者并不知道自己的身份，遂假装镇静，肃身紧贴墙根站立，想等这些人拐过去，再趁机往后门跑。里长和其中几个狱吏却是认识他的，却都假装没看到。小武不知道他们为什么肯替自己回护，也许因为近段时间，他们对自己有些佩服？

那使者手里紧紧攥着一枝一尺长的节信，大概急于搜捕公孙贺嘱咐的要犯，看见小武几个恭谨低首站在墙边，也就不再说什么，匆匆走过。他们刚拐进另一

---

① 不生诣廷尉：汉代朝廷要求大臣重名节，不允许大臣活着去廷尉府接受鞫问，听到逮捕，就要仰药自裁。对他们来说，逮捕只是姿态。

② 乡亭：位于野外的亭。

条巷子，小武等人马上发足，向闾里深处跑去。他们不敢跑向里门，因为知道门口还有人把守，他们只能攀墙而出。一行人脚步杂沓地跑到院子尽头的僻静处，刚攀上墙头，就听那使者在远处大叫："站住。好啊，就是刚才一伙，被他们骗了，快追。"

小武心脏狂跳，青云里的后墙非常高，且特别滑溜。小武心中暗暗叫苦，围墙是最近才加高的，而且就是他的主意。前段时间南浦里发生一起失窃案，因为里墙太矮，贼盗竟将耕牛从墙头偷运了出去，主管这事的官吏开始没料到耕牛能跨过里墙，狱事久未能决，后经小武接手，才揭出真相。事过之后，小武以县丞的名义发下文书，要求城中各闾里一律将里墙加高五尺。青云里又是小武所居，乡正、里长更不敢怠慢。此刻小武心里叹息，俗云"作法自毙"，就是这样吧。

他们只好一人蹲下，肩负着另一个往上爬。才爬得一半，那使者的脑袋已经出现在后巷的另一端。大概看到小武等都佩着刀剑，有点忌惮，收住脚步厉声恫吓："大胆刑徒沈武，还不快快下来受缚，逃避追捕，可是罪加一等。"

小武也横下一条心，他背依高墙，缓缓拔剑，骂道："戳你阿母，就算不逃，还不是一个死？我知道公孙贺想要我的脑袋，可我还有些不明白，以他的身份，何必跟我这小小县丞计较？朱安世你们不是抓了么？"

那使者道："丞相也不过是奉诏书行事，你丢失二千石长官，又矫诏发郡兵，虽立了微末功劳，却功不抵过，按律就当弃市。难道丞相以万石君侯的身份，会对你这三百石的小吏公报私仇？乖乖跟我们回去，说不定年底前就碰上大赦。现在拒捕，我们只好将你当场格杀。"

小武道："少来这套，落到你们手里，哪能等到赦令？如果我没猜错，朱安世的头已经被你们割下了。你们口口声声按律令治罪，如果真是如此，当有廷尉府的文书，何须丞相代劳？况且捕捉一三百石小吏，从未听说皇帝陛下亲自派遣使者的。"

那使者狞笑道："都说你这竖子聪明，果然不假，一下就知道丞相要你的人头。不错，朱安世的人头已经被我们割下。你为了给自己邀功，使得公孙都尉丞和高辟兵府君双双物故，还想活下去，真是太没天理了。左右，给我拿下。"话音刚落，他身边五六个亲信提刀冲了上来。另外几个县廷的狱吏是被他用节信临时征召的，平常就在小武手下做事，和小武关系都很好，哪里会很认真，都提着刀剑，远远在后面干吆喝，没有一个急于上前。

小武正要上前格斗，只听得刘丽都呵斥道："你们谁敢上前？谁上来我就射死谁。"不知什么时候，她手中已经端着一张小弩，绞丝的弓弦绷得紧紧的。她右手食指就勾在悬刀①上，睁大一双清澈的眼睛盯着望山②上的刻度，数支小箭躺在弩槽里，贯穿在弩关上，蓄势待发。

　　那使者大怒："好一个贼刑徒，竟勾结群盗，意图造反。这次就不是矫诏罪那么简单了，判你个大逆无道腰斩，父母妻子同产无少长皆弃市也不冤枉。识相点，现在束手就擒还来得及。"这时他还背诵律令，显得颇为迂腐。

　　刘丽都哼了一声："少啰嗦，把你的人带走，我们两不伤害。"

　　那使者对左右怒道："还不快上，养兵千日，用在一时，丞相平日好吃好喝，金钱美女供着你们，现在正是报效的时候。"

　　那几个人不再犹疑，扬起刀，呼的一声冲了上来。从他们身材来看，都是武功不错的舍人。但是这样也没什么用了，只听得噗噗噗三声轻响，刘丽都弩槽上的箭早已一支支飞了出去，总共三支，全部射中了目标。弩是小型的擘张弩，力量并不大，速度却极快，只看见三点银光闪过，三个人已经后退了一步，用手捂住伤口。有一个喉头发出沉闷的声音，仰天栽倒，他被射中了咽喉，当场毙命；另外两人一个被射中胸脯，一个被射中肩膀，细细的血液从伤口射出，带着紫红的颜色。

　　那使者怒不可遏，同时暗暗后悔，本来为了保险，捕人该带上弓弩手。可是他想，弓弩须专门去库房取，嫌麻烦。再说抓捕一个小小的狱吏，哪用得那么繁琐，所以带着十多个人，持刀剑就赶了过来。没想到贼盗已有准备，不但多出四五人，还有人持弩箭。他跺脚道："要是早禁止黔首携带弓箭，就没这种事了，那帮腐儒就是误国。"

　　原来数十年前关于百姓是否能家藏弓弩的事，长安曾有过廷议，廷臣分为两派，一派以丞相公孙弘为代表，说让民众拥有弓弩，不但民众轻于杀人，且官吏捕捉时会有忌惮，一人张弓，十个狱吏都不敢上前；另一派以侍中谏大夫吾丘寿王为代表，认为儒家的传统鼓励百姓习武，这样万一遭受外敌侵略，百姓马上可以编成军队抵御。他们还引孔子的话说："以不教民战，是谓弃之。"而皇帝正好

---

① 悬刀：弩上发射用的机括，相当于现在枪支的扳机。
② 望山：弩上辅助瞄准用的零件，上面有刻度，使用者依刻度决定瞄准角度。

喜欢儒术，就制可①了吾丘寿王的意见。

"诸君再给我上，她就一张弩。"那使者叫道，"你肩膀上受点伤，不要紧，快……啊，你怎么了？你你……"他转过头来看着刘丽都，脸色十分惊惧，"你竟敢私人挟藏毒箭，这可是自高皇后颁布《二年律令》以来，就要弃市的罪名啊。当今皇帝更是一再强调，敢有私藏乌头毒药者，全部腰斩。"

说话间，两个受伤的舍人，伤口已经一片紫黑，他们的嗓子都"嗬嗬"地发不出声，手上刀剑被丢在一边，蜷腰扶着巷子右侧的墙，身体好像被抽去了骨头，慢慢滑了下去，缩成一团，不停地抽搐。

刘丽都迅速装好了三支新箭，面若冰霜，食指仍是勾着小弩的悬刀，冷笑道："别废话，快滚，否则给你也来一箭。"

那使者面如死灰，下意识地往后退了两步，有点犹豫。如果让小武跑了，丞相一定不会放过他，当然他不是找不到借口。《捕律》规定："盗贼以短兵杀伤逐捕吏，无以弓弩，而弗能捕得，逐捕吏皆戍边二岁。"持有弓弩的贼盗拒捕，逐捕吏即使不能将其捕获，也可以减轻处罚。而且他也看出，刚才在县廷征召的狱吏都不肯真心帮他捕人，带来的五个门客却已经死了三个。他看了一眼三具尸体，咬牙道："哼，算你们厉害，就算跑得出这个里门，这一路上有多少乡亭都已经接到丞相命令，见到你们务必拦截。你们一路疲于奔命，结局依旧是个死，又何必呢？"他甩了甩袖子，怒道，"还不把尸体抬走？"转身就要离开。

刘丽都笑道："还算是识相的奴才。"她担心使者出去后，马上叫人在外面堵截，因叫道，"站住，你先呆在这里，叫你的人都不许动，等我们出去后，你再给我滚。沈君，你们先攀。"她手上弩箭正对着那使者的前胸，做出瞄准欲发的姿态。

那使者又怒又惧，但想到还是保命要紧，遂僵立不动，脸上肌肉不住地颤动。

这时从墙那侧又传来急促的脚步声，小武一阵紧张，那使者脸上则转为欣喜，他猜想可能是自己在外面守护的救兵到了。很快，果然有几人从墙角闪了出来，领头的竟是靳莫如，她身穿粉青织锦，额上汗珠晶莹密布，显然跑得颇为急促。后面跟着一个青年男子，带着几个狱吏，却是都尉府佐史公孙昌。他脸上充满怒色，刚才想阻止靳莫如入内，又阻止不了，心中很是不平。

小武心中一动。这时靳莫如开口了："管材智，你今晨刚到南昌县，未经任

---

① 制可：秦汉行政术语，即臣下所上奏状，皇帝回复画"可"，表示同意。

何覆鞫程序，就擅自斩下了朱安世的头颅。你可知朱安世是皇帝陛下诏书名捕的，不押到长安就任意处置，胆子也太大了，而且擅发县吏，追捕县廷长吏，是谁给了你这权力？"又仰头对小武说，"沈县丞，何必逃亡？你这一走，可就真遂了他们的愿了。以后你纵有百张嘴，又怎么说得清楚？勾结群盗，那是连赦令都不庇护的啊！"

那叫管材智的使者大概在长安时就认识靳莫如，赔笑道："邑君，下吏也是奉命办事。公孙君侯怕路上有变，被其同伙篡取，所以让下吏持节将朱安世就地正法，函封了头颅带去长安。至于这个县丞沈武，是因为矫诏和丢失二千石罪收捕罢了。"

靳莫如粉面通红，怒道："什么收捕，那县令王德的头怎么也被你们斩下了？难道王德这样的恭谨长吏，也会拒捕吗？分明是你们无法无天，擅杀长吏，践踏律令。我前天才收到家兄的书信，皇帝陛下正准备制诏御史，派遣五位中二千石杂治①沈武矫诏之狱，从未让丞相府擅自处理。矫诏虽然不法，但若情况危急又有益国家，从来都可以从轻发落，县廷长吏们都深知律令，怎可能拒捕，岂非狂易不智？"

管材智讷讷地说："下吏只管执行命令，别的一概不知。令尊靳君侯和令兄靳中丞既然都知道皇帝陛下的意图，丞相怎么会不知呢？就算靳中丞时时在皇帝陛下跟前侍候，能微察圣意，但既然皇帝没有专门下诏说如何处置，似乎也不能说明什么。"

靳莫如恼怒异常，这管材智当真狡猾。刚才自己失言，把兄长写给自己的书信内容说了出来，犯了大忌。因为皇帝和臣下闲谈时表露的意图，都不喜欢让第三者知晓。天汉四年，皇帝下诏切责堵阳侯陈恢，陈恢惶恐服药自杀。就是因为陈恢言语不谨，将皇帝和他的闲谈之言到处宣扬，冀图给别人一个自己很受皇帝宠幸的印象，这叫"漏泄禁中语"②。她有点自悔失言，只因为情动于衷，形于外，忘了忌讳。家臣一早将消息告诉她，说丞相府使者今晨赶到县廷，当场奔赴监狱斩杀了朱安世，又在王德内寝斩杀了王德。她大惊失色，知道小武也凶多吉少，赶忙带人赶到青云里，但她不知道，如果不是婴齐和刘丽都等人，只怕小武

---

① 杂治：秦汉法律术语，指会审。《史记·淮南衡山列传》："公卿请遣宗正、大行与沛郡杂治王。"
② 漏泄禁中语：秦汉法律术语，指泄露宫廷机密，属于大罪。

的头颅也已经装在管材智的皮囊中了。

及至看到小武还活着，她的心情陡然一松，但还是不露声色，先行责备管材智。她知道以自己家族的地位，管材智纵然不服，也不敢对她怎么样。当然她也知道，管材智如果硬干，她也无力阻止。近一个多月来，她感觉自己已对这个小吏有了特殊感情。虽然汉家的风俗，女子不必太忌讳主动对男子表达爱慕，但像她这样世家大族的女子，却不能完全抛弃矜持。况且她本来就性格内向，当初听了父兄的话，又慑于卫太子的权势，违心嫁给了高辟兵，可是连夫妻的欢爱是怎么回事都不知道。何况看见高辟兵肥硕的身躯，就厌恶得要命。三年也就这么过了，没想到高辟兵突然被杀，真有如释重负的感觉。

她遇到了小武，虽然在他人看来，小武是间接杀害她丈夫的凶手，而在她心里毋宁是恩人。她的确喜欢上他了，想趁和他一起去长安之际，跟父亲请求嫁给小武。这也不算什么丢人的事，长安的贵家女子在偶然的聚众燕饮时，发现了自己中意的贵族男子，都会这么跟自家父亲说的。开明的父亲一般就会派人去试探，如果对方确实优秀但不富裕，做父亲的还会送钱财资助，让他当作聘礼。她知道小武拒绝不了她，她颇有姿色，比小武也只大一岁，虽然嫁了人，其实是个处女。再说汉家本也不讲究女子的所谓贞操，有个女子一连嫁了五次，每次将要过门，丈夫却夭折了，大家都不认为这女子有什么不对，反认为这女子乃大富大贵之命，寻常的男子无福气消受，最后果然嫁了一个诸侯王，富贵终老。她想，说不定自己也是如此呢。但这会儿她能怎么办呢？她知道自己没有办法，看管材智这架势，留下来是死路一条。现在她只能企盼小武逃脱，在安全的地方躲避一些时日，等自己回到长安，再求父兄设法营救。她望着小武，强行抑制悲伤："沈君保重！皇帝陛下一定会下赦书给你，你暂且亡命去吧。"

小武重重点头，心中也是感慨万千，这个自己近来一直心慕，想娶来做妻子的女子，不知会落到谁家院庭了。他凄然道："多谢邑君关心，下吏先告别了。"说完纵身攀住墙头，刘丽都的两个属下撑起他，他敏捷地跃上，一没不见。

其余的人也相继攀上，刘丽都最后一个被拉上去，她站在墙头，俯视道："管材智，这名字当真难听。你给我趴在地下，命令你的人也都趴下，蒙着头。等我走了再起来。不许偷看，否则死路一条。"

管材智望着瞄准自己的弩箭，无可奈何地下令："都趴下，不许往上看。"刘丽都一跃下墙，跳到墙外的小径上。"快，往那边跑。"她用手一指。远处的湖边是一片雪白的芦花，在清晨的秋风中瑟瑟作响。透过芦花的间隙，隐隐可以看到江边的几间土房，那是赣江分岔处鲤鱼亭的亭舍。亭舍边停着两辆驷马的衣车，有着精巧的窗棂。两个御者正焦急地朝青云里方向张看，他们捏着鞭策，已经做好了随时冲上驰道，向广陵方向狂奔的准备。小武胸中怦怦直跳，撒开尽可能大的步伐，疯狂地往那两辆车跑去。

奔跑的过程中，小武时不时涌起一阵阵悲伤。他不知道前途将会如何，他在这里生长了近二十年，一草一木都很关情。这个名叫青云的闾里，闾里后面的山坡，以及和赣江相通的碧绿的湖，都是他童年时候的乐园。夏天，他曾在这湖里和弟弟以及一帮同龄的孩子嬉闹，有两次他差点淹死在这个池塘。一次是一个洗衣服的老媪救了他，在他滑下时一把抓住了他的脚踝；一次是他的几个伙伴，一左一右，将他从深水拉到了浅水。谁说这不是命运？湖边高岸上的芦花和一簇簇的苍耳子，对于他也有着特别的意义，只要人还活着，这种记忆将永不消亡。他曾欢快地奔跑在这高岸上，用苍耳子和他的弟弟去疢互相抛掷，每当他们互相掷中了一颗在头上，对双方来说都是无法言喻的快乐。昔日的笑声还回荡在耳边，弟弟却永远夭亡，到了泰山地府，而且是间接地死在他的手下，这是不得已的事。想想，这世间是何等残酷。他在奔跑中听见大雁的鸣唳了，然而他再也没有力气，像以前那样仰面朝天躺在草地上欣赏大雁时时变幻的队列，粗重的呼吸压得他喘不过气来，鲤鱼亭看起来很近，跑起来却很远。他在秋天的湖边奔跑，在芦花丛中奔跑。秋天是南昌县最美的季节，然而他要在这最美的季节逃亡，逃亡到一个从来不知道的地方。那个地方不知是凶是吉，他不知道是否还能活着回来。

"好了，出发。"刘丽都长吸了口气，命令道。终于，他们都喘着粗气，钻进了葱椟车，只感觉到车厢猛然一震，继而向前一阵疾冲，冲上了驰道。但是驷马还未发足，突然听得背后鼓声大作，远远有人在大喊："拦住那两辆葱椟车，有贼盗。捕获者有重赏。"正是管材智的声音。

刘丽都微微一笑："这个懦夫，刚才怕死，现在喊破嗓子又有什么用？哼，还不如赶快回去复命，哀求主子留下自己那颗愚蠢的脑袋。"

马车直直地冲上驰道，御者向左边一拉缰绳，马车转了个弯，马头对准江都官道方向，他扬起鞭子，就要击下去。这时又听得啪啦一声，突然从左边亭舍里冲出三四个汉子，手里提着刀剑，嚷道："哪里来的贼盗？莫不是刚才停驻在这里的几个人？他们不是有官府封印的符传么，怎么是贼盗？"另外一个喝道："管不了这么多，拦下再说。"那领头的汉子立刻跳到马车前，御者猛拉缰绳，马车仰天一阵嘶鸣，止步不发。

小武听那领头汉子的声音，知道是自己认识的鲤鱼亭亭长。他低声对刘丽都道："为什么把马车停在亭舍附近呢，这不是自找麻烦么？"又掀开车的帷幔，在窗口露出脸孔，叫道："八狗君，我是小武。有人假传丞相命令要杀我，我有冤无处诉，只好暂时逃亡，等有机会再去长安伏阙理讼。看在我们旧识十多年的份上，请君放在下一条生路，他日厚报，感激不尽。"

那亭长先是一惊，露出古怪的神色，随即喜不可抑："哦，原来是才高升不久的县丞君，幸会幸会。不过你的话当真奇怪，丞相以万石之尊，怎可能冤枉你一个县丞？赶紧下车跟我走，讼现在就可以理。你不是常常自称断无冤狱的么？我想为自己辩护也一定行。"

小武强行压住心头升起的怒火，温言相求："八狗君，不行啊。丞相可能过听①谗言，今晨他们不经鞠问就斩了王县令，我现在回去，必死无疑，且先放过在下，以后粉身碎骨，也要厚报。"

那亭长刚才还笑嘻嘻的，突然变了脸色："说的什么屁话，粉身碎骨，又怎么厚报？我八狗身为国家官吏，岂能因私废公？你口口声声冤枉，谁会信你？你连自己的同产弟弟都可以送上刑场，有什么坏事干不出来？我早就知道你不是个好东西。识相点，赶快下车，不然我就不客气了。"他对自己的属下吆喝道，"兄弟几个，准备动手。"

小武大怒，暗道，人心真是不可究诘。有的人天生良善，胸无城府，和他们倾盖便可成为故交，比如婴齐，到了县廷才认识，不过数月，竟能死生相托；有的人自小在一起玩耍，到白头尚如新识，非但不可能成为心腹死友，而且永远对你嫉妒，关键时候还踩上一脚，栽赃陷害，无所不为。眼前的八狗就是这样，当初自己和他同居闾里，又同一年选拔为吏，当了相邻两个亭的亭长，平常见了互相也客客气气的。自从自己调任县丞，更是变客气为恭敬，没想到此刻突然变脸，还如此讽刺辱骂，恨不能自己马上人头落地，他好立功受爵。哼，有的人生下来就是恶棍，这是毫无疑问的。小武全身的热血往上喷涌，再也抑制不住激

---

① 过听：秦汉常用语，指错误听取，也可以用来表示谦逊。

愤，长跪着一抬腿，准备站起身来。

"你想干什么？"刘丽都抬起袖子，挡在他前面。

小武怒道："下车和他拼了。"

刘丽都不满地一撇嘴："什么？和这样的狗奴才拼命？"她呼的一声从车厢后部窜到前部，推开御者，拔下头上的簪子，在骖马的屁股上猛刺一下，那马负痛，哀鸣一声，发足狂奔。八狗猝不及防，被马蹄当胸踏下，仰面栽倒，接着大车一阵剧烈颠簸，从他身上辗了过去，朝着广陵方向疾驰。

小武掀开车厢后部的帷幔，漫天的灰尘模糊了后面那个躺着的人影，他叹了口气，放下了帷幔。

"为什么要救我？你也知道，我曾经断过一件狱事，那件狱事差点让你们除国①。"小武坐回原地，充满沮丧。

刘丽都仰着头："哼，我怎么会不知道？不过大丈夫各为其主，这个道理我还是懂的。你身为豫章郡县吏，为皇帝陛下效忠，那是你的本分。只是现在他们非但不用你，反要你的性命，我何不趁机收留？等你成了广陵国的人，一定也会为广陵国尽职效力的。"她情不自禁露出顽皮的笑容。

"呵呵，"小武无奈地笑道，"我一个逃亡的死刑徒，即便去了广陵，也只能日日躲藏宫中，和隐官刑徒无异，又能为大王效什么力呢？一旦被公孙贺发现，下文书来切责，你们又怎敢不把我的首级乖乖献上？"

刘丽都低下头，斜视了小武一眼，岔开了话题："嗯，好像你很得女人欢心啊。刚才那个一心要救你的女子，我不认识，但你们都叫她邑君，想来地位不低。她对你颇为暧昧，是不是想嫁你啊？"

小武觉得脸上发烧，嗫嚅道："那，那是豫章都尉高辟兵的妻子，高辟兵被皇帝封为列侯，妻以夫贵，她自然可以称邑君。她对我有意思？那是绝无可能的事。我出身闾左，家境贫苦，她父亲是列侯，长兄是御史中丞，我们的地位天差地远。"

刘丽都轻笑道："哼，什么地位不地位的，汉家可不讲究这套。当年平阳公主嫁了她自家的奴仆卫青，不是反而传为佳话？"她突然伸出一只手来，放在小武左手的手背上，"没想到一年纪轻轻的酷吏，谈到女人竟然这么害羞，是不是

---

① 除国：当时诸侯王如果犯了大罪，就会被撤销国名，国土被中央朝廷收回，重新设置为郡县。

有点问题啊？"

"那怎么可能一样？卫大将军英武伉健，虽古之名将，不过之也。我一小小狱吏，给他掌唾壶，只怕也嫌我手粗呢。"小武讷讷道，眼光定在刘丽都的手上，本想抽回自己的手，又舍不得，胸中好像成了一片池塘，一群群青蛙扑通扑通往里面乱跳。刘丽都的手凉丝丝的，光洁柔腻，好像涂了一层油，青色的血管隐隐可见。小武气息急促，心中乱成一片，这不像是刚才那只扣弦发箭的手。他突然横下心，壮着胆子，反掌一把攥住了它，轻声道："真美的手。"

刘丽都轻笑道："这就对了，男人不当如是乎？刚才还装模作样。"

小武听她声近呢喃，胆色更壮，又伸出右手，攥住她的手腕，皓腕如霜，忍不住摩挲起来。

刘丽都低声道："你得寸进尺了。"小武一惊，但看她脸庞，眼波流转，嘴角含羞，知道无妨，说："才死里逃生，难免想及时行乐。"刘丽都似笑非笑："岂非辜负了那位邑君？"

小武叹道："见了翁主，哪知邑君？况且我和她本来就是没影的事。"

刘丽都道："怎么没影？还是认为贵贱相隔？可知我身为翁主，比她还要尊贵几分呢，你怎么就不管不顾了？"

小武心想，人家也没像你这样先抓我的手，否则我哪敢。但也不好说，只道："你太好看了，摸一下，死了也值。"

刘丽都微微把脸侧向一边："据说男子都喜欢那种娇羞无限，以礼自持的，那才像大家淑女，不喜欢我这种，你认为呢？"小武把刘丽都的手放到鼻子跟前，"诚然，但你长成这样，无论性情如何，又有什么要紧？世间礼法，只适合中人，如翁主这种天仙之姿的，便是评价一句也算亵渎。"刘丽都凝视小武："听来很假。"小武握紧了她的手道："发自赤诚。"刘丽都道："你真不挂念那位邑君？"小武沉默了一会，道："在遇到你之前，我半夜想过她。"刘丽都微笑："你倒诚实。"

马车奔驰在驿道上，耳边只回响着轮毂声。驭手坐在车厢外，一心一意驾车。秋日淡淡的阳光从窗棂里透进来，照在刘丽都的脸上，暗白相间。小武犹自握着刘丽都的手，情不自禁放到唇边。刘丽都看着他，呢喃道："亲手很有意思吗？"她低垂眼帘，嘴唇轻颤，似笑非笑，似羞非羞，当真万种风情，难以形容。小武就算再稚嫩，也一霎间心中透亮，再不犹豫，一把扳过刘丽都的身体，搂进自己怀里，那温温软软的感觉，哪可描绘？但并没有更淫邪的欲求，觉得能这样抱着她，就已经无比幸福。她忽然睁大了眼睛，又闭上了，把头微微往里侧躲。小武手臂微微用力，使她更靠向自己，说："你知道吗？我第一眼就看出你是女子！"

"怎么看出的？"

"我审问过韩孔，他屡次提到一位天仙。我一看你的面庞，就知道你就是那位天仙了。"

刘丽都轻笑了一下，抬臂撩了一下乌发："那竖子，眼睛总是跟刀似的，简直要被他剜下二两肉去。"

小武也呢喃道："他只是看看，要是知道我此刻抱你在怀，不知羡慕成什么样呢？不过他已经死了，唉，真是人生苦短，当及时行乐。"刘丽都将下巴一指，道："你这还不满足。"小武又搂紧了她："满足了。"刘丽都笑道："我知你说得违心。"小武道："真的不违心。当日韩孔老说仙女仙女的，我还挺厌烦的，见了你，我才真正知道他的心情。"刘丽都又呢喃道："人生苦短，好吧，允许你亲我一下。"小武道："真的？"

刘丽都把头又侧过去，道："别怪我没给过你机会。"小武再也不多想，左臂一用力，揽起怀里的暖玉温香，迫不及待地向她双唇吻去。她的唇极其柔软饱满，他衔住她的唇，尽力地吮吸，像婴儿吮吸母亲的乳头，每一次吮吸，都竭尽全力，贪婪而暴虐。她的唇被吸得变形，仿佛要被这个男子攘夺而去，不知是疼痛还是求饶，她忍不住低声呻吟起来，而这更刺激了小武。他腾出一只手在她胸前抚摸起来，手掌的触觉更让他浑身颤栗发抖，他忍不住低叫了一声："这不是做梦吧？"刘丽都的手抓住他那只手，轻轻攥住："小竖子，我可没允许你摸那里。"小武把手缩回，再次环抱刘丽都，嘴里嘟哝道："太幸福了，死亦不恨！"

他们忘我地亲吻，车厢外，路边的杨树一根根向后闪去，只留下漫天的叶片相撞之声。白杨多悲风，萧萧愁杀人。那是不错的，可现在的情况不同，不管驰道上风声多么肃杀凄凉，车厢里的确温暖如春，没有一丝忧愁和烦恼。

在秋日黄彤彤的阳光下，两辆马车一前一后，箭似的飞驰在官道上。

—— 第六章 ——

亭舍风物丽　绝壁强镝惊

"翁主，跑到下一个亭舍，一定得换马了。"御者隔着葱棋车车厢的前隔板喊道，"我们的马累得要倒毙了。"

小武这才松开刘丽都，既有些不舍，又觉得无比满足。马车跑了半天，颠簸了这么久，大家都疲惫不堪。刘丽都坐起来，往窗外看去，已经将近傍晚，夕阳西下，驿道上寒气渐渐升起，还没走出豫章郡，但他们并不害怕有人追上来，因为马车从来没有歇过。刘丽都问驭手："今晚能去哪里住宿？"

驭手道："刚路过鹰嘴崖，不远处就是余汗县境内了。我们可以在余汗县内的第一个亭舍肥牛亭住宿。"

小武道："在亭舍住宿，恐怕不大安全。"

刘丽都道："怕什么？他们不会想到，我们就敢在亭舍住宿。就算有什么，亭长等两三个人，也不能把我们怎么样。"

正说着话，又奔驰了一阵，驭手道："翁主，肥牛亭就到了。"随即马车逐渐放缓速度，向左边稍微拐弯，停了下来。小武跟着刘丽都跳下，只见暮色苍茫之中，一条暗黄色的夯土道路伸向青葱暗绿的树林，身边的坂道上是个院子，夯土的墙，墙上弯弯曲曲，缠绕着南瓜的藤蔓。隐约听见里面鸡的咯咯声和人的吆喝声，在这荒凉的驿道上，真是温馨的风景。刘丽都走到亭舍门口，叫道："亭长！"一个汉子拉开门，大约三十五六的样子，摇摇晃晃走了出来，他腰间挎着剑，装束整齐，见了刘丽都，更加肃然起来："敢问君来自哪里？"

刘丽都掏出一个绿色的小丝囊，抽出一枚竹符节，念道：

> 太始四年九月丁巳朔甲戌，豫章太守不害、丞欣谓过所：遣守属赵称出丹阳郡市铜。当舍传舍，从者如律令。

念完，又扔给那汉子，道："验符。"

那汉子接过符节看了看，越发恭敬，弯腰笑道："一看就是贵人，果然是本郡太守派去丹阳郡买铜的。下吏肥牛亭亭长王长卿，见过太守府使者赵君。今天真巧，有刚从县廷送来的鸡蛋和米酒，请使者歇息，下吏这就叫人准备饭食。"看着暮光下的亭舍，又道，"还没来得及点灯，下吏这就让人点起来。"

小武脸上不自禁地微笑起来，然而又有两滴清泪从眼眶滚落，这样送往迎来的亭长工作，是他以前再熟悉不过的程序。看到这亭长的殷勤，就想起自己以前的辛苦，胸中倍感亲切，一时百感交集。

肥牛亭的地势比驿道略高，居高临下，坂上一共有五六间房舍，外加一个院落。院落里种着几株大树，一角堆满了枯草、芦苇和干柴等杂物，另一角是开垦的菜地，种着一畦畦葵菜和葱韭，再旁边是一片竹林。另一侧是个小小的厨房，顶上矗立着黑乎乎的烟囱，展示出守亭者汲汲于衣食的劳苦。做亭长很不容易，若在都亭①还好，至少偶尔还能偷偷溜回家看看；分配到这偏僻的乡亭，一月两月也不一定能回家一次，除了两个副手，平时也没什么人可以说话，碰到群盗攻击的机会也多。小武所在的青云亭比这稍好，但也不是都亭，所以一切看起来都很熟悉，很亲切，很温馨。那亭长走到小武跟前，呵呵笑道："这位兄弟，怎么突然哭了？"

刘丽都笑道："我这位同僚，以前也是个亭长。看到你的亭舍，一时勾起旧情，不能自已。"

王长卿又高兴又艳羡："原来曾经是同行啊，幸会幸会。看足下年纪轻轻，已经高升到太守府了，真是能干啊，只怕连南昌县的沈武也比不上呢。不像我，眼看就往四十岁奔了，还是个亭长。"说着颇为沮丧。

刘丽都安慰他："大丈夫沮丧什么？我太祖高皇帝，四十多岁时也不过是泗

---

① 都亭：位于县政府治所的亭。

水亭长。"王长卿惊道："不可妄言不可妄言啊，小人岂敢和高皇帝作比？"小武赶紧圆场："我这同僚只是想说，要成功业都是天意，年轻大小无妨。吕望七十多，还在朝歌街头鼓刀屠宰，最终遇到周文王，获得重用；本朝宰相公孙弘，四十多还在淄川国大泽养猪，最终封侯拜相，王亭长何必气馁？"刘丽都也随即附和："对对，我就是这个意思，刚才足下说起沈武，这个名字我好像听过，他怎么了？"

王长卿道："沈武当年也如下吏一样，是个小小的亭长，后来立功授了县丞，秩级虽不低，可究竟不如太守府掾属清贵。而且好景不长，据说这回他要倒霉了。"

小武心里有些惊喜，又有些失落，没想到自己的名气还挺大，连这偏僻野亭的小吏都知道。他假装漫不经心地问："哦，那位沈君，我也略有耳闻，怎敢与他相比？况且太守府掾属秩级最高的才百石，沈君现下已经是三百石了，比我可高得太多了。不过他最近要倒霉么？这我还真不知道，具体怎么回事？"他瞟瞟刘丽都，发现她吐着舌头对自己眨巴眼睛，好像是笑自己自吹自擂。

王长卿道："话虽这么说，可是太守府升迁的机会多啊，而且消息灵通。长安的文书发到太守府，再转到我们余汗县，不知要费几多周折呢。何况还有很多文书，是止步于太守府，不许再往下传呢。沈武具体怎么倒霉，我也不清楚，过几天也许有消息。说来不怕足下笑话，下吏有个同乡，本来跟下吏一起推择为吏的，也早擢拔到太守府作佐史了，他叫王彭祖，足下应该认识吧？"

小武道："消息灵通，那也是长吏的事，我们这些小吏又哪敢随便打听。府中的规矩，不该知道的，就不能好奇。太守府掾属上百人，各曹的吏员我也不是很熟，君说的那位王兄，一时想不起来。君先忙，在下把马牵过来喂一喂。"小武感觉不宜和这亭长聊太多，多了只怕露馅。

一会儿，亭长的两个下属已经将晚饭煮好，端了上来。一共有几个菜，水煮青葵都吃腻了，鸡蛋煎竹笋却很让人开胃。小武由衷赞了几句。王长卿道："我们这偏僻地方，庭前庭后都是竹子，就这东西不值钱，难得足下喜欢。"刘丽都笑道："倒不一定是竹笋好吃，关键是在这个特定场所，感觉不一样。"小武望着暮色下的亭舍，本来还有一些漂泊天涯的伤感，侧脸看到这个美人的笑靥，又霎时萌生了难以言传的幸福，只觉得悠悠天地之间，生而为人，真有无尚美好之处。

王长卿颇为健谈，小武从他的话中，很快了解了他家中的情况，他有个妻子，比他小两岁，一儿一女，儿子十三岁，女儿十一岁，都很乖巧。他每日住在亭舍，一个月才回家一次，对孩子想念得紧，但思忖现在吃些苦，将来有幸被县廷擢拔为令史，儿子也有成为令史的可能。小武又恭维他教子有方，将来一定能如愿以偿。王长卿大喜："承足下吉言，若能及得足下万一，已经心满意足了。"

晚饭吃罢，几个人看过客房，小武暗暗赞叹这个亭长的称职。房间打扫得很干净，被褥看上去也颇洁净，但他们还是从马车上拿下了自己的卧具，各自爬上自己的床铺安歇了。

江南的晚秋颇有些凉意。天上悬着清冷的月亮，将寒辉斜斜地撒进亭舍的房间。亭舍后面正是大片幽篁，在晚风下时而发出凤吟之声，枝叶的影子映射在墙壁上，不住地摇曳，仿佛小武此刻的心情。虽然很累，他却睡不着。他睁大眼睛望着房顶，耳朵简直想竖起来，细细聆听另外那个人的动静。刘丽都就躺在他对面的床上，其他几个侍从则睡在隔壁的屋里。刚才听到王长卿这种安排，小武既奇怪又欣喜，他猜王长卿可能以为刘丽都和他是几个人中领头的，这间房比起另外两间，墙壁上所涂的垩粉既亮又平，还有木制地板。另外那间房，墙壁坑坑洼洼，地也是夯筑的。他心中对王长卿充满感激，刘丽都当时还凑近小武的耳朵，轻轻地说："你很高兴吧。"不待小武回答，又笑着跑开，让他充满遐想。但两个人进了房间，刘丽都却理也不理他，躺上床就说："真累，睡了。"之后再也没一句话，只听见她在静谧中均匀地呼吸。

小武不时假装辗转反侧，想引起她的注意。他真想摸到对面去，像上午在车厢里一样，将她紧紧搂在怀里，却没有这个胆。当时那个空间狭窄，双方紧密相依，下面发生的一切就顺理成章；如今已离了那个场景，就像天河相隔，怎么也鼓不起勇气。不过他对将来也不再害怕，总比自己独自逃亡要强百倍。什么追兵，目前也不放在心里，只是一遍一遍地回忆日间和她在车厢里的缠绵，回味那缠绵的每个细节，又猜想她再也不会给自己这样的机会，而自己不愿，不舍得，也没能力去勉强她，眼中不禁沁出泪花，仿佛是被自己感动了。

"你在想什么？"他正沉浸在悲伤的快乐之中，突然听到刘丽都轻轻地说，她吐字含糊，好像刚刚睡醒。

他赶忙回答："没什么。只是一时睡不着，也许这竹子的声音太吵了吧。"

"我却觉得挺好。我在广陵的房舍，周围也种满了竹子。我喜欢听这幽冷的声音。"

"是么？"小武道，"那我以后的住处，四围也要种满竹子。"

刘丽都轻轻嗯了一声，没说话。

"你说，我们在这宿一晚，管材智那竖子会不会追上来？或者他会派人驰告余汗县县廷堵截？"小武没话找话。

"想不想一起睡？"刘丽都好像没听他说话，含糊不清地呢喃。

热血一下子冲上头顶，小武愣了一下，以为自己听错了，假装漫不经心地笑道，"想啊，不过我可能会比车中更不老实的。"

刘丽都轻哼了一声："不老实又能怎样？能把我吃了么？"那懒洋洋的腔调，带有一种说不出来的靡丽，似乎是挑衅，又似乎是天真。

小武腾的一声跳下床，扑到刘丽都的榻上，他跪在榻沿，一把掀开织锦的被褥，顿时，一阵女子身体的幽香又扑鼻而来，他手臂往下一插，环住了刘丽都的肩膀，随即俯身下去，含住了她的嘴唇，她的嘴唇依旧冰凉柔软。小武一如车上那样，如饥似渴吸吮着，她的嘴唇无色无味，为何却比蜜糖还甜？他不住吸吮，得陇又复望蜀，感觉光是亲吻，已无法得到满足，黑暗和床褥给了他进一步的勇气，他倏然腾出另一只手，抓住了刘丽都的右乳，虽然隔着衣服，也感觉一阵颤栗。刘丽都登时呻吟了一声，双手环抱住了小武的腰，头也仰了起来，迎合着小武，用力吸吮着他的嘴唇。小武全身立刻飞入了云端。在车厢时，她还是被动的，看来黑夜也同样给了她激情。她吸吮了一会，舌头又像蛇一样，伸进了小武嘴里。小武含住她的柔舌，再也舍不得松开，两人的舌头胶合在一起，交换着唾液。小武不再满足在衣服外抚摸，手指悄悄移到她腰上，解掉她衣带上的活结，将伸展成三角形的裙幅拉开，直接伸进她的内衣里面，摸到了她的肌肤，那种滑腻感，让他神魂飞越。但很快也不再能满足他，他的手掌顺着她的腹部慢慢向上移动，随即真真切切地握住了她的左乳，他的五指轻轻张合，感受那种软绵送来的快感，又好像不该冷落了另一个，又移到右乳，同样轻轻揉动。刘丽都喉头发出轻微的呻吟，呼吸也粗重起来，小武突然感觉自己下体那根坚硬的物事被她的手握住，他的头差点炸裂了，挺腰向前，但突然一阵巨大的快感喷薄而出，他轻轻叹了一声，知道自己已经提前释放，一阵淡淡的腥气洋溢在屋子里。

刘丽都道："你也是什么都不懂的，这东西原来这样，黏黏的，冰凉冰凉，好脏啊。"

小武有些羞惭："我也不知道怎么回事，我没做过。惭愧，我来擦掉。"借着月光，他朦胧看见刘丽都雪白的腿，用手摸去，摸到那些冰凉的物事，赶紧用袖子擦了。

刘丽都把脸侧到一边："其实你想做什么也做不成。"说着牵着他的手到一个地方，小武一惊："这是什么？"刘丽都道："你没听过月信这事？"小武道："哦，是这样，我们家乡的孩子很小就知道，但不叫月信。"刘丽都道："那叫什么？"小武道："不能跟你说。"刘丽都痴痴地笑："算了，肯定不是什么好话。"小武道："是啊，野孩子能说出什么好话？"呆呆盯着她的脸庞凝视。月光偏了个方向，照在她半边脸上，更让小武觉得怀中人粉雕玉琢。刘丽都嗤地笑了一下，把头背过去，轻嗔道："你抱得人家好疼啊，还看，看什么看，不让你看。"小武道："怎可能不让我看，人都在我怀里了。"刘丽都转过脑袋，扯过被子，笑道："我盖住。"说着脑袋又倏忽背过去，留给小武一个背影。小武扯开被褥，嘴伸到她耳边，轻声道："我就想看。"桂华逐渐铺满了半边床，在清冷的辉光中，刘丽都洁白如乳的身躯，浑圆光滑的大腿若隐若现，小武忍不住俯身向她身上吻去，口中支吾道："真好看！"刘丽都哼了一声："还用你说，比你那位邑君的如何？"小武笑道："你还想着她呢？是嫉妒吗？"刘丽都道："你看你，还真自鸣得意了。"小武缓缓叹气："是啊，我也没想到，上苍待我何厚。"刘丽都莞尔："你个死亭长，确实有福。"小武也轻笑："是是，诸侯王翁主，又称乡亭主，我就是乡亭亭长，此刻又正躺在一个乡亭亭舍之中，若说不是天意，我真有些不信呢。"刘丽都道："听你这么一说，还真是。哎呀，你干什么，怎么还吸人家……"小武抬起头，笑道："白璧略有微瑕哦。你看，左乳头上有一小块黑的。"刘丽都羞涩地笑道："你，你眼睛那么尖啊，这么黑的天——那是胎痣嘛。"小武叹道："唉，没想到我沈武因祸得福，在荒郊野外的亭舍，有幸看到美丽翁主的乳房，还能吸吮。"刘丽都又顽皮地转过头来，笑着嗔骂道："讨厌，你就说不出什么好的来。"小武道："有什么好讨厌的，我们差点都在月光之下交媾了。"刘丽都笑道："什么交媾，真难听，果然是乡下人。"小武道："那你为什么让我这个乡下人……"刘丽都轻轻呸了一声："我不，啊，又那个了，这么快。"小武轻轻道："你长得这么好看，我哪能不快。"说着又吻住刘丽都的嘴唇，刘丽都说不出话，只呜呜地哼道："你这个无赖，你还说……"

他们再次搂在一起，小武挺腰想把自己的那物事找地方摩擦，刘丽都吃吃轻笑，假装躲闪，这时忽然门外传来一阵马嘶声，接着蹄声杂沓，有车轮停住时发出的吱呀吱呀声，再接着就听见外面有人在喊："亭长！谁是亭长？快快出来。"

隔壁的房间一阵骚动，大概是王长卿披衣起床的声音，还有他的吆喝声："二牛、大狗，快起来，有人来了。"然后是另外两人迷迷糊糊地回答："怎么回事，半夜还有过往的官吏？我们这么偏僻的亭舍，这种事可不多啊。"王长卿道："别他妈啰嗦了，快起来，当心我踢爆你们的卵子。"有一人假装害怕："千万别，大兄，我吃不饱穿不暖，也就剩这点快活本钱了。"

小武当即呆住不动，虽然他很清楚，亭长这职事，半夜起来迎接过往官吏投宿的情况所在多有。但再平常的事，对一个身处逃亡之中的人来说，都不会觉得寻常。他屏住呼吸，不敢动弹，情欲一扫而空。刘丽都把自己的衣服系上，低声道："奇怪，难道管材智的人这么快就追来了？"小武安慰道："不会的，我们的马车跑得那么快，一刻也没停，寻常的车马起码被我们甩出上百里。况且路上岔道那么多，他们根本不可能知道我们走了哪条。除非他们知道你来自广陵国，要逃回广陵。"

"是啊。刚才我们用的符节都是假名字，我要出门，不会让人知道身份。"刘丽都道。

"这就对了。"小武道，"应该不是他们追来。碰到岔道，他们就要分兵。管材智自己带来的人手并不多，县廷的掾吏虽被他用节信征召，都不会太出力。他自己的人还被你射死了三个——嘘，你听。"

这时只听得院子里有人说话："我是长安来的使者，这些都是我的随从。"他突然加大了声音：

> 制诏御史：遣使者公孙勇、胡倩巡行豫章、丹阳、会稽、九江、庐陵五郡，廉察吏民得失，当舍传舍，承迎者毋敢不敬。享使者酒食，从者如律令。

只听扑通一声，似乎王长卿跪在了地下，颤抖着声音叫道："原来是皇帝陛下派遣的使君。小臣肥牛亭亭长王长卿，叩头死罪死罪。天色太黑，刚才没有看清使君的绣衣，死罪死罪。"

小武心头一震："虽不是公孙贺老竖子的追兵，却是皇帝陛下亲派的绣衣使者。"刘丽都坐起来："皇帝陛下已经好多年没派出绣衣使者了，又如此诡秘，看来要出大事。"她沉吟了一下，又说，"还好，似乎诏书上没有广陵国的名字，这使者大概是去丹阳郡或会稽郡的。"

105

接着只听得外面脚步杂沓，从窗口隐隐透出火把的亮光，还有车马拉进院子的声音。"使君还没有用过晚餐吧，小臣这就去给使君准备。使君的福气真好，今天有县廷送来的腊肉和鸡蛋，请使君待会品尝。"

　　小武心想，这个亭长也着实乖巧，刚才给我们准备饭食时，他倒没提到有什么腊肉。现在碰到高级别的使者，又多出一样了。也难为他，半夜还要爬起来升火做饭，这日子也不容易。自己当年也经历过，如同噩梦。但耕作就容易？半夜被里长赶起来灭蝗或者运粮，这事也不少见。

　　"很好，"只听得那个叫公孙勇的使者淡淡答道。"咦，"他的语气忽然惊讶起来，"今天很热闹，这里竟然已有两驾车马——好精致的车厢！看来亭长有贵客啊。"

　　那亭长的副职求盗赶忙回答："回使君，那是本郡太守府派出的掾属，去丹阳郡的宛陵县买铜的。有太守府的符传，所以今晚在本亭歇宿。"

　　公孙勇哦了一声，阴阳怪气道："不错，两辆葱椠车，如此精致，而且都是驷马驾，豫章郡很阔气啊。他们已经睡了么？何不请出来见见。"

　　那个叫二牛的求盗说："已经睡了大概两个时辰了。使君如果想见，小臣就去唤醒，让他们起来拜见。"

　　公孙勇淡淡地说："哼，罢了，我们进来时，这么大的声音都吵他们不醒，可见是真的累了。就由他们吧。"

　　二牛说："使君说得是，据他们说，从早到晚，就一直没停了赶路。到敝亭的时候，马累得快不行了，这才歇下来的。不过小臣等不知道使君这么晚会舍宿敝亭，好一点的房间都安排给他们了，只怕必须唤他们起来，给使君腾让。"

　　公孙勇还是阴阳怪气地说："看来倒真是些勤快的小吏。我的性情，是一向不喜欢狐假虎威麻烦人的，为天子办事，总不能贪图安逸。他们可以不起来，但明天早上他们走之前，你们不许急着给他们签发符传，我要见见，究竟是何等样的人物。"

　　"不必等到明天早上，使君光临，下吏哪还敢安睡。"一个声音传了过来，调子很急，显得拘谨而慌张。公孙勇循声望去，一伙人穿戴整齐，急急从房舍那边走了过来。

　　当先的正是小武，他发现院子里多了三驾马车，大概有七八个人举着火把，簇拥着中间的一个中年男子，这男子身材伟岸，五官端正，蓄着稀稀疏疏的胡须。头上戴着两梁的冠，身穿青色禅衣，肩上有猩红色的龙纹绣，周围一圈浅色的乘云绣，呈涡旋状纹样，间或杂有螭头状图形。龙纹绣的四周密集点缀着细米状的小颗粒，染上了栀子色，非常精致。小武想，大概这就是让郡国守尉震恐的绣衣了，身着这种绣衣的人，都手持皇帝节信，在预定巡行的郡国内，可用节信征发郡国兵，二千石以下的官员，可先斩后奏。当年暴胜之身着绣衣，手执金斧，以杀伐立威，令天下丧胆，小武只在传说中听过。后来好多年皇帝陛下都没派绣衣使者出巡，没想到今天在这荒郊野外的小小亭舍，竟然有此眼福。他和刘丽都本想继续假装酣睡，但外面这么大的动静，再装下去终究勉强，而且很可能会被叫醒腾房间，不如干脆出去晋见。好在不是公孙贺的人，不会有其他麻烦，同时也想见识一下传说中的绣衣使者。于是一起穿好衣服，叫上其他侍从一起走了出来。

公孙勇上下打量了一下小武，问道："你是豫章太守府的掾吏？嗯，年轻有为，现在是什么秩级？"

小武躬身道："下吏秩级微末，不过是个卒史①，让使君见笑了。"

"一个小小的百石卒史，架子倒不小，"公孙勇冷笑道，"竟然乘坐驷马驾的葱棂车，陈不害那竖子倒是挺舍得花钱的。当今天下凋敝，百姓贫苦，黔首失职者甚多。皇帝陛下在宫中忧系天下，每日食不再味，坐不重席，节俭为天下先。他陈不害一个小郡的太守，不过拿二千石的俸禄，却如此奢华，连手下一个小小卒史都高车驷马。这般享受，我想不但他的薪俸承受不起，只怕荡尽郡少府②也难以负担，肯定会加重盘剥百姓。"公孙勇好像变了一个人，显得很不高兴，似乎不发怒就不能显示一个绣衣使者的威风。

小武下意识地跪了下来，惶恐道："请使君息怒，下吏一定将使君的教诲转告给陈府君。其实陈府君一向清廉爱民，这两辆葱棂车，乃是临时向新淦城里的富户大族征用的，因为要尽快出去购买大量铜石，铸造箭镞。前几天期会时，本郡作室啬夫奏报，说本郡武库的箭镞多已锈蚀，亟需修治，而本郡一向缺少铜料，如今将近年底，怕上计考核不中程受谴，府君这才派下吏紧急去丹阳郡购买。府君本人平日所乘，反是驽马柴车，望使君明察。"小武熟知官府的行政程

---

① 卒史：汉代郡级以上官署中的属吏，秩一百石。

② 郡少府：太守的私人钱库，来自特定税收，全由太守支配。

序和法律，编的谎言也合情合理。

公孙勇的脸色并没有稍霁："哼，任你这小吏巧舌如簧，能说得很多人相信。无奈我见多识广，怎会被你蒙蔽？你明天一早就赶回新淦县，让你的副使去丹阳采购铜石。告诉陈不害，我在这里等他，叫他亲自来向我解释。"

这话一出，旁边的亭长一伙也都有点傻眼，绣衣使者的架子果然好大。小武也觉得奇怪，让太守到这么一个野外小亭来拜见，简直匪夷所思，但也许这就是绣衣使者的尊贵所在吧。好在我并不是什么太守府掾属，侵晨等我上道，你也不知道我去哪，现在就答应你又何妨？于是应道："谨遵使君命令，臣明天一早就驰回新淦禀报陈府君。不过，臣等下吏乃受太守派遣，若擅离职守，将遭严谴。假如使君肯赐下吏一封文书，下吏就是上刀山、下火海也万死不辞了。"

"哼，"公孙勇更加不悦，他从怀中摸出一枚一寸见方的银印，印纽是个乌龟，腹下空隙处系着青色的绶带，道："看看我的银印，你就知道我不是跟你开玩笑了——难道我还会骗你不成？"

小武叩头道："下吏一向谨遵律令行事，若无节信，下吏死也不敢擅离职守。"

公孙勇沉吟了一会："小小卒史，胆子倒不小。"他收回银印，吩咐道，"拿符节来。"一个侍从捧过一个精致的盒子。公孙勇打开，从里面掏出一枚竹符，说："也罢，就把副节给你见识见识。"他身边另一个随从接过符节，递给小武，小武双手接过，只见上面写着：

> 制诏御史：遣使者公孙勇、胡倩巡行豫章、丹阳、会稽、桂阳、武陵五郡，廉察吏民得失，得以节信征召二千石以上，二千石以上毋敢不从。如诏书。丞相少史仁，御史少史充。

差不多就是刚才他在房间里听到公孙勇念的几行字，后面还有一行小字：

> 太始四年七月丁巳朔壬申，封以天子信玺。

小武心里突然一动，抬起头来，奇怪地看着公孙勇。

公孙勇不悦地说："你看我干什么？难道还有条件要提不成？"

小武沉思了一下，缓缓答道："没有，下吏一定遵照使君的吩咐去办。"

这时那王长卿过来，低声下气："请使君稍移玉趾，饭菜臣等已经办好了。"他说话遣词有点文绉绉的，显然经过专门学习。

公孙勇慢条斯理道："好吧，我们也的确饿了，走了一天呢。早上从鄡阳县巡查过来，那个县邑也太危险了，地势那么低，几乎三面都被鄱阳湖包围，唯一靠陆地的一面，还有个不小的湖泊，回到长安，我要请求皇帝陛下，将县邑换一个地方，否则总有一天会被湖水吞灭，城邑化为泽国——不过，风景的确不错。"

王长卿谦恭道："使君所言极是，这都是去年余汗水和龙窟水改道的缘故，湖水没有缓冲，就直接注入鄱阳湖。靠陆地那边的湖叫大王潭，广袤倒还算不上，就是不知道多深，据渔夫说，深不见底。大王潭的另一侧是白芒洲，洲上自古就生着无数郁金香草，所以乡人也叫它芎泽洲，风景的确很好。碰上好日子，稍微有些风，整个洲香气扑鼻，难怪让使君感叹了。"他这番话非常熟练，看来的确精于吏职，力争上进。

"哦，"公孙勇道，"豫章郡也有郁金香？莫不是从桂林郡引种来的？在亡秦的时候，桂林郡叫郁林郡，乡下人，郁金和郁林的读音分不清的。今天又叫桂林，那是读音又变了。"

王长卿呆住了，又马上吹捧："使君当真博学，小臣五体投地。"

公孙勇骄傲地哼了一声："三人行，必有我师焉。我从不放过任何学习的机会，刚才说的这些，也是从一个老戍卒那里听来的。"他看着王长卿，微微颔首，又道，"很好，你这个亭长非常能干，好好干吧，积累功劳，说不定过得几年，就可以升上县令。好了，胡倩君，我们先去用餐吧。"他招呼旁边一个穿着也比较华丽的随从，一行人向厨房走去。

王长卿满脸是激动和喜悦，一路躬身谄媚跟在后面："多谢使君夸奖，小臣一定勤勉职事，绝不辜负使君的期望。使君饭菜慢用，小臣这就去给使君打扫床榻。"

小武和刘丽都等人已经收拾好了自己的卧具，按照王长卿的安排，换了另外两个房间。这两间房自然就要差得多，床榻上的竹席通红，不知道吸收过多少人的汗渍。刘丽都抱怨道："肯定睡过无数的臭刑徒，真讨厌！"王长卿也不敢得罪他们，只能赔笑："各位府掾君，实在过意不去，谁愿碰上这样巧的事，希望下吏以后有机会赔罪。"小武道："君不必客气，按照官秩等级分配房舍，这是律令规定的，君有何罪？"王长卿他们这才放心地离开。

关上门，刘丽都说："这绣衣使者也太猖狂了点吧？看他那副嘴脸，我就恨不能狠扇他几个耳光。"

小武若有所思地说："管他，我们先睡觉吧。明天一早，还要赶路呢。"

刘丽都嗔道："难道你真听这狗贼的话？明天去什么新淦？"

小武叹了口气："去新淦？可笑。若是往日，我早一刀将他的鸟头斩下了。"

刘丽都惊讶地问："斩杀使者？你别开玩笑了。"

小武嘘了一声："小声点。"他搂住刘丽都的身子，嘴唇凑到她嘴唇上，亲了又亲。刘丽都也反抱着他，吃吃轻笑。小武道："你笑什么？"刘丽都道："笑你的贪婪，笑你的色胆包天。"小武手臂一用力，嘴巴附在她耳边，一字一顿地说："丽都，别惊慌，这绣衣使者是假扮的。"

"什么？"刘丽都睁圆了一双大眼睛，瞳仁漆黑，小牛犊似的盯着小武。

小武搂紧她，在她耳边说："这个公孙勇浑身都是破绽。起初听到那封诏书就觉奇怪，前面还好，后面说'当舍传舍'，语气就不像诏书了，像大司农府文书。不过，我也没有真正怀疑，直到拿到他那枚符节。你听我说，首先，一个皇帝陛下派遣的绣衣使者，不大可能说话那么粗鄙。我虽未去过长安，朝廷的规矩多少知道一些，三公九卿大多从世家子弟中选拔，或者是贤良文学、射策甲乙科的郎中，又或者是吏事明敏、稳重沉着的干吏，若平日言语粗鄙，早被侍御史举奏免职了。不管他对陈不害太守有多么不满，也不能称陈不害为'老竖子'。"

刘丽都道："你不也称公孙贺为老竖子吗？看来你也没有公卿之相。"

小武道："情势不同。若我到了候选公卿的位置，自然吐词文雅，尤其在公事场合。"

"倒也是。"刘丽都道，"不过吐辞文雅与否，很重要吗？天下最文雅的，莫过于诏书了。亡秦时诏书无不引经据典，辞藻华丽，可诏书一下，往往百姓流亡，生灵涂炭。而你开口公孙贺老竖子，闭口高辟兵肥猪，你却不坏。"

小武道："那是另一回事，我们以后讨论。"刘丽都道："你且接着说。"小武道："你尽打岔，我说到哪了？"刘丽都道："是我不好，你责罚我吧。"小武看她在月色下形容妩媚，道："罚你一生让我侍奉。"刘丽都道："我可是翁主，你做我的陪嫁男仆吗？"小武道："你知道我的意思。"刘丽都微笑道："我们无法私定终身的。你先继续说，他若是绣衣使者，便不会称陈不害为'老竖子'，然后呢？"

小武心中略有些失意，转而又想，你一个南昌匹夫，能在月光下与天仙般的翁主拥抱亲吻，还不满足？所谓"物禁太盛"①，该知足了，于是暗叹一声，道："当年暴胜之巡行天下，斩了好几个郡国守尉，可那些郡守解衣伏质之时，暴胜之对他们的称呼依旧尊重。第二，我请他出示符节，他起初不肯，反掏出银印来威吓我，而那银印竟是青色的绶带。前个月我曾看到新下达给南昌县廷的秘密文书，只有三百石以上的长吏才可观阅。文书上说，今后朝廷派遣使者或者刺史出巡，印信全部改用黄色绶带。他的符节上，是今年七月由丞相和御史两府下发的诏书，却没有按照新规定佩戴黄色绶带。第三，他的符节由两大府签发，的确显得很郑重，但是签发名单中的'御史少史充'其人，全名叫戴充，三个月前已升了长史。他原和御史中丞靳不疑是好友。这符节是七月签发，怎可能还是少史充？第四，符节的印信应该加盖皇帝信玺，天子信玺是皇帝本人佩戴的，册封诸侯王、公卿时才用，一般不用来签封类似的文书。第五，印泥也不是皇宫专用的武都紫泥。我遍阅各地封泥，能辨出真假。所以我敢肯定，他不是真的绣衣使者，不过这人又懂一点公文程式，很有可能是某个县的小吏假扮的。"

刘丽都笑道："分析得很有道理。你没怎么和他说话，就看出这么多破绽了，要是拷掠一番，岂非马上原形毕露？呵呵，可惜了，要是往日，说不定你凭借捕获他就能封侯呢，可你现在自己也成了亡命刑徒。啧啧，真是可惜了。"说着在小武脸上亲了一下。

小武又去轻吻她的嘴唇，低声说："从未奢望封侯，而且和你相比，对我来说，毫无所谓了。"刘丽都道："我真有些喜欢你了。到了广陵，好好为我家大王做事，只要你能立功，也许有机会终身侍候我。"小武语带怨诽："做陪嫁的男仆吗？"刘丽都笑："伊尹、百里奚，都曾是陪嫁的男仆，你瞧不上吗？"小武道："瞧不上。"

刘丽都的眼睛亮晶晶的："你要是伊尹、百里奚，我父亲怎会让你做陪嫁男仆？你好好做事，我就是你的。"

她的声音柔和旖旎，小武心神俱荡，眼泪流了出来："真喜欢你。"刘丽都道："我也喜欢你，咱们赶紧睡吧，养精蓄锐，希望没有变故。"

小武重重点头："好的，明天一早出发，如果那贼盗胆敢阻止，我就要他的好看。"

---

① 物禁太盛：道家俗语，说的是一个人的运气和荣华不能太盛，否则必然倒霉。

两人宽衣解带，小武坐到刘丽都床上，刘丽都微笑道，"你读道家书吗?"她捏了捏小武的鼻子，"物禁太盛，把最好的留下来。"

小武道："我如果说，刚才我也想到了这个词，你信不信?"刘丽都道："哪个词?"小武道："物禁太盛。"刘丽都道："那我们真是息息相通，先睡吧，乖乖的。"小武回到自己床榻上，回头看了刘丽都一眼，刘丽都黑亮的眸子也正看着他，月光下晶莹剔透。

再次吵醒他们的，是一阵急促的车毂声和马蹄声。迷迷糊糊之中，他们还以为是公孙勇的车马准备出发，但马上就否定了。像公孙勇那样傲慢的人，怎有这般勤勉?何况他还说了，要在这亭舍等陈不害前来拜见。果然，他们立刻听见有车马停在门口的驰道上，随即又传来一个熟悉的叫声："肥牛亭亭长出来，快出来，我有话要问。"

依稀听见王长卿的回答："来了。"小武睁开眼睛，窗外已经晨光熹微，他一骨碌坐起来，隐隐感觉有点不妙。这时果然听到王长卿嘟嘟囔囔地小声怨叹："今天怎么了，来了一拨又一拨，连个觉也睡不成，真是奇怪了——哎，下吏就是肥牛亭亭长王长卿，敢问足下来自何地，有符传吗?"

那个熟悉的声音道："我不是来住宿的。"只听得沉闷的一声，似乎他跳下了马车，"我奉当今丞相公孙君侯的命令，来逐捕逃犯。你听着!"

太始四年九月己丑朔甲辰，丞相以请诏逮捕大逆无道故南昌县县丞沈武，移郡太守，郡太守遣吏逐捕。沈武年可二十，长七尺五寸，黄色，黑发，左上额有黑痣。逐捕吏出，各县、乡、亭、里皆当协助之，毋敢苛留。

小武腾地跳了起来，他拍拍刘丽都，急道："丽都，这个人是公孙昌，他们果然追来了。"

刘丽都赶忙爬起来，急速穿好衣服，另外几个侍卫皆听到动静，等小武两个跑过去，他们已经收拾停当了。所有人都紧握着剑柄，伏在窗下倾听，只听得外面王长卿惊讶道："左上额有黑痣?——难道是他们?"

公孙昌兴奋中又夹带一丝紧张，说："你见过他们吗?他们现在在哪?"接着是一片金铁交鸣的声音，似乎他们已经怀疑小武等人躲在亭舍里，齐齐拔出刀剑，做好了格斗的准备。

接着就是王长卿走路的声音，他低声说着什么，小武等人没法听清。然后是公孙昌惊讶地叫了一声，又立即沉下嗓子吩咐："都小心点，不可轻举妄动。"小武心头一亮，低声对刘丽都等说："我们赶快去隔壁，劫持公孙勇作为人质。"

刘丽都重重点了点头，一伙人呼啦全部闯进公孙勇的房间。公孙勇大概也被吵醒了，正骂骂咧咧的："外面什么东西？如此大胆，敢在亭舍喧闹。"看见小武一伙突然冲进，面如土色，刘丽都已经端着她那张小弩，瞄准了公孙勇。小武跃到他身旁，一手揪住他的衣领，一手执剑，剑刃反架在他的颈上："哼，好好跟我们配合，我不会杀你。"另外几个侍从也跳过去，按住了另一张床上的胡倩，用短剑顶着他的后心。公孙勇其他的随从听到声音跑过来，看到这场景，顿时都呆住了。

公孙勇抖抖索索地说："你们……你们敢劫持……绣衣使者，当真是……胆大包天，不怕……不怕夷灭九族吗？"

刘丽都刚要回答，小武止住了她，冷笑道："现在我管不了那么多了。公孙贺那奸贼假传诏令要斩我的人头，我为了活命，盼到有朝一日能伏阙上书，向皇帝陛下辨冤，只好委屈绣衣使者一下。"

公孙勇怒道："又是公孙贺那老小子，我也早就看他不惯。他借助太子的势力，到处安插亲信在各郡国要害处，皇帝陛下这次派我出来，就是为了查找他罪证的。"

小武假装欢喜道："难得使君也如此明理，不过远水解不了近渴，现在还是要麻烦使君喝退他们，放我们一条生路，否则下吏也豁出去了，干脆来个玉石俱焚。"

公孙勇无奈道："也好，你把剑刃移开，一旦失手伤了我，那我可怎么也保你不住。"

小武道："如果我把剑刃移开，又怎能让使君尽力呢？"

这时只听得公孙昌在外面大叫："反贼沈武，赶快出来，我们知道你躲在里面了。"

小武揪住公孙勇，帮他披上绣衣，一脚踢开门，早晨的阳光立刻倾泻而入，像一匹金色的丝帛悬在空中，炫人眼目，光束中翻滚着无数灰尘，生机勃勃。小武深深吸了一口清亮的空气，躲在公孙勇身后，眯着眼睛朝前看去，果然见公孙昌站在兵车上，他面前竖着一块齐人高的大盾，后面跟着四五辆革车，车上的二十多个士卒，有人左手执盾，右手执剑，有人两手持着弓弩，有人持着卜字形的铁戟，还有人持着长铩，而且个个都身披铁甲，站在革车上，显得威风凛凛。

"我真有面子，这狗贼竟也征发了篁竹营的郡兵来逐捕。"小武吐了一口唾沫，握紧了剑，叫道，"公孙昌，你现在听着，现在皇帝陛下派遣的绣衣使者公孙勇在我们手里，你敢动一下，我就先斩下他的首级。我丢失二千石长官该斩，你丢失了绣衣直指使者会怎样？哼，恐怕皇帝会连公孙贺的脑袋也砍下来的。"

公孙昌冷笑了一声："少跟我耍花招，绣衣使者怎可能出现在这偏僻野亭？还不赶快出来受缚，我们押你去长安，好生看待，不让你受苦。到了长安，就没我们的事了，有罪无罪，你自己到廷尉府辩讼去。否则，我就命令当场格杀，带你的人头回去交差了。"

小武也冷笑道："使君的绣衣，可是一般郡县能织造的么？乘舆的服御，向来都是由齐郡临淄县的三服官供应的，天下其他任何郡国都没有这工艺，岂能有假？倘若不信，你叫人尽快上来，大家都别活了吧。"

听小武这么一说，公孙昌反而犹豫起来，定睛看着公孙勇。小武赶忙用手轻轻捅了捅公孙勇，公孙勇马上喊叫："我确是绣衣直指使者公孙勇，奉皇帝陛下诏令，和副使胡倩一起出巡东南五郡，有皇帝陛下特颁的印信在此。尔等赶快退后，毋敢轻举妄动。"他举起一个绣囊，从里面掏出银色印信，托在掌上。

公孙昌傻了，愣了一下，突然跳下车，惶恐拜倒，叫道："下吏公孙昌，敢问公孙使君无恙，死罪死罪。"

"罢了，"公孙勇又来了威风，慢条斯理地说，"说什么无恙，你叫他们都退下，我就一定无恙了。快让出一条道来，放沈武走。我回去禀告皇帝陛下，或许他真有冤情也未可知。"

公孙昌迟疑道："可是下吏乃奉令办事，岂敢临阵退缩？否则就是'逗桡不进罪'，律当腰斩，望使君怜惜下吏的犬马之命。"

公孙勇怒道："你敢不听我的命令？你回去告诉郡太守，一切有我兜着。倘若不然，你全家都要腰斩。"

公孙昌沉默了一会，叹了口气："那——好吧。大家都退开，让他们走。不过，沈武，你什么时候放了公孙使君？"

小武道："等我上车，驰过了余汗县，就放了他，你到大王潭边上接人吧。"

公孙昌迟疑道："好，我相信你。"

刘丽都命令侍从："快，驾上我们的马车。"

公孙昌的五辆革车全部退后，把院门的驰道空了出来。小武一步步押着公孙勇上了车，御者套上骊马，吆喝一声，两辆葱椠车相继冲上驰道，经过一晚的休息，驾车的八匹马又精神抖擞，大概连续跑一个上午不成问题。

车子刚驶上驰道，刘丽都喊道："先停一停。"她命令另一辆车的侍从，"快，你们把床弩驾好，以防万一。"她掀开车厢的底板，原来下面还有一个暗厢，似乎装有什么机关。她握住一个把手往上一扳，原来是一架黄色的大弩，安装在车厢后部，旁边是个辘轳。刘丽都道，"快来，帮我一下。"小武换了一柄短剑，左手握着，仍横在公孙勇脖子上，右手帮助刘丽都，两人伸脚踏住车厢后部，合力使劲扳动辘轳，绞丝的弦艰难张开，扣在后部的弩牙上，一共有七条弩槽，可装七枝长箭，中间那枝箭最长最大，直径有几寸粗，光是箭镞就有五寸之长，加上箭杆，起码有三尺，箭羽竟然不用羽毛，而是铁叶。小武惊讶道："原来你这车还真不简单。"刘丽都笑道："上了车，咱们就不怕了，我一扳下弩牙，七枝箭一起飞出去，非将他整个革车射穿不可，这样的床弩，可有射倒小城垛的先例呢！"

小武道："你这车可是价值万金。不过不到万不得已，我们绝不要用这种弩。现在赶快走吧。"

御者马鞭甩下，马车顿时狂奔了起来。小武远远看见公孙昌的车队在后面跟着，但是显然他们的马足没有这边的快，不一会就只看见尘土，不见他们的踪影了。

车子驰行了好一会，过了余汗县，驰道越来越窄，一边是高山，一边是悬崖峭壁。公孙勇又摆起架子说："现在，该放我下车了吧？我还有公务在身，不能久陪。你们的冤情，等我到了长安，一定会向皇帝陛下请求覆按的。"

小武看了一眼刘丽都："你说呢，留着他的确也没什么用。"刘丽都瞧了公孙勇一眼，哼了一声："我车厢的秘密都被你看到了，哪还能让你走？"

小武恍然道："这倒也是。皇帝陛下早有诏书，十石以上的大黄强弩是不能出函谷关的。如今这三十石的床弩都被你看到了，如何能放你走？况且，你也别跟我们装蒜了，你以为自己真是绣衣直指使者不成？"

公孙勇打了个哆嗦："你，你，你什么意思？"他的脸上现出一些尴尬。

小武笑道："什么意思你自己清楚。任你巧舌如簧，能说得许多人相信，无奈我见多识广，怎会被你蒙蔽？你的符节、印绶，还有你的言行举止，破绽成堆。老实说吧，你到底是干什么的？何苦冒充绣衣使者，让整个家族为你陪葬？"

公孙勇反而傻傻地笑起来，他搓着自己的手掌："怎么可能呢？我当然是货真价实的绣衣使者，刚才你也看到了，如果不是我发话喝退追兵，你们可就死路一条了。"

小武沉默了一会，道："哦，可能我多疑了。我只是觉得，你看上去不像是精通吏事的人。算了，我现在这个处境，对你是否是绣衣使者也不感兴趣。我也是活一天算一天。"

公孙勇顿时得意起来，鼻孔里哼了一声："那也不一定，要看你请得动谁为你帮忙了，如果有我为你说话，就算你一心求死，只怕也难得逞。"

小武假装感激："那就先谢谢使君了。刚才下吏误会使君，死罪死罪。唉，其实下吏只是担心，如果有人在背后指使使君，那人一定是巴不得使君早早露馅，然后被杀——公孙勇大概也不是使君的本名吧？"

公孙勇面如土色："什么？巴不得我死？此话怎讲？"

小武心里暗笑，他知道自己的试探达到了目的，这是他从鞫狱中总结出来的"钩距之法"，想问一件狱事，如果一直纠缠着主题不放，反而会引发对方的抵触，对方或者沉默，或者干脆用谎话搪塞，但若假装漫不经心东扯西扯，转移对方注意力，然后突然行诈，对方多半就会上钩。刚才的情况便是如此，他见公孙勇不肯承认，又担心问急了，得来的只是谎言，所以干脆岔开话题，果然公孙勇就沉不住气了。于是小武叹了口气："下吏也是瞎担心，使君既然是真的绣衣使者，自然就无所谓了。"

公孙勇擦擦额头："你真是吓了我一跳。不过，你为什么会瞎怀疑？"他似乎并不放心。

小武笑道："下吏只是胡乱猜测。因为想到使君的符节应该是加盖皇帝信玺，下吏看到的却是册封时才用的天子信玺；中二千石的官员最近改了黄绶，使君的却还是青绶；御史少史前个月就换人了，使君符节上写的却还是戴充。所以下吏免不了有些怀疑。"

公孙勇的冷汗涔涔而下，喃喃地说："我说怎么会有这么好的事？果然是耍我。"

小武冷眼瞧着他，不说话，他知道公孙勇此刻心里定然如汤一样翻滚，支持不了很久，一定会主动询问。马车还在小心翼翼地奔走，这里地势很险，一不小心，就可能坠下悬崖。车上的人默然无语，只听见马车车轮的辚辚之声。

果然，不一会，公孙勇忽然张口道："你知道我是哪里人吗？"

小武漫不经心地说："听口音，使君应该产自齐鲁一带。"这点小武有些把握，他做亭长的时候，曾送迎过许多齐郡、济阴郡、山阳郡一带籍贯的戍卒，听过他们的口音，感觉和这个公孙勇比较相像。

公孙勇嘴巴合不拢了，他似乎下定了决心，道："自入豫章郡以来，就听说你是断案能吏，果然不假。实不相瞒，我是巨野县①人，既然你能听出我的口音，我也只好承认了。"

小武叫了出来："你是昌邑国人。"他内心的惊讶更甚，难道这个公孙勇和昌邑王刘髆有什么关系不成？如果是，自己这几个月的经历就太丰富了，从一个默默无闻的亭长，涉足县廷重狱，又矫诏击杀群盗，丢失二长吏，得罪丞相，牵连县令丢了人头，和广陵王翁主逃亡，现在又碰到昌邑王的使者。简直琳琅满目，应接不暇，难道天下真的要大变不成。

"是的，"公孙勇点点头，"我是昌邑王国巨野县人。"

"你叫什么名字？"

"我叫张崇，原先是巨野县县廷的有秩啬夫，因为坐赃为盗，按律当斩，同时行刑的十个人，全部人头落地了，最后一个轮到我，我脱掉衣服，伏到斧质上。县令逢千秋在台上看见我，突然派人过来，下令停止行刑。接着我被带到他面前，他端详了我一会，说了一句什么'堂堂乎张也'。"

小武道："嗯，《论语》里的话。"

张崇看了小武一眼："对，后来听逢明廷说是孔子夸奖子张的话②。他说我正好姓张，又相貌堂堂，真是很巧，因此舍不得斩我，另外找了一个死刑徒冒充我斩了，接着他让我改名公孙勇。"

"哦。"小武道，"正好跟公孙贺一个姓氏，难道有什么目的吗？"

"他也没告诉我目的。"张崇道，"不过他既然救了我，我这条性命就是他的，是死是活，都无话可说。他说我相貌威武，有霸者之相。还说当今皇帝一向喜欢相貌雄伟的大臣，当年的绣衣使者暴胜之和现在的宠臣江充，都是以美男子著称

---

① 巨野：今山东菏泽东。

② 这句话虽出于《论语》，实际上是曾子说的，张崇文化水平不高，所以会搞混淆。

的。他让我假扮绣衣使者，说像我这样的形貌，很有威势，绝不会引起郡守尉的怀疑，我也只能听他的话了。"

"可是假冒天子使者，是要族诛的。"刘丽都插嘴说，"你自己的这条命是他救的，丢了自然无所谓，可是害得一家人连坐，不免太过分了。"

张崇看了她一眼，神色惊讶："真的张崇早已死了，即使查出来，那也是公孙勇的事。何况他说做这件事和皇帝陛下的宠妃李夫人有关，我只要假扮使者，诱斩掉几个郡的太守，搞得东南豫章、九江、庐江、丹阳、会稽五郡大乱，然后亡命逃回昌邑，就会重重有赏，说不定还有封侯之望呢。"

刘丽都道："嗯，就是那个让皇帝陛下魂牵梦萦的李夫人，她到底有多美貌，我一直很好奇。人都死了，皇帝陛下竟然还为她作赋，叫画工把她的像绘在了甘泉宫的墙壁上。"

张崇道："就是那个李夫人。她到底多美，我猜不会比你更美。"

小武忍不住噗嗤一声，刘丽都看着他："你笑什么？"小武指着张崇道："他刚才说得很对，我无任赞同。"又对张崇道："你没见过她这么美的女子吧？"张崇道："是的，我也算是阅人无数，未曾见过她这样的美女。"小武对刘丽都道："看他这样貌，年轻时定然吸引了不少女子。"刘丽都白了小武一眼："至少比你英俊。"又忍不住咬唇笑了。

张崇道："沈君很有艳福。"

小武顿时对张崇产生好感："使君何以这么说？"张崇道："你们之间的情意，难道我还看不出来吗？别说我在这方面是当行本色，便是傻子也知道的。"小武看着刘丽都，刘丽都也看着他，秋波流转，唇带羞涩。小武既觉甜蜜，又感惶恐，遂问张崇："逢千秋让你假装绣衣使者，你真不知原因？"

张崇道："真的不知。"

小武沉默了一会，突然道："我倒知道。"

张崇道："请沈君开示。"小武道："我自己知道就行了。"刘丽都摇摇他的胳膊："不行，你快说。"

小武看着她："你求我吗？"刘丽都嘻嘻笑道："求你。"小武道："那好，记得你欠我的，改日我求你，你也要爽快答应。"刘丽都还没说话，张崇插嘴道："你们两个，说实在的，有些肉麻。我老了，不习惯了。"小武大笑："好吧，我说了。我是这样猜想的，也不知对不对。几年前死去的李夫人，是昌邑王刘髆的母亲。刘髆没能得到皇帝宠爱，是因为李夫人死得太早了。不过李夫人的兄长李广利现在还是大将军，而且几次率军北击匈奴，深得皇帝陛下信任。此外，李广利和宗正①刘屈氂又是姻亲。和皇帝陛下其他几个儿子一样，昌邑王又何尝不想被立为太子，加上现在的卫太子不受宠幸，其他皇子自然更是跃跃欲试。燕王刘旦和广陵王刘胥有鄂邑盖主帮忙，昌邑王刘髆有李广利和刘屈氂撑腰，卫太子和公孙贺却是一伙。这三方斗争得很激烈，现在表面上还是卫太子处在上风，但从皇帝陛下对此争斗不闻不问的态度看来，卫太子的处境相当危险。"

刘丽都喜道："仲卿，你也觉得卫太子要完蛋？和那个巫婆的说法真是一样。"

张崇道："哦，难道派我冒充绣衣使者的幕后主谋就是昌邑王？"

小武道："我想是的。如果你被识破——自然是很容易识破的，皇帝陛下即使秘密派遣使者出京，像郡守这样二千石的官员总不会得不到通知，因此你也只能骗骗六百石以下的小吏。碰到太守，当场就会逮捕。你的符节上名字是公孙勇，自然会被怀疑和公孙贺有关。幸亏刚才公孙昌没有识破你是假的，否则他抓了你去拷掠，也算是奇功一件了。"

张崇道："再怎么拷掠我也没用，别说我不知道是昌邑王指使的，就是知道，我也不能说，否则我在昌邑的族人都会断头。实在不行，只有舍命一拼，我会自杀报答逢千秋县令。"

小武道："这正是昌邑王那边盼望的。他们看中你，不仅是因为你相貌堂堂，更因为你嘴巴严密，宁死不屈。"

刘丽都冷笑道："嘴巴严密什么，他不是把一切都告诉我们了吗？嗯，你可知道我们是谁？"

张崇愣愣地看着刘丽都："不知道。"又有些惭愧的神色，说，"要是拷掠我，我是死也不会说的。"

刘丽都笑道："你若真不怕死，刚才就不会帮我们喝退公孙昌。"

张崇道："不，那是另外一回事。"

刘丽都道："哼，不管怎样，你还是跟我回广陵去吧，你给我提供了这么多的消息，足以让我父亲广陵王向皇帝陛下献功了。"

---

① 宗正：掌管皇帝亲族或外戚勋贵等有关事务的官吏，为九卿之一。

张崇脸色一阵青白："原来你是广陵国翁主，怪不得能乘这样的好车。"他沉默了一下，"不过，我跟你说的这些，也没立下口供，皇帝陛下又怎能信你？何况，我根本没说自己是昌邑王刘髆派遣来的。"

刘丽都把头侧向一边，好像没有兴趣和他争论这样无聊的事，她眼光迷离，心不在焉地说："口供，到了广陵国，我会有办法的。"

车子还是行走得很慢，前面隐隐传来水波溅落的声音，而且越来越大，御者回过头，兴奋地说："翁主，这条驿道的风景真是不错，前面有一挂瀑布，天啊！真是太好看了。"

小武和刘丽都一起把头探出窗外，耳边已经充斥着轰隆轰隆的声响，只见前面高山之峰杪，剑也似的直刺苍穹，半山腰突然抛出一匹素练，飞旋而下，落到半空，遭致岩石的阻挡，又剖而为二，继续飞坠，直泻入底。那半空中水石交撞，浪沫激溅，隔着几十丈远的空中，都被浪沫散发的湿雾所笼罩，景致当真绝美无伦。刘丽都喜悦道："这驿道虽然危险，但能看到如许风光，也值得了。"

马车离瀑布越来越近，他们觉得头顶的车篷上也水声滴答，好像雨点击打在上面一般。小武贪婪地望着车窗之外，大喘了一口气，兴奋地高叫："晴山烟雨。早就听说郧阳断肠崖的瀑布天下奇崛，今天一见，果然名不虚传。"一时间，逃亡的烦恼似乎消失得一干二净。

刘丽都睁大了双眼，望着对面雪浪似的瀑流，也是目不转睛，嘴里大声应和小武道："这就到了郧阳么？我们上次来，可不敢走这山路。"

小武道："是郧阳县邑，它就在山的前面，转过那个弯就到了。这瀑布下的水池，大概就是大王潭了。我想公孙昌一定会追来，我刚才答应他，在大王潭边让他接走公孙勇。"

马车愈加小心翼翼了，路两旁都是杂草。看来这条驿道已经废弃很久，前方拐弯处，迎面一块大石头，上刻篆书的三个大字：断肠崖。小武仰望着它，呆呆出神，这名字当真取得好。这样偏僻的鸟道，这样空灵的水霰，当年驿骑星夜驰奔在这里的时候，一路上杳无人烟，只有天边一弯新月做伴，是何等的凄怆，何等的碎断人肠！倘若马蹄在这里一时失足，坠了下去，那肠子更要断之又断了。小武木然地看着车厢后的古驿道渐渐远去，一时间只觉得人在天地之间极为渺小，所有的功名、逃亡、生死都没有什么了不起了。

两辆车子走过拐角，停了下来。御者奋臂一扬马鞭，叫道："看，下面就是鄱阳。"几个人又透过车窗往外看，脚底的悬崖下，远处是一片白茫茫的水面，极目纵览，渺不见尽头。靠近大山的一边鳞次栉比，是个大约有数千户的城邑，屋顶被一片薄薄的水汽隔着，就像在他们的脚下。他们好像成了脚踏云雾、俯视人间的神仙。那阔大的水面几乎将这个城邑包围了起来，将其逼退在山隅。山隅的另一头，是一汪澄碧色的深潭，看上去深不可测，瀑流从山的一侧如野马般奔涌而下，无休无止地倾泻在这深潭里，也不知倾泻了几千几百年。

　　小武不禁打了个冷战，说："这城邑里的人每天枕着瀑流声睡觉，岂不是夜夜寒雾沁骨，心情该是怎样的跌宕。那远处，就是鄱阳湖吧？"他向前眺望了片刻，又低头往下凝视，"好深的潭子，不知每天要吞下多少流水，怎么就不会满溢？难道真如《山海经》中说的一般，有些巨浸①的底下，和东海相通？"

　　刘丽都笑着说："仲卿，别像骚人一样发思古幽情了。我想那公孙昌还会跟来，这驿道狭窄，地势如此险峻，革车根本无法转身。干脆我们就等在这里，架起床弩，等他们一来，将他们射下悬崖算了。"

　　小武沉默了一会，叹道："他不来便罢。若真来了，也只有如此。"

　　张崇仍被反绑在车里，他叫道："你们果真不肯放我回去？"小武站在崖边，耳边喧哗着瀑流声，大声回答道："也不是不肯，等公孙昌一来，我就告诉他，你是假冒的绣衣使者。走不走，随你的便。"

　　车厢里顿时沉默了。刘丽都笑道："你何必吓他。不管怎样，我们都要带他回广陵的。这个人很有用。"

　　他们卸下两匹骖马，派出两个侍从骑着去后面打探，看看是否公孙昌追上来了。然后大家吃了点干粮，给马也喂了点草料，就坐在草丛里等候。大约有半个时辰左右，两个侍从回来了，说后面果然看见公孙昌的车队。"嗯，"刘丽都道，"他的确是不想活了，我们套好车，准备发射弩箭。"

　　他们把车推到转角处稍微宽敞一点的位置，两辆车的尾部都向着"断肠崖"石刻的方向。那地方是古驿道中最狭窄的一段，旁边的悬崖也最陡峭，真如巨灵天神用利斧劈成的一般。周围峭壁上，还有一些杂草和小树，独独这道崖壁，寸草不生。虽然对岸的瀑布已然不近，但溅起的烟雾水珠偶尔也会射在崖壁上，将

---

① 巨浸：大湖泽。

它冲洗得尤为滑溜，壁虎也休想在上面站稳。崖下的大王潭更是深不可测，像无数个鬼眼在里面，闪着蓝黑的光。小武不敢多看，只觉得一股凉气从尾椎升腾起来。他怕自己的腿会打战。

"你知道吗？这个潭据说是匡俗的洗澡池。"小武拉着刘丽都的手道。

"匡俗是谁啊？"刘丽都问。

小武道："南昌县的北面有座高山，因在鄱阳湖之南，所以世人都称之为南山。据说匡俗原来是鄡阳县人，后来得道成仙，从这里骑鹤飞到南山，在山顶结庐而居，世人因之就将那座山改名匡庐。不过他成仙后，到底慕恋家乡，每隔十天还要骑鹤飞回大王潭沐浴。"

"哦，这样美丽的潭水，自然也不是普通人所能消受的。"刘丽都也好像受了感染，悠然道，"不知道如何才有机会在这里看到仙人，若真能成仙，做不做皇帝又能怎样？"

"我等凡夫俗子，沉湎利禄，此生是别想有机会了。"小武笑道，"你看，公孙昌来了。"

山那边旌旗飘扬，公孙昌的车队果然到了。他站在最前的一辆车上，凭轼前望，似乎也发现了小武等人，遥遥大声叫道："现在该放了绣衣使君了吧？大王潭就在下面，我保证，放了使君，你们可以走。"

刘丽都命令随从："好了，按我开头的吩咐，你们大声叫骂他们，嘲笑他们。"随从们笑道："遵命。"随即扯开嗓子大声喊叫道：

> 公孙昌，田舍郎。
> 仓仓皇皇来大王。
> 企盼拖金居画堂。
> 岂知转眼把命丧。
> 大王潭底就是葬身场。

公孙昌听到嘲骂声，怒不可遏，嚎叫起来："早就知道你们这帮贼刑徒靠不住，这次不斩下你们的首级，我他妈就不叫公孙昌了。诸位兄弟，给我奋勇击贼，斩首一级，钱二万，爵一级。上！"

他几乎顾不得驿道难走，纵马直奔。他们的革车一辆接着一辆，刚走到石刻处，刘丽都长剑一挥，下令道："发弩!"

只见一辆葱椟车尾部急速射出七枝弩箭，其中最长的一枝，长度有人身高的二分之一，两边侧面的几枝，长度也有人身高的三分之一强。铁片制的飞羽，在山谷中发出呜呜的凄厉声音。几枝铁羽箭像被巨石挡住的瀑流一样，激射了出去。箭矢很粗，从驾马的胸腹和脖子处一穿而过，使得马胸腹两边的孔洞顿时喷出泉水般的血花。箭矢的力量未减，其中一枝又射入御者的身体，依旧穿透过去，将其钉在革车前车厢的壁上，冲击力度之大，几乎将车厢震塌。另外一枝则穿透公孙昌的大盾，将他射得从车上蹦了起来，像只逆风的大雁，张开两臂，向后退飞，伴着一声寥喉的惨叫，仰面坠入了悬崖。他乘坐的革车也在这强大的冲击力下和后面的革车重重相撞，车轮在驿道的最险处，一歪，两辆车全部翻倒，向悬崖飞了下去，在空中组成一副静止的画面。马的哀鸣声和车上甲士的惨叫声，像一曲悲壮的音乐，刺破了瀑布的水声，直到潭水由于他们下坠的高速冲击，溅起巨大的浪花。一共八匹健马，两辆重型革车，数十名甲士，在浪花中顿时不见了踪影。

"天哪!"小武感到有点恐惧，"这潭水到底有多深，连一块木片都没有浮上来? 这箭矢的力量怎的如此强大?"

"我说了，这样的床弩，曾射倒过小城垛。"刘丽都说，"一般的冲车，没有不被它射塌的。"

这时，后面三辆革车中的前两辆也都撞上了左侧的山崖，幸好它们不处于驿道的最窄处，未在撞击的反作用力下坠下悬崖。但第三辆车的半只轮子已经悬空，车上的甲士们脸色煞白，一动也不敢动。

刘丽都说："另外一辆车的弩箭还没有发射，干脆将他们全结果了吧。"

侍从们立即跑过来，摇动另外那辆葱椟车上的机关，床弩巨大的弩臂缓缓抬起，对准那几辆革车的方向。他们的眼睛盯着弩上瞄准的望山，就等刘丽都长剑一挥，箭矢射出，将那些革车推下悬崖。革车上的几个甲士看到这情况，脸上都弥漫着悲哀和绝望，他们握着武器的手全部凝固了似的，由于刚才的撞击，他们的姿势还是前仰后合的，非常狼狈。但他们不敢有丝毫动作，生怕一丝轻微的摇晃，就会让整个车队葬身潭腹。他们只能齐齐睁大眼睛，看着床弩的箭矢向他们瞄准。小武心中有点不忍，对刘丽都说："算了。他们也只是被征发的士兵，贫苦黔首出身，何不放他们一条生路?"

"怎能留下活口？"刘丽都轻声道，"他们看到了我们的武器，就会猜出我们的身份，这很危险。"

小武道："未必那么容易猜出吧。如今盗贼横行，难保其他盗贼也拥有床弩啊——我只是不忍心而已，当然还是由你决定。"

刘丽都低垂脑袋，皱眉思考了一会，叹口气说："好吧。仲卿，你的话我总归要听。我们走吧。"

她刚说完这句话，对面突然传来一阵山石崩塌的声音，原来在刚才革车的撞击之下，山腰处一块巨大的岩石站立不稳，几次摇晃，终于滚了下来。它庞大的身躯，挟着居高而下的气势，高速冲向那半只轮子还在悬空的革车，将达目标之际，又在另一块岩石的撞击之下，突然跃起，在半空中划了条弧线，直直地向革车的顶部砸下。小武简直信不过自己的眼睛，屏住了呼吸。紧接着又是一阵惨呼加嚎叫，两辆纠缠在一起的革车，在巨石的撞击下，也相继坠入悬崖，它们在空中翱翔了一会儿，掉进了那深不可测的潭水。由于这次带下的石头非常庞大，在和潭水接触的那一刻，潭水激射，冲天而起，差不多有几十丈高，几乎溅到小武他们的脸上。尤为可怕的是，那满满的一潭水经过这么一撞，巨浪涌起，向外漫溢，一眼望过去，好像要将鄮阳城邑淹没。壮丽的场景配上溅落的声音，天崩地裂，让崖侧的众人听来无不胆寒。有个随从竟吓得扑通一声趴在地下，掩住双耳，他大概以为整座山行将崩塌，末日将至了。

刘丽都也尖叫了一声，死死捏住小武的胳膊。小武将她紧紧搂在怀里，自己也目眩神迷，胆寒不已。

巨大的声音渐渐销歇。小武看了看对面，说："五辆革车，还剩一辆。我们过去看看，索性擒回广陵国，也算是不枉了跑这一趟，这些士卒可都是经过训练的好手。"

剩下的那车甲士这时也从惊呆中回过神来，毕竟是训练有素的士兵，但意志好像已被摧毁，看见小武等人过来，个个目光呆滞。突然，其中一个叫了起来："这不是沈县丞么？难道俺们要逐捕的人就是你？"

小武定睛一看，有点面熟，很快他想了起来："郭破胡，我认识你。"接着叹气道，"可不是吗，难道你们以为是逐捕谁？"

郭破胡道："开始在肥牛亭，沈县丞你躲在绣衣使者身后，他身子肥胖，你的面孔都被他遮住了，所以俺没有认出，死罪死罪。"

小武笑道:"不要再叫我沈县丞了,我现在已是流寇,还连累你们死了这么多兄弟。上次在都尉府击斩群盗,我记得你获首五级,还分了一个给同伴,真是心地仁善,也不枉我当初帮你交纳债款了。"

郭破胡愣了一下,恍然道:"原来家里拖欠的债款是沈县丞帮俺支付的。上次收到母亲托人写的家书,夸俺有出息,挣到了钱还清官府欠债。俺当时很诧异,不知怎么回事。催债文书根本没送到俺手中,怎么钱就还了呢?原来是县丞君在暗地里帮俺,像县丞君这样心肠的好人,怎么会被当作群盗?"

小武淡淡地说:"我是有冤无处诉。不过经历了这么多事,我也看得开了,也许都是命中注定吧。有件事很遗憾,上次我明白宣告,每斩首群盗一级,赏钱五万,赐爵一级。本来律令规定只有二万,另外三万,是我向王县令建议的,准备用县少府的钱补足。现在王公含冤被杀,这赏钱自然也难以兑现。"

"是谁杀了王公?"几个戍卒齐声问道。可能他们每个人都有捕斩功劳,虽然惊魂甫定,可一旦涉及生计,都油然而生急切。

"呵呵,"小武无奈地笑道,"就是征发你们追捕我的公孙昌家族。他叔叔公孙贺,也就是当朝丞相葛绎侯公孙贺——是我稀里糊涂得罪了公孙贺,其实王县令最冤枉,他一直抱病,委托我代理公务,没想到仍旧成了牺牲。"

戍卒们脸上无不露出失望、愤慨的神色。在目前还算太平的年代,想要快速受赏赐爵,除了击捕群盗,几乎没有别的可能。他们满心欢喜在上次的捕斩中获得了收益,以为可以改善家庭景况,却被小武的这几句话带入了绝望。

小武道:"好了,现在说这些已经没有意义了,说说眼前的事吧。你们现在只剩五个人了,我们却有六七个。你们还几乎都在刚才的撞击中受了伤,有两个看样子伤得不轻,只怕打不了,而我们一切完好。你看,我们还要不要打?如果要打,你们先下车,站在车里很危险;如果不想打,你们就回去,我也不想跟你们为难。"

大家都不说话,沉默了一会。

"沈县丞,"郭破胡突然拍拍胸脯,"俺不想跟你打。沈县丞你这么仁厚,肯为一个根本不认识的贫苦戍卒还清债务,怎么可能做群盗?有恩不报非君子,既然那笔赏金也没了,却是公孙家负了俺,干脆俺跟沈县丞走。"他转头对其他甲士说,"大家兄弟一场,你们就当俺在这次逐捕中阵亡了,别让老家的官吏找俺母亲妹妹的麻烦。"

其他甲士也对看了一眼，纷纷道："这次逐捕，丢失长官，回去也要治罪，干脆我们一起跟了沈县丞去。官府以为我们都死了，只怕还会给我们家发一笔丧葬费，听说有三万钱哩。"

刘丽都欣喜道："太好了，那化敌为友，一起回广陵国吧。"

── 第七章 ──

长安聚疑氛　广陵多纷争

长安，明光宫太子甲观画堂。

博山炉里香烟袅袅，氤氲四散。画堂四壁挂着刺绣的丝帛，香桂木的殿柱髹着红彤彤的漆，翠羽织成的帐幄低垂，南面还放着一架云母屏风，更将画堂分割得小而温馨。画堂内，东向坐着那母仪天下的卫皇后，然而早已不是当年那明眸皓齿的卫子夫了，曾经渭河两岸，不，全天下郡县都传唱着那首歌：

> 生男无喜，生女无怒。
> 独不见卫子夫霸天下。

现在，那首歌似乎已经和眼前这个妇人毫无关系，至少没什么人会相信和这个妇人有什么关系。她的青春早已随日月逝去，那头让皇帝迷醉不已的乌发，不但早无当日光泽，还夹杂着缕缕银丝。虽然屡屡有心腹侍女劝她，让掖庭剪下年轻宫女们乌亮的黑发，编成精致的副髻①，戴在头上，弥补衰老之态，可她坚决不肯采纳。她知道，自己辉煌的岁月，像那覆盆之水，已经一去不复返，何必掩耳盗铃，去和后宫层出不穷的佳丽们争宠呢？未免太不识趣了。在这万民所仰的未央宫，年轻貌美的女子就像韭菜，割了一茬，另外一茬又急切待割。很多佳人

---

① 副髻：古代贵族妇女常用的以假发编成的首饰。

一直到了三十岁，也无缘见皇帝一面。熬成半老，皇帝一时开恩，才会将她们遣出嫁人。比起她们，自己已经够幸运了。本来此生从未想过，作为平阳公主家的奴婢，能被皇帝偶然看中，不但儿子被立为皇太子，自己也成了尊贵无比的皇后。现在的她，只想老老实实呆在未央宫，以免惹出任何麻烦。皇帝也快七十岁了，身体时时不适，只怕没几年好活。一旦宫车晏驾，自己就可搬到长乐宫，被尊为皇太后，从此予取予求，无人敢抗。大汉以孝治天下，皇帝是自家亲子，不管什么事，只要自己想插手，他就得给面子，但现在必须夹着尾巴做人。她心里时时有一股隐忧，虽然儿子立为皇太子已经三十多年，可又怎么样呢？不到皇帝咽气的那刻，终不敢说稳如磐石。只要皇帝起意，总能找到理由废黜她。现在这皇帝，起初也并非皇太子，而是原来的太子被废杀之后，才侥幸得立的。况且皇帝对太子颇有微词，曾经说："你太仁慈了，不像朕的作风，大汉的天下要像你这么治理，一定会衰落。"还假装叹息几声。这都是什么鸟借口？每次她想到这里，心中就不免泛起波澜，如果自己还像三十年前那么年轻貌美，皇帝会这么说吗？因为自己的肉体再也引不起皇帝的兴趣，自己的儿子就这也不是，那也不是。几十年前立他为太子的时候，皇帝为何又将他夸到了天上？唉，世异时移，在皇后眼里，皇帝是一头永不厌倦的雄畜，那些朝臣们觍颜吹捧，说他击退匈奴，开拓疆土，修订律法，兴办太学，改易正朔，封禅百神，立下了无比浩瀚的丰功伟绩，是前无古人的雄才英主，但这些跟我一个妇人有什么关系？在皇后眼里，皇帝就是一头永不厌倦的无耻雄畜。

"也不能这么说吧，妹妹，我喜欢陈掌，不只是因为他长得英俊，而且因为他的博学，他精通儒家经典。我最喜欢他旁若无人地吟诗的样子了，那种男性骄傲的风采，真是太让我陶醉了。男人在做事时，才会显得无比美丽。我每次看到，整个身心都要化了，恨不能马上被他搂在怀里，叫他恣意轻薄。他是有妇之夫，我之所以那么早就失身于他，就是因为这个。像妹夫那样雄才大略，按说会更让妹妹迷醉啊。"卫少儿反驳卫皇后。她是卫子夫的姊姊，姊妹俩很少见面，今天听说卫子夫驾临太子宫，赶紧也来了。此刻屋内只有两人，可以无话不谈。

卫皇后挤出一丝苦涩的笑容："也许吧，可我尝不到你那样的欢喜。陈掌只是一个列侯，并不能左右你什么，反要听你的指使。他不一样，他是皇帝，是全天下至高无上的一人。我宁愿他不是皇帝，他不是皇帝，我可以享受他纯粹的男人魅力，他的这些魅力，反被他头顶上的冠冕遮蔽了。"说到这里，她不由得回溯起当年的光阴。皇帝那时还不到三十岁，仍旧青春勃发，在平阳公主的府中饮宴，中途更衣，自己怀着小心侍候的心态，引他去后堂，完全被他的英俊潇洒吸引。也许正是当时没有太多功利想法，和他的交欢才会那样快乐迷醉。等到正式进了宫，知道自己的目标是要尽力讨好这个人，反而有点畏惧了。现在又变成怨恨，但这怨恨并非来自嫉妒，自己何尝有霸占他一人的想法？那貌美绝伦的李夫人冉冉出现时，自己就不曾有任何嫉妒。"其实姊姊不知道，他不来找我，我反而清净。你知道常在他面前很受宠，很快乐，其实很疲累，很惊慌，患得患失。每次他离开时，我总是如释重负，我并不喜欢他来。"卫子夫叹道。

卫少儿道："妹妹说得也有道理。你现在的位置，的确是高处不胜寒。可是没有妹妹，我们卫家又怎么能由徒隶一跃而为煌煌贵族呢？皇帝陛下现在宠幸钩弋夫人，就由他吧，他这个年纪，也差不多寿数满了，等他一驾崩，妹妹就彻底自由了。"

卫皇后脸色大变，她情不自禁扑上去，按住卫少儿的嘴巴，失声道："姊姊，你疯了。"卫少儿也吓了一跳，赶紧伏地请罪。卫子夫抱着她，泣如雨下："姊姊，这种话怎能乱说？传到他耳朵里，我们一家，包括皇太子，都死无葬身之地。"卫少儿也紧抱妹妹，不停抚拍着她的后背，哭道："别害怕，这是在画堂密室，外面的执戟郎全是太子的心腹，太子得罪，他们都得死。何况隔着重檐复帐，即使他们也绝对听不到我们说的一个字。"

姊妹俩哭泣了许久，这时外面报，大姊卫君孺也来了，和她的丈夫公孙贺一起，想求见皇后。卫子夫道："先让公孙贺一个人进来吧。"

于是卫少儿出去，不一会，丞相葛绎侯公孙贺蜷着腰进来，局促地跪坐在皇后面前的席子上。

卫皇后看着她这位姐夫，心潮起伏。这人的祖先是义渠的胡人，武夫出身，从小不乐读书，只爱骑马试剑，平日跟着堂兄公孙敖一起吃喝玩乐，攻剽劫盗，无所不为，几次都被长安令发吏逐捕，一听到消息，就躲进平阳公主家，让逐捕吏望洋兴叹。要说不肖，这人也算是地道的榜样。他的祖父公孙昆邪可不是这样，公孙昆邪擅长弓马，曾在吴楚之乱时，单独引军击破吴军前锋，见封平曲侯。可戎马之余，手不释卷，后来任职陇西太守，公余还著书十多篇，在西北六郡广为传颂。这公孙贺却只懂得打打杀杀，还好在游侠浪荡中，又认识了平阳侯曹寿、平阳公主骑侍卫青、恶少年张次公和义纵，后来又从军击匈奴，先后当过轻车将军、浮沮将军。在元朔五年征讨匈奴时，他率军俘获匈奴名王，以一千三百户封南窌侯。但十一年后，又因为在太庙侍祭所献黄金成色不足，被褫夺爵位，接着蹉跎了十多年。八年前，本来想借着出征匈奴的机会立功，重新封侯，可惜战斗不利，寸功未得，怏怏而返。当然，汉家的法律太过严苛，很多世家子弟浴血战阵，得到封侯，之后因为微不足道的小事，就被褫夺爵位；还有很多人屡破匈奴，升为将军，却因为一次偶然失利，被判腰斩。他的堂兄公孙敖就是例子，一生屡次随大将军、骠骑将军[1]征战匈奴，前三次多有斩获，元狩五年，被封为合骑侯；第二年又跟随大将军征战有功，增封食邑到九千五百户，不幸的是，两年后出征迷路，未能按时和骠骑将军会师，按律当斩，好在花钱赎为庶人，但侯爵丢了。此后，也是蹉跎了十来年，屡次自愿参加征战，希望能重新封侯。可是，哪有那么好的运气。天汉四年，皇帝总算派他出征，顺便迎接李陵[2]回国，但没有成功。皇帝却怪他畏懦不敢深入，将他下狱，判处腰斩。还好，仗着有熟人当廷尉，另外找了个人代替他处死，他自己则躲匿民间五六年，过着暗无天日的日子。去年刚出来透口气，就被长安令发现，重新捕进监狱，等候判决。

汉家律令太残酷了。

卫皇后还记得七八年前，皇帝放出风声，要提拔公孙贺为丞相。公孙贺听说后，喜不自胜，终于又有封侯的机会了。皇帝此前立过规矩，凡人臣拜为丞相，一律封侯，齐国儒生公孙弘第一个获此殊荣。公孙弘和公孙贺不同，他是淄川人，养猪出身，元光五年八月，被淄川国举荐进京对策，对策第一，从此飞速升迁，四年后就超迁御史大夫，两年后又拜为丞相，封平津侯，天下歆羡，儒学也因此成为显学。公孙贺当然高兴。卫皇后却很惴惴，有一次见到皇帝，假装漫不经意道："公孙贺这个人，不过是个粗莽的武夫，书信都写不来一整篇，哪有能力做百僚之长？臣妾以为，陛下还是应该挑个公认的贤臣为相。"皇帝却问："我这是为你们好啊，大将军和骠骑将军已经物故多年了，你们卫家外朝无人，难道你不害怕吗？"

这句话让皇后打个冷战，从头一直冷到脚心。"你们"，皇帝跟她说"你们"，

---

① 大将军，指卫青；骠骑将军，指霍去病。二人都是卫氏的亲族。

② 李陵：飞将军李广的孙子，天汉二年随贰师将军李广利出击匈奴，在居延（今内蒙古额济纳旗东南）附近被单于亲率八万余骑包围，最后因粮尽矢绝投降。单于把女儿嫁给他，立之为右校王。汉武帝爱惜他的才华，曾经想迎回他。

好像是跟她划清界限了。更恐怖的是，她看不出皇帝说这话时的表情，好像没有表情。伴君如伴虎，果然一点不假。如果皇帝当时表现了一丝讥讽或者不满的神色，她还可以趁机继续央求。可是皇帝真的没有任何表情。公孙贺是外戚，当年武安侯田蚡，也是因为外戚封侯，但毕竟还不一样。田蚡仰仗的是皇帝母亲王太后，皇帝即便对田蚡有什么不满，也不敢表露。曾经有一次，田蚡向皇帝奏告公事，谈了一下午，都是提议自己想任命的官吏，要皇帝照准。捱到日西，皇帝终于忍不住，大发脾气："君到底有完没完？朕也想提拔几个官吏过瘾。"田蚡只好摘下帽子，脱了袜子，叩头请罪。而皇帝发过怒之后，也无可奈何。现在不一样了，皇帝已经无需通过显示怒色来让朝臣害怕，几十年御宇的积威，让他的内心像深壑一样难测。她不敢再求皇帝，只能派人紧急召见公孙贺，要他拒绝为相："皇帝已经借故斩了三个丞相，很久以来，朝中重臣就不再以拜相为荣，你还不醒悟？"

当时公孙贺竟然迟疑："可是敬声说没什么问题。也许皇帝真的只想提拔老臣，巩固太子的地位呢。皇帝知道太子仁慈，需要心腹之臣来辅佐吧。"

卫皇后一听这话，火不打一处来，抓起座旁的一卷简册就砸了过去，公孙贺赶紧将脑袋一偏，但还是慢了一些。他疼得大叫，随即更是吓坏了，他知道卫皇后一向脾气温婉，假如发怒，一定知道形势非常凶险。

"你那个不肖子就知道耍小聪明，"皇后余怒未息，低声吼道，似乎又对自己的暴怒也有些不可思议，停了片刻，缓和了口气道，"他以为现在还是元狩①以前的辉煌时光吗？再不收敛，我们真会灭门。"接着她又悲不自胜，"好日子总是不知不觉地过去，李夫人是我的劲敌，但她有一句话说得极好，以色事人者，色衰而爱弛，爱弛则恩绝。也许这就是她一直椒房专宠，而我从来没有妒忌的原因吧。"

公孙贺摘下帽子，叩头道："皇后万勿悲伤，保重玉体，臣贺一定谨遵皇后指示，在皇帝陛下面前噭啕哭泣，苦苦哀求，推辞相位。"

卫皇后收住眼泪，低声道："这还好，回去警告你那不肖的儿子，不要嗜钱如命，我们家现在难道还缺那点钱花么？还有，以公卿之尊而交接游侠，这是皇帝一直切齿憎恨的。可我听说，他和京辅游侠朱安世等人有交往，还乔装打扮，一起攻劫三辅大族。有朝一日被皇帝知道，都难免腰斩。大将军和骠骑将军健在

---

① 元狩：汉武帝的年号之一，相当于公元前122到前117年。

之时，皇帝多少还会给点面子，现在，哼！"

"皇后放心，臣回去一定严厉管教那个不肖的东西。"公孙贺又惶恐地叩头。

那次谈话过后没几天，皇帝果然在未央宫宣室召见公孙贺，要拜他为相。公孙贺拼命叩头，嚎啕请辞："陛下，臣贺是个胡人，又生长在边鄙。没读什么书，不识朝廷礼仪。只懂鞍马射箭，为陛下效劳。丞相应该是文法精敏的重臣，臣贺实在没有能力担当啊，望陛下哀怜。"

皇帝看着他的头顶，缓缓地说："卿是因为看见赵周①等人被诛，害怕了是吧。赵周明明知道列侯所贡助祭的黄金分量不足，却假装不知。此欺君大罪，纵然朕想宽恕他，奈朝廷律法何？汉家以律令治天下，律令无故变更，就不能取信于臣民——卿若奉公尽职，心忧社稷，又有什么好担忧的？"

公孙贺仍是不停地叩头："望陛下开恩，臣贺实在没有做丞相的才干。"额头都磕破了，老泪零落，血和眼泪混杂，在脸上流淌，殿上侍从都为之心恻。皇帝似乎也有些不忍心，重重叹了口气。毕竟，公孙贺跟了他四十多年。可是，做皇帝是不能讲感情的，于是他命令道："扶丞相起来。"然后果断站起身道，"朕今天很累，要休息了，你们帮丞相结好印绶吧。"

公孙贺叩头不起，然而皇帝已经不在跟前。他知道再哭泣也没有用了，心里越发不安，皇后的担忧是有道理的，皇帝如此强行拜相，到底是为什么？侍者扶起公孙贺，抬起他的胳膊，帮他将"丞相之印"和"葛绎侯印"两枚银印结在肘上，然后祝贺："恭喜丞相，新得两颗银印，现在是万石君侯了。" 公孙贺木然站着，许久，嘘了口气，不发一言，又许久，才转过身，蜷缩着腰，退出了宣室。

卫皇后听到公孙贺被强拜为相，发了半天的呆，最后只好告诫公孙贺，把"谨慎"两字时刻挂在心头，不许向皇帝提出任何不同意见，碰到任何事都不许自作主张。公孙贺严格遵从指示，皇帝无论说什么，他都立刻附和。对皇帝身边的宠臣，也不摆丞相架子，还立刻下令将丞相府旁边的宾客馆改建成马厩。那客馆是元朔三年公孙弘初为丞相时下令建造的，为的是招徕四方贤士，当时无数豪杰智慧之士奔赴长安，被公孙贺接纳在这客馆里，一起高论天下大事。公孙弘一死，继任的丞相李蔡、庄青翟、赵周等小心谨慎，不再招徕宾客，客馆渐渐荒

---

① 赵周：高陵侯，元鼎二年二月拜为丞相，三年后，被人控告说，明知列侯所献黄金不足却不上报，被捕下狱，自杀身亡。

芜。公孙贺干脆让马住进客馆，皇帝听了，果然面有喜色，接下来太平了几年，皇后的一颗心也慢慢放下，怀疑当初是自己多心。

但没想到太始四年，终于出事了。卫皇后听到风声，找了个借口去明光宫看儿子，让人通知公孙贺夫妇也一起来团聚。

"你还去未央宫求见我？"卫皇后不满地说，"宫中有多少人看着我们，有多少人觊觎我们的位置。上次连太子也被奸贼诬陷，要不是皇帝相信太子本性仁厚，斩了那个散播谣言的宦者常融①，我们早就完了。我本想取消你入宫的名籍，又怕人多想，你可真是让我不省心。"

公孙贺叩头道："请皇后赦罪，不是碰到特别麻烦的事，臣怎敢随便求见，贻人口实。那朱安世已经被臣派人杀了，南昌县令王德也死了，可是跑了一个名叫沈武的县丞。"

卫皇后的语气反而轻松了："朱安世死了就好，一个小小的县丞跑了有什么关系？"

"可是上次南昌县传达的文书说，有朱安世的拷掠记录。我这次派人去，翻遍了整个县廷，也没找到。"公孙贺道。

"什么？"卫皇后惊讶道，"你的意思是，那个县丞带走了那份爰书？"

公孙贺的话音也颤抖了："可能是的，那份爰书或者附有朱安世的亲笔供状。"

卫皇后低声怒道："你位居丞相，连这么一件小事都处理不了。现在找我，我能有什么办法？你到底干了多少奸事，被朱安世知道了。"她站起来，来回走了几步，"我早就告诉过你，要你管教好自己的儿子，你做到了吗？"她顿了顿，"嗯，那个县丞叫什么来着？沈武，也果真狡猾。你现在只有封锁一切道路，不要让他有机会乘上邮传跑来长安，司马门四面的门阙，也要安排可靠的勇士日夜守候，碰到有可疑之人上书，立即将其斩杀。这法子已经非常危险，最好是斩杀之后，割下首级。如果被人认出是南昌县丞沈武，那就完了。江充那个奸贼只恨找不出事来呢！还有，你要尽一切可能找到朱安世留下的所有笔迹，将其烧毁，这样即使沈武拿着朱安世的亲笔供状，我们也可以诬陷他是伪造的。唉，这可是最下下策了。一旦让皇帝生了疑心，我们就会赤族。"

---

① 据《汉书》载，武帝身体曾有小恙，派太监常融去召太子，常融回来后报告："太子竟然面带喜色。"等太子到来，武帝细细观察其神色，见脸上犹有泪痕，仔细查问，才知道常融故意构陷，一怒之下将常融处死。

公孙贺咚咚咚连叩了几个头："皇后圣明，这三个法子臣马上去办，绝不让沈武有机会来长安。"

离新年到来的时间不远了，皇帝终于作别了他喜爱的甘泉宫，带着宠妃钩弋夫人回到长安，不过他并不愿意回未央宫居住，长安城外西边的建章宫才是他的乐园。建章宫有复道天桥，横跨长安西城墙，和未央宫沧池的渐台相连，相当壮观。以前碰到重要日子，皇帝就从这复道回未央宫前殿接见群臣。不过这次他好像没什么兴致，也许他御体还没有完全康复，连召见百官的举动都没有。也许他的回来，只是在等待冬至的日子，因为这时照例要举行祭祀太庙的盛大典礼，身为大汉帝国的皇帝，是不能缺席的。

像往年一样，新岁将至的时候，长安各郡邸和诸侯官邸都开始热闹起来，各地的诸侯王、列侯和郡国上计吏都云集长安，向皇帝上报今年本郡国的租税、人口、田地的变动情况。按照人口租税的比例，丞相府主管诸侯王事宜的官吏，会严格计算各诸侯该奉献多少助祭黄金。诸侯王都想隐瞒自己所得的租税数量，所献黄金不是成色不好，就是分量不足，一旦被查出，爵位就保不住了，甚至还有性命之忧。虽然在这种事上栽跟头得不偿失，可每年总有那么几个人因此被削去爵位。今年的情况会是怎样，谁也不清楚。

丞相府位于未央宫司马门外，是个四面敞着门的院子，面积很大，四面的门上也都挂着一块梓木的牌子，素色的底子，边缘没有花纹装饰，上面勾勒着五个隶书的小字：大汉丞相府。木牌看上去很朴素寒酸，可是谁敢不敬之畏之？这是领管天下官员的中枢机构，普天下所有的文书都从这里发出，每天有上千名掾吏在里面忙碌工作。它的斜对面不远处，未央宫里司马门内，就是同样名震天下的御史大夫寺。虽然全国的文书都由丞相府发出，可是之前还要送达皇帝，而御史大夫才是皇帝的亲近侍从之臣，重要文书都要经御史大夫寺转达，它的地位谁可小觑？

丞相公孙贺还在睡午觉，听见外面的侍从在敲阁门，叫道："皇帝召见丞相。"

公孙贺以最快的速度爬起，洗沐完毕，马上驰奔宣城门，渡过渭河，穿过建章宫东门巨大宏伟的凤阙，止车在复道下等待传见。一会，宫门令出来迎接，将他带到骀荡殿。皇帝远远看到他，立刻站了起来，旁边的黄门侍者随即高呼：

"皇帝为丞相起立，问丞相无恙。"①公孙贺赶忙疾走上前，伏地稽首："臣贺拜见皇帝陛下无恙。"皇帝坐下来，笑道："丞相免礼。"

"臣贺已经将朱安世的首级带回长安了。"寒暄了一阵，公孙贺见皇帝似乎在等他说正事，只好硬着头皮奏报。

皇帝直起身来，奇怪地问："上次看到豫章郡转达的文书，是活捉了这个人，怎么现在只献上首级？"

公孙贺当即有些不安，忙应道："臣贺担心一路有失，让人将他就地正法了。朱安世是天下有名的滑贼大侠，从豫章到长安，沿途经过数十个郡县，很多不法恶少年都久闻其名。尤其是河南郡的无赖恶少年，放出风声，要劫掠槛车。臣怕万一有失，反而给陛下增添忧虑，故斗胆便宜行事，干脆将他首级带来。"

"大汉丞相发文书，槛车传诣重囚进京，而沿途数十个郡县，都有不法恶少年欲劫掠槛车。丞相是这个意思吗？"

公孙贺才知道来者不善，额头上密密沁出汗珠："陛下，臣死罪死罪。天下虽然太平，但臣终究怕万一有失。"

皇帝沉默了一会，突然道："那南昌县令王德又是为何被杀？"

公孙贺的身体歪了一下，差点仆倒。他额头冷汗涔涔而下，声音打颤："陛下，王德和县丞沈武两人，伪造陛下诏书，擅发郡兵，按律令当腰斩。臣派人去逮捕，王德自恃有功，非但拒捕，且口出怨言，辱骂朝廷，主事者不得已，才将他格杀；沈武听到消息，意欲逃亡。臣派去的使者将其截住，其竟然伙同群盗拒捕，用弓弩射杀围捕吏三人，且用乌头毒箭。依高皇后《二年律令》，当论弃市。当时沈武身边群盗众多，围捕吏又害怕他的毒箭，让他得以逃脱。臣贺奉职不谨，死罪死罪。"公孙贺将帽子一摘，像个蛤蟆似的伏在席上，不住叩头。

皇帝哦了一声，没说话。他虽不知沈武是谁，但听到他逃亡，竟然有一丝快意，心里道："朱安世和公孙敬声勾结不法，而且大概一直在盼望朕死，不过朕不好随便杀他，免得背上暴君的骂名。公孙敬声贪污北军军饷一千九百万，朕派人穷治，牵连到朱安世，朕暗示公孙贺，只要他能抓到朱安世，朕就赦免他儿子。但事情有那么简单吗？捕到朱安世，对朕有利；捕不到，对朕依旧有利。汉家律令，担保自己能做到的事却没做到，是别想全身而退的。前几年苏孺卿逐捕

---

① 汉家规矩，即便贵为皇帝，见到三公级别的高官，比如丞相和御史大夫，也要起立，以示对重臣的尊崇。

逃亡的宦者，未能捕到，吓得饮药自杀，其实朕并不想杀他……"

于是皇帝沉默了一会，道："卿无罪，下去吧。"又吩咐郎中令，"持朕的节信，去水衡都尉狱，赦出公孙敬声。"

公孙贺大喜叩头："谢陛下隆恩……臣贺告退。"他倒着往后趋退，到了殿门才转身，渐渐消失在下午的冬阳之下。皇帝凝视他的背影，微微叹了一口气，转过头道："没想到一个小小的县丞，竟有如此胆魄，岂不可畏？你的妹夫高辟兵都尉就死在他的手里。"

他所问的是御史中丞靳不疑，这人近年深得皇帝宠臣，从甘泉宫到建章宫，几乎寸步不离。见皇帝跟他说话，靳不疑赶忙离席道："臣有一言，昧死敢陈。"

皇帝奇怪地说："卿不必拘礼。言者无罪，闻者足戒，说吧。"

靳不疑道："臣少学律令，曾见高皇后《二年律令》记载：'矫制，害者，弃市；不害，罚金四两。'陛下即位以来，虽律令变更，重治矫制之罪。然臣以为非常岁月，宜有非常之刑。往年陛下派遣绣衣直指使者出境，发各郡县兵击斩群盗，也属非常之举，未见于前朝故事①。现今天下群盗众多，南昌县一时之间竟达五六百之众，此皆为丞相和郡太守之过失。南昌县令王德、县丞沈武矫制发郡兵击斩群盗，实属非常之功，不可以常法计虑。臣妹夫高都尉被盗贼挟为人质，不幸身死，固然可痛，但国家律法，不可因他一人之安危而让群盗逃脱。否则，天下郡县的群盗将纷纷劫持他们的二千石长官为人质。因此，臣愚以为应当赦免王德和沈武，虽然臣妹夫高辟兵为国殉职，陛下却因此获得了良县令和良县丞，岂不可贺？臣不敢因私废公。丞相不经上奏，擅自击杀王德和沈武，不可为后世法。臣以为，当今之计，陛下应派使者随新县令一起去南昌县，抚恤王德家属，并下诏赦免沈武。臣不知道所言当否，愿领死罪。"

皇帝赞道："难得靳中丞如此公私分明，朕也觉得此法甚好。不过公孙贺自小侍奉朕，也算尽心尽责，他妻子又是皇后的姊姊，所以朕时常容忍，不愿谴责。还有一个多月就到新年了，朕决定明年改元征和，下诏书大赦。如果那个沈武命相不薄，应能活到大赦的日子。王德的抚恤和沈武家里的事，你就发文书，用驲马邮传送往豫章，便宜办理就是了。"

---

① 故事：秦汉法律术语，指案例。

离直城门北阙最近的一个闾里，集中居住着跟皇室有亲戚关系的达官贵族，所以百姓皆称之为"戚里"。这个里的宅子大都高大华丽，美轮美奂。虽有戚里的名称，实际上并不像普通的里那样有里门，有里长监管。寻常的闾里，里门内所有房子的门都朝里开，若想进入里门回自家，必须接受里长和监门盘查。而这个里的很多宅子，却都直接把门朝向北阙的大街，不需里长和监门管制。在它东面的尚冠里，虽然也是高官大族的房宅，就差得多了。戚里的西边是桂宫，东边是北宫，都是皇帝妃嫔或太后的离宫所在。戚里位于两座宫殿之间，地势高敞，威风赫赫，与长安东北角嘈杂拥挤的民宅形成鲜明对比。公孙贺宅第的南门，离未央宫的北阙不远，北阙巍巍高耸，阙下是吏民上书的司马门，有专门官吏接待上书。现在，公孙贺一家就在自己院子里的飞云阁上庆祝，公孙敬声刚从水衡狱赦回，并重新拜为太仆，一家人喜之如狂。卫皇后的女儿阳石公主①也已闻讯赶来，她和公孙敬声的关系，大家都心照不宣。在戚里，公孙贺的楼阁豪华壮丽，这是他拜相后，皇帝特意赏赐的甲第。很早的时候，那是梁孝王的郡邸；梁孝王谋反，赐给淮南王；淮南王又因谋反自杀，皇帝命令将作大匠鸠工修治，焕然一新后，再赐给公孙贺，号称戚里第一豪宅。

公孙贺在这里已经住了九年，九年的惴惴不安，简直让他心力交瘁。皇帝今天似乎要发怒，谁知忽然霁止，让他暗呼侥幸。他端起酒杯，道："今天好似在魂门亭长那过了一次堂。皇帝的面色还算随和，但一听说我只带去朱安世的首级，马上就变色了。吓得我差点没跪稳，幸好在我陈明理由后，他没说什么。皇帝曾经刚毅峻健，信赏必罚，不算昏聩，所以几十年来，我们一直平安。但近几年，天威太难测了。希望能熬到老死户牖吧！"

他边说边盯着窗外的北阙，北阙建在一个高大的夯土地基上，比这座楼还要高，而在这楼上仰视北阙，又可看见未央宫前殿的台阶，好像浮在北阙阙顶之上。公孙贺呆呆地看了一会，长叹了一口气："记得当年我第一次进北阙，谒未央宫前殿，还很年轻，意气风发。可是进了北阙之后，随着地势级级增高，仰面未央宫前殿的高峻雄伟，好像浮在天上，胸中壮志顿时化为乌有，腿都有点发软。我之前屡次征战匈奴，无论多么凶险，都没那样害怕过。当年萧丞相筑宫殿，真会选地方啊。"

---

① 阳石公主的丈夫,史书上未书其名,此处乃是为情节需要之虚构。

公孙敬声也在座，他虽然四十多岁了，脸色依旧光洁，微有短髭，相貌不凡。他倒是满不在乎："哼，现在的皇帝更会选地方了，坐在建章宫的前殿上，竟可以俯视未央宫的屋顶。只不过坐得再高，也有栽下的一天。看皇帝的身体，熬不了多久了。"又突然身体前倾，"大人不必担心，看起来上次朱安世在甘泉宫驰道上埋藏的偶人已经起了效验。皇帝就是那次去甘泉宫祠祭后，开始有恙的。"

公孙贺看了阳石公主一眼，神色有点不悦。公孙敬声笑道："大人消虑，公主不可能去告发我们的。现在我们可是荣辱与共，都巴不得他死掉呢。"

公孙贺哼了一声："我就怕他死不了，我们赤族有份。"

阳石公主道："丞相不必担忧，其实身为人臣人子，但凡有一点办法好想，又怎会去干这样的事？皇帝迷恋钩弋夫人，这倒也罢了，但竟然私下授意江充那奸贼编出那般离奇的故事，说什么钩弋夫人天生丽质，生下来双手拳缩，无人能掰开。等到见了皇帝，自己就张开了，好像这一老一少是天作之合。这倒也可以不论。这钩弋夫人前年生了个儿子，竟取名叫弗陵，弗陵，无人可凌驾其上也。丞相请想，这世间除了皇帝，谁有这地位？皇帝还授意江充那奸贼到处宣扬，说钩弋夫人怀孕十四个月，才生下这个儿子，胡言乱语，无耻之尤，谁个见过怀孕十四个月才产子的？还不是因神道以设教，想讽劝一帮见利忘义的朝臣，去附会尧帝十四个月才出生的传说，暗示那童竖乃是尧帝的化身。皇帝甚至把甘泉宫的前殿都改名钩弋殿，殿门也改名尧母门。既然皇帝昏了头，认为他这个少子是尧，我阿兄的皇太子之位还能保住吗？我们别无他法，总不能坐以待毙。"

公孙贺又重重地叹了口气："事已至此，我也无话可说了。大丈夫生能不五鼎食，死则五鼎烹，就效法伍子胥、主父偃吧。"

这时，公孙贺的老婆卫君孺开口了："夫君也不要过于担忧，现在我们不是好好的吗？敬声不但出狱了，还官复原职，这都是好征兆啊！我妹妹现在还是皇后，太子还是太子。皇帝的那个少子才不过两岁，而皇帝本人年岁已高，难道还能等到少子长大吗？汉朝的天子，没有一个童竖即位的，皇帝难道就不担心君幼母壮，外戚专权吗？我看也不必杞人忧天。"

公孙贺道："唉，你哪里知道，这次我们在南昌县折损惨重，高辟兵真是个蠢货，他自己死了倒也罢了，连累得我家都儿也丢了性命。本来希望他牢牢控制住冲灵武库的几十万张强弩，一旦有变，我们也有些家底抗衡。管材智派昌儿去逐捕那个沈武，居然也一去不返，据搜寻的人说，五辆兵车和二十名精卒都没了踪影，当真奇怪。当时救走沈武的不过五六个人，敌得过二十名精卒吗？我们算杞人忧天吗？"

公孙敬声道："臣当初送朱安世逃亡，本是怕他被捕，会供出我们的事，为此还特意给了他很多钱，让他跑远点。现在想来，真有点妇人之仁，早杀了他就好了。唉，当然臣也有点顾虑，朱安世朝野闻名，耳目众多，怕一旦失手，反被他杀。只是没想到皇帝一时间那么着急，屡次提到要逐捕朱安世，皇帝九五之尊，为何要汲汲跟一个布衣过不去？"公孙敬声说到这里，手不由地抖了一下，酒水撒了一身。"难道皇帝早就怀疑我们的事，一切都是他计算好的？"

公孙贺更加紧张："你的意思是，让我们逐捕朱安世，都在皇帝的计划当中？目的就是要逼我们互相出卖？的确，他本可以派绣衣使者去逐捕的。还好，幸亏我这次当机立断，将朱安世斩了，搞成死无对证。皇帝就算怀疑，也无可奈何，当然，他要杀我们也容易，随便找个理由就行。不过要真如此，他连搞这些算计也不必的，当皇帝的好处，就是可以为所欲为。"

"主要目的还是太子。"公孙敬声脸色惨白，"现在可以肯定，皇帝早就有废太子的想法了。只是太子立了三十多年，怎能说废就废？虽然他是皇帝，可世间毕竟还有天道。他也不想看到亡秦时扶苏被废，天下失望的后果。唯一的办法，就是找到太子的重大过错。只有这样，天下人才不敢置喙。由此可知，皇帝也不能完全为所欲为，要做大事，也必须处心积虑。"

阳石公主道："那我们就绞尽脑汁，不让他找到我阿兄的过错。"

公孙敬声道："不怕贼偷，就怕贼惦记。皇帝既然为他的少子惦记上了太子之位，就不怕找不到太子的过错。欲加之罪，何患无辞？江充就是干这个的。"

公孙贺道："皇后也说了，也许沈武私下带走了朱安世的自首文书。我们一定要找到这个人，杀死他。可是这该死的贼竖子现在跑哪儿去了呢？我们真是小觑了他。唉！"他又怒对公孙敬声，"都是你这不肖的畜生，平时乱结交匪人，害得老子担惊受怕。"

"大人且息怒。"公孙敬声离席跪谢道，"臣只是效法孟尝君养士而已，挑选的都是有用之才。臣已派遣了心腹，日夜换班守在司马门旁，一旦见貌似沈武的人伏阙上书，就立刻斩杀。对了，朱安世当初曾经给臣来信，说去了西域，最后却在豫章郡出现，非常奇怪。他劫持豫章都尉，恐怕目标就是冲灵武库。但他一个游侠，抢掠武库干什么？还有，据文书上说，他带去的随从都使用飞虻矢，这也不是一般人能置办的。现在江南一带，只有广陵王是当今皇帝的亲子，难道朱安世和他有勾结？当初鄂邑盖主劝皇帝拜高辟兵为豫章郡都尉，她又正好是广陵王的亲同产姊姊。也许她知道高辟兵一无用处，才特意把他弄去，给广陵王以可乘之机？"

"有道理。"公孙贺拍案道，"唉，真后悔当初没拷掠朱安世，如果他供出广陵王作乱，皇太子既少了一个敌人，我们又可以取悦皇帝。不过，唉，只恨你这畜生和朱安世勾结，做过灭族的奸事，我才不敢留他性命。"

公孙敬声道："大人开口闭口取悦皇帝，难道还对他抱有幻想？臣也理解，大人自小就侍候他，对他有很深厚的感情。可是，他是刻薄寡恩的人啊，当初陪伴他长大的，有几个还活着？像前任丞相庄青翟、会稽太守朱买臣、侍中严助、光禄大夫主父偃，哪个不对他忠心耿耿，又哪个得到了善终？"

公孙贺道："君要臣死，臣不得不死，此乃古今之通义，有什么好抱怨的？我公孙家自归顺汉室以来，几代忠信，从未背弃君父。"

公孙敬声道："大人说皇帝敬重儒臣，是以自小就让臣从博士学习《诗》《礼》《论语》，可孔子怎么说的，他说'君君臣臣'，如果君不像个君的样子，臣也就可以不臣。《春秋》里面讲赵盾弑君，固然含有谴责的意思，可是整部《春秋》，最终还是称赞赵盾为国之宗臣，连晋灵公派去的刺客都不忍杀他。最近博士们非毁的《左氏春秋》，里面当头就是一句'晋灵公不君'，我想儒家并不以当今皇帝的做法为然吧！"

阳石公主道："敬声说得太好了，是皇帝不仁在先啊。"

公孙贺咳嗽了一声："公主切勿口无遮拦。敬声，你还是这么巧言善辩，皇帝最憎恨的就是你这样的人。说点正事，你分析一下，沈武会被什么人救走，难道真是群盗么？看他击斩群盗那么卖力，群盗巴不得喝他的血才解恨，我怀疑另有其人。"

"大人说的是。"公孙敬声道，"那沈武看来的确有点才能，抱有异志的诸侯王们，大概都想网罗。臣怀疑是广陵王刘胥搞的鬼。当时沈武往东边逃跑，东边只有一个广陵国最近，其他都是大汉直接管辖的郡县，远不如广陵国安全。"

"嗯，"公孙贺道，"那还耽搁什么？赶紧派人去广陵国打探。"

刘丽都把小武带回广陵，还同时带回了五个篁竹营精卒，刘胥相当兴奋，要做大事，就要有人。何况沈武有计谋，篁竹营的精卒知道豫章郡兵的装备训练情况。他下令摆宴接待，为了避免广陵国相、内史①的注意，他把宴会设在日华殿。日华殿小巧精致，像一个高台，四面环水，从岸上陡然伸入菱鉴湖中，只有凌空的复道和显阳殿等其他宫殿相接。殿中四面都有精致的回廊，宫人可以扶着栏杆，纵目游观四面澄碧的湖水，可以说是宫中最美丽的所在。

酒过三巡，刘胥道："丽都，你不知道，最近宫里出了一件怪事，显阳殿前的一块巨石上，爬了有很多蚂蚁，竟组成了三个字。"

刘丽都问："什么字？"刘胥道："'吴——更——始'，怎么样？好征兆吧！我们广陵属于吴地，更始，重新开始也，这不是暗示我将取得帝位么？"

刘丽都想说，也可能是哪个顽皮的，蘸糖水在石上写了这三个字，引来了蚂蚁，但又想何必扫兴，于是恭维道："真是吉兆呢。对了，女儿这次回来，经过丹阳郡宛陵县时，也听到那里传唱一首童谣。"她清清嗓子，把那童谣唱了一遍：

> 征和之中，长安汹汹。
> 老龙一怒大龙红。
> 渭水赤色无西东。
> 小龙飞出天下同。

刘胥停住箸沉吟道："童谣一向是世事将变的预兆，不可小觑，这歌到底怎解呢？"

刘丽都道："'征和'大概指正月吧，楚国神巫李女嫛不是说，皇太子近年内将有灾祸吗？依女儿看，老龙，当然指当今皇帝；大龙，则指皇太子。他们两个会有冲突，而且把事情闹得很大，整个长安都汹汹扰动，最后得利的是小龙。皇太子很可能性命不保。至于小龙是谁？"刘丽都看着刘胥，"大王在皇帝陛下的诸子之中最为年少，非小龙而何？"

王太子刘霸道："姊姊说得不对，你忘了，皇帝陛下还有一个少子，叫刘弗陵的。"

刘丽都一时语塞，心想，倒忘了这个，不由得颇为懊恼。

---

① 按照汉朝的制度，国相、内史都是长安中央朝廷直接插在王国的官员，有监视诸侯王的职责。

刘霸见刘丽都不说话，又说："前年他刚生下来的时候，皇帝专门下诏增封各诸侯国邑户，赐天下百姓长子爵一级，女子五十户牛酒，许大酺三日，就算当年册封皇太子，也没有这么轰动。子以母宠，皇帝宠爱钩弋夫人，依臣看，即使这童谣很灵，也当应在刘弗陵身上。"

刘胥的另一个儿子刘宝道："太子多虑了，那刘弗陵才两岁，哪里当得皇帝？我看这帝位定是我们大王的。"他把脸转向刘胥，"陛下，到时封孩儿为广陵王吧！当今皇帝太刻薄，我不过杀了个贱民，就被他褫夺了爵位。陛下将来一定要弥补给臣啊。"

刘宝其实是刘胥最年长的儿子，但因为庶出，不能当太子。皇帝曾经封他为南利侯，一直住在南利县。前年因为杀了一个无辜平民，被南利县令劾奏，皇帝下诏将他减死夺爵，免为庶人，只好灰溜溜回到广陵。

刘胥一向不喜欢刘霸，刘霸性情温和，身体孱弱，一点不像自己，而刘宝孔武有力，粗蛮任性，和自己很像。他曾经想立刘宝为太子，为此特地上书皇帝，却被驳回。这事不能由他说了算，长安有宗正官专门管理宗室事宜。刘霸是嫡长子，他一出生，就被宗正作为袭爵者记录在简册上。但皇帝为了安抚刘胥，破例封刘宝为南利侯，没想到他一下就犯罪失爵了，等于狠狠打了刘胥一记耳光。刘胥也对刘宝发了通火，可毕竟是爱子，也无可奈何，只是对之期望大减。如今见他直接称自己为"陛下"，不由得大喜："假如寡人真当了皇帝，今天在座的，个个封侯有份。"他举起酒爵对小武道，"沈先生，和寡人饮尽此杯。寡人听说沈先生擅长断狱，就拜先生为廷尉如何？狱事，乃天下之重事，记得高皇帝说过，'庶民所以安其田里，而无叹息愁恨之心者，政平讼理也。与我共此者，其唯良二千石乎？'朝廷正需要沈先生这样的人做二千石啊。"

小武在筵席上一直沉默，他本就内向，何况身处这生疏之地。从遥远的故乡来到广陵，好像只是一夜之间的事，像做了个梦，梦醒之后惶然不安。虽然这里的气候风物和故乡南昌县并无太多不同，心情却永远不会一样了。他现在是一个只能隐姓埋名的逃犯，能说什么呢？也许今天刘胥还待他是客，明天诏书来了，刘胥就要逼他自杀灭口。作为一个小吏，若以前能见到诸侯王，肯定兴奋得坐卧难安，然而……他拘谨辞谢："罪臣蒙大王收留，得延犬马之命，于愿已足，岂敢奢望廷尉？大王厚谊，罪臣没齿难报。"

刘丽都笑道："有何不可？沈先生博学睿智，一路上教了我不少东西。以先生之才，仅做个刀笔吏，实属明珠暗投。"又面向刘胥，"我跟沈先生一路聊过来，沈先生《诗》《书》《论语》样样精通，律法明敏，何值一提？廷尉秩级虽高，仍不足以尽其才，依我看，拜御史大夫、丞相，才不算浪费。"

"哈哈，这位沈先生竟然如此了得？失敬失敬。"这时，坐在一旁的赵何齐阴阳怪气地抚掌道，"正巧，在下不才，以前也曾拜师读了几页诗书，到时还要请教一二。"

小武正要谦虚，刘胥呵呵笑道："两位先生都是高才，是寡人的左膀右臂。对了，丽都，赵先生这是第二次来到广陵，带来了楚王亲笔书信，楚王说，以他的名义为赵先生向你求婚。这可真是亲上加亲啊，从此我们广陵国和楚国同舟共济，有赵先生家族的财力为助，可谓如虎添翼啊。"

小武心中顿时一沉，好像掉进了冰窖。他手指颤抖，感觉都握不住酒杯。侧过头，想看看刘丽都的表情。刘丽都也似乎有点尴尬，强笑道："女儿还小嘛，暂时不想嫁人。再说远嫁楚国，离开大王，情何以堪？女儿舍不得啊。"

"也不算小了。"刘胥笑道，"你母亲在你这么大的时候，已怀了你在肚里，怎能算早？楚国离广陵并不太远，驾起驷马车，几天就能驰到，真要想家了，随时回来，方便得很。"

刘丽都嘟囔道："过段时间再谈吧，先解决昌邑王使者张崇的事。昌邑王派遣使者，想扰乱江南五郡，然后嫁祸公孙贺，真是好不阴险。我们无意中得知了他的奸事，可惜没法上告长安。"

刘霸说："是啊，若皇帝问怎么抓到的张崇，我们怎敢如实禀告？顶多我们现在心里有个底，知道昌邑王也一直在觊觎帝位就是了。"

赵何齐气鼓鼓地说："把这个人抓来有什么用？他嫁祸公孙贺，本来是再好不过了，若成功，可除掉公孙贺；若不成功，可除掉昌邑王。偏偏你们多事，现在这个人放在手里，杀了又没意思，放了又不行，看你们怎么办？"

刘胥一拍脑袋："是啊，赵先生心思缜密，这件事，我们的确不该管，让他们互相撕咬才对啊。"

小武顿觉耳根发烫，似乎他们的话都是冲着自己来的，因忍不住插嘴："大王，请恕下臣无礼，斗胆说几句。下臣虽然僻居豫章小县，却也侧闻皇帝以前最宠幸李夫人，也就是昌邑王之母，至今昌邑王之舅李广利仍受皇帝重用，拜为大将军，位过丞相。宗正刘屈氂又和李广利为姻亲，刘屈氂乃中山王刘胜之子，曾官涿郡太守，深得皇帝宠幸。此二人为羽翼，势力非同一般。若皇帝真废掉太子，最可能立昌邑王为储副。而我们捕获的张崇，声称根本未见过昌邑王，奉谁指使也说不清楚。没有证据，想扳倒昌邑王，千难万难，若事不成，反会招李广利、刘屈氂的报复。他们随侍禁中，大王却远在千里，如何跟他们相竞？且假绣衣直指使者在江南五郡斩杀太守，除了能嫁祸公孙贺，也可以嫁祸广陵国，毕竟就地势而言，广陵国最近，昌邑国却很远。何况，几个月前，广陵国……"他看了一眼刘丽都，欲言又止。

刘丽都笑道："沈先生不必讳言，上次我在南昌县和卫府勾结，搞苦肉计，意图扰乱南昌县，趁机攻劫豫章郡太守，却被你破坏，未能成功。皇帝还为此事派使者警告大王，若这次豫章郡太守死在余汗县肥牛亭，自然很容易怀疑我广陵国。而那时张崇可能已被格杀，死无对证，我们百口莫辩，沈先生，是吧？"她对小武含笑而望，恍似两泓秋水，深情无限，小武心中顿时温暖不胜。在这陌生之地，只有这女子是唯一的亲人，何况他们已在一起亲密相拥。想起肥牛亭那晚，他们就着月光亲吻，既心神荡漾，又略有遗憾。他爱她爱得无以复加，爱上一个对朝廷心怀异志的女子，有什么前途呢？他不看好广陵国，早就听说皇帝不喜欢这粗鲁的儿子，今天亲眼见到，原来比想象的还差。他的爱子刘宝，跟他一个货色。真不知这样的蠢人，怎么也生得出刘丽都、刘霸这样的儿女，可能是他逝去的王后极为聪明，弥补了他的智力缺陷。这样的人，怎能继承帝位呢？除非皇帝其他儿子全死绝了。自己来这，是注定要给他陪葬的。唉，不过想起来，生死又算什么，有眼前女子作伴，了无遗憾。他脸上滚烫，望着刘丽都。

赵何齐似乎看出了一些端倪，酸溜溜地道："沈亭长的话，依在下看，是杞人忧天。那假绣衣使者破绽百出，怎可能瞒过太守？"

小武听他称自己为亭长，已知其不怀好意，本想反唇相讥，又忌惮他是刘胥的贵宾，遂淡淡一笑："请赵先生即刻去拷掠张崇吧，看他是否会供出昌邑王。据在下的经验，这些人虽出身小吏，却和商人不一样，不会锱铢必较，计算自家性命价值几何的。士为知己者死，出多高的价格，他也未必肯出卖知音。"他故意把那个"卖"字咬得很重，但话一出口，又有些后悔。

赵何齐果然怒了："大胆，你这贼亭长，敢在广陵国放肆，讥刺赵某，可知赵某的姊姊现在是楚王的王后，杀你这样一个人，只当杀只狗罢了。"

小武本来已经后悔，预备立刻婉言谢罪，听了这句，顿时气血上涌，一时间愤懑、屈辱、悲伤，各种情感在胸中激荡，他深吸一口气，装作若无其事，淡淡道："可惜，就算在下是一条狗，也不在楚国境内，赵君那个高贵的姊姊恐怕鞭长莫及啊，遗憾！真是遗憾！"

赵何齐怒甚，腾的一声站起来："你这该死的贼刑徒，真不知天高地厚……"刘丽都早已按捺不住，她双颊赤若榴花，将酒杯一顿，怒道："赵君，沈先生好歹是我从豫章郡请来的客人，你这样威胁他，未免太不把我放在眼里。今天看在大王的面上，我不跟你计较。沈先生，我们先告退。"说着屈腿直腰，从席上站起来。

赵何齐有点傻眼，脸上一阵红一阵白，瞪大眼睛看着刘丽都，说不出一句话。刘胥见状，尴尬道："赵先生不要见怪，小女自小被寡人宠坏了，还望赵先生大人不计小人过。"

刘霸插嘴道："大王，请容臣说句公道话，臣以为沈先生刚才的分析很有道理的，赵先生的火气，略微大了一些……臣有点不舒服，也先告退吧。"这时刘丽都已经和沈武离开了席位，往外走去。刘霸急道："姊姊，等我一下。"

刘宝斜了他一眼，纵声笑道："太子，你和翁主真是太迂腐了。赵先生乃定陶大族，见多识广；沈武不过是个穷酸的狱吏，能有多少见识，值得你们这样护短吗？大王、赵先生，请息怒，他们既然无知，就由他们去吧，我们乐我们的。"

刘胥阴沉着脸，不再说话。赵何齐眼睁睁看着那个自己爱慕得要死的女子，和另一个自己讨厌得要死的男子并肩出去，气得发昏，颤声说："大王，令媛和那竖子情若胶漆啊，臣看来是没指望的了。"他压低了声音，"说不定他们早有奸情了呢？"

啪的一声，刘胥也重重地将酒杯按下："赵先生！罢了，我们还是换个话题吧。"

赵何齐一怔，悻悻道："大王，既然令媛看不上外臣，外臣留下也是碍眼。做人要自觉，何必自取其辱？外臣明日就治装回楚国了。对了，敝国寡君很想念李女嫈，希望能带她一块回去。大王前途远大，好自为之吧。"

刘胥愕然道："赵先生何必与沈武那乡鄙狱吏一般见识？请赵先生放心，虽然丽都自小被寡人娇惯坏了，但我是父，她是子，基本规矩是不能坏的。她要嫁谁，寡人说了才算，怎能让她随心所欲？寡人和楚王一起共谋大业，不要为这点细事伤了和气。"

刘宝也劝道："大王说得对，赵先生因那乡巴佬发怒，不值啊不值。喝酒，喝酒。"

"那我希望大王答应我一个要求。"赵何齐脸色铁青。

"什么要求都可答应。"刘胥道，"先生请讲。"

"斩下那个死狱吏的首级，我要用来当尿壶。"赵何齐重重地说。

刘胥也是一怔："这——这个……还是从长计议吧。杀他，诚然像杀一条狗，可一旦传出去，天下豪杰谁还敢来投奔寡人？方今大业未成，正是用人之际，等我们成功之后，再处死他不迟，反正他也飞不上天去。何况他这次招降了五六个郡兵，我也不能一起杀了。"

赵何齐沉默了半晌："也好，外臣就暂且忍耐一段时间。"

—— 第八章 ——

无计聊伏窜　寂寞感深情

　　时间慢慢流逝，一个多月之后，便到了新年。刘胥和刘霸在冬至日之前去了长安，准备朝正月①，至今还没回来。小武只能躲在广陵王宫里，等闲不敢出去，生怕被广陵国相和内史属吏发现抓捕。每天倒也不无聊，和郭破胡几个在院子里习武练剑，刘丽都自然经常参与。刘胥不在，大家都觉得自在。小武所住的馆舍靠近广陵国少府官署，对面的房子里住着一个花白头发的老头，隔着围墙，可以远远窥见老头经常坐在院内一株车盖般的大樟树下晒太阳，手里总是握着一卷简册，看得津津有味，有时还高声吟哦着，虽然听不清他吟哦什么，但从声音听得出来，他很快活。

　　有一天，小武好奇地问刘丽都："那人是谁啊？"刘丽都道："是我小时候的老师呢，到底叫什么名字，连我都不知道，大王一向称他盖公，大概姓盖吧，说是从齐鲁请来的大儒。教过我《论语》《孝经》，其他的《礼》太难学，我没怎么学。那院子是广陵国太史官署，大王请他做主管令长，他每天在官署看书，颇为自得。"

　　小武道："丽都，你介绍我进去拜访一下吧，这老丈看上去神清骨秀，可能有些本事的。"

　　刘丽都道："大家都这么说，尤其他医术精良。大王曾想请他当太医长，他

---

① 汉代制度，诸侯王、列侯、属国君长隔年去长安向皇帝祝贺新年，有盛大典礼，叫朝正月。

不肯，只是大王身体有恙，都会请他疗治。他来广陵国也已有十多年了，既然你感兴趣，那我们现在就去拜见。"说着拉着小武走到对面，推开门进去。

一个仆役跑过来匍匐施礼："翁主光临，恕小人慢迎之罪。"另外几个仆役马上搬来几张精致的枰席，铺放在院子里。盖公坐在大樟树下，兀自没抬头。他面前的几案上，堆着一堆竹简，手中也把着一编，口中吟着："长民者衣服不贰，从容有常，以齐其民，则民德壹。《诗》云：彼都人士，狐裘黄黄。其容不改，从容有章……"

刘丽都过去施礼，道："盖师父，不会这样傲慢吧？连徒儿来了也不瞧一眼。"

盖公的眼睛依旧未离开竹简，哼道："除了一年八个节日，什么时候见过你的影子，现在把'师父'二字叫得亲热，一定不怀好意。"

刘丽都恭恭敬敬地伏在席上，行了拜礼，抬头笑道："师父还是这么小心眼。圣人说，男女授受不亲，徒弟都长这么大了，当然要避嫌啦。师父在念什么呀？这次徒弟带了个博学的朋友来，跟师父切磋一下如何？"

小武赶忙跪席稽首："山野鄙人沈武，拜见盖公，莫听她瞎说，在下其实不学无术。"

盖公放下竹简，看了看小武，道："我听近侍说，广陵王府新来了一位客人，擅长断狱，莫非就是你？"

刘丽都道："就是啊，仲卿是徒弟专程从豫章请来的，不过，你不能到处乱说的。仲卿受了冤屈，得罪当朝丞相公孙贺，现在只好躲在宫里避一阵。若被相国和内史知道了，我们不但保不住他，恐怕还要受牵连呢。"

盖公哦了一声："得罪了丞相？一个小小的孩子，怎就能得罪丞相？看来这孩子真有些本事啊。"

小武道："岂敢。唉，对丞相来说，在下只不过知道了一些不该知道的事，并非因为才能……刚才听盖公诵读《缁衣》，甚是欢喜，晚辈对儒家经书也一向有些兴趣，只是家乡偏鄙，缺乏明师。刚才翁主说盖公家在齐鲁，这篇《缁衣》，在下的老师李顺先生也曾教过，感觉部分字句略有差异，可能在下接触的是断章残片，多有阙误的缘故吧。"

盖公眼里顿时光芒迸射，他直起身子："能知道我所诵是《缁衣》，还说没本事？说来惭愧，这篇《缁衣》我总共搜集到三种写本，每种都有些字句不一样，有些字谁对谁错，老夫真无法判断。先生既然听出有些和自己所读有异，很想请教一二。"

小武道:"岂敢,盖公客气了。在下当年所读,大多是律令,偶尔读一些儒书,都是老师业余传授,也不知他老人家从哪搜罗来的断章残片,我大多不懂,只是胡乱记在肚里。刚才听盖公念'子曰:苟有车,必见其轼;苟有衣,必见其敝',这个'轼'字,晚辈所记,是个'辙'字,细思起来,似乎以'辙'字为长。"

盖公一怔,随即拍拍大腿,喜道:"妙啊。这句我也一直奇怪,感觉不好理解,只是手头三种本子,都无异文,是以不敢深疑。现在想来,这三种本子,都是齐地的经师所传,错误雷同,也就不奇怪了。先生乃豫章人,大概是读的楚本。这句话后面说'人苟或言之,必闻其声;苟或行之,必见其成。《葛覃》曰,服之无怿',和前一句'苟有衣,必见其敝',都是说一件事情有了开头,必能看到它的结果,只有'苟有车,必见其轼'颇有不同,有车能看见车轼,这算什么心得?孔子不该说出这样平庸的话,更不可能将其书之于竹帛。如果是'辙'字,就涣然冰释矣。有车,就一定可以看见它的车辙,而且'辙'和'敝'押韵,读来朗朗上口,可谓天衣无缝,妙啊,真妙。一个字解了我多年的疑惑,先生一定还知道不少异文,我这就叫人备下酒菜,趁这闲暇痛饮几杯,畅谈经史,不知先生肯否赏脸?"

刘丽都拍掌道:"好啊好啊。盖公平日一本正经,难得笑逐颜开。今日仲卿在这,我们不醉无归。"

小武瞥了刘丽都一眼,笑道:"翁主今天也颇不同,当日在青云里射杀丞相府三掾吏,又在断肠崖将公孙昌一伙射入大王潭,使我至今心悸。现在看来,好像还童真未泯,和那时宛若两人。"

刘丽都道:"那要看和什么人在一起,换了那赵何齐,就不同了。"她做了个鬼脸。

听她提到赵何齐,小武心里又痛了一下,心想,那奸人对我如此嫉恨,总有一天会报复的。唉,为何这天下遍地都是阴险小人,忍不住脱口而出:"赵何齐家世显赫,也很配你的嘛。"他脸上虽然带着笑意,语调却有些颤抖。

刘丽都微微一笑:"你想让我嫁给他么?你想的话,我就嫁——仲卿的话我句句听。"

小武还没说话,盖公笑道:"小妮子,现在竟句句听人的话,沈先生,你了不起,能让翁主降心,你不知道,她在这有多霸道。"

听了这话，小武心中荡漾。虽然有肥牛亭的记忆，但小武平日辗转枕榻，总不自信，自己何德何能，竟真赢得了丽人的欢心。即使丽人喜欢自己，自己身份卑微，还是个逃犯，又怎能娶到她为妻？何况这家人时时想着谋反大业，难有未来，真希望世间有神仙之术，能被自己学到，偷偷带了她乘风而去。但这只是幻想罢了。他想起大王潭的幽深，到底有没有匡俗仙人，会乘鹤飞来飞去……

小武极力压抑欢喜，说："谢盖公谬奖，愧不敢当。在下来时，在路上曾和翁主共患难，可能让翁主觉得还算可靠吧。在下敢以此爵为盖公寿。"

随即又和盖公聊起《缁衣》的其他异文，盖公令人磨墨，拈笔在简册上将小武所言一一记下。正是酣畅之际，门口传来一个娇弱的声音："未有诏书，竟敢擅自聚会饮酒，该罚金四两，赶紧拿钱来，不然捉到官府去劳役。"

三人一起朝门口张望，见一个三十出头的女子袅袅婷婷走来，身边跟着一个十五六岁的婢女，也风姿绰约。另外一个粗蠢侍从，则抱着一架古筝，跟随在后。

"左姬来了。"刘丽都笑着说，"看来今天有耳福了。"小武也赶忙稽首，大声道："下臣沈武，拜见广陵王妃。"他知道这女子乃是刘胥的宠妃左修，本来刘胥是一刻也离不开她的，可这次去长安朝正月，左姬正巧生病，时间等不及，刘胥只好带着另外两个侍妾走了。

左修道："别叫王妃了，叫左姬吧。我觉得'姬'这个词很美，每次听别人这样叫我，我就会想，自己并不老，还依旧年轻呢。"

盖公呵呵笑道："古人有云：'虽有姬姜，无弃憔悴。''姬'这个字确实很美。和老臣比，左姬还年轻得很呢。最近玉体如何？老臣上次给你开的方子，可试过？"

左姬道："当然好多了，要不怎敢出门？盖公医术神奇，却坚决不肯出任太医长，实在太可惜了。若在未央宫，只怕要当八百石的官呢。"

盖公虎起脸："左姬，这话就错了，以老臣的儒学修养，只消到金马门一上书，立拜光禄大夫①，八百石算什么官？"

"呵呵，师父还是这么倔强，好为人先。"刘丽都忍俊不禁。

小武心里也暗笑，这老头子看上去廉静乐道，利禄不侵，骨子里却如此好

---

① 光禄大夫：秩比二千石，为掌议论之官。

胜，真有性情。左姬也笑道："好啦好啦，都是妾身小看了盖公。我认错，成了吧？当初我有诺言，一旦病好，就要为盖公奏上几曲，今天特来践诺啦。只是便宜了你们。"她对着刘丽都笑道。

刘丽都道："好吧，我也不白听你的，帮你焚香总可以吧。"

她从侍者手中接过博山炉，在左姬身边摆上。博山炉炉盖耸起，上面雕镂着山水云石图案，亦有仙人错落其中。刘丽都提起炉盖，放入茅香、龙脑和苏合等香料，点燃，将盖子合上，炉盖顶上很快腾出袅袅香气。左修端坐筝前，纤指轻拨，一缕悦耳筝声立即从指底飘出。筝声起初悠扬纾缓，如一黄鹄在云中高飞，充满自得和欢乐；又突然穿越云层下滑，在一泓无边的清波上流连徘徊；接着水上刮起大风，黄鹄再无法优雅，风一阵阵迎面扫来，似乎要将它扇进水里，它鼓翅劲飞，却总不能飞出狂风的包围，于是这筝声一会激烈，一会哀绝，一会高昂，一会低沉。伴着这筝声，左修脸颊上好像有了泪痕，忽的低声唱了起来：

> 隰有苌楚，猗傩其枝。夭之沃沃，乐子之无知。
> 隰有苌楚，猗傩其华。夭之沃沃，乐子之无家。
> 隰有苌楚，猗傩其实。夭之沃沃，乐子之无室。

小武越听越奇怪，若光听筝声，还不敢肯定她心中所想，但这三章《隰有苌楚》，却让她内心的悲伤没法掩饰。这位广陵王最宠爱的妃子，竟然心中会有哀愁！那是怎样的哀愁呢？

正狐疑着，筝声慢慢销歇了。盖公慨叹了一声，抚掌道："老臣久不听左姬的琴曲，自以为心如止水，外物难撄，谁知依旧难以抵御。若肯再鼓一曲，老臣死亦不恨。咦，左姬颊下有泪痕，难道也有忧愁？"

左姬抬起袖子，拭拭面颊："让盖公见笑。时值新年，又碰上诸位都在，欢乐难以具陈。突然想到欢乐易逝，盛会难久，忍不住就悲伤起来。"

小武忍不住道："王妃，不，左姬真是多愁善感。不过这样的筝声，配那样的诗，似乎不甚协调。下臣不懂音乐，只觉得起始声调悠扬，后来似乎又夹杂激越哀苦。《隰有苌楚》这首诗，据下臣看来，意境并不激越，只是羡慕草木的无知无识，怅惘无奈罢了。"说到这里，小武停住了，他感觉说多了不好，古人云，交浅言深，取祸之道，何必去打探人家私事。

"沈先生这样理解此诗，倒是有趣。"盖公道，"我年轻时，老师告诉我，这诗是桧国人讽刺自家国君的，说桧君声色嗜欲太重，不能以礼文自我节制。不过像先生这样解诗，依儒家看，固然驳杂不纯，拿来探究左姬心曲，倒也颇为契合。只是老臣奇怪，左姬在广陵国甚得大王宠幸，又有什么不开心呢？"

左姬笑道："妾身只是胡乱唱来，哪有什么微言大义。好吧，既蒙盖公看得起，妾身恭敬不如从命，再弹一首最喜欢的《飞凤孤桐引》吧。"

刘丽都鼓掌道："好啊，左姬快弹来，别听他们嚼舌根子。"

一个侍从过来移走那架筝，换上瑟，那瑟长一米多，宽度相当于长度的三分之一，两端髹有黑漆，绘有精致的涡状花纹，绷着二十五根细丝绞成的雪白的弦。左姬跪在瑟前，轻轻调了调弦柱，抚摸着那素弦，吟道："瑟兮僴兮，恂栗也。"然后双手一扬，左手勾曲，右手作拨挑状，就要按下，却听得外面有人哈哈大笑："这么热闹，也不叫我。"

"今天真热闹，连你也来了。"刘丽都坐向正对门，当即回应道。小武回头一看，竟是刘宝，顿觉不快。刘宝和赵何齐如胶似漆，也许一直在商量如何结果自己的性命。幸好刘胥去长安后，赵何齐也回楚国了，据说要过了新年再来委禽①。不过刘丽都屡次驳斥这传闻，小武才未绝望。有时他甚至想，怎么能找到一个机会，将赵何齐除掉，但只是幻想罢了。

刘宝踱到小武身旁："沈亭长，恭喜啊。刚才国相送来邮传诏书，皇帝改年号为征和了，且大赦天下。诏书下达后，除大逆不道之外，全部赦免。嘿嘿，这几天，不知有多少贼刑徒大摇大摆，跑回家过新年了。沈亭长，你呢，在宫中这么久，也该回豫章了吧？"

小武大喜，这讨厌的东西，说话刻薄，却带来这么不讨厌的消息。太好了，皇帝竟然这么快就大赦天下，公孙贺父子该失望了。可是，现在回家，行吗？皇帝陛下赦免了自己，公孙贺也肯赦免吗？他们一定在到处找朱安世的招供文书，也一定知道那份文书已被自己带走。亏得自己聪明，当时一看到朱安世的供状，马上意识到自己作为第二知情人，凶多吉少，遂暗暗把那份文书藏在家里，一旦被追杀，能随手携带，偷偷跑去长安告发。现在公孙贺不敢以丞相的名义通缉自己，但一定会派出心腹舍人四处寻找。若跑回家乡，岂非自投罗网？

---

① 委禽:指下婚聘。古代纳聘多执雁为礼,故送聘礼又叫"委禽"。

于是小武淡淡地回道："何必回豫章？大王待臣不薄，臣这条命已是大王的。唯一高兴的是，如今有了赦书，臣不须再躲藏王宫，可以名正言顺出来为大王奔走了。"

"脸皮够厚啊。"刘宝显得有些失意，"沈亭长自我期许这么高，难道真有什么本事，对得起我们的饭食吗？"他把"亭长"二字咬得很重。

小武心中恼怒，碍于身份，又不敢顶撞，只好依旧装作若无其事："的确没什么本事，只是略略懂得一点断狱。向日大王曾引高皇帝言，说：狱者，天下之重事，庶民所以安其田里，而无叹息愁恨之心者，政平讼理也。一国是否安定富强，关键在于断狱公正。若断狱不公，执法不平，则百姓失望，良民被迫为盗，天下土崩瓦解。王子殿下恐怕不能太把断狱不当一回事吧？"

刘丽都插嘴道："刘宝，你说话怎么老这样刻薄啊，你知道沈先生是忠厚长者，就光欺负他。"

刘宝哈哈了两声："岂敢岂敢，姊姊请来的客人，我怎敢欺负？"说着退了两步，他到底有点忌惮刘丽都。

刘丽都道："我不跟你斗嘴，你刚才说皇帝改元征和，看来真应了那段童谣，'征和之中，长安汹汹。老龙一怒大龙红。渭水赤色无西东。小龙飞出天下同。'以前独不知征和是什么意思，原来应在这里。"

刘宝恍然道："不是姊姊提醒，我还真没想到，的确，'征和之中'说的就是这个年号啊。"

刘丽都道："那就真是喜事了。大王何时回来，有消息否？"

刘宝道："的确随诏书送来了大王的书信，大概已经动身回广陵了。信上说，皇帝御体渐渐痊平，心情也不错，大赐列侯，且给我们广陵国加封了一个一万五千户的大县，看来皇帝其实很喜欢大王啊。对了，刚才听到左姬要鼓瑟，怎的忽然不鼓了？"他转身踱到左修跟前，伸出手，放在瑟弦上，"请王妃也赐臣一曲吧。"

左姬脸上变了颜色："我今天累了——大王应该很快就回来了吧？"

刘宝凝视着左姬的俏脸，意味深长："依臣看，起码还得一个月，长安路途遥远，不是想回就能回的，大王毕竟不像大雁，长着一对翅膀啊！"

左姬跪直身子，道："妾先告退了。王子和翁主、盖公、沈先生，你们继续吧。"侍从装好筝、瑟和博山炉，拥着她，一径出门去了。

刘宝盯着左姬的背影，道："看来我是个多余的人，把王妃都吓跑了。对了，姊姊，赵先生也来了书信，说半个月后就到广陵，这次来，可就不会那么快走了。要住在宫里等大王回来，正式下聘。恭喜姊姊，将嫁入巨万富室，若嫁个寻常列侯，未必有那么风光。我看赵先生太喜欢姊姊了，姊姊对他那么冷淡，他也百折不回，真是可敬可佩……"

"住嘴。"刘丽都烦躁道，"你说完没有，他是不是送了你重礼，你这么替他说话？"

刘宝笑道："姊姊真是太了解我了，若有什么狱吏，也能送得起我重礼，我自然也会帮他说话。但现在——好了，这些都不用提，大王说了，为了共同的利益，你是非嫁他不可的。"

刘丽都拍案而起，怒道："刘宝，你现在就给我滚蛋，你去告诉那赵何齐，再敢来骚扰我，我斩下他的狗头。"

刘宝愣住了，悻悻道："姊姊脾气凶悍，那赵何齐也真是好色不顾。好吧，我走我走，你有脾气留着对大王发吧，那才算你能耐。"一边说一边跑。刘丽都追了他几十步，停住回来："讨厌！本来高高兴兴的，都让这个竖子给搅了。"

小武沉吟不语，不知说什么好，他本来就不是擅长安慰人的。何况，这事涉及到王室婚姻，他一个才获得赦令的门客，有什么资格说话？只能在心里祈祷，"上苍，请赐我一个法子，不要让丽都被那姓赵的抢去。"

盖公安慰道："翁主，你若实在不愿嫁那什么赵何齐，待大王回来，我好好劝谏劝谏他。我在广陵国近二十年，大王对我还算不怠慢，我从没求过他，或许能听我一次。"

刘丽都叹了口气，眼中泪珠莹莹欲落："盖公，你有什么好办法呢？别的事或许大王会答应你，但这事，绝对不会的。大王想借这场婚姻交结楚王，恐怕是没有办法的了。"

盖公诧异道："大王想搞和亲？当真耻辱。论和皇帝的亲情，广陵国比楚国血脉近，为何要巴结楚王？难道和楚王有什么图谋不成？如果这样，老臣更要劝告了，这种蠢事干不得，广陵和楚，国土加起来只有大汉的百分之一，还有国相内史监护，意图不轨，只有断头一途啊。"

刘丽都低声道："师父，这事凶险，本来不该告诉你，你千万别去劝谏，我们另外想法子。"

盖公正色道："老臣不是贪生怕死之人，再说，若老臣想出广陵，区区几个王宫侍卫，也挡我不住。广陵县并不大，出东宫门不远，就是国相府和内史、都尉府，只不过老臣和大王相处这么久，颇有感情，不想看到你们结局悲惨，尤其你和刘霸，我很喜欢。你虽然顽皮一点，本性并不坏——我送你的那张小弩，你没乱用吧？"

小武暗暗惊讶，原来刘丽都那从不离身的小弩是他送的。那弩小巧精致，射速惊人。老头子真心灵手巧，不会是漆雕开那派传下来的儒侠吧？

刘丽都道："没有啦，盖公。不到万不得已，我不会射人家要害的，至今也只用它射死了三个人，都是公孙贺的舍人走狗。如果我不射杀他们，你老人家就见不到我了。"

盖公颔首道："若被迫无奈，当然要出手果断。不过，老子说得好，'夫佳兵者，不祥之器'，越锋利越不祥，苟非万不得已，不可使用。我年轻时，就因为一时气盛，射伤了同门一个师弟，否则何至于伏窜在广陵国数十载。倒不是不敢出去，是没有脸面出去啊，自己犯下的错，只能自己一生去补偿。好吧，赵何齐的事，我们一起想想办法。"

刘丽都道："好啊，我们打个赌，如果你想不出来，就得允许我射死他。"

盖公道："胡说八道，那得看他是什么人。"他紧皱眉头，"但如果他仰仗权势，强迫你为妻，射死他也无妨，我平生最恨仗势欺人的东西。"

听他们的谈话，小武心中很是温暖，虽然并没把希望寄托在他们身上，但就算是精神上的支持，也是有用的，小武感觉自己萌生了勇气。一定要阻止赵何齐，当初本就因为丽都才来这里的，如果她嫁走了，睹物思人，自己怎么还可能留在这？肠子都要伤断的。可是，根本就没有办法好想啊，他低着头，脚尖转圈，磨蹭着地上的泥土，眼泪吧嗒掉下，又只好偷偷擦去。

赵何齐没有想象的那么早来广陵，他几乎是和刘胥同时到达的。刘胥果然满面春风，一坐下，嘴巴就滔滔不绝："皇帝果然对太子很冷淡，朝会大典那天，太子的驾马受惊，在建章宫驰道上狂奔，竟被侍中水衡都尉江充下令射杀，说是没有天子诏令，严禁在宫中驰马。"

"啊？"刘丽都也惊奇，"难道他不怕误伤了太子，那个赵虏的胆子难道有斗大？何况太子只是因马受惊，并非故意——那些卫卒射士也真敢发箭？"

刘胥笑道："寡人起首也很惊讶，据说江充下令时，建章监任广国不肯奉令，可江充当即大怒，说天子赐他符节，二千石以下可先斩后奏。任广国害怕了，赶紧请罪。江充近几年做绣衣直指使者，已经处决了十几位列侯。任广国不过一建章监，怎敢不听？于是建章宫卫卒齐齐发弩，将太子的驷马射成了一个刺猬。可惜，射士们武艺精良，竟然没有一箭射中车厢，虽然，那只是一辆前导车，太子乘坐的车还在后面，不过估计那竖子也已吓出一头冷汗了。"

赵何齐道："那任广国也算聪明，懂得计算利弊。若去经商，定是一把好手。臣想，皇帝一定大大夸奖他了。"

刘胥道："赵先生猜测得对。太子非但不敢发怒，反而立即下车，给江充赔罪，说那马因为受惊狂奔，才干犯律令，射杀了马没关系，只望勿奏告皇帝，以免皇帝误会，又让皇后担忧。"

刘丽都睁大了眼睛："岂有此理，一个皇太子，跟那下贱刑徒道歉？"

刘胥不满地说："丽都怎么同情起皇太子来了？我只觉得，若真的射死了他，那才叫热闹呢。不说这个了，那江充不但没有回谢皇太子，反而盛气凌人地说：'臣谨按律令行事，不敢不奏报皇帝陛下。'而且还要没收太子的随从车马，以为惩戒。"

连刘宝都张大了嘴巴："这江充是不是疯了？"

刘胥道："谁知道呢。总之皇太子不敢发怒，依旧低声下气求情，解释说：'并非爱惜这几辆车马，实在因为乃是皇后所赐，若被没收，皇后问起不好交代；如实告诉，又怕皇后忧愁。若皇后因此有恙，皇帝也会怪我不孝了。'但江充看也不看皇太子一眼，声调冷漠地说：'下臣只知奉国家律令行事，不知其他，请太子万勿相逼。皇帝正御临建章宫前殿，等候太子和诸侯王、列侯及郡国使者朝贺，请太子勿耽搁。'说着抬脚就走，皇太子孤身站在那里无趣，也只好灰溜溜地离开了。"

"皇帝听到江充禀报怎么说？"大家听到这里，都紧张起来。

刘胥道："皇帝当场嘉奖江充，赞道：'此真人臣之所当为也。'随即赏赐江充大量财物，殿上群臣无不愕然。太子只能免冠除袜请罪。"

"苍天，"刘丽都叹道，"真是太不可理解了。"

赵何齐得意道："大王，这无疑是李女娿祭祷巫山起了效果啊。皇帝心智已经混乱，才会公然纵容宠臣羞辱皇太子。诸位想想，在皇帝眼皮底下，将太子的驾马射成刺猬，除了丧心病狂，还能说什么？皇帝居然还夸奖这种丧心病狂，那意思不是很明显的吗？"

刘宝插嘴道："这江充什么来头？"

赵何齐道："王子不知道么？江充原名江齐，是赵王彭祖的舍人，他有个漂亮妹妹，嫁给了赵王太子刘丹，因此颇得赵王的喜欢，能随时出入赵国宫廷。刘丹自然对他也信任有加，后来刘丹怀疑他向外人抖露了自己隐私，遂反目为仇，派人捕捉他。他听到消息，一溜烟逃了，刘丹没抓到人，一怒之下将他父亲和同产兄弟等几个杀了解气。他因此改名江充，贿赂乡啬夫，伪造符传逃入函谷关，到长安伏阙上书，告发刘丹和自家数位亲妹妹乱伦。皇帝大怒，下诏邯郸县令发甲士驰围赵王宫，将刘丹逮捕，槛车就近押送魏郡诏狱。赵王携重金到长安活动，也未能将儿子救出。"

刘胥道："这赵王彭祖也是个可笑的人，所谓有其父必有其子，这话真不是妄说的。"

刘宝道："怎么个可笑？"

刘胥道："赵王为人阴险狡诈，尤擅长栽赃陷害，每次朝廷派遣二千石的官员到赵国，他都盛情接待，装得恭敬有礼，暗地却派人调查对方隐私，一旦和律令扯得上边，就指使人去长安告发。所以赵国虽然是个小国，害死的二千石官员却在天下郡国中排行第一。后来长安官员皆把出任赵国相、内史、都尉一职视为畏途，即便勉强就任，也都战战兢兢，不敢理事。这正中彭祖下怀，可以胡作非为。他尤喜欢做些小吏的勾当，比如时常带着几个随从，深夜出宫，巡行亭里，逐捕盗贼，碰到过往客商，又敲诈勒索。后来商人们口耳相传，都相约避开邯郸，绕道而行了。"

刘丽都哈哈大笑："这赵王还真有点性格，脱下黑色的王礼服，换上红色的小吏公服，深夜带着随从满街乱窜，场景宛如图画，太有意思了。"

刘胥也笑道："虽然有点性格，可也太无聊了。一个诸侯王，竟热衷吏职。他还写信给弟弟中山王刘胜，指责对方就知道淫乐，不尽藩王之责，不为皇帝分忧。"

刘丽都道："据说那中山王娶了无数妻妾，生了一百二十六个子女，是不是真的？"

刘胥道："你就知道猎奇——赵先生，你认为江充一定得到了皇帝的授意？"

赵何齐道："当然，否则怎敢跟皇太子过不去？看来江充不会罢手，否则一旦皇帝驾崩，太子即位，他的九族岂不难保？依臣看，皇帝废黜太子是指日可待的事了。大王可以先行束装，随时等候征大王入宫宿卫的制诏了。"

刘胥喜道："若真如此，寡人要重重赏赐李女婪，也要好好谢谢楚王延寿兄和赵先生。到时诸位都可以封疆裂土，寡人赐诸位丹书铁券，剖符立誓，国以永存，爰及苗裔。"

赵何齐道："富嘛，我赵氏家族从未缺乏；至于贵，的确是魂牵梦绕，相信大王一定不会忘记下臣。为今之务，还是希望大王能早日将翁主许给下臣。这次来，楚王让下臣转告大王，说很希望尽快看到我们三家联姻，共襄盛举。"

刘丽都心里一惊，这该死的赵何齐，真不要脸，当面竟好意思提这个。她急道："你们赵家既然那么有钱，何必偏要娶我？大王，我绝对不答应，女儿根本不喜欢他。"

刘胥不悦道："丽都，你怎么如此任性？赵先生百折不回向你求婚，足见他一片赤诚。况且赵先生家族富可敌国，寡人整个王国的税收，也及不得他的十分之一，人家哪点配不上你了？"

"他富他的，我就是不喜欢。"

"嘿嘿，我知道的，姊姊的心啊，被那个豫章来的穷竖子勾走了。"刘宝突然插嘴，照例是阴阳怪气。

刘丽都怒甚，抓起一个漆盒，就朝他摔去："刘宝，你少管我的事，你做的那些事，别以为我不知道。真是有其母必有其子，你跟你那个臭母亲一个德性。"

刘宝躲闪不及，额头被漆盒击中，脸色青白。汉家嫡庶谨严，平日还好，今天刘胥在座，他不必针锋相对。刘胥果然气坏了，呼的一声站起来，怒道："我知道你喜欢那个南昌县的穷小子，你花那么大功夫将他救来，也没见他做过什么有用的事。会断狱管什么用？我现在需要的是金钱和实力。我告诉你，这次你必须要听我的，否则，别怪我不顾父女之情。"

赵何齐坐在一边，慢悠悠喝着茶水，一言不发，好像这事和他无关。刘丽都瞥了他一眼，更是气不打一处来，一抬腿踢翻了几案。"我就是不嫁这个人，看看他多猥琐。"她尖叫道，"这个宫里，本来好好的，他一出现，从此鸡飞狗跳。他自己却像没事的人一般，就冲他这自私的嘴脸，我也绝不能嫁他。"

刘胥怒发冲冠，扯起嗓子喊："真是反了，来人，将翁主带到暴室①去，好生看管。哼，事情搞成这个样子，都是那穷小子在捣乱，也好，刘宝、赵先生，你们两个马上带十几名卫卒去捉拿沈武。他敢拒捕，立即格杀。"

刘宝擦擦额头上的血痕，欣喜道："大王息怒，臣谨遵命。赵先生，咱们走。"

赵何齐慢悠悠地站了起来："大王既然如此看得起外臣，外臣倍感荣幸，不敢不从命。"刘宝扯了扯他的袖子，道："快走，日长多变故，别让他听到消息跑了。"

刘丽都惊了，突然一跃而起，就往外跑，但几个宫门卫卒横着长戟拦住了她。两个挎刀的卫卒随即蹿上来，抓住她的双臂，恭谨地说："臣等奉大王命令，不敢不从，请翁主不要让臣等为难。"

刘胥道："传暴室令，叫两个复作②将翁主带去软禁，这人真的被我宠坏了，一点规矩都没有。"

刘丽都怒不可遏，挣扎道："放开我，放开我。"

这是人被拘禁时常喊的话，其实没有任何意义，抓住你的人，绝不会因此就放了你；可如果不这么叫上几句，又显得不大正常。刘丽都怒斥嚎叫，可惜胳膊被两个粗壮的卫卒死死抓住，无法挣脱。她从小到大没受过这种委屈，不管在广陵国，还是在其他地方。她从小跟着盖公读书、练剑、学习弓马，她知道一个翁主该干什么，不该干什么，在什么场合下，应该有什么样的礼节。可在这时候，所有的礼乐说教，都显得滑稽可笑。最后，她只剩下嚎哭一途了，她撕心裂肺地哭着。

刘宝转过脸，得意洋洋："姊姊，别把嗓子哭坏了，不然多可惜。好好在暴室休养几天，等我割下沈武的脑袋，给你当尿壶用。你不要，就送给赵先生。唉，其实都一样，你们将来新婚，也要有尿壶的，这可是一件好的新婚礼物。"他额头上的血迹还没擦干净，一条细红的线正顺着额头流到眼角，显得有点狰狞。

刘胥不悦道："还不快去，只管啰嗦什么！"

此刻的小武，才从司空狱参观回来。刘胥当初说等赦书一下，就委任他治

---

① 暴室：汉代皇宫掖庭有暴室，主管织作染练，因染后织物需要晒干，故取暴晒为名，宫中妇女有病及皇后、贵人有罪，也可幽禁于此室，因亦称暴室狱。诸侯王宫廷也有设置。

② 复作：一种犯了轻罪在官署劳作的女刑徒，一般刑期一年，不戴刑具。

狱，在那之前，可以到处走走，熟悉各监狱的情况，看看宫司空①管理下的城旦和隶臣妾②。这段时间，广陵国正在修建新的宫殿，工人大都是司空狱的刑徒，小武就带着郭破胡去看看。到了现场，人头攒动，没想到小小的广陵国，囚犯也如此之多。刑徒们都穿着赭红色的囚衣，有的头发鬓角被剃光，有的脸上刺着"鬼薪"的字样，有的颈上带着铁钳，还有的走路一瘸一拐，那是被斩去了脚趾的。监工小吏在场地来回游走，看见有偷懒的，就一鞭子过去。

小武起先站在楼上往下看，看见一刑徒动作缓慢，当即被监工按倒在地上鞭笞。那人大声嚎叫："我生病了，实在走不动啊。"立刻过来几个狱卒，将他拖到一边，用铁钳夹头。他哀嚎饶命，但狱吏们面无表情。郭破胡道："县丞君，这太过分了，我砍死他们。"说着就想下去。小武叫住他："不要动粗。"指了指四周，工地四周的角楼上站满了士卒，还驾着转射大弩，虎视眈眈。小武道："你砍翻了他们，自己也会变成刺猬，我们下去看看。"说着急匆匆下楼，大叫："住手。"

"你是什么人？敢在这里喧哗?!"那几个狱吏住手，睥睨着小武，目光里满是不屑。

领头的监工却认识小武，还算客气："沈先生怎么也来了这里？是这样的，这刑徒王奉世干活不卖力，大王有令，宫殿必须在今年三月前完工，因为楚王要来广陵做客，到时交付不了新殿，我们大王会很没面子。"

小武道："大汉《刑徒律》，有疾病者可休养，等待痊愈。损失的时日，相应加长刑期弥补就行了，'有不从令者坐之'，你们难道不怕反坐其罪吗？"

监工和几个属下笑着对视了一眼，鼻子里喷出一股冷气："话虽这么说，可这是在广陵国啊，沈先生还以为是南昌县不成？"

小武道："广陵国有天子所置的国相、内史，也在大汉的律令管辖之下，难道有例外不成？"

监工道："真是纸上谈兵，老实告诉你吧，沈先生，在这里，我们只听大王的，什么大汉律令，我们一概不知。沈先生请回。"他转首命令道，"给我继续夹。"

---

① 宫司空：王宫里主管建筑工程的官员。
② 隶臣妾：秦汉时代刑徒的名称，刑期三年，男的叫隶臣，女的叫隶妾，合称隶臣妾。

狱吏们捏紧铁钳，王奉世又发出恐怖的哀嚎声，这时从另外一个门里冲进一个年轻女子，大约二十来岁，跌跌撞撞边跑边哭，扑倒在狱吏们脚下："奉世，奉世，你怎么了？诸位吏君，求求你们了，饶了奉世吧，他是真的生病啊！饶了他吧……"

　　监工沉默了片刻，从女子的手中抽回自己的脚，喝道："你在作室服劳役，怎敢擅自乱跑？须知误了工期，大王会要我的脑袋。我不惩一儆百，以后这伙死刑徒谁还肯听话？给我夹，夹到他不敢再懒惰为止。"

　　小武暗暗叹了口气，虽然愤怒，却只能眼睁睁地看着，唉！今上还是有眼光的，若把帝位传给这个刘胥，很快会踏上亡秦的覆辙。他低头正要走开，忽听到王奉世含糊地叫了一声："沈先生，救……救我。"

　　小武一惊，再也挪不开脚步，他回头对监工说："你看他妻子也是宫里的弛刑①复作，不会撒谎的，何妨放了他，也算积一份阴德，子孙定获厚报。"

　　监工把小武拉到一边，道："沈先生仁厚，不过昧于实情，这王奉世看上去可怜，其实好赌。本来一家三口守着几亩田，几树桑，几畦菜，足够温饱，不至于沦为刑徒，可他偏要赌，为了赌不惜借官债。他要是不进来居赀赎债②，在外面，赌徒也饶不了他。"又道，"不过沈先生既然发话，我也不能不给面子，今天就算了，让他回舍，我会叫医工去诊视。"

　　小武道："多谢监君。"又对王奉世道："今天先回去休息吧，好好养病。"女子对小武匍匐跪拜，说着感激的话，小武道："主要感谢监君大度。"女子又跪拜监工。监工道："扶你的丈夫回去吧。"女子便去扶王奉世，王奉世挣扎着站起来，突然抱住自己的头，呻吟道："好痛，我好痛啊。"忽然一口血喷出来，喷了女子一身，女子大惊，王奉世低声说："细君，我对不起你，你……你自己保重。"随即身体一歪，滑倒在地，剧烈痉挛了几下，头一歪，死了。

　　女子扑在王奉世身上，发出呼天抢地的嚎叫，声音像绝望的母兽，哀断人肠："你们杀死了他，我要去告你们。"

　　监工有些慌张："你自己刚才说他有病，自然是病死的，休要诬赖我们。"

　　女子嚎哭："叫医工来诊视就知，你们这帮丧尽天良的畜生。"小武也鼻子发

---

① 弛刑：不戴刑具的罪犯。

② 居赀赎债：秦汉法律术语，指通过为官府服劳役来偿还欠款。

酸，眼泪扑簌簌流下，有一种兔死狐悲之感，他说："对，这事叫医工来诊视便知。"监工脸色难看，道，"沈先生，我们掠治刑徒，都是严格按照律令行事。刚才也卖了先生的面子，允许他回舍休养。他自己有病，不提前告病，硬撑着来做工挣钱，怎能怪我？先生在南昌县是主管治狱的，当知我言不假。"

小武默然，左右看看，狱吏看着他，都面相不善，知道自己得罪不起，就说："至少应该出钱抚恤吧？"

监工道："该怎么做，按照律令来就是。来人，先就地挖个坑，把他埋了。他欠大王的债务还没还清，按律令不能除去刑具。"

那女子听到这话，更是哭得死去活来。小武知道，汉家风俗，百姓最怕死后还带着刑具入葬，他们深信，地府的官员也会按刑徒的身份接收他们，到了阴世也要继续苦役。所以即便是累死的刑徒，但凡家里有点办法，都会告贷赎回尸体，请求主管官员写张文书，免去死者的刑徒身份，以便在地下重新做人。小武回转身，对监工说："主事君，王奉世欠大王少府多少钱？我帮他赎了。"

监工看着小武，想了想，道："沈先生是仁慈的人，我也不是天生的恶棍，只是为大王办事，身不由己。来人，给王奉世算账。"

一个狱吏抱着本账册走了出来，大声道："王奉世欠大王三千五百钱，过期未还，故输入官司空，髡钳为司寇劳作。他妻子愿意同时在作室劳动，以便尽快偿清债务。现在除去他们在劳作期间偿付的，还欠大王府库一千二百钱。"

小武估算了一下自己的橐囊，他从南昌县逃亡出来时，带了数千钱，在广陵王宫吃喝都不需自己花费，钱留着也没什么用处，不如做点好事，于是说："我替他还这一千二百钱。你们找一副棺材，写好文书，还他个自由身，让他清清白白，在地下重新做人。"

监工道："久闻沈先生擅长刀笔，不如这文书就请沈先生帮他写好，我们盖上官印就是。来人，去找副棺材来，盛了这尸体。棺材价钱为一百一十，沈先生也一并付了吧。"

小武道："没问题，拿刀笔来。敢问你们官司空君的姓名是？"

"司空长名字叫辟强，丞叫前。"

小武道："好，我这就写。"

那女子膝行而前，跪倒在小武脚下，号啕哭泣道谢。小武一边心酸抚慰，询问她丈夫的籍贯，一边执笔疾书：

广陵王廿二年一月丙子朔辛卯，广陵宫司空长辟强、丞前敢告宫土主、地下二千石、魂门亭长：广陵石里男子王奉世有狱事，事已，复故郡乡里，遣自执此文书移诣圹穴。廿二年狱计，承书从事，如律令。

　　一会儿，棺材抬来了，监工吩咐两个刑徒过来，抓起王奉世的尸体往棺材里一扔。那女子突然站起身来，凄厉地大叫一声："沈先生，多谢你帮我们出钱还清债务，现在我也是个自由身，没什么遗憾了，先生的恩德，只有做鬼再报——奉世，妾身来陪你了。"随即疾速往墙壁上一撞，只听得沉闷一声响，身子软软地滑倒在墙壁下，额头上鲜红的血水淅淅沥沥地流淌下来。

　　所有人都怔住了。好一会，监工清醒过来，走过去，围着尸体转了两圈，蹲下，把手放在她的鼻孔上试了试，叹了口气，道："唉，你这女子，嫁个这样的丈夫，又是何苦？我也是奉令监工，身不由己，希望你在九泉之下，不要怪我才好。来人，把她也抬进棺材，和她丈夫装在一起吧。"

　　小武道："唉，我出钱，再买一副棺材吧。自古夫妇合葬，只有同穴同椁，没有同棺的。生得悲苦，死后又何必住得狭隘，连个翻身的地方都没有。"

　　监工脸色悲戚："沈先生一直做好人，我如果还无动于衷，就太没人性了。她这副棺材钱我出了，你们再去抬一副来。"

　　小武道："他有这样刚烈忠义的妻子，可见人品不差。"

　　监工道："须知世间有些女子就是愚蠢，就如那再昏的昏君，也有为他殉死的。"说到这，好像意识到类比不妥似的，又立刻住了嘴。

　　郭破胡眼泪滂沱，既为这对夫妇悲伤，又感慨小武的仁厚，还说南昌县的沈武刻薄寡恩，连亲兄弟都害的，哪像是那种人。他说帮自己交纳过逋债，自己没亲眼看到，但刚才这一幕总假不了。看他脸上的凄恻，皆出于赤诚，装不出来。心中又想，跟着这样好的主人，也算有福。

　　两人离开司空狱，小武道："我心情不好，还是去找盖公聊聊吧。"两人遂来到太史署。盖公喜道："今日天气好，正好在院子里边晒太阳边畅谈。"小武说了刚才看到的事，盖公道："老夫年长几岁，说句直话莫怪。"小武请他直说。盖公道："我年轻时，也是看不得一点不公，后来在本县做了一阵时间的狱吏，才知道世间固然有冤屈，但绝大多数刑徒并不清白无辜，所以，这类事光是同情，难

163

以解决。当然，你今天看到的王奉世应该例外。"小武想把王奉世赌博借债的事告诉盖公，却又不愿，只说："若我能在广陵国主管狱事，不容许这样责罚虐待。"郭破胡道："县丞君已经遇赦，等大王回来，就能任命了。"

正说着话，忽然有小吏跑来，对盖公说："据说大王回国了，国相和内史在城门迎接呢，是和楚国贵人赵先生同车来的。"盖公笑道："正说大王，大王就到，等大王命令来，我们再去觐见。"

但他们没等到觐见的命令，等来的却是刘宝和赵何齐带来的甲士。只听得院门砰的一声被重重推开，刘宝和赵何齐率先走进，后面跟着十几个甲卒，都持着戈戟。刘宝额头上还包裹着丝帛，血迹隐隐洇出，他提着环刀，冷笑道："果然在这。沈武，你听着，大王命令我来收捕你这贼刑徒，识相一点，快快束手就擒，这是大王的节信。"说着左手举起一块巴掌长的竹符。

官署诸人诧异地望着涌进来的大帮人众。"什么意思？"小武额上血管绽出来，"我犯了什么法，连皇帝陛下都新近大赦，大王又有什么理由捕我？"

赵何齐穿着及地的丝制深衣，蓝色的底子上绣着五颜六色的信期绣，白色丝帛裹边，好不优雅。他背着双手对刘宝说："宝王子太仁厚了，只怕这贼刑徒不会那么听话呢。"

盖公怒道："竟敢跑到我太史官署来捕人？我在广陵二十来年，大王从未这样对我！是你们矫托王令吧。"

刘宝冷哼道："你这老不死的，当年我和刘霸他们一起听你讲《诗》，你就一直对我没有好脸色。还不是看刘霸是太子，才事事向着他，趋炎附势，老而无耻，无人能及。今天我可要出口怨气，你再不闭嘴，就将你当场格杀——沈武，我不妨明白告诉你，其实没什么大不了的原因，只因为你得罪了赵先生，就一定该死。你不服气，进了牢房再跟狱吏哭诉，我没那么多精力理会。来人，捕了。"

他身后的甲卒扬起武器，就要拥上。小武心里发凉，暗道："看刘宝这架式，自己入了狱，哪还能活着出去！罢了，人能弘道，无如命何！大丈夫即便要死，也要死个痛快，何必在牢房里受那无尽的凌辱。"于是嚓啦一声拔出长剑。

盖公一拍书案，也站了起来："真敢在老夫官署撒野，老夫这个太史也不想当了，今天大家玉石俱焚。刘宝小竖子，老夫当初责罚你，是因为你顽劣厌学，不想如今没有丝毫悔改，反而变本加厉。今天老夫斩下你的耳朵，去向大王请罪。"随即从身后的兰锜上抽出长剑。郭破胡一看这情况，也不犹豫，他退后几步，从架上抽出一枝长戟，横在当胸，大吼道："谁敢过来，我先斩下他的首级。"甲卒们一看他威风凛凛，都有点害怕，只是大声吆喝，并不上前。

刘宝气得发疯，大叫："真是要造反了。赵先生，你拿上节信，去征发几十张弩来，这帮刑徒再敢抗拒，全部射杀勿论。"

郭破胡心想，若被他真的带来弓弩手，可就完了，得先发制人。他生性膂力惊人，突然往前一跃，将手中长戟舞得像疾驰的银车轮一般，几个甲卒听到长戟的风声，不敢撄其锋芒，纷纷闪避。郭破胡眨眼之间，已跳到刘宝跟前，右手一伸，一把抓住刘宝的脖颈，奋力往后一甩，就将他整个身躯甩到自己身后，随即反身跃回，长戟一指，卜字形长戟的援部锋刃环住了刘宝的脖子，喝道："再敢动一下，就将你的脑袋拆解。"

刘宝躺在地上，恍如做梦一般，他睁大眼睛垂视，看到闪亮的锋刃就在眼前，魂飞天外，大叫道："都……都不要动。郭将军，有……有话好说。"

郭破胡笑道："现在我成将军了，刚才还是贼刑徒呢。"

刘宝说："都是误会。郭将军大人不计小人过，饶我一条狗命。"

赵何齐也吓得退后几步，紧紧靠在门边，以便随时来得及摔门逃跑，但还是强打精神督促甲卒："给我上去，你们这么多人，还怕区区几个贼刑徒？不然我去见大王，奏你们'逗桡不进'，全部腰斩。"

甲卒们有点害怕，慢慢又围上前去。小武冷笑道："王子，原来你的赵先生也不顾你的性命嘛，这些兵卒敢再上来，我马上割下你的首级。"

刘宝惊恐道："别……别听那赵……赵何齐的，我是广陵国王子，你们胆敢上来，伤……伤了我……我，大王一样要你们的脑袋。"

赵何齐喝道："节信在我手上，你们敢不听？见节信如见大王，赶快上前斩了这几个刑徒，谅他们也不敢伤害王子。"

刘宝大怒，后悔刚才把节信给了赵何齐，气得破口大骂："该死的赵何齐，你敢这样对我，你们别……别上来。"他声嘶力竭地叫了起来，"别……别上来啊……"

赵何齐举起节信，大喝道："上，快给我上。"

小武笑道："赵何齐，你这么恨我，不就是想娶到翁主，有朝一日封侯吗？我有一个封侯捷径，告诉你便是，何苦这样闹得众叛亲离？你以为倘若刘宝有个三长两短，大王就不难过吗？就算碍着眼前，要仰仗你们的势力，暂时不和你计较，终归是有芥蒂的，只怕也是赤族的下场呢。"

赵何齐一愣，呆在那里，本能地回答："你说什么？你有什么捷径，难道自己不要，反而告诉我？"

小武道："告诉你当然有条件，就是放了我。你想想，你欲娶翁主为妻，而前提必须翁主愿意，若翁主不愿意，你强迫又有什么意思？即便翁主迫于无奈，最后嫁了你，你还得盼到大王当了皇帝，翁主升级做了公主，才能按照大汉公主的丈夫一律封侯的老例，配上那枚绿绶银印，光大你们商人的门楣。可那还不知要等多少年，你不嫌太晚了吗？"

赵何齐点了点头："说下去。"

小武道："而且大王能否当上皇帝，现在还很难讲。虽然我们都希望大王达成所愿，但是，事情总有意外，比如卫太子并没有被废掉。即使真的被废，还有昌邑王，他可是李夫人唯一的儿子。还有钩弋夫人的儿子，皇帝也很喜欢。轮到大王，你能保证吗？"

赵何齐沉默了一会，嗫嚅道："不能，那——那你说怎么办？"

小武道："朱安世这个人，你大概也知道吧？"

赵何齐道："当然，三辅有名的大侠，谁人不知。"

"他后来遭三辅官吏追捕，逃亡到广陵国，你大概也知道吧？"

赵何齐想，这个似乎也听楚王讲过，只不过语焉不详，遂迟疑点头。

小武道："看来你不是很清楚，那时你还没来过广陵国呢，这些我也不跟你啰嗦了。总之后来他突然来到南昌县，勾结群盗，围攻豫章郡都尉府，被我矫制发郡兵全部击灭。因为矫制这个原因，再加上豫章都尉高辟兵、都尉丞公孙都全部死在这次变乱中，被公孙贺找到借口，要将我就地正法，我只好逃亡来了广陵国。"

赵何齐不耐烦道："你说这些，跟我有什么关系？你这个贼刑徒的来历，难道我会不清楚？"

"当然有关系，"小武忍住气继续道，"那次捕斩行动过后，我有点害怕，知道矫制等两项罪名足以将我判腰斩。但我当时分析，朱安世身上也许能挖到一些信息，让我化危为安。所以我秘密审讯了他，卑辞厚礼，得到了他亲笔书写的供状，其中包括公孙贺的一个天大的秘密。我那时才明白公孙贺为什么一定要尽快斩下朱安世的首级，而且我也同时意识到，公孙贺一定会立即派人追杀我，我也早早做了准备。"

"什么准备？"赵何齐有点感兴趣了。周围的人也都屏住了呼吸，等候小武揭开谜底。

小武道："这样的秘密，我能当众说吗？万一出点什么差错，我这颗脑袋是无所谓的，你们赵氏一族可有上千口人，都得脑袋离开肩膀。"

赵何齐疑惑道："你别耍什么花样，想借此拖延时间，是万万不可能的。要知道，这可是在王宫里，时间拖得越长，对你们越不利。"

小武道："难道我比你愚蠢吗，骗你何济于事？只是事关重大，绝不能让第三个人知道。你把甲卒们斥退，我再说不迟。"

赵何齐怒道："果然是耍我，等我斥退甲卒，你身边那个蛮子又跳上来将我捉去，真是打得好算筹。"

小武道："好吧，既然你这么胆小，那就不必喝退甲卒了。你走近些，我小声告诉你，如何？"说着，小武把剑往地下一扔，"赵何齐，你该相信我吧。这个样子，我能跑得脱么？"

盖公和郭破胡都惊疑地看着小武，不过他们都知道小武并非庸妄之人，所以见他扔下武器，并不劝告阻拦。

赵何齐将信将疑："好，我们都向前十步，在院子当中说话。你叫你那个凶狠的蛮子也退后十步，我让我的甲卒也退后十步。这样大家公平。"

小武道："就照你说的办。破胡，你退后。"

赵何齐也下令："你们退后十步。"于是哗啦啦响起一片甲叶撞击之声，甲卒们全部退到门外。赵何齐迟迟疑疑地走过来，他封侯的欲望实在太迫切了，多年来，一直被欲望之火焚烧煎熬。他的家族在战国时代，是赵国公室的旁支，后来赵国被秦国攻灭，他的家族从邯郸迁到定陶，经商致富，传到他，已经是第六代。家道虽富，却一直以没有地位为憾。因为他们有市籍，是大汉朝廷明文规定的贱民，通常情况下没有担任吏职的资格。景皇帝末年，因为种种原因，放宽了为吏之路，商人如果家资在五百万以上，就可以进官做郎官。如今朝廷的大司农桑弘羊，就是商人家庭出身，但这样的人毕竟是少数。近几十年，赵氏家族倒是有几人入了仕途，却都没升至六百石，就因不胜任免职。他父亲赵长年，少时听说朝廷尊崇黄老，早早就拜师研习《黄帝四经》《力牧》《老子》《庄子》等典籍，准备将来以黄老之术去游说皇帝，做个郎官，或可升至县令、郡太守、诸侯相，却不料自从太皇太后窦氏驾崩，当今皇帝马上变了嘴脸，改为独尊儒术，自己学的那套，一夜之间一钱不值。幸好他还生得一个漂亮女儿，纳进楚王宫里去，当上了王后。小妾接着又生了赵何齐这个独子，于是早早延请儒生，让他攻习儒家经典，但要靠儒术成名，也不是那么容易的。虽然朝廷屡次下诏要郡国推荐明习儒术的文学①贡献朝廷，可是三番五次的本国预选中，赵何齐都表现不佳，没有博到被推举去长安献策的机会。看来想做官，就只好走别的路了，巴结广陵王刘胥，就是他们认为最好的捷径。

赵何齐心中顿时闪过无数次念头，他的确不放心，但又极其希望小武所言为真，自家马上可以驰书回家，告慰老父，那是何等荣耀的事啊！他还记得有一次诸侯相田万年巡查闾里，父亲赵长年和同里其他三个富人去车前拜见，田万年见到这四位闾里富人，略微勉励了几句，就告辞了。四人目送他的马车绝尘而去，其中一个儿子在郡府做了卒史的富人得意洋洋地吹嘘："看到没有，刚才说话时，田明府一直看着我，几乎没有搭理你们三个，跟我说的话，也比你们的多三句，我劝你们啊，以后还是不要跟我攀比了。"赵长年气得差点吐血，回家之后数日寝食不安，病了一场，痊愈之后招集全族人宣布，不管想什么办法，至少要让赵何齐官至六百石，赐爵五大夫，花多少钱也在所不惜。当时自己在一族长老跟前颇觉自豪，知道自己是赵氏的梁柱。假如有封侯捷径，暂时不跟这小竖子争翁主又何妨呢？刘丽都的确美艳惊人，可自己有钱，想要什么美女会得不到？之所以执意要娶刘丽都，除了她的美貌，也不过想跟王族多攀亲戚罢了，而攀亲戚的目标也无非是——封侯。再说，看刘丽都那架式，的确也不愿嫁给自己，强扭的瓜不甜，即便强行娶到她，又有什么趣味？她还喜欢舞刀弄剑，自己何必冒险？还是封侯要紧，封了侯，就能名正言顺乘坐驷马高车了。到时一定要挂着侯印，在那富人门前来回遛遛，出出鸟气。

想到这里，赵何齐横下心，走近小武，小声道："现在你该说了吧。"

小武道："赵先生别这么紧张，其实我们的所求大不一样，我喜欢的第一是翁主，你喜欢的首先是爵位，我们有什么矛盾不可化解呢？好了，我继续说吧。当初我审问完朱安世之后，就怀疑公孙贺一定会来追杀我，遂早早做了准备。我把朱安世的供状录了一份副本，而把他亲笔写的供状藏在了家里，假如公孙贺逼

---

① 文学：汉代选拔官吏的科目之一，是西汉中后期天下郡国儒生进身的重要阶梯。

急我，我就驰奔长安告发他的奸事。可我没想到他动作那么快，还没等到捕我的文书，他的使者已经先斩了朱安世和南昌县令王德。我只能仓皇出逃，临走时带上了朱安世的亲笔供状，但我一直没机会去长安伏阙上书。现在天子下了赦令，本来我可以离开广陵去告发了，却又有两点疑难。首先，我不知道公孙贺是否会在各地邮传亭舍安排刺客等候我。第二，我喜欢上了翁主，这一走，前路难测，我不知是否还能回来。何况大王的志向我也略知一二，虽然我可以保证不会向任何人说起，但大王又怎么会放心我呢？所以，我愿意和你做个交易，就是我把朱安世的供状送给你，你去长安伏阙上书，告发公孙贺的阴事，这件功劳足以让你封侯万户，光宗耀祖。你看如何？"

赵何齐有点激动，也有点怀疑："封侯，没有人不想，你会看得这么澹然？"

小武淡淡地说："我说了，我喜欢翁主，其他的，我都不在意——我们不是一样的人。"

赵何齐伸出手："既然如此，快把朱安世的供状给我。"

小武哼了一声："你是不是有狂易之症？门外都是你的人，我现在给你，这条命还能在吗？"

"好，"赵何齐跺了跺脚，想了一会，轻声道，"那我去向大王求情，赦免你。不过你要说话算话，否则我可以随时让大王杀了你。"小武道："最好不过，另外就是不能跟我抢翁主，大丈夫不可食言，我要你对天盟誓。"

赵何齐听小武这么说，反而越发信了，当即退后几步，对着甲卒们大声道："大王对沈先生可能有点误会，刚才一说，前嫌冰释。我们走。"

甲卒们看到刘宝在郭破胡手里，本来也不愿上前，听到命令，当即个个欢喜。刘宝跪在地下，扯着脖子喊："还……还有我呢，快放了我。"他惊恐地盯着脖子上的戟刃，一丝也不敢移开。

小武走到刘宝跟前，俯下身，在他耳边轻轻道："当然会放了你，谁叫你命好，是个王子呢。不过，真是不巧，你对左姬做的事，不小心被我看到了。本来这是你的家事，我管不着，可是你如果来惹我，我只好铤而走险了。"说着意味深长笑了笑，直起腰，喊道，"破胡，放了王子。"

刘宝这时已经面如土色，比刃横颈边时更甚。刚才虽然害怕，毕竟还知以自己的身份，小武并不敢轻易杀他，但他强奸左姬的事，如果传了出去，即便大王饶他性命，一旦长安的宗正官得知，也绝不会放过他。名分上左姬相当于他的母亲，强奸庶母，也是不折不扣的乱伦，按长安廷尉府那帮官吏的说法，就是"禽兽行，大逆不道"，判腰斩是必然的。唉，自己也不知道为什么，看见漂亮女子就神不守舍。左姬实在太过迷人了，虽然已经三十岁，肌肤还是那么光滑，脸蛋还是那么洁腻，尤其那双纤纤玉手，弹琴鼓瑟，号为双绝。大王真有艳福，身边美女一个接一个，他何德何能？他那死去的王后就是绝色，才能生出刘丽都这样的佳人，每当看到她，胯下就不由得要硬邦邦的。唉，她偏偏又是自己的姊姊。其实，就算是姊姊，又打什么紧？大汉立国以来，诸侯王的乱伦都差不多成惯例了，济北王刘宽、梁王刘立、江都王刘建、广川王刘齐，哪个不这样？他们干得，我干不得？只是刘丽都好使刀剑，性情刚烈，自己没有机会，只好把手伸向左姬了。她一向温顺，就算奸了，她也不敢让大王知道，她难道不想当王后吗？王后去世之后，一直没有册封新王后，很多人都觊觎这个位置，但只有左姬最有希望。如果大王知道她被我奸过，怎会让她当王后？天幸这次大王去长安没带上她，否则我还没机会呢。不过怎么会让那姓沈的竖子知道的？是在显阳殿，还是清越殿？那小竖子真是奸诈，竟敢胁迫我，也罢，先稳住他再说，量他一个逃亡刑徒，也跑不出我的手掌。

郭破胡手一扬，将戟移开。刘宝狼狈爬起，对小武拱手："既是误会，我也回去劝谏大王，告退了。"随即跌跌撞撞往门外跑，一边跑一边凄厉地叫着，"等等我……你们……"

看着他们出去，盖公奇怪道："他们这是怎么了？前倨后恭的。那刘宝怎么也突然凶焰全无？"

小武笑道："赵何齐是商人，商人总有办法对付。至于刘宝，我只不过使了个诈，果然把他吓着了。"说着，心里也暗暗好笑，那天刘宝一出现，左姬立刻惊恐逃避，我那时就颇疑惑，刚才情急之下使诈，果然。唉，王室是何等糜烂，平日听大家口头相传，总不大信，现在看来，的确不是捕风捉影。

看到小武唇上漾出的微笑，盖公和郭破胡面面相觑，不知所以。

小武道："准备去见大王吧。他们这一回去，估计大王要召见我了。"

他们重新坐下来聊刚才的事，果然没多久，一个使者匆匆跑来，说大王在日华殿，要小武马上去见。

且说刚才刘胥见赵何齐和刘宝颓丧而回，颇为惊奇。更惊奇的是两人态度大变，抢着为小武求情。"怎么回事？"刘胥问，"赵先生你不是最恨他么，怎么反倒为他说话？"

赵何齐道："臣固然恨他，但刚才左思右想，觉得不该因私废公。"

刘胥道："此话怎讲？"

赵何齐道："我和宝王子率领甲士去捉拿他，侍从说他在太史官署。我们马上赶去，却在墙外听到他和盖公两个在讨论经义。"

刘胥道："盖公德高望重，我一向倾慕，没想到那竖子倒有两下，能跟他老人家谈论经义。他们讲了什么？"

赵何齐道："他们说，按照古代圣贤的标准，皇帝应该从诸子中挑选有德者为太子。而在他们看来，大王就是有德之人，说要竭尽全力为大王夺取帝位，尽心辅佐大王，踵武尧舜。臣在门外听到，大为感动，觉得沈武的确是国之栋梁，虽然臣和他有私怨，但想到应以大王的帝业为重，怎可弃大义而报小怨？所以和王子带兵回来，请求大王赦免沈武，并庆贺大王得一良臣。"

刘宝也附和道："赵先生所言，句句出于赤诚。臣敢贺大王，非但得一良臣，而且得一直臣。沈武忧心国家，不忘社稷，此之谓良臣；赵先生不以小怨而废大义，此之谓直臣。臣观春秋时晋国的祁黄羊内举不避仇，也不过如此啊。"

刘胥本来就不想加害小武，听他们一说，喜道："好好，不过，赵先生和丽都的婚事……"

赵何齐道："臣虽然爱慕翁主次骨，刚才也想通了。大丈夫当以朝廷大业为重，岂能斤斤计较于儿女私情？既然翁主和沈武相爱，臣认为也不妨遂他们心愿。不过沈武毕竟还是一介布衣，臣以为，不如等他将来立功受爵，才许他得承①翁主，他也因此会更感恩图报；若轻易让他得手，恐怕反而不能激发他上进之心。宝王子，你说是不是？"赵何齐假装侧过头来征求刘宝的意见，其实此刻心中甚是矛盾，虽然迫不得已要为小武美言，但一想到要把刘丽都让出，终究太不甘心，于是想，何不先拖他们一拖，也许又能找到别的机会除掉小武，让他人爵两空呢。

刘宝赶紧表态："赵先生高风亮节，令人仰视，臣怎不赞同？愿大王听从赵先生直谏。"他边说边心里冒火，这个该死的竖子，真是蛇蝎心肠，刚才差点死

---

① 汉代制度，娶公主为妻叫"尚"，娶翁主为妻叫"承"。

在他手里。也不知沈武那竖子跟他说了什么，让他突然假仁假义。对了，难道这姓赵的竖子，也曾对左姬不轨？想到这，越发恼怒。

刘胥喜道："赵先生胸怀宽广如海，真让寡人敬佩。本来寡人也不想系捕沈武，以免天下士人寒心。既然赵先生不计小怨，寡人求之不得。你们都能以大业为重，当年赵国的廉颇、蔺相如，也不过如此啊。快去招沈先生，将丽都放出来，寡人今天要大摆筵席庆贺。"

还没到日华殿，小武就在复道曲廊上看到了刘丽都。她急匆匆走着，身后紧跟着两个赭衣的女刑徒。看见小武，急忙奔过来，惊喜而又紧张："仲卿，你怎么来了？大王放了你？"她环顾四周，没发现押捕的士卒，只有一个头戴纱冠的使者跟在小武身后，才放下心来。"奇怪，"她拉过小武，走到一边，轻声说，"刚才大王派人去抓你，又把我关押到暴室。我又急又怕，真的好担心你。你没事就好，谢天谢地！大王怎么改主意了，那个使者是召唤你去见他的？"

小武看着刘丽都微笑："我没事。"他轻描淡写，心中却感委屈，当即一阵伤心涌来，泪水盈眶。刘丽都焦急的样子，让他感动欣喜，他想起初见她时，惊讶她办事精干老练，在一起久了，才发现她其实仍是个孩子，和其他平民女孩并无太多不同。她貌似有极大野心，有极多心计，可一旦熟悉了她，就会发现如同幻象。他感觉她的野心从来就不曾是一个明确的目标，也许她只是觉得，住在广陵这块狭小的地方，生活实在没有什么趣味。她似乎把所有的事都看成一场游戏，舞刀弄剑，只是她内心的一种焦躁反应。她曾对他说，自从母亲死后，她就一直感觉孤苦无依，觉得人生已经了无乐趣，只有东奔西走，才会略觉心安。她说母亲生前跟她说，从来就不喜欢父亲，死亡反而是个解脱，临死前，母亲握着她的手，挂念她的未来。在那之后，她对父亲的了解越多，对母亲的理解也越多。一想到将来要嫁给某个列侯，一辈子锁在深宫里出不来，就觉得恐惧。

"你放心吧，"小武看着她，突然将她搂在怀里，不顾使者就站在回廊上张望。由他去吧，他爱怎么想怎么想，反正自己就是要抱她，如果有个机会，能为她而死，也绝不会犹疑。小武的眼泪落下来，叭嗒叭嗒掉在刘丽都的肩上，低声道，"丽都，你喜不喜欢我？我实在……太喜欢你了。"

刘丽都满脸绯红，自从回到广陵国，就从未被小武抱过。逃亡途中的那些缠绵，恍如梦幻，仿佛从未发生过一般。当然也不是从未发生，如果没有那些缠绵，她和小武不会心照不宣。那天在马车上，在肥牛亭，她突然想和这个男子恣肆亲热。自己很爱他吗？那倒也未必，但不可否认是有好感，她也不知道为什么。这男子长得并不美，当然也不丑，但他的言行举止让她莫名动心。她被他牵着手往鲤鱼亭奔跑时，心都要跳到外面，心里一阵一阵的晕眩。在狭小的葱椴车内，她闻着这个男子身上奇特的汗液体味，愈加有一种朦胧的冲动。她喜欢他的果断和善良，和他在一起，她觉得充实而安定。而在广陵国，她接触的男子都不如小武，父亲时而粗鄙，时而风雅，极平庸而无主见；亲同产弟刘霸柔弱畏懦，毫无霸气；异母弟刘宝贪婪好色，秉性凶残；朱安世汗漫，好为大言，名不副实；赵何齐浑身市侩，装腔作势。只有眼前这个人，虽出身卑贱，却行事踏实，聪明好学。现在她的确真的爱他，还在与日俱增，有时候甚至让自己后悔，为什么要把他带来广陵国？要是皇帝真能改立父亲当太子，倒也罢了；如果不能，岂非连累他也丢命？

"你放开啊，今天怎么这般大胆了？使者还在后面呢。"刘丽都轻轻挣扎，看着小武流泪，又迅即目光低垂，咬着嘴唇说，"你干嘛哭，羞也不羞？不喜欢你，能被你这么搂着吗？你这无赖。"

小武的血液迅疾沸腾起来，"无赖"两个字，是她在肥牛亭亭舍里对小武说过的，这样平常的两个字，从她嘴里说出来，却也带着娇慵和旖旎，让人心荡神驰。但自从那夜，她再也没说过了。当然，自己再也没勇气搂过她，而今天为什么这样胆大？

"你又这么叫我了。"小武擦擦眼泪，低头一直看着她，她眼中也满是笑意。

"你突然这样搂着人家，难道不是无赖？"刘丽都的声音更加低了，"快说，大王怎么改变主意了？如果那姓赵的竖子要强行娶我，可怎么办呀？他现在恨死你了，你还若无其事，真是全无心肝。"

小武低声道："你放心，他暂时不会再跟我抢你了。我估计他过几天就要找借口离开广陵，未来的事我也不知道，现在最麻烦的，却是你那弟弟刘宝。"

"你怎么知道？"刘丽都惊讶地说，"你用了什么方法，如此自信？"

"不告诉你，否则你会感动死的。"小武笑道。

刘丽都垂着颈，目光散乱，撒娇道："告诉我，我就亲你一下。"

小武凝视着怀中的丽人，想得寸进尺，说："亲一下怎么够？"可是看到她艳美绝伦的姿容，竟然说不出口。他暗叹道，"人说佳人倾城，果然不假。如果我是有土之君，就算把国土全拿来换她，都千愿万愿。"他痴痴地看着她，心胸漫溢着温暖，笑道："唉，惹不起你，不过我说完了，你一定要亲，不许耍赖的。"

刘丽都眼波流转："快说快说。"她的手紧抓着小武的脊背，身子紧贴着他的前胸，嘴里如兰蕙般的热气呼在他的脖子里，让他意乱情迷。

"嗯。"小武柔声道，"我跟赵何齐做了个交易，如果他愿意放弃你，我就把朱安世的供状交给他，让他去长安告发公孙贺的奸事。按照律令，告发谋反者，皆得封侯。他见有这么大的好处，立刻就答应了，现在他非但不会动我，还会在大王面前拼命为我美言呢。"

刘丽都目光热烈，光芒闪烁，伸过脑袋，迅即在小武唇上亲了一下："仲卿，你果然对我好。不过，你觉得值得吗？难道你不想封侯吗？"

"是有点可惜。唉！要不——我找他退货。"小武假装后悔。

"你敢？"刘丽都急了，"我讨厌死他了。"

小武道："那再亲我一下，刚才如蜻蜓点水，都没尝到滋味。"

刘丽都歪着脑袋，顽皮地打量着小武，猛然抱紧了他的脑袋，两人紧紧地吻着，好一会方才松开。"就是便宜了赵何齐那竖子。"刘丽都笑道，"看他那副装腔作势的样貌，我就想吐三天！"

小武笑道："但愿他胃口好，有福气享受到列侯的爵位。"

这时使者在回廊上叫道："大王正在日华殿等待，请翁主和沈先生赶快去吧。晚了的话，大王怪罪臣，臣可担当不起啊。"

两个人相视一笑，走上回廊，一会儿来到日华殿。刘胥满面春风，吩咐小武坐下，抱歉道："刚才寡人过听谗言，说沈先生图谋不轨。幸得赵先生在门外探知沈先生忠心耿耿，才消弭了误会，请沈先生万勿见怪。寡人特地设下宴会，给沈先生压惊。"

赵何齐看着小武，意味深长地说："沈先生乃国之栋梁，刚才在下已经极力向大王举荐了。希望沈先生要对得起在下的举荐哦。"

刘宝也急忙道："我也极力担保沈先生忠直不二，沈先生尽管放心。只要沈先生放心，我也就放心了。"

小武颔首笑道："谢谢大王，也谢谢赵先生和王子的担保。臣武不敢辜负大王和二位的厚望，为大王办事，赴汤蹈火，在所不惜。"

虽然已有心理准备，刘丽都依旧觉得好笑，这姓赵的果真市侩，片刻之间，前倨后恭如此，也真是难为他了。不过刘宝怎么也巴结起小武来了？真是莫名其妙。

赵何齐侧身对刘胥行礼，道："再次恭喜大王得一良臣。有沈先生辅佐大王，臣也就放心了。臣过几天就回楚国，向楚王报告喜讯。"

沈武向刘丽都一笑。

刘胥愕然道："赵先生不是说好，这次来，起码要待上半年么？怎么突然急切要走啊？"

赵何齐稽首道："大王恕罪，臣突然想起家里还有一桩生意要处理，那可是桩大买卖，可以赚很多钱。大王，我们日后办事还要大量钱财，万万不能随便放弃机会。"

刘胥喜道："这倒也是，那么寡人过几日为先生饯行，今日也无醉不归。"

第九章

商贾啖爵禄　奸凶斁冠缨

　　长安，渭水西岸，建章宫骀荡殿。

　　六十五岁的大汉朝皇帝刘彻，和他的宠妃钩弋夫人赵婕好，正陪伴他们的小儿子刘弗陵玩耍。刘弗陵才三岁，却身体壮大，看上去超过实际年龄。他性格活泼，很不安分，在殿中跑来跑去，还时不时爬到刘彻的膝盖上，呼唤他陛下。刘彻慈爱地注视着幼子，满心欢喜。"为什么不叫我阿翁呢？"刘彻逗他。

　　刘弗陵眼睛扑闪扑闪："你不是一般的阿翁，是皇帝。要不——我叫你皇帝阿翁吧。"他的声音稚嫩，有些音读吐不清楚，"皇帝"两个字，念成了"航帝"，"翁"念成了"绷"，越发显得可爱。刘彻哈哈大笑："真乖，那么，你想不想当皇帝呀？"刘弗陵道："当皇帝快乐吗？"刘彻道："当然快乐，因为，没人敢不听你的话。"刘弗陵不相信地说："那皇帝阿翁，我为什么很少看见你笑呀？"

　　刘彻的心好像被猛然撞击了一下，他抬起头来，长长叹了口气。他的确应该叹气，这君王，执掌天下已五十个春秋，在这五十个春秋当中，经历了多少事啊！逝去的岁月，经常如长河一般在他心里流淌：深夜微服，带着几十个侍从出城打猎；在未央宫前殿，亲自测试天下郡国举荐的儒生；悍然下诏，征发天下士卒出征匈奴；车队迤逦向东，登泰山，封禅百神；离宫别馆之中，宠幸过的美女，数不胜数……而不知不觉，人也两鬓微霜。"欢乐极兮哀情多，少壮几时兮奈老何？"人生太短了，只有到了一定的年龄才会知道。不知什么时候开始，连性欲也渐渐离他远去。人生真的快结束了，看见美女都没有欲望，活着还有什么劲？人生真是太短了！

偶尔他也会想起那些有才华的儒臣武将，在他身前一个个逝去，公孙弘、董仲舒、石建、石庆、汲黯、卜式、韩安国、郑当时、赵禹、张汤、司马相如、东方朔、枚皋、庄助、朱买臣、主父偃、倪宽、卫青、霍去病、张骞……这些曾经也活蹦乱跳的生命，现在皆已化为一抔抔黄土。不过这些人，都只是偶然想起，而且想起的原因，也只是想起了自己的青春岁月，在他们的身上，附丽着自己的青春。

早在几年前，他已经没有勇气再待在未央宫了。未央宫，是高皇帝以来，历代皇帝居住和执政的场所。如果这世上真有阴魂，那么，每天晚上不知该有多少阴魂会在那出没。有一天，他坐在未央宫前殿接见群臣，突然感到一阵恐慌，于是干脆在长安城西南边，隔着渭水竖起了辉煌的建章宫。建章宫是宏伟的，比气势雄浑的未央宫还要宏伟得多。当年萧何建筑未央宫时，看到龙首山地势高敞，决定把未央宫前殿安置在龙首山上，龙首山比渭河岸边要高十几丈。站在前殿上朝北眺望，不远处的渭河像一条缎带，蜿蜒流过北城墙，好像就在脚下。坐在前殿下视宫阙，有一种俯瞰众生的感觉。黄土高坡上猎猎的西风吹得北阙金马门上的旗帜哗哗作响，碧空中白云飞驰，映照在渭水之上，阴晴不定。群臣从北阙进宫，地势越来越高，早就意气萧索。

"天子以四海为家，非壮无以重威。"萧何这句话，让刘彻永志难忘。因此，建章宫不仅美轮美奂，地势必须驾未央宫前殿而上之。首先开凿了一个大池，将挖出来的泥土堆积为建章宫的地基。几万名刑徒，加上从长安周围县邑征发的十几万名百姓，参加了这一工程，花了一个多月才大功告成。如雷般夯土的呼声响彻天际，终于使它变得比龙首山还高两倍。这回他把宫门开到东面，这样，坐在建章宫的前殿上，就可以俯瞰未央宫的屋顶，屋檐上"未央卫尉"的瓦当清晰可见。东门的凤阙高二十多丈，右边的虎圈，关满了天下郡国进贡来的奇禽异兽。开凿出来的池面，碧水一望无垠，号称太液池，池中央是渐台，比未央宫的渐台还高数倍，号称神明台。他真希望这高台能迎来真正的神仙，从而永享富贵。

已经是春天了，骀荡殿飘来了朵朵杨花，真应了这殿名，春光骀荡。钩弋夫人轻轻地说："陛下，刚才怎么问弗陵那样的话了？"

"什么话？"刘彻转过头来。

钩弋夫人道："就是问他想不想当皇帝啊？"

"哦,这个孩子很像我。我很喜欢他。"刘彻道。

钩弋夫人道:"那么陛下就干脆下决心,改立他为太子吧。"

刘彻怔住了:"这是你该管的事?你是什么身份?"他的语气中隐隐有一丝不快。又沉默了一刻,怒气突然升腾起来,猛地一拍床榻:"来人。"

值日郎中急忙奔来,曲身应答:"臣在。"

钩弋夫人脸色煞白,眼看宫门边肃立的执戟郎就会奔入,将她拖出去。她赶忙跪伏,颤声道:"臣妾知罪,臣妾再也不敢了,望陛下看在弗陵份上,饶了臣妾这一回吧。"边说边将头上的金簪和耳上的玉珥摘下,又脱掉袜子,以头抢地,咚咚有声。她是何等惧怕面前这个老男人,在这世上,又有谁个不怕?太阳底下,他拥有无上的权威。这样的人,是不是完全不懂什么叫作温情?虽然他偶尔也会显露出一点,比如和骑都尉金日磾的顽童儿子亲昵,对逝去的李夫人无休止地眷恋。不过,那仅仅是一种幻象。她陪伴了他那么久,非常清楚这老男人的极端自私。幸好自己姿色尚未衰败,让他暂时还舍不得下手。是不是帝王都这样?也未必。他的老祖宗高皇帝刘邦就并非如此,当年刘邦知道自己无法把宠妃戚夫人的儿子立为太子,悲不自胜,还为戚夫人起舞高歌,涕泪阑干。但这个人,却永远不会那么做。

刘彻看了赵婕妤一眼:"算了,起来吧,朕这回不跟你计较。"钩弋夫人喜出望外,赶忙戴好首饰,屈身跪到一边。刘弗陵也被吓呆了,依偎在她怀抱里,黑亮的眼珠从钩弋夫人的襟袖间窥视刘彻。刘彻哼了一声:"弗陵,过来。"刘弗陵有些迟疑,钩弋夫人忙推他:"快去。"这时外面传来一个声音:"水衡都尉江充求见。"黄门令弯腰跑进来,双膝跪下奏禀,"他说有要事禀告陛下。"

"哦,要事,"刘彻自言自语道,"好吧,宣进来。"

钩弋夫人赵婕妤松了一口气,立刻抱着刘弗陵退回内廷。不一会儿,江充急匆匆跑进。"启奏陛下,"他小声道,"东阙下有人跪伏上书,说是发觉了一个重大的谋反阴谋,要向陛下亲禀。"

刘彻本来还慵懒地卧着,任何官员觐见,他几乎都是这样,除了很少的几位直臣。甚至当年大将军卫青来,被他直接召到厕所,他一边排泄,一边和卫青交谈。此刻,他一骨碌坐起来:"什么?谋反?!宣进来。"

江充答应道:"臣这就去。"说着灵活爬起,疾走出去。年老的皇帝被唤醒了元气,还有热血。随着年龄一天天老去,他越来越恐惧。每当看到已经四十岁的太子和二十岁的嫡长孙，就不由得自怜，接着又愤懑，他隐隐怀疑四十岁的太子一定在心里怨恨他："你为什么还不死，我等待即位，真是度日如年。"所以前几年他生病的时候，亲信宦官常融告诉他，太子不但不悲伤，还暗暗高兴呢。他立刻勃然大怒，想下使者去系捕太子。幸好下令之前犹豫了一下，先派另一亲信去伺察，结果是太子非但没有高兴，反而满面泪痕，他一怒之下杀死了常融。可是事后他又重新不安：太子到底是真悲伤还是假悲伤，也许太子心里暗暗开心，表面上又不敢不装出悲伤的样子！

"陛下，上书人到了。"江充打断他的思绪。

刘彻又回到现实，他看见面前伏着一个二十五六的男子，身穿丝织的深衣，脑袋伏在地下，只能看见他的背在微微颤抖，很显然非常紧张。

"抬起头来，让朕看看。"刘彻心里有些不喜，他并不喜欢太卑躬屈膝的人，虽然他杀过不少秉性刚直的人。

那人抬起头，面目倒还端正，但眼光游离，隐隐透出一股狡狯。

"你是不是有市籍？"刘彻道。

"陛下圣明，"那个男子惊讶道，"大汉草莽臣赵何齐，楚国定陶人，家族的确数世行商，但从未欠过租税。每次陛下征伐匈奴，下诏要天下豪富纳粟输边，臣家都积极响应。大司农处一定留有档案，望陛下明察。"

"既有市籍，何以敢穿丝织的衣服？"刘彻道，"不知道高皇帝以来就有令，商人不得穿丝衣、乘高车么？是郡国二千石默许，还是你自己公然违抗律令？"

赵何齐面色一下变了，心里暗暗叫苦，怎么一切都想到了，却没有想到换掉这身衣服呢？他赶忙连叩了几个响头："陛下圣明，臣岂敢违抗律令，请容臣解释几句再伏诛，死亦不恨。"

刘彻道，"好，有说则可，无说则死。"

赵何齐道："陛下，高皇帝时，国家草创，民生凋敝，连高皇帝自己的轩车，都找不到四匹纯色的马相配，至于将相，大多只能乘牛车。但经过文皇帝、景皇帝的苦心经营，国家日渐富庶，衣食滋殖。太仓的粮食成堆腐烂，大司农和少府钱多如星辰。到了陛下御宇，几十年来，国势更是蒸蒸日上，天下品物繁盛，又东征西讨，打下了辽阔的江山，重译款塞，万夷宾服。市集上丝绸充斥，粗糙的麻布几乎绝迹。臣即使想遵从高皇帝律令，不敢穿丝衣，奈国家富庶，麻布难觅何？况且，臣虽然是山东鄙人，却也侧闻陛下即位以来，修订律令，改易正朔，封禅泰山，乘舆服御用度颜色皆有所变更，这些，先帝都闻所未闻。若陛下因循守旧，我大汉又怎能有威腾万里的新气象呢？因此臣虽然有违朝廷律令，却也事出有因，望陛下怜惜臣一日狗马之命，让臣能苟延残喘，为陛下效忠。"

刘彻微微露出笑容，点头道："嗯，你也算是善辩了，如此称扬我大汉之美，可以免罪。你所告谋反，究竟为何事？"

赵何齐擦擦额头上的汗水，心里连呼侥幸，同时也高兴起来，大难不死，必有后福，看来此番真的封侯有望。他从胸前掏出一卷竹简来，高举到头顶，朗声道："大汉山东草莽臣赵何齐，奏告当朝丞相葛绎侯公孙贺，和其子太仆公孙敬声大逆不道谋反罪。证据在此，请陛下御览。"

刘彻心头立刻涌起一阵莫名的兴奋："快，把证据呈上来。"江充接过赵何齐头上顶着的简册，摊在刘彻身前的几案上。刘彻扫视了两行，原来那是一份拷掠文书：

> 鞫之：太始四年八月丙辰朔戊辰，豫章郡南昌县令德、守丞武敢告郡太守：三辅大侠朱安世自服，知丞相公孙贺、其子太仆公孙敬声等奸事，亟持此文书移诣郡太守。

哦，是那个死去的南昌县令王德、县丞沈武的拷掠文书。他都几乎忘记这事了，作为皇帝，哪会记得南方一个小县长吏的名字。年初改元时，他倒是希望那逃亡的沈武来长安自首的，可是终究没有来，他心里颇为失望，却没想到，突然又出现了。他的目光急剧往下扫去。那是另一个人的笔迹，粗豪大气，而内容让他怒不可遏，此文书的书写者自称被公孙敬声敦促，曾带人去甘泉宫驰道埋藏木偶人，以祝诅当今皇帝，时间为太始四年的四月壬午。这就是朱安世手书的自供文书，文书后除了朱安世的签名，还有一个血红的指印。文书中还说，当时公孙敬声和他的来往信件也被他同时埋藏在甘泉宫驰道下，可以查证。刘彻看到这里，再也忍不住了，大喝道："来人。"

"臣在。"江充道。他看见皇帝发怒，心里大喜，看来公孙贺要倒霉了，哈哈，除掉这个人，又少了一个威胁。

刘彻一拍几案："持朕的节信，急发执金吾车骑，驰围丞相府第，将其家人全部逮捕。走脱一个，以重论之。"

江充欣喜地从符节令手中接过节信："臣领旨。"他兴高采烈地跑出去，身子好像漂浮在云端。

刘彻继续看下去，越看越怒："来人。"旁边的侍中、郎中、中郎等内廷官员站在旁边，无不瑟瑟发抖："臣等在。"

"持朕的节信，立即发卫尉车骑，逮捕阳石公主、诸邑公主，召百官到骀荡殿来见朕。"

一个近侍结结巴巴地说："陛……陛下是让……让臣，让臣去逮捕阳石公主和诸邑公主？"他似乎有点信不过自己的耳朵。

"难道朕说得不够清楚么？"刘彻将简册往桌上一拍。

"臣该死，臣奉旨。"他哆哆嗦嗦爬起来，两手捧着节信出去了，整个骀荡殿里，气氛杀气腾腾，一点春风骀荡的意思都没有了。连飘进大殿的轻柔的杨花，似乎也变成了凛冽的雪花。

接下来刘彻几乎是看几行就怒喝一声，在把竹简看完之前，他接连下了五道诏令：

"逮捕长平侯卫伉一家，一个都不许漏掉！"

"逮捕平阳侯曹宗一家，皆下廷尉狱！"

"逮捕岸头侯张次公一家，下廷尉狱，一个不许纵失！"

接着，建章宫阙下车马杂沓，中都官各曹署长吏纷纷赶来，御史大夫、太常、大司农、宗正、少府、廷尉、执金吾、大鸿胪、长信少府、京兆尹、京辅都尉、典属国、左冯翊、右扶风、司隶校尉、太中大夫、诸隶文学光禄大夫等，全部聚集东阙下。一会儿，郎中来传达刘彻的命令，领他们到建章宫前殿等候觐见。而在骀荡殿里，刘彻还在询问赵何齐："这份文书怎么会落到你的手里？"

赵何齐差不多已经吓瘫了，他哪里见过这样的阵势，虽然他知道这件狱事重大，但皇帝的反应和处理手段还是超过了他的想象。皇帝几乎是不假思索命令车骑大肆捕人，甚至他自己的亲生女儿，卫皇后生的阳石公主、诸邑公主都没有丝毫宽贷。这起码得捕捉上万人吧，因了自己的告发，整个长安城鸡飞狗跳，而西市即将血流成河。他大口喘着气，有点头晕，恐惧一时间掩盖了他本该有的兴奋，如今皇帝问他，他恍惚觉得自己正在梦里，一时间竟说不出话来。

"陛下问你话，还不赶紧回答？"两个侍中赶忙斥责他。

"不要恐慌，朕问你话，你就慢慢回答吧。"刘彻也知道，这个没见过世面的商人肯定被吓住了。

"啊，好好，启禀陛下，这份简册，臣得之于原南昌县丞沈武手中，"赵何齐吸了口气，看见皇帝脸上的怒气已经隐去，心里稍微安定下来，继续道，"沈武当时逃亡，身上带伤，在路上遇见臣的商队，说路逢强盗，仅免一死。臣不知他是逃犯，一时恻隐，加以收留，为他请医治伤。他伤好后，向臣辞别，并交给臣这份简册，说救命之恩，无以为报，以此相赠。臣虽极力挽留，他却坚决不肯，臣万般无奈，就送了他一些金银，设宴饯别。之后臣打开简册，发现竟是份拷掠文书，而且从内容看，牵涉到众多朝廷重臣。臣非常害怕，左思右想，不知怎么办是好。臣个人感觉沈武或有冤情，但又想既然他被丞相府下文书逐捕，而陛下未加反对，则到底谁是谁非，还难遽定，于是更加犹豫不决。幸好碰到今年陛下改元征和，大赦天下，臣惶恐不安，觉得如果不来长安告发陛下近臣的奸事，万一奸事果真发生，惊动圣驾，则臣有愧君父，死不足以塞责，是以臣昧死伏阙上书。"

"哦，好，你们两人都忠诚可嘉。"刘彻慰勉道，"可惜沈武不知所终，等事情查清，朕即封你为列侯。来人，车驾移行前殿。"

建章宫前殿上，大臣们都不知所措，轻声议论着，不知皇帝为何突然将他们招集。如此盛大的上朝仪式，已经有好多年不发生了。自从皇帝改制，通过尚书传达诏令给外廷，在外廷亲自召见公卿议事，就成了一种奢望，连丞相也难见到皇帝一面。尤其近年来皇帝御体不佳，经常躲匿在离宫别馆，有具体政事，才叫侍中持节信征召主事大臣前去觐见。

这次一定是发生了什么大事。大臣们都感受到了一股不祥气氛。

"丞相，丞相怎么还没来？"突然有一人发表了他的疑惑。

"是啊，的确不见丞相，丞相是百官之长啊。"一个官员附和道。即使在大将军、车骑将军等内廷官员受到宠幸，排名位次大大提升之后，丞相依旧号称百官之长，起码在名义上是这样。

"还有太仆公孙敬声，他也没来。"另一个官员像是发现了什么，"他可是丞相的儿子。"

百官们愈加惶惧不安，他们现在已经确信，当前这任丞相正要走前几任丞相的老路了，不是灭族就是腰斩。这次到底会有多少人牵连进去？谁也说不准。宏伟高大的建章宫前殿，顿时弥漫着张皇失措和浓重的血腥气息。

"丞相没机会来了。"突然一个威严的声音出现在陛阶上，群臣马上闭住了的嘴巴，齐齐伏在地上。

"公孙贺竟敢和两公主勾结，造巫蛊诅咒朕躬，盼朕早死，实属大逆无道。今天朕把诸卿招来，就是要和诸卿讨论，如何处置公孙贺等一干逆贼。"

群臣一时间都呆了，虽然他们早有预料，可是听到皇帝亲口宣布，仍旧感到震惊。还能说什么话？陛阶上的这个人，与其说是征求大家的意见，不如说是要大家表态：到底站在谁一边。那还用思索么？谁不想多活几天？

于是，在沉默了片刻之后，突然大殿里轰然杂沓，响起一片愤激的声音：

"陛下，全部腰斩，枭首长安市。"

"臣以为，全部陵迟处死，妻子官卖为奴，或者流徙边郡。"

"陛下，臣以为当诛夷三族。"

"三族怎么够，臣以为应当诛夷九族。"

……

刘彻缓缓地发话道："大汉以律令治天下，朕只想依律令从事。严延年，你是廷尉，你说怎么处置？"

众臣一下子默然，这严延年是有名的酷吏，当年任河南太守，诛戮郡中豪强大族，杀人如麻，曾一次判决死刑万人，号称"屠伯"，一时全郡股栗，乡里父老都叮嘱各自家族子弟，万勿出门为非，否则性命不保。因为严延年擅长罗织罪名，哪怕细小的狱事，到他手里，经他舞文弄墨，奏报到长安廷尉府，整个廷尉府的官员都会认为不杀不足以平民愤。他的残酷竟有奇效，河南郡自此狱事锐减，道不拾遗，接连几年考绩都是天下第一。严延年长得短小精悍，不怒自威，无赖子弟也不敢袭击报复，一则他随从众多，难以下手；再则严延年本人也擅长骑射，每年乡射礼，他都会出席，而且几乎次次拔得头筹。刘彻读过他的考绩文书，十分欣赏，随即征调他入长安担任廷尉。他也的确不负皇帝厚爱，每件狱事都办得让人无可指摘，水衡都尉江充也想结交他，但严延年除了皇帝，谁也不买账，一口谢绝。江充擅长弄权，巧言令色，而严延年认为，自己是凭真本事升至廷尉的，江充小丑，如何配和他并列。可惜严延年样貌不如江充威武，而皇帝又一贯喜欢容色，所以虽然信任严延年，却并不特别亲近。

"依照高皇后《二年律令》，不能根据捕风捉影的告状来治狱事，否则反坐之。臣以为应当先查清此事是否属实，再做决定。"严延年道。

他的话让群臣一惊，本以为皇帝之所以征询他的意见，就是因为他断案残酷无比，希望他广引律令，提出尽量可怕的处罚，谁知他竟然和皇帝相悖。

刘彻不悦道："此次告状，并非匿名飞书，不符合《二年律令》。朕所看到的，乃是南昌县原县丞沈武所藏的拷掠文书，作书者朱安世，是朕亲自下诏书名捕的大盗剧贼。朱安世曾和公孙敬声在甘泉宫驰道埋藏偶人，祝诅朕躬。朕刚才也已遣人驰往云阳，发掘甘泉驰道，查验是否属实，过不了几天，真相就会揭晓。哼，现在朕想明白了很多事，公孙贺得知朱安世被南昌县廷系捕，急忙派人去格杀南昌县令和县丞，此文书由县丞沈武携带逃出，因为偶然机缘，落入定陶商人赵何齐手中。现在是赵何齐亲自伏阙上书，并非匿名，难道赵何齐不要脑袋吗？"

严延年道："按照律令，上书者必须熟悉本件狱事，并和本件狱事直接相关。若南昌县丞沈武亲自上书，臣以为的确符合律令；若由别人代为呈禀，应当先拷掠代为上书者。因为代人上书，或者为了金钱，或者为了爵位，和挟私诬告以上匿名飞书者情况相同。臣谨遵律令，不敢奉诏。"

群臣又面面相觑，有的嘴角讥笑，感觉严延年大概活腻了，或者吃错了药。这种时候，还谈什么律令？那些前辈榜样呢？看看人家杜周，有客问他身为廷尉，主管天下狱吏，为何不严守律令，而一味迎合皇帝？他竟然冷笑，说："律令是怎么来的？你知道吗？前朝皇帝所说的话，现在都变成律了；当今皇帝随口所说，叫作令，而一旦施行，就相当于律；而且在下任皇帝手中，一定是律。做人，不能食古不化。"反而把客人噎住了。严延年竟然不有样学样，当真枉背酷吏之名了。

刘彻果然怒道："按你所言，是朕狂易不成？"

严延年道："臣头可断，律令不敢违。若臣一腔热血，能捍卫三尺法的权威，保住大汉朝廷的声名，又有什么可吝惜的？"

刘彻哼了一声："很好，来人，将严延年拿下，解去廷尉印绶，下司空狱。"

两个执戟郎官应了一声，跑上大殿来拖严延年。严延年面无表情，喝道："滚一边去。"他面朝皇帝，脸色凝重："臣自会解印绶，不劳狱吏动手。臣固然死罪当诛，但廷尉是中二千石，荣耀珍贵，岂能让狱吏们的贱手触及我大汉廷尉印绶，亏损朝廷尊严。臣愿陛下赐臣素剑，臣即刻在东阙下自裁，以谢陛下。"

刘彻心里一动，不由得暗赞，这竖子虽其貌不扬，却真是国之宗臣。他突然有些后悔，可是覆水难收，颇为尴尬，心里叹道："王言如丝，其出如纶；慎尔出话，敬尔威仪。人君说话，的确不可以不谨慎啊！"

他环顾四周，心情急躁，好在适时响起一个声音："陛下，臣以为严廷尉忠直可嘉，不可诛戮。臣叩请陛下收回成命。"

刘彻一看，是御史中丞靳不疑，心里松了口气，"这靳不疑果然善察言观色，知道朕心里所想。"但面上依旧假装冷若冰霜，道："卿以为该如何处置？"

"臣以为严廷尉所言句句在理，按照律令，代人上书，重者当弃市。天汉元年，胶东王刘建以五万钱买通同邑大男子公士赵瑞，上书奏告其父谋反。当时五位二千石官员杂治此狱，一致认为，上告者贪图钱财，离间他人骨肉，不可为后世法，判决上书者无道，斩首弃市。元封三年，广汉郡男子王无忧，许诺将爵位廉价卖给同里人陈良，让陈良为他状告同里富户谋反。事情发觉，陈良贪图爵位，为不相关人告状，被判弃市。臣以为，可将公孙贺下廷尉狱治办，但上书者当准当年案例，处以重刑。"

刘彻道："这未免太过了。"

靳不疑道："虽然上告谋反算有大功，但若由此引发变告成风，败坏我大汉纯厚风俗，得不偿失啊。一个人谋反，容易惩处，若天下人都为了钱财爵位不择手段，朝廷倾危翘足可待。臣因此以为，代沈武上书者应判重刑。"

刘彻叹了一声："卿所言也有道理，一个两个人谋反不足惧，而不择手段追慕金钱爵位，的确对我大汉风俗有损。唉，不过，要处上书者死刑，朕实在不忍。不如将其减死一等论，处以宫刑。卿既然为严廷尉求免，朕准奏，赦其无罪。你们都起来吧，朕也不急着处理此事，等云阳的证据到了，再议不迟。"

赵何齐起初听到刘彻要封他为侯，心里正喜滋滋的，没想到严延年一出，形势急转直下，不但封侯无望，反而性命难保，当即魂飞魄散。可是最终处以宫刑，和砍头有何区别？他顿觉两腿无力，一下瘫倒在席子上，胯下渐渐沥沥地湿了一大片。他想叫，却叫不出来，只能从喉咙里憋出凄厉的一个字："不……"便晕了过去。旁边的郎吏看见他晕倒在殿上，立刻上前察看，发现他下身湿漉漉的，还有阵阵臊气氤氲飘出，当即劾奏道："陛下，赵何齐污秽朝廷大殿，大不敬，当下廷尉狱拷掠。"

刘彻突然有气无力："你们看着办吧，两罪并罚，取其重者，仍处以宫刑吧。"

丞相葛绎侯公孙贺没有机会下廷尉狱，在听到府第外面的鼓声后，就知道大限来临。接着江充敲开了府门，大批甲士跟着涌了进来，环卫在他两侧。他慢条斯理地展开诏书，大声念道：

> 制诏丞相：朕以旧故拜君为丞相，而乘高势为邪，兴美田以利子弟宾客，不顾元元，无益边谷，货赂上流，朕忍之久矣。终不自革，乃以边为援，使内郡自省作车，又令耕者自转，以困农烦扰畜者，重马伤耗，武备衰减，下吏妄赋，百姓流亡；又诈为诏书，以奸传朱安世。狱已正于理，又蒙蔽主上，妄斩郡国长吏，阻碍视听。朕念君追随五十余年，功甚于过，终不责罚，冀君自新。乃与子为奸，勾结公主，埋偶人于甘泉驰道，祝诅主上。书不云乎："窜三苗于三危，殛鲧于羽山。"言有罪正于理也，君其上丞相葛绎侯印绶，诣廷尉对状。

江充把诏书一合，喊道："公孙贺，快出来受缚吧。"

公孙贺在楼上听得真切，脸色惨白。他看了公孙敬声一眼，叹道："家门不幸，出了你这样的逆子，公孙氏从此绝灭了。快和药来，老夫先死，你们就捱到秋后处决吧。"

他接过侍从递过来的鸩酒，一步步走上飞云楼，最后看了一眼未央宫的屋顶和巍峨的北阙，五十年前，他还是个青春少年，就蒙皇帝宠幸，经常出入其中。那些辉煌的岁月，从此灰飞烟灭，竟用这种方式和它诀别。他内心对皇帝还是很有感情的，但一切都斗不过天命。他长叹了一声，仰首将药酒一口饮尽。

卫君孺见丈夫饮尽毒酒，悲不自胜，注目侍从："给我也拿一杯吧。"公孙贺抱着妻子，笑道："我有罪，让你也不得善终。"卫君孺道："君侯客气了，都怪妾身生了一个混账儿子，连累你蒙羞。"公孙贺道："此乃天意，好在我们一起步入地府，尚可继续做夫妻否？"卫君孺热泪盈眶："蒙君不弃，魂魄愿长随于君。"又道："人皆有一死，皇帝也一样，他有什么可得意的？"公孙贺道："固然如此，到底气恨难平。"卫君孺道："天下真没见过这样恶毒的人，虎毒不食子，刘彻，他真是禽兽不如。"公孙贺一惊："怎敢称皇帝名讳？"随即又惨然一笑："可怜皇后一家，只怕也难躲过啊！"卫君孺道："苍天怎么不开眼？劈死那个无耻的暴君。"

两人泪眼相看，公孙贺药性率先发作，捂着肚子呻吟，身体蜷缩成一团，嘴角喷出鲜血。卫君孺抱着他，身上全是血。她缓缓将公孙贺平放在地板上，公孙贺看着她不断喘气，随即痉挛了几下，痛苦地死去，脸上和衣襟前满是药渣和血污。

江充指挥士卒，将其他的人都绑了出去。

第三天，去甘泉宫的使者就带回了证据，公孙敬声的确在驰道上埋藏了木偶人，木偶人胸腹之间，用血色朱砂写着皇帝的出生年月时辰。同时掘出的还有几份书信，内容是敦促朱安世尽快造作巫蛊，经查验，的确是公孙敬声手迹。刘彻气得发抖，当即又招集群臣，下令将一干人犯全部转移到水衡狱，交水衡都尉江充和廷尉严延年杂治。不须暗示，群臣就知道要穷治到底，涉及任何皇亲国戚，都不可能姑息。

江充喜气洋洋："臣一定不负陛下期望。昨日臣拷掠赵何齐，得知原南昌县丞沈武并未逃亡，而是藏在广陵王刘胥的府第。臣请诏书将他征来长安，杂治此案。"

刘彻道："这赵何齐起先说沈武逃亡，不知所终，看来真是想独占功劳，以博封侯。如此不择手段欺骗朕躬，处他宫刑，也不算太冤了。"

江充道："赵何齐现正关押在蚕室，臣已经吩咐给他行刑了。他昨日嚎叫希望出钱赎刑，臣没有理他。"

刘彻道："好，此人利禄熏心，不合赎刑。不过，毕竟这奸事是他揭发出来的，也不能毫无封赏。等他伤愈，让他做掖庭令吧。你们用点心，这件狱事，最好赶在明年新正前了结。"

江充道："臣一定尽力，绝不让一个奸人活在世上，给陛下增添烦恼。"

广陵王刘胥一直在奇怪，为什么赵何齐自从上次离开广陵后，就音信皆无了，派了几个使者去见楚王，顺便问这事，都说赵何齐出外经商，许久未回。真是莫名其妙。刘胥自言自语："难道他不想共谋大事，博取封侯了？难道他还嫌自己家里的钱赚得不够？"正在念叨的时候，有侍从报告，使者从长安来，要面见广陵王，宣读诏书。

刘胥赶忙去迎接使者，使者面如寒霜："据说原南昌县丞沈武逃亡后，就躲藏在大王宫里，皇帝陛下派臣来问大王，可否见见其人？"

刘胥一惊，背上顿时湿了一片，一时张口结舌："使君远道而来，先请坐下休息，寡人这就吩咐摆宴为使君接风。"

使者笑道："大王，还是把人交出来吧，定陶商人赵何齐前段时间去长安，向皇帝告发了公孙贺的奸事。他身上携有朱安世的亲笔供状，经过拷掠，他承认沈武就在大王宫中。皇帝陛下已经逮捕了公孙贺一家，牵连到的有阳石公主、诸邑公主，以及长平侯卫伉、平阳侯曹宗、岸头侯张次公，这些奸人相互勾结，祝诅皇帝陛下，都要夷灭三族。现在皇帝陛下要征召沈武进京，以为佐证，大王万勿废格明诏。况且大王也不必担心，正因为大王收留了沈武，公孙贺等奸人才无所遁形，说不定陛下还会赏赐大王呢。"

刘胥转忧为喜："真的？沈武的确在寡人宫中，不过寡人当时就猜到他受了冤枉。真是天佑我大汉，如果当时他被公孙贺杀了，这奸事就永远不会见到天日。"他转身吩咐侍从，"赶快去请沈先生来。"

此刻，小武和刘丽都正在盖公的院子里。自从赵何齐走后，刘胥对小武也好了许多。刘宝虽然嫉恨，也无可奈何。小武屡次暗示刘宝，如果刘宝不惹自己，大家就相安无事，否则只好玉石俱焚。刘宝每日见了小武，还得忍气吞声假装恭敬，也不敢再去惹左姬了。

刘丽都也逐渐抛却拘谨，经常和小武成双出入。不过刘胥告诉她："你想嫁给那南昌来的小吏，是不可能的，一个穷小吏如何能承翁主？"刘丽都道："大王若肯提拔他，他就不是穷小吏。"

刘胥道："我只是个小小的诸侯王，国中的大官都是长安指派的，你叫我怎么提拔他？再说有功才能提拔，无端就把一个小吏提拔到可以承翁主，国人会想，他到底是因贵才承了翁主，还是承了翁主才贵，又凭什么呢？难道他的阴格外大？"刘丽都顿时脸色赪红："大王怎么如此粗鄙？"刘胥道："不是我粗鄙，而是你的想法让百姓免不了产生粗鄙之念。"

刘丽都回头一想，父亲说的话也不是毫无道理，回头跟小武一说，但隐去"大阴"部分。小武反倒安慰她："说不定我也可以封侯呢，列侯承翁主，百姓再无闲言吧？"刘丽都笑他："你做梦吧，你的文书都送给那赵何齐了。"小武道："还不是为了你，你该怎么报答呢？至少让我亲一下吧。"刘丽都摇摇头："来广陵的一路上，被你亲得已经够多了，早超过了你该得的量。"小武却忽然感到很温馨："可是我为了你，连列侯的爵位都不要，光这个功劳，就该平了你的那些账，从现在开始，我再不欠你的，若有了新功，就得立刻兑现。"

"嗯，这件事你做得的确不错，可惜这样我依旧没法嫁给你。"刘丽都看小武皱着眉头，语气宛转些，"不过你不用难过，嫁不了你，也总比嫁给赵何齐强。"

小武道："如果你要嫁给别人，对我来说，和嫁给赵何齐差别很大吗？再说，令尊最希冀赵家的钱财，下次我可没这么好的运气，能阻止令尊的决定了。"刘丽都的眼睛暗淡下来："是啊，怎么办呢？"小武道："别着急，虽然我把朱安世的供状让给了赵何齐，却怕他没有福气享受呢。"刘丽都瞪大眼睛："这话怎么讲？"小武笑道："暂时不告诉你。"刘丽都嗔道："敢不说！"伸手来挠小武的腋窝……

正嬉戏打闹，一个侍从跑来，叫道："皇帝陛下的使者到了广陵，要征沈先生进京。"

"什么事？"刘丽都有点惊慌。

"据说赵何齐先生去长安伏阙上书，告发公孙贺的奸事，皇帝陛下极为震怒，下诏穷治此案。赵先生供出证据来源于沈先生，故皇帝陛下立即派使者征召沈先生。"

沈武对着刘丽都一笑："看，我封侯的机会来了。"

刘丽都放下心："封侯？那赵何齐呢，难道你们都能封侯？"

那侍从插嘴道："据说赵先生被皇帝陛下免死一等，判处宫刑，哪里有什么侯可封啊？"他怯怯地看了看小武，"沈先生，你可也要小心啊。"

刘丽都吃了一惊："怎么会这样？仲卿，你……你不会也被处那……那个宫刑吧？"

"宫刑好。"小武道，"一了百了，省得日思夜想那得不到的人。"刘丽都脸上又飞红起来："你这死亭长，扯什么骚，你故意来气我。"小武看她面容羞涩，还有些微微生气，顿时心头蜜淌："放心吧，我没那么蠢。"

刘丽都语气缓和，但又面带疑虑："那——你一早就知道他会被处宫刑？"

小武嘴角笑了一下："按律令，本来处死刑的可能性更大。"

刘丽都有点信不过自己的耳朵："你怎会如此阴毒？你知道我为什么喜欢你吗？就是觉得你很善良。就像上次在大王潭，你都不忍心射杀那些甲士，那时我心里对你不知又多了几分好感，我暗暗决心要嫁给你为妻。我希望我的夫君是个善良的男子。除了这些，你还有什么呢？"

小武看见刘丽都真生了气，急道："那要看对谁了，我平生最讨厌的就是盛气凌人、歹毒阴险的竖子。赵何齐正是这类人物，我一生的愿望，就是希望有能力将这类人诛杀干净，还我大汉醇美风俗。"

刘丽都心中升起一阵凉意："那么你说的舍弃侯爵，根本不是因为爱我？你明知道赵何齐拿了那供状去，也没用的，是吧？"

小武叹道："你误解我了，不是你所说的那样，诚然，我知道他拿了那供状去也许会出问题，但并非一定如此。我固然知道有代人告状受到惩处的先例，但相反的例子也有一些。尤其这不等于我不爱你，关键这个结果很可能是他自找的。按理说告发这样的谋反大狱，皇帝一次封赏五个侯爵也不过分，一定是赵何齐想大功独揽，不让我沾丝毫便宜，欺骗了皇帝。再说，他一直欲置我死地而后快，那天他和刘宝带人来捕系我，你又被大王拘系于暴室，形势何等危急？若非我见机得快，加上破胡的帮忙，现在早已化为白骨，埋葬于不知哪堆黄土之下了。你想想，我和他无怨无仇，他竟这样对我，就算我做得有点过分，难道不可理解吗？"

刘丽都沉默了一会，放柔了声音："仲卿，要细论起来，你的确也不算过分。我带你来广陵，却让你天天受他们的冷眼，还差点因为我丢了性命。你能有郭破胡帮你，也是你当初积下的恩德。唉，但愿皇帝召你去，不会有什么不测。"

"一定不会的，你放心好了。"小武试探着去牵刘丽都的手，刘丽都没有躲开，小武当即一把揽她入怀，在她耳边呢喃，"为了你，我丢了性命也心甘情愿，但我不能忍受你被别的竖子抢去，只能奋力抗争。假如上苍有眼，我能平安回来娶你。"

刘丽都也呢喃道："真的吗？那我等着，你可别耍赖。对了，我还真有点不放心，那个靳莫如，不就在长安等着你吗？我提醒你，可不许见异思迁。"

小武听她语气虽然和柔，但头倚在自己肩膀上，肩膀顿时湿润了，笑道："真的不用担心。什么靳莫如，怎能跟翁主比？尚承翁主，是多么荣耀的事？没想到我一个南昌县的穷竖子，也算是皇亲了。"

刘丽都嗔道："少来油嘴滑舌。翁主，翁主有什么了不起的？现在朝廷的异姓公卿，哪个不比诸侯王得意？靳莫如一门五侯，父亲兄长都深得皇帝宠幸，你巴结上他们，仕途一定比顺风的大雁还要轻疾，哪里还会想到我？"

"刚才还担心我有去无回，忽然又担心我升得太快，女人一吃起醋来，真是没道理的。"小武一边说，一边用鼻子去蹭刘丽都的头发。刘丽都忍不住笑着躲开："痒死了。我说不过你，你个死亭长，反正你给我小心点。我宁可射死你，也不让你落到靳莫如手中。"

小武鼻子一酸，眼眶顿时噙泪："果真蛮不讲理。你要搞清楚，现在是大王瞧我不上。"双手把她揽得更紧了，在她耳边低低地说，"其实像我丽都妹妹这般绝色，谁见了舍得放弃？除了赵何齐那个佣奴，所以只配去享受宫刑。古人说，天与不取，反受其咎，我今天才算真的明白。"

刘丽都心里一热："你叫我丽都妹妹，好肉麻！"她抬头看着小武，右手在小武脸上抚摸，"你真不易，但我也只是面上风光，宫里的小吏都觉得我蛮横，实际上生活在这个家族里，非常孤单。自从母亲去世，我就感觉再也没有人真正关心我了。"

"嗯，这个我相信。"小武道，"我一直想，诸侯王家族里为什么那么多狂易的人，可能都有说不出的苦恼之故。像赵王彭祖那样，喜欢做小吏的已经很奇特了；至于胶西王刘端，竟然撤去宫卫，封死大门，自己也天天翻院墙进入自己的王宫，简直不可理喻……"

"啊，亭长。"刘丽都叫道，"你在骂我狂易么……"

小武笑道："不是不是，我只是在猜想，为什么你们锦绣罗绮穿着，钟鸣鼎食享着，却总不满足，不过我可能永远想不明白。"

这时侍从坐在院子的门槛上，遥呼道："沈先生快随我去吧，使者等急了该发怒了。"

"好吧，咱们一块过去。"刘丽都道。

—— 第十章 ——

渭水西风冷　椒房暗泪零

征和元年的秋末，在一系列短暂的审问拷掠之后，水衡都尉江充向皇帝交上了一份涉及巫蛊狱事的谋反者名单，包括原丞相公孙贺、平阳侯曹宗、岸头侯张次公、长平侯卫伉，以及阳石公主、诸邑公主一家，请求将首犯全部判处腰斩，从犯无论年老年少，一概弃市。辅佐杂问此事的，是新任丞相刘屈氂、廷尉严延年、按道侯韩说，以及刚刚被任命为丞相长史的原南昌县县丞沈武。

刘彻看完名单，题了三个字："制曰：可。"

江充喜气洋洋，率甲士奔赴水衡监狱，将罪犯和他们的家人，总共一万三千人，全部拉到长安城南面，西安门的渭水岸边，下令行刑。太仆公孙敬声、岸头侯张次公、平阳侯曹宗以及阳石公主、诸邑公主，像狗一样被牵到巨大的受刑台上。在甲士们粗暴的吆喝下，公孙敬声等人老老实实地脱掉了衣服，光着身子，站在长安秋天的微风下，瑟瑟发抖。人字形的大雁从他们的头顶掠过，他们下意识地仰首张望，眼光悲凉而贪婪，这是对人间风物的最后一次注视了，从此就要长眠地下，坠入亿万年的茫茫黑暗之中。大雁寥唳的声音荡漾在渭河两岸，它们怎会知道，这里将有一场血腥的屠杀！

江充悠闲地踱了过来，笑道："公孙太仆，我来送你魂归泰山了。早知道你们父子俩不是什么好东西，你们这次不死，说不定连皇太子都要被你们教唆得弑父弑君呢。"

公孙敬声两眼无光，短短几个月，他已经从俊秀的中年人跳入老年。他的胡子老长，像一丛杂草，全然没有了冠履鲜洁的世家公子模样。听到江充的嘲讽，他死鱼般的眼睛突然射出一丝光芒，骂道："赵虏，好好的皇帝，都被你这赵虏教唆得坏了。皇帝本来不会这样残暴，我等自然也不必去做这等大逆不道之事。你这条赵国疯狗，不要得意得太早，我死也要变成厉鬼，将你捉去——你忘了武安侯田蚡是怎么死的么？"

江充嘿嘿笑了一声："死到临头，还敢诅咒。来人，给我将他的下颌骨打烂。"但心里颇有些惴惴，当年武安侯田蚡害死了魏其侯窦婴和故太仆灌夫，第二年春天，就一病不起，只要一闭眼，就见窦婴和灌夫守在床边，提着赤红的绳索，向他索命，吓得他对着空气嚎叫："是我害了你们，我服罪，我服罪。"家人都莫名其妙，请来术士来驱鬼，终无效验。术士自我辩解，说："君侯杀害无辜太多，我等无能为力。"没多久，田蚡果然一命呜呼。江充来回踱了两圈，招手把心腹叫到身边，低声道："这反贼刚才诅咒我，待会你想点办法，让他鬼魂不能为祟。"心腹道："这个好办，下吏去叫两个术士过来帮忙。"

午时三刻到了，鼓声咚咚响起。江充下令："开始行刑！"

两个甲士上前，将一丝不挂的公孙敬声拖上去，按倒在斧质上。公孙敬声歪着脑袋，下巴骨松松垮垮地下垂，刚才已经被砸烂了。他顺从地伏在斧质上，刽子手大喊一声，挥起巨斧，宽阔的斧刃斩向他的腰间，只听得沉闷的骨头碎裂之声，他的脊椎断为两截，腰间和嘴里同时喷出一股水柱般的鲜血，肠子等内脏哗啦啦淌了一地，上半身吧嗒一声掉下斧质，下半身犹且趴在上面，一股熏人的内脏热气，伴着浓厚的血腥气，立刻向四周弥漫。上半截身子犹自痉挛了几下，最后翻开眼皮看了一眼江充，露出怨毒的目光。江充抬袖掩住了鼻子，骂道："驱散他肮脏的魂魄。"那边早已架起了一口大镬，热水沸腾，四个甲士各自两两抬起公孙敬声一半尸体，噗通一声扔进了大镬。两个术士随即上前，将一簇桃枝倒进了大镬①，吩咐厮养："一直加柴，要煮到分不清肉和骨头为止。"

接下来依次受刑的是平阳侯曹宗、岸头侯张次公、长平侯卫伉，也同样光着身子，一丝不挂，按到斧质上，他们目光呆滞，毫不挣扎，比牲畜还要老实。大概都在想，如果现在有机会做一个平民百姓，每日享受粗茶淡饭，该是多么幸福！

鼓声再次响起，刽子手齐齐扬起大斧，斧质上的三具肉体随即也从腰身分成了两半，行刑台上顿时被血液和内脏铺满，满眼是红的和绿的，热腾腾的腥气冲

---

① 汉代人相信桃木能辟邪，将尸体和桃枝混合埋葬，就可以使他不能作祟。

天而起，浸润了整个渭河上空。甲士们继续掩着鼻子，将六块尸体抛进大锅，又用水冲刷了行刑台，然后抬上了百十个木质砧板。在甲士们的呼喝下，每块砧板前都排上了长长的队伍，都是依次受死的队伍。这些队伍中的人，没有前面几个主犯那么老实，他们哭天嚎地，垂死挣扎，满脸都是悲愁和绝望，但无济于事。刽子手这回换了大刀，砍头这活不比斩腰那么费劲，用不着厚重的斧头。只听得江充一声令下，百十柄大刀全部落下，百十股红箭从颈部的断口处激射而出，百十个人头也骨碌碌滚落在各自的砧板前面。一个甲士弯腰跑过来，将尸体拖到一边。刽子手吼道："下一个。"一个活着的囚犯就乖乖上前跪下，将脑袋侧放在砧板上，刽子手再一次举起屠刀，周而复始。

这场屠杀从早晨一直持续到黄昏时分，渭河的水再度被染红了。刽子手体力不支，已经换了几轮；斩首的刀刃口翻卷，也换了好几轮。只见每个砧板的右边，都是高高的一大叠衣服；左边，是一堆堆尸体；而前面，则是一个个圆圆的沾满鲜血的人头，或老或少，或须发苍白，或面部稚嫩；或男或女，或怒目圆睁，或满颊悲戚。每个头颅都展示出对生存的无比渴望。然而，以文人的目光来看，这种杀戮的随意和规模，好像在进行一场屠狗比赛，甚至连屠狗也没有这么大型，这么壮观。血腥像一层看不见的毯子，已经将渭河边这块地方完全笼罩了。坐在西安门边巍峨观刑台上的五个大吏，各有各的表情：江充兴高采烈，神气活现；刘屈氂和颜悦色，神色从容；严延年脸色凝重，双眉紧锁；韩说坐立不安，寡然无趣；小武则双目下垂，似不忍直视。其实此刻，他的内心在深深叹息，他开始觉得自己做错了，犯下了巨大的罪孽，这残酷的杀戮，皆是由自己而起，难道不会有损阴德吗？上天还会护佑自己吗？他想发足跑到一个没人的角落，嚎啕大哭。

与此同时，未央宫椒房殿里，卫皇后躺在床榻上，斜凭着枕头，正嘤嘤哭泣。皇太子刘据跪坐在她面前，呆呆地看着满头花白的母亲，凄惶地劝慰："母亲，请从容，让陛下知道，会以为你同情那些反贼，那会连带我们都遭殃啊！"

卫皇后愈发悲伤，哭声也愈发止不住，她怎么止得住？什么反贼，她想骂眼前的儿子："阳石公主、诸邑公主，那可是你两个亲妹妹啊；长平侯卫伉、太仆公孙敬声，那可是你的亲表兄啊；他们怎么算反贼？"何况行刑的地点就在长安城南墙西安门外，紧邻未央宫南墙，即便隔着厚实的城墙和重重宫墙，也能听到断断续续的击鼓声，那是惊魂摄魄的鼓声，每一轮鼓罢，都有上百个人头落下；每一轮鼓声，都足以让椒房殿里这几个高贵而虚弱的人心惊肉跳。也许皇帝是故意这样做的，故意让江充将刑场设置在这个地方。他为什么要这么做？为什么对自己的儿女如此残忍？

鼓声是时断时续的，每一批人被拉上斩首台，就要击鼓以壮声势，所以每次鼓声响过，卫皇后等人的心都似乎被动物爪子挠抓着一般。他们知道，这一瞬间，上百个活生生的人就再也看不到世间的太阳。然后是一阵短暂的沉默，接着鼓声又骤然响起，还隐约有刽子手们互相壮胆的吆喝声杂厕其间。在这几个宫墙内的人看来，鼓声并非是最可怕的，最可怕的是两阵鼓声中的间歇，那是一种虽在等待，但明知一定会发生的痛苦，让人难以为情。"天啊，"卫皇后低声哀嚎了一声，"我受不了了。"这也的确，作为一位母亲，听见自己的亲生骨肉正被她们的父亲斩首，怎堪承受？她这辈子一共生了三个女儿，大女卫长公主被皇帝父亲强行嫁给了山东的术士——骗子栾大，以笼络骗子，让他尽心尽力为自己求长生不死之药。这是一个极端自私的男人，他听见栾大一番胡吹，就拍着大腿感叹："唉！要是我能像上古的黄帝那样求得仙药飞升，那抛弃妻子，就像抛弃破鞋一样。"后来发觉栾大是骗子，又毫不留情地将他处死，也不管女儿会变成寡妇，女儿因此很年轻就郁郁而终了。现在看来，长女那样的结局并不坏，至少不必像两个妹妹这样斩首而死。还有侄子长平侯卫伉，当年卫氏一门何等风光，襁褓之中纷纷封侯，谁能想到今日。她无法想象女儿被拉到行刑台上，剥去衣服，按倒在斧质上的瑟缩模样。女儿虽然都将近四十了，可在她心里，依旧像小孩一般，她还能忆起幼时逗她们玩乐的样子。她们生下来就有封地，曾经以为是这世上最幸福的女子，有使不过来的奴仆，穿不尽的绫罗绸缎，吃不尽的玉粒金莼。普天之下，没人敢不敬她们，她们何曾想到，有朝一日会被粗野卑贱的甲士们扒光衣服虐待。皇帝难道不要面子吗？就算你要她们死，也该让她们保存一点体面，当她们凄惨地丧生于刀斧下之时，她们的父亲还在建章宫里，拥着年轻的宠妃寻欢作乐。一想到这个，她就肝肠寸断。她怎么能抑制住悲声？

"是那个亭长沈武干的好事，"卫皇后终于忍住哭声，沙哑着嗓子说，"那个人，真是天上降下的恶魔，专门来对付我卫家的。"

"母亲也别这么说，"刘据恨声道，"如果不是公孙贺和妹妹她们谋反，怎会如此？普天之下，贪图富贵的人多如牛毛，秉公办事的官吏也数不胜数。他们既然做了这种事，没有沈武，也会有王武、张武。最可恨的是公孙敬声，他是罪有应得，却把妹妹们害惨了。妹妹自小秉心塞渊，不跟着他，怎会谋反？"

"怎不怪那天杀的沈武？"卫皇后有点歇斯底里，"不管怎样，事情总是因他而起，这件事不能就这么算了。"

刘据蹙眉道："母亲节哀息怒，依臣看，更要提防的是江充那畜生。这几年他假公济私，不知中伤害死了多少无辜大臣，上次还差点将臣射死，可怜父亲竟然夸他。这次谋反大狱，也都是他一手操办的。若不是他舞文弄法，怎么会株连一万三千多人？他灭绝人性，丧尽天良，禽兽不如。臣若有了机会，要将他碎尸万段。"

卫皇后咳嗽了两声，一口血喷了出来，她低声喘气："江充那个畜生，天，我简直不能听到这个名字。这是个肮脏的名字，让我作呕。"

刘据大惊，他直起身子，上前扶起卫皇后："母亲，你不要太伤心了，千万珍重玉体，要等到杀死江充的那天，母亲，你要相信会有那么一天。"

跟从太子而来的太子少傅石德本来跪坐在帷幔外一言不发，这时也忍不住劝道："臣伏请皇后节哀，皇帝陛下年纪大了，过听奸人谗言，以至有此祸患。只是，在甘泉宫驰道下发现诅咒皇帝陛下的偶人，也的确实有其事。如今江充耳目众多，我们切不可过于悲哀，以免让陛下疑心我们和公孙贺有勾结。只要等到太子即位，杀江充还不是像杀只狗一样？皇后，以后见到皇帝陛下，非但不能悲伤，还要强作笑颜才好。"

石德是天下有名的恭厚仁孝的石氏家族成员，石氏是大汉建国以来，少有的一直荣显不衰的世家，家族成员中，从来无人犯法下狱。石德的父亲石庆做过丞相，封牧丘侯，对次子石德尤为喜欢，曾上书皇帝，望死后能让石德袭爵，刘彻答应了。石庆死后，石德以牧丘侯拜为太常，太初三年，因为宗庙祭祀用的牺牲瘦瘠，有罪当斩，家里为他纳谷赎罪，但也因此失去侯位。后来刘彻听说石德孝顺恭谨，又任命他为太子少傅，他干得很称职，很快得到卫皇后和太子的信任尊敬。此刻听了他的话，卫皇后擦干嘴边的血迹，气息恹恹道："装作若无其事，我是绝没有可能做到的。"她又咳出一口血来，"他杀了我的亲生女儿，我还怎么对他笑脸相迎？难道我也像他那样毫无人性吗？我的女儿从小温顺，我不信她们会诅咒自己的父亲，即便有，那也是被他逼的。这么多年来，他的冷酷凶残已经让所有人绝望了。"

刘据无奈地叹了口气，他仰视椒房殿的殿顶，神色凄怆："这个地方曾经居住过多少苦闷的冤魂，我现在才算体会到了。江充——"他叫了一句这个名字，脸色惨白，手指神经质地在几案上抓动，"我……"

屠杀之后，最为得意的还是新任丞相刘屈氂，他是宗室子弟，中山王刘胜的儿子，曾当过涿郡太守。刘彻听说了他的贤名，召他进京，任命为宗正。除掉公孙贺之后，刘彻干脆拜他为丞相，说："古人举荐，内不避亲，外不避贤。刘屈氂虽然是刘氏宗亲，但他的才具足以胜任丞相。"于是刘屈氂很快佩上了两颗银印，按照丞相封侯的惯例，他还被封为澎侯，食邑五千户。随即他就搬入丞相府视事，但想到府中已经有几任丞相被诛，到底也有些不安，于是向皇帝请求，希望能借用执金吾刘敢的北军士卒，将丞相府重新修缮一遍。刘彻倒也爽快，一口答应，并当即制诏御史，让群臣都去新修饰的丞相府，为丞相庆贺。于是丞相府四个大门敞开，门口站满了卫卒，停满了高车驷马。相比之下，隔它不远同样名震天下的御史大夫寺显得特别冷清，门口的卫卒也无精打采，他们都伸长了脖子，艳羡地朝丞相府张望，咽着唾沫目送自家的长官暴胜之去丞相府赴宴。

青琐交重的丞相府东阁正堂，帷幔高卷，煞是热闹。堂上，东向坐着新任丞相澎侯刘屈氂，南向坐着炙手可热的水衡都尉江充，两边则是御史大夫、九卿和中都官署的一系列主事官吏。对于江充，大家颇为眼红，因为按照秩级，他并没有坐到丞相身边的资格，但作为皇帝的宠臣，炙手可热的新贵，丞相硬要巴结他，大家也没脾气。江充也懂得投桃报李，首先举杯对刘屈氂祝贺："君侯新拜相封侯，据下吏看，将来一定愈发前程似锦，下吏先尽此爵，为君侯寿。"说着一饮而尽。

刘屈氂知道江充现今气焰熏天，皇帝对他言听计从，他这么说话，没准并非空穴来风，而是窥探了皇帝的好恶。做大汉的丞相貌似尊贵，位在人臣之右，无以复加，但归根结蒂，也不过是皇帝可以任意处置的奴仆，生死存亡，只在皇帝的一念之间。其实相比官位，皇帝宠幸与否才是最重要的。从这个角度看，江充实在比自己尊贵多了。所以，此刻听到江充的恭维，刘屈氂脸上乐开了花，也举杯笑道："江都尉如此客气，臣哪里敢当？多年来，皇帝陛下都对都尉君言听计从，臣内心羡慕不已。望都尉君多在陛下面前为屈氂美言，屈氂能力浅陋，德行微薄，陡然坐在这么高的位置，真是战战兢兢，如履薄冰啊！"

江充见刘屈氂谦恭，心里自然也甜滋滋的，这老头子倒是识相，知道惹不起我。那个佣奴公孙贺就蠢得要命，老跟我较劲。他以为自己是谁？和皇太子是亲戚就了不起？胡子一大把，子孙满堂了，还一点都不懂事，真是死得一点都不冤。皇太子，皇太子又怎么样？在皇帝面前，屁都不是。是的，他终有一天要继承皇位，按理说我不该得罪他，可我也无奈，和其他人不同，我没有家世荫庇，只能靠赤诚忠心引起皇帝注意。若两边都想讨好，还有什么迥异于人的特点？皇帝陛下又凭什么这么快擢拔我？再说，我九死一生逃出赵国，这血淋淋的事实让我明白了一个道理：活着实在就是运气，在能苟且偷活之时，就应当尽量让自己快意。难道循规蹈矩的人就一定长命百岁？当年我在赵国，也不是没循规蹈矩过，可好人偏偏多难，那愚蠢的王太子竟说我揭露了他的隐私。的确，他那些隐私实在让人作呕，和自己父亲的侍妾乱搞，奸污自己的亲同产妹妹，都是常人万万想不到的恶行，照理说我江充这两年变得有些禽兽，什么都不在话下，但一想起那样的丑行，也免不了感觉不适。这是什么皇族，简直禽兽不如。只是，我的确没有对别人透露过这些，试问一件让你想起就作呕的事，你有没有兴趣把它说出来？可恨那愚蠢的王太子，二话不说就要杀我，幸亏我逃得快，可父母兄弟就这样没命了。还是主父偃说得好："大丈夫生不五鼎食，死则五鼎烹耳。吾日暮途远，故倒行逆施之。"我看开了，与其像以前那样活得谨小慎微，不如快意恩仇，这样即便马上死了，也没有任何遗憾。我不信死后有什么天堂，人死了就是死了，不管留下了恶名或者英名，对身后的我都没有任何意义。公孙贺既然跟我作对，我就马上找人告发他儿子犯法，本来想处死他儿子就算了，谁知引发了朱安世的逃亡，竟牵出了一桩惊人的大狱，真是上天可怜我江充，让我可以趁这机会大肆杀戮，甚至……甚至可能牵连到皇太子。公孙敬声临死前说的话真让人心烦，一旦皇帝陛下驾崩，我将死无葬身之地。虽然死了也没赔本，可如果能侥幸不死，岂非更好？又何不拼一下呢？就算失败，同样是死，也总比坐以待毙的好。嗯，皇帝陛下不喜欢皇太子，我不是看不出来，而刘屈氂如此巴结我，大概想让我和他们结党，辅佐他的亲戚昌邑王刘髆上台，这倒也是个好主意。

想到这里，江充好不开心，也举杯仰脖将酒一口吞了干净，笑道："君侯实在太抬举充了，充惭愧无地。大家都是朝廷长吏，只有勠力同心，竭智尽力报答皇帝陛下的恩德罢了。"

"哈哈，江都尉相貌堂堂，性情也如此豪爽，当真表里如一。来，臣也敬都尉君一杯。"说这话的是大将军李广利，他和刘屈氂是儿女亲家，这样的喜庆日子，即使没有诏书，也少不了他的。

"那当然，皇帝陛下当年在犬台宫召见江都尉，臣也被都尉君的风采震住了，感叹道：'燕赵固多奇士。'其实燕赵固然多奇士，但像江都尉这样的奇士并不太多，江都尉可谓人杰中的人杰。"这是大鸿胪商丘成苍老的声音，他和刘屈氂也一向关系很好，这会儿见他们都巴结江充，赶快上来帮腔。

在座的官员都杂然附和，唯恐落后，只有御史大夫暴胜之、廷尉严延年端坐不动。江充斜眼看了他们一眼，心里暗暗不快。不过御史大夫的地位仅次于丞相，官高位尊，廷尉在九卿中位置也非同凡响，要报复他们，也不那么容易。他想了想，主动端起酒杯走到暴胜之跟前，开怀笑道："暴大夫今天为何如此沉默啊？来，江充敢以一樽酒为大夫君寿，祝大夫君眉寿万年。"

暴胜之没有正眼看他，他自己也不知道是否有嫉妒的成分在内，反正内心总有些不平。本来皇帝最宠幸的是他暴胜之，多次任命他为绣衣使者，巡行天下，生杀予夺，是何等威风。可自从岁月飘逝，那宠幸也像晨雾碰到骄阳一样消失了。皇帝喜欢年轻有魄力的大臣。当然，他心里时常想，什么狗屁魄力，不就是残忍嘛？自己年轻时，也是很有魄力的，杀起人来根本不眨眼。但不知为何，随着年纪一天天长大，老是噩梦联翩，梦见被自己杀掉的那些冤魂。执法严厉，就免不了有冤魂，那么，唯一补救的办法就是，今后再也别那么干了。既然想洗心革面，失去皇帝的宠幸也就顺理成章，又何怨乎？他不明白的只是，皇帝也未必不知道自己杀错了多少人，他为什么就能不做噩梦？唉，也许乱杀人而不会做噩梦，就是皇帝得以成为皇帝的先天条件吧。

江充看见暴胜之纹丝不动，有些尴尬。"暴大夫架子太大了，"他酸溜溜地说，"想我江充一个小小的水衡都尉，连九卿都不是，自然不配让大夫君赏脸。"

满座的大臣也被这气氛搞得有些不安，一起打圆场道："暴大夫一向不擅长饮酒，江都尉又何必多心？"

江充站了起来，强笑道："哦，原来如此，那么，充就不打扰了。"他端起酒杯，转身欲回自己席位。

"且慢，还有我呢。"一个生硬的声音蹦了出来，"江充，你难道看不起我么？"

江充心里一惊，知道是严延年。严延年就坐在暴胜之身边，他本想敬完暴胜之，再敬严延年的，可被暴胜之弄得很尴尬，一时觉得没趣，就不想再理会了。

现在听到严延年直呼其名，一时间火往上涌，不假思索怒道："严延年，你还不配我敬你。"

"哼，"严延年直起身来，冷笑了一声，"你便是想敬我，我还未必接受呢。"他厉声对刘屈氂说，"丞相君官尊爵显，秩级万石，乃百官之长，领袖群伦，象征着朝廷的体面，今天竟然屈尊，向一个二千石的官吏谄媚溜须，自呼臣名，令朝廷体面何在，又何以为百官长？暴大夫执掌御史寺，应当立召阁下吏劾奏丞相亵辱朝廷官爵，大不敬，奏请皇帝陛下下吏案问。"

坐在暴胜之身后的御史中丞靳不疑马上接口道："严廷尉所言极是，下吏身为御史中丞，劾奏有违朝廷法度的事，是义不容辞的，今天就先告辞了。"他直腰站起，抓起笏板，就要离开。

暴胜之和严延年也站了起来，道："靳中丞果然忠直，我等也告退了。"

一时间在座的大臣都满脸震恐，不知道这演的是哪出戏。好好的一个宴会，怎么突然剑拔弩张起来？现在对垒的双方，一方是丞相和水衡都尉，一方是御史大夫、廷尉和御史中丞，可谓势均力敌。虽然江充一向更为受宠，但御史中丞靳不疑也深得皇帝信任，谁能获胜，还真难以预料。刘屈氂心中恼怒，但不想把事情弄僵，只好尴尬赔笑道："暴大夫、严廷尉、靳中丞，三位息怒息怒，今天是喜庆日子，而且是皇帝特意下诏，让诸大臣来丞相府筵宴，为的就是图个高兴，何必如此认真呢？老夫给诸位赔礼了。"他拱了拱手，脸上满是笑容。汉家规矩，有诏书令群臣聚会，对宴会主人来说是无上荣宠，腰杆会硬许多，一般人根本不敢借机生事，所以刘屈氂言辞中也软中有硬。

暴胜之有点迟疑，且不说有诏聚宴，单单丞相以万石之尊给他赔礼，他也应该给点面子。这事闹僵，自己也未必有胜算，既看见梯子，不如顺着下算了。于是他止住脚步，看着严延年，意思是征求他的意见。

严延年还是那副冷峻的表情："君侯此言甚谬，此事并非义气之争。皇帝陛下特意制诏让众吏来丞相府筵宴，表面上是为了尊崇大汉丞相的秩级爵位，其实归根结底，却是为朝廷增荣，丞相并非君侯私物。丞相，乃是大汉的贵职，君侯只是暂时摄守罢了。礼书有云，飨宴之礼，以爵位排序。今天丞相官爵最高，却不自重身份，奈朝廷礼法何？臣既官为廷尉，见到不法，万无装聋作哑之理。君侯可以亵辱朝廷官爵，臣只知守官奉职，丞相虽然有命，臣也不敢奉命。"

刘屈氂心下大怒，当即就想传令卫卒拦住他们，但是，他没有这个胆量。严延年的话句句在理，在场的大臣虽然惧怕自己的权势，但有多少人诚心支持自己，也很难说。他一时语塞，不知如何才好。这迟疑的功夫，严延年等数人和他们的随从，已经鱼贯出了丞相府西门，大概往建章宫东阙而去了。

刘屈氂啪地将一个酒杯摔在地上，颓然坐下，这可怎么办？他骂了一句："这几个不识抬举的东西，气死我了。"

在座的官吏一个个傻了眼，他们知道，如果皇帝准奏，诏书立刻就会下达，自己坐在这里，不是找罪受吗？不如尽快回家，躲开这是非为妙。于是很快就有人站起来道："下吏突然贱体不适，可能是昨晚吃坏了什么东西，只有先走一步，君侯和诸位慢饮，下吏告退。"离席跟跄着走了。

刘屈氂心中更是恼怒，知道这竖子胆小怕事，找借口躲避。但接着好像发生疫病了一般，在场的人纷纷以如厕更衣、头晕脑热、家里有事等各种理由要求先行告退，刚才还很热闹的一个大厅，倏忽冷冷清清，走得不剩几个人了。

刘屈氂瞠目结舌，计不知所出。李广利跳了起来，骂道："这帮小人，才多大屁事，就纷纷往后躲，书佐，记下这些人的名字。"又扫视剩下的官吏，"疾风知劲草，诸君才是正直的忠臣。"搞得那些人面面相觑，走也不是，留也不是。

江充强笑道："丞相和大将军不必忧心忡忡，事情也不是没有转圜余地，他们去建章宫劾奏，还有一段时间，趁他们还没写好劾奏文书，我们赶在前头，主动见皇帝请罪便了。"

刘屈氂心里暗暗悔恨，的确自己刚才有些失态，大庭广众下，干嘛这么巴结江充呢？当然也是身不由己，完全被他的淫威吓倒，看来自己正是那种趋炎附势的小人啊。刘屈氂隐隐盼望，江充能想办法消弭，见他满不在乎，好像真有信心让皇帝赦免，可是等到开口，竟然说什么要主动进宫谢罪，既然归根结蒂要谢罪，那好好一顿酒宴，搞成这样算怎么回事？更重要的是，第一次在丞相府宴客，就弄成这样子，似非吉兆，忽然又想起窦婴、田蚡、李蔡、庄青翟、赵周、公孙贺一系列不得好死的前任，刘屈氂手有点发抖，不满道："请罪是容易，万一皇帝不赦免，可怎么办？江都尉有更好的办法没有？"

江充道："君侯不必担心，我陪你一同去谢罪。就凭下吏这三寸不烂之舌，陛下一定会赦免君侯。那些个不识抬举的东西，早晚要叫他们好看。"

"唉，好吧！"刘屈氂长叹了口气，直起身，"那咱们赶快出发吧。"

"慢，"突然一个声音传过来，"下吏以为，君侯不必请罪。下吏有一个理由，也许能让皇帝陛下不降罪君侯。"

刘屈氂好像听到了天纶玉音，循声将目光扫过去，见一个年轻官吏坐在大殿边上，似笑非笑望着自己，原来是自己的直接下属，丞相长史沈武。沈武身边杯盘狼藉，人都走光了，那个角落就剩下他一个。

"哦，长史君有什么好计策？快快讲来。"刘屈氂本来浑身无力，突然听到有办法，紧张得汗珠涔涔而下，抬起袖子擦拭汗水。

小武道："皇帝陛下一向尊崇儒术，见有能以《春秋》经义断狱的大臣，总是重加褒奖。君侯这次何妨也用儒家经义为自己辩解，说不定陛下听从了也未可知。"

"此话怎讲？"刘屈氂追问道。

小武道："按照儒家经义，虽在严肃场合必须尊崇爵位，不可乱了秩序，但碰上欢庆的日子，三爵之后，尽可尊卑无别，极欢而罢。据经义解释，这是为了让朝臣之间更加雍容和气，以亲亲的气氛，代替尊尊的规矩，才能化天下以雍和，让天下百姓知我大汉风俗之醇美。要不然，乡间每年举行乡饮酒礼的大典，是为了什么呢？不就是要使整个天下像个和睦的家族，彼此能毫无嫌猜么？古人有云：'狎甚则相简，庄甚则不亲。'臣以为，亲而不简为最上。刚才君侯敬江都尉酒时，已在三爵之后，即便有些失礼，按照经义，也是可以理解的。况且丞相的职能，本来就是胥附百官，和协万民，调理天地阴阳之气，而非以严厉杀伐立威。生杀之事，自有有司承担。皇帝陛下有君侯这样的能臣，自是选人得法，也正可证明陛下的聪明圣睿啊。"

李广利和江充都相继点头："沈长史所言有理。君侯照长史这样承答，陛下或许大悦，那时，我们或可见机反咬一口，说他们诬告，让他们后悔不及。"

刘屈氂喜道："对，我幼时在中山国读书，记得礼书的确有这样的讲法。多亏沈长史的提醒，我们不但无罪，还可以让他们反坐。"

小武摇头道："君侯此言差矣，万万不可。"

刘屈氂和江充面面相觑，道："沈长史此话怎讲？"

小武道："君侯、都尉难道忘了，陛下一向喜欢大臣恭谨有让。臣以为，君侯不但不能反责严延年，而且要夸奖他劾奏得当。在我们自己有理的基础上，夸赞对方的刚直，陛下一定觉得君侯阔略大度，不计小怨，从而视君侯为长者，果真有宰相气象；同时觉得严廷尉性格褊狭，永远不脱刀笔吏的猥琐，不可跻升公卿。当年公孙弘、汲黯之事，君侯、都尉难道忘了吗？"

刘屈氂恍然大悟。的确，四十年前，也就是元光五年，淄川国所推选的贤良文学公孙弘拜左内史①，一夕之间，由布衣擢拔为中二千石；这还没完，仅仅四年后的元朔三年，又超迁御史大夫，几乎位登人臣之极。当时的搜粟都尉汲黯出身世家大族，景帝时就官拜太子洗马，后一直侍奉今上，历任荥阳令、东海太守、主爵都尉，却仅仅位列九卿，难望两府，由此非常嫉妒公孙弘。有一次和皇帝商谈政事，汲黯忍不住发了一句牢骚："陛下用人，有点像农家堆积柴禾，最先砍来的柴禾堆在最下，后来者反居上位。"刘彻有点不高兴，叹道："人最怕的就是不学无术，汲君如果能像公孙弘那样精通儒术，朕也会照样提拔的。难道朕是那么褊狭的人吗？"汲黯一向刚直，见皇帝如此护着公孙弘，内心更加不平，又补充了一句："臣认为公孙弘矫情虚伪，他现在官居御史大夫，每月拿厚俸，竟然盖麻布的被子，吃只脱壳一次的米饭，与刑徒无异，这似乎不符合人情吧？常言道，太俭必伪，臣猜他一定有奸，才沽名钓誉。"年轻的皇帝也有点犹疑，马上叫来公孙弘，当面询问，公孙弘免冠徒跣谢罪道："诚然。在九卿中，汲黯和臣的关系最好，却肯当面责备臣，真是切中肯綮。臣位列三公，却盖麻布的被子，的确是想沽名钓誉。当年管仲相齐，生活豪华，可以和国君媲美；齐桓公成就霸业，排场也赶上了周天子。但晏婴相齐景公的时候，却很节俭，吃饭不上两样肉食，小妾不穿丝衣，齐国也同样治理得很好。可见治理国家的能力，和生活是否奢侈无关，看个人的性情而已。臣的性情类似晏婴，不过比他更加矫情罢了。臣愿意伏虚伪之罪，同时也恭贺陛下身边有汲黯这样的直臣。"

那时公孙弘已经年过七十，须发雪白，刘彻见他老实巴交认错，显见得心地纯良，谦恭有让，分明是当丞相的料，于是心下大悦；而汲黯心胸狭窄，给他一个九卿，已经算很抬举了。过了两年，就把公孙弘直接提拔为丞相，封平津侯。

于是刘屈氂心领神会，连声道："对，我们现在继续痛饮，等诏书来了，再去应答吧。"

---

① 内史：古政区名和官名。秦代京畿附近由内史治理，即以官名为名，不称郡。治所在咸阳（今陕西咸阳市东北），辖境相当于今陕西关中平原。汉景帝时分为左、右内史，武帝时又分左、右内史为京兆尹、左冯翊和右扶风三个相当郡的政区，合称"三辅"。

第十一章

诓料君王幸　赠爵赐荣名

果然，一会儿，使者来了，要刘屈氂、江充等立即赴建章宫奇华殿，和严延年等对质。

刘屈氂见到刘彻，把小武教他的一番话说出，刘彻果然威容全霁，甚至倾低了身体，笑着问道："丞相一向敏于行、讷于言，今天怎的有如此辩才？莫非有高人在背后指点？"

刘屈氂暗惊，皇帝虽然年老，却并不昏聩，他不敢隐瞒，叩头道："陛下圣明，目光如炬，臣的确没有这般才能，是臣的长史沈武教臣回答的，臣不敢掠美。"

刘彻点了点头："嗯，果然，掠人之美者不祥，卿也是忠厚之人。"转头向暴胜之、靳不疑、严延年三人道，"三位爱卿，丞相只是酒酣，过分欢喜，以致失言，且又不违背礼典。况且是朕有诏，叫卿等尽兴痛饮，这件事，就算了吧。"

严延年很不服气，但皇帝既然提到诏书，他也不敢再说什么。汉家法令极严，对诏书提出异议，除非有特别的理由，否则叫"废格明诏"，当论腰斩。严延年只好赶紧说："臣遵诏。"站在一边，默然无语。

靳不疑也觉得脸上无光，但他一向乖巧，善察言观色，有时也坚执己见，但重大关头，总会迎合皇帝的喜怒，是以马上摘下冠冕，叩头道："臣不学无术，疏于礼制，毁谤大臣，当反坐。臣请自诣诏狱领罪。"

刘彻笑道："罢了。"江充和靳不疑都是自己的宠臣，他很乐意看到他们明争暗斗，这样才好制衡；倘若他们团结一致，反倒难以放心了。他四处张望了一下，道："沈武在东阙待诏么？上次揭发公孙贺的重大阴谋，还多亏了他呢，朕也没有亲自封赏，看来此人的确是个人才。"他命令身边的一位侍者，"赵君，你去宣他进殿，朕要亲自见他。"

那位黑衣的宦者答应一声："臣谨奉诏。"恭敬地趋出殿门。

他就是几个月前被判处宫刑的赵何齐，当初一听到自己被判宫刑，万念俱灰，这不但把享乐的器具割去了，而且再不会有子嗣。他可是定陶赵氏大宗的独子啊！以后家族庞大的家产，就只能被旁系继承。事情真是荒谬，本来想一心封侯，光大赵氏门楣，没想到竟变成阉人，成为宗族无上的耻辱，只怕这辈子连进赵氏祖坟的资格都没有。在宣判的那夜，他向江充号哭哀告，希望用万贯家产赎回自己的胯下之物，可江充竟然大笑："我平生最讨厌的就是你这样的淫亵之人。有钱又如何？老子偏不吃你这套。很好，你今天求我，算求对了，我马上让人提前行刑，免得你日夜担惊受怕，亏损了身体。早点割掉早安心。"说着立即传召长安世代掌管阉割的祁氏，当晚割下了赵何齐的生殖器。赵何齐在蚕室里躺了一个月，伤口慢慢愈合，这期间他带来的从人已经跑回楚国，向赵长年报告了这一变故。赵长年自然又是气愤，又是伤心，差点一命呜呼。赵何齐听到仆人回报，在蚕室悲愤填膺，思量自己一定要活下去，找沈武报仇；还有江充那狗贼，仗着皇帝的宠幸，舞文弄法，不经覆鞫，不管奏当论报，不顾季节还在春天①，就提前行刑。而且，按照律令，死罪都可以纳钱赎罪，宫刑怎么就不行？该死的江充，他口口声声骂自己淫亵，难道他的性能力有问题，因此嫉妒天下一切男子？听听他最后扔下的那些话："你别怪我狠毒，死刑，自然是可以纳钱赎罪的，但是宫刑，我偏偏不让。你不知道，宫里最近多么缺你这样的阉人。皇帝陛下屡次下诏募求死刑犯入蚕室，赐钱数万。可是那干犯人不识好歹，竟然个个情愿斩首，也不肯被阉。哼，现今好不容易有一个，我要是放了，陛下一定会怪我办事不力的。"他的声音在狭小的监狱墙壁上撞来撞去，形成空洞的回响，好像鬼魅一般。在暗淡的灯光下，刀光闪过，赵何齐晕了过去。

等到伤愈，他被任命为掖庭令。掖庭令是少府的属官，职权不小。少府掌管天下郡国山海池泽的税收，专门供养皇帝，在九卿中官署最多，极其富裕。掖庭

---

① 秦汉时代，因为文化观念的制约，行刑一般只在秋冬季，春夏不许行刑。

令主管后宫，经常在皇帝身边侍奉，秩级虽不算太高，上下都对之忌惮。而且自从当今皇帝将权力收归内廷以来，掖庭令的地位愈见高涨，所以，赵何齐现在也算是个不小的官了。当然，这官当得有些尴尬。刚才他听到皇帝说起小武的名字，心中愤怒立即像火苗一样升腾，没想到这竖子真是命好，竟当上了丞相长史，皇帝还让自己亲自去宣召他面见，这是何等气愤的事？"我要报仇。"他心里愤怒地吼叫，将目光扫了一眼江充，只见江充一脸得意。就是这个畜生，毫不心软地割下了自己的阳具，现在他又和沈武勾结在一块，狼狈为奸。他们都得意了，自己怎能咽下这口气去？

他走出殿门，早有奉车侍者套上马车。建章宫地域非常广大，宫殿楼台号称千门万户，从前殿驰行到东阙，要费不少功夫。好一会儿，他掀开帷幔，从车窗望出去，果然远远望见小武站在东阙下，正和执戟的卫卒谈笑。见他那么开心，赵何齐更是心如刀绞，突然心中闪过一个奇异的念头，他为这个念头激动不已，嘴唇都有点哆嗦。"快——快点。"他催促御者道。御者是赵何齐的心腹，原先就是赵家奴仆，见主子受难，自愿入宫为奴，私下里对赵何齐还是从前的称呼，这时他恭谨地说："王孙，皇宫驰道上不许快跑，臣可以不要脑袋，王孙可再也不能大意了。"不过说归说，他还是在马背上抽了一鞭。马车加快了速度，向东阙司马门冲去。

看见一辆车马疾驰过来，超过了应有的速度，司马门的卫卒们马上紧张起来，他们发出一阵惊呼，把长戟一交，大声喝道："何人出宫？出示符节。"更有其他的卫卒按住宫门的机关，一旦马车不停，悬门就会从上落下，封死出路。

马车停下了。赵何齐掀开帘子，走下马车，扬起符节，怒道："皇帝陛下派我来宣召沈武，这是陛下亲自颁赐的节信，你们难道不认识么？"

卫卒们已经认出是新任掖庭令，八百石的长吏赵何齐，也都松了口气，不敢说什么了。只有公车司马令恭谨地一揖："臣不知是掖庭令君，失礼了。律令规定不得在禁中驰马，臣等也是奉诏行事。"

赵何齐冷笑了一声："不愧为天子的良吏，果然奉公守法，但是刚才我远远望见你们东倒西歪地谈笑，这难道也是奉公守法的表现吗？"

公车司马令默然无语，暗骂这新任掖庭令变态，这点小事，哪值得装腔作势地训斥？东阙外面有卫尉的营军驻扎，里面有光禄勋的执戟郎拱卫，一般情况下，是没有人敢闯进来的。卫卒站在这里劳累了，谈笑几句是再正常不过的事，他却夸张为东倒西歪。嗯，据说新处官刑的官员还不大能够适应自己的阉人身份，容易暴怒，这是可以理解的。况且，据说这位还是山东有名的富商，本来可以拥妻抱妾，尽情淫乐，突然进入这阴沉的皇宫，只能看着他人淫乐，自然更加屈辱难忍。按说自己的顶头上司是建章卫尉，掖庭令是内廷官员，管不了自己，但还是算了，何必跟这种人计较，他天天在皇帝身边，咱也惹不起，就多少让着他点，也不损失什么。

赵何齐看公车司马令默然谦卑，心头才觉好过了一点。他冷着脸面对小武，尖着嗓子道："沈长史，别来无恙乎？没想到暌违数月，沈君竟然升迁如此之快，由一个小小的只有斗食俸禄的亭长，变成了丞相府千石的长史了，真是了不起啊！"

小武也是一惊，没想到和赵何齐在这见面。他望着赵何齐悲伤痛苦的脸，心里也有些歉疚。虽说这人曾经几次三番要谋害自己，但自己将他害成这样，多少有些理亏。我不该这样，因为这不符合我的理想。我的理想难道不是成为秉公执法的良吏么？从童年起，就孜孜不倦做着这样的梦，我要勤勉职事，他日积劳当个郡太守，可没想到仕途那么艰难，总是稍有转机，又忽然卷入一场莫名其妙的争斗，这次当上丞相长史，也是莫名其妙。按照本性，我并不想通过这种方式入仕，我钦佩的是廷尉严延年那种，刚直不阿，可命运偏偏和自己作对，成为刘屈氂的掾属。看刘屈氂那种巴结江充的谄媚样子，能是什么好东西？可既然在他属下，就得为他办事，否则一损俱损。按照律令，如果刘屈氂有罪，自己作为他的高级僚佐，也不可能毫无惩罚。唉，出仕就是这样，骑虎难下，要活下来，就得狠如狼，狡如狐。我不害你，你就得杀我，没法讲客气。于是小武也笑道："掖庭令君，臣武有礼了。"他本来想说两句道歉的话，但在这大庭广众之下，不知如何出口。

赵何齐呆立了一会，也不知说什么好，半晌才道："上车，跟我去见皇帝陛下吧。"

马车缓缓驰动，进了车厢，并坐在一起，小武觉得更加尴尬，不过道歉却有些方便，于是没话找话："赵君，事情弄成这个样子，实在也不是臣所逆料。还请赵君不要记仇才好。"

赵何齐冷冰冰地说："马上要见到皇帝陛下了，还啰嗦什么？上了前殿，我就要向皇帝陛下奏禀你的奸事。"

小武差点跳了起来，语气还强行镇静："什么奸事？"

"哼，自然是你和广陵王勾结的奸事。"赵何齐不耐烦地说，"你就等着掉脑袋吧，身为丞相府的长史，知奸不告，可以灭族了。"

豆大的汗滴从小武额头沁了出来，他颤声道："这件事你早知道，你不也没告发么？你拖到今天才告发，陛下也未必饶得了你。"

赵何齐凄厉地笑了："哈哈哈哈，我一个刑余的废人，有什么可害怕的？我成了阉人，连父亲都不肯认我，赵氏的财产终将落入旁支之手，我现在活着，只为了报仇。前两个月，我一直躺在蚕室里，想告发也没有机会。"赵何齐的声音愈发凄厉起来，眼睛怪异地盯着小武，"你知道在蚕室过的是什么日子？肠一日而九回……况且，首告者可以除罪，即便不能除罪，我也愿意和你同归于尽。"

小武强忍住内心的惊慌，突然岔开话题，道："赵君亟想报仇，只怕找错了对象。以臣的深通律令，本来赵君封侯是万无一失的，而且臣听说皇帝当初的确要给赵君封侯，难道不是吗？"他知道"封侯"两个字是赵何齐的隐痛，也是最容易打动他的话题，于是急中生智，把话题尽量往上面扯。

赵何齐眼光有点迷茫，恨声道："这倒也对，都是那个该死的廷尉严矬子，否则我哪会落得如此下场。还有那个畜生江充，老子恨不能生饮其血。"

小武道："这就对了，赵君自己也明白，是严延年坏了君的事，怎么能怪臣呢？臣哪里知道会突然审出这么几个异数。赵君的仇人是严延年，而不是臣，臣希望赵君千万不要做出亲痛仇快的事来——臣有一个办法，可以帮赵君除掉严延年和江充。"

"什么办法？"赵何齐惊讶道。

小武暗暗松了口气，他知道赵何齐已经被自己说动了。不过刚才自己只是一时急迫，胡言乱语，想除掉官高位尊的严延年，再加上炙手可热的江充，这怎么可能？！连丞相都对江充那么恭谨，自己一个小小的长史，放到外郡去，还满像那么回事，可在这长安城里，随便在大街上撞到一个人，都可能比自己的官大，然而事到如今，也只有继续瞎编，蒙住他要紧。

于是小武装作很诚恳的样子："赵君，好歹我们也都是为广陵王做过事的。赵君的遭遇，臣也非常同情，不过臣真的没料到会有突然变故。臣本来是诚心和赵君做交换的，就臣掌握的案例来说，像赵君这样代人上书，而得到封赏的例子很多，而因此得反坐罪的不过两三例。臣怎么知道严延年会用那两三例来廷争，对赵君造成不利呢？如果赵君因此迁怒于臣，一定要在皇帝陛下面前揭发广陵国的隐私，那么要处死的不但有臣，包括广陵王和令尊，以及楚王延寿、令姊楚王后，都会被牵连腰斩，除了赵君一人可以因首告除罪。赵君觉得自己形单影只活在世上，会很有意思么？虽然赵君对臣有点误会，臣死亦不足惜，但赵君难道对自己的父亲和姊姊没有一点恩情吗？如果赵君真的忍心看到白发苍苍的老父尸首分离，臣也的确无话可说了。"

赵何齐默然了，眼睛有点湿润。是的，为了自己，父亲伤心欲绝，一病不起，曾经数次派人来长安探望。他对父亲还是很有感情的，当初不是为了迫切要给父亲一个惊喜，他也不会那么爽快地答应小武的条件，跑到长安来上书。虽然现在自己成了废人，心情抑郁，欲对小武进行报复，可想到父亲会遭受牵连，究竟也不忍心。还有姊姊，自从嫁给楚王，楚王也对她不薄，他觉得自己也没必要做得太绝。

小武知道他内心正在焦灼，又趁热打铁："其实掖庭令君现在还可以有一个封侯良机。"

"什么？"赵何齐好像梦中惊醒一般，又恨声道，"我现在这个样子，封侯还有什么意思？"

"怎么会没意思？至少赵君会因此开宦者封侯的先例，名垂青史啊！赵氏家族也可得到赵君的荫庇，不知会有多少赵氏族子抢着拜在赵君膝下，请求为后呢。君在赵氏，虽然不能有亲生子嗣，但谁人敢剥夺君在族中的无上地位？"

赵何齐阴沉的脸上微微有些云开，他喃喃地说："如果能保持我在赵氏的地位，那倒真是不错，至少不会死了也做无姓之鬼——你说说，什么办法可以封侯，沈君你这回可要思虑成熟点，绝不能再出差错了。"

小武听他称呼自己为"沈君"，大大松了口气，赶忙道："绝对不会。有件事，赵君可能没有忘吧，臣第一次逃往广陵国的途中，曾捕获了两个人，公孙勇和胡倩，他们是昌邑王派到豫章郡的假绣衣使者。"

赵何齐道："嗯，我记得有这么回事。不过我觉得抓了这两个人没什么用。"

"不然，"小武道，"现在新任丞相刘屈氂和大将军李广利，暗暗冀盼皇帝陛下废掉太子，改立昌邑王。昌邑王是李广利的外甥，刘屈氂又是李广利的儿女亲家。江充最近和这两个人打得火热，他得罪过皇太子，深恐一旦皇帝驾崩，皇太子将对自己不利。如果我们把昌邑王的事一告发，皇帝会立即将昌邑王处死，有可能牵连到江充，这样赵君的仇就报了。告发谋反，证据确凿，这次一定能得到封侯。"

赵何齐跳了起来："人又不是我抓的，我凭什么告发？难道又要让我再受一道宫刑不成。"

小武道："赵君勿惊，这次情况和上次大不一样。上次是臣亲自审问朱安世的拷掠报告，他们可以找借口说你完全不知情，仅是因为利欲熏心，贪图爵位，代人上书。而那次在广陵国，你也是亲眼见过那两个假使者的，讯鞫验问时你也在场，所有情况你了如指掌，告发上去，他们是没有任何理由驳回的。"

赵何齐道："可人究竟是你抓的，就算告发，也得我们两个人联袂才成。"

小武道："也好，不过这事先别急。现在虽然死了公孙贺一伙，皇太子的势力还在，若急着搞垮昌邑王，皇太子将坐收渔翁之利，地位稳如泰山。君也知道，公孙贺之死，与我们有关，皇太子肯定对你我都恨之入骨，他的地位若稳固，我们的脑袋就不可能稳固，更别说封侯了。我们只能扶持广陵王为太子，没有任何别的选择。况且，广陵王如果当不上皇帝，换谁当皇帝都对君不利，大汉《左官律》规定，王国人不能担任重职，也不能宿卫内廷。臣是豫章郡人，倒还无所谓，而赵君生来就是楚国人，正好符合《左官律》的禁令啊。如果不能宿卫内廷，参与枢机，封侯又有多大意思呢？"

赵何齐阴鸷的脸上也露出了笑容，像阴霾的天空射出一束阳光："嗯，沈长史的确很有谋略。我就暂且再信你一次。那你看我们什么时候告发合适？万一到时皇帝陛下责问，为什么不早点告发，铲除奸邪于未萌，我们又当如何辩解呢？"

"我们可以说没有确切证据，别忘了，张崇一直也没有承认自己是昌邑王所派。一旦时机合适，我们可以假装刚刚忆起此事，请求诏书将那两人槛车征往长安。到了长安，有中二千石官员五人杂问，张崇的心理恐怕一下子就崩溃了，不怕他不招认。他一个山东的鄙夫，哪里见过天子诏狱的宏大场面。如果他真有那么镇定，当初在肥牛亭，就不可能被我识破身份了。"

赵何齐叹道："沈长史果真狡猾，赵某自愧不如啊。"他心里暗想，等广陵王当了皇帝，这仇我还是非报不可，你说你冤枉，但此事总是因你而起，到底是不是陷害我，也还说不准。况且我日后眼睁睁看见你娶了那如花似玉的刘丽都，在床第之间尽情享受鱼水和谐的欢乐，这口气怎么忍得下？是可忍，孰不可忍？否则，我还算个男……么？他想起"男人"这个词，一下子又黯然不已，羞愧和恼恨尽情涌上心头，眼中也不由得闪过一抹仇恨的寒光。"我要杀死所有陷害我的人。"他心里在呐喊。

小武转眼一瞥，看见赵何齐眼中的寒光，身体也不由得凛然打了个冷战。他知道，面前这个人并没有因为自己的花言巧语，就放弃仇恨，只怕将来终究要被他算计。凛然之余，一股傲气也不禁从心底升了上来。哼，想报复我，没那么容易。既然你不放过我，那也别怪我不仁了。我终究会想出一个办法，让你求生不能，求死不得的。想到这里，起初的那一点歉疚也全然抛到九霄云外了。

这时马车已经到了殿外，两个人下了车，沿着一眼望不到边的阶梯走上殿去。奇华殿真是名实相副，其附属园囿中，麇集着全国各地的珍奇异兽。他们走在高高的复道上，纵目四望，远处是一个个被铁丝网隔开的兽圈，来回游弋着狮子、猛虎、熊等凶猛野兽，赵何齐已是视若无睹，小武却眼花缭乱。这是他第一次来到建章宫的阙台，阙台有几十丈高，遥望西面，一片白茫茫的水波，如果不站在这临风的台上，怎么会有这般开阔壮丽？前方未央宫屋甍竟好似在空中鸟瞰一般。一阵清风徐来，让他有些晕眩，他情不自禁地扶住白玉般的栏杆，心里暗暗慨叹，当今的皇帝，的确是人世间罕有的伟大君王，没有过人的气魄和胸襟，又怎么能规划出这等雄浑壮丽的楼阙来呢？

一会儿，内谒者令将他们带了进去，小武遥遥看见一个头发斑白的老者坐在堂上，头戴皮弁，身穿玄色裙服，知道是皇帝无疑，赶忙疾走上前跪下，道："粪土臣沈武拜见皇帝陛下。"

刘彻饶有兴趣地看着跪在自己眼前的年轻人，问道："朕早就听说了你的胆大，竟敢矫诏征发郡兵，当时不怕杀头吗？"

小武低首道："臣怎会不怕？只是当时情势危急，若不大胆，冲灵武库已落群盗之手，东南数郡将临兵燹之灾，臣食汉土之毛二十年，禀受陛下的俸禄也有数年，陛下对臣恩重如山，臣怎敢贪恋微命，坐视群盗作恶，给圣天子遗忧①呢？"

刘彻心里暗暗欢喜，姑且不论这小吏心里怎么想，但这番颂扬的话，听来十分受用。"嗯，"他笑道，"朕不怪你，都是豫章太守不称职，现今的豫章太守是谁？"

旁边一随侍的郎中赶忙躬身上前："回陛下，豫章太守陈不害，庐陵人，元

---

① 遗忧：留下忧愁。《史记·韩长孺列传》："帝心乃解，而免冠谢太后曰：'兄弟不能相教，乃为太后遗忧。'"

封元年出仕，由佐史积劳升迁，历县丞、县令、郡长史至郡守，守豫章郡是首任。已任职七年。”

刘彻道：“哼，积劳的官吏，竟也这般没用！丞相府是怎么选拔人才的？此为选举授任不实，主事者早当劾奏丞相府东曹了。若不是沈长史便宜行事，朕的东南数郡恐怕早已沦落贼手。公孙贺即便不是谋反，也该收回印绶，免归田里。来人，立即制诏御史，收回豫章太守陈不害的郡太守印绶。”

尚书郎连忙应答：“臣立即去草拟诏书。”

刘彻目视小武：“朕当初过听公孙贺的胡言乱语，任他下文书逐捕长史。长史君当日逃亡，想必历尽艰险，疲于奔命。朕愿给长史君一点补偿，不知长史君有何意愿？”

小武惊喜莫名，没想到皇帝陛下如此亲切，惶急答道：“臣当时矫诏，罪该万死。陛下垂怜，竟肯赦免臣，臣已感激不尽，岂敢望补偿？臣来长安也已数月，家中又有父母，当日臣逃亡之时，老父老母倚门垂泣。臣当时返首回顾，心如刀绞。臣只盼陛下能赐臣数月之暇，俾臣得以回家看望，以尽孝心。”

刘彻环视群臣，喜悦道：“沈君非但才华挺秀，且孝心充盈，我大汉素以孝治天下，可不褒奖乎？来人，快取酒祝贺朕。”

江充、刘屈氂面面相觑，表情复杂。虽然小武帮的是他们，但没想到皇帝见了小武如此喜悦，难免嫉妒。他们也立即装出欢天喜地的样子，齐齐跪下，大声贺道：“恭喜陛下得一良臣。”又叫道：“万岁！万岁！万岁！”[1]其他大臣见此，也纷纷效仿。

刘彻道：“治书侍御史，来。”

一郎官打扮的人急匆匆出列，左手执版，右手从冠上摘下簪笔，道：“臣在。”

刘彻道：“制诏御史：昔高皇帝有言：‘庶民所以安其田里，而无叹息愁恨之心者，政平讼理也。与我共此者，其唯良二千石乎？’朕即位四十余年来，亦何曾一日忘于是？战战兢兢，夙兴夜寐，不敢怠荒，恐一旦不慎，负高皇帝之天下也。书不云乎：‘股肱良哉，庶事康哉！’其赐丞相长史沈武爵关内侯，黄金百斤，授豫章太守印绶。”

---

① 汉代以“万岁”为表示喜悦的词汇，不指皇帝。

听到皇帝口占诏书，江充、刘屈氂、赵何齐等人又面面相觑，无不又惊又妒。还没等小武拜谢，江充立刻趋前奏道："陛下，臣觉得不妥。沈武是豫章本郡人，若出任豫章郡太守一职，不合汉家惯例。自文皇帝十三年以来，朝廷拜授地方官吏，凡二百石以上，皆禁止本郡人。况且他刚才说离家日久，思念父母，其实就想倚银印青绶夸耀乡里呢。"

刘彻道："虽惯例如此，但当日沈武捕斩群盗，立有大功，而反受公孙贺等奸人迫害，造次颠沛，不遑宁居。辞别父母之际，必定痛彻心脾；父母留在乡里，必定被小吏欺压，邻里讥笑。朕每思之，愧疚于心，今日授予他豫章郡太守，正想让他银印青绶，夸耀乡里，算是小小补偿。江都尉不必多言。"

江充不服，支吾结舌："可是，本郡人任本郡太守，只怕他们倚仗本乡本土的亲属为非作歹……"

严延年又突然站出来："启禀陛下，当年朱买臣、严助都是会稽郡人，却皆被拜为会稽郡太守，也未见他们在本郡为非作歹。孔子曰：'可与适道，未可与权。'臣以为沈武功大而赏薄，破例授予他豫章郡太守一职略作补偿，亦无不可。"

刘彻大笑道："还是严廷尉知朕心意。"

沈武心里暗骂，这江充真像一条疯狗，横竖我现在是丞相府的长史，刚才还出计帮你们了却了祸患，转眼就忘恩负义。像你们这般疯狂，怎可能长保安肆？我若一直呆在丞相府，早晚受你们牵连。假使太子不废，你们全族都难以幸免。想到这，对自己能躲开刘屈氂欣喜无限，赶忙叩头："陛下仁厚，知凡人皆有锦衣夜行之憾，特授臣豫章郡太守一职，臣肝脑涂地，也不能报陛下恩德之万一。然陛下赐臣黄金百斤，臣惭愧无地，不敢受赐。臣有一事敢请陛下，当年臣征召郡兵击贼时，曾以律令晓谕士卒，若捕斩群盗首级一级，可得赏钱五万。后公孙贺以臣矫诏之罪为借口，不肯践诺。臣窃以为治国之要，首在立信，若失信天下，将来再有兵事，士卒怎肯尽力？臣因愿将陛下所赐黄金百斤，折合百万钱，分给当日捕斩有功的士卒，并请求陛下诏令大司农，补足余数。"

刘彻哦了一声："岂有此理？这件事公孙贺并未向朕禀报。长史君忧心国家，诚可钦佩。既然朕的赐金，沈君分文不取，朕又何敢吝惜私家财物？此事不必麻烦大司农了，朕立即诏令少府，出朕私家钱两千万，赏赐豫章郡捕斩有功士卒。"

皇帝在接见小武的一个时辰之内，连下三道诏书，让在场的群臣无不惊讶。他们看着眼前的这个年轻小吏，窃窃私语。一年多以前，此人还是豫章郡南昌县青云亭一个小小的亭长，而且不算称职，眨眼之间就赐爵关内侯，腰间挂二千石印信，他们当中多少人一生勤勉，也得不到这些，眼前的竖子只有二十岁上下，却轻松获取，苍天真是不公啊。

这时靳不疑突然趋前："陛下，臣有一事敢请陛下做主。"

刘彻奇怪地说："靳中丞何事？"

靳不疑道："臣的少妹靳莫如原先嫁给豫章郡都尉高辟兵，高辟兵在豫章群盗围攻都尉府时物故。舍妹曾在南昌县亲眼目睹沈长史指挥郡兵击捕群盗的风采，回长安后，曾向臣极力称颂沈长史的才干。除此之外，舍妹还告诉臣，她非常喜欢沈长史，希望能嫁给沈长史为妻。靳氏蒙陛下厚恩，一家朱轮华毂者五人，和沈长史结亲，也不算高攀。望陛下俯允。"

刘彻大乐："靳中丞的意见很好，令妹亦颇有豪气，朕非常喜欢。我大汉女子，就当如此敢爱敢恨。沈长史，江都侯靳石的女儿愿意嫁你，这是你的艳福了。朕贵为帝王，出言而人莫之敢违，却也只能赐你爵位，不能给你艳福。人说福无双至，长史君却一时兼得二美。朕这个媒人，岂能不做？来人，出少府金百斤，为长史君贺喜。"

沈武一下子像猪油凝固在那里，这样的好事，如果发生在一年半年以前，他自然喜之不禁，求之不得，可如今他已经有了刘丽都，就算皇帝把公主嫁他，他也不能答应。刘丽都就是他的生命，以前他以为自己除了热爱做官，什么都不爱，婚姻就当完成任务就行了。可和刘丽都在一起的日子，使他完全改变，只要能和刘丽都在一起，就算平平静静地做个农夫，也心满意足。当然他也知道，这并不现实，如果他是农夫，身为翁主的刘丽都又怎么可能嫁他？就算刘丽都愿意跟他，每天布衣蔬食，他又于心何忍？刚刚自己正在憧憬，很快就能以年轻豫章太守的身份，去迎娶广陵国的翁主，没想到又横生枝节。若在平日，自己也会自豪，不知到底有什么优点，竟让靳莫如念念不忘。从仕途看，娶靳莫如要比娶刘丽都光明，靳氏一门五侯，在长安本深叶茂；刘丽都虽为翁主，却僻居广陵一隅，徒有虚名。理智上考虑，应该接受皇帝的赐婚，但一想起刘丽都，满心都是柔情蜜意，他不能没有她，这可怎么办？

他犹豫了一下，叩头道："多谢陛下，但臣不敢奉诏。"

一时群臣个个失色，这竖子是不是疯了，他以为自己是谁？扫了皇帝的兴致，不但新授的豫章太守化为泡影，马上下狱也是可能的。皇帝身边有那么一帮酷吏，专会察言观色，逢迎希旨①，当即劾奏你一个"废格明诏"的罪名，也并不难。

靳不疑脸色大变，他万没想到小武会拒绝，妹妹早求他帮忙寻觅小武，只是他心里不乐意。像小武那样的出身，怎有资格和靳氏联姻？简直荒唐，所以一直虚与委蛇。如今皇帝陛下拜小武为豫章太守，又连连褒奖，他忽然觉得可以趁机取悦妹妹，谁知大庭广众之下，把脸面丢尽。

刘彻果然有些不悦："朕从未做过媒人，今天想做一回，长史君竟然教朕不得如愿。希望长史君能说出让朕信服的理由，长史君年纪轻轻，总不会早有妻子了吧？"

小武叩头道："臣武自知忤旨，死罪死罪。只因臣逃亡时，流落到广陵国，变名易姓，隐身为奴，生不如死，却偶然得遇广陵王翁主，翁主不以臣为逃亡刑徒而加鄙视，反而厚遇臣，和臣有啮臂之盟。臣来长安时，翁主私自相送，与臣洒泪而别，嘱臣万不可负心。臣武以一南昌县微贱黔首之身份，能得广陵翁主如此厚爱，杀身不足以报，怎可有负于她？故臣期期不敢奉诏。"

赵何齐在旁边，听得心中火冒三丈，这对狗男女，果然早就有了好事。倒霉的是自己，封侯无望，还丢了生殖器。他真想立刻站出来揭露广陵国的阴事，又到底不敢。一则不知皇帝是否会一怒之下将自己也判腰斩，面前这个年老的皇帝，性情是颇不稳定的。自己虽然成了阉宦，一意求死的决心到底还没有。二则小武告诫他的那番话，让他的确有些动心。阉宦就阉宦吧，这个事实是再也无法改变的，但如果能封侯，还算有点补偿，哪怕嫉怒交并，也只好极力忍住。

刘彻突然沉默起来。"啮臂之盟，"老皇帝喃喃重复念了数声，"啮臂之盟。"当年我的爱姬李夫人，也曾经在我手臂上咬了这样一块瘢痕。那是在未央宫的合欢殿，我永远不会忘，也是像今日这样的春天，杨花似雪，我和她在锦衾里恣意地交欢，整个一天，我们不知缠绵了多少次，那时我还不算老，足有那样充沛的精力。身下那个女子的美丽，也足以让我不吝惜自己的温情。虽然我是一个让人看上去很威严的皇帝，任何姬妾，不管我如何宠爱她们，她们也不敢向我提出什么要求。只有这个玉人，竟然在最销魂的时刻，在我臂上咬了一口。看着她那样娇美的面容，我又怎忍心发怒呢？我只是笑问，为什么敢咬我？她的眼波闪烁，

---

① 希旨：迎合皇帝的旨意。

像沧池的春水一样，笑着说，臣妾突然想起了传记上的故事，当年鲁桓公在党氏台游玩，碰到党氏家的女子孟任，桓公惊异于孟任的美丽，向她求欢，孟任见桓公一表人才，也即相允，但要求咬桓公的手臂一口以为盟誓，约定他日娶她进宫为君夫人，天长地久，永不相负。桓公欣然答应，后来桓公果然将孟任娶了进宫，倍加宠爱。今天臣妾正是效仿孟任啊！我听了非常高兴，没想到她既美又有才情，我当即说，那么朕今天也效法鲁桓公，以后立你为皇后如何？她却摇头，岂敢望皇后？孟任为君夫人，今天臣妾亦为夫人，已经足够了。①唉，她真是一个善良的女子，如此美丽，还能如此善良，那骄矜的陈阿娇怎么能及她万一？那时我心中已经暗暗发誓，一旦有机会，我将立她为皇后，然而没想到，她竟然早早弃我而去，瘢痕和盟约皆在，红粉已成飞灰。刘彻想到这，老眼中竟有些湿润，他强笑一声，将手在案上一拍，道："没想到沈长史竟是性情中人，也好，朕善始善终，今天不但拜你为豫章太守，且加绣衣直指使，杖金斧，巡行东南五郡国，顺道去广陵国迎娶翁主。"

殿上诸臣发出一声惊呼，皇帝今天怎么了？为何对一个小小的丞相长史百依百顺。他们哪里知道，小武刚才那番陈述，正好触动了皇帝的心灵。皇帝一生中，曾让无数百姓妻离子散，但也不可否定，皇帝是个雄才大略的人。世上最巅顶的皇帝，可能也是最无情的皇帝；真正有才智的人，在各方面都是丰富的，包括心灵，可这帮朝臣又哪里知道。真正懂得皇帝心理的只有一个，就是站在殿上的奉车都尉霍光。几年后，当眼前的皇帝驾崩时，他们选定和皇帝合葬的，不是早就幽死的陈阿娇皇后，也不是风光几十载的卫子夫皇后，甚至也不是儿子最终成为皇帝、自身也风华绝代的钩弋夫人赵婕好，而是那个早死的让皇帝魂牵梦绕的、倾城倾国的李夫人。

小武差点信不过自己耳朵，他俯伏在地，泣道："陛下隆恩，臣粉身碎骨，不足以报。"说完这句话，他还在犹疑，自己难道真的没有听错？

---

① 春秋时君夫人相当于王后，汉代后宫的夫人不能与之相比。

—— 第十二章 ——

绣衣杖金斧　春风驰广陵

但他的确没有听错。

在离开奇华殿后的第三天，未央宫考工令亲自登门宣读诏书，然后亲自将两枚新铸出来的银印结在小武腰带之上，绿油油的绶带葳蕤下垂，华贵无比。结完印绶，考工令脸色庄严："恭喜府君，新佩银印两枚，青绶双组，可知我大汉得贤之美，陛下垂恩之重，明府当夙兴夜寐，奉公尽职，毋敢辜负。呜呼，敬之哉！"

他按礼仪祝贺完，又解释道："绣衣直指使虽非常置官职，尊贵却过于郡守，以往多由中二千石九卿摄任。明府此番能以绣衣直指使的身份下去巡视，可谓天眷盛隆，已经惊动朝野了，明府珍重。"

小武听到考工令称他明府，又恍如身在梦中。两年前，他还在南昌县，就算想到本郡陈不害太守的名字，都不免油然而生凛惧。陈不害每次下县巡行，总被一堆六百石、二百石的长吏围着，以自己地位之卑微，想远远望见一面也难。这次皇帝却让自己去接任他的官职，且查到罪证，可以立即收捕，以"软弱不胜任"罪将其弃市。这些真的不是梦？他一边想，一边对考工令说："多谢令君，臣武身荷皇帝陛下厚恩，当杀身以报，岂敢不尽职尽力。"

考工令笑道："皇帝陛下擅长察人，明府才干，臣等都非常敬佩。"他双手恭敬地递上一个精致的革囊，"这是皇帝陛下赐给明府的金斧，见此金斧，如见皇帝陛下，凭此斧可征调郡兵及东南五郡二千石官员以下，敢不从者，可当即击杀。"

小武恭敬地接过革囊，小心地打开，抽出一柄头柄铸在一起的金斧，光彩粲然。斧背依稀铸着几行细润而匀称的扁体篆书：征和元年五月甲寅朔庚申，皇帝制诏少府考工制，以此斧为节信，见之如见皇帝。

考工令道："献上绣衣。"

一个随从赶忙将一件华丽的深衣，披在小武的肩上。小武见这衣服上淡绿色的栀子花纹非常眼熟，对了，那个假扮的公孙勇，张崇就穿过类似的绣衣。从这真品的做工来看，那件绣衣完全能以假乱真，也许本就是真品，是昌邑王专门从制造乘舆器物的齐郡三服官那里弄来的。昌邑国靠近齐郡，要搞到这种绣衣有地势之便。想到这里，小武又有些烦恼，皇帝如此重用自己，江充明显有些嫉妒，说不定哪一天就会遭他们的暗算。那李广利看来也没什么才能，不过仗着外戚的关系得到重用，就不知道自己吃几碗饭。刘屈氂和他狼狈为奸，都不会有什么好结果。倒是暴胜之、严延年、丞相司直田仁、建章监任广国、北军卫尉任安等为人还比较正直，还有一个中书令司马迁，据说很有才学，正在撰写一部"究天人之际"的史书，不问外事。从自己的心愿来说，后一类人得势自然是比较好的。对，这次下去，不妨就找个机会揭发昌邑王的奸事，铲除李广利和刘屈氂，但这么一来，太子、皇后又会安然无恙，他们恨不能将我食肉寝皮。

怎样才能想出个两全其美的办法？

在向豫章郡出发的路上，小武一直在考虑这个问题。只有碰上郡县官吏的郑重迎接，才会让他暂忘。见那些当年自己高不可攀的二千石郡守和都尉，甚至诸侯王，在自己面前竟恭谨得像奴仆一般，确实能令人宠辱暂忘，且尽情享受这一刻威福。

这天，他的车马进入了彭城。

彭城是楚国的都城，小武很想看看楚王到底是什么样子。像之前所历的郡县一样，他得到了楚王刘延寿，楚相、内史、都尉等一干大吏的隆重接待。这就是赵何齐所屡屡夸耀的楚王？小武看着楚王清瘦的身躯，颇有些失望，他看出了这个王内心的畏懦。大概因为和当今皇帝的亲密关系远不如广陵王，他只想安静享受这世袭爵位带来的富贵，但今上喜怒无常，又怕被无端褫夺爵位，所以才去巴结广陵王，冀望广陵王当上皇帝，自己可以沾光。可是，这未免太愚蠢了。小武心里对他有点怜悯，广陵王怎么可能当皇帝呢？今上御宇这么几十年，你们还不了解他么？他聪明果敢，虽然有时貌似喜怒无常，其实大事桩桩心里有数，既然他早就看不上广陵王，就永远不会立他为宗子。楚王啊，你真是病急乱投医了，或者就是受了赵何齐的荧惑。一旦败露，死无葬身之地。有一句古谚语说"厉人怜王"①，是的，只要我愿意，你这个王马上就会沦落到比厉人还悲惨的地步。

燕饮中间，楚王令他的歌妓们出来侑酒。其中有个歌姬走到小武几案边，呆呆地对他注目。她身材修长，肤色略黑，一张鸭蛋脸，嘴唇饱满，牙齿洁白，看见小武反过来注视她，脸上一红，垂下脑袋走了过去。小武心中立即腾起一种莫名的兴奋，他假借着酒意对楚王说："大王，刚才那女子叫什么名字？"

楚王脸色很巴结："哦，明使君问那个女子啊，是两个月前河南郡平阴县富商东阳无忌卖给寡人的，据东阳无忌说，他也是从贫穷百姓家买来的，养在自家宅邸，训练了近一年的歌舞，差不多训熟了，再卖给王侯贵族。这是商人惯用的牟利方式了，当时一同送来的，还有五个当地的女子。"

哦，平阴县富商，这个县名好生耳熟，对了，就是郭破胡的家乡。小武顿时有一丝亲切，赞道："好漂亮的女子啊！"

楚王连忙说："明使君既然喜欢，不如就行个好，收在身边以奉箕帚？"

小武一惊，下意识地摆手："下吏岂敢夺大王所爱，请勿戏耍。"

楚王把酒爵放到案上，诚恳道："寡人岂敢戏耍明使君，这些都是苦命女子，留在寡人这里，也就是几年，几年后，就不知沦落到哪去了。若明使君肯收留她，从此一生荣华，不知多大的福分呢。"

小武心里顿时感慨万千，唉，仅仅两个月前，不要说让楚王这么巴结自己，就算自己想来蹭顿饭，只怕还没来到门口，就被轰走了。现在自己只是对他的奴婢多看了两眼，他就要把奴婢相赠，还巧言令色，显得在求自己行善。不过这女子既美，又是平阴县的，说不定带去广陵，见了郭破胡，两人会觉得亲切呢。或者就将她送给郭破胡做妻子，岂不是一件美事？但不行啊，自己是使者，怎可公然受贿？于是赶紧道："不可不可，律令在，不得受所监临……"

话还没说完，座上一老者突然哼了一声："做官不就为了名利二字么？何必假惺惺推却。"

小武心里一惊，这老者是什么人，怎敢如此无礼。寻声望去，见是个花白胡

---

① 厉人怜王：厉，通"癞"，麻风病。这句话是说，一个将要遭到屠戮命运的国君，如果被一个患有病疾的人看到，也会对之怜悯。意指落难国君的命运还不如一个患有病疾的人。

子的老头，比楚王还要大几岁的样子，身上衣着也甚是华丽。他似乎自己也悟到有些冒犯，立刻端起酒爵喝酒，遮住面目。小武正不知如何接嘴，楚王赶忙解释："这位先生是寡人的亲家，定陶大族赵长年先生。他年高不胜酒力，望明府海涵恕罪。"小武手一抖，差点没把酒杯掉了，原来竟是赵何齐的父亲。倒也不算巧，在楚王府碰到他，岂不应该么？

赵长年见楚王过分谦恭，又把酒爵放下，带着些微的情绪道："大王不必介绍了，犬子何齐与沈使君一向相熟。承蒙沈使君推荐，如今正在建章宫侍奉皇帝呢。说起来官职也不低，八百石的掖庭令，赐爵左庶长，也算是赵氏从来没有过的高爵了。"

小武听出他语气中的怨气，也不想跟他一般见识，遂离席谢道："原来是掖庭令君的父亲，武失敬了。说起掖庭令君的事，其实出乎武的意外，武在长安时，已向掖庭令君赔罪。今日又见到赵先生，幸何如之，赵先生是长者，武敢敬一爵，给赵先生赔罪。"

赵长年显然肚里余气未歇，端坐不动。楚王急忙劝道："赵先生，明使君恭请，你也别赌气了。"一边说一边使眼色，其意无非是：你这老翁，也太不识利害，你儿子成了阉宦，固然跟他有些关系，可现在他是绣衣直指使，虽然这次巡行的只是东南五郡，但在楚国发生意外时，一样可以用金斧调兵。寡人身为一国之君，身配金印紫绶，爵位在丞相之上，尚且要巴结他，你一有市籍的商人，怎敢以卵击石。幸好他才任绣衣直指使，还不大懂得作威作福，若像当年的暴胜之，现在的江充，只怕你活不过今冬。

赵长年无疑也听懂了楚王暗示，无奈地举起酒爵，离席谢道："明使君谦恭下人，小民岂敢怨恨。唉，也是犬子命当如此。"说着一口将酒饮尽。心里仍觉怅然，刚才当真昏了头，竟然讥刺绣衣直指使，也实在是爱子心切，若是从前，有二千石大员向自己敬酒，只怕喜欢得三天三夜也睡不着觉呢。

三爵过后，大家尽情畅饮，又互相说些亲热的话，酒阑歌散，小武回到使者馆驿就寝。

刚到驿馆坐下，还没换过衣服，楚王的使者就到了，小武纳闷，吩咐迎进来，那使者提衣急切上堂，身后几位随从，拥着两位女子，珠翠满头。众人一起伏下，使者道："拜见明使君，有两位婢子，是大王吩咐送来侍候府君的。"说着，又递过来一个函封的木盒，"这是两位婢子的券契，赠送文书都封好了，请明使君早些安歇。臣等告退。"

小武有些半醉，看着那两位女子，装扮得千娇百媚，其中一位就是刚才向楚王打听过的，心中明知不可留下，嘴里竟说不出。待要思忖，使者早告辞走了，留下那两个女子，垂目站在一边。灯光照着她们的俏脸，显得分外妖娆，小武禁不住心猿意马，这楚王当真乖巧，刚才在席上不再提，席散就把人送来了，还是两个。这样的王，谁会不喜欢？这样的官，当得岂不舒服？怪不得百姓见到官吏，都垂涎三尺呢。

"你们先下去休息吧。我要沐浴，等会还要看文牍，跑了一天，真是邋遢死了。"小武道。

两个女子都怯生生的："婢子自当服侍使君沐浴。"说着就脚步轻盈地走近，同时袭来一阵浓郁的香味，是胭脂还是苏合香，小武分辨不出。四只手就要替小武更衣，小武忙道："这个我自己来。"他从小就不喜欢在人前裸露，所以甚是坚持。

两个女子见他执意如此，伏地请罪。小武说："你们能有何罪？是我自己的习惯罢了。"说着自去沐浴，侍从早把热汤备好，装在一长形木桶中，小武泡在里面，游目四望，见四壁挂着帷幔，几十盏油灯灿若繁星，地上铺着茸毯，几案一尘不染，这种装饰，绝对是楚国最好的馆舍。随从甲士十几个人全住在隔壁，门口有亲信的执戟甲士轮流换岗。作为朝廷使者降临，楚国也派出吏卒，把馆舍围护得铁桶一般。也许这并无必要，但这就是排场。

小武一时泡得全身舒畅，擦干身体，换好衣服，头上湿漉漉的，感觉甚为爽快，大开窗户，望着水洗般的夜空，明月灿然，射入窗棂，驿馆一侧篁竹幽幽，愈觉静谧。小武心中又油然忆起在肥牛亭夜宿的一幕。唉，真希望能化为大雁，今夜就趁着月色出发，飞到广陵，去见朝思暮想的玉人。

他又把随身不离的锦囊拿出来，里面有上个月刘丽都托付广陵国使者带来的书信，随信还附了一面昭明铜镜，镜背面的中间有一圈连弧纹，外层是十二个字的铭文，成弧形环绕中间：

　　　　君行卒，予志悲。久不见，侍前稀。

这十二字铭文被一圈连弧纹环绕，连弧纹之外，又是一列环形铭文：

慎靡美之穷盼，外承欢之可悦。

慕窈窕于灵泉，愿永思而毋绝。

虽然摩挲过多回，小武捧着铜镜，依旧呆坐半晌；又伸手拿过书信，看了不计遍数，却依旧百读不厌。书信写在一块梓木版上，削治得非常光滑，文字秀丽：

妾丽都伏地再拜请：仲卿足下，善无恙，幸甚幸甚！一路苦道，妾不得奉侍随行，死罪死罪！伏地愿君无忧。自君一去长安，杳如黄鹤，为王室靡盬，不得稍许空闲耶；将弃置旧人于九霄外也？妾身在广陵，万事无聊，日日思君，冀得及时反也。君毋忘凌波台上啮臂之盟，则妾身安矣，妾心定矣；苟君消息不逮，妾唯死而已。书随驿人寄达，得书，幸有金玉之音付来者。

小武看着书信，沉吟半晌，不禁失笑，想起初见刘丽都时，视其果敢刚断，不敢仰视；再看这书信缠绵宛转，却是秾纤娇弱，仿佛不胜单衣，真叫人无任爱怜。

正在胡思乱想的当中，忽听到一女子的声音在耳边道："使君的籍贯，可是豫章郡南昌县的？"

小武一惊，抬头一看，那个楚王送来的女子正站在面前。她也刚刚洗沐过，一头乌发垂肩，愈加迷人，身上披着淡色信期绣花纹的深衣，娟婉可爱。小武张大了嘴巴，呆了半晌，突然命令道："把衣服脱了。"

那女子脸红了一霎，抬手将衣襟的曲裾一掀，整个身子就几乎暴露在小武的眼光之下。毕竟年轻，小武见到这样赤裸的年轻女子身体，如何把持得住？一股乱蓬蓬的欲望顿时全身乱窜，下体瞬间充盈，手上还捏着那枚书信木牍，不知所措。那女子见状，将自家衣服全部除下，突然上前抱着小武，一股浓烈的年轻女子气息猝然袭来，小武再也忍不住，将木牍放下，张开左臂，将她的腰身揽住，俯下头，就向她的唇上咬去。

狠狠亲了一会，女子在他怀抱里轻声呢喃着。小武喘了口气，低声道："你刚才问我什么？好像是问我的籍贯不是？"

"是的，"女子道，"听同侪的姐妹们说，大王这次隆重接待的使君，乃是豫章郡南昌县人，妾身突然想起自己的同产兄曾在南昌县当过戍卒，好奇之余又有些悲伤。"

小武一边亲着她的嘴唇，一边低声笑道："你阿兄在南昌县当过戍卒，也不稀奇，怎么会惹起你的悲伤来了？"

女子道："使君有所不知，我那阿兄在去年逐捕亡命官吏时阵亡了，据说阵亡地点位于豫章郡一个叫余汗的县境之中，尸骨都没找到。"说着盈盈欲泪。

小武惊讶道："你同产兄叫什么名字？当时他奉命追捕的亡命官吏是谁？"

女子泪珠滚落："妾的同产兄名叫郭破胡，他所追捕的官吏叫什么我不知道，只听说是个犯了死罪的县丞。因为这，还牵连到一个亭长斩首了，据说那逃亡官吏曾在那个亭舍住宿过一夜。"

小武长叹一声，左臂使力，将女子身子抬起来，道："穿上衣服吧。"

那女子两颊羞红，当即跪下，两手据着桃枝席，俯首颤声道："大王将妾送给使君，说是使君喜欢妾身，要妾好好侍奉使君。刚才妾想起兄长，一时悲伤，并非故意打扰使君情致，万望使君饶恕妾身死罪。"

汉家尊卑谨严，一个附庸于人的奴婢，看见太守真如天神般敬畏，何况楚王也告诉她了，这太守还不是普通太守，他怀揣皇帝诏书，腰系两组印绶，能当即系捕二千石以下官员。见小武突然不跟她亲近，怎不害怕？如果这使君对楚王斥责自己几句，自己就完了。

小武见她这样，心里又一次感叹官爵的威力，看着她背上光滑的曲线，强压欲火，取过她的深衣，披在她身上，道："你误会了。我并非嫌弃你，你且穿上衣服，我自有喜事相告。"

那女子半信半疑坐起，穿好衣服，深衣的曲襟环绕在她细细的腰身上，颇为婀娜。她的身材真有点像刘丽都，只是面容尚不及刘丽都娇美，肌肤也不够白腻，毕竟农家女子出身，从小日晒雨淋。小武笑道："你知道吗？我就是你阿兄当年追捕的亡命官吏，南昌县原县丞沈武。"女子惊愕得睁大了眼睛，突然慌张起来，又伏地泣道："请使君饶命。当年妾身的阿兄也是奉命逐捕，况且他已经物故，请使君饶过妾身吧。"

小武道："你别急嘛，我还没讲完呢。我不但不会怪你阿兄，而且很感激他，他救过我一命。而且我要告诉你一个天大的喜讯，你阿兄并未阵亡，而是协助我逃到了广陵国。这次，我奉皇帝陛下诏令，将要巡行广陵国，正好带你去，让你们兄妹团聚……"手掌轻拍她的背脊，"你放心，我讲的全是实话，而且会立即擢拔你阿兄当我的卒史。现在你告诉我，你叫什么名字？"

女子抬面破涕为笑："使君，这是真的吗？妾的名字叫郭弃奴，使君就叫妾弃奴吧。"

小武道："好，弃奴，这是真的，当年我之所以仓惶逃亡，是被奸相公孙贺陷害，幸亏你阿兄深明大义，救我一命。你放心，以后你们兄妹的前程，就包在我身上了。"小武说着，又想起当时断肠崖一幕，郭破胡如果不跟着去广陵国，可能也会因纵贼之罪判处弃市，自己也算是救了他一次，后来他又救了自己一次，真是苍天有眼。

郭弃奴低声道："谢谢使君……使君对家兄这么好，今天怎么不肯要了妾的身子呢？"她的声音细得像蚊子一样，"莫非嫌妾长得不好看？"

小武道："弃奴花容月貌，怎可妄自菲薄？开始我在筵席上看见你，就很心动，否则楚王也不会将你送我了。不过我已有妻子，不可辜负。你去休息吧。"

郭弃奴道："使君贵为太守，妾身能为使君奴婢，亦已足够，并不敢奢望做使君妻室。"

小武心里暗暗惭愧，其实主要因为她是郭破胡的同产妹妹，如果这样要了她，总觉得过于轻薄。这也是没料到，今天若把另外那个女子招来陪寝，就不至于此。不过，这样岂不是辜负了丽都？但男子三妻四妾，也是常事，我的心不辜负她，大概就不算辜负？就如弃奴所言，他们知道自己的身份。小武忽然想，假如丽都有难，我肯不肯为她去死？这不需要考虑，我肯定会为她去死，眉头都不会皱一下。没有了丽都，人世间还有什么意思？他缓缓对弃奴道："我知道，但是不好见你阿兄。"弃奴道："我阿兄怎么会有意见？他只怕更高兴呢。"小武又有些心动："其实我也难受，你知道男人是怎么个难受吗？"

弃奴道："妾约略知道一些，先前妾被本县富人东阳大夫买在家里，他请了人教我们歌舞琴瑟，取悦男人的事也会说一些。"说着低下头，颇为羞涩。

小武看她羞涩的样子，心头欲火又砰的一声窜了上去，他说："那你说说看。"弃奴低首不答，又缓缓把衣服脱了。小武心想，要不就原谅自己一回，管不了那么多了，当即一把将弃奴揽在怀里，正要行事，忽听得外面响起了嘈杂声。小武一惊，蓦地长跪起来，放开郭弃奴，叫了一声："外面发生什么事？"

这时他的随从主管檀充国匆匆跑了进来，躬身道："回使君，已经派人去查看了，我们十几个兄弟都在这里保护使君。请使君放心，一定万无一失的。"

檀充国本是九江郡的一个儒生，五年前，皇帝下举贤诏，要各郡国二千石举荐贤才，檀充国因为通《公羊传》，被举荐到长安，但是对策时，策文不被皇帝喜欢，由此黜落。他既来了长安，深感家乡鄙陋，不愿回乡，就一直留在长安，给高官做门客，也郁郁不得志。小武被任命为绣衣使者，长安震动，刚回到住处，就有不少人来毛遂自荐，要求跟随，檀充国就是其中一个。小武召他来一聊，深感惊异，这人颇有才学，如何不得重用？檀充国说时乖运蹇，小武深感怜惜，就让他做自己的主管："本来想，先生是功曹史的最好人选，可惜我做的是豫章太守，你不是豫章人①。只好委屈先生暂时做我的私从，将来若有机会去九江任职，就好办了。"檀充国立刻拜倒称谢，又写了质书，委质为臣。小武想，此人已经三十五六，才学实不在我之下，我怎好让他委质。但也不便阻拦，想日后烧了委质文书，倒也不算麻烦。这一路上，檀充国把里外都打理得不错，小武对他也日渐信任。

小武问："你还没睡？"

檀充国道："见使君屋内尚亮着灯，臣怎敢睡？"

小武有些惭愧："我年轻，尽可熬得住，你要注意安歇，我要倚仗你的地方还多着呢。"

檀充国拜道："谢使君记挂。"小武抚慰了他几句，打发他出去，重新坐下，心想，这楚国的治理未免也太差了些，我这驿舍靠近王宫，竟然深夜如此喧哗，难道不宵禁②吗？还不如南昌县呢。小武出身亭长，对宵禁再熟悉不过，一俟太阳落山，没有县令的符节，大族子弟也不敢在夜间出门，而现在楚国的国都彭城，人定③时分犹如此喧闹，实在大违常理。彭城令是怎么治事的？

想到这，心里有些不悦，径直掀开帷幔，远远看见王宫方向有百十个火把晃动，似乎正在征召士卒的样子。难道楚王想对我不利？小武心中微微一惊，又自

———————————

① 汉代太守的幕僚只能任命本郡人。

② 汉代将一天分为十六个时段，一般在日入时分，城市街道就要实行宵禁，不许任何人行走，即便是有官爵者也不例外，一般百姓只能在里门内活动。一直到第二天的平旦，才解除宵禁。

③ 人定：汉代把一天划分为十六个甚至三十二个时间单位，比如，鸡鸣、平旦、日出、食时、隅中、日中、日昳、晡时、日入、黄昏……人定大概相当于二十三点。

225

我否决了。这不可能，虽然楚王亲家赵长年对自己有怨，但刚才已经和解了，也看不出他是装的。再说就算他想杀自己，楚王也不蠢，怎么可能听他的？借给楚王一千个胆子，也不敢攻杀大汉使者。那到底怎么回事呢？

郭弃奴坐在他身边，低声道："使君还不安歇吗？"小武道："楚王想杀我，是吗？"郭弃奴一惊："使君，不会啊，大王就想奉承你，千万嘱咐妾要好好侍奉使君。"小武道："那王宫门外都是火把，怎么回事？"弃奴道："妾不知道。"小武看她面色，也不像说谎，这时檀充国又匆匆走了进来："使君，打听到了。"

小武问："什么事？"

檀充国道："刚去问驿舍长，他说才接到彭城令通告，楚王太子刘广明被贼人劫持了。是半个时辰前的事，现彭城令正驰告楚王，楚王也很焦虑，已经发了官甲，准备去营救太子。如今王宫附近喧嚣扰动，大概正在开武库授兵。"

小武恼怒之中又暗暗好笑，怎么又碰上劫质了，自去年以来，不断遇到劫质事件，朱安世劫持高辟兵，自己也在肥牛亭劫持假绣衣直指使，郭破胡又在广陵王宫劫持刘宝……自己一向最讨厌劫质，却跟劫质结下不解之缘，真乃天意。他勾起了好奇心，就道："檀君，你看，我是不是也去看看？"

檀充国道："按说不关府君的事，不过劫质向来难解，往往人质受害，贼人逃遁。若使君有办法，倒也是立威的好机会。"

小武心道，想解脱人质，无非刚柔二途，只是临阵而察微妙，当知合变，不可胶柱鼓瑟耳，于是道："檀君所言有理，叫上十几个甲士，我们也去看看。"

檀充国躬身道："那府君先更衣，臣这就去安排。"

郭弃奴察言观色，赶紧上来为小武穿戴，小武也没了寻欢作乐的心情，急匆匆穿上衣服，跑了出去。外面侍从早举了火把在庭中奉迎。小武在他们簇拥下走到庭中，檀充国又来了："使君，彭城令萧彭祖在外求见。"

原来是驿舍长得知惊动了朝廷使者，早已去县廷报告。彭城县令萧彭祖一听，立刻驾车来馆舍拜见。

"请他进来。"小武道，说着自己又上了堂。

萧彭祖低着头急匆匆走进，身后跟着几个县吏，距离小武跟前老远，就伏地叩头："下吏彭城令萧彭祖，拜见使君。"

"不必拘礼，"小武一摆手，"明廷请起，到底怎么回事？"

"使君垂询，臣敢不承命。"萧彭祖抬起头，他四十来岁年纪，清白色面皮，体形清癯，全身披着甲胄，腰间挂着黄灿灿的铜印，黑色的绶带从鞶囊下垂。小武忽然想起了南昌令王德，心中一阵恻然。王德也像这位县令，一生谨慎勤劳，却无辜丧命。当官虽然威风，却也时有受谴之忧，尤其县令这秩级，不高不低，两头受气。天下太平时自然好，碰到乱世，首当贼人冲击，降是死，不降至亲都会死。像今天劫持王太子这类事，若不能成功解救，萧彭祖这颗脑袋可能保不住。当年他出生时，父母可能为他卜问过，取名彭祖，自然是希望他如相传活了八百岁的彭祖一般高寿，但目前看来有些滑稽。

萧彭祖擦了一把汗："回使君，下吏夜暮时接到消息，说王太子被数贼劫持在本县燕子里一栋破旧的阙楼上，贼众要求下吏报告楚王，付赎钱千金放人。下吏赶忙驰车王宫，报告楚王，楚王也很着急，立发宫甲百人，赶赴阙楼。不想喧哗声惊动使君，打扰了使君休息，死罪死罪。"

"哦，"小武道，"劫质贼盗何人？可曾查清？深更半夜，未得楚王符传或者楚王相、都尉节信，即便王太子，也不能出宫在街市上驰走。若王太子不出宫，贼众怎有机会劫持他？"

萧彭祖道："这也正是下臣不明白的地方，死罪死罪。"

小武低头沉思："也罢，你现在就带我去燕子里的阙楼，我想亲眼看看。"

萧彭祖喜道："下臣这就为使君带路。"心里颇为高兴，这使君竟然没有半句话训斥自己，大概是过于年轻，还不习惯作威作福。此事真焦头烂额，刚才自己驰往王宫报信，很想立即折回，先和老母、妻子诀别。若这番能得绣衣直指使的帮助，就多了几分生存希望。他手持天子金斧，可征召郡兵，楚王相和都尉都要受他节制，凭这威势，说不定可以将贼盗的胆子吓破呢。于是赶快爬起来，一阵风似的跑到外面，大声道："快快驾马，使君有公事出门。"

一行车队风驰电掣般向彭城东北角奔驰，老远就见一堆士卒举着火把。由于已经有前锋传命，所以小武他们的车队一到，士卒们马上让开一条道，马车刚停，楚王已经急急跑来迎接，他哭丧着脸："犬子遭到劫持，惊动使君，让使君不得休息，寡人真是过意不去。"

小武道："大王不必客气，臣等都是为圣天子办事，岂能汲汲于安逸，忘了职责？"他仰起头，向众人注目的地方望去。

那是一座三层的楼阙，歇山式的屋顶。原来燕子里是彭城最边缘的一个里，里门不远处，是一座不大不小的山，所谓的楼阙，并不在里门之内，而是依山而建，坐落在半山之上，有一条小径蜿蜒而上。山的另一侧，一曲江水静静流过，那就是有名的泗水，春秋时，有好几个诸侯国沿着这条泗水错落分布，都是有名的衣冠礼仪之邦。孔子曾站在这里感叹道："甚矣鲁道之衰也，洙、泗之间惫惫如也。"慨叹古时风俗醇美，到他那个时代，已经开始浇薄了。彭城春秋时属于宋国，至今这山的一侧，仍有宋国著名权臣司马桓魋的墓。孔子路过彭城时，看见司马桓魋征发民众为他修筑巨大的石椁，气愤道："若是其靡也，死不如速朽之愈也。"面前这座楼阙，被称为彭祖楼。相传彭城是古帝王尧赐给陆终氏第三子钱铿的封地，钱铿号为大彭氏，据说最终得道，活了八百岁之久，大家都称之为彭祖，后来这城邑干脆改名彭城。

小武忽然暗笑，萧彭祖来做彭城令，真是再有趣不过，但是今天他若不能从彭祖楼上救下楚王太子，他日就会受戮在此楼下。转念一想，又叹自己是何居心？他人受戮，自己怎能毫无恻隐？于是摇摇头收摄心神，问道："这座楼怎会建在半山？"

"回使君。"萧彭祖道，"山脚的封土堆，据说是彭祖的墓冢。自周秦以来，当地百姓就不断重修此楼，彭祖是这城邑的始祖，百姓非常信奉，祭祀他可以祈福。"

小武道："原来如此，这楼的背侧是不是有道路？"

"是的，有一条驿道，沿着泗水可以奔鲁国等地。"

"我明白了。"小武道，"我想劫质者大概想得了钱财，就从驿道逃亡。"又想，这山倒远没有郧阳的断肠崖险峻。不过，站在那楼上，俯视泗水，该是什么样的气象呢？能否看到山那侧司马桓魋的石椁呢？据说那石椁雕制华丽，上面尽是龟龙麟凤之像，又用铜汁和山体浇灌在一起。待天明时，定要好好看看，为今之计，先解救人质。

"里面有几个贼盗？"小武问。

萧彭祖道："应该不到十个，但手脚颇不弱，且装备强弩。我们不敢强攻，已经被他们射死三个县吏了。他们箭法极好，而阙楼地势又陡峭，仰攻实在不便。随同楚王太子被劫持的，有两个随身家丞，一个已被割了耳朵，扔了出来。贼盗扬言，再不答应赎金，将对太子处以黥劓之刑。太子若真受刑，还怎么继承王位啊！"

小武怒道："这贼盗竟敢代官府施刑罚？我倒要见识见识。"

而在另一边，楚王相李遂也急得在场地上走来走去，如果太子真的有事，萧彭祖固然要处死，他这个楚王相也好不到哪去。朝廷派他来到楚国，是辅佐楚王的，若连王太子都死于贼盗之手，他不是尸位素餐吗？不死也要脱三层皮的。

李遂转了几圈，向楚王建议道："既然贼盗要求千金，大王也只有答应，还有什么好说的？伤了太子，那可是要命的啊。"

楚王默然半晌，叹了口气道："也只有如此了。"

内史在一旁应声道："这样不合律令啊。皇帝陛下屡次严令天下郡国，有劫质索要钱物者，绝不姑息，必击之而后快。若官吏向劫盗交纳赎金，皆黥为刑徒。"

国相李遂跺脚道："唉，律令严酷，真让人焦躁。丢失王太子处死，交纳赎金则要刑为城旦，事到如今，也只有两害相权取其轻，还是交纳赎金为便。千金虽然非小数，但国少府的藏钱也够，顶多我等以后尽量节省用度就是。"

楚王喜道："既然如此，那当然交纳赎金最便。"他听说贼盗勒索千金，本来很舍不得，忽闻少府愿意出这笔钱，顿时喜上眉梢。内史和国相鄙夷地看了楚王一眼，心想，人说楚王贪婪，果然不假，一个大汉堂堂的诸侯王，当初和一个定陶富商结亲，已经很丢脸了；现在自己的太子被劫持，命在旦夕，却连千金也舍不得交纳；及至听到国相府愿意出这笔钱，立刻喜上眉梢，毫不掩饰，实在可鄙。

内史道："既然大王和国相都同意，臣也无话可说，只是现在沈使君正在那边和萧县令商量，如果他不同意纳赎，我们也无可奈何。向贼盗屈服，毕竟是违背律令的啊！况且还为此死了三个县吏。"

楚王讷讷地说："事关紧急，恐怕沈使君也不会有什么异议的。"

内史道："这可不一定了，我听说沈使君就是因为成功解决了一起劫持事件，才让陛下赏识的。当时有群盗六百余人劫持了豫章郡高辟兵都尉，众人一筹莫展，这位沈使君力排众议，矫诏征发郡兵，将群盗全部剿灭。为此皇帝不但赦免他矫诏之罪，还赐给他绣衣金斧，位列人臣之贵。倘若当初他也畏懦交纳赎金，恐怕不但得不到赏赐，还将受谴丢命呢。"

楚王顿时默然，李遂咳嗽两声，犹犹豫豫："也罢，既然沈使君有如此才干，我等自然先听听他的看法。"

他们一起走到小武身旁，把商讨的意见一说，小武果然一口否决："大王和诸君怎的如此糊涂，劫质是重罪，胜过普通偷盗远甚。普通偷盗固也可恨，但都是猝不及防发生，猝不及防结束，给人的恐吓不大，劫质却不同。在劫质中，财物损失是小事，对我大汉风俗之破坏，才远非金钱所能弥补。凡是遭过劫质的百姓，日后大多心惊胆战，无心劳作，还会拿购置耕牛农具的钱去买兵器，久之田地荒芜，公事废弃。此外，若贼盗劫持官吏，我们却满足其要求，天下贼盗将纷纷劫持各自的二千石，懦弱长吏因此废弃公事，奸猾长吏则以此为借口滥捕良民，以残杀敢任邀宠，社稷将杌陧不安。高皇帝早就知道劫质的极大危害，所以《九章律》的《盗律》申申告诫：'恐吓人以求钱财，皆磔①之；谋劫人求钱财，虽未得或未行，皆磔之，罪其妻子，以为城旦、舂。'劫持人质，皆当判处磔刑，重于腰斩，且家属都沦为刑徒。今天这事，我若不在场，倒也罢了；既然我正好在场，就不能坐视大王和诸君向贼盗妥协。"

听小武滔滔不绝，楚王和国相、内史相视而觑，心里颇有些不以为然：难道大汉就没有向劫质者束手的案例吗？最有名的就是朱安世，他曾连续劫持数名中二千石，且次次成功得到赎金，因此闻名天下郡国。元封三年，朱安世劫持水衡都尉阁奉，曾震动三辅，朝廷传命解救的使者冠盖相望于道，京兆尹王温舒率冲车几十辆围住了朱安世，朱安世万无逃脱之理，可危急关头，皇帝竟然给王温舒下诏，让他交纳赎金，朱安世因此得以逃脱。连皇帝自己也罔顾律令，你这个绣衣直指使何必装腔作势？但这些话他们只敢想不敢说，过了片刻，李遂赔笑道："使君所说诚是，臣等远远不及，不过依使君的意见，该怎么办才好呢？"

小武道："不忙，我们尽量捱到早上，天一亮，事情会好办些。"他突然转头面向楚王，问道，"大王，臣想知道太子是否认识这帮贼盗？"

楚王的神色一下子有些忸怩，讷讷地说："使君明鉴，据现在情况看来，犬子的确和这帮贼盗认识。"

小武心道，果然。否则就无法解释宵禁后王太子怎能被贼盗劫持。太子必然和贼盗认识，贼盗早有预谋动手，只是不巧选在今天晚上，让自己碰上了而已。

"那大王大概知道这伙贼盗是什么人吧？"小武问。

楚王尴尬地说："寡人的确也不知情。犬子一向爱好斗鸡走马，和游侠交往。

---

① 磔：割裂肢体，相当于后世的凌迟。

寡人曾申斥过几次，他也收敛了许多，按理不会发生这样的事了。"

小武道："王太子的太傅、少傅有责啊。大王别怪臣多嘴，太子择友不慎，应当将太傅、少傅黥为城旦……"

他的话还没说完，楼上突然射出一枝火箭，啪的一声钉在一辆冲车旁的旌旗杆上，那旗杆因为属军中所用，和一般戈戟的柲一样，也是用细竹条圈住木芯，再用丝线重重捆扎，最后髹上厚厚的黑漆制成，只是比戈戟的柲粗许多，相当柔韧坚固。这枝箭能从老远准确射进旗杆，可见力量不凡，射手一定非常职业。士卒随即发现，箭杆上还系着一枚竹简，竟未影响射手准度。小武心里暗暗一惊，这贼盗的射艺比当年的朱安世高出远甚，王太子到底结交了什么人，竟这般厉害，倒不可掉以轻心了。

一个士卒拔下箭，将那枚竹简递给楚王。楚王扫了一眼，赶紧递给小武："贼盗的书信，请使君过目。"

小武将那竹简在火把下一看，上面写着：

> 伏地再拜请，死罪死罪：朏明①之前，臣等未见千金，辄给太子施黥劓
> 之刑。无忽，自省。敢言之。

字迹苍劲，笔划熟练，是标准史书②，看来经过书写训练。好笑的是，辞气却如此谦恭。小武暗暗奇怪，这些贼盗看来还颇通文墨呢，尤其是书信后还来一句习惯性的"敢言之"，分明是官府小吏上书的口吻，这事端的奇怪荒唐，贼盗是哪里冒出的？有一点基本可以肯定，作书者肯定是个逃亡官吏，从文字语气来看，职位不会太低。

小武看了楚王一眼，有点怀疑，楚王既然早和广陵王有勾结，自然也会瞒着国相和内史暗中招纳亡命。眼前的国相和内史看上去都没什么才干，而且少谋寡断，楚王自然可以肆无忌惮，恣所欲为。这些贼盗说不定就是楚王招纳的，只是不知因为什么，王太子和他们有了龃龉，导致他们反而劫持太子，索要财物。整个事件看上去头绪纷繁，实际很简单。牵扯进这件事当中，不管如何，都对自己

---

① 朏明：天刚亮。

② 史书：当时官府僚佐普遍称为"史"，因为擅长书写得名，他们所用的标准文书字体被称为史书。

没有好处。即便抓获贼盗，也不能穷鞫。因为自己当初无奈之中，和广陵王有了牵连，如揭出楚王阴事，广陵王也跑不掉，那意味着自己也凶多吉少。况且，楚王如此悭吝，却一出手就送给自己两位美女，算得相当乖巧了，自己又何必跟他为难呢？他眺望那栋楼阁，蹙眉道："离朏明时间还早，我们尽可想个万全之策。"

他把那枝竹简上的字翻来覆去吟诵了几遍，突然心头一亮，对楚王道："大王，请把你的官甲撤回，和国相、内史都回去休息，让彭城令萧彭祖和县尉带几十个县吏跟着我就行了。"

楚王和国相都奇怪："我们这么多人在这，贼盗尚且如此嚣张，倘若撤走，岂能救出太子？"

小武道："大王有所不知，我们这么多甲士重重包围彭祖楼，除了给盗贼造成压力，没别的用处。这帮亡命之徒既然敢劫持王太子，就已经知道骑虎难下，不管有多少人包围他们，结果都是一样。逼急了，他们杀了王太子，我们追悔莫及。将大部分甲士撤走，他们或许会松懈下来，丧失警惕，至少王太子暂时不会有生命危险。"说到这里，小武停了一下，突然压低了声音，"还有，从这封书信的字迹和用语来看，此劫盗文才不低，熟悉文书格式，说不定是朝廷官吏，负罪逃亡民间的。"

楚王道："既然使君下令，寡人就先回去，犬子的性命全仰仗使君了。"嘴上这样说，心中却想，这年轻官吏如此自信，凭什么？既然他愿意承担责任，那不妨让他试试。反正他不许交纳赎金，自己又能如何呢？正好看看他是否真有本事，皇帝到底识不识人。

于是楚王传令，带着国相和内史，哗啦一声，全部撤退。火把的亮光渐行渐远，刚才的热闹无影无踪。

—— 第十三章 ——

楚国逢劫盗　数语输款诚

那七八个劫质者从楼上眺望，见甲士们尽皆撤走，心下也颇为惊愕，相互交谈起来。

"可能他们害怕，回去取赎金了。"贼盗中的一个人夸赞道，"还是如将军厉害，不愧为北军第一射士，就算当年的飞将军李广，也要甘拜下风。将军一箭惊退官兵，想来那国相和内史也是识货的。"

另一个人接口赞道："那是自然，如将军箭法卓绝，当年在长安秋射大赛中，以纯臂力拉动三石大黄肩射弩，二百步外一箭射穿九层重甲，箭如连珠，百发百中，威震北军八营，名声传遍陇西六郡，只怕李将军也不能及。想当年春秋时代的神箭手养由基，也不过在百步外射穿七层甲片。"

"是啊是啊，几十年前，陇西六郡的良家子，人人捧一册《李将军射法》，自从如将军显露绝技，都改捧《如氏射法》了。尤其前建章监李陵投降匈奴之后，陇西李氏一族颜面无光，有的旁支都干脆改姓，谁还会学什么《李将军射法》？"

开始说话的那人接道："提起这事，还真让人感慨，李陵投降，固然是望救兵不得，万不得已，可李氏世受皇恩，一门数侯，甚至还有人官拜丞相，李陵本人也位列九卿。连他都不能为大汉死节，还能指望谁呢？倘若陇西六郡的良家子、皇帝身边的期门射士、羽林孤儿都效仿他，大汉江山早就沦落胡人之手，我等也已经披发左衽，混同蛮夷了。"

另一人道："那中书令司马迁倒是奇怪，偏偏为李陵说话，他说的话倒也不能说毫无道理，但从大节上来讲，是不足为训的。君子无求生以害仁，有杀身以成仁。头可断，志不可夺，司马君固然学问渊博，在这件事上，的确有点不识大体。皇帝陛下判他官刑，虽然残酷了点，倒也不算太错。"

另一个声音突然打断他道："这也未必，我觉得中书令君的看法很有道理，李陵乃一代名将，如果那次死了，不过是枉死，有什么意义呢？而如果假装投降，探听到匈奴虚实，借机回报朝廷，也不能说不对。可惜皇帝陛下听信李广利谗言，最终将李陵家族诛。唉，还是未免有些昏聩吧。况且，倘若皇帝不昏聩，我等又何至于落到如此下场？"

那个被大家称为如将军的人起先坐在楼阙的角落处，并未说话，这时突然开口："管长史此言差矣，皇帝陛下的昏聩是一回事，而李将军不能死节又是另一回事。不能因为皇帝昏聩，就认为李将军是对的。当年我也曾在李将军帐下当差，他为人慷慨刚毅，对部下也温恭煦妪，的确有乃祖之风，他后来投降匈奴，大出我意外。大概再豪放刚毅的人，也免不了有软弱的时候吧。总之，在这件事上，我是不赞同他的。"

那个被称为管长史的人笑了笑，正是黑夜，余人都看不到他脸上的表情，但他的笑声有些尴尬，大家还是听出来了。他笑道："如将军所言也有道理。唉，其实细想一下实在好笑，我们现在都是亡命罪吏，逋逃民间，被朝廷目为群盗逆贼，不敢露面。生活如此困苦，能活下去就谢天谢地了，何必谈什么大节不可夺？古人还说，不在其位，不谋其政。什么国事，什么大节，自有肉食者谋之，藿食者又何间焉？谁是谁非，由朝廷的那班公卿们去考虑好了。"

如将军道："不然，古人云，盗亦有道，即便沦落草莽，为人行事，仁义礼智信是一样不能缺的，否则活着也不过是一头禽兽。"他指了指被绑在一边的楚王太子刘广明，"倘若王太子没暴露出他们的卑劣意图，我们又何至于干这种事？只要我们不顾恩义，答应帮他，就能继续在楚国快活下去。但是旧主不可背，大义不可违。尤其是皇太子宽仁慈让，将来即位，一定是天下百姓之福。我们就更不能贪图自身小利，而忘却天下之公义了。"

另一个人道："如将军说得对，管长史，当年你率甲士赶到豫章，如果及时干掉那个沈武，公孙君侯又何至于遭此灭门之祸。唉，我等总算及时逃出，希望以后有机会为公孙丞相报仇，也不枉主仆一场。"

管长史的语音中充满了惭愧和悔恨："都是在下的过失，当时不知突然从哪里窜来几个奇人，将他救走。沈武本人倒也罢了，他身边那个俊美少年，手握一张小型精巧的黑弩，连发三枝毒箭射死了我三个随从。要知道，那三个随从都是武功不弱的人，寻常人等根本击他们不中。那弩箭速度极快，我至今想来仍旧心悸。握弩的少年面目端凝，有些高贵之气，当时我突然束手，也有被他慑服之故。"

如将军道："事情过去了这么久，也就不要难过自责了。一切都是天意，往者不可追，来者还可免，总之，我们要对得起逝去的公孙君侯就是。你说的那个少年，他的弩箭的确古怪，一般人怎能制作连发三矢的擎张弩呢……"

他们正说着，突然下面传来一个温和的声音："我是彭城令萧彭祖，请你们为首的下来说话。"

楼上诸人一惊，继而一喜，觉得正是证实了自己的猜想，楚王和国相、内史都撤退了，独留下彭城令在此地，谅他一个小小的县令，也耍不了什么花样。于是有几人便应道："算你们识相，知道太子在我等手中，一定不会轻易放掉。你们大王是不是抬赎金去了？"

萧彭祖大声嚷道："我们大王身为诸侯，为天子藩辅，怎能做违背律令之事？你们听着，现今皇帝陛下新拜豫章太守、关内侯、绣衣直指使者沈武正驻驾楼下，沈使君手持天子节信，杖金斧，怀银黄，垂双组，可征调五郡车骑，你们想得到赎金，那是万万不能的。"

楼上诸人一听，个个失色，如将军也是吃了一惊，刚才还以为自己一箭吓退了楚王和国相，谁知只是自家做梦。几个人都紧握戈戟，面面相觑，不知说什么好。这时下面又传来一个年轻的声音："楼上诸卿无恙！幸甚。臣乃新任守豫章郡，皇帝制诏新拜绣衣直指使沈武，今天刚到贵地，不想碰到诸卿，甚为有幸。臣武自小倾慕游侠，要是寻常时节，本当请诸卿痛饮，把臂言欢。怎奈身荷天子诏命，不敢以私废公。臣武伏地，冀幸诸卿见谅。"

他的话声不疾不徐，声调和缓，楼上诸人听在耳中，不禁大为惊讶，心想，这年轻的天子使者本当声色俱厉，谁知却谦恭有礼，而且称呼他们为"卿"，自称为"臣武"，实在有君子之风，在汉家，只有亲密朋友，才会以"卿"称呼对方，自己谦称"臣"或名。诸人一时呆若木鸡，更不知如何是好。

管长史惊道："真是冤家路窄，竟然是他。"

这个被人称为管长史的，自然就是当年在青云里追捕小武的管材智，后来得知告发丞相谋反的证据最终还是来自小武密藏的文书，一直悔恨自己的畏懦。可是来回细思，当时的确没有办法，要怪只能怪自己过于轻敌。如果早早打开府库，征调弓弩手一起去捕人，小武就插翅也跑不掉了，可谁能料到一个小小的县丞，也会有强人来救他？只能说是天意。

如将军问道："难道他就是你所说的沈武？"

管长史颓然道："如果是他，我等万无逃脱之理，即便我等威胁杀了王太子，他也不会放过我们。当年他才不过是一个区区的县丞，就敢矫诏征调郡兵。何况他现在手持天子节信，怎会对我等屈服？"

如将军道："原来就是这个人害了公孙君侯，的确冤家路窄。不过看他谦恭礼让，虽年纪轻轻，却有长者风范，怪不得皇帝陛下对他看重。能从县小吏一下超迁为二千石，的确也不是妄得的。"

管长史道："将军所见极是。其实臣当日奉丞相之命去杀他，心中也有些不以为然，此人还是颇有才干的。况且丞相的职责就是为天子分忧，以私怨捕系下吏，实在做得也不太妥当。"

如将军道："唉，其实丞相何曾想这样做，公孙君侯征战出身，性格爽直，对皇帝忠心耿耿，所有的事情，都是少主公孙太仆所为啊。我等因此遭受牵连，殊觉冤屈，但既已委质为人臣仆，就只好荣辱与共，又有什么好抱怨的？"

这时楼下小武突然加大了声音："诸卿都是朝廷骨鲠之臣，或者曾经做过汉家长吏，一举一动，都是朝廷的楷模，更当遵奉法纪，为百姓先，怎么竟然做了群盗？遥想诸卿祖先皆为大汉忠臣孝子，而诸卿一朝不慎，就轻易玷污了家族清声，又于心何忍？春秋蒸尝，何以供荐？岁时伏腊，何颜称觞？臣武虽然出身乡鄙，却也知道人世间的忠孝大节，甚不以诸卿所行之事为然。"

楼上诸人大惊，这个绣衣直指使怎么会猜到他们以前的身份？的确，当时江充率领车骑，搜捕公孙贺宅第，他们正好聚在一起练武，听到车骑包围府第，当即射杀了一些士卒，逃之夭夭。之后仗着熟悉官府公文，诈刻符传逃出函谷关，一路亡命到了楚国。碰上楚王招纳舍人，就隐瞒身份，毛遂自荐。按理就算楚王，也不知道他们的身份，他们当初自称是三辅游侠，没想到在这彭祖楼下，被一个素不相识的人喝破。

正在心惊的时候，楼下又传来小武的话声："诸卿身为朝廷官吏多年，自当比臣武更加晓畅事理。须知人生在世，当以忠孝立身。而圣人之言，孝更位于忠上。诸卿既然不愿亲附朝廷，本也无可厚非。大丈夫各有所志，不可勉强，但无论如何，也不该做劫质这样人神共愤的事情。要知劫质不但背弃公义，更有辱家声，不孝不忠，如何称人？臣武甚不以卿等所作之事为然。大丈夫有所为，有所不为，头可断，义不可废。无论如何，做事都该依乎道之所在，造次必当于是，颠沛亦必当于是啊。"

楼上诸人沉默一阵，这些话好像说到他们的心坎里去了。其实他们都是立身谨严的官吏，谋反这样的事，是想也没想过的，不过身在丞相府做事，很多事情身不由己。现在亡命出逃，隐姓埋名，也只是不想连累宗族。他们都是世代为吏的良家子，被诬谋反，的确很让宗族蒙羞。

于是几个人再次面面相觑，虽然天边只有一弯峨眉，也照不清互相的面容。突然如将军打破了沉默，大声说道："好，下臣觉得沈使君的话甚为有理，礼尚往来，得沈使君良言，下臣也有薄礼相赠。"说着他左手握住弓臂，右手搭上箭，挽满，嗖的一声，箭如飞鸿，直奔正当中那辆冲车而来，啪的一声，钉在那冲车的旗杆上，发出咯咯断裂的声音。一个县吏爬上去查看，骇然道："使君，这贼刑徒的箭，竟然射在开始那枝箭射出来的箭孔里，贯穿了旗杆。"

小武的心也是一沉，顿觉烦闷，看来自己的劝告并不管用，现在只有派人硬闯了。不过甲士撤走那么多，剩下身边十几个人，并无胜算，不如等天明再说。正思忖着，突然如将军的声音再次传来："我大汉臣民确当以孝立身，使君所言，下臣无任赞同。臣愿意束手就擒，随使君回县廷候罪。"说着将弓和箭壶往外一扔。

余下诸人见他扔下武器，齐齐愕然。有一人劝道："如将军，劫质是大罪，会处磔刑。"

如将军缓缓地说："诸君如何决定，如某不敢相强，只是如某世代都是汉家忠臣，此番劫质，只当是一时糊涂。如某即便死了，也不愿被人骂为劫盗。"

"可我们已经这样做了，免不了被骂。现在后悔又怎么来得及？"

如将军道："朝闻道，夕死可矣。亡羊补牢，为时未晚，即便被骂，过而能改，无愧于心，又有何憾？"

诸人沉默了，如将军是他们的主心骨，他们随即纷纷道："下臣也愿随府君回去领罪。"说着将手中剑、戟一起扔到楼下的山坡上。只听得咣当声不绝，在黑夜中听来尤为铮琮悦耳。

这下变故，让楼下县吏无不惊异，没想到这年轻的使者果然巧舌如簧，天大的难事，竟被他区区几言化解。其实小武自己也狂喜不迭，暗呼侥幸。刚才他劝楚王等回去，是从箭上所系的竹简书信，判断这些贼盗的身份，很可能就是哪次大案中逃亡的贵族子弟。这些贵族子弟从小读儒书，讲节义，更有无上的家族荣耀感。若是一般贼盗，借助绣衣使者的威风加以震慑可能奏效，但对付贵族子弟和逃亡长吏，恐怕适得其反，不如晓以儒家大义激将，或有意外效果。小武只是这样猜测，并没有太大把握，没想一试竟然成功。他擦了一把汗，腿都有点软了。随即又立刻振作了，大声道："诸卿深明大义，果然不枉为我大汉良吏，臣武甚为敬服。此狱，臣武一定会在皇帝陛下面前为诸卿求情，希望能从轻发落。"

楼上传来声音："谢使君，臣等死有余辜，不敢劳烦使君美言。"说着，传来一阵阵脚步声，几个人从楼上鱼贯而下，领头的一个，看年龄不到四十，身材魁梧，剑眉如漆，穿着墨绿色的深衣，腰间的玉带上，嵌着美人秀颈形状的带钩，金色绚烂。小武远远一望这人的气势和带钩的色泽，就知道自己所猜不虚，一定是曾经很有身份的官吏。紧跟着他的一个人肩披玄色胸甲，头上戴着平上巾帻，唇上两抹短须，看上去颇为面熟，这不就是当日在青云里追捕自己的丞相使者么？真是再巧不过，那时这人是何等嚣张，如今身份和自己正好调换，得好好治他。但小武马上又暗笑，身为一郡太守，难道要和那没大志的县廷小吏一样睚眦必报吗？古人有言，贤才有五品：谨敕于家事，顺悌于乡党，这样的人可为乡里的表率；吏事明敏，文法无害，这样的人可扬名于县廷；廉平公正，宽和有固守，这样的人才是公辅之士。自己到了现在，连二千石这样的秩级都不放在眼里，只想他日升到三公九卿，自然应该表现得更像一个长者。想那韩安国穷微时，因小罪下梁国蒙县①狱，遭到狱吏田甲的羞辱，韩安国曾不服气地问田甲："何苦相迫如此？虽然我现在不幸，身但死灰也有复燃的一天。"田甲竟然拉开裤子对着他的脑袋撒了泡尿，笑道："倘若复燃，我就这样浇灭它。"韩安国被淋了一头的尿，也只能忍气吞声。在监狱里，狱吏就是王，再大的官进来了也只能老实，文帝时，周勃以太尉之尊下狱，被狱吏凌辱后慨叹："而今方知狱吏之贵也。"不过，韩安国命好，没过多久，皇帝听说了他的才能，派使者专门赶到蒙县，在狱中拜他为梁王内史，从一个囚徒擢拔为二千石的大吏。田甲在狱门外听

---

① 蒙县：今河南商丘，当时属梁国。

见使者宣读诏书，吓得公事也不管了，回家收拾了点金银细软就逃之夭夭。韩安国派人传告田甲的家人："给我乖乖滚回来，否则灭你的宗族。"田甲只好回家，光着膀子去向韩安国谢罪，韩安国笑道："算了，你这样的毛虫，还值得我报复吗？"反而一直善待田甲。韩安国最后官至御史大夫，一度行丞相事。卿相的心胸，就是不同凡俗，我自然要向他学习。小武想到这里，精神更加一振。

管材智身后还跟着数人，在县吏们火把的照耀之下，领头的汉子跪下顿首道："罪臣如侯拜见使君。"其他几个也一并跪下，各报姓名，叩头服罪。

小武大为惊愕，如侯，这个领头的汉子竟然叫如侯，怪不得有如此箭术。小武想起自己当青云亭亭长时，经常接待过往士卒，有些是赴长安践更的，有些是去陇西六郡为戍卒的，一些服役期满回乡的士卒，绘声绘色地谈起他们在长安或者边郡的见闻。有的眉飞色舞，飞将军李广的名字不绝于口。有的则反驳道，射声校尉如侯将军才是天下第一神射，并滔滔不绝，讲述这位如将军在太初三年的秋射大赛中，如何以臂力挽动三石的大黄弩，贯穿九层玄甲，匈奴闻之丧胆，竟让每个部下都随身带着一个画有如侯面相的靶子，天天练习壮胆。当时自己听着也热血沸腾，恨不能马上赶赴长安，亲见那位将军一面，没想到今天竟然在此遇到，怎么不惊喜交并？而同时一丝伤感也萦上心头，如此勇悍的将领，会沦落到四处流亡。我大汉人才如云，开边斥塞，功名万里，而如此健者，竟白白闲置。于是马上也躬身回礼谢道："将军不必客气，幸全活太子的性命，此乃非常厚恩。太子是楚国的宗庙社稷之臣，一旦有失，臣武亦不可脱罪。"

萧彭祖见小武竟然给束手的劫盗拜谢行礼，非常惊愕，劝道："使君衔天子诏命出使，当自重身份，不可亏缺朝廷体面。"

小武道："贤令有所不知，我大汉乃是礼治之国，刑罚其实位居辅助。孔子云：'导之以政，齐之以刑，民免而无耻；导之以德，齐之有礼，有耻且格。'最好的政治，不在于断狱公正，让生者不怨，死者不冤，而在于使天下清明，黎民安乐，无狱可断。如果他们是不讲礼节的无耻群盗，那我自然也以群盗来对待，号令群吏趋进击斩；现在他们都受我大汉礼乐感化，束手就擒，交出太子，我们身为大汉官吏，岂能不报之以礼？难道要让百姓笑话我们，还不如刑徒知礼吗？况且这位如将军出身三辅大族，当年长安公卿无不以和如将军结交为荣，号称'虽有千金币布，难得如侯一顾'。我久闻其名，今日得见，实在何幸如之啊。另外，这位管君也是长陵巨族，曾官丞相府左长史，平生往来也多是长者，你们皆

239

不可有任何轻慢。"

萧彭祖心想，这位使君真是生就一条巧舌，只怕石头也能说得开花。想想自己四十多了，数十年的积劳，才当得一个小小县令，而他才二十岁年纪，就拖金纤紫，威震天下，这就是人和人的差别了，于是也尴尬地赔笑道："使君明见，下吏万万不及。"说着也伏地施礼道，"下吏彭城县令萧彭祖，谢诸卿解脱人质。"

如将军刚才听小武教训萧彭祖，并宣扬自己家族的高贵，心下甚是自豪，赶忙道："臣驽劣不才，悖逆无道，给贤令遗忧，死罪死罪。"管材智知道小武肯定能认出自己，满以为他会当场羞辱，准备随时拔剑自杀，没想到他非但不加羞辱，反而夸赞自己的家族品第，脸上一红，也赶忙道："下臣不肖，辱没家声，死罪死罪。"

小武道："如将军、管长史，你们都快快请起，臣武虽然倾慕将军威名，却也不敢因私废公，请将军先造访监狱。"转头吩咐萧彭祖道，"拜托贤令，好好照顾如将军等人，务必使他们衣食无忧，待我向皇帝陛下奏明，再行发落。"

一行人喜气洋洋地驾车回去，楚王、国相和内史还聚在堂上没睡，见小武没有牺牲一个县吏的生命，就使劫质者束手就擒，大为吃惊。听了萧彭祖和在场县吏的描述，无不由衷佩服。小武和楚王等人客套了几句，再三叮嘱萧彭祖不可怠慢如侯和管材智一干人，也回驿舍休息了。

紧张一过去，小武立刻感到自己浑身散架。郭弃奴早迎在门口，帮他重新烧水洗浴。小武半夜嚣嚣嚷嚷驾车出去，她哪有什么心情睡觉。加之今天心情格外激动，想睡也睡不着，万万没想到，能交上如此好运。本来被楚王赐给一个年轻大吏做侍妾，就已经万分欢喜了，听说多少姐妹被胡乱赐给满脸寿斑的老头子。待到得知这年轻大吏竟然认识自己阿兄，而且阿兄还活着，简直跟做梦一样。一时间好事纷至沓来，哪里还睡得着。半年前因为家里贫穷，父母将她送到本县富商东阳无忌家时，心中悲痛欲死。但穷人能有什么选择？在家连饭都吃不饱，在东阳无忌家，虽然每天被迫早早起床练习歌舞，但饭菜却没缺过。东阳家颇收购了一些各地贫家女子，让人教习歌舞，熟练后就卖给王侯大族牟利。起初与很多姐妹在一起，挺快活的，思家的心也就淡了。及至听说东阳无忌要将自己卖给楚王，又悲苦起来，毕竟在东阳家，父母还可以经常来看她，一旦转运他乡，恐怕就此永别了。她母亲听到这消息，也曾质问东阳无忌，说老妇将女儿送给王孙家，只为了她能填饱肚子，当初并没有收你一文钱，你怎能随便卖给别人呢？东阳无忌表面上答应不卖，等母亲一回去，立即偷偷载着她们几个驰往楚国彭城，卖进了楚王宫。在楚王宫中，大多的结果是被楚王及他的儿子们收为侍妾，一进王宫深似海，这帮人身边的侍妾本就不少，互相都虎视眈眈的，唯恐多一个新人来争宠。就算自己并没有和她们争宠的想法，也免不了飞来横祸。据说汉家诸侯王淫乱成风，尤甚于长安朝廷的内宫，大概因为这些王名义上是一国之君，实际权力都归国相、内史和都尉，空虚无聊，只能在淫乐上找寻一点刺激。他们动辄把宫婢侍妾作为发泄对象，暴捶鞭笞，无所不及，多少民间卖入王宫的女子最后都成了冤魂，这些事郭弃奴也时常耳闻，现在跟了沈武，如何能不欣喜？

"府君公事辛苦，快休息吧。"郭弃奴递过一盏热水，"先饮点热汤。"

小武重新洗过澡，坐在灯下，看着她，漂亮女子总是能让人暂时忘却一切烦恼。他饮了口水，又想起刚才的劫持案。才解决了这样的大事，本来应该轻松高兴，可这些劫盗的举动深深打动了他，他想，如果亡命的是自己，自己能否做到他们那样忠义？他站起身，在屋里来回走动，暗想，那位如将军不管气度还是武功，都堪为一代名将，自己要想个办法，保全他的性命才是。

郭弃奴呆呆地看着小武，爱慕之情更如涌泉。她在楚王宫里数月，从未见过这样的男子。太子刘广明，十足的一个酒囊饭袋之徒。每日里就是斗鸡走狗，花天酒地。第一次看见她就色眯眯地欲行轻薄，只是碍于楚王在场，未能得逞。后来屡次碰见，都因在场人多逃了过去。小武是她见到的第一个另类男子，他总是在想正事，如此深夜，还嘴里念念有词，不知在想什么。

她见小武突然停下脚步，盯着她，两眼似要冒出火来。又突然走过来，一把将她的腰肢搂住，嘴里还在呢喃什么，右手则揭开了她的衣襟，嘴唇在她的脸上粗暴地吻着，唇边的短须扎得她脸上麻痒痒的。他还年轻，胡须还像绒毛似的，不像刘广明，扎得她脸疼。她自然不会难堪害怕，而是张开两臂，抱住了他的身体，心中欣喜无限。她由着小武剥光了自己全部的衣服，由着小武将她平放在木榻上。木榻很精致，三面都有围屏，她的脑袋紧紧抵在围屏的一角，恍惚中自己的双腿被男子分开，接着腿间一痛——她忍着痛，没有躲闪，任他在自己身上喘息着，冲刺着，不过他的表情似乎不是那么快乐。也不知过了多久，他低呼了几声，加快了速度。他的眉头突然展开了，无力地瘫在她身上，呢喃道："丽都，丽都，我终于想出一点办法了。"

郭弃奴看着他年轻而颇带风霜的脸，心中的柔情蜜意涌遍全身，不觉爱极，在他脸上吻了一下："使君在想什么呢？我看使君很忧虑。而且使君怎么把我的名字念成丽都？是不是使君故乡南昌县的方言啊。"

小武恍然梦醒似的，立刻爬起来，低低地说："哎呀出事了，你别问了。"他搂住弃奴的腰，头埋在她的胸前，闻着她的体味，无边的疲乏一时如海浪般袭来，他睁不开眼睛，很快坠入了梦中。

次日清晨，小武一觉醒来，睁开眼，就见弃奴坐在自己身边，一动不动看着自己，目光中满是敬爱。小武当即坐起来，摸摸自己，发现没穿裤子，立刻想起了昨晚的事，有点羞愧，这可怎么去见丽都？他望着郭弃奴，道："昨晚的事，是我冒昧，你大概不知道，我这次去广陵，还有个任务，就是陛下赐我去迎娶广陵国翁主，我落难的那段时间，就是她救了我，我才有今天。"

郭弃奴脸色没有变化，低声道："这事妾虽然不知，但妾并无要做使君正妻的奢望，不知翁主脾性如何，能否容得下妾？"

小武心中其实也没有把握，道："翁主极善良，对身边奴婢都很好，不过事涉男女之事，我却不敢保证。所以，昨晚的事，你暂时不要说出去可好？等相熟了，再缓缓说明，总之一切都会好的。"

郭弃奴道："知道翁主是好人，妾就放心了。这回去广陵，能见到阿兄，已经足够开心，其他的，就听天由命吧。"

小武又安慰了她一番，说："昨晚楚王给我送了两位女子，我想还是退还一位。至于你，只说是我认识你阿兄。"又说了一会话，穿好衣服唤人。檀充国赶紧进来，让仆役奉上早餐，又说："楚王已经派人来问候，若使君有空，请使君去王府议事。"小武说："那是正好。"一边吃饭，一边思忖。一时吃喝完毕，命人召楚王使者来，说："烦君回去报告楚王，我略修整一下，便进宫拜见。"

使者喏喏连声，随即告辞。小武略坐了坐，看着太阳略斜，正是初春的暮食①时分，气候犹自有些料峭，庭院里还有一角未见阳光，但伫立在墙角的一棵老柳却已可见新芽。小武忽然又强烈萌生了离思，心想，赶紧把这边事了结，马不停蹄赶往广陵。于是立刻站起，吩咐驾车，即去王宫。

---

① 暮食：汉代计时单位，大约是早晨九点钟。

楚王听到传报，领着国相、内史等官吏早就来到宫门前迎接，簇拥着小武上殿议事。坐定之后，楚王介绍一众官吏，昨晚遭劫持的王太子刘广明赫然在列。见小武看着他，漫不经心地施了礼，大声嚷道："使君，昨天那几个贼盗太嚣张了，定要处以磔刑，方消我恨。"

小武望着他那张愚蠢的脸，心生厌恶，这牧竖也就是出身好一点，否则给如将军提鞋都不配。一时也不想忍，遂冷着脸说："太子殿下，恕我无礼，这事都不是太子该管的，我大汉自有国相、内史在。"

刘广明看见小武面孔如严冰不释，气焰顿消，忙避席顿首谢罪："使君息怒，臣一时激愤，忘了规矩，望使君恕罪。昨日承蒙使君相救，臣实在铭感五中。"

这帮诸侯宗室子弟没有实权，但爵级高，小武见他转而恭谨，也不好过分，遂也改换了颜色："王太子别怪我鲠直。太子身为楚国储君，身系社稷之重，怎能深夜和人外出？一旦有事，岂不让圣天子担忧？"又转首面对国相，"天子遣相君千里迢迢来到楚国，就是希望相君能尽心辅佐楚王，为汉分忧的，可是据我看来，相君并未胜任。希望相君日后多留意，日后王太子出宫，必须驷马高车，仪仗分明，鸣鸾铃为先导，官属紧密相从，不许驾小车微服外出。"

国相李遂脸上长着一把斑白的胡子，却被面前这个乳臭未干的人教训，心里很有些不快，暗想，你这小竖子有什么了不起？你的正式官职不过是个豫章太守，二千石，就秩级来说，比我要低，怎敢对我用这样的语气。不过转念一想，昨晚发生那么大的事，人家说自己"软弱不胜任"，倒也不算贬低。作为天子派来楚国的监管大臣，自己不但未教导好太子，还差点弄得他丧命，可以说罪不可逃。若这使者奏报上去，自己不死也会脱三层皮。李遂越想越惊，赶忙旁侧膝行，跪坐在桃枝席边缘，道："使君所言极是，臣一定好好叩谏太子，不给圣天子遗忧。"

小武见这个老头在自己面前如此降心，也不敢托大，离席谢道："相君免礼，若真能如此，我们这些做臣子的就算尽责了。我刚才在想，此事当如何解决？是否可以先鞫问一下劫质者，他们原来大概是太子的舍人吧？"说着眼光转向太子。

王太子尴尬道："使君慧眼如炬，的确，这帮贼盗都是几个月前从三辅逃亡来的士伍，臣看他们穷困潦倒，衣食无着，一时怜悯，才加以收留，没想到他们是无耻小人，竟敢劫臣为人质，索取王家钱物。真是忘恩负义，莫此为甚，臣敢恳请使君驻留几日，穷治此狱，得其奸实，奏上廷尉，依照汉法，将他们寸磔。"

小武心道，这竖子竟张口就是谎话，什么一时怜悯，你是这样好心的人么？还不是看他们武功不凡，想留为日后造反的帮手。不过现在倒也没必要揭露他，免得大家尴尬，遂淡淡笑道："此事我看没这么简单，逃亡的百姓，若无原籍乡啬夫和里长共同签署，并由县廷盖印的符传，是出不了函谷关的。即便偷偷出关，天下郡国又怎敢收留？太子却公然违背律令，随便收留。按《户律》，收留逋逃的流民，轻则罚金，中则耐为鬼薪白粲①，重则髡钳为城旦。若被深文罗织的酷吏中伤，干脆诬陷你们和贼盗是一伙，按《贼律》判决，那太子和劫盗都要判处弃市了。"

王太子吓得不轻，把头上的冠也摘了，离席顿首道："臣知罪，今后再不敢了，望使君哀怜，乞②臣一日狗马之命。"

楚王也赶忙赔笑："使君教训的是，犬子自幼诵读诗书，有仁人之心，却不知世道险恶。望使君略发聪明，赐以百全之策。若万幸能免脱犬子之罪，楚国诸位先祖自太上皇以下③，都会对使君感恩不尽的。"

小武见其祭出先祖，不敢怠慢，赶紧还礼道："大王言重了，臣武何以敢当，臣愿竭神尽智，为大王计虑。大王或者也知道，天子对诸侯王招纳亡命一向切齿，臣不想看到王太子因此倾覆楚国社稷，望大王能明白臣一片苦心。"

楚王道："那么使君的意思是？"

小武挥挥手，屏退所有侍者，压低了声音："这几个劫盗身份非同小可，领头的乃是当年北军射声校尉如侯，后来迁太子家令，深得皇太子宠幸。另外一个名叫管材智，前丞相左长史，也是素有名声的长吏。跟从他们的，皆为丞相府的高级掾吏。可能因为前不久公孙贺巫蛊大狱牵连，亡命逃出来的。一路流亡到楚国，正好碰上王太子招募舍人。这几个人武功才能不凡，王太子自然一下就看上了，可是后来他们发现王太子的行事和自己不合，颇为悔恨，因此劫持王太子索要赎金，以便有盘缠逃亡别处——我的猜测不会错吧？"

王太子暗暗惊异，这小竖子怎知道得如此清楚。那几个人的真实姓名，我也是被劫持后才知道的，若我早知他们是如此身份，干脆就绑了去朝廷请功了。那

---

① 鬼薪白粲：一种刑徒的称谓，男的叫鬼薪，工作是上山打柴；女的叫白粲，工作是拣择精米。刑期四年。

② 乞：给予，相当于说馈。

③ 第一代楚王是刘邦的弟弟刘交，所以楚王提到的楚先祖是太上皇。

如侯是长安卫太子的部下，我如何料得到？我竟然傻到跟他们说什么要去刺杀拥护卫太子的重臣，拥立广陵王，这不是疯了么？怪不得他们当即脸色大变，将我劫持。不过听说沈武这竖子和广陵王有些关系，天子这次还赐他去广陵迎娶翁主。大概被他知道真相也不要紧，国相李遂也是胆小怕事，谅他也不敢怎么样。

于是王太子道："使君真是明察秋毫，这几个贼盗的确和公孙贺那反贼有关。臣当时并不知道他们的身份，因此在他们面前痛斥过公孙贺，谁知他们突然动怒，将臣劫持，索要巨额财货。可见这几个贼盗死性不改，依旧眷恋故主，怨恨朝廷，判处磔刑一点也不为过。"

小武道："事情倘有这么简单，倒也罢了，这样的大狱，朝廷一定会派丞相长史、御史中丞等数位二千石来杂治的。倘若拷掠出别的内情，牵引到太子，恐怕太子也逃脱不了罪责——太子肯定事情就这么简单吗？若是就这么简单，我立即修书上奏。"

王太子面色顿如死人，沉默了一晌，答非所问："这个——使君认为该如何发落？"

小武道："为今之计，只有出少府金，从厚抚恤三名死去的县吏。至于这几名劫质者，我以为是不可多得的人才，现今我即将赴豫章太守任，身边缺少干吏，这几个劫盗，我就收归帐下使用如何？"

楚王和王太子还未答话，国相李遂大惊道："劫质贼盗不加讯鞫，就解脱其罪，万一被侍御史奏报到长安朝廷，说使君'见知故纵'，我等固然吃罪不起，只怕也会殃及使君啊。"

小武道："非常时期，亦有非常之法。当今天子历年征伐匈奴，极需如将军这样的良将，况且他们也没犯什么大罪，之所以出逃，不过因为供职丞相府，担心遭到牵连罢了。况且历来谋反大罪，朝廷都会事先颁布诏书，其中皆有'为贼首所诖误①者，皆除其罪'之类的话，像如将军等，只是被诖误的属吏而已。况且皇帝陛下委任诸侯相、太守，最重要的期望是他们能保证国境安宁，使朝廷惠风得以流化。这几名贼盗因天子使者数句劝告之言就束手就擒，足以证明他们秉心良善，可为将来招降的榜样。退一万步说，地方官吏便宜行事的例子难道少了？天汉二年，曲阿县令周千秋鞫问本县男子强奸后母狱，得其实罪，未曾奏报

---

① 诖（guà）误：汉代法律术语，指因受蒙蔽而犯了过失。

廷尉，就命令将此人四肢张开绑在大树上，让骑吏五人以乱箭将其射死。事后天子未加怪罪，只是派使者巡察，访得周千秋一向廉洁奉公，疾恶如仇，反而大加赞赏。元封三年，南阳太守乌承禄发车骑甲士，亲自监护捕击新野县群盗，共捕得三百人，后经过鞠问，得知这些人都是贫苦百姓，只是因为不堪新野县令罔顾律令，横征暴敛，被迫沦为盗贼。乌府君聆听群盗首领述说惨状，悲不自抑，当即于车前将新野县令斩首。群盗首领见太守如此廉明公正，大为感激，为首五人当场饮剑自杀，以谢乌府君。乌府君不经拷掠鞠问，专杀①朝廷六百石长吏，自知有罪，写下自劾文书上奏长安，天子知其实情，竟为之罢食，连称他为忠臣廉吏。不但未治罪，反而派使者赐玺书黄金勉励，并赦免全部群盗，赐给田产。可见为天子分忧，不可事事拘泥，只要有助于大汉德化，那是无所不可的。"

李遂听了，心想这小子果然有张利嘴，他说的这些案例，自己的确有些印象，怎么关键时候就不记得呢？看来做官也是这样，撑死胆大的，饿死胆小的。只要把案例记得烂熟，再加上灵活使用，碰上运气好，一定可以升官。可自己哪有这胆量？每日循规蹈矩做事，能不被玺书谴责，就算万幸了。既然你是天子使者，那听你的就是，于是说："使君既如此说，臣心服口服。臣刚才只是担心他们贼性不改，若使君贸然收在帐下使用，万一对使君有什么不利，就麻烦了。"

小武道："相君厚谊，武谨记在心。为圣天子办事，以完美为上，哪能畏首畏尾？若日后武果然因此遭到伤害，那也是自找的。好了，此事就这么说定。武在楚国再逗留一日，明日就启程去广陵国。武奉天子诏命，不敢耽搁太久。"

楚王喜道："也好，既然如此，寡人也不敢强留使君，明日一早在彭城南门，为使君饯行吧。"

---

① 专杀：秦汉法律术语，指擅自杀害。

—— 第十四章 ——

广陵柳如线　使君剑似冰

广陵国又是一片暮春的气候，杨花似雪，柳长似线。早在得到大汉绣衣直指使者将巡视广陵国的邮传文书之时，整个县邑就立刻紧张起来，广陵相来士梁、内史向夷吾下令征发广陵县大男子、大女子，凡二十三岁以上，五十六岁以下，全部出动，整修沿途驿置的道路。自进入广陵国境起，一直到广陵相治所广陵县的驰道，被这些百姓们夯修得整整齐齐。这对于濒临大江的广陵国来讲，实在颇不容易。正是雨水繁多的季节，道路一向泥泞。在等候的过程中，一旦新修的道路被雨水冲坏，县廷的掾吏就会再次征发百姓修补。他们不知道这个即将到来的绣衣直指使者是什么脾气，如果使者习惯于作威作福，却被不平的道路颠痛了屁股，一定会暗暗恼怒，鸡蛋里挑骨头就难免了。人家手提"见之如见皇帝"的金斧，想杀谁就能杀谁。当朝皇帝前几年曾因为驰道不修，就逼宠臣义纵自杀。绣衣直指使者虽然没有皇帝那么威风，但试问自己这种区区百石小吏，脑袋又能有当年威震三辅的中二千石大吏义纵的脑袋那么值钱么？

小武等人一个驿置一个驿置前进，越往南走，气候越暖和。不多的时日，已经离广陵县邑很近了。正是阳春四月天，驿道两边各种不知名的树，都顶着一头绡帛，有的粉红，有的雪白，有的深红；有的轻薄，翩翩欲飞；有的绵繁，鲜如锦绣。遥望远山，山间杜鹃花宛如血海，时不时听到四声杜鹃的叫唤，循声望去，又什么也望不见；还间杂传来鹧鸪的悲鸣，叫的是五声。这些鸟叫，小武在广陵王府躲藏的时候也常常听到，那时满腹悲伤，四声杜鹃听起来，仿佛在叫

"人生好苦"；鹧鸪声听起来，仿佛在叫"日子难过啊"；现在不一样，前者叫的明显是"好事不断"，后者叫的是"快乐太多也"。心情不好，触目皆悲；心情若好，入眼皆喜。这是没办法的事。

一会车队遥遥看见一个亭舍，这可能是进入广陵城前的最后一个较大的驿置了。小武下令停下车马，让余人都在路边树林休憩，自己只叫了檀充国过去，这是他一路的习惯，虽然这次离开彭城，带上了如侯、管材智等几个人，但大司农签发的文书上传告各地驿置，只为当初小武离开长安时的随从供应饭食，其他随从需要自己找吃的。即便沿路亭舍想巴结使君，恐怕也只能自己掏钱，因为亭舍驿置的柴米肉菜都由当地县廷提供，每笔花费都得上报，县廷还要核对，以备太守府审查。但多数亭长都不富裕，自己掏钱并不实际。小武当然知道这些，每经过一个驿置亭舍，都让随从们远离亭舍等候。好在这次出来，皇帝赐金不少，加上自己的俸禄，沿途购置食物载于后车，一路倒也并无困乏。

两人走进院子，庭院也洒扫过，北墙下一株碧桃，开得正艳，树下星星点点都是粉色花瓣，好一抹春光。亭舍前竖立的桓表上，写着"荞麦亭"三个墨书的隶体大字，这个亭舍比前面的更加干净，有七八个房间的样子，正对院门的一面墙，被蜃灰刷得雪白，上面是醒目的一排墨笔大书：

> 广陵王廿五年四月丙寅朔壬辰，广陵国相士梁、丞禹、内史夷吾告广陵国各驿置亭舍，写移书到，各缮治桥梁、道路，谨过军书、邮书，吏常居亭署，毋令有谴。毋忽，如律令。

小武又是感慨万千，不久前自己还是逃亡囚犯，做梦也想不到广陵国会为自己专门颁布文书，告诫各驿置亭舍修治道路桥梁，以免颠疼自己的屁股。他在碧桃树下蹀了几步，四下张望，虽然和豫章相隔数百里，亭舍的布置都差不多，免不了触景生情。遥想自己当亭长的时候，每天握着戈坐在院内发呆，两个部下，一个亭父，一个求盗，则坐在另一边的大树下搓麻绳、草绳，或者编草鞋，交给各自的老婆去卖。他们身为官吏，不能在亭舍公开卖草鞋。但这样的事，小武也不好意思干，自己读了那么多书，律令记得烂熟，将来弄不好是要做公卿的，怎肯去干这等俗务，将来发达了，岂不贻笑乡里？闾里少年常讥笑他假清高，他也懒得理会。那帮无赖少年难以对付，除非他们犯了大罪，一些小事你和他们推推搋搋，伤了自己让他们更嚣张，伤了他们有罪的反是自己。按照律令，双方戏斗时，小吏击伤百姓要去督邮①处对簿，可能下狱；百姓击伤小吏，却不过由乡啬夫申斥了事。总之，那时内心既愤懑，又寂寥。要不是后来种种变故，自己还不知混成什么样子。

檀充国道："府君，这亭舍不错，不如我们就在这里下榻，命亭长驰告广陵，让相国、内史来见使君。"

小武道："不必了，身为大汉使者，出来巡视，是为天子分忧的，切不可招摇扰民。"

檀充国立刻赔笑："使君见教的是，臣驽钝不知事，实在该死。"

小武道："无妨。倒是奇怪，这里怎的如此安静，亭吏一个都不见?"

檀充国道："这倒是，亭长跑哪里去了?"随即高声叫道，"荞麦亭亭长何在?大汉使者到，还不快出来答话?!"

只听得啪的一声，东侧的亭舍门开了，出来一个满脸横肉的汉子，身穿浅红色的公服，头上平头赤色巾帻斜斜地戴着，好像还没睡醒。看见小武两个，道："是谁在此大叫大嚷，今天有大汉使者来，可不许在此放肆，到时丢了命，都稀里糊涂呢。"

檀充国刚要答话，小武止住他，对那汉子道："我是过往办公事的小吏，有符传可以住宿，怎么整个亭舍就你一个人?"

那汉子细细打量小武，道："有符传就快拿出符传来看，啰嗦什么。现今农忙时节，黔首忙于春耕，求盗和亭父都下乡敦促耕作去了，只好我一个人留守。"

小武指了指墙上墨书："国相府文书上写着'吏常居亭署，毋令有谴'，明文告诫你们要时时呆在亭舍，不能随便走动。至于敦促耕作之类，是乡啬夫的职责，县廷也会派出临时的劝农官下乡，亭父和求盗怎会管这个?"

那汉子不耐烦道："快拿符传来检验，你管那么多干什么? 一个地方有一个地方的规矩。不要让我击鼓。"他指着中庭的警贼鼓，"你要知道，无符传而擅闯亭舍，都可当作盗贼处置的。"

小武大怒，他还没见过这么强横的亭长："只怕拿出符传你会吓死。"

那汉子一怔，再次打量了小武二人一眼。像小武这样秩级的长吏，平常如果

---

① 督邮：郡太守下派到属县实施监察的官吏。

不穿官服，不驾驷马出入亭舍闾里，会被主事吏告劾为失二千石体面，羞辱朝廷印绶，遭到免职，但小武是专门的使者，按规矩可以微服伺察郡县。汉子看小武脸色较黑，并不像出身高贵、养尊处优的样子，冷笑道："我可是吓大的，即便你是朝廷下派的绣衣直指使者，那又怎么了？老子就怕了不成？"

檀充国见他越发粗鲁，喝道："你这牧竖不错，还知道朝廷有绣衣直指使者。不妨告诉你，我们府君正是新拜豫章太守，关内侯，制诏绣衣直指使者沈府君。"

小武见檀充国说破，干脆撩开衣襟，亮出挂在腰间的绿绶，又从鞶囊里掏出银印，在亭长面前晃了晃，上面是阴刻的五个篆字：豫章太守章。

那汉子早得到命令，知道这次朝廷遣派的使者官豫章太守，当即面如土色，跪下叩头道："臣荠麦亭亭长谢内黄顿首叩见使君，死罪死罪。"

小武道："算了，起来吧。你不恭恪职守，所以我才盘问你几句，没想到你竟如此嚣张。我也不想公报私仇，现在我们进亭舍，你若能一一回答我的问题，我或许恕你无罪。"说着抬脚向正厅走去。

没想到那名叫谢内黄的亭长见小武要进正厅，惊慌更甚，赶忙膝行到小武脚下，道："这几日广陵多雨，亭舍阴暗潮湿，恐污染了使君的冠冕。不如臣进去找张凉席，使君暂且坐在中庭榆树下讯问臣就是了。"

小武看见谢内黄慌张的神情，顿生疑窦，这亭长到底搞什么鬼？

谢内黄说着躬身就想进屋，但小武叫住了他："且慢，我想看看亭舍里面的设置，是否符合朝廷指定的标准。"说着，也不待他回答，径直往里走去，谢内黄脸色发白，却也不敢再行阻拦。三个人走进亭舍正厅，迎面是张枰席，乃是可容一人的坐具，枰前放着一张曲腿的几案，上置一卷简册文书；左边还搁着一个兰锜，上面横架着一柄长剑，一枝短戟，都是再平常不过的亭舍设置，没有什么奇特。小武正在纳闷，忽然听得里面门响，咣当一声，走出一个二十岁左右的女子，面色微黑，身上是浅色麻布的裙襦，一看就知道是农家的少妇，虽肤色不太亮洁，但眉目清秀，在乡间也算是颇有姿色了。这女子推开门，张嘴正要说话，一见竟有生人，喉头咕噜一声，似把声音硬生生吞回了肚里，满脸都是惊愕之色。

小武看着谢内黄，心想，这女子难道是他的妻子？不是很像啊，大凡乡里一般的百姓夫妇，双方年纪不会相差很大，可眼前亭长怎么看也有三十五岁上下，比这女子至少大十五岁，颇有些古怪。

谢内黄看见小武望着他，讪笑了一声，突然跪下叩头："小臣该死，这个女子是小臣的妻子，小臣不该带她到公舍来，望使君恕罪。"

那女子满脸通红，发不出一句话，谢内黄转头对她说："君侠，这是长安朝廷派下来的使者，还不赶快叩头请罪。"

那叫君侠的女子这才赶忙跪下道："民女广陵县中乡孝义里竺君侠叩见使君，死罪死罪。"

小武道："你们都起来吧。谢亭长，你白日带家眷入公舍燕好交欢，是违背律令的。我告诫你，以后切切不可如此。今天你幸好是被我撞见，换了暴公子，恐怕你的命就没了——前面离广陵县邑还有多远？"

"谢使君开恩，谢使君开恩。"谢内黄松了口气，千恩万谢，又谄媚道，"此处距广陵县还有二十五里，使君顶多再走两个时辰就可到达。使君可以先在亭舍歇息片刻，臣立即去吩咐邮人驰报县廷，告知使君来临的消息，广陵国相、内史恐怕已经在城门前大张旗鼓迎接使君了。"

小武道："也好，你快去吧，我的属车都在门外，亭舍事务我暂时帮你管理。"

谢内黄又是千恩万谢，对那女子道，"我们先走，别耽误使君休息。"

那女子对小武再次顿首，站起来躬身急速退了出去，谢内黄拉住她的袖子，一阵风似的消失在门外。

广陵城北门外第一个都亭旁，旌旗飘扬，这个王国最高级别的官员都齐聚了，等候即将到来的朝廷使君。都亭外种着两行翠柳，和风吹拂的柳枝下，搭起了一个个高大的幄席，一排排华丽的步障①。一列列威严的甲士持着长戟，将都亭两旁看热闹的百姓隔开。广陵王刘胥、王太子刘霸、翁主刘丽都、国相来士梁、内史向夷吾等一干人坐在幄帐下，一边谈笑，一边议论。几天前，他们接到邮传的文书，得知大汉使者很快将到，立刻做好了迎接的准备；不久前，又得到荞麦亭传递的文书，说使者离城邑不过二十五里，于是马上将早准备好的仪仗布置开来。这里面最兴奋的自然是刘丽都了，盼望了几个月，情郎终于衣锦策肥来迎娶她，喜悦难以言表。她所高兴的还不仅仅是成婚，更重要的是终于可以离开这个阴森的王宫，过自己想过的生活。她不喜欢以前的生活，貌似在王宫中，虽

---

① 步障：古代贵族集会时临时设置在路上，用以遮蔽风尘或百姓视线的一种屏幕。

是众星拱月，却孤寂无比，没有人可以倾诉，也不知道将来会被父亲许配给谁。她不喜欢所见的列侯，感觉个个装乔做样，品质和才能都和他们的爵位极不相称。她需要一个自己真正欣赏，又能倾诉衷怀的人。也许直到现在，她才恍然明白，自己之所以积极参与父亲的谋反阴谋，并不是渴望那虚幻的公主爵位，只是青春无处发泄，故奇怪的不在乎后果。现在，她总是惴惴，她想把以前的事永远忘掉，希望那些事永远不会被人提起。只愿能和小武如胶似漆，享受哪怕几年的幸福。她不敢要求太多，几年虽然远远不够，但聊胜于无。

"姊姊今天真是越发漂亮了。"刘霸看着刘丽都，由衷赞叹，"马上就可以见到自己心爱的夫君，心情怎么样，能描述出来吗？"

刘丽都身着淡绿色窄袖深衣，披散着一头油亮的黑发，脸色洁腻，欺霜赛雪，嘴唇淡红，娇嫩如花，全身上下，艳丽无比，不施粉黛，难掩国色。她看着弟弟，面颊一红："去去去，你这童竖懂得什么？什么夫君不夫君，我还没有嫁给他呢。"说着拧了刘霸的脸颊一把，"还是肥嘟嘟的，想捏你。"

刘霸挣脱她："你从小到大一直捏我，我现在都十三岁了，还捏？"

"谁叫你粉嘟嘟的可爱。"刘丽都自己捂着肚子笑个不停。

刘霸道："等见了姊夫，我要告诉他怎么捏你，为我报仇。"

"为你报仇？你想得美，他要是捏我，才不是为你报仇。"刘丽都脱口而出，思绪早已回到了当时秋天的驿道上，心中荡漾不已。

刘霸道："我知道了，他是为了自己享受，你也喜欢他捏，看来是报不了仇了。"

刘丽都当即脸上飞红："你这童竖，哪学来这些？"又想捏刘霸，刘霸早有准备，躲开了，笑道："姊姊羞涩了。据长安的邮传说，姊夫在皇帝陛下面前力拒靳中丞的求婚，说和姊姊在碧菱湖凌波台上早有啮臂之盟，皇帝为此好一阵惝恍，他也是个多情的人，他的《悼李夫人赋》传诵天下郡国，只有这样的皇帝，才能欣赏姊夫吧——姊姊，所谓啮臂之盟，不知道是姊姊咬了姊夫，还是姊夫咬了姊姊，或者互相都咬了呢？我想看看。"说着就来拉刘丽都的袖子。

刘丽都赶忙捂住自己的皓腕，嗔道："不要这么顽皮了，小心我还打你屁股。"刘霸一点不饶她，扯着她袖子不放。姐弟两人正在打闹之际，忽听得马蹄声飞速传来，一个驿卒大叫道："长安使君车骑到。"围观人群顿时一阵鼎沸，你推我挤，向驰道前方望去。官吏们一齐站起，伸长了脖子。

刘丽都的心怦的一声，差点要蹦出来："弟弟别闹了，你姊夫到啦。"脸上的羞红更甚。刘霸看见官吏们都肃然，也不敢再闹，跟着一齐肃立。

驰道上驷马高车的隆隆声越来越近，不一会就见着了轮廓，最终在离人群老远的地方就停下来，御者先下了车，用一种特有的仪式叫道："皇帝制诏绣衣直指使沈府君为诸君下车。"随即，一个青年男子掀开衣车的帷幔，凭轼站立，他带着二梁的刘氏冠，黑色的深衣，缀着浅色的花纹，腰间左右两边各系着一个鞶囊，左边垂着绿色的绶带，右边垂着紫色的绶带，玉带的左手位置，还系着一柄长剑。这个人，自然就是广陵国官员等候的绣衣御史沈武。

刘丽都老远看着那熟悉的身影，心潮起伏。她没有上前，因为身边的官吏包括她的父亲都纷纷涌上前去了。她发觉心上人在短短的凭轼过程中游目扫视了一番人群，大概正在寻找着自己，而且，他的目光肯定找到了自己，她看见他对自己微微一笑，然后掀开深衣的下襟，跳下了高车。他严格遵循礼节，绝不在车上多呆一刻，怕显得不庄重，即便他非常想站在高车上多凝视自己几眼。

小武当然同样激动，他刚才确实已经看见了刘丽都，虽然已经在心中想念了她千万回，一遍遍细细勾勒她娇美的容颜，但真的见到，感觉自己的想象力还是不够，她还是比自己想象的更美。他暗笑，在这人群中，她没有上来拥抱我，按照她的性格，似乎她应该这么做。想象中的，和真实的，在各个方面都会不一样啊。随即又想，这么美好的事，上天降临到我头上，我真的有福分承受吗？且不管它，能和她在一起恩爱，哪怕几年，就应该心满意足，死亦毫无遗憾，人不应该贪心。几年是太短了，可是，不亦逾于无乎？

小武微笑着向人群迎上去，早有侍者在他们面前摆下枰席，一干官吏都趋近，跪在枰席上，发出不同的声音："臣广陵国相来士梁拜见使君。""臣广陵国内史向夷吾拜见使君……"

小武赶忙跪下还礼。百姓们推推搡搡，争观礼仪，议论纷纷。虽然口音不熟，小武也能猜到他们在说什么。作为一个编户齐民出身的官吏，他也有过挤在人群中观看官员们行揖让之礼的时候，很久以来，他就幻想那行礼的人是自己，谁知现在梦已成真。

他正要站起来，忽然听得人群中有个百姓的声音："广陵国广陵县中乡孝义里不更、草莽臣程忠信，有冤狱，望使君申冤。"他说的还是官话，虽然很不标准。

小武大为奇怪，循着声音望去，只见一个穿着短衣的男子一手高举竹牍过头，一手攀着步障，满脸愤懑之色。负责侍卫的两个甲士早已跑过去揪住他的头发，想把他拖开，但那人两手死死攀住步障不放，其中一个甲士俯首去掰他手指。小武大声道："放了他，让他过来说话。我奉皇帝制诏，巡视东南郡国，兼行冤狱使者职责，庶民有冤狱，可以当场告知我，任何人不得壅蔽。"

国相来士梁看了身边一个官员一眼，非常不悦，那官员身着黑色公服，腰间鞶囊里垂下黑色的绶带，看秩级是六百石的长吏，他就是广陵县令令狐横。此刻他低下头，惶遽不安，这样的场合出现这种意外，自己的官是当到头了。

甲士们松开了那个男子，将他带到小武身边。那男子双膝跪下，叩头道："草莽臣程忠信拜见使君，死罪死罪。"

小武心里充斥着快意："你有何冤狱？我为你做主。"不知什么原因，小武听见有人告状就精神抖擞，也许是娘胎里带来的官瘾。那些法律条文，别人读来枯燥乏味，背诵叫苦连天，他却丝毫不觉枯燥，几乎过目不忘，老师李顺也因此认为他是天生吏材。假如碰上断狱，更是六亲皆忘。

那男子道："粪土臣状告荠麦亭亭长谢内黄，为非作歹，欺压良善，闾里的黔首们经常被迫给他馈送酒食礼物，否则就会找茬刁难。数月前，他偷偷闯入小人家里，强奸了小人的妻子。被小人撞见，小人上前和他论理，反被他用剑斫伤小人胫骨，小人几个月都不得痊愈，做不了工，眼看要饿死。小人曾在县廷击鼓鸣冤，令狐县令却叫狱吏将小人四肢张开绑在木架上鞭笞，打得遍体鳞伤。小人寻思上吊自尽，却听说使君要来巡察，这才勉强苟活，等待使君。"

小武大怒，他知道，虽然很多亭长是由闾里长老推举的，一般来说家境还算殷实，而且被推举人三世清白，无作奸犯科记录，也无市籍，但有时也并不公正，许多小县的亭长都是县廷掾吏的亲属，刚才在荠麦亭见到的那个谢内黄，果然不是什么好东西。那个神情慌张的女子，看来也未必是他妻子。他说："你走两步看看。"那汉子有些犹疑，小武道："看你剑伤到底如何。"汉子这才站起来走了几步，果然一高一低，走不平坦。小武知其没有撒谎，遂转首问道："我不才，想知道广陵县令在不在？"

令狐横赶忙上前："臣就是广陵县令令狐横。"

小武道："程忠信所说，是否实情，请贤令示下。"

令狐横道："无知黔首妄告长吏，使君切勿听他一派胡言，他的脚伤是自己砍柴跌的，如何能怨他人？使君，此处也不是谈论公事的场所，臣恳请使君进城歇息，再议公事。"

小武沉默半晌，缓缓从腰间革囊里，抽出一柄金黄色的小斧，道："我奉皇帝制诏，首要之务不是休息，而是尽心析察冤狱，助圣天子布扬德化，解百姓倒悬之苦。诸卿若有不服，可向朝廷告劾我，不可当场违命。此金斧乃未央宫考工新近铸造，见之如见皇帝，以之得征召二千石以下，二千石以下毋敢不从，并可专诛六百石以下长吏，无须请诏。"

　　见小武杖出金斧，一干官吏又赶紧跪下，来士梁呵斥县令道："使君问话，岂能虚与委蛇？再不据实禀报，将有严谴。"

　　令狐横摘帽顿首道："臣奉职不谨，死罪死罪。其实这个黔首所告，臣早就鞫按过，事实和他所言颇有出入。臣曾鞫问过荞麦亭所辖闾里人家数十户，说赠送亭长谢内黄酒食，都是心甘情愿的，并没受到丝毫强迫，且都异口同声称赞谢亭长奉公守职。年年考课，谢亭长也都为全县之最。臣曾想将他调到县廷，升为令史，但其亭部百姓竟然扶老携幼到县廷恳求，希望留下谢亭长。谢亭长见此也非常感动，甘愿放弃升职。事实俱在，人人皆知，怎么能说谢亭长数为不法，欺压良善呢？臣再三勘断，判定程忠信是诬告，姑念他左胫骨曾经跌伤，已有残疾，不按诬告纠治。至于他告谢亭长调戏其妻子，臣也细心调查，原来是他妻子自己喜欢亭长，顶多算是和奸①。况且连和奸也非实，是那次亭长正巡行乡里，被他妻子纠缠，走动不得。程忠信正巧回来，误以为亭长调戏他妻子。"

　　程忠信叩头道："令狐县令所言，句句虚假。谢亭长正是他家亲戚，他当然为谢亭长说话。小人并不想有太多要求，只因此事导致左腿残疾，无法代人耕作，想来心中好不悲伤。希望使君能为小人向谢亭长讨些赔偿，买几亩薄田雇人耕作，免去冻馁之苦。"

　　小武道："程忠信，你不必说了，我已知是怎么回事。来人，解去令狐横印绶，下县廷狱，待我细细勘验。"

　　旁边的甲士都是广陵本县征发的，平日听令狐横调遣，此刻听小武下令系捕自己的长吏，皆面面相觑，不知所措。刘胥、刘霸、来士梁、向夷吾等也吃了一惊，刚刚下车就要系捕六百石长吏，实在太过分了。刘胥是诸侯王，没资格管地方吏事，所以只是惊愕，缄口不言。来士梁躲不过，不得不出头，他讷讷道："启禀使君，臣听说案验六百石大吏，须先发文书请示朝廷，望使君慎重。"

---

① 和奸：秦汉法律术语，指通奸。

小武自来之前，心中已经考虑了千百回，做绣衣直指使虽然威风八面，但将来回朝复命，若不能让皇帝满意，却会大难临头。而要让皇帝满意，就千万不能给他留下个"软弱不胜任"的印象。当年绣衣直指使王翁孺巡行魏郡，逐捕群盗时，因心中不忍，对群盗首领和枉法官吏尽量宽贷，不诛斩一人，回去立刻就因"奉使不称职"之罪下狱，若不是纳钱赎为庶人，命都丢了；而和他同时出使的暴胜之，却因为斩杀了两万余人，被皇帝赞为忠臣，随即升为御史大夫。王翁孺还自我安慰道："我听说救千人者，子孙就会发达。我做绣衣御史，起码救了上万人的性命，大概上天会给我的子孙以厚报吧。"①真是迂腐，上天的事怎能知道，何况子孙的将来还远得很，而现在不称职，性命却可能丢，哪来的子孙？所以心中早有决定，自己这次巡行，不必多杀，但该杀的绝不含糊。

　　因此，他大声对令狐横道："也好，我让你死得明白，你先回答，你是怎么当上县令的？"

　　令狐横叩头道："臣是从县狱史积劳升上来的，先斗食小吏，继百石卒史，继三百石县丞，到今天六百石县令，在任已经五年。"

　　小武道："既是积劳升职，怎会连起码的律令都不熟悉？分明有奸，蒙骗上府。我问你，你刚才说荠麦亭亭长谢内黄所受酒食，都是闾里百姓心甘情愿奉送他的。但《置吏令》规定：'凡吏及诸有秩，受其官属及所监、所治、所行、所将，其与饮食计偿费勿论，吏迁徙免罢；受其官署所将、监、治送财物，夺爵为士伍，免之。无爵，罚金二斤。'说得很明白，只要在官吏所辖的地域，无论百姓是否心甘情愿送给那官吏酒食财物，皆算贪赃。难道百姓们钱多得用不完，非要请你们这些人帮忙花费不成？如果不是因为居住在尔等所管辖区域，有所顾忌，何必如此？当年景皇帝制定此律，就是预料到你们会巧言狡辩。按《置吏律》，这亭长早该免职，而你竟然对他巧言包庇，依《捕律》：'凡黔首告吏，鞫得其实，县廷令长匿而不捕，皆以鞫狱故纵论之。'也说得很清楚，若有百姓告发官吏不法，县令却不派人捕捉，都按'鞫狱故纵'罪论处。总之，我现在将你

---

① 王贺：西汉东平陵人，武帝时，官至绣衣御史，奉命巡视魏郡（今河北临漳），监督地方官逐捕盗贼。但他平和厚道，不肯多杀，和他一起奉命出巡的绣衣御史如暴胜之等人，诛杀二千石以下，最多的一个郡达到上万人。武帝很不高兴，说他软弱不胜任，将其免官，他却说："我听说救了一千人的性命，子孙就能得到厚报，我救了上万人，后世大概会兴旺吧。"后来他的孙女王政君嫁给汉元帝刘奭，王政君的侄子王莽，最后代汉称帝，建立了新朝。

下狱，一点也不冤枉。你刚才还说谢亭长调戏其妻子，经过廉察，原来是他妻子喜欢亭长，顶多算是通奸。难道你一个六百石的长吏，没学过《杂律》吗？《杂律》上说得明白：'凡诸与人通奸，及其所与，皆完为城旦、舂。其吏也，以强奸论之。'百姓之间的通奸，才是真正的通奸；若通奸一方是官吏，官吏必按强奸罪论处。难道你们个个容貌俊秀，才华卓绝，让民家女子见了个个神魂颠倒，不惜一切要委身给你们吗？不过因为被你们管辖，有所顾忌罢了。当年高皇帝和群臣早就料到你们这帮人得了便宜还会卖乖，才专门制定这条律令。谢内黄早该以强奸罪论处，你身为一邑之长，玩忽职守，我依'鞫狱故纵'罪将你下狱，你还敢说冤枉？若我文深①惨刻②，可立即将你斩于此地。"

令狐横伏在地上，缄默不言。这时听得一个稚嫩的声音道："使君这番奉皇帝陛下制诏出巡，既有公事，也有喜事，依臣看，还是先将他解去印绶下狱，暂缓判决吧。"

小武一看，竟是王太子刘霸，马上心软如绵："也好，先将他下狱，待我鞫得其实，再做判决。"他注目来士梁，缓缓地说："我欲借国相君的印绶一用，不知意下如何？这些甲士，我似乎指挥不动啊。"

来士梁惶恐道："使君奉天子制诏，臣不敢不从命。"当即解下印绶，双手奉给小武。小武将印绶结在腰间，大声道："我奉天子命，借用广陵王国相印绶，得征调广陵国一切甲士，有不从者，即为'废格明诏'。来人，将令狐横印绶解去，下司空狱。"

见小武结着国相印绶发令，一众广陵国甲士再不犹疑，当即上前，欲将令狐横印绶解去。汉家普通士卒不懂繁文缛法，只认印信，印信在谁手里，谁就可发号命令。是以寻常官吏丢失印信，都背负极大罪名，重则处死，轻则免官；有些列侯也仅因为丢失印信，就被褫夺了爵位。甲士们刚到令狐横身边，令狐横突然站起，大声道："且慢！我自己来。"随即退后几步，缓缓将印绶解下，递给甲士，然后整整衣襟，突然抽出所佩长剑，吟道："身为汉吏，奉职不谨；长铗出鞘，以刎吾颈；从此别矣，一瞑不醒。"小武感觉不妙，刚想令甲士阻止，却已来不及。令狐横横剑颈中，反手使劲一拉，利刃割破喉管，一道红箭从伤口激射

---

① 文深：秦汉法律术语，指深文周纳，强行诬陷人入狱。

② 惨刻：秦汉法律术语，指治狱官吏刻薄凶残。

而出。他扑通一声跪在地下，两眼失神，喉管发出呼啦呼啦的出气进气声，随即身子一歪，栽倒在地，腿脚像斩了头的青蛙那样痉挛了几下，死了。

在场诸人莫不目瞪口呆。小武也沉默了一会儿，慨叹道："还未讯鞫，何自弃如此？"心中也颇震动，他平生最恨贪官污吏，认为他们给了百姓极坏的榜样，是大汉风气衰颓之源。若官吏贪污成风，百姓怎不对朝廷失望？既然做官就能轻易掠夺他人，力耕者也自然会抛弃垄亩，遁入山林沦为盗贼。小武为家人①时就常想，相比官吏的不劳而获，做强盗并不在道德上更坏，最终受害的是国家。是以刚才见令狐横为污吏辩解，恼怒无可比方；如今见他慨然自杀，又转生敬佩，甚至怀疑自己刚才的申斥是否过分。总之，这县令性情刚烈，也是条汉子。朝廷惯例，只有二千石以上的大吏犯罪，临到使者簿责，才伏剑自杀，这是激励大吏气节的手段；一般长吏，并不要求他们自杀。小武俯身向尸体一揖，道："令狐君能自持礼节，不觍颜求生，武甚为钦佩。"半晌，他抬头道，"将县令妥善安葬，立即发吏系捕谢内黄，无使走脱。"

主事官吏答应一声，带着几个县吏匆匆离去。刘胥这才开口插话道："使君疾恶如仇，一下车即诛杀残贼滑吏，不愿拖延，真是爱民如子。皇帝陛下听到，一定会大悦的。现在请使君枉步玉趾，即刻进城，寡人已在显阳殿设筵，为使君接风。"

小武暗道，今番比起往日，果真不同，连这人都对自己毕恭毕敬了。他看到地上令狐横的尸体，心下恻然，顿觉毫无胃口；可转念一想，既然身奉此职，许多事情就身不由己，妇人之仁，又有何用？于是收摄心神，答道："承蒙大王厚爱，敢不从命。"

刘胥又笑道："寡人早已得到诏书，皇帝做主将小女丽都许配使君，寡人甚为荣幸，已吩咐卜史，占问良辰吉日，就等使君安排迎娶了。"

提起婚事，小武心头一阵鹿撞，脱口道："丽都在哪里？我要见她。"

来士梁、向夷吾等人既悲且喜，哭笑不得，这使者虽然吏事明敏，刚健敢断，却毕竟是少年儿郎，一听娶妻，立刻得意忘形，还是不够稳重啊，虽然升得快，只怕跌得也快，于是交换一下眼色，嘴角露出一丝哂笑。

刘丽都在幄帐后面，正老大的不高兴，这小武太过分了，刚下车就大行杀

---

① 家人：秦汉法律术语，指庶民。

伐，也不怕影响喜庆气氛。恼怒之中，用短剑在地上画来画去，心中满是埋怨，突然感觉一个阴影挡住了春日暖和的阳光，她抬起头，看见日思夜想的情郎正站在面前，脸上似笑非笑。见刘丽都仰首，小武便立刻蹲下，拱手施礼道："臣武参见翁主，敢问翁主别来无恙？"

刘丽都嗔骂道："有恙，今天才心情好些，又被你搅坏了。"

小武道："臣嗣后一定尽力赔罪。"

显阳殿里，歌舞升平，觥筹交错，广陵国最有地位的人全部聚集在堂上。小武左边坐着刘胥，右边坐着刘丽都。对面的刘宝一改往日态度，频频举杯吹捧："臣早就知道沈使君是人中之杰，当日那个赵何齐癞蛤蟆想吃天鹅肉，竟垂涎我姊姊的美色，前数月听说他被皇帝处了宫刑，真是苍天有眼，这种人早该得到如此下场。臣宝敢敬使君一杯，一则庆贺奸人服罪，一则感谢使君当日救命之恩，若非使君，臣早被赵何齐害死了。"

小武皱起眉头，暗道，天下竟有这么不要脸的人，我今天才算见了。要说处宫刑，赵何齐其实有些冤枉，你这竖子远比赵何齐够格。但想他既来讨好，我也不必让他过分难看，于是淡淡笑道："谢王子赞扬，我铭感五内。不过，王子若能收敛一些嬉闹的性情，就十全十美了。"

刘宝见小武话里有话，脸色有些尴尬，强笑道："使君见教，敢不遵命。"心道，装什么高贵？算你竖子运气好，碰上皇帝这几年老得有些蠢了，本来像你这种卑贱小吏，和宗室翁主奸乱就是重罪，孰料那蠢皇帝竟把它当作一桩雅事，还赐金封赏。老天真是瞎了眼，这么蠢的皇帝，怎么还不肯死？

小武不再理他，只顾和身旁的刘丽都说笑。刘丽都似乎比以前矜持了些，时显羞涩，但反而让小武心旌摇荡，他轻声道："丽都，刚开始你躲在幄帐后，怎么不出来迎我？"刘丽都嗔道："你以为你是谁啊？没羞。"小武道："你才没羞。"突然放大声音，吟道："君行卒，予志悲。久不见，侍前稀。"

在座诸人都愣了一下，刘胥马上笑道："使君真有眼光，寡人收集了不少铜镜，很喜欢上面的铭文，但一向觉得所有的镜铭中，这几句最好，最能摇荡人心。"

小武哭笑不得，也只好应付道："看来臣和大王是不谋而合。"突然大腿一阵生痛，原来刘丽都在偷偷捏他。他不好做声，转头看着刘丽都。刘丽都皱着眉头，似笑非笑："你一个乡曲小吏出身的竖子，懂什么镜铭？"

"我不懂我不懂，行了吧？腿肯定被拧青了。"小武只好求饶，也忘了压低声音。

好好一场宴会，变成了小儿女的打情骂俏，但小武这人惹不起，所以在座长吏都假装没听见，自己谈自己的。小武这才意识到不妥，压低了声音说："你若不想念我，怎会心悲呢？"刘丽都假装惊愕："我不过送一面铜镜，望你日日自照，提醒自己的相貌，休要痴心妄想！"小武笑道："不然。我一念铭文，你马上捏我，可见心里有鬼，也可见铭文你很熟，肯定是精心挑选的。"刘丽都面色又红了："才不是，是我随便拿的。不相信你去宫里翻翻，哪枚铜镜上不是铸着这些不三不四的话？我又不愿叫考工特意为你铸一枚，否则肯定铸：'君行速，予事理。久不见，心独喜。'"小武道："太着行迹了，如果真不思念，何必又要专门写这些话？"刘丽都道："真不思念会如何？"小武道："真不思念，根本就不会记起，恍如不相识，没有铜镜，也没有铭文。"刘丽都不言，又拧了一把小武，小武差点跳起来，假装怒道："太过分了，来日洞房，我定要兴师问罪。"刘丽都眼波流动："我还要问你罪呢，在长安这么久，真的清白？没和那倾国倾城的靳姊姊勾搭上？"

小武心下有些惭愧，虽然和靳莫如并没什么瓜葛，但在彭城的时候，因为思考怎么解救如侯等人，一时烦躁，情欲大发，竟和郭弃奴在卧榻上交欢。这也奇怪，不知怎的，每当他苦苦思虑某事而不能其解时，就会有性欲冲动，难以控制。这事自然要隐瞒，丽都的脾气素来较刚，况且，自来承翁主者，一般都不好三妻四妾。郭弃奴那里，也定要让她保密才行。

刘丽都见小武蹙眉不语，又赶忙道："仲卿，我从驿置的官吏那里，知道你在皇帝面前坚拒了靳不疑为其妹的求婚，你可是怕靳家为此不快么？我想，虽然靳氏官高爵显，靳不疑更是出入内廷，执掌枢要，但轻易也不敢加害诸侯王的女婿吧。"

小武见刘丽都这样猜想，更加惭愧，强笑道："放心，你郎君何等样人，怎会轻易被人报复？我还要活着好好保护你，照顾你。"刘丽都低眉："仲卿，我知道你心地好。你会保护我，我也要保护你，如果你有什么事，要我拿生命去换，我也毫不迟疑的。"

小武心波荡漾，柔声道："蠢妹，何必杞人忧天，就算江充，也未必奈何得了我。不过你说得对，我们往后同生共死，永不相负。"嘴上虽然豪迈，但想起江充，又确实有些焦躁，总觉得有什么事不妥，遂转移话题道："对了，丽都，有件趣事说与你听，这次我离开长安，一路经过很多郡国，在赵国的时候，正巧赵王彭祖薨了不久。"

刘丽都打断他："呵呵，我知道啦，广陵国也接到邮传文书。就是那个喜欢半夜扮作小吏，绕城游徼的赵王死了，这回好了，天下的商贾将置酒高会，再也不用绕道避过邯郸了。"

小武道："是啊，就是在邯郸。据当地人传，赵王丧礼期间举行袝祭[①]，在庙中发生了一件怪事。"小武装出一副惊恐的样子，好像在回忆什么可怕的事。

刘丽都看他神色，也有些害怕，颤声道："什么古怪的事?"

小武道："邯郸城的西北有孝文皇帝庙，按照礼典，照例袝祭过了老赵王，新即位的赵王就带着王国官吏来到孝文皇帝庙祭拜，谁知一行人走到院门口，竟看见庙前的院子里，群蛇狂舞，正互相撕咬。"

刘丽都情不自禁把头后仰："啊，我可是最怕蛇了，你别吓我。"

小武道："谁没事来吓你玩? 大家看了一会儿，慢慢发现，这些互相撕咬的蛇分成两拨，壁垒森严。抵抗招架的那拨，是从孝文庙的堂基缝里游出来的；凶狠进攻的那拨，来自庙外。起先庙里的蛇占了上风，入侵的蛇尸体横集。但不知怎么回事，蛇群源源不断地从庙外游来。孝文皇帝的庙墙就靠近邯郸城的西城墙，那些蛇通过城墙下的一个狗窦游进，由于数量庞大，孝文庙里的蛇渐渐抵挡不住，全部阵亡，堂基下也不再有新蛇游出相助。那些城外进来的蛇喜不自禁，结成整齐的一队，摇头晃脑，嘶嘶欢呼，随即全部撤退，游出城墙。所有人都目瞪口呆。"

刘丽都道："仲卿，你别讲得这么神气活现的，还嘶嘶地欢呼，你又不是它们，怎么知道它们是欢呼，说不定是哀叹死去的同伴呢。"

小武道："你也不是我，怎么又知道我不知道它们是欢呼?"

刘丽都嗔道："别耍嘴皮子了，你说的这事是真的? 你亲眼见了?"

小武道："没有。但这种传言一般预示着什么，我感觉有些不祥。"

刘丽都道："那是赵国的事，你管它干什么，这普天下，只要你没事，我就放心了。"

---

① 袝祭：一种祭祀仪式，古代贵族下葬和丧礼期过后，把死者的木主放到祖庙，附与先祖而祭，称为袝祭。

小武心里感动，嘴上还是不服："不然，当今天下一家，赵国的事，很可能就是天下的事。既是天下的事，怎不和我们休戚相关？我现在是朝廷大吏，况且这蹊跷事发生在孝文皇帝庙前，那可是汉太宗的庙，未必和天下无关的。"

刘丽都道："也是，不如找建除家、丛辰家、太一家①或者卜史占问一下吉凶吧。"

"嗯。"小武颔首道，"广陵国谁懂卜筮？"

刘丽都道："盖公就懂，他是无所不通的，我们去问他吧。"

小武道："也好，那只有等明天了，我还真有些想念他老人家。对了，郭破胡呢？有个好消息告诉他，他肯定惊喜。"

"什么事啊？"刘丽都道。

小武本不愿讲这敏感的事，但也躲不过，只能不断安慰自己，作为一个二千石的太守，就算曾和其他女人有过暧昧关系，也非大事，这天下有一定爵位的男子，哪个不是三妻四妾？高皇帝的父亲刘太公，当年为秦朝子民，以耕作为业，爵位只是公乘，除正妻刘媪之外，还蓄有小妾，何况我一个堂堂的关内侯。退一万步说，那晚我多少有些走神，把弃奴当成丽都了，她若知道，应该也能原谅我。想到这，小武胆气又壮了些："这次我路过彭城，竟然在楚王宫中认出了郭破胡的妹妹郭弃奴。你说巧不巧，她还以为她大兄早就阵亡了呢。"

刘丽都笑道："哦，的确是够巧的。只不知明公怎么认出她来的？莫非手上有她的名籍尺符，对她的年龄和状貌色牢记在心？就算有她的名籍尺符，也不会描述得那么详细，除非她脸上有大瘊子，实在太显眼。"

小武听刘丽都称自己为"明公"，有些尴尬："好妹子，你真会说笑，你夫君又没在彭城做过户曹的小吏，哪里会有她的名籍尺符，我是问了她的籍贯和家世才知道的。"

"看来没有大瘊子。"刘丽都捏起勺子，呷了一口汤，似乎有意无意地问，"弃奴，好娇弱的名字。她是不是很漂亮？对了，你有事没事问人家的籍贯家世干嘛？还不是见色起意？"

小武伸出手，放在刘丽都的大腿上，他们座位前有几案挡着，外人也看不到。他赔笑道："这世上岂有比我妻子更美的女人？岂有比我妻子更好听的名字？

① 建除、丛辰、太一，都是古代术士的派别名称。

丽都丽都，既丽且都。都，美盛也。'有女同车，颜如舜华。将翱将翔，佩玉琼琚。彼美孟姜，洵美且都。'你就是舜华啊，天上的神仙也不及你一半的。"

刘丽都道："舜华朝开夕落，我不要当舜华，想是你咒我。"

小武一惊，赶紧道："绝无此意，古人既说美人颜如舜华，只是取其颜色，大凡比拟，都是取其一端，岂能面面俱到？不过，想那舜华，也确实配不上我妻子，我们且不提它。"

刘丽都浅笑道："好吧，饶了你，不追究了。郭破胡被大王派在盖公官署里当卫士，明日你自己去看他便是。我们既然择吉日要成婚，你就不好再住在宫里，有专门的华丽驿馆给你歇息呢。今天这样的宴会，他是不能来的，而盖公又一向不喜欢热闹，大王从不叫他出席任何宴会。"

小武笑道："我来了，他也不肯来。"看见刘丽都脸若芙蓉，顿时又神魂飞越，暗道，有妻如此，便得罪了十个靳不疑，又有何妨？实在不行，还可以联合江充，将他先搞垮再说。不过，江充那竖子横竖日后难有好下场的。即便是利用他，也不能和他靠得太密。想到这里，心里又是一阵慨叹。

—— 第十五章 ——

对坐语时变　青庐饮欢醒

第二日一早，小武带着几个随从，来到盖公官署。正值仲春天气，盖公还是如常坐在大樟树下，摇头晃脑读书。小武疾步过去跪拜。盖公笑道："免礼免礼，前几天就听大王说你现在不同往日，车朱两藩，腰垂两组，是二千石大吏，老夫怎敢再受你这番大礼啊？"

小武道："先生不必如此，不管我官有多大，但曾向先生问学，即有师徒名分，这是永远改变不了的。"

盖公颇有些激动，虽然他自视甚高，但见皇帝宠臣对他行跪拜之礼，心里还是美滋滋的。他笑道："难得明公还认我这师傅，其实明公学问底子很好，虽以师礼事我，其实大多时候是相互启发，我也受益匪浅。"

"先生过谦了。"小武道，"臣只懂得一些法律条文，至于儒术，远不如先生。何况先生还精通医术卜筮乃至考工铸造，实为天下奇才。对了，臣正有一事请教呢。"遂把赵国邯郸群蛇相斗的事说了一遍。

盖公蹙眉沉思，低声道："老夫固然习过卜筮，但年老，也忘得差不多了。不过依老夫的推断，其中实在大有凶险。请屏退人说话。"

汉家规矩，禁止臣下对灾异妄加评论，尤其若涉及朝廷，一旦漏泄风声，就可能被劾奏指斥乘舆、大不敬。小武见盖公说得郑重，遂挥手对下属道："你们到门外巡视守卫。"

随从们鱼贯而出。盖公道："老夫也不知道猜得对不对，据说现在朝中的宠臣江充，是赵国邯郸人。"

小武道："是的。"

"嗯，这就对了。明公可曾读过《左氏传》？"

小武道："惭愧，《左氏传》是石渠阁密藏，臣生长穷乡僻壤，不曾有机会看到。"

盖公道："我有幸看过部分，据《左氏传》记载，鲁庄公时，有内蛇与外蛇在郑国南门中争斗，内蛇死，外蛇胜。当时的士君子评论说，这种情况叫蛇孽，不祥的征兆，预示日后郑国会有灾祸。此前郑厉公和相国祭仲勾结，驱逐兄长昭公，自立为国君，后来厉公恨祭仲专权，又和祭仲起了冲突。祭仲先下手为强，郑厉公也被迫出奔，昭公又复位。昭公死后，其弟子仪代立。出亡在外的厉公和大夫傅瑕勾结，指使傅瑕杀了子仪，这就是外蛇斗杀内蛇之象。内蛇死后六年，厉公回国，再立为君。我担心明公所说的赵国蛇斗，也预示某种不祥啊。"

"先生是说江充会弑君代立么？"小武犹疑道，"这不可能吧。"

盖公道："江充，赵国闾巷一氓隶耳，安能窃据高位？不过蒙蔽君上，诛戮宗子，他倒是能做到啊。"

小武道："先生的分析很有道理，江充得罪了皇太子，害怕今上千秋万岁后被诛，一定会焦神苦思给自己想个万全之策。"

盖公道："世上哪有万全之策，最终必然反噬自己。明公近一个月来一直在路上奔波，不知是否留意朝廷变化。我听说广陵国五天前得到文书，皇帝最近又御体欠安，就听从胡地巫师的谗言，拜江充兼任治巫蛊使者，日日率领胡巫在长安城登高望气。他指向哪里，就可以系捕哪里的百姓。另外，据从长安来的御者说，所有被捕系的人都被酷刑掠治，长安各诏狱几天内已经收捕了万人之多，未得判决就拷掠而死的不计其数。"

"竟有此事？臣的确不知。"小武道，"虽然沿路经过许多郡国驿馆，却没有特意打探。皇帝春秋高，御体欠佳，过于敏感，总以为自己生病是有人暗算，其实只是年老而已。至于巫蛊，臣是不信的，尤其为此妄捕良民，尤为不妥。其实普通百姓并不在乎谁做皇帝，谁做皇帝，自己的日子仍是那样，何必祝诅？况且一旦泄漏，便有灭族之祸，谁会冒险？"

盖公蹙眉道："不然，据老夫来看，江充随意系捕平民，但平民并非他真实目标，只是制造恐怖气氛而已。"

小武道："先生的意思是，他最终想干掉太子？"

盖公道："明公聪明，老夫以为正是如此，只不过他暂时还不敢径直将矛头指向太子。太子得立已经几十年，根深叶茂，轻易难以动摇，惟一能决定太子命运的，只有皇帝。江充正在察言观色，步步前进，先妄言整个长安城都有巫蛊，让皇帝确信有人害他，皇帝积怒之下才会不顾父子之情，痛下杀手。若径直指向太子，过于突兀，反而会引发皇帝怀疑。"

小武道："先生分析得不错，江充若目标最终指向太子，就可以对皇帝说太子一向仁义，百姓都盼望他早日登极，取代皇帝，所以家家自造桐木人诅咒皇帝；甚至还可造谣说，百姓之所以诅咒皇帝，都是皇太子暗中派人指使。皇帝震怒，就会赐死太子，江充就大功告成。"

"对，"盖公道，"据说皇帝又想出征匈奴，江充还可添油加醋，说百姓一向苦于刀兵，故盼今上暴崩，以便仁厚的太子即位。"

小武心里暗想，皇帝对死亡有极大的恐惧，一直冀望长生不死，得道成仙。御宇四十多年来，痴心不改。唉，未免有些暗昧。但这想法只能在肚子里徘徊，不敢出口。皇帝刑罚峻烈，元狩四年发行皮币，一张薄薄的鹿皮被强令当四十万钱，当时的大司农颜异只是嘴巴撇了一下，就被廷尉张汤罗织罪名，说他身为九卿，觉得法令不便于民却不肯直谏，只在腹中诽谤，实属大逆不道，最后判颜异腰斩，从此朝廷有"腹诽之法"，朝臣更加战战兢兢了。小武遂叹气道："此事太过凶险，按先生的推测，江充的阴谋定然可以得逞了？"

盖公道："按照推测当是如此。明公上次在长安，应该见过江充，是个什么样的人？"

小武道："江充容貌甚伟，相貌堂堂，皇帝曾经夸他'燕赵固多奇士'，确非虚言。只是确实嚣张，狐假虎威，这次皇帝拜臣为豫章太守，他还当廷表示不满呢。"

盖公道："人不可貌相。如今他气焰熏天，当者披靡，为了自家性命起见，明公万不要撄其气焰，恐被灼伤。如果皇太子实在保不全，明公最好静观其变。很多事情大概真是天意，人力无济于事的。"

小武道："江充要搞掉皇太子，不但和我无关，反而有益。"说到这，立刻意识到不妥，自己靠告发公孙贺起家，并不光彩，怎能张扬？于是生生把话吞了回去。又想，太子不倒，我命将休。虽然一个立了几十年的储君被废，天下可能动荡，但与我何干？不管如何，我没得罪江充，他之所以反对我出任豫章太守，大概只是嫉妒而已。不过他和刘屈氂、李广利勾结，拥立昌邑王，到时刘屈氂和李广利会把持朝政，毕竟不是什么好事，依这两人的品性，在他们下面做个良吏也难。于是心里突然涌起一个可怕念头，我何不干脆告发昌邑王谋反的事，让他们都完蛋，再拥立广陵王即位。虽然广陵王也不是什么好人，但自己已经是他女婿，荣辱难分。广陵王做了皇帝，自己或许能做到宰相，那时何愁胸中抱负不成？当然，万一泄漏，腰斩枭首也逃不掉。小武不觉全身冒出一阵冷汗。

盖公见小武额头汗珠滴下，惊道："明公贵体有恙吗？不妨让我诊治一下。"说着伸出手去，就要给小武搭脉。

小武赶紧缩回手："没有，只是刚才想到江充如此嚣张，天下可能大乱，到时百姓流离失所，哀苦无告，如何是好？唉，我大汉锦绣江山，不没于匈奴，竟要毁于内乱吗？"

盖公道："明公时时不忘天下百姓安危，令老夫敬佩。不过，还是那句话，有些事属于天意，还是明哲保身吧。"

小武低头沉默了一会，突然道："有一个办法，也许可以除掉江充。不知道说出来，先生会不会支持我？"

"明公不妨直说。"盖公道，"只要有益于天下苍生，老夫可以不要这条命。"

小武笑道："先生为人行事，果有古之风烈。既然如此，我也不瞒先生。上次来广陵的路上，我们捕获了一个假绣衣御史，真名叫张崇。经过我们掠治，已断定他是昌邑王派遣的，想矫制在豫章郡击杀太守，嫁祸广陵王。如果我们将他槛车送往长安，皇帝得知昌邑王早有异心，一定会大怒，将他赐死。这样，李广利和刘屈氂都会牵连进去，江充自然也逃不脱了。"

盖公道："似乎不错。除掉江充，皇太子就安然无恙。不过……"他说到这里，欲言又止。

小武道："先生请勿见外，有话直说好了。"

盖公道："请恕老夫直率，我知道明公是靠告发公孙贺发迹的，而公孙贺和皇太子是亲戚，皇太子对明公肯定恨之入骨。除掉江充，自然对天下苍生有利，却对明公自身不利。明公可曾想过暂且隐忍，作壁上观，等他们斗得两败俱伤，再出头收拾残局？"

小武心里颇为酸楚，"靠告发公孙贺发迹"这句话深深刺痛了他。诚然，我是靠告发公孙贺发迹的，但凭我自身的才干，难道就不够格做一个郡太守吗？你以为我喜欢靠告发别人发迹么？我何尝不想积劳升迁，只是没有选择。不过，盖公此言并无恶意，自己也不必在意，于是尴尬一笑："既然先生认为这样好，臣就暂且等待一阵，如果到时江充一伙愈加得势，臣再行动不迟。总之，大汉宗庙神器不能落在李广利、刘屈氂一伙手里。"

盖公道："明公所言甚是。对了，明公此来，郭破胡一直念叨呢。今天正好轮到他休沐，我已经让人去唤他了。"

小武喜道："臣也确想见他，特别是要给他一个意想不到的好消息。对了，臣这次在彭城收了几个随从，说来有趣，都是原先公孙贺的宾客。其中一个叫如侯的，曾官居射声校尉，箭法卓绝，先生精通弩箭，可和他切磋切磋。"

盖公脸色一变，呆了半晌，突然滴下泪来："明公所说的，就是那位名震陇西六郡的如将军么？"

"正是。"小武奇怪道，"先生为何激动，难道认识他不成？"

盖公抬袖擦了擦老泪，叹气道："怎会不认识，我和他都是东海郡兰陵县人，二十年前，曾同门学艺。他比我小十来岁，膂力过人，能拉三石的强弓。偏巧老夫那时也喜欢争强好胜，只是没有他那臂力，颇为遗憾。后来干脆日夜琢磨弩弓技术，那时所想的就是要超过他，想他再粗的手臂，也比不过机械之力。"

"那是自然，"小武道，"弩臂可以承受四十石的拉力，岂是人臂所敢望的？可惜弩臂虽然强劲，却不如手臂灵活快捷。"

盖公道："的确如此，偏生老夫一向有牛脾气，一定要使弩做到比他拉弓还灵活，是以日夜琢磨，终于制出了连射弩，一次可以射三支弩箭。截长补短，差不多就可与他匹敌了。"

小武赞道："先生智力超迈，真是神人。"

"哪里哪里，明公过奖，也因我这一点儿好胜之心，铸成大错。那日乡里秋射，我们各发十二支箭，全部射中质臬，无法分出高下。师弟见我弩箭神奇，心下不服，点名要和我对射，虽然我们都拔掉了箭头，而且身披皮甲，但是由于我弩机的力量强大，在一百步内，箭竿仍将他射倒。我惭愧惊惧之余，远走他乡，躲到广陵县，杜门不出，后来听说他伤势痊愈，投军西北，威震匈奴，心里才稍微好过了些。"

小武心里暗笑，这对师兄弟，真是很有性格。看那如将军虽然行事慷慨，说到好争小胜，却是一点儿不让。当日在彭祖楼上，曾两次发箭，显示武功。最后一次已答应我的劝降，却仍然要再发一箭，暗示自己投降并非因为畏惧我的吏众，乃是屈服于做人的道德，实为至性至情。于是笑道："怪不得，臣路上一直纳闷呢，皇帝早就有诏书，自来边疆骑士，都是挑选生长于陇西边郡的，唯独如侯将军是山东人，原来是先生的师弟。这回算是上天安排，让先生师兄弟见面。"他走到门口，大声喊，"快快去请如将军过来。"

侍从答应了一声，跑了出去，不久带着一干人众涌进来，檀充国、管材智和如侯都在其中。小武大笑道："如将军，没料到广陵国有你的故人吧。"

如侯换了一身袍服，朝盖公看过去，脸色立即变了。"师兄，难道是你？"他脱口叫道。盖公早就疾走过来，伏地拜倒："惭愧，师兄当时将你射伤，不敢承担罪责，仓惶逃窜，实在愧为丈夫啊。"

如侯也赶忙跪下，扶起盖公："师兄，果然是你。唉，那事怎么能怪师兄呢？还是臣少年心性，非要磨着和师兄比个高低，不自量力，师兄有什么错？"

小武看到他们不停地自揽责任，虽然敬佩其君子之风，却也有些不耐烦："两位也够了，一直这样，我们还坐不坐？且将前事抛开，我这里叫人要些酒菜，大家痛饮几杯，以庆相会。"

随即有侍者出去办筵席了。郭破胡恰在这时也跑了进来，虽然他出身闾左，究竟在军中和宫中都待了一段时间，略知礼仪，早趴在小武跟前稽首："破胡未能迎接使君，死罪死罪。敬问使君无恙。"

小武喜道："起来吧，今天我也有一个人让你见见。"这时檀充国早已着人叫来了郭弃奴。郭破胡摸摸脑袋，又擦擦眼睛，简直不敢相信，他向左右看看，问："我是不是做梦？"郭弃奴道："莽熊，不是做梦，我是弃奴啊。"她说的是家乡话，郭破胡仿佛如梦初醒，喜道："原来真是妹妹。"上前抓住郭弃奴的胳膊，郭弃奴尖叫一声："还是这么重的手。"郭破胡笑着放开她："你怎么碰到沈使君了？"

郭弃奴遂将当日情形一讲，独独略过了和小武在驿馆床榻上欢好的那段。小武大为放心，道："现在你妹妹在我身边，你是愿意跟我去豫章呢？还是我将她留下，还给你这个大兄。"

郭破胡张嘴还没说话，郭弃奴脸上一红，抢道："我待在这里干什么？人生地不熟，而且妾的属籍已经被楚王赠给了主君，自然是终生侍奉主君了。主君为官清廉，妾十分景仰，如果主君将妾留在广陵，妾只怕永远也碰不上像主君这样好的主人。"小武倒是暗叫惭愧，轻易就接收了楚王的馈赠，怎能叫清廉？好在当时退回另一位侍女时，对楚王说，本来这一个也不想留，实在因为她是下属的妹妹，想为她赎身，只是才做上二千石，家无积蓄，暂时无钱，不得已写下契约赊欠，以待他日再付。楚王坚决不肯要契券，小武一再坚持，也就只好收下。总之，即使这事传出去，自己也是义人，谈不上贪赃。

小武还未说话，听郭破胡道："妹妹这话有见识，我早盼望使君娶了翁主，衣锦还归，然后随使君奔走天下郡国，多长些见识。"

郭弃奴听得她大兄说起"娶了翁主"四字，脸上略有些失意，不过很快如常，道："大兄说得有理，我兄妹二人都愿终身侍奉主君。"

小武心中大快，郭破胡悍勇，让他随时跟在身边，便不用担心安全。至于和弃奴的事，虽怕被丽都知道，但依弃奴的身份性格，必不会乱说，等以后和丽都天长日久在一起，双方没有嫌猜，即便她知道了，大概也能谅解。因对郭破胡笑道："好，我现在正式辟除你为豫章郡太守卒史，将来做得好，推荐你为县尉。"

郭破胡当即跪下，喜道："拜谢使君。没想到臣家世代黔首，竟也有幸出了百石卒史，足以光耀门楣了，哪敢指望县尉？"

小武笑道："破胡，不必妄自菲薄，我能做太守，你为何做不了县尉？不过，百石卒史是郡国高级掾属，每年都有文法考课。你在豫章郡当郡兵多年，也该识了不少字，家信总该会写的。当然，会写家信，还远远不够，律令规定，能讽诵文字三千以上，乃得为史。我这样揄①你为史，实属破例。等到了豫章，我专门给你找个资深掾史为师，你可不能偷懒。"

郭弃奴道："主君如此看重家兄，家兄怎敢偷懒？阿兄，使君对我兄妹恩重如山，你可要好好干呐。"郭破胡道："这还用说，我自会百倍努力。"

小武道："好了，今天大家齐聚一堂，殊为有幸。虽说按照常理，群居饮酒不大合适，但今日事出有因，盖公和如将军师兄弟相隔二十多年，竟有缘在异乡见面，已是旷古一奇；加之破胡亲兄妹团聚，以及破胡升迁为百石卒史，可谓一日三庆，岂可无酒？且官吏五日一休沐，兄弟妻子相聚，燕语为欢，更遍请诸邻里长老，一笑为乐，此乃古礼，也是我大汉奉行的故事，正可纯厚风俗，砥砺节义。当日曹相国秉政的时候，逢上冬夏日至放假，有一次府中贼曹掾张扶依旧坐

---

① 揄：秦汉法律术语，指将小吏择优选拔为高级掾属。

270

曹治事，还被曹相国骂了呢。"

如侯插嘴道："使君博闻强志，以经术缘饰律令，念念不忘砥砺大汉风俗，气度非凡，实有公卿之象。对了，不知曹相国骂了那贼曹掾什么？"

如侯一直寡言，小武见他称赞自己，意外暗喜，笑道："如将军过奖。说到儒术，从令师兄盖公那得益不少。曹相国指责那张扶道：'日至这天，众吏都要放假，由来已久。曹中虽有公事未毕，君之父母妻子昆弟却也眷恋私恩，盼君回家共享天伦。君当立即归家，设酒肴，邀邻里长老酬酢共乐，才算顺应天时人情。'其实只是温和责备。想那张扶本想趁机表现，却不料反被上司斥责，想必也很沮丧。"

如侯道："曹侯果然一代贤相。臣是齐地人，自幼便听过不少曹侯逸事，他做齐国相，是第一任，也是最好又最得人心的一任。"

盖公道："是啊，曹侯出身秦小吏，按说不会有多大见识，可他这番话却不像出自凡夫庸众之口。门内之治恩掩义，门外之治义斩恩。为朝廷做事，基于义；和合家庭，基于恩。然义必以恩为基，恩必借义而广。曹侯虽信奉黄老之术，所讲的道理却暗合儒家，可见当年高皇帝能并兼天下，实因为有曹侯这样的贤佐。有些摇唇鼓舌的文人，说他们苍蝇附骥尾而至千里，简直是不顾事实的谄媚主上。"

小武想，这盖公也是狂士，虽有学识，却躲在偏僻的郡国，尽心读他的简书。若在庙堂之上这样说话，十个脑袋也不够砍的。文人史家未必不知萧何、曹参、韩信的才华，但除了刻意夸大刘邦外，又有什么办法？若人人自以为才气盖世，皆可觊觎神器，天下安能得治？当年韩信自诩才高，也只好谄谀高皇帝，说他为天授，非人力，心中不知该有多大的苦恼。小武见尚席侍者已经在院中摆好筵席，于是岔开话题："诸君且入席。今天休沐，我们就效法曹侯，不谈公事，只话平生之乐。"

盖公笑道："若说休沐归家享天伦之乐，明公倒是该和翁主一起来才对。我又乱说了，成亲在即，理当避嫌。丽都的确变了不少，明公去长安的几个月，据内侍说，她常常坐在凌波台上发呆。"

听盖公突然提到丽都，小武顿时又心跳加速，凌波台是他们盟誓之地，丽都整日坐在那里发呆，自然是想念他所致了。他的眼眶湿润了。

那是他准备离开广陵国赴长安的前一夜，没有云，月光分外澄澈。小武和郭破胡两人胡乱吃完晚饭，站在院子里发了一会呆，二月的广陵还寒气袭人，但院墙上的梅花已经绽放了。他看了一会，想明天就要离开广陵，也不知道此去长安，到底能否回来。他回到屋内，百无聊赖地就躺到床上，心里都是刘丽都的影子。他想，这样的良夜，要是能和她在一起就好了，而能做的只有回味，回味和她在一起的每个细节，虽然已经回味过千百次，一直回味到泪流满面为止，才迷迷糊糊地睡着了。

不知什么时候，他感觉窗棂响起了囊囊的声音，心中一惊，拔出放在床头的剑，睁开惺忪的双眼朝窗户看去，低声喝问道："谁?"窗户外果真有个人影，突然轻笑起来："仲卿，你想杀了丽都吗?"

小武一时不知所措，真的是丽都? 他也不多想，扔下剑，拨开插销，推开了窗户，银白色的月光霎时铺满床榻，一个女子白衣飘飘，宛如嫦娥，刚从月宫冉冉而下，却不是刘丽都是谁?

小武腾身从窗户跃出，不顾一切将刘丽都搂在怀里，温软的身体在怀，又让他怀疑是否做梦，他看着刘丽都的脸庞，像蒙上了一层银辉，圣洁无比。

"跟我来。"她在他脸上亲了一下，挣脱他，向院门外跑去。

他不假思索地跟着她，哪怕是去地狱也愿，何况他知道，她带他去的地方绝不是地狱。他们跑出门，穿过王宫的庭院和巷子，已经是中夜，月亮差不多正悬在头顶，庭院中、永巷内，道路铺上了一层白霜，明晃晃的清晰可见。整个王宫静谧无声，唯闻天籁。守夜的门卫、巡逻的更夫倒有几个，都被刘丽都轻松避开，这是她家，她再熟悉不过。这个夜晚好像只属于他们两人，他跟着她登上复道，脚底下波光粼粼，复道就凌空架在宫中的菱鉴湖上。他们登上一个更高的楼台，才停住脚步。

"这是凌波台，你没有来过吧?"她回过头来，含笑凝视着他。

"当然没有，这个地方我怎有资格来?"

她说："小时候，每当圆月之夜，母亲就会带我们几个孩子来这台上赏月，自从母亲去世，就再也没有了。"

小武心中一片空白，只是本能应道："可惜了这么一个好的赏月所在。"

此刻月华正在中天，台下湖水银光烂然，湖边错落站着高高低低的树木，月光透过树叶间，宛如碎银撒地。没有一点风，但寒气四起。小武记得，在家乡的圆月之夜，触目皆是穷门闾巷，湫隘的房屋东倒西歪，哪有这样美，也从未有这么凉。

她笑道："你在这等我一下。"说着跑下一侧的楼梯，像个凌波的仙女，倏忽隐没在一片树丛之中。小武心想，她不知又要搞什么鬼。谁知不多时她抱着一个圆圆的东西上来，低声道："仲卿，这是去年秋天结的柚子，母亲在时，我们中秋之夜总要吃柚子。今天虽然不是中秋，却忽然想吃了。"

小武不由得失笑："我们南昌，秋天也吃这个的，原来广陵的风俗和我们一样。"他解下腰间的书刀，熟练地将柚子剖开，剥掉外面的青皮，又抠掉里面的白皮，虽是去年秋天摘的，依旧新鲜。他将一瓣瓣的柚子肉分开，剥了一片给刘丽都。刘丽都咬了一口，又塞到他嘴里："你也吃。"他觉得味道很酸，心中却无比甜蜜。他问她："今天你怎能跑来找我？"

她笑道："你有没有想到？"

"想你或许黄昏时会来和我告别，却没想到会在这时。"

"那时去没意思。"刘丽都轻笑道，"我贿赂了守门吏，就是要半夜出现，你不喜欢现在？"

小武鼻子一酸："那还用说，你不知我有多想你。"

刘丽都道："我也想你。"说着抱住小武的腰，倚在他怀里。小武紧紧搂住她，在她脸上狂亲。她轻轻呻吟道："今夜，我们把这当作肥牛亭！"小武浑身热血喷涌，身体某个部位顿时昂扬挺立。他颤抖着手解开刘丽都的裙裾："你冷不冷？"刘丽都也主动解开他的裙裾："冷是冷，但你不想吗？"小武道："冷死也值。"刘丽都道："去那边的楼阁内，是我母亲住过的地方。"

小武随着刘丽都到了楼阁内，那是个很小的房间，有一张床，床上叠着锦衾。有妆台，有橱柜，墙上画着一个美人，刘丽都道："这是我阿翁让画工画的，就是我母亲。"小武看着墙壁上的美人，说："真美，像吗？"刘丽都道："比较像，是不是比我美？"小武道："我不知道是不是真的比你美，我所见的只是画，和活人是不能比的。"刘丽都跳上床，说："这里暖和。"

满月的清辉透过窗棂，洒在阁楼的地板上。房间里依稀弥漫着似有若无的香气，仿佛脂粉。他看着坐在锦衾里的刘丽都，二话不说，也跳了上去，床对面就是画着美人的墙壁，小武道："她在看着我们。"刘丽都吻他的嘴唇，道："让她看着自己的女婿。"

小武当即伸臂揽住刘丽都，已经很久没有和她如此亲近地接触了，当她的上裙祖露开时，他感到一阵眩晕，头马上埋进她的胸前。她低低地说："这就够了么？"他抬起头，喘着气道："当然不够。"两臂一使劲，揽住她的腰，将她抱了起来。她伸开两臂环住他的脖子，两腿夹住他的腰，裙裾从她牛奶似的身体上滑下，身体完全暴露在月光的反射光辉下……他们尽情享受着难得的月夜，仿佛是上天所赐。月光逐渐西斜，将两具纠缠在一起的身体投射在高台之上。忽然这两个影子剧烈地抽搐起来，其中一个俯下身子，在另一个上臂上猛地咬了一口……

他们在一起缠绵了好几次，筋疲力尽的时候，月亮早已不在中天，斜斜地挂在湖边的树梢上。刘丽都抚摸着小武的上臂，问道："疼不疼？"

小武道："不疼，还高兴。"

刘丽都笑道："你这个好色的小无赖，当真好色。为了色，咬成这样都说不疼。"

小武纠正她："不是咬成这样都说不疼，而是被你咬成这样感觉不疼。"

刘丽都笑道："那也是色。"又道，"仲卿，被我这一咬，可不许变心，我们要一生一世在一起，如果你负了我，我就把你杀了；如果有人不许我们在一起，我们就——"

小武凝视着她："就怎么，也杀了他？"

刘丽都叹了口气，道："那却是不行的，该怎么办呢？看来——只有自杀。"

小武顿时泪水莹然："好，自杀，我们一起死。"

刘丽都也哭了："仲卿，你有什么好，我为什么喜欢你？"

小武泣道："我没有什么好，是你好，你可怜我。"

刘丽都用衣袖拭去他的眼泪："别哭，我们订的啮臂之盟，有月亮为证，生生世世，永不相负。天处高而听卑，若天有明神，一定会成全我们的……现在我们走吧，天快亮了。"

在朦胧的晨光之中，他们一步步走下台去，远远听见宫中响起了鸡鸣之声。

想起这些，小武不由得自言自语："天处高而听卑，看来天上真有明神，它终于成全我们了。"于是对盖公道，"先生既然这么急于喝喜酒，那就请先生为臣择个吉日吧。"

盖公道："择取吉日，得找丛辰家、建除家等人帮你了，这些事老夫一向是不大信的。依老夫看，只要不是癸亥这样的穷日，都没什么不可以。"

小武道："也是，我要尽快办妥这些。皇帝陛下开恩，特赐臣迎亲之假，但也不能拖得太久，还是尽早赶赴豫章上任为好。"他又想起了南昌县的父母，不知他们正在干什么，或许在灌园浇菜，或许在倚闾太息，他们可知道他们的儿子已经官为二千石，爵至人君，马上要衣锦还归么？他们应该已经知道了，因为诏书应该送到了南昌，皇帝任命了新太守，这太守只有二十来岁，原先就是南昌县的亭长，而且身兼绣衣直指使者，这三点无论拎出哪个，都会成为市井里巷的谈资，他们肯定会知道的。也许一拨一拨的客人都已经去拜访了，他能想象父母见到自己乘坐高车驷马时的激动，那些近亲远亲也都会闻风而来，只可惜惟一的亲弟弟已经死去，没法由我现身说法，教导他们如何奉公尽职，遗爱乡里了。想到这里，心里不由得喜痛参半。

广陵王二十三年的夏五月，也就是大汉征和二年的夏五月，豫章郡太守兼绣衣直指使者沈武在广陵县广陵王宫，举行了承翁主结婚大典。

时值黄昏，三乘马车驱驰到王宫的显阳殿。车盖都是黑色的缁屏车，前面两乘马车的侍从下来，每人都手执蜡烛。后面一辆马车停下，小武身穿黑色深衣，从里下来。王宫的侍从迎出新妇，小武走近前去，将车绥授给新妇，新妇牵绥登车。小武坐在御者的位置上，驾起马车在显阳殿前的中庭来回绕了三圈，然后驰往清越殿，那是广陵王为小武临时布置的新房。由于新婚就在王宫里举行，女家都没有刻意作出悲啼号哭的别离气氛，也不尊崇"婚礼不贺"的古礼，整个王宫里张灯结彩，充满了喜庆气息。众多宾客都在显阳殿大嚼狂欢，寻常百姓之家娶亲也是三夜不熄蜡烛的，何况王侯？

当宾客们还在显阳殿欢饮大呼的时候，小武已经和她的新婚妻子坐在新房里了。房间里，青布帷幔低垂，银釭高立，按规矩，他们自己要进行合卺之礼。饮酒礼罢，侍从退出。

小武凝视着面前新婚的妻子，虽然早在肥牛亭逃亡时就尝过一脔味，在凌波台啮臂之盟更是曾欢好一夕，但今宵见她烛光之下醉人的娇丽，仍是心神荡漾，不能自止，只觉此生都贪看不厌。刘丽似乎也早不是以前的那个人了，她长睫下波光闪烁，然并不直视。行止羞涩安徐，柔媚之态蕴于其中。小武笑道："虽然说新妇入门，是免不了矜持的，愈矜持愈合礼仪。不过我在这广陵国承翁主，身份就是个赘婿，矜持的应当是我才对。若逢圣天子讨伐匈奴，征召百姓从军，我就在'七科谪'①之内。疆场上向来九死一生，你担不担心呢？"

刘丽都噗哧一声笑了："你这贼逃吏，忽然扯些这样的昏话。你现在是堂堂郡太守，哪里是什么赘婿了？天下的赘婿如果都像你这样趾高气扬，那我大汉的天可真是变了。不要说什么'七科谪'，就是'七十科谪'，也轮不到你啊。"

"你倒是对自己的夫君有信心，"小武道，"我们这些人，可不像你们宗室那么幸运。汉家的律令多残酷啊，宰相的儿子也要戍边，我豫章郡当年不知有多少百姓白白死在了西域，真要碰上了，只能怨自己命苦。"

刘丽都将脑袋靠在小武胸前："仲卿，别感慨了。如此良辰吉日，我们别辜负了才是。何况你若有事，我又怎会独活？——仲卿，我给你弹首歌吧。"说着刘丽都起身，走到床头的宝瑟前，跪坐着调整好姿态，双手纤指一按，发出琳琅的清响。她的唇也暂引樱桃破，低声唱道：

> 结发为夫妻兮恩爱不疑。
> 欢娱在今夕兮燕婉良时。
> 征夫怀往路兮视夜何其。
> 参辰皆没兮且从此辞。
> 行役于阵兮相见未期。
> 握手一叹兮泪为别滋。
> 努力爱春华兮莫忘欢时。
> 生当复来归兮死长相思。

小武本来笑吟吟斜靠床头，听到"征夫"一句，不由得正色端坐，道："今天这是怎么了，刚怨我乱说，你倒变本加厉。从哪学来的这歌诗，听来这么苍凉，大有边塞之气。"

刘丽都道："仲卿，你有眼光，这是我从广陵国那些自边塞退役的老戍卒处听来的，据说一直流传在西域。当年骠骑将军将兵横绝漠北，士卒们都唱此歌，一时哀凄笼罩三军，三军之士无不奋起，渴望斩首立功。"

---

① 七科谪，指当时被认为的七种贱民，包括犯法的官吏、逃亡犯、赘婿、商贾、曾有市籍的百姓、父母曾有市籍的百姓以及祖父母有市籍的百姓。

小武走到刘丽都身后，从后面环住她柔软的腰肢，笑道："我欲学古人，于边塞风吟，取其数策而已。就取那'欢娱在今夕兮燕婉良时''努力爱春华兮莫忘欢时'两句吧。"

刘丽都转过脑袋，眼波盈盈，凝视着小武，道："仲卿，今晚我很高兴，你不知道我多么讨厌这里，能和你在一起，死了也值得的。不要说什么承翁主的话，虽然我是翁主，你也不用顾忌我的身份，我可以像普通的贫家女子那样侍候你。你看我的瑟弹得怎样？都是我向左姬学来的，虽然没有她那么精妙，但是家居佐食侑酒，当能让我的夫婿满意的。"

"怎么会不满意？太满意了。"小武眼眶泪水莹莹，把刘丽都抱在怀里，往她洁腻的脸蛋上亲去，呢喃道："看来我此后一直能享受上大夫的排场了。《春秋》里说，上大夫用餐，才有资格奏乐的。不过我什么也不要吃，只想吃你。"刘丽都躺在小武怀里，仰首看着他，满面晕红，道："你现在真的挺啰嗦的，不是律令，就是经义。"小武道："不然你夫婿怎能怀金纡紫？"抱着她，边说边往榻边走去。灯烛霎时灭了，殿外的琐窗下，蹲在那里听房的侍从们，个个脸上显出奇怪之色，他们不知刚才里面为何飘出苍凉的瑟声，这是否是不祥之兆？

小武在广陵国没呆太久，就准备去豫章了。这期间，他去看了看张崇。

张崇被逮到广陵国之后，小武那时劝刘胥不要太难为他，刘胥听从了，一直将张崇收入宫中隐官，给与一半的自由。小武屏退随从，单独召见了张崇。张崇见到小武，也没觉得意外，脱口道："早听说沈使君做了真正的绣衣使者，可喜可贺。不过，沈使君若要在下说那些秘密，在下还是不会说的。"小武道："真的不说？我让人用各种酷刑，你还能不说吗？"张崇道："我老了，扛不住酷刑，很快就会死掉。"小武一怔，觉得这人确实有点性格，就笑道："今天来，不是要你说什么的，只是来看看故人，别来无恙吧。"

张崇顿时有些感动："难得沈使君如今官高位显，却还记得在下，真如做梦一般。"他虽倔强，也知道绣衣使者亲自来看自己，不是一般荣宠。

小武道："怎会不记得？先生是有骨气的汉子，令人敬佩。我就要去南昌县上任，先生有意随我去吗？"

张崇一惊："沈君说什么？"

小武道："我很敬佩先生的为人，问先生愿不愿意在我属下做事？"

张崇道："使君若肯既往不咎，在下怎敢不愿？只是在下乃一介刑徒，明公不怕别人议论吗？"

小武既知张崇不肯告发昌邑王谋反，也不愿让其留在广陵。将来太子一倒，仓促间要拷问他又来不及。这竖子似乎吃软不吃硬，不如将他收为掾属，施以恩义，再慢慢套话，说不定他就逐渐淡了对逢千秋的感激之心，肯协助自己也未可知。

"我就是因为看先生刚直不阿，才希望先生做我的掾属。"小武道，"先生以前的事，我都不管。旁人议论又有什么关系？我大汉比之前朝，颇有不同，施刑士不但可以做太守掾属，做到二千石甚至九卿的，又何尝少有？"

张崇喜道："那在下肝脑涂地，也不负明府。在下当时的随从胡倩，是巨野县时的好友，也请明府开恩，一并收留了吧！"

小武道："先生有这请求，武敢不答应。我这就去请求大王。"又聊了几句，小武让张崇准备行装，不日出发。随即出去，带着檀充国等去见刘胥。刘胥听见小武的要求，笑道："贤婿未免见外，这两个刑徒，本来就是贤婿所获，贤婿需要，寡人就将他们当作小女的嫁妆。贤婿还缺什么，只管开口。只要寡人能办到，无不尽力。"

小武笑道："大王如此厚意，臣铭感五衷，这说起来也是佳话了，古时不少陪嫁的刑徒都是贤人——"他停了一下，看着刘胥，意味深长，"大王，这两个刑徒或许会帮我们大忙的。"

刘胥似乎有些明白："一切有劳贤婿了。"脸上乐开了花。

小武转过脸去，心中暗叹，这人横看竖看都不像个人君。还好，若他将来有幸登极，我来辅佐，倒也不会把天下治理得太差。最好他登极不几年就死掉，让刘霸继位，刘霸是丽都的亲同产弟弟，仁慈聪明，他当皇帝，倒不枉了我这番冒着生死，去帮他窃窃神器。

——— 第十六章 ———

怀银夸父母　喋血卧榻枰

　　接到长安御史大夫寺下发的邮传文书，豫章太守陈不害早早就做好了准备，从新淦乘驰传到了豫章。这次两府文书上有个诏令，天子为了优宠绣衣直指使，特意将豫章郡太守治所和都尉治所互换，也就是说，新的太守治所改在南昌县，都尉治所换到了新淦县。陈不害虽然自知不久就要革职，但也不敢像一般小吏那样挂印而逃，毕竟他还有家室，只有老老实实留下，等着新任太守的讯问。如果这次命不好，很可能被判斩刑。到了南昌县，他每日胆战心惊，腰下虽然还拖着绿色印绶，但在掾属面前，腰杆已经挺不起来了。掾属们知道他的完蛋翘足可待，所以虽然每日照旧坐曹，行动却是懒懒散散，反正新上司没到，表现再积极也是白搭。当然，那些陈不害上任时才辟除的亲近掾属，知道只能和主君同进退才有前途，依旧不离不弃，这是陈不害仅存的安慰。他只有暗自悲苦，当了七年太守，时间也不短了，没想到倒台前，仍是这样一副凄凉景况。陈不害平日最器重的，是功曹婴庆忌。婴庆忌见了他礼貌周全，每日都来看望，让他略有一丝慰藉。

　　"明府不必过于担心，接任官员既是本县人，应该不会为难明府。况且明府视事七年，也算奉公尽职，每年丞相府考课，成绩虽不是天下之最，却也从未负殿。至于梅岭多盗贼，自大汉立国以来一直如此，岂能完全怪在明府身上？到时向新太守禀明前因后果，应该会得到理解的。"婴庆忌这样劝解。

　　陈不害面色憔悴，笑容苦涩："话虽这样说，可是世风日下，人心不古啊。你看我一有危难，那些平日得我看顾的掾属就立刻变脸，近来连个招呼都懒得打了，怕是早早准备了好脸孔去谄媚新任，不趁势陷害已是万幸。这帮趋炎附势的东西，当初真该全部黜退。"

婴庆忌道："明府是善人，否则现在黜退他们也不晚。不过明府身为二千石，不必跟这帮蕞尔小吏一般见识。何况他们都有家小，恐怕也是心中害怕。"

陈不害叹了口气："我虽眼光不好，究竟还有先生不离不弃。谢先生安慰，不过，我这次必定凶多吉少。须知寻常小吏初登高位，莫不趾高气扬。这新太守从亭长跃升为二千石，又是以告奸起家的，定会怕别人瞧他不起，不杀几个人立威，哪肯罢休？没想到我为朝廷尽职三十多年，将死于竖子之手。唉，从来告发谋反，告发者只当赐爵，怎能拜为二千石？治民非小事，若因一时意气，轻易擢拔，如以狼牧羊，受苦的是百姓。这县官①做事，也未免太过英明了……"

婴庆忌当即伏席顿首，低声道："明府，这话切切不可随便出口啊。"

陈不害一惊，随即领悟，刚才愤激之下，竟然议论天子诏令，虽然字面上说的是"太过英明"，但白痴都能听出是反话，倘若被有心的狱吏听到告发上去，那就是"指斥乘舆，谤讪诏令"的大罪，判处腰斩算是轻的。陈不害感激道："多谢先生提醒，我最近真是有些糊涂了。"

婴庆忌道："明府，下吏其实对新太守略知一二，他并非那种热衷告发奸事以求升迁的俗吏，而是精通律令、饱读儒书的贤人。他老师李顺现在还居于本县青云里，不妨将他请来，好好招待，到时让他为明公说几句好话吧。"

"是吗？"陈不害黯淡的眼睛突然光亮起来，"那我即刻就去青云里，拜访李顺先生。"

婴庆忌道："还有一个消息，下吏的侄子婴齐，在县廷当狱吏，当时沈武被县廷征召，廉察卫府剽劫狱，县廷掾吏都瞧他不起，只有舍侄婴齐与他相善。当年若不是舍侄报信，沈武早被公孙贺的门客杀了。"

陈不害大喜："有这样的关系，那我首级无忧矣。先生何不早说，害我一个月来寝食不安。"

婴庆忌道："下吏担心这些关系也不一定有用，怕明府看不上，反而要讪笑了。"

陈不害抓住婴庆忌的手："死马也要当活马医，哪顾其他？哪怕可以让我稍微安点心，多吃点饭，多睡点觉呢？现在就随我去看望李顺先生吧。"

---

① 县官：汉代人私下对天子的称呼。

两个人步出院庭，院子里几只鹅在嘎嘎地乱叫，看见主人出来，纷纷迎上去亲热。陈不害不耐烦地踢开它们，吩咐家人驾起私人轺车。他确实被快要到任的新使君吓破了胆，现在每次出门，都不愿召集掾属，配齐卤簿展示排场，甚至连公家的驷马高车也尽量不用。婴庆忌看见本该威风凛凛的太守如此局促，不由得暗自神伤。

在从广陵通往豫章的驰道上，小武的车队正在行进。为了体验当时逃亡的情景，小武特意让车队走通过鄱阳、余汗县的那条古驿道。他们再一次来到断肠崖上，驻车往下凝视大王潭，想起一年多前，公孙昌和十几个士卒随着他们的革车被床弩射下悬崖的场景，犹自心惊胆寒。耳边依旧是哗啦哗啦的悬瀑激流之声，肌肤依旧是被氤氲的清凉水汽侵袭，沁入骨髓，但人已换了一种心态。小武望着碧绿晶莹的潭水，轻轻地说："大王潭如果真有那位叫匡俗的仙人，定会恼怒我们弄脏了潭水，让他沐浴也不便了。"

刘丽都站在旁边，衣袂飘举，粲然而笑："真有仙人就好了，我想看看人是怎么骑在鹤身上的。"

小武远望鄱阳在水雾中鳞次栉比的屋顶，叹道："真是人间仙境，以后在太守任上，我每年下来行县①，一定要在这里好好住上几天。在县廷里建一座听瀑楼，天天坐在上面听瀑。再有你这样的如花美眷作陪，就算匡仙人将自己骑的鹤送我，我也会辞谢的。"

刘丽都笑道："仲卿，你的话真逗，哪有太守下去行县带家眷的，傻不傻？若被御史劾奏你行止轻狂，失大臣体，不堪任二千石，瀑就听不成了。"

小武道："听不成便罢，只要有你，就够了。"

刘丽都道："我倒愿意，只是你若为布衣，可守得住这样美貌的妻子？"说着掩袂而笑。小武也失笑："这倒也是，我若为布衣，你很快会被豪强抢走——也不对，你究竟是翁主，谁敢抢你？"刘丽都道："难道豪强只是乡野富翁不成？长安五陵列侯有势者个个都算豪强。"

小武道："看来这官是必须保住不可。若御史劾奏，我就狡辩说，闺房之私，有甚于带家眷行县听瀑的，岂一定轻狂？其实天子重实效，若能治好本郡，其他

----

① 行县：汉代行政术语，指巡视下属的县邑。

都是小节，御史的劾奏也是没有用的。"又喃喃道，"虽在前年，恍如昨日。那样温馨的逃亡经历，真是至死难忘。"

刘丽都轻笑道："你更忘不了的，是肥牛亭吧。"

小武回望刘丽都揶揄的神色，笑道："是的，至死难忘，真是不期而至的幸福。只是累得那亭长王长卿被判弃市，想来真是不忍。"

刘丽都也黯然："是啊，那亭长老实敦厚，奉公尽责，却因了我们头颅落地，一生冀盼化为黄土，妻子也不知托付何人，等你上了任，当找到他妻子，好好看顾。这些事情也当真有趣，夫君亭长出身，总和亭长结下不解之缘。上次刚来我们广陵国，就因亭长奸污案导致一个六百石县令自杀。当年在鲤鱼亭，也是被一个亭长持戈拦住。若不是我劝阻，你还要跟他拼命呢。"

提起那鲤鱼亭亭长八狗，小武勃然大怒："那竖子大概还没有死，这回可落到了我的手里。嗯，我们该出发了。"他大叫一声，"驾车，继续前进。"

第二日，车队走到了海昏邑，海昏邑是南昌县的聚邑①，在离海昏邑不远的上缭亭，亭长说："太守陈府君在海昏邑恭候使君，下吏这就派人去通知。"小武想，此刻我最想见到父母，还有阿思，若见了陈不害，就得应酬，一时半刻走不开，于是说："不必了，我奉天子诏令下来巡察，不能虚应故事。我打算微服私访，你觉得陈不害为政如何？"亭长支吾道："下吏觉得陈不害为政宽厚。"小武道："是为政宽厚还是软弱不胜任？"亭长赶紧伏地，惶恐道："下吏不敢评判。"小武笑道："起来吧，不难为你。"其实作为南昌县人，小武对陈不害也不陌生，一向听说他能力不济，治下不严，导致律令废弛，僚属怠惰，盗贼因此横行，但他不苛细，不贪墨，也算优点。小武想，这样的官吏对良民是灾难，对奸民是利好，至少做太守不适合，劾奏一个"软弱不胜任"，免官归家差不多了，所以也不想受他迎接，随即对属下说："我准备带一些随从跟我轻骑入城看望父母，其他人可缓缓去海昏邑。"

众人也无意见，于是小武带了刘丽都、檀充国、如侯等数人，轻骑驰往南昌县。

和广陵城一样，接近南昌县的驰道两旁也布满了精壮百姓，都是被县廷征发了来修治驰道的。小武等数人行进到赣江口鲤鱼亭边的时候，竟然在路上看见了

---

① 聚邑：县城附属的小城，规模相当于乡。

八狗。远远眺望，此时的八狗穿的已经不是红色的亭长公服，也没有戴赤色的帻。他露着髻，正拿着一柄铁铲，将路边不平的土块铲到驰道旁的树下，拍实。他的行动看来有些不便，一条腿似乎瘸了。小武不知道，他的腿就是上次在鲤鱼亭门口，被刘丽都的葱楱车碾过，压断了，又没请到好医工治疗，变成了残废。这样一来，亭长当不成了，只能重新编为士伍，碰上徭役，他也自然逃不过。他已风闻新任太守就是当年的沈武，心里惧怕却无可奈何，只能怨恨命运不公。

小武催动马匹缓缓走向八狗，八狗隐约感觉有人缓辔而来，抬头一看，马上认出，结结巴巴道："这不是沈亭长，哦不，沈使君。"四下看看，眼中又诧异，奇怪小武身边似乎只有几位随从，怎么没有车队跟从。

这时有小吏过来道："这位客人难道不知？本驰道正在等待天子使者到来，请赶紧走旁边躲避，冲撞了天子使者，你会丢命，我们也会受谴。"

小武笑着看看他，不理会。八狗结结巴巴地对那小吏道："这，这，这就是天子使者。"那小吏道："八狗，你莫不是疯了？天子使者的随从卤簿有规定，你瞎说什么？"八狗道："吴吏君，我跟你说过，沈使君是我乡党，我们双方父母都认识。"那小吏上下打量了一番小武，有些局促："是真的吗？"小武道："我确实认识他，前年秋天就在这里，我差点被他弄死了。"

八狗扑通一声已经跪倒，对小武喊道："使君肚里能撑船，一定不会和臣这样的粪土草民一般见识，望使君饶命。"说着，他左右开弓，啪啪地往自己脸上猛扇耳光，嘴里继续求饶，"臣家里还有七十岁老母，都是乡里，使君也熟识的，老母一直挂念使君安危，后来得知使君已经升官，喜不自禁……"

两边整道的百姓听到喧哗，立刻围上来看。这时八狗两边脸颊已被自己打肿，虽然往事一回忆起就恨，小武见他如此，又有些不忍，想起韩安国赦免田甲的例子，就笑道："算了，像你这样的竖子，值得我费力报复吗？"回头叫檀充国，"这人是我少时好友，等会叫人将他载上后车，带回府中，我要置酒，与其共话平生之欢。"

八狗嚎叫道："使君饶命啊。"他拼命叩头，在他看来，小武要将他带走，自然没怀好意。一个太守，在深幽的府邸杀几个人岂不易如反掌，只怕连尸骨都留不下。他的恐惧是真切的。

小武俯身拉起他，大笑道："你这竖子，哀嚎个什么，也不怕众人面前难看。我沈武身为堂堂二千石，杀一个你这样的人，还需玩弄手段吗？保证你完璧出来，在场众乡党可以为证，若你实在不愿去，我也不强求。"他说到这里，改掉官腔，说起了南昌县方言。

那姓吴的小吏再也不敢不信，对小武道："使君，我去告诉县丞县尉。"说着跑了。

"万岁，万岁！"治道的百姓本来也有几个认识小武的，但见小武穿着华丽，身边几个扈从也气势不凡，等闲不敢相认，此刻忽然听到小武说起本地的方言，倍感亲切，不由得都欢呼起来。

这时，县廷管理治道的官吏们也匆匆跑来了，排成一队在小武面前跪下行礼。小武见其中领头的挂着墨色绶带，道："你大概是县丞了？这是我曾经担任过的职位，想起来还很亲切呢。"

那官吏赶忙回答："下吏一定效法使君，奉公尽职。"

小武笑道："很好。"他走近前去，从那官吏腰间托起那枚黄铜印章，凝视着上面的"南昌丞印"四个篆字，心中慨然。寻常二千石以上的官印，都由长安丞相府颁发，上任时由考工室新铸，到任后收回旧印销毁。小官印则不销毁，一任接一任相传，直到印毁坏不能用为止。像这个二百石的官印，就是他曾经佩戴过的，似乎能看见自己当时留在上面的手印。他又下意识地说了一声："很好。"放下印绶，回身指着八狗道，"这位八狗君，是我从小的好友，曾是这鲤鱼亭亭长，可惜腿残了。往后征发百姓治道之类的事，不要再征发他。朝廷爱民如子，律令也写得清楚，残疾者免租税，兴徭①时也当排除在外。"

那县丞马上摘下一梁的冠，屈身长跪："这是下吏和县尉处事不当，望使君宽宥。下吏即刻吩咐户曹，免去鳏、寡、孤、独、侏儒、盲人的租税和徭役，岁时赈济。使君既然推举这位先生的才能，下吏回去即向功曹推荐为仓啬夫。"

小武见这县丞熟知律令，举一反三，笑道："嗯，知过能改，善莫大焉。"他拍拍县丞的肩膀，"好好干，奉公守法，一定可以积劳为二千石的。"县丞也有近四十岁，喜得感谢不迭。小武道，"我的车队卤薄还在海昏，你们不要理会，我要先进南昌城探望父母。"说着跨马，带着随从绝尘而去。

那县丞率领众吏再拜送行，半天还没从喜悦中回过神来，看见八狗也在那里发呆，赶忙过去巴结道："原来先生竟和使君有这么深的交情，望以后在使君面

---

① 兴徭：秦汉法律术语，指征发徭役。

前为臣美言几句。南昌县蒙使君恩典，从都尉治所升为太守治所，实在有幸。以后使君长期驻在本县，需要先生出力的地方还多得很呐……"

他说了那么多，八狗几乎都没听见。八狗沉浸在愤懑和迷茫之中：丢了一条腿，倒换来好运气了，守仓啬夫，哈哈，以后不愁没粮食下锅了……

小武等一行人驰进南昌城，径直奔往青云里。看见一路熟悉的街道里坊，听着街市上熟悉的乡音。他们个个鲜衣骏马，马蹄嘚嘚驰过街巷，也引来不少人注目。小武此刻心境高远，得意非凡，好像腾云驾雾一般，偶尔一瞥注目者的眼神，心中又百感交集，所谓衣锦还乡，正是如此。不多久就驰到了青云里里门前，看见里门内外似乎聚了些人，好像等着看热闹。门上披挂着财帛，喜气洋洋，旁边还坐着一个穿赤色公服的县吏，像是在等候什么。见小武等人过来，当即站起，脸上颇为迷茫。倒是坐在他旁边的老万认出了小武，惊讶叫道："秀才，秀才，他来了。"小武对着他颔首，道："万叔，别来无恙。"老万当即拖着一条瘸腿过来，激动地大叫："这就是使君，我看着长大的，你们难道没认出来？还不过来拜见。"

两边街上听到老万的叫声，纷纷聚集过来，百姓有认识小武的，也纷纷叫唤："是沈家的长子。""没想到今天来了，怎么不见太守陪同？""万岁，万岁。"小武赶紧下马，那守门官吏和乡吏、里长当即肃穆起来，站成一排，不敢作声。倒是围观的童子少年们不知天高地厚，反而比较自在，蹦蹦跳跳说要去小武家里报信。小武的足下简直要升腾起来，拉着刘丽都上前，县吏们看见刘丽都，仿佛呆住了，也不敢问，只顾拨开人群开道。小武转头看了一眼刘丽都，心中更是春风激荡，心想，当年和父母说要娶个二百石官吏之女，父亲都不信，这回见了，看他怎么说。

他们在人群的簇拥下向自己家里走去，转过熟悉的巷子，眼前突然空旷了起来。原来自家的老屋已被重建，陪同的监门老万道："前些时候，一伙工匠来，把家里改建了，两进的小院，改成了三进的大院，那门内是前院，二进以北为北院，有回廊，北堂三间，悬山屋顶，西南侧还有一座高大的角楼。使君请看，那面簇新的大鼓还是我让人搬上去的。"

小武知道，汉家一般豪富之家，院里都有角楼，角楼上一般存有弓矢刀剑等武器，一旦碰上贼盗偷窃抢劫，就爬上去一边守卫，一边击鼓示警，呼唤闾里邻居前来救助。律令规定，倘若无人赶来帮忙，伍长、里长全部有罪，而且不得以不在家或未闻鼓声作为推卸责任的理由。小武家里原来景况一般，所以未建角楼，只在院子一角置有一鼓。他幼时也很羡慕有角楼的人家，即便没有贼盗，时时爬上去玩也是有趣的。现今自家房子突然焕然一新，很显然是本地官员接到御史大夫寺文书之后，为了谄媚自己而改建的。这谄媚也太明目张胆了，自己无法假装不见，若被人奏劾上去，岂不辜负圣主隆恩？大汉《杂律》早有明文，凡在自己管辖内，任何馈赠都不可收受，否则皆以赃罪论。而且从感情上来说，小武并不乐意把旧宅拆除，他在旧宅内居住了近二十个春秋，对屋内院中的一板一壁，一草一木都有感情，看到就会想起自己温馨的成长岁月，怎么能说拆就拆。他正想着到时怎么斥责县廷官吏，却已经走到门前，但看到大门，忽然心中惊跳。

怎么自家的大门紧闭？按说父母和阿思早该大开院门，在家等候啊。老万也奇怪："怎么关上大门了？不应该啊，我早上路过，还进去贺喜，说秀才应该这两天就会到了，要他们做好准备呢。"这时儿童、里长早奔上去拍门，拍了半天，却毫无动静，小武赶忙奔上前，说："让我来。"他抬手啪啪啪猛拍："阿翁阿媪，是我，小武回来了。"门内仍旧一点儿动静也没有。小武预感有些不祥，急忙回头命令道，"将门斫开。"

郭破胡就在他身后，听到小武发话，当即问："有斧头吗？拿斧头来。"有人马上送来一柄铁斧，郭破胡操起铁斧就朝门缝斫去，只斫得几下，门闩断裂。小武推门进去，院庭里还算宁静，只有几只鹅在嘎嘎乱叫，看见小武，迎上来啄他的衣服下摆。小武越发觉得不对，没有心思和鹅嬉闹，噔噔穿过中庭，往第二重院门走去，刚走到阼阶前，突然听得弓弦声响，心下大骇，知道不妙，纵身向前一扑。果然，一枝羽箭从角楼上方射下，从他头顶擦过，钉在前面的楹柱上，若闪避稍迟，此刻恐怕命已没了。

小武来不及思索，猛的往前一蹿，跃到了堂上，从腰间拔出剑，隐在楹柱后面，大声喝道："大家小心，角楼上有贼盗。"

郭破胡等人想退回院门，但已经晚了，只听得弓弦声不绝，箭矢络绎飞下，郭破胡挡在刘丽都前面，挥舞长剑想拨开飞矢。可是飞矢的目标很集中，一不小心，噗的一声，一枝箭射入了他的肩头。他勃然大怒，吼道："翁主快走，让臣来教训他们。"刘丽都趁他挡住自己的功夫，也赶忙跑到堂上，隐到另一个楹柱后面。小武又惊又怒，怒的是，光天化日之下竟有贼盗敢闯进里门，攻击二千石大吏；惊的是贼盗闯进里门，而里长、伍长等竟丝毫不知，自己的老父老母定然已凶多吉少，还有阿思……一股刀绞般的痛苦顿时弥漫小武心胸，什么佩银黄、垂双组，什么夸耀乡里，一霎那间都成了空话。没想到急急忙忙赶回家乡，却是来为父母送丧的，人世间怎么会有如此荒诞的事。他舞剑猛剁楹柱，怒吼道："谁给我擒下贼盗，赏钱十万，再奏请朝廷，赐爵三级。"

角楼上箭射得并不太密，但猝不及防之间，还是射倒了数人，看来那上面至少藏了数名贼盗。这时郭破胡已经冲出院子，瞬间再次跳进来，左手提了一柄大盾，右手提着刚才斫门的大斧，大声吼道："你们这帮鸟贼盗，竟敢射伤你大父，还不快快下来受死。"他肩头的箭杆已被自己硬生生拔出，血液浸渍了整个右肩，肌肉被三菱形箭头勾出来不少，残碎地挂在外面，显得狰狞可怖。

角楼上的箭突然停了，院子里变得一片死寂，院子中间倒着几具尸体，有两个是起初跟着进来看热闹的顽童，另一个是邻居的老者，都被羽箭射中背脊，仆地而死。其余还有负伤的几个，被人搀扶着躲在角楼底下的射击死角。贼盗们显然更想射死小武，他躲藏的楹柱上密密的钉着箭杆。小武长剑杵地，又是愤怒，又是紧张，大声道："破胡小心，不要硬来。"

郭破胡大吼了数十声，角楼上根本没人理他。他勃然大怒，竖起大盾，噔噔几声窜到角楼底下，大吼道："再不露面，我将这楼斫倒，看你们这几个禽兽下不下来。"

那角楼底部靠几根大木支撑，木头很粗，一时半会根本斫不断，而且站在楼下斫柱子，万一倒塌，自身也很危险。但郭破胡受伤之余，心情暴躁，见楼上仍无人应答，立即挥起大斧，狠命向那木柱上斫去。

小武喊道："破胡不要莽撞，宁愿架火烧掉这座楼和整个院庭，也不必自己冒险。"

郭破胡应道："府君放心，臣会小心。臣就不信这几个贼盗有多大本事，值得放火。府君还是赶快进去找老大人和太夫人，看他们是否安好。"

小武道："好，你千万小心。"他刚露出半边脸，啪的一声，两枝箭就飞了出来，钉在他身后的木壁上，遂赶快缩回脸去，心中气苦，却是无可奈何。刘丽都站在另一边的墙角，低声叫道："仲卿别急，如将军已经取弓去了，到时贼盗一露头，就可将之射毙。"小武见她满脸担心，定了定神，叹道："这贼盗要是不露头，岂非无计可施？"

刘丽都道："他们免不了会露头的。"

这时只听得郭破胡斫柱子的声音越来越响，角楼虽然高大，在大斧的斫击下也不禁瑟瑟颤抖。那几个贼盗果然沉不住气，其中一个怒喝了一声，跳起来趴在围栏上往下窥视，想将手中的短戟掷向郭破胡。但他甫一露头，一枝羽箭飞去，顿时将他脖子射穿，他向后一翻，身体撞在楼板上，发出沉闷之声，显然是倒毙了。

如侯张着弓站在中庭，管材智手持双盾，一柄遮住如侯，一柄遮住自己。如侯道："管君不必了，他们已经没有机会发箭了。"

小武急道："如将军，留下活口，问问到底是什么人。"

如侯哦了一声："若非府君提醒，真是忘了。"话音刚落，他手中大弓持满，羽箭又闪电般飞出，只听得角楼上惨叫一声，一个贼盗手掌中箭，由于如侯的弓力威猛，他趔趄了一下，被羽箭疾冲的力量一拉，竟将手掌钉在角楼的板壁上。他又惊又怒，嚎叫道："好强的弓力。"右手伸出去想拔出那枝羽箭，但似乎怕疼，又不敢用力。这时如侯已经换了个角度，引满强弓，啪的一声，箭矢飞上楼去，竟将贼盗的右手硬生生和左手重叠着钉在一起。那贼盗顿时惨叫连连，不知如何是好。

"好箭法。"小武和楼下众人不由得都赞叹了一声。汉家百姓都要练习射箭，对善射的人非常敬佩，如侯箭法之卓绝，弓力之威猛，实为他们生平未见，是以由衷发出欢呼。他们哪知道，像如侯这样的北军第一射士，擅长射雕的匈奴人也对之畏惧不已，这般箭术，并不是谁都有福气见到的。

如侯叫道："郭卒史，不要斫楼柱了，快快斫开角楼下面的门，冲上去。上面顶多还剩一个能格斗的，我守在下面，万无一失。"

郭破胡当即停止斫楼，几斧斫开楼门，将盾举在头顶，沿着梯子往上闯。楼上最后一个贼盗看来有点绝望，叫道："阿兄，没有真正报到仇，可是杀了几个，也算不枉了，我们兄弟去泰山府相会吧。"说着一手举盾，一手举矛，就向那个双手被钉在板壁上的人刺去。

如侯看那贼盗本来露出了半边身子，但很狡猾，持盾护得严严实实，也不犹豫，大喝一声，将弓拉成满月，箭脱弦急飞而去，正射在那贼盗的盾上，箭矢十分劲疾，只听得沉闷的一声，箭镞竟然破盾而入，那握盾的贼盗长矛还未及到同伴的身体，突然仰天栽倒，显然是已被箭矢射中。原来寻常百姓人家的盾和军中用盾不一样，只能抵挡一般飞矢，哪经得起如侯的强弓臂力，所以被劲矢一没而入。

288

小武松了口气，大声道："多谢如将军，你们先将受伤的贼盗擒下，我先去看看我家翁媪。"他说出最后这句话时，已是十分绝望，深知父母已遭了贼盗毒手，万无幸存之理。

果然，他跑进后堂，推开门，看见父母躺在榻上，胸前皆短刀穿胸，血流遍榻。他扑上去痛哭失声，感觉尸身尚温，想是遇害不久。再看楼梯旁边，阿思也躺在血泊里，裙子被扒下，露出下体，想是死前还被贼盗奸污。小武痛绝心脾，他恨自己像个勾魂使者。如果他不回来，父母就不会死；他晚回来一天，父母和阿思就能多活一天；晚回来一刻，父母和阿思就能多活一刻；晚回来一分，父母和阿思便能多活一分。他有很多话要跟他们说，有很多的荣耀要跟他们展示，可惜再也没有机会了。他们在今天清晨还活着，这几天他们兴许都没睡着，他们也想看看自己的儿子，自己的少主，他们一定憧憬着未来的美好日子，尤其是阿思，她还年轻，有美好的未来，忽然间都灰飞烟灭。他想起那天晚上和阿思在自己的房间里，分析靳莫如对自己的感情，在桂花的香味中，内心被温暖的情怀填满。他本来想，现在自己的所得超过了阿思的期望，他有足够的力量让她从此生活得无忧无虑，然而他只晚来了一会，就再也没有机会了。他看着眼前簇新的房宅，心中更是愤懑，没有一块砖一片瓦是自己熟悉的，他和阿思当时聊天的房间已经荡然无存，那该死的陈不害，连一点念想都不留给自己。

小武趴在父母的尸体上号泣了半天，刘丽都也满脸热泪，帮阿思穿上了裙子，又跪在小武身边，拍着他的背，劝慰道："仲卿，人死不能复生，不要伤了自己。"小武抬起头来，擤了一把鼻涕："贼盗分明冲我来的，都是我害了他们。"

刘丽都哽咽道："仲卿，也别这么说，都是天意，不能全怨你。我听说人物故后是有灵的，现在翁姑的魂魄犹在天上徘徊，他们已经知道自己儿子做到了二千石，这时在天上，也是欣喜含笑的……其实生和死本没有什么不一样，人活着就像寄宿在旅馆，死后才算回归真宅。仲卿，你是聪明人，你都知道。"

"唉！丽都，你不知道我们这些蓬门荜户的贫民的想法。"小武沙哑着声音，"我的父母，他们从未享过一天的福，我还想着这次回乡，能报答他们的劬劳。如果此前他们一直都锦衣玉食，也许我不会这么难过。况且人死而有灵，又何从证实？即便有，我不能当面对他们诉说心中的快乐，又有什么意思呢？"

刘丽都脸色黯然："当初我母亲去世的时候，我也是痛不欲生，慢慢地也只有自己想法子来排遣。当然，道理虽然明白，却总敌不过情绪……不过当下之计，要去审问那贼盗，看他们受谁指使。他们下手如此凶残，计算时刻如此巧妙，恐怕藏有极大的奸谋。"

这句话提醒了小武，他马上站起身，吩咐道："立即持我的节信和金斧，将陈不害和南昌县令找来，我要当场责问。都是他们软弱不胜任，我要将他们一个个都斩了。"

檀充国应道："下吏这就驰往县廷和太守府。"他接过装金斧的革囊，又从侍者手里接过装节信的木匣，一阵风出去了。

小武抬袖拭了拭泪，慢慢走出堂外，随从搬过一个枰席，请他坐下。小武道："将那贼盗带过来。"

郭破胡揪住那个两掌被箭穿透的贼盗，往前猛力一推，踏着他的背脊，那枝箭还留在他的手掌上，两手没法张开，好像带了桎梏似的。脑袋向前仆在地上，满脸都是血迹和灰尘。其他两个同伙，皆被箭贯穿了喉咙，早就气绝死在了楼上。

小武道："你这贼刑徒，如果识相，就老实交代，我问一句，你答一句，否则，我将你锉骨扬灰。"

那贼盗道："大丈夫死便死了，说也是死，不说也是死。你有种就赶紧杀我。"

"做下如此惨案，就想一死了之？"小武恨道，"如果我这次不能让你开口，就解去印绶，再不当这个太守。来人，立刻架起火堆，用烧红的铁钳灼熔他的眼睛，看他还说不说。"

在长安当丞相长史的时候，小武也曾考察过各中都官诏狱，各种刑具了然于心，任何进了这些诏狱的囚犯，凭你是钢筋铁骨，也绝对扛不住那惨酷的刑具。用铁钳灼眼睛，就是他所见拷掠当中的一例。

这边在架火堆，那边檀充国一一分派人去处理丧葬事宜，各种下里用物，都需要即时购买。小武道："在灵前掠治贼盗，若招供，可免一死；不然，杀之祭灵。"

夜幕时分，陈不害和县令匆匆赶到了。一大群县吏和府吏充塞着青云里，院庭中燃起庭燎，吓得闾里的百姓都杜门不出。继王德之后的县令名为王廖，是原先县令王德的侄子，因为皇帝下诏优恤王德，丞相府希旨[①]，即将王德的侄子王廖辟除为郎。王廖家贫，不愿为郎官，上书自言曾跟叔叔学过律令，愿意治理一县。于是丞相府下文书，任命王廖守南昌县一年，因为是特殊优宠任为官的，所

---

① 希旨：汉代法律术语，指逢迎皇帝的旨意。

以满两岁才能即真，至今还在试守县令期间。他在跑来的路上已经后悔不迭，真不该来当这个鸟县令，可谁会想到小小的南昌县竟如此多事，一波才平，一波又起。豫章郡不算大郡，户口不多，一向太平，难道自己叔叔死在这里，自己也将步他后尘？陈不害更是心灰，前个月为了讨好新任太守，征召工匠立刻推倒小武的蓬门小宅，改建成富丽大宅，没想却成了自己的取死之道，如果没有自己的巴结多事，也许贼盗也不好找到小武的宅子，他们也没有角楼作为攻击的堡垒。他想到这里，长叹一声，从身边的僚属腰中抢过环刀，就想自刎。

婴庆忌及时抱住了他，劝慰道："明府切莫如此，这事怎能怪明府？明府也是一番好意，要怪只怪里长不奉公尽职，县廷也没有及时发吏卒保护，主要过错在他们。逐捕贼盗，太守怎可能事必躬亲？"

陈不害叹道："明府明府，我有哪点明，我就是暗府。婴君不必再劝了，我还有何面目去见新使君？不自杀也是个死，还会受辱。"

檀充国见状，也颇有些不忍，说："陈公不必如此，不如先去使君面前分辩，有罪无罪，皆有律令为据，相信使君是会秉公办事的。"

陈不害只好硬着头皮接受小武的征召，到了院庭，他和王廖以及所有百石以上的卒史、书佐齐齐下跪请罪，跪满一庭。小武见这场景，颇是神伤，忽然想起身后的正房正躺着父母和阿思的遗体，又怒不可遏，这伙酒囊饭袋，毁了自己在家乡的所有冀盼。没有了至亲的三人，自己在家乡和路人无异，皇帝特意赐予的恩典也无从谈起，本来还想着，在家乡，在父母的眼前再办一次婚礼，也完全成了笑话。他望着天空，阴暗的江南天空上，亲人的魂魄不知是否正在那徜徉着俯视这个院庭，他悲不自抑，吼道："来人，奉上诏书。"

檀充国奉上一个精致的木匣，打开，将一卷竹简双手递给小武。小武摊开竹简，念道：

　　征和二年三月丙申朔乙卯，御史大夫胜之承制诏侍御史曰：故豫章太守陈不害，为郡将七年，任二千石之重，未能辅弼朝廷，拯溺济困，而坐使本郡盗贼横行，元元失所，软弱不胜任，殊辜天子厚望，不可再为一郡长，其免之，夺爵为士伍。遣新任豫章太守、绣衣御史武往收印绶，若廉得故太守他不称职处，可及时诛戮，以为后来二千石戒。制曰：可。

陈不害心里哀叹，如果今天不发生这样的惨事，自己这条老命还是保得住的。县官并没有说当即斩我，只是免官夺爵，还可回家安享天伦之乐，倚靠自己多年为官的积蓄，后半辈子总还不愁。可恨那该死的里长、监门，不好好防守里门，现在这个账要算到我头上，实在太冤枉了。

小武合上诏书，面色铁青地发令："来人，解去陈不害的印绶，下郡狱，等待我派遣掾吏讯问。收上王廖印绶，我欲借用几日，将王廖下县廷狱。县廷主事吏立即逮捕青云里里长、伍长，下县廷狱，严加拷掠贼盗，务必问出所从来处，如三日内不得实情，主事掾吏皆当坐之。"

他发完这些令，心里才觉好过些。他相信，贼盗的幕后指使一定可以问出，县廷最不缺的就是残贼的狱吏，活人到了他们手里，纵然嘴巴是精铁铸成，也会撬开，自己就不劳心费力地去拷问了。反正有言在先："三日内不得实情，主事掾吏皆坐之。"掾吏们怕反坐受罪，一定会尽心尽责。

檀充国解下陈不害印绶，欲交给小武，小武叹道："销毁了吧。"檀充国将印绶丢进火堆中，绶带入火，立即燃起熊熊的火焰。绶带烧尽后，一个狱吏伸出铁钳，钳住火中的铜印，放到铁砧上，另一个狱吏举起铁锤，一锤敲下去，方方正正的铜印登时变成一块铜饼。陈不害侧首偷望自己佩戴七年的印绶陡然化为铜饼，不禁老泪纵横。几个狱吏闷头不响地挽起他，反接双手，拉出门外。世事就是这么残酷，刚才还为一郡首脑，威风八面，转眼间就跌入尘埃，承受小小狱吏的折辱。接着，王廖也被反接双手带了出去。檀充国则带领一群狱吏，出去逐捕里长、伍长。

小武道："我就在这里等着，诸位如果能早一刻撬开这贼盗的嘴，我就不但赦免你们，还有重赏。否则，将你们全部斩首。"

但这次小武想错了，饶是那些狱吏百般拷问，那贼盗也一言不发，最终竟死在鞭笞之下，只留下一句话："沈武那竖子，就往江南的这一路上，做了多少恶，他难道不知吗？"小武拿到奏报文书，沉默半晌，突然把简册一扔，骂道："择个适当的日子，清理南昌县东市，闭市一天。我要报仇之后，才为父母发丧。"

小武依稀还记得那个贼盗在角楼上说的话，不像是本地口音，到底是谁呢？他们显然处心积虑，要让自己经受痛苦。他们为何对自己如此怨恨？难道是广陵县令令狐横的亲戚，为报仇追踪至此？这是有可能的，有些官吏因秉公执法，不免遭豪强大族怨恨，所以他们断狱，经常搞连坐，残灭豪强全族，为自己解掉后顾之忧。虽然酷暴，却非毫无原因。还有些官吏一旦退职，就遭仇人追杀，所以常常自愿远徙边郡躲避。或者这事又跟谢内黄有关，甚至和早先南昌县被自己惩治的卫氏有关，谁知道呢？既然无从究诘，那么干脆不心慈手软，趁势把本郡不法豪强穷治一番算了。

陈不害在狱中给他上书，说凶手肯定是卫氏的族人门客，因为自上次卫氏剽劫狱之后，朝廷严令他对卫氏严加看管，他因此将卫益寿捕进狱中折辱，谁知卫益寿年老，没几日就瘐死狱中。卫氏族人对他切齿痛恨，曾声言总有一天会报仇雪恨。风闻他被诏书免职，正是卫氏报仇的良机。如果在此时杀死小武双亲，就可以让小武迁怒他，将他处死，就报了太始四年卫氏剽劫狱之仇。他死不足惜，但若小武中了贼人奸计，等于变相为卫氏报仇。

小武感觉也有些道理，当即征发车骑，将卫府团团围住，青壮年男子全部逮捕，押到郡府拷掠。陈不害的猜测果然有道理，有两个卫氏族人吃不住刑，招供花重金聘请了三个游侠，杀死小武双亲，以嫁祸陈不害，但盘问细节，又错漏百出。最后他们又改口，说确实有过这个想法，但并未实施。小武听得怒发冲冠，骂道："你们说没做，但'君亲无将，将即反'①，敢动这个念头，就非善类，一个也别想活了。"

征和二年七月初一的甲午这天，南昌县东市旗亭门大闭，旗楼上的旗帜也不见升起，大批太守府府吏围住了旗亭的大门。新任豫章郡太守、绣衣直指使者小武坐在监斩台上，目睹着一列列死刑徒被推到斩首台上，三下五除二剥去了衣服，将头伸在砧板上，刽子手大刀一闪，一个人头就骨碌碌滚下砧板。一天之内，沈武下令斩了五百人，按官职高低分别为：原豫章郡太守陈不害、太守丞田凌、卒史徐富、书佐李庆、贼曹掾王万年、县尉张充、县丞张闲、县令史魏不识、狱史卜千秋、狱史陈喜……以及一大群在数日之内捕获的无赖游荡少年，曾杀人越货者，不经廷尉府报文，全部斩首。小武气急之中，甚至想把青云里的里长老喻和监门老万等一并杀了，都是他们不尽心守职，才使父母遇害，但最终不忍，毕竟都是乡党，尤其老万，一直关系不错。

这一日，南昌县东市血流成河，全县百姓无不闭门躲在家里发抖。第二天，在青云里里门前，小武隆重地为父母发丧，斩决公文也同时随邮传驰往长安。

---

① 《公羊传》里的话，大意是虽然没真的行动，但动过类似的念头就是谋反。

—— 第十七章 ——

有檄征回朝　京兆治狡狯

长安廷尉府。

廷尉严延年正在翻看豫章郡递送的狱事奏报文书，他从几案上抬起头，脸上看不出阴晴。这是严延年的特点，掾属们一向难以猜测他的喜怒，从当年任河南太守以来就一直如此。这也是他做官几十年来得出的经验，让掾属无法捉摸，才有威严，才不会受他们欺诈。

他身边坐着廷尉监邴吉。严延年饮了一口水，问道："豫章郡的上奏文书，邴君有什么看法么？"

邴吉是个很谨慎小心的人，曾官居中二千石，列为九卿，后因细事免官，复应廷尉府的辟除，担任廷尉监。但他没有半点心理失衡，在严延年面前总是恭谨有礼。严延年也对他比较敬重，不当一般掾属看待。听到上司询问，他赶忙小心回答："一切有廷尉君明断，下吏见识浅陋，何足上污清听？"

严延年道："邴君何必客气，君之才学，我一向钦佩。也许君认为我闇陋，不足以闻大道吧。"

邴吉赶忙离席谢道："明府安出此言？"他心里有点不安，严延年以酷吏闻名天下，有似于当年的张汤，只不过比张汤要正直廉洁。大凡酷吏，一向心胸狭窄，好陵折人，当年张汤为御史大夫，朱买臣在张汤手下做事，心内颇有不平。因为朱买臣早贵，他官拜太中大夫的时候，张汤还是郎中令属下的一个小掾吏，经常屁颠屁颠跟在朱买臣后面侍候。后朱买臣屡次因罪免职，又重新任用，从二千石跌到六百石；张汤却时来运转，从小吏一下腾踊为千石，再二千石，再为廷尉中二千石，继而升为御史大夫，号为万石。当时丞相空缺，张汤实际上长期行丞相事，位为人臣之极，自然趾高气扬。而朱买臣才重新升到千石的丞相府长史，想到自己辛辛苦苦为朝廷效力十几年，到头反要曲意侍奉当年侍奉自己的人，免不了悲愤之色溢于言表。张汤迅速捕捉到了朱买臣内心的不平，越发得意。这世上本有一些喜欢勇追穷寇的人，将对手弄得越凄惨，内心就越高兴，张汤就是一个。此后他反而开始故意摧辱朱买臣，一点儿也不给这个老上司面子。朱买臣向他行礼，他当没看到，或者顶多哼一声以示答礼，这在注重礼仪的官府中，侮辱实在太重了。朱买臣气不过，暗地联合另外两个被张汤折辱的长史，告了张汤一阴状。皇帝下吏簿责张汤，张汤无奈，只好自杀，临死之前上奏，声称自己是被三长史陷害。皇帝看到奏书，派人查访张汤家，发现张汤为官廉洁，家产只有五百金，不像常年为宰相的样子，于是相信张汤冤枉，将朱买臣等三位长史也杀掉了。郉吉为官数十年，也算见多识广，充分吸取了类似教训，在严延年面前绝对恭谨。碰到重要事，轻易也不表态。只是现在严延年发话，不表态也不好，只好笑道："明府如此谦逊，下吏也就斗胆放肆妄言了。下吏以为，这沈府君刚到任就如此妄杀，似乎不妥；不过既然他身受天子严命，有察奸之责，不杀也不行。总之两种做法都可以理解。"

严延年有些暗怒，这竖子说了一通，和没说有什么区别？不过他一向屈心降意，自己也不必让他难堪，于是笑了一笑，也不说话。其实严延年心里已经有了一个主意，感觉沈武是可以用来对付江充的人选。严延年虽是个强项的人，却也知道为人不可过于刚直。原则，总的来说必须坚守，一味地谄佞皇帝，未必大佳，人云亦云，就得不到皇帝的注意，但绝不能自以为是诤臣，动不动就和皇帝对着干，得有个度，这个度掌握得好，名实俱得，掌握不好，身死名灭。对江充的得宠，他非常反感，认为他是靠色相取悦皇帝。可是，连儒家经典里都有选拔壮大美好男子为官这条准则，他还能说什么呢？当然，终究得有个人治住这个奸佞才行，否则大汉的天下怕真要完了。那么谁能够做到这些？大概只有沈武。

想到这里，严延年突然高兴起来。沈武那么有才能，皇帝那么喜欢他，如果能将他拉拢，就有可能扳倒江充。只是沈武如果到了长安，就一定会和江充作对吗？沈武对江充没什么好感，这是可以肯定的，但也未必到了和江充为敌的地步。况且干掉江充，对皇太子有利，沈武又怎会肯？从内心来说，严延年并不喜欢皇太子，可让江充干掉皇太子，对大汉的社稷没有好处。皇帝到底怎么想的？他真的也想干掉太子吗？若是这样，自己最好别介入。皇帝是极敏感的人，任何支持皇太子的行径，都可能让他嫉恨。当年义纵为京辅都尉，有一次皇帝病愈出行，发现驰道坑坑洼洼，当即大怒，骂道："你大概以为朕生这场病就死了，再没机会乘车出行，是吧？"义纵只好自杀谢罪。另一次是他病愈，起来视察马圈，发现御马都瘦了一圈，当即召来中厩令上官桀，怒道："你大概认为朕再也起不了床，没机会骑马了，是吧？"亏得上官桀心转得快，当即痛哭流涕："臣有罪，实是因为时时挂念陛下御体，心不在马。"皇帝当即转怒为喜，夸他忠心。总之，一切涉及到皇帝身体的事，都要避开。他刚才之所以问邴吉的意见，就是想探听一下皇太子那边对沈武的看法。邴吉曾做过太子家令，后来又在太仆府任职，做过未央厩令，和公孙敬声也很熟，只是公孙敬声犯事的时候，邴吉恰巧因罪免官家居，这才没被牵连。他多少会和皇太子有些关系，怎奈这人确实谨慎，一句口风也探不到。于是，严延年假装道："邴君，我以为沈武虽然有些'残贼'①，却并未滥杀无辜，从文书上看，所有人都死有余辜。这次他父母死于贼盗之手，也是因为忠义而遭奸人报复。按照儒家经义，父母被杀，乃是不共戴天之仇。于公于私，他做得都不算过分。我看应该上奏皇帝，嘉奖沈君，增其秩级。现今京兆尹软弱不任职，何妨召回沈君试守？"

邴吉道："明府决断，一向不错的，下吏无不赞同。"他嘴上恭维着，心里寻思，召拜沈武为京兆尹，岂非对皇太子更不利了吗？于是捱到日暮下班，他急忙赶回家，派心腹辗转送信到明光宫，报告严延年的打算。

刘据立即招来太子少傅石德，讨论严延年的用意何在。他现在已是惊弓之鸟，作为大汉帝国堂堂的皇太子，几个月来没睡过一个安稳觉，老梦见自己被骑卒缚出明光宫，载到长安东市，执行绞刑。江充英俊的脸庞泛着油光，张开他那恶心的嘴巴笑着，一丝葡萄的表皮还粘在他的牙缝里。天啊，真不知父亲为什么会宠幸这样一个畜生。

畜生笑道："皇太子，今天臣要送你归天了，真是惭愧！本来臣应该更殷勤，服侍得更周到的，万望太子恕臣迟慢之罪。太子殿下，你，是不是等急了？臣马上就吩咐行刑，让太子早点结束恐惧。"他摊开手，好像是宴会的主人，为上菜

---

① 残贼：汉代官吏考评术语，指治政残暴，官吏得了这个评语往往会丢官。

慢了内疚。刘据千言万语的愤怒不知从何说起，最后只从肺里爆出一声："你——这——个——畜——生。"可是喉头又被什么东西勒住了，一个字也说不出来，只有江充油亮的脸在阳光下乱晃，接着就发现自己的脚已经离开了地面。最后一口气也呼不出了，眼前金星乱冒。是的，每次都是这样被惊醒，满背冷汗。长安城里惶恐成灾，几乎天天都有人被系捕，而且谣言沸沸扬扬，江充很快就要搜索明光宫了。一个人对另一个比自己地位高的人侮辱的程度越深，说明这个人要干掉对方的决心越大。难道他会坐等皇帝驾崩，皇太子匆匆在灵前即位后所下第一道诏书的时候到来吗？不会，那时候一切都不再重要，别说大行皇帝的灵柩还未下葬，就算匈奴骑兵已经围住了长安城，那第一道诏书也只能是一个内容：诛戮江充的三族！

"少傅有什么看法？"刘据道，"严延年想劝皇帝召回沈武，是何用意？"

石德沉吟半晌，道："太子殿下，这未必不是好事。"

"何以见得？"刘据道，"沈武可是靠告发公孙贺升迁的。天下谁人不知公孙贺和我家的亲密关系，沈武回来，岂不又多了一个祸患？"

"殿下过于谨慎了。"石德道，"公孙贺犯谋反罪，本来死有余辜。即使不遇到沈武，别的小吏也会告发。寻常吏民只知道为皇帝尽忠，哪会考虑公孙贺和殿下的关系？况且公孙贺派人追杀沈武，换任何人都会怨愤。沈武那样做，绝不可能是针对太子。相反，臣观沈武其人极有才干，这样的人，一般不肯久居人下，说不定我们可以趁机拉拢他，共同对付江充。"

刘据道："嗯，我也认为沈武和江充颇有不同。"这个四十多岁的男子手指紧张地在案上敲着，仿佛在摹仿马蹄的声音。"但是怎么拉拢他呢？若不小心传到皇帝那里，会怀疑我们结党营私，本来我们就颇遭猜忌，这下更是授人以柄。"

"对啊，"皇太孙刘进也在一边插嘴，他二十多岁了，唇上已有黑髭，因为母亲出身下杜史氏，天下都称之为史皇孙，他说，"严延年一向残贼，颇不符合大人的治民之道，沈武刚在豫章郡斩杀数百人，分明也是个酷吏。这两人惺惺相惜是有的，却未必肯倒向我们。一着不胜，将遗大患。"

石德道："话虽这么说，也要尽可能试试。现在朝中几乎已经没有敢帮我们说话的大臣了，任安、田仁等少数几个貌似可以亲近，其实都是懦弱游移之徒，关键时刻，未必可靠。目前重臣中暴胜之似乎和刘屈氂不和，可以借机利用，总之死马当作活马医吧。"

最后这句话让在座的人都伤感不已，连被称为智囊的石德都这样说，可见前景的悲观了。太子家令张光突然拔出剑来，怒道："太子殿下，不如让臣去斩了江充的狗头，臣宁愿伏斧钺之诛，也不忍见太子如此悲苦。"

石德道："此言差矣，若让人家认出你是太子府中的人，不是让太子无言可辩吗？"

张光道："臣愿效仿聂政，杀死那狗贼后，立即自残面目，然后自杀，绝不会让人识别出臣的身份。"

刘据道："唉，张君的心意我领了。那江充虚从甚多，哪里容你下手？皇帝最近又专门征调北军徒卒五百人给他，家里防卫得铁桶一般。何况在这关键时候去刺杀江充，皇帝一定大怒，必发玺书闭城大索，有什么查不出来？聂政时代的事，今天已经不适用了。"

石德转向另一人："家令君有什么意见？能否从令弟那里探探消息？"

太子舍人张贺嗫嚅地说："舍弟为人一向谨慎，而且死心塌地拥护皇帝，要从他那里得到消息，万无可能。至于臣本人，可用人头保证，坚贞不二。"

大家都默然不言，张贺的同产弟弟张安世官拜尚书令，若能得到他帮助，自然是再好不过，可是全然没希望，他们也暂时想不出什么好招来了。

几天后的上朝日，严延年上书盛赞豫章太守沈武刚健敢断，一日诛杀不称职官吏和豪猾五百人，如今豫章郡大治，路不拾遗，家不闭户，蝗虫也绕郡而过，应当褒奖。

刘彻看过简书，觉得沈武辞采华美，鞫录翔实，不禁笑道："沈君果然没有辜负朕的期望。依廷尉看，当怎么褒奖为好？"

严延年叩首道："陛下垂问，臣安敢藏拙！此数月来，臣披阅奏谳文书，三辅所奏进者最多，有许多文书显示掾吏文法不明，极不称职，其长吏当抵罪。臣以为京兆尹于几衍软弱不胜任，当免，臣敢推荐沈武试守京兆尹，加秩中二千石。"

刘彻笑道："廷尉君真是心胸宽广，能容人。当日沈武廷议驳回君的劾奏，君何不记恨？"

严延年道："陛下只问臣当如何褒奖沈武，未问沈武是否和臣有仇。"

"好，"刘彻赞道，"严君如此忠直，真有祁黄羊①之风烈，朕甚嘉焉，能不听从？来人，制诏御史，拜沈武为京兆尹，诏书即下大司农，以驷马置传征召沈武回京。廷尉忠直，赏功亦不可阙，朕赐君爵左庶长②。"

靳不疑对严延年的举荐很不以为然，散朝后，群臣出了司马门，靳不疑特意驻车等在北阙下，邀请严延年同乘，说不如趁此佳日，一起去五陵驰车游乐。严延年今天得到制书褒奖，心情畅快，欣然答应。两人同坐一车驶出长安，在车厢内攀谈。靳不疑问："廷尉君，今日为何推荐沈武任京兆尹？他当初是从丞相长史升迁，出守豫章的，和刘屈氂、江充等关系密切，君不会想坐视江充势力更大吧？"

严延年道："中丞君此言差矣。依臣看，那沈武虽然出身丞相长史，做事风格却和江充等人截然两样。臣非常欣赏他治理郡县的才能，大凡如臣等，是绝不相信有什么神物巫蛊的。臣认为沈武也一样，他若回长安，绝不会认同江充的做法，更不可能和江充同流合污。"

"廷尉君如此肯定？"靳不疑道。

"愿以头颅担保。"严延年道，"如果臣否定他，就是否定臣自己，要臣阿从江充，那比登天还难啊！"

靳不疑笑道："其实臣也欣赏他，不过上次他在廷上拒绝臣代舍妹的求婚，很让臣丢脸。这事一下子传遍三辅，三辅都以舍妹求嫁之事为笑话。至今舍妹还寡居在家，想起这事，当真心恨难平。"

严延年道："中丞何必斤斤计较？沈武也有他的难处，他蒙广陵翁主救助，广陵翁主喜欢他，他岂能背恩？若沈武是趋炎附势之人，必然愿娶令妹，可他竟情愿坚拒中丞这样的家族，去南藩边鄙迎娶，足见其人品。"

靳不疑听严延年赞扬自己家族尊贵高过广陵王，颇为得意："廷尉所言也有道理，其实舍妹倒也不怨恨沈武，她和廷尉一样，夸奖沈武重情重义，只恨当日自己没有能力救下沈武。"

---

① 祁黄羊：祁奚，字黄羊，春秋时晋国公室贵族，曾任中军尉，年老，举荐解狐代替自己的职位，晋悼公问："解狐不是你的仇人吗？"祁奚道："君问可，非问臣之仇也。"这就是祁黄羊外举不避仇的故事。

② 左庶长：秦汉时代爵位名，为二十等爵中的第十级，属于较高的爵位。

严延年道："这是最好，因此我们要抛下恩怨，共商大计。现今江充倒行逆施，众臣畏惧，缄口不言，臣看那沈武倒有一股初生牛犊不畏虎的劲头，皇帝又很欣赏他。如果我们拉拢他劝谏皇帝，即便搞不垮江充，总可以稍稍遏止一点江充的风头。臣现在常常忧虑，一旦江充得势，臣等都会死无葬身之地。"他顿了一顿，"刚才中丞提起令妹的婚事，臣不才，敢有一个请求，臣的少子孺卿现在未央宫为郎中，也未曾娶妻，若中丞不嫌弃，不如我们两家结亲，请将令妹嫁给犬子，中丞君以为如何？"

靳不疑道："廷尉君愿聘舍妹为儿媳，臣有什么不肯的，臣回去就告诉舍妹。"

"好，那臣就择吉日替犬子纳采吧。"严延年心里喜悦，能和靳府结亲，怎不光耀？若非靳莫如目前状况，他还不敢提亲。虽说靳莫如寡居，但汉家女子并不会因此降低标准，她们重新择婿，向来和初嫁一样严格。有时觉得初嫁的丈夫没出息，还主动要求离婚另觅良婿。只不过靳莫如被沈武在朝堂拒婚的事传遍三辅，三辅豪富大族怕为人耻笑，才不愿提亲，一些小家族又不敢高攀，加之靳莫如本人屡次表示不想嫁人，才一直耽搁下来。严延年本人官居廷尉，秩级比靳不疑高，但他出身细族，根基尚浅，想向一门五侯的大族靳氏提亲，多少是要有点勇气的。

靳不疑也暗暗高兴，虽然严延年门第不高，但他那幼子严孺卿面目俊美，身材健硕，目前正在建章宫做执戟郎中，前途也不可限量。反观当年的高辟兵，那肥猪如果不是有太子家的背景，靳氏哪肯将女儿嫁给他，做梦也别想的。

严延年突然想到一件事："中丞君当年也和太子有亲，不过就现在来看，说句不好听的话，如果高辟兵还活着，将来太子有不讳，高氏肯定会受牵连，那令妹也保不全了。所以塞翁失马，安知非福啊。"

靳不疑道："的确如此。皇帝心思简直捉摸不透，皇太子恭俭温和，从无过错，不知皇帝为何要猜忌他？对了，不知明府可相信相术？"

严延年道："听人说得很神奇，总在半信半疑之间，毕竟有些事情难辨真假。据说大将军卫青自小被人看相，认为可以封侯，后来果然位极人臣，不知是否确实？"

"的确。"靳不疑道，"文皇帝时，有相士给周亚夫相面，认为他可以封侯，但最后会被饿死。周亚夫也完全不信，说自己父亲虽然位为列侯，可自己上有兄长，爵位世袭轮不到自己；况且如果能封侯，又怎会饿死呢？后来竟也一一如验。可见相术这东西虽然难测，却宁可信其有，不可疑其无啊。嗯，臣倒希望一切都是真的，如果真有那么神奇，皇太子也应该是虚惊一场了。江充再厉害，也不可能动摇皇太子的根基。"

"此话怎讲？"严延年道。

靳不疑道："明府恐怕不知，几十年前，皇太子的岳母田细儿还是一个未嫁的姑娘，有一天和母亲出游，在长安厨城门外碰到一个老丐。那老丐见了田细儿，眼睛发直，断言她是大贵之相，必做皇帝的岳母。后来田细儿嫁给长陵史氏，生下史次倩，也就是当今皇太子妃。既然田细儿被相士断言会做皇帝岳母，那皇太子自然做定了皇帝，哪里还会有什么危险呢？"

"哦，竟有这等事。"严延年道，"果真有如此神奇？"

"是啊，田细儿起先嫁的是高氏，生下高辟兵，就守了寡；后来改嫁史氏，才生了如今的太子妃。可见那相士的确有点本事。在改嫁史氏之前，田细儿没料到会这样，还一个劲向母亲埋怨那老乞丐是骗子呢。这事也真有点凑巧，当今皇帝的生母王太后，当年也是先嫁给田氏，后改嫁景皇帝的。看来汉家的事竟有惊人的巧合，就冲着这巧合，皇太子也该是被上天护佑的吧。"

严延年道："那臣也不得不信了。皇太子虽然恭俭温和，和臣的施政观念不合，到底还算聪明睿智。他若能无恙，江充为非作歹的日子也不久了。当今皇帝春秋高，还能护佑他几年呢？"

"是啊，"靳不疑道，"荥阳留长卿相法，果然不是妄说的。那老乞丐也确非凡人了。"

"你说什么？"严延年惊奇道，"荥阳留长卿，你说那老乞丐叫留长卿么？"

靳不疑奇道："明府怎的如此激动？我听说那乞丐自称师承荥阳留长卿，自然是留长卿的弟子。对了，明府曾做过河南太守，荥阳是河南郡属县，像明府这样勤于政务，必定经常行县视察的，可曾听过荥阳有留长卿这个人？"

严延年脸色灰白："这就怪了，荥阳是河南郡重要的属县，当年臣的确经常巡视。留长卿此人，臣如雷贯耳，可是只听说他以相猪为名，哪里擅长相人？据说他家世传《留氏相法》，可是本郡的人都知道，那是一部相猪的书，而不是相人的。"

靳不疑一听，眼珠子差点从眼眶里跳出来，他张大了嘴巴："竟……竟有此事？明府不会搞错吧？"

严延年道："怎会搞错？留长卿富甲一方，就是靠相猪术发财的。他擅长挑选好猪饲养，凡经他选定的猪，长膘快，健壮，肉质鲜美，母猪则多产子，是以他的名声极大，整个河南郡都请他帮忙相猪，单单为此就获利巨万。中丞君出身高贵，世居长安，未曾外任，也难怪不知道了。"

"那岂不是说皇太子还是凶多吉少？"靳不疑叹道，心里暗暗吃惊，如果说皇太子只不过是留长卿的弟子相中的好猪，那就只有等着让人宰割了，至于那屠夫，也许就是江充。他眼前似乎出现了江充赶着一群猪去刑场的情形，当然，这种幻象他不敢说出来。

两人顿时默默无言。马车走了一会，已经行到了长安城的西北郊，茂陵附近。他们觉得累了，下令驻车歇息。茂陵是当今皇帝的预作陵墓，自今上即位的第二年开始动工，至今已经建筑了四十八年之久，在这期间，今上曾三次下诏，迁天下豪富家产三百万者于茂陵附近，建立茂陵邑，并鼓励宠臣将家族充实陵邑，当年绝代风华的大文人司马相如就曾经住在茂陵邑中，如今邑中百姓已经达到了五六万户，比长安也不遑多让。由于住在各陵邑的多是富家或贵家子弟，不需为生计发愁，他们平日里都四处游荡，骄横不法，不但经常互相殴斗，而且往往盗掘别人的冢墓取乐，所以有陵邑的地方，向来号称难治。三辅境内都有陵邑，京兆尹所辖的地区，就有文帝的灞陵和其母薄太后的南陵。茂陵则在右扶风境内，是迄今为止最大的帝陵，四十八年来，已有无数的公卿大臣相继殂没，埋葬在茂陵东司马门外神道的两旁，这些鬼魂就像生前肃立在未央宫北司马门外等候皇帝召见一样。他们的埋葬地距离茂陵司马门越近，越觉得光荣，不少公卿甚至花巨资在神道附近购买坟地。鬼魂的主人至今还活着，住在建章宫中享乐，鬼魂却在地下长眠已久，大概也常渴望早日见到主人。四十八年来，有无数的金银细软和土偶木俑被葬入茂陵的正藏和外藏坑中，若把这些财宝全挖出来，可以抵得天下百姓十年交纳的赋税，财宝如果有灵，估计也会渴望主人早点来和它们相伴。四十八年来，以茂陵为中心的广阔地下，实际上已经成为财宝的藏储之地。每一位公卿将相和富人死后，也会随葬金银财宝，也难怪陵邑里那些无所事事的无赖少年会到处挖掘了。

"于几衍那个儒生，怎么斗得过这帮无赖？"靳不疑没话找话。他们下车步行，走上了一个邻近灞水的高坡。严延年附和道："确实如此！那是什么人？好像打着卫尉的旗帜。"

他们的目光正投向远处大约百丈来远的高地，那高地距离茂陵外城东司马门阙楼不远，上面搭着一个个华丽的帐幄，帐幄四周，则围着不少武刚车，一面大旗在风中飘荡，上面绣着一个大大的虎形纹饰。他们知道，这正是南军卫尉的军旗。

靳不疑忧虑地说："卫尉的仪仗怎么到这里来了？外间风传江充的同产弟弟江之推仗着乃兄的权势，经常假借中都官仪仗，游荡三辅各陵，广交宾客，轻侠为奸。而且还留驻诸陵，狂饮达旦，有时甚至累日不归，实在伤风败俗。三辅百姓切齿痛恨，有司竟坐视不管，我起初还不信，现在看来完全是真的。"

严延年也蹙眉道："看来中丞君真是两耳不闻外面事啊，臣今天带中丞君来这里，就是为此。江充仗着皇帝宠幸，权势熏天，谁人敢管？连掌管茂陵地界的右扶风也拿他没办法。臣刚才奏免的京兆尹于几衍更是一向对江之推畏如蛇蝎，不但不敢多事，还饬令辖下诸陵县令、丞、尉，若看见江都尉的弟弟和宾客车骑，要好生供养侍候。幸好这次皇帝答应我的奏请，免去了于几衍的官职，哼，我想好戏还在后头呢。"

靳不疑恍然道："明府奏免于几衍，原来是想让沈武和江充两虎相斗，实在高明。不过，明府相信沈武一定敢触犯江充吗？"

"中丞君切莫小看了沈武这个人啊。"严延年道，"臣绝对有这个信心。不久前，他在豫章郡一日论杀五百人，郡中股栗，乡里怨恨。试想，一个连桑梓父老的怨恨都不在乎的人，是不是算得上真正的酷吏？臣一向认为，真正的酷吏，除皇帝之外，是不会阿从任何人的，中书令司马迁说，侍奉君王就像'戴盆何以望天'，无暇他顾，说得真妙。当年赵禹不也说过吗，既然做了朝廷的官，这条命就是皇帝的，妻子都不能再放在心上。沈武的父母新近死于贼手，必定对天下郡国的亡逃吏和不法豪猾极为痛恨。大汉重'孝'，现在他父母皆无，治狱自然更无牵挂。况且这次召沈武守京兆尹，就是因为前任'软弱不胜任'，皇帝特意擢拔他，他还敢再'软弱不胜任'吗？他是骑在老虎背上，不想酷也得酷了。"

靳不疑赞道："明府思虑周密，好，臣就拭目以待，看看沈武怎么治理京兆。"

他们正说着，忽听耳边传来马蹄声，还夹带着鼓吹之乐，只见茂陵县邑的方向奔来一队人马，为首的是辆驷马驾的轻车，一柄大斧竖在车厢的正中，这是一辆斧车，一般作为正车的先导。第二辆是轩车，御者身后坐着一位头戴一梁冠的黑衣长吏，从排场来看，显然就是茂陵令于舜，一队骑吏手执长戈夹在轩车两侧。轩车后跟着的几辆车，则是牛拉的大车，满载着瓜果食品，向武刚车环绕的幄帐方向驰去。这个车队，自然是于舜想要巴结江之推，专门送礼品的。

"岂有此理？"靳不疑怒了，"作为御史中丞，我应当立即回去劾奏于舜，身为六百石长吏，竟公然谄媚一布衣，实在是羞辱朝廷印绶。"

严延年给他泼凉水："中丞君还是省省力气吧。现今皇帝御体不安，等闲不愿多见外朝大臣，中丞欲见皇帝，也只能趁着五日一上朝的时候。而江充加官为给事中，本来就有未央宫和建章宫的出入符节；如今他全权治理巫蛊，可以随时觐见皇帝，皇帝也愿见他。他要是想构陷中丞君，易如反掌。只怕中丞君不但奏不倒他，连自己的前程还要赔进去。依臣看，还是等沈武来，我们作壁上观，静候其变。"

靳不疑道："这等事情真让人气炸，我一刻也忍不了……唉，不过明府说得也是，现在和江充斗，就像拿鸡蛋碰石头，自取其辱。"

"别急，"严延年道，"皇帝已经命大农厩发下驷马置传，从豫章到长安，不到一个月就可以来回了。再过一个月，中丞君就看好戏吧。"

这时，一阵歌呼醉骂的声音从幄帐那边传了过来，大概是江之推的宾客们喝醉了。紧接着几骑马从武刚车的环绕中冲出，领头的马上伏着一个穿着淡红衣服，戴着高高竹冠的青年，他边驰马边发出呜呜的叫声，大概非常畅快。紧接着的几匹马上，都坐着身穿短衫的宾客，有一个还披着短甲。他们沿着灞水的岸边驰骋，然后齐齐跃马纵上高坡，上了田埂。灞水边到处都是开垦了的田地，他们的马飞速冲进田地，没入金黄的小麦丛中。几个农民执着锸惊呼叫骂，那领头的青年突然驰马冲近一个正在叫骂的农民，手中马鞭一扬，在这个农民头上猛抽了一鞭，农民立即倒在地上翻滚。那青年拉住缰绳，驰马回来，绕着那个农民转了几圈，手上鞭子不断飞舞，将那个农民打得在地上翻腾跳跃。最后他驰马冲出麦田，张开右臂，接住一个宾客向他扔过来的一张弓和一个箭壶，抽出一枝箭，搭在弓上，遥遥向那个农民射去。箭矢到处，那农民仰天栽倒，不知射中了哪里。但似乎还没死，抚着肩膀在地上转圈，好像一只刚刚变成独眼的鸡。那个青年引弓，还想再射，这时茂陵令已经驰马冲上前来，翻身下马向那个青年拼命顿首，大概是乞求他饶农民一命。那青年方才驰马转了两圈，绝尘而去。

靳不疑道："那人好生嚣张，大概就是江之推了。没想到天子脚下，竟也没有了王法。江充这奸贼，当时赵王太子怎么没把他同产弟弟全部杀光，留到今天来贻害三辅。"

严延年道："那个茂陵令也该杀，倘若他们的爰书送到廷尉府，文法吏只判他们弃市，我会改判腰斩的。"

靳不疑道："适才看县令拼命叩头，请求江之推饶那农民一条性命，似乎县令本人还是不错的，只不过慑于江充的权势，不得不屈从罢了。"

"慑于权势，那就是辜负皇帝信任，足以斩首了。"严延年道。

靳不疑心里说，呵呵，如果你廷尉君不畏权势，还用得着费尽心计召沈武来对付江充吗？他不想当面讥刺严延年，只是嗯了一声："那么我们就等着吧。"

两人沉默不语，都在心里盘算，自己为官数十年，却企盼一个二十多岁的新进少年来帮他们消灭奸人，真是颜面丢尽。把人家引入和江充的争斗，自己作壁上观，渔翁得利，实在过于无耻。不过，除此之外，又有什么办法呢？无耻就无耻一回吧。

就在长安民众惶惶不安的时候，远在千里之外的南昌县，小武已经接到诏书，征召他回长安担任京兆尹。他没想到会升迁得这么快，豫章是小郡，按常理，要升到京兆尹，起码要在小郡当满太守三年到五年，再去大郡当满太守三年到五年，毕竟京兆尹秩级为中二千石，离九卿只有一步之遥。有时皇帝要擢拔人为三公，也经常让他们试守京兆尹，看他们是否胜任。看这速度，自己十年内升任三公都非奢望啊。小武捧着诏书，简直信不过自己的眼睛。

不过说实话，他并没有太多欣喜。才在豫章太守任上几个月，还没建立功绩就要调离，有些不甘，而且他更愿和刘丽都在自己家乡过几天太平悠闲的日子，不想沉埋公牍。三辅多贵戚子弟，向来号称难治，去那里治事，又在天子眼皮底下，每日战战兢兢，哪有豫章郡舒服？但诏书来了，不去不行，到底是什么原因让皇帝要我去呢？

然而，这对小武的乡人来说可能是一件好事，他们庆幸终于可以走出噩梦了。小武到任才不过两月，除了留下五百具尸体之外，还未见什么政绩。当然朝廷计算政绩的方式，和百姓们不一样。在朝廷眼里，能把一郡治理的路不拾遗，就算政绩，不管你采用的是什么方式。

"这个瘟神终于要走了。"小武每次出行街道，仿佛都能听到百姓窃窃私语。那些本来听起来无比亲切的乡音，却变成了诅咒。小武有些难过，越发想留下来，多做几年太守证明自己。他有很多计划，除了严厉惩处盗贼，还要大兴土木建造校舍，去邻郡聘请老师来传播儒学。请求在豫章设立工官，制造漆器；多种果树，请求在豫章郡设立橘官……可是一切都来不及了，留下的只是酷暴的名声。

小武的僚属倒很高兴，这是一个进京开阔眼界的机会。京兆尹虽然也等于一郡之长，然所治是京畿郡，秩级比一般郡太守高，门下掾史的秩级高于一般郡国，而且所有僚属也不受必用本郡人的限制。他们到处打听可不可以跟着去，恨不能马上就向长安出发。

新太守很快就到了，名叫召广国，陈留郡人，已经四十岁，之前是颍川郡都尉，以在任时捕斩群盗尤异升为豫章太守。接过小武递过去的官印，他有些嫉妒："恭贺明府高升。"也难怪，自己混到这么老才当上豫章太守，而眼前这个青年满脸稚气，也就二十多点，已经升任京兆尹，这世上哪有什么公平？

小武和召广国交接后，带着妻子，率领如侯、管材智、张崇、檀充国等一干掾属出发，还有一个重要的故交婴齐，在他的邀请下，也愿意跟他去长安，做二百石的卒史，其他一概谢绝。车马行到青云里，正要驰上赣江驰道，小武下令停车，他想最后一次去拜谒老师李顺。当初在他决定处死五百人之时，李顺就苦苦劝他，不能这样大行杀戮。但小武坚持己见，并列出一桩桩确凿的罪证，证明自己行事并非悖妄。他深怨郡中那些为非作歹的游侠少年，不光是自己从小受到他们的凌辱，更是他们确实败坏了天下的风俗；那些贼害百姓的豪猾大族，尤其让他憎恶，属于风俗不纯的根源；至于贪生怕死、玩忽职守、贪赃受赇之类的事则是官吏的顽疾，必须残酷打击，才能令行禁止，他自小在这里长大，目睹了多少不平，一一记在心中，现在都要当事人来报偿。

"这些不都是先生当日教诲臣的吗？现在臣要按照先生的教诲施行，为何先生反而不满呢？"小武当时不解地问。

"虽然如此，却不宜在本郡实行。"李顺道，"明府想想，为汉家官吏，固然尊荣，但风险也极大。万一他年明公被天子免职，遣归故郡，将何以在乡里图存？豪猾无赖难道不会推刃明府，为其父兄报仇？大汉许多名臣治理他郡极其猛厉，回到乡里则颇为优容，也都是为了留一条后路啊！朝廷向来不让本郡人任本郡太守，就怕他不够残酷，望明公三思。"

小武稍有不悦："先生之言，臣不敢从命。臣现在既为天子大吏，佐天子治民，怎能畏首畏尾，老担忧自身安危呢？且治理本郡宽，治理他郡严，号令不齐，将何以服众？小吏枉法，挟私愤报仇，背公营私，尤不可纵容。臣之父母，就因此被害啊。臣不敢从先生命。"

李顺长叹一声："那明府就好自为之吧。"说着抬腿就走，归家杜门不出，再也不见他这个得意门生。小武认为老师是一时想不通，将来看到自己治郡的政绩，一定会理解的。可没想到太守的位置还没有坐热，就被征召，实在是个大大的遗憾！他心情沉重，既然要走，终究该向老师辞别。他步入里门，里长和伍长慌忙跑上来迎接，长揖问安，语气里不尽惶恐之意。小武客气地说："二位免礼，我这次进京，待罪朝廷，烦请二君代为照看旧宅，有朝一日免归，只怕还要在二君辖下灌园治产，以遣余生呢。"

里长等人再次免冠叩头，连道不敢。小武见他们眼神飘忽，紧张回避，不禁悲从中起，心道，难道我就这么可怕么？你们若不犯法，又何必惧怕？刹那间，心中悲哀愈盛，愁苦难遣，转而又思忖，先生估计仍不肯见我，既然如此，见又何益，于是颓然道，"也罢，烦请二位转告老师一声，我急着上路，不想打扰他了，有些薄礼，烦请二位代为转赠。"说着命令随从送上金帛，自己转身走出里门，断然下令："出发。"

回到车中，郁郁不乐，刘丽都倒安慰他："仲卿，大丈夫既然要干一番事业，就不能畏首畏尾。你好好想想，你杀的人里面，有没有冤枉的？如果没有，就无须负罪。"小武道："也许陈不害不该死。"刘丽都道："陈不害治郡软弱，导致盗贼公行，连绣衣使者的父母都被害，怎么能叫不该死？换了哪一位绣衣使者，会饶了他？我看就算是王贺，对他也不会轻饶。"

小武心中略安："但是不是究竟残酷了些？否则他们为何那么怕我？我觉得做官不让百姓敬，而让百姓怕，就说明很失败。我并不想做商鞅那样的人。"

刘丽都道："百姓无知，往往忘恩负义。我在广陵的时候，有一次年成不好，发生饥荒，有工官徒王良率众造反，攻占了县廷，抢了库兵。国相发兵镇压，不能胜，于是下令购赏，说愿意投降的，都赐五石米，于是陆陆续续有人投降。王良带着几个亲信躲进山中，国相又告诉那些投降的，若能带官兵进山捕捉王良，再赐十石米，于是那些跟随王良造反的百姓纷纷请缨带路。你说，他们是好人吗？让他们敬重又能如何？"

小武道："这么说来，施行仁政又有什么意义呢？百姓未必都是好人，值得施以仁政吗？"

刘丽都也沉默了："我也不知道，当我看见他们辛苦劬劳，我也会难过；看见他们卖儿卖女，我也会悲伤。但我确实知道，你对他们好，不一定能得到回报，为了一点蝇头小利，就可能出卖你。今上即位以来，连年征伐匈奴，天下户口减半，可我亲耳听到很多百姓说，今上雄才大略，让人景仰，对文景的和亲则嗤之以鼻。我不知道对他们好是不是值得，我只知道，百姓骂你，不一定你做得不对；百姓赞你，不一定你做得好。但凭良知，无愧于心，他人的毁誉，不必过于当真。"

小武长长地叹气，他想了好一会，道："我觉得那五百人都该死，我不是出于个人恩怨，若说个人恩怨，八狗更该死，我却没有杀他。你说得对，他人的毁誉，不必挂怀。只是老师也这么说我，我难以释怀。"

刘丽都道："李先生虽好，终究是个县廷小吏，平生未曾挂过印绶。他若能理解你，也当能穿绣衣，挂银黄，垂双组，可他一辈子只做到斗食令史。你何必介怀，我不是说李先生的坏话，我只是说，他虽然是你老师，但你有他不及的地方，你明白我的意思吗？"

"哪点不及？"

"你想想，假若当初他是县廷小吏，敢矫诏征召郡兵击杀高辟兵、朱安世吗？"

小武仔细想了一下，说："不能。"

刘丽都道："他能识破张崇的身份，能在危急之中反败为胜，震慑住刘宝，让赵何齐偷鸡不成蚀把米吗？"

小武再次细想了一下："不能。"

"这就对了。"刘丽都道，"你不要老想着他是老师，其实不那么简单，在身份上，他永远是你老师，但在识见上，只能说，他曾经是你老师。"

小武道："我明白了。不管你此刻是不是有意抬高我，我都要奋发自励，希望我将来治京兆有政绩，传到豫章，能弥补乡里长老们对我的看法。"

"你还是放不开。"刘丽都道，"其实你看到的只是畏惧，但畏惧者当中，难道就没有认同你的？每位治民的长吏，其所施政，都有人得利，有人不得利。陈不害软弱，街市上盗贼公行，那善良守法的百姓肯定不喜欢他，豪强大族无赖子弟则必然爱戴他；你治政威猛，善良守法的百姓肯定喜欢你，豪强大族、游侠少年则恨你，有什么奇怪？你所见闾里小吏，与豪强大族、游侠少年都是城邑的强势者，你在，他们不敢懈怠，不敢收受贿赂，自然畏惧你。但他们有钱有力，能掀起舆论，善良百姓迫于压力，也未必敢公然为你叫好，所以你听到的看到的，不一定符合真实。"

小武看着刘丽都，道："丽都，你说得有道理，我怎么能娶到你这样的妻子，上天真的太眷顾我了。总之你刚才这么一说，我心里好过多了。"

一路上风景秀丽，驰道平整，道路两旁树叶金黄，遥望远山，层林尽染。小武感慨道："前年的秋天，我随着你逃亡，路上不暇观看风景。转瞬两年过去了。"刘丽都笑道："那时你哪有心情看风景，你的心在哪里，你自己知道。"小武转首看着刘丽都，目不转瞬："皇帝对我恩重如山，他不下诏，我如何能和你正式结为夫妻？"又贴着刘丽都的耳朵，低声道："岳父望之不似人君，而我们为此牵扯已深，若被皇帝知道，我们都难逃一死。以前我不害怕，现在安稳了，反而越发担心这些。"刘丽都也低声道："你我不说，谁又知晓？"小武道："赵何齐知晓，我总放心不下。"刘丽都道："且贪这一时之欢。人岂能无过？去长安后，剖肝胆效忠皇帝，皇帝也会明白的。"小武亲吻了刘丽都一下："但愿上天始终不弃，我们欢爱度过此生。"

靠着沿途驿置的快马，半个多月就到了长安。天子已经到甘泉宫养病去了，主事官吏领小武到了直城门附近的京兆尹官署，奉上印绶，拜道："天子拜君为京兆尹，亟欲观君治民功效。汉家三公，许多都出身于京兆尹，望明府时刻不忘天子恩德，勉之哉！"

小武叩头拜谢，心中又有热血澎湃的感觉，想，虽然我在豫章郡一日杀五百人，做得过分了一点，被朝野诟病为"残贼""酷虐"，只怕免不了，但天子既然赞许自己，说明自己所为完全正确。只要我自身清廉，奉公无私，就不怕人误解。这回天子特地征我治理京畿剧郡，更加不能手软。京兆是天下豪杰大侠和公卿世家最集中之地，向来号为难治，我又怎能心慈，给天子一个"软弱不胜任"的印象。若只是"残酷"，还有出头之日；若是"软弱不胜任"，天子认为我没用，仕途就完了。

第二天一早，小武下令召集掾属，列队庭中，号令道："我不才，由下郡太守超迁为京兆尹，惭惧不已。诸君都是久习律令之人，夫三人之行，必有我师。诸君有愿教诲我的，我无不乐闻其善。"

掾属们早听说了这位青年大吏的名声，前丞相都被他告倒，出守豫章不过两月，斩首数百人，群盗再不敢出入豫章郡界，这样的人，谁敢心存轻忽？是以听小武说话，一廷的人都竦息不敢出声。不过见小武在训话中还引经据典，未免有些奇怪。因为前任于几衍就是儒生出身，开口闭口也喜欢掉书袋，在掾属们面前很少摆上司架子，治理盗贼，汲汲于仁义，不肯重治。新任也是这样的人吗？那就未免有点传闻不实了。

小武扫视了他们一眼，道："汉家的制度，以霸王道为底质，而以儒术缘饰之。偏于霸道，则流于残贼；偏于儒术，又会软弱不胜任。我向来疾恶如仇，见到豪猾不法，将如鹰隼之逐燕雀。现在我要在你们当中选拔习晓文法和武功者各二十名，诸君可毛遂自荐，自以为晓习文法的站左边，精通武功的站右边。从明天开始，晓习文法的就在曹治狱，武吏则分部巡视京师诸县，若发现豪强不法，立即就地征召县吏，严加逐捕，不可放过一人。以前诸陵邑属太常，天子新近下诏，诸陵全归京兆尹管辖，诸君接受派遣之后，一定要勤勉职事，有功劳即可超迁，否则常刑不赦。等职事分配完毕，诸君即可回家休沐一日，与父母妻子饮酒话别，后天开始，吏事将会十分勤苦，也许一月两月都不能归家。"

掾属们沉默了一会儿，分别站到了左右两边。小武给他们一一安排巡视区域，道："我也不会闲着，将日日带人行县，倘发现诸君懈怠、不勤于职事，定会严谴。如有受所监临饮食，或坐赃过六百六十钱，必以重论之。如有故意放走豪猾不法的，以'见知故纵'罪弃市。"

布置完毕，掾属们一一告退，这时随从来报："江都尉派使者来见府君。"

小武心里暗道，江充这竖子，好好的来找我干什么？还拿架子，不肯亲自来。也罢，且出去看他到底想干什么。

他走出前院，江充的使者早坐在前厅等候，见小武进来，只是不冷不热揖了一下。小武心中顿时不悦，该死的江充，果然好大威风，这竖子不过是他一个随从，看那样子，爵级不过公乘，秩级不过百石，竟敢和自己分庭抗礼。他忍住气，淡淡地说："江都尉派君来看望我，我感激无似，可有事要传达吗？"

那使者道："都尉听说府君新拜京兆尹，特命下吏前来贺喜。都尉一向敬佩明府才干，有一事相托：都尉有一亲同产弟，喜好游荡诸陵，明府他日若撞见，可相互认识一下，把酒为欢。"

小武大怒，面上却不好发作，遂冷冷道："多谢江都尉看得起我，都尉亲同产弟，我何敢靦颜高攀。且我奉天子诏书治剧①，日日行县，也不敢私受所托。凤来听说五陵少年横行不法，想必都尉亲同产弟不致如此，否则京兆尹也不得不立刻系捕，又怎能与其衔杯酒接殷勤之欢呢？”

使者惊奇道：“府君何出此言，难道不知江都尉正受县官恩宠吗？”

“那也是职事不同罢了。”小武道，“他受他的宠，各不相涉，我并不奢望分杯羹。君且回去告诉都尉，我眼中只有律令和天子，不受私托。”

使者脸上变了色，但究竟不敢在京兆尹府发作，只丢下一句：“那下吏去禀告都尉罢了。”他揖也不作，急匆匆走出，显得意颇不平。

江充正坐在案前忙碌，面前竹简堆积如山，窗外秋光淡荡，枫树似染，却没有影响他一丝一毫。使者悄悄进来，伏席拜谒，把和小武的对话一说，江充把手上的竹简一摔，脸色铁青，怒道：“沈武这小竖子，竟敢如此猖狂，真是小人得志！也太不知天高地厚了，他日被我寻着机会，一定教他死得难看。”他站起来，望着窗外，好像什么都没看见，嘴里依旧骂骂咧咧。

使者肃然不语，心里颇不以为然：什么小人得志，你也不一定比人家强。你一不靠积劳功次升迁，二非名门大族保任，三不是醇儒孝廉察举，你通过告发赵王太子发迹，加上相貌堂堂，其实还靠色相呢，你凭什么瞧不上沈武？那沈武虽然也靠告发丞相起家，但人家精通律令，兼晓儒术，是有真本事，连严延年也举荐他。严延年是什么人？严延年为朝廷效力几十年，一向在外郡治民，躬亲吏事，苛政明敏，曾三年考绩为天下最，遂征入长安为廷尉，寻常人肚里没有货，岂能得到他的推赏？当然，这些话只能在肚子里说，他反而装出很气愤的样子，帮腔道：“都尉君休要跟那竖子一般见识，那竖子不识抬举，也不想想，是在跟谁作对。他根本不知道，都尉君只要伸出一个小指头，就能将他摁死。”

江充斜瞧了他一眼，冷笑道：“我看你才蠢到家了。那沈武不是饭桶，他在丞相长史任上，就显出非凡才干，要不然皇帝能这么快提拔他？他要真像你这么蠢，就用不着我来操心了。你说他蠢，难道是笑皇帝糊涂，看错了人吗？你敢指斥乘舆吗？”

那使者大惊，“指斥乘舆”是一项重罪，当即免冠叩头：“乞请都尉君宽贷，

---

① 治剧：秦汉法律术语，指治理秩序非常混乱的郡县。

臣见识不明，死罪死罪。"

"那你说说，他到底蠢还是不蠢？"江充哼了一声。

使者满头大汗："不蠢不蠢。"他略抬头，瞟瞟江充的脸色，补充道，"只不过比都尉君还是差一些，都尉君定能对付。"

江充道："嗯，这竖子虽不如我，也差不远了。当然，我喜欢和聪明人周旋，弄死的老是蠢货，也不甚快乐。你出去吩咐掾属们，火速派人混进京兆尹府，一定要谋上个职位，守门或者打杂都行，时时监视沈武和什么人往来，说不定能侦查到一些奸事，有蛛丝马迹，就赶快回来报告。"

"臣这就去办。"使者唯唯答应，又道，"都尉君，既然沈武不识抬举，不如让三公子最近少外出，君子报仇，十年不晚，先把沈武除掉再说。"

"嗯，"江充道，"只有如此了。不过，之推已经好多天没有踪影，他大概还不知道新京兆尹上任的事，你们赶快分头去找他，找到了，就传我的命令让他回来，老老实实在家里待一阵。"他在庭院里转了几圈，略有些不甘心，"现在正是老子势头最好之时，竟要躲避这个竖子。"

使者又谄媚了几句，这才出去传话，随即一批水衡都尉府的舍人和家奴分头出发，驰奔三辅各陵县，寻找他们的三公子江之推。

—— 第十八章 ——

一战蒯群丑　坐法拘圄囹

可是接连几天，他们一无所获。那自然不好找，因为江之推带着他的一干宾客去了京兆蓝田县山中打猎，几天之后，他才踏上归程，对江充找他的事一无所知。

他们满载猎物，优哉游哉走到灞陵附近，一行人也累了，呼饿，江之推笑道："不如来个评功大会，顺便歇息。"下令停车，竖起仪仗帷幄，宾客们杂然叫嚣："这还用评？公子身手敏捷，射杀的猎物为我等之最。"其实都是随从驱逐猎物，供江之推来射。

"还用说，谁能胜过公子？"另外一个宾客说。

诸宾客把随车挟带的各种器具搬出，帷幄、铁灶、铁锅、铜锅、铜壶、染盘，甚至还当场架起了一套编钟，"没有音乐，怎么吃得下饭？"这是江之推常说的话。

有一宾客摇了摇铜卣，说："公子，没有酒了。"

江之推道："没有酒也问我？养你们是干什么吃的？"

宾客赔笑："周围没有人家，就算有，量那些编户齐民之家偷酿①的粗酒，也不配入公子的唇舌。灞陵县廷倒在左近，但无公子下令，我等也不敢去要。"

江之推颇得意："这有何难？我们有未央卫尉的仪仗卤簿，派几个人扛着卫尉军旗去灞陵县廷要几石酒，他们怎敢不给？"

---

① 当时朝廷实行酒榷，不许私人酿酒，故说偷酿。

宾客们欢呼："公子开口要酒，那是给他们面子。"

其中一个宾客迟疑道："虽然如此，万一灞陵县廷就是不肯呢？毕竟我们的卫尉卤薄都是借的。"

江之推不屑道："就算未央卫尉真的来又怎样？家兄身为水衡都尉，难道就不够资格去一个小小的县廷要几石酒？论秩级，未央卫尉是高一点儿，但他见了家兄，你道怎样？从来都是伏席稽首，揖礼从不敢用的。"

"你闭嘴吧。"另一个宾客指着先前那宾客道，"什么万一不肯，就不存在这个万一。公子，在下不才，愿扛卫尉军旗，轻车驱入县廷要酒。"

"好，我也和先生一块去。"宾客中又有几个欢呼道。

他们架起两辆二马拉的轻车，第一辆插着卫尉的白虎军旗，两个宾客持戈握剑，另一辆车上的宾客也是全副武装，两辆车驰上道路，向远处灞陵县邑奔去。

不一会，两辆轻车就驰入县邑，疾奔向县廷高大的阙楼，丝毫不缓。守候在县廷门前的几个县吏见状，赶忙持戈阻拦，高声吁喝。但两辆车置之不理，风驰电掣驰上县廷门前的斜坡，车轮碾过门槛，直接驰入前院，才猛然抖了一抖停下。门口的县吏们大吃一惊，马上跳到门前，击起警贼鼓。鼓声怒响，县廷阙楼上候望的县吏也吃了一惊，纷纷挽起弓箭，警觉地往院子下面望去。

接着，县廷的后门涌出大批县吏。中间的一个官员，身穿黑色公服，头戴一梁冠，腰下系着黑色绶带，是灞陵县令无疑。

县吏们看见县令出来，将鼓声停歇，县令道："怎么突然击鼓？"除了上司行县或吉日都试，县廷的警贼鼓就没响过，谁敢公然闯进六百石长吏的治所来抢劫呢？

一个县吏跑上前，长揖道："启禀明廷，这两辆辎车不听呵止，竟然驰入县廷，下吏惊慌失措，击鼓惊动明廷，死罪死罪。"

县令怒道："竟然有这种事，立即征调发弩卒，长戈卫士，随我去前院。"

一伙人匆匆赶到前庭，大群县吏手执长铩、盾牌、弓弩围在灞陵令前后。灞陵令的脚踏进前院，大声道："谁在这里嚣张？"话音甫落，仰头看见卫尉的白虎军旗，脸色倏然一变，怒气隐去，转为惶恐。

江之推的几个宾客已经下车，领头的扬剑喊道："你是县令？"灞陵令慑于他的气势，声音低了八度，讷讷地说："下吏正是。敢问诸君，惠然光临县廷，有何指教？"

那宾客用剑一指卫尉军旗："县令是什么出身？难道连卫尉军旗也不认识么？

实话告诉你，我们是水衡江都尉府上的人，因公事路过，一路饥渴，现大队车骑正停驻在灞陵郊外，请你立刻调集五十石美酒，再弄一些时鲜瓜果酒菜，去犒劳江都尉的府吏。我等都是为皇帝陛下治理巫蛊之事勤苦奔走的，犒劳府吏就是协助办事，就是对皇帝陛下忠心。不然的话，江都尉奏你一个'废格明诏'，可不是好玩的。"

灞陵令迟疑道："可有大司农所发征调府藏的节信？如果没有，下吏实实不敢奉命。"他心想，看这卫尉军旗，来头不小，不过就他们这骄横样，像是水衡都尉府宾客，也未必是公事路过，我怎能违例供给？何况一下子要凑齐五十石酒，本来就很困难；而凭这宾客一句话，就征调库藏，年终上计，如何向京兆尹解释？到时考课负殿是小事，说不定还要下狱呢，我凭什么冒这个险？

那宾客勃然大怒："江都尉的府吏，要持什么大司农的节信？就连未央卫尉也肯将旌旗卤簿借与我们，你一个小小六百石县令，难道比中二千石的九卿更有架子？"说着一个箭步跃到县廷门侧的警贼鼓边，举剑斫去，牛皮蒙的鼓面立即被利剑划开了一个口子。他咆哮道："尔等是不是把我们当作群盗，来讹诈你们的酒食了，真是无礼之极。等我回去奏禀都尉，你们死都不知道怎么死的。"

他举剑继续斫鼓，一守在鼓旁的年轻县吏下意识地挥刀去格，另一个宾客看见，大叫一声"反了"，引满弓，一箭射去，那县吏手中环刀落地，仰面栽倒。他被箭矢射中右胸，左手捂住胸口，趴在地下呻吟叫骂，还好披了胸甲，伤口不及致命。持剑的宾客更怒，想要上前给他补上一剑，两个县吏赶忙上去，一个举盾牌挡住他，另一个扶起受伤的县吏，拉回了自家阵营。

此时在场的县吏无不愤然变色，他们都注视着灞陵令，叫道："明廷，格杀这些狂徒，格杀他们。"他们眼睛通红，只要县令一声令下，他们就会蜂拥而上，将那几个不速之客剁成肉泥。可是灞陵令却不敢承担后果，虽然他脸上也掠过愤怒之色，旋即变得愁苦，低声哀求："诸君息怒，下吏不敢，只是怕年终上计，不好向京兆尹交代。"

那宾客哼了一声："有什么不好交代的？现今水衡府藏钱已接近大司农府库的一半，有我们都尉撑腰，你怕什么？快点备办，我们公子还等着呢，难道要他来亲自求你不成？"

他把"求"字咬得很重，灞陵令自然懂得，木然沉默了片刻，道："好吧，请诸君少歇，下吏这就备办。"说着转头对身边一个掾属道，"你去告诉县廷少内和仓啬夫，装办美酒五十石，瓜果百斤，肉菜若干，慰劳水衡都尉府吏职事辛苦。"

此话一出，县吏们眼睛简直要迸出血来，但谁也不敢说什么，只好垂下手中的刀剑和弓弩，无力地蹲在地下。

灞陵令也知道县吏们心情不快，他走到那胸口负伤的年轻县吏身边，低声道："有负于君，甚惭，望君以朝廷大计为重，万勿怨恨。我拟擢拔君为令史，加君一月之劳，归家休沐，如常领令史职俸。"

那年轻县吏感激道："下吏何敢怨望明廷！是下吏妄为，得罪了都尉府吏，死有余罪。"他听到自己从县小史升职为令史，一下增秩二级，反而觉得是因祸得福，把疼痛也忘了。

江之推的几个宾客相视大笑。"我就说了，不会有辱公子使命的，诸位相信了吧？"那个领头的宾客捭胸夸耀。

"不是我射倒那个竖子，你就没命了。"另外一个宾客道，"应该说，我们都不辱使命。"

"好，现在我们驾车回去复命，别让公子等得太急。"说着他们上车，打马驰出县廷，路过门边的时候，其中一个宾客横戈一挥，将县廷大门啄了一个洞，骂了一声："鸟县令开始还挺横的，到底是色厉内荏。"笑声激荡。县吏们枉有满腹愤怒，也只能看他们的车马渐渐远去了。

他们驰到了灞陵郊外报告消息，江之推哈哈大笑："这鸟县令还算晓事。"

没过多久，灞陵令果然亲自押解县廷的牛车，送来了酒食瓜果，并当面向江之推请罪。江之推道："罢了，你算是晓事，来日考绩，我会禀告家兄，助你升迁。现在你也坐下，陪本公子痛饮几杯。"

灞陵令赔笑道："今天并非休沐的日子，下吏不敢不坐曹守职。再说朝廷法令，官吏百姓无故不能群居饮酒。前十来日，新任京兆尹特意遣吏到我们灞陵县廷，传达教令，要县令时刻坐曹警备盗贼，无故不许离开曹署，否则有重谴。所以下吏只能先告退了。"

江之推道："什么京兆尹，不是于几衍那个老头子么？再说京兆尹怎么管到灞陵来了，诸陵县不是归太常管辖么？"

"公子有所不知，"灞陵令继续赔笑，"天子因为诸陵县动荡不安，特意将诸陵改归京兆尹。于几衍刚被诏书以'软弱不胜任'罢黜，收回印绶。新任京兆尹沈武，吏事明敏，乃自豫章郡守任上升迁，一向号称酷暴。豫章郡是他的家乡，他也毫不留情，一日报杀五百人，就是当日中尉王温舒任河南太守时，也远不如他残贼。依下吏之见，公子这段时间不如安居府第，暂且避避沈武的锐气。"

江之推不屑地说："一个小小的京兆尹，有什么了不起？大将军和丞相都不敢得罪家兄，他该不会觉得自己比大将军和丞相还尊贵吧。县令且坐下，一切有我。若实在不肯赏脸，也行，回你的治所坐你的曹，治你的那些鸟事吧。"

他这样一说，灞陵令哪里还敢走，只好躬身道："既然公子看得起下吏，下吏岂敢不陪公子尽欢。"

江之推笑道："这才是爽快的县令。"

于是县令率领几个从吏坐下，江之推道："奏乐。"随即带来的两位歌姬就叮叮当当敲了起来，虽在旷野，声音不聚，总算也有些气氛。县令没话找话："编钟累赘，颇费事，旷野里声音也不够清亮，不如鼓瑟吹笙，听得清楚些。"江之推大笑："县令究竟是没品位的，佐餐哪能用瑟笙，显得寒酸。"旁边一宾客也道："古代贵族佐餐，至少都是编钟一肆，这才叫地位，这才叫身份。"县令道："下吏确实谫陋，不知礼乐。"

一伙人继续大嚼，伴以欢呼醉号。眼看日近中天，秋阳暖暖照在身上，四围丛林连绵，红黄混杂，煞是美丽。正是酒酣之际，忽听得远处哒哒哒传来急促的马蹄声，还伴有辚辚的车声，似乎有一队人马正向这边驰来。灞陵令好像意识到了什么，立刻变了脸色，惊道："似乎有大队车马过来了，不知道是否是京兆尹派出的部督邮和卒史，这几日，常风闻他们四处巡视。"

江之推举卮道："凭他什么人，谁敢管本公子的事？除非天子出巡……我们尽管乐我们的，不醉不休。"

但灞陵令显然已经没有兴致喝下去，他握着酒卮，惶恐不安地站起来，跳到一辆车上，踮起脚，往车马声传来的方向眺望。等他看清迎头一辆车上的旌旗，顿时好像中了伤寒一般，哆嗦不止，手中的酒卮咣当一声掉在地上。江之推笑道："县令身体有恙么？怎么连酒卮也握不住？"

灞陵令跳下车，惊恐道："公……子，下吏必须走了，是……是京兆尹……亲……亲自行县视察。"说着就奔向自己的马车，命令自己的侍从："赶紧驾车回县廷。"又对其他随从道："你们不要说是灞陵县廷的车。"

江之推大喝一声："站住，酒还没饮完就走，不是轻慢本公子么？"灞陵令道："公子，你也赶紧走吧，不然后悔莫及，沈武不是好对付的。"江之推向左右示意："将县令留住，让他看看沈武怎么对付我。"几个门客立刻赶上去，将灞陵令拉住。灞陵令噙着泪被拉回来，坐在席上，头埋在膝盖间抽泣。江之推鄙夷道："瞧你那出息。谁要搅了本公子的兴致，本公子就灭了他的宗族。"

宾客们也轰然叫道："公子有魄力，那个鸟京兆尹如果敢来，叫他回去不得。"

他们开怀大笑，对京兆尹评说嘲弄。过了一会儿，响在耳边的车马声陡然止住，周围灰尘蔽天，大队车骑已经将他们围在一个圆圈之内。首车上竖着一柄亮闪闪的大斧，旌旗飘扬，淡蓝色的底子上，用黑色丝线绣着三个斗大的篆字：京兆尹。一个少年官吏站在另外一辆革车上，戴着梁冠，腰挂青色绶带，双手按剑，柱于车茵。他身边一个健壮的侍从身披甲胄，手握双戟，跳下车来，喊道："什么人，敢公然违背天子法令群居饮酒？"

江之推瞟了他一眼，慢条斯理："叫你们长官来见本公子，量你一个小小的卒史，也不配和本公子说话。"

那汉子大怒："王子犯法，与庶民同罪。今天任谁碰到我，就算三公九卿，也一定要让他知道狱吏的尊贵。来人，给我全部系捕。"

大群县吏从车上跳下来，有的持剑，有的持弓弩，蜂群一般涌向江之推一伙。领头的汉子大踏步跨到江之推身旁，将右手短戟交给左手，一把揪住江之推的前襟。江之推待要挣扎，谁知这汉子的力气奇大，挣扎不脱。汉子手一甩，江之推凌空飞了起来，摔出了一丈多远，接着汉子飞速跳过去，一脚踏住江之推的脖子，江之推一侧脸被踩按在泥土里，满脸是血，异常狼狈。他嘴里呜呜嚎叫："贼刑徒，好大的胆子，知不知道，本公子是水衡都尉江充的弟弟，现在跪地求饶，本公子还会发发善心，否则叫你们家家族灭。"

那汉子弯腰揪住江之推的前襟，将他身体在地上撞了几下，冠帻当即撞脱，头发四散。那汉子笑道："什么鸟江都尉，老子只知天子法令，何尝听过什么江都尉。"

江之推的那些宾客只能远远看着他们的主子被折辱，他们自己也被群吏围住，动弹不得。只是他们一向骄横惯了，嘴里犹自不干不净："连水衡都尉都不知道，怎么当上官的？这句话让江都尉知道，叫你们妻离子散，家破人亡。还不快放了我家公子，叩头请罪，我家公子一高兴，说不定开恩，给你们留个全尸。"

这时那少年长吏也下了车，喝道："破胡且住，这公子说他是水衡江都尉的弟弟，不知真假。江都尉乃天子忠臣，我一向敬仰，他弟弟岂会公然干法？莫非是奸人冒充？"

江之推赶忙嚎叫："我真的是江都尉的弟弟，此处很多人可以作证。我这里还有向未央卫尉借的旌旗卤簿，若非江都尉的面子，怎借得到？你们赶快放了本公子，现在还来得及，否则……"

郭破胡又踢了他一脚："还敢威胁我们府君?！我们府君是天子新拜京兆尹，按秩级比水衡都尉还高一级，按爵位已经是关内侯。量你这贼刑徒，顶多爵不过公乘，也敢在我们府君面前托大。"

小武笑道："破胡休要鲁莽，如果真是江都尉的弟弟，打坏了不好向都尉交待，毕竟我和江都尉还是交情不错的。此地真的有人可以作证么？"

江之推叫道："这些人都是我的宾客，他们可以作证。"那些宾客轰然道："我们可以作证，的的确确是江都尉的弟弟。"

小武摇头，摇得很夸张："不，依律令，亲旧宾客不可作证，须避嫌疑。"

江之推又指着缩在一旁的灞陵令："那位灞陵县令，他可以作证。"

小武看着灞陵令，灞陵令瑟瑟发抖，缩着肩膀上前，跪地道："下吏拜见尹君。"小武道："你是灞陵令？为何刚才不上来谒见我？"灞陵令体如筛糠："下吏该死，下吏该死。"小武笑了笑："你能为那人作证？你如何作证，是江都尉亲自向你介绍过他弟弟？"灞陵令道："下吏从未见过江都尉。"小武道："那你如何证明？"灞陵令道："下吏不能证明。"

江之推惨叫一声："啊，刚才你还送了我五十石酒和各种肉菜，如何不能证明？"

灞陵令道："是他让宾客扛着未央卫尉军旗闯入县廷索酒，下吏见了军旗，不敢不给。"

小武仰头看了看白虎军旗："这军旗不像假的。好吧，我相信你，回去代向令兄问好——破胡，放开江公子。"他嘴上这样说，心里暗骂，该死的未央宫卫尉，秩为中二千石，位列九卿，竟如此谄媚权臣。这朝廷真是奸人充斥，大汉江山简直被他们糟蹋得不像样子。

郭破胡放开脚，江之推爬了起来，吐出一颗带血的门牙，本想发作，但看到小武笑中含威，又硬生生将怒气压了下去，灰溜溜道："多谢明府，小人马上回去向家兄转达问候。"转身对那些宾客说，"我们走。"

小武道："慢着。看在江都尉的面上，公子可以走，公子的宾客却要留下两个，不然我如何向天子交待？来人，将带头驰车闯入灞陵县廷的两个贼刑徒逮捕，下狱案验穷治。"

宾客们立即鼓噪起来。小武冷笑道："谁敢再闹，一并收捕。"江之推见小武目光凛然，心里一颤，只好走近那两个宾客，低声道："二位先生暂时跟他走，我回去告诉家兄，很快让他亲自礼送你们出来。"

那两个宾客浑不在乎："公子先回去吧，正好累了，跟他过去睡一觉，怕怎的？"江之推命令其他宾客："驾车，赶快回家。"一伙人收拾旗帜和帷幄，仓惶驾车绝尘而去。

这时婴齐过来，有些忧虑："府君，这次得罪的可不是一般人，而是江充，做事真须如此刚直么？"

小武和婴齐可谓生死之交，回豫章做太守后，立即将其辟为功曹史，随入长安。婴齐虽然正直，却性情平和，常劝小武勿大行杀伐。上次豫章县一日斩五百人，就表达过异议，小武只好一个个给他解释理由。婴齐看完爰书，默然无语，他不能不承认，就爰书所载狱事细节而言，那些人个个死有余辜，只是从理智上，他还是经常劝小武应该宽厚，尽量少得罪人。

听婴齐劝告，小武笑答："婴君不必担心，天子征召我入京，就是因为前任于几衍软弱不胜任。如果我仍像于几衍那样，天子必然悔恨失望。好了，你马上持我的节信，发县廷见卒①，令强弩县尉发弓弩手三百人，埋伏到县邑城门外的树林里，看我的信号行事。"

婴齐道："明府是何用意？"

小武笑道："婴君，我们名为上下属，实如兄弟。我不妨告诉君，我经过廉察，江之推一伙在三辅为非作歹，计射杀无辜百姓五人，射伤几十人，勒索都官财物数万金，强抢奸污民女数十人。犯案的宾客有两三百，这次出来的只有几十个。我刚才故意摧辱他，其实有深意。大凡自恃有后台，骄横不法的贵家公子，猝然被人摧辱，定会视为奇耻大辱，何况还当着他宾客的面。我又故意扣留他两个宾客下狱拷掠，他必然忧惧，怕我会拷掠出他其他罪状。羞辱加忧惧，会促使他做赌徒一搏。我猜他回去就会招集所有宾客，回灞陵县廷篡狱②，所以不得不

---

① 见卒：现有的士卒。

② 篡狱：汉代法律术语，指劫狱。

早做准备。若他不篡狱便罢，篡狱就是死路一条。我宁死也不能让天子以为我'软弱不胜任'，更不能叫严延年笑话。"

婴齐大惊："府君这么做，事情就闹大了，江充岂会放过府君？况且严延年之所以举荐府君，就是想让你们两虎相斗，他渔翁得利。府君不可上当啊。"

小武道："那婴君认为该怎么办？由他篡取宾客？由他羞辱县廷？我还有什么脸做这个京兆尹？"

婴齐默然无言，小武道："婴君，我严格遵照律令行事，何须畏首畏尾。况且见奸贼伤害百姓而不能诛杀，既无血性，也违背我为吏的初衷。至于严延年有什么阴谋，我不在乎。孔子云：'君子不逆诈，不臆不信。'①内心坦荡，何惧奸邪？你快去征调县廷见卒吧。"

婴齐叹了口气："好吧。"他接过符节，驰马而去，心想，又如篁竹营征召郡兵击盗一样，只不知这回是否依旧有化解危机的运气。

这边小武召来檀充国，吩咐道："立刻将这两个贼刑徒带去灞陵县廷，出个告示，说捕获贼人两名，写清楚关押在什么地方，向百姓反复宣读。"檀充国也不说什么，领命而去。小武再面对灞陵令："你是自解印绶辞官呢？还是我向陛下奏免你？"

灞陵令沉默不语，好不容易做到六百石，被迫辞官，何等不甘，但若被奏免，一旦天子下吏案问，有可能会下狱，无法全身而退。他正在犹豫，忽听小武厉声道："没听见我的话？"灞陵令浑身一颤："下吏也是没有办法啊。"小武对郭破胡道："待会先将他带回县廷，让他好好考虑。我们按辔徐行，就等着江之推来了。"

他们在离灞陵县邑北门不远的树林里驻扎下来。大家心里焦急，好不容易等到晡时②，太阳缓缓下落，天色渐渐暗淡，终于远远看见大队车骑向灞陵县北门驰来。郭破胡喜道："府君妙算如神，他们真的来了。"

小武微微一笑："骄横的人总是罔顾国法，哪知道多行不义必自毙。我们且等着，等他篡取了那两个贼刑徒，就让婴齐关闭邑门，我们再出去，和县廷卫卒

① 这句的意思是，不要事先怀疑别人有诈，不要随意猜测别人不诚实。

② 晡时：又名日晡、夕食等。

前后夹攻，将他们翦灭。"

江之推根本不知道自己掉入了小武骰中，回去的路上，他越想越羞惭，在宾客面前抬不起头。有宾客忧虑道："公子，这个新任京兆尹果然嚣张，既然天子都很信任他，我们就避避锋芒吧。"

"是啊公子，两位兄弟还在他手里，要是被他严刑掠治，招供出我们其他的事，可就麻烦了。"另一个宾客说。

江之推的心如被虫子咬啮着一般，怒道："我回去告诉家兄，要那竖子的好看。不，我要马上报仇。"他拉了拉缰绳，发令道，"回去招集所有宾客，如不救出他们，我们还有什么脸面在三辅地面上混？"

宾客们本来就是不喜稼穑的无赖少年，平日作奸犯科，无恶不作，听到主子发话，当即热血沸腾："对，回去把兄弟们都叫上，凭我们二三百之众，攻破县廷，有何难哉？"

"岂只是篡取我们的兄弟回来，这次要焚烧县廷阙楼，以报受辱之耻。"

江之推见宾客们忠心耿耿，又得意起来，一行人驰归水衡都尉府，江充正巧不在府中，家中奴仆看见三公子回来，马上传达江充的命令，不许江之推出去。江之推浑身燥热，哪里听得进去，反而让自己历年网罗的奴仆宾客都携带武器弓矢，跟他驰奔灞陵。日入时分，正好赶到灞陵县。江之推望着西天缓缓下落的红日，喜道："正是时候，此乃天助我成功。"

他们或骑单马，或驾革车，驰入城门，向县廷方向飞驰。很快，落日隐没，暮色像纱幔一样笼罩下来，野地里秋风渐起，带来一丝丝寒意。城阙上鼓声咚咚响彻，正是县邑准备宵禁的时刻，路上行人稀少。江之推越发欢喜，率领为首的革车冲破木栅栏，轻易地抓获了一个县吏，讯问："今天新到囚犯关押在哪里？"县吏很老实："就在县廷侧院。"

一伙人让他带路，涌进了县廷。县廷前防卫的县吏一看不妙，撒腿就跑。角楼上的县吏也纷纷呼号，江之推下令："放箭。"于是宾客们乱箭齐发，啪啪啪，箭如雨点般钉在角楼上，县吏们大叫："贼人势大，我们走。"再也没露头。

江之推大喜，下令闯门，这支两三百人的队伍冲进了县廷，冲垮了侧院牢房，放倒了几个县吏，余下的早不知跑哪里去了。他们打开牢门，将所有的囚犯放出，早上被抓的两个宾客得意洋洋："一觉还没睡醒呢，兄弟们就来了。"折腾了一会，这伙人心满意足，准备罢归。有几个宾客说："今天公子受辱，不能就这么算了，烧掉阙楼，给他们一个教训。"随即点了火把，要去点燃阙楼，却听得鼓声大作，两边射孔处冒出无数弓弩。江之推转喜为惊："不对，他们没走远。我们先撤。"

这时天已经全黑了，所有人都点起火把，往外急驰。江之推在几个宾客的簇拥下，冲在最先，其他宾客见主人无心恋战，也不再烧阙楼。一伙人总共数百骑，跟着江之推呼啸而出。刚驰出城门，只听得县邑的悬门轰然一声落下，封死了回去的道路。江之推有些惊慌："颇为古怪，还是凑巧？"他边驰马边游目四顾，发现城门两旁呼声如雷，亮起了大堆火把，火光还在快速移动，看得出来，有很多人从四面向他们包围而至。

江之推嚎叫道："我们上了那个贼竖子的当，赶快跑。"他举起马策，狠刺了一下马屁股，那马嘶叫一声，腾越而奔，宾客们持盾围着他，往长安方向疾驰。可是后面鼓声如雷，弓弦的响声不绝如缕，箭矢如暴雨般泼来，宾客们时不时发出惨叫的声音，有些宾客也回头射箭，可是弓力似乎不够大，显见得对方还离得很远。对方手中的是强弩，射程远远超过他们手中的擘张弓。江之推听见宾客们的惨叫，心疼得要命，但也顾不了那么多，只管闷声策马狂奔。等到跑出几十里，才发现数百宾客只剩下了几十个人。

"公子，我们往哪跑？"一个宾客满身血污，沙哑着嗓子发问。

江之推急速喘息，愀然大发悲声。宾客们看到往日不可一世的公子鬼哭狼嚎，纷纷劝慰："公子，来日方长，等回去请示了江都尉再报仇不迟，切莫伤了身体。"

江之推大嚎道："都怪我，这么多兄弟，一下子都让那竖子给害了，叫我怎能不悲。"

宾客们道："公子，现在悲伤也没有用，君子报仇，九世不晚，先思量去哪里躲躲才是。那竖子还在后面追赶，要被他们追上，就全完了。"

江之推叹道："也罢，九世复仇不晚……现在天色已黑，长安城门关闭，我们是入不了城了。还是驰奔上林苑吧，那里有我大兄的水衡都尉官署。"

宾客们杂然道："公子好主意，上林苑地方广阔，只要进去了，量他们一时也找我们不着，等到天明就好办了。"

几十骑立即像闪电一般，驰入了上林苑，消失在茫茫暮色当中。

在他们身后，小武带着大批迹射士紧紧追逐。迹射士都是经过专门训练的士卒，擅长捕捉逃亡贼盗留下的蛛丝马迹，比如车辙、马蹄印、脚印之类，他们都是从三辅见卒中精选出来的，身体强壮，能拉开一石半以上的强弓硬弩。每年的大试考核，寻常士卒发十二枝箭，只要命中六枝就可合格；他们则要发二十四枝箭，命中二十枝才算合格。命中二十枝则可赐休沐五日，不愿休沐的赐劳六十日，所以三辅射卒常常以夺得这种休沐权为荣。每当有天子明诏逐捕的豪猾大贼，久逐不获，主事官吏就会请求征发迹射士逐捕。小武料到黑夜围捕，有可能让江之推一伙逃脱，早就征调一百迹射士以为准备。刚才他远远看见江之推的白虎军旗飘扬，命令士卒集中目标齐射，只是江之推的宾客太多，将他们的主子围得铁桶一般，而且也向外狂射箭矢。等到小武这边的强弩卒将宾客们射死射伤大半时，才发现江之推已经渺无踪影。小武大怒，决定亲自率迹射骑卒追逐。

他们追到一处岔路口，有些迟疑，迹射校尉停下，举着火把细察了一番，禀告道："启禀府君，贼盗可能逃入了上林苑。"

小武道："好，传令立即逐入上林苑。"

迹射校尉有点为难："府君，上林苑极为广阔，宫馆楼台不计其数，有许多还是禁地，没有天子节信，是不能阑入①的，否则都会被处死。"

小武道："我们不能阑入禁地，难道那江之推便能了？如果他敢阑入，也是死罪，反而用不着我们费心。当前之务，就是要找到那竖子的踪迹，不能白白让他逃了。"

"可是上林苑有水衡都尉的官署，如果他逃到那，就安然无事。那是江都尉的老巢，有不少卫卒守候的。"迹射校尉拉着缰绳，迟疑不发。

小武不悦道："天子拜我为京兆尹，恩许一切得便宜从事。今校尉君遮遮掩掩，迟疑不发，何解？汉法，即便是丞相府藏有贼盗，长安令也可率县卒突入逐捕，何况我乃中二千石长吏，奉天子明诏，突入水衡官署有何不可？我此次征发迹射士，准许以军兴从事，校尉可知'逗桡不进'是重罪？"

迹射校尉赶忙揖道："明府误解了，臣只是想考虑周全一些，以免万一对明府不利。既然天子恩准，明府下令，臣等安敢不进。"说着打马前驱，箭也似的射了出去，心里暗呼，侥幸，这新任长官如此刚断，一旦出事，我等只是奉命行事，他承担全部罪责。小竖子虽然明敏，毕竟还是年轻啊！

---

① 阑入：汉代法律术语，指非法进入。

小武道："诸君听着，贼盗现在阑入禁苑，玷污宫馆，罪不容赦。诸君且跟随我逐捕，衔枚而行，不可喧哗惊扰卫卒，违者斩首。"

大群士卒跟着他，突入上林苑门。也不知道跑了多少里，迹射校尉圈马回头，向小武报告："府君，贼盗踪迹突然消失，大概就躲在前面几十丈远的宫馆中。"

"哦，"小武道，"前面是什么宫馆？"

迹射校尉道："就是以前的昆明观，今年刚改名为豫章观。"

小武喜道："真乃天意，我是豫章人，这贼徒阑入豫章观，那不是进了我的老巢么？观名是今年才改的，正应了今天的事。诸君，给我齐驱并进。"

江之推一伙的确藏在豫章观中，他们的马实在跑不动了。豫章观卫卒都认识他，上林令的治所就在豫章观，而上林令本身又是水衡都尉的属官，见了江之推自然是谄媚逢迎，嘘寒问暖，只是奇怪江之推所着华衣为何那样肮脏，脸色又是那样狼狈，身边的随从们也一改以往的骄横模样，免不了委婉打探："公子难道碰上贼盗了，怎会弄成这样子？"

江之推怒道："什么贼盗吃了豹子胆，敢剽劫本公子？又有什么贼盗，能将本公子的宾客奴仆数百人射杀到只剩几十人？"他一向颐指气使惯了，这个时候，还没认清自己的处境。

上林令早就习惯了江充的作威作福，虽然被骂得莫名其妙，却不敢稍有不满，只是连声安慰："公子息怒，公子息怒，有事慢慢说。哪怕天大的事，下吏无能为力，还有江都尉呢。普天之下，就不可能有难倒江都尉的事。公子暂且在此歇息，沐浴进食，再作打算。"他嘴上这么说，心中也是大骇，到底什么人，敢将眼前这骄横竖子的宾客射杀殆尽？除了皇帝，他再想不出任何人有这样的胆子，而从理智上分析，又绝对不可能是皇帝。

江之推余怒未歇，心里也暗暗后怕，那个叫沈武的小竖子果然凶残，比我兄长有过之而无不及。他坐下来，咻咻道："明日我就要告诉家兄，发水衡见卒击灭这个小竖子……"说着突然据地大哭，"可怜我那些宾客啊，搜罗了好几年的人才啊，一夜之间被这小竖子杀光。不族灭了他，本公子难消心头之恨啊……"

上林令皱起眉头，暗想，这公子如果不是白痴，就是把朝廷政事想得太简单了。原来逐捕他的是京兆尹，我说呢，若无相当装备的士卒，怎敢攻击数百名全副武装的宾客，但你向你大兄哭诉真有用吗？他敢征调水衡见卒去攻击京兆尹？你以为那是你们的私军啊，想调去攻击谁就攻击谁？江充顶多也就是去奏报皇帝，幸运的话，可能将京兆尹免职。心中这样想，嘴上还是劝慰："公子息怒，有江都尉在，天大的事也能消弭。公子暂且好好休息，等天明再说。"

他刚说完这句话，就听得远处马蹄声杂沓，好像有大队车骑驰入的样子。上林令脸色一变，道："来人，去阙楼上眺望，什么动静？"

属下答应了一声，就往外跑。这时外面隐隐传来一个年轻人的声音，带着浓郁的江南口音："江公子，快出来受缚吧，否则我就让士卒进去动手了。"

江之推惊恐地"啊"了一声，一骨碌从地上跃起来，死死攥住上林令的衣袖，几乎要将其衣袖扯下，急促道："是沈武那竖子追来了，现在该怎么办？该怎么办？"

上林令哭笑不得，真是没吃过苦头的贵人，平时嚣张得像老虎，碰到点事又成了惊弓之鸟。他勉强安慰："公子勿慌，下吏先上阙楼察看。豫章观椒唐殿是天子曾驾幸之地，除本观卫卒，任何人不得擅入，违令者死。实在不行，我们就躲进椒唐殿，谅他也不敢强攻。"

江之推终于谦卑了，连声道谢："好好，有劳贤令了。有劳贤令了。"

上林令跑上阙楼，但见楼下已是火把通明，大概有数百士卒聚集，有的持戈，有的握弩，有的执盾，但都鸦雀无声。迎面一辆革车，一个青年男子站在上面，凭轼仰面喊道："请贤令出来说话。"

上林令道："下吏就是上林苑令，明府深夜阑入上林苑，可有诏书？"

小武道："我不才，天子过听旁人推誉，以为善于治剧，诏书新拜守京兆尹，恩许一切得便宜从事，无他诏。"

上林令道："无诏书不得阑入上林苑，请明府立刻率车骑退出。豫章观有天子驾幸殿堂，敢阑入者无论公卿皆斩，明府好自为之。"

小武不悦道："天子殿堂，更不是伏藏奸宄之所，贤令若一意徇私，不肯交出贼盗江之推，则为废格天子明诏，我绝不会就此罢休。"

上林令道："明府莫怪。下吏奉律令办事，若无他诏，任何人不得阑入上林禁苑。"

小武不耐烦了，喝道："你一个六百石长吏，不知廉洁奉公，为圣天子分忧，却一意曲迎上司，招纳奸宄，还敢在我面前假装正直。来人，听我号令：上林令废格天子明诏，按律令可当场格杀，有谁先给我射杀了这个污吏？"

郭破胡应道："让下吏来。"他踏上一步，张弓搭箭，持满，右手食指一松，箭矢急疾飞向阙楼。上林令大惊，赶忙低头伏在堞下，大喊道："反了，给我闭紧观门，死死守住。"他跌跌撞撞跑下楼，"来人，谁去都尉府报告江都尉？"他一边跑一边狂呼大叫，"那竖子真是疯了，竟敢进攻天子离宫。"

掾属们都为难道："夜深宵禁，长安城已经紧闭，如何进城去都尉宅第送信呢？"

江之推这时面如死灰，带着哭腔："贤令快想想办法，要不然带我去椒唐殿躲避吧。"

上林令沉思了一会，叹道："只有如此了。"他命令属下，"我带江公子去椒唐殿，你们给我拼命守住，拖到天明，重重有赏。等明日江公子奏上都尉，每人赐爵授官，不在话下。"说着急急拉着江之推转过西边复道，数十个卫卒和宾客手握武器，紧紧跟随在后。

他们爬上椒唐殿阙楼的攻亭，紧闭大门，个个额手称庆，以为总算逃脱一劫，大松了一口气。江之推惊魂稍定，嘴里喃喃地把沈武的几十代祖宗来回骂了个遍。上林令见他这么紧张，讨好道："公子不如安心去睡一觉，借沈武一百个胆子，也不敢闯进椒唐殿，这可是皇帝驾幸过的，有诏书。"说着用手指着殿中央一个大鼎，"公子可以自己看，上面刻有诏书。"

江之推走近那个大鼎，鼎的内侧果然有阴刻的扁形缪篆，他对篆书不熟，向上林令道："你给我念念。"上林令略撇嘴，手指着那几行字，依次念下去：

> 制诏丞相、御史：昔贾生有云，投鼠犹且忌器，况天子之所御幸乎？朕甚嘉此言，其赐椒唐殿玺书，自今以来，非有诏及上林令官属洒扫，敢阑入者，皆当①以"大不敬"，弃市。

他一念完，宾客中有人惊道："我们公子并非贤令官属，岂非也在'大不敬'之列吗？"江之推当即跳了起来："是啊，如果沈武那竖子奏上皇帝，我等照样必死。"

---

① 当：秦汉法律术语，指判罪。

上林令叹道："现在是无可奈何了，先躲过这一劫，明天的事，只有靠令兄江都尉去处理。皇帝如此宠幸都尉，特下诏书赦免公子，不算难事，对吧？"

听到上林令这样吹捧，江之推的傲气又恢复到脸上，他哼了一声："那还用说？让我大兄知道，沈武那竖子全家都得死……"

他这句话还没说完，就听得远处脚步杂沓，弓弦频响，惨叫声不绝，大概两边发生了激斗。接着乱七八糟的脚步声向着椒唐殿方向行来，越行越近，终于在门外停住了。随即那个讨厌的声音又在殿外响了起来："江公子，还是出来受缚吧，老实出来受缚，系于诏狱，有幸逾冬①，碰上大赦，一样可以毫发无损。令兄是皇帝宠臣，说不定皇帝还会专门下诏书赦免你呢。"

江之推怪叫一声："这竖子又追来了，贤令你说怎么办？"

上林令强自镇静："公子放心，此处他绝对不敢进来，久闻此竖子精通律令，这个利害关系他不会不知。"

"但愿，"江之推大口喘着气，"但愿他不会进来。"

外面的声音继续传来："公子再不出来，我就下令强攻了。公子未奉诏书，妄自进入椒唐殿，罪当弃市。不过公子并非官吏，也许不知道椒唐殿的禁令。律令：断狱，有'故为'和'不知而为'的区别，知道律令所禁而故意触犯的叫'故为'，当弃市；不知而犯者叫'不知而为'，只是髡钳为刑徒。现在我告诉了公子，椒唐殿是禁地，公子再不出来，就是'故为'，当判死罪。孰重孰轻，公子当自有考虑。"

江之推吓得面无人色，大叫道："你说的是真的？好好，我出来我出来，老子实在受不了了。"他现在吓破了胆，今天是个倒霉透顶的日子，自中午被凌辱以来，就一直奔跑，没有片刻安定，现在他只求能歇息一会儿，再也不想出去与否的利弊。他披散着头发，边呼边往楼上跑去，上林令紧紧跟在其后，心里暗暗叫苦，这该死的沈武颇知纵横之术，一番话头头是道，好像事事都在为你考虑，可实际上呢？这时出去，江之推哪有命在？退一步说，即便江之推可能没事，自己这颗脑袋还能保得住吗？我可没有一个尊贵的同产大兄护着啊。为今之计，只

---

① 逾冬：汉代法律术语，字面上指越过冬天。汉代只许在秋冬处决犯人，如果越过冬天还未处决，就只能等待下一个秋天到来，但汉代春天常有大赦，所以"逾冬"就是很多死刑犯期盼的幸运机会，有很大机会活命。比如《汉书·魏相传》云："大将军用武库令事，遂下相廷尉狱。久系逾冬，会赦出。复有诏守茂陵令，迁扬州刺史。"魏相也是靠"逾冬"逃过一死的，后来还做了宰相。

有等到天亮江充来救，才有希望。他追上江之推，拉住他的袖子，劝道："公子切莫听他胡说，现在出去，一定会被当场格杀。你没发现他以杀人为乐吗？他今天杀了你两百多个宾客，怎肯花时间给你讯鞠论报①。"

小武正站在椒唐殿下的革车中仰视，望见江之推露了个头，一下子又不见了，接着又是长时间的沉默，他当即猜到了原因：江之推已被自己说动，本想出来，却被上林令拦住了。他低声对身边的郭破胡道："上林令再探头，即刻射死他。"

上林令犹自在楼上色厉内荏地叫道："明府自己清楚，椒唐殿乃是禁地，敢阑入者腰斩。我劝明府还是回去，等天明江都尉来处置吧。"他也实在说不出什么更多的理由了。

小武道："既然是天子驾幸之地，那不如这样，京兆就率士卒在此坐待天明，恭候江都尉。"

上林令心中稍定，虽然这竖子不肯走，但只要不来攻，就谢天谢地。他坐了一会儿，又隐隐有些不安，为何下面半天没有丝毫动静？毕竟颇为好奇，遂偷偷探出小半个身子，想窥探一下，突然听得弓弦嗡的一声，知道不妙，但已来不及了，一枝三棱箭镞的羽箭射入了他的前胸，贯背而出。他惨叫一声，睁大了失神的眼睛，吐出一口血，缓缓坐倒在地，后脑勺碰在殿柱上，发出低沉的声音。

江之推正在他身旁，见状大惊，突然狂呼一声，跳了起来。几个宾客也只好起身，死死拉住他。小武立即下令："全部射杀。"登时箭矢如雨，江之推身中数箭，由于射中的不是要害部位，他犹自挣扎着，往前张扑。扑通一声，他健壮的身躯坠下阙楼，像个米袋子一样，沉闷地撞击在椒唐殿的台阶上，身体内骨头折断的声音清晰可闻。

看见江之推中箭摔下，楼上的宾客和卫卒们都傻了。小武挥剑道："好，诸君且停止攻击。"他仰首向楼上道，"诸位豫章观卫卒，乃被长吏诖误，自身无罪。现首犯已死，你们不必再作无谓顽抗了，赶快将余下贼盗逮捕，京兆将视为将功折罪。"

那些卫卒们呆了一呆，马上反应过来，答道："多谢府君宽大，臣等遵命，请府君稍候。"说着他们大喊，"贼盗们快快受缚，府君已经发令，否则我等不客气了。"

---

① 讯鞠论报，汉代断狱的四道程序。

未死的宾客知道抵抗下去也无济于事，再说主子已死，纵然表现勇猛也无人欣赏，现在投降，说不定还可得减死一等论，于是也颓然将武器扔下，被卫卒们鱼贯带下楼来。

小武道："将贼首江之推的首级斩下，明日悬挂在京兆尹府门前的桓表上，现在诸君随我暂回灞陵县廷，等天明回长安城再议。"他仰望着椒唐殿的宫门，突然想起了什么，脸上的神情有一丝黯淡……

一行车骑隆隆驶出上林苑，朝灞陵县廷方向驰去。

江充在第二天早上听到噩耗，惊得一屁股坐到了地下。"你……你有没有听错？"他的声音发颤，"真的……真的是三公子被害？"

那掾史吞吞吐吐："这个，绝对……绝对不会错。现在三公子的首级正悬挂在尚冠里，上书：水衡都尉江……江之恶弟首级在此。已经轰动了整个长安城，尚冠里的名公巨卿齐聚在京兆尹府第前，长安百姓也有数千人聚集观看。"他差点儿还想说，围观的百姓们都喜笑颜开，轰然叫好，但话到嘴边，又吞了回去。

"啊。"江充眼一黑，差点没有晕过去。这可是他惟一的同产弟弟，当年他从赵国逃出，父母、同产兄弟几乎全被赵太子刘丹以妖言惑众罪判处弃市。当时江之推正好不在家，躲过了这场祸患，后来听得江充富贵，也逃往长安投奔。是以江充对这个惟一幸存的弟弟疼爱有加，比自己的亲生儿子还要纵容。没想到一场富贵如泡影，落得个悬首长安市的下场。先前他虽然对小武不买自己的账感到恼怒，但料想他万一碰上江之推，最多也就是折辱一下，却没想到他悍然将弟弟格杀，而且显然是有预谋的屠杀，跟随的二百多宾客被射杀殆尽，余下的几十个也系在京兆狱，生还机会极微。现在京兆尹府第前挂了近两百个首级，排在最前的两颗就是江之推和上林令。人死了还不够，还要受他折辱。江充深吸了一口气，他现在才发现，自己犯了个极大的错误，而且永远无法弥补。他太高看自己的权势，太低看小武的胆魄了。他躺在地下好半晌，都忘记了要在下属面前保持起码的体面，他的心中一时是弟弟的影子，一时是小武的面孔，悲恨交织，简直想把头往墙上撞来发泄愤怒。

"都尉君，"一个掾吏觉得看不下去了，"臣以为，现在该处理后事了。京兆尹官署的文告，宣布首级示众三天，即可由亲属领回安葬。也就是说，后天我们可以收回三公子的遗体，现今棺椁和木炭、苇草等蒿里①用物都没有准备，是否先派人去市场购买？"

江充两眼失神地看着他，突然尖叫了一声："准备什么？你他娘的赶紧给老子滚，老子养你们这帮人，难道是用来处理丧葬的？不将那竖子斩了给我弟弟陪葬，我绝不发丧。来人，招集都尉府长史、主簿，制文书劾奏沈武。不惜一切搜集他的罪状，若今天晡时之前没有找到一条可以让他死的律令，我将你们全斩了。"

掾属们脸色惨白，只有唯唯答应，出去召唤长史等人。过了一会儿，长史和主簿都匆匆赶到，这时江充的神志已经清醒了一些，见了二人，怒道："事情你们也知道了，你们有什么办法，可以劾奏沈武？"

其实长史一大早得到这消息时，心里极为烦恼，他知道现在得赶快替上司想出一个报复的办法，否则日子不好过。所以他匆匆起床，邀集主簿等一些掾吏，奔赴上林苑豫章观，廉察现场。他们爬上椒唐殿攻亭，只见到处都是血迹，又在椒唐殿上来回转了无数圈，苦苦思索，想着怎么向皇帝报告这件事。固然，可以劾奏京兆尹残贼不仁，深夜阑入上林苑，但这样的劾奏几乎没有什么杀伤力，事件的起因他们已经了解得很清楚，是因为江之推的宾客摧辱灞陵县廷，射伤县吏，勒索酒食财物。京兆尹按律令系捕为首宾客二人，而江之推罔顾国法，率宾客执甲兵武装攻击县廷，篡取囚犯，这才被京兆尹率射士击灭。虽然从整个事件的前因后果来看，小武有所预谋，但按照以往酷吏的一些做法，他这样做也并不过分。只不过他挑选江充家族发难，有些胆大包天罢了。

他们像拉磨一样来回走着，一筹莫展，焦躁不安，突然长史一抬头，看见殿门上的箭孔，心头一亮，喜道："我有办法了。"

主簿也停住脚步："什么办法？"

长史道："律令：阑入天子禁地者腰斩，不身入而敢以刀兵击中禁地殿门者，与同罪。"

主簿茅塞顿开，对了，这椒唐殿门上血迹斑斑，箭孔密布，自然是沈武下令射中的。椒唐殿乃天子驾幸之地，射中椒唐殿殿门与射中未央、长乐、建章殿门同，都是大逆不道的罪名。当年酷吏减宣率吏卒逐捕贼盗，射中上林苑蚕室门，天子下吏簿责，减宣当即自杀谢罪。

---

① 蒿里，山名，在泰山之南，秦汉人认为是死人魂魄归依的地方。

"太好了，现在我们可以劾奏他'大逆不道'。大逆不道罪可轻可重，轻者腰斩，重者族诛。总之，沈武这条命是保不住了，若杀死沈武，都尉君大约能够心安。"

长史道："正是这样。没想到沈武律令精熟，号称天下第一，今天也免不了有疏忽之处。谚语说，以何种技能谋生，往往会死于彼种技能。诚哉斯言！"

两人的眉头顿时舒展，主簿笑道："淹死的都是会水的，这也是有天命啊。我们即刻驰奔水衡都尉府，江都尉必定已经在宣召我们。"

他们刚赶到都尉府，江充果然派吏宣召，长史进见，将想法一说。江充激动道："果然算没有白养你们，你们赶快将文书写好，务必锻成铁狱。我立刻去丞相府，叫上丞相长史，我要和他共乘置传奔赴云阳县，大概今天下午就可赶到甘泉宫，我要亲自面见皇帝，劾奏逆贼沈武。"

而此刻在明光宫，皇太子刘据满面春光，对少傅石德说："果然不出少傅所料，沈武如此摧折江充，江充肯定不会善罢甘休，接下来一段日子，大概心思都会放在沈武身上，不会急着治理巫蛊，乱捕好人了。我也派人去了未央宫觐见皇后，报告这一消息。"

石德低声道："太子所见极是，江充的奸谋拖得越迟越好，日子一长，陛下也许就看穿了他的奸谋。"

他最后两句有点儿言不由衷，实际上他想说，皇帝在甘泉宫养病，只要拖到驾崩，江充就彻底完了。不过想到自己身为太子少傅，平日职责就是以圣贤之言教导太子，责任重大。若太子有事，自己也将因"无良言嘉谋劝导太子"的罪名被劾奏，判处腰斩是肯定的。也正因为如此，在任何情况下，他都不能对太子表露"等待天子驾崩"这类意思。即使今上未发觉，太子顺利即位，也难保太子将来想起这番话不适而翻脸。治天下者不顾私恩，为朝廷官吏，怎么谨慎都不为过。

刘据道："现在，我们好像反而应该保护沈武，防止江充轻易除去沈武。皇后当年深怨沈武，认为都是因为他的告发，导致两位公主和丞相一家死难。我当时也劝慰她，这是汉家制度使然，不能怪罪沈武——据说江充带着丞相长史，中午已经奔赴云阳甘泉宫，向皇帝哭诉去了，少傅君觉得结果会如何？"

石德道："臣已经思忖过了，事件本身是江充不直，但沈武也的确有预谋屠杀以立威的嫌疑，如果劾奏得当，沈武至少要被免职，性命却是无碍。但外面已经有传言，说江之推被杀是在上林苑豫章观椒唐殿，椒唐殿是皇帝驾幸过的禁地，传言说沈武部下吏卒射中了殿门，按律令，沈武会被判大逆不道，那就麻烦了。"

"嗯，"刘据皱了皱眉头，"长吏们都只知道以杀伐立威，真是无可如何。不过皇帝在甘泉宫，无法召会群臣，会不会让尚书直接下诏两府，系捕沈武呢？"

石德道："臣以为沈武也不是蠢人，他应该也已经派人驰往甘泉，面奏皇帝了。江之推横行不法，吏民上书控告者甚多，加上他假借卫尉军旗，阑入上林苑，勒索三辅诸陵县，射杀县吏，折辱朝廷六百石长吏，都不是轻微的罪行。皇帝一向英明，定会觉得沈武能干，敢于侵辱权臣。臣待罪毂下多年，体会皇帝治天下，最嫉结党营私，一向注意平衡诸方势力。倘若沈武未射中殿门，一定是江充白白倒霉，但如沈武真的射中殿门，江充就可固争①，皇帝就不好公然偏袒沈武，所以依臣之见，天子也许会制诏御史：与丞相、御史、中二千石、侍中、诸吏议。"

刘据道："少傅君，你这个看法有意思。皇帝把麻烦推给群臣，一定会喜欢群臣轻判。"又叹了口气，"刚才我说我们应该保护沈武，其实以我们现在的处境，什么忙也帮不上。如今还敢于和我们亲密的大臣，官居中二千石的只有任安，而任安为人犹疑不断，到时未必敢帮沈武说话。"

"殿下放心。"石德道，"这次推荐沈武任京兆尹的是严延年，严延年和御史大夫暴胜之、御史中丞靳不疑一向交好，倘若沈武腰斩，按照《置吏律》，严延年也将坐举荐人不当免职。严延年为了保住自己，会坚定站在沈武那边。暴胜之和靳不疑等御史大夫寺的人，不想看到丞相府坐大，应该也会帮沈武说话。因此，臣的预测是，沈武可以幸免于难。"

刘据仰天长叹道："若真如少傅分析，我等就可以苟延残喘了——没想到我立为太子三十多年，今天竟热切祈望这个来帮我保位，就算日后得为天子，想来岂不羞愧？儒术固如是乎？早知道，不如去学老子、申、韩。"

石德也叹道："太子殿下且莫伤心，天将降大任于斯人也，必先苦其心志，太子当是膺天重任啊。臣就不信老天无眼，江充所作所为，已经天怒人怨。"

刘据面容惨戚："未必真有什么老天。"他低下头沉思，这时使者敲门进来，禀告道："臣刚才去未央宫报告皇后，皇后甚为喜欢，不过叮嘱太子要装出置身

---

① 固争：秦汉常用语，指大臣坚持和皇帝争论，不肯妥协。

事外的样子，依旧每天杜门读书，绝不可轻举妄动，让皇帝生疑。"

石德道："皇后见事甚明，我们且作壁上观吧，最好他们两败俱伤。"

小武此刻也焦虑不安，婴齐、郭破胡、如侯、管材智等四人在旁，郭破胡道："下吏有个主意，就说下令射箭是下吏的命令，府君并不知道，来不及阻拦。"

堂上人面面相觑，婴齐道："破胡，你只是贼曹史，我是功曹史，府中僚属，功曹最尊，我承担的话，或者可以搪塞过去。"

如侯道："功曹只管人事，不管刀兵，我是兵曹的长吏，这事若我来承担，更合情理。"

管材智道："我这个户曹，只怕说不上话了。"

小武打断了他们："诸君以为我会欺骗陛下吗？命令是我下的，自然是我承担。何况这是腰斩之罪，我怎能推给僚属？"

正说着，刘丽都从外进来，她的脸色慌张而惊恐，小武赶紧站起来。刘丽都看着堂上四人，不说话。四人很局促，伏席拜道："敬问府君夫人无恙？"刘丽都道："还什么府君夫人。"随即哭了起来，"还什么府君夫人，你们这些僚属，除了破胡，个个性格沉稳，怎么不知谏止府君？尤其是你，管掾，你在丞相府任职多年，都说你有谋略，怎么不劝？"

管材智讷讷道："臣当时不在府君身边。"

"那谁在府君身边？"刘丽都看着其他三人，"破胡，你应当在府君身边，但你是个粗人，我没法期望你。婴齐，你世代仕宦，吏事明敏，怎么也不起匡弼之责？"婴齐伏席道："臣愚昧无知，该当死罪。夫人所言，让臣无地自容，若杀身能救府君，臣绝不犹豫。"

小武道："不关婴齐的事，他劝谏过我，是我不听。当时……"

刘丽都厉声道："住嘴，你为何这样对我？"随即又泪水滂沱，"沈武，你为何要这样对我？你叫我怎么活下去……"

小武对堂上四人道："你们先出去。"四人伏席道："府君、夫人，臣等告退。"小武目送他们出去，把门闭紧，跪到刘丽都面前，抱住她，刘丽都的泪水很快浸透了他的肩膀，她哭道："仲卿，你为何那么冲动？你一向律令精熟，怎么没想到射中殿门是死罪？"

"唉，"小武叹道，"是我过于骄狂，近来荒疏了本业。当时的情景你不知道，

334

江之推太嚣张了，他欺男霸女，害死了无数人，还射死了几个县吏，罪行可谓罄竹难书。在有些时候，理智是不管用的。等做过之后，后悔已经晚了。"

"我是不是要成为寡妇？"刘丽都道，"我不想做寡妇，我们的日子才刚刚开始。"

小武道："其实还有回旋余地，我想起有一桩案例，景帝前元三年十月，长乐宫司马门大谁何卒①许终古，突然发心疾，舞刀闯入长乐宫前殿，当时窦太后在前殿召见黄老之士，听讲《老子》，相当危险，殿下执戟郎中惶遽，不知所为，有长安厨厮养尹千秋送菜进宫路过，投出随身携带的菜刀，击中许终古右臂，许终古受伤被擒，但菜刀掠过许终古时，击中前殿栏楯。有司奏尹千秋击中栏楯，按律当斩。窦太后不忍，说尹千秋忠，牵念君上安危，紧急之中投掷菜刀击中栏楯，并非故为，特意下诏赦免，并赐金五斤。尹千秋可以获免，我也可以。"

刘丽都道："窦太后权势压过景皇帝，她说话有用，可现在哪来的窦太后？"

小武道："天子征我来长安治剧，许以便宜从事，当听我分辩。且举荐我的是廷尉严延年和御史中丞靳不疑，我若获罪腰斩，他们也会受牵连，肯定会帮我说话。靳不疑是皇帝宠臣，他说话有用。"

"但愿如此。"刘丽都长叹道，"可否找人去通告他们一下，靳不疑的妹妹靳莫如，如果对你旧情未断，可以帮你。"

小武也叹了一声："你还记得此事。"

"我是特意宽慰你。"刘丽都低首道："仲卿，当初如果不离开南昌多好……不过，像你这样的脾气，到哪都不行，迟早会惹出祸端。假如这回能逃脱一死，千万要记住教训。"

小武见她蹙眉噙泪的可怜模样，肠中车轮百转，道："丽都，你也别太担心，反正我是觉得皇帝陛下别有用意，我总觉得，倘若我昨夜放跑了江之推，反而会让他愠怒。"

刘丽都："为何？"

"因为皇帝征我来长安，应该也是想平衡江充。江充就像一条悍犬，横行不法，旁人不敢劾奏，但皇帝并不希望他太过分。犬是养来用的，不是养来独霸院落的。"

---

① 大谁何卒：谁何，询问是谁，为何人。汉代禁卫宫殿门的士卒，归郎中令、卫尉管辖。

"但愿你的直觉是对的。"刘丽都吸了口气，苦涩一笑，"当初我以为自己比你倔强，自从母亲走后，我也不怕死，但有了你，我开始怕死了。生命并不漫长，相反非常短促，非常美好。"

小武抱紧她，喃喃道："丽都，对不起，我做事太急了。一则是急于讨好皇帝，证明自己；二则也是确实被江之推气坏了，世上怎会有如此丧尽天良的人，比牲畜都不如。他收养的那些门客，仿佛个个都是禽兽变的，完全没有人性。在南昌时，虽然我见过不少恶棍，但这样规模的恶棍，我还是闻所未闻。我以前没有能力，现在我有了，就想快意一下，人生一世，真如电光之一瞬，不能快意恩仇，与蝼蚁何异？这也是我的理想。我想为皇帝陛下扫清奸佞，锄尽豪强，让百姓安居乐业，皇帝坐享太平。"

刘丽都道："我却从来没有这种想法，虽然你以前跟我说过类似的想法，但我从来不放在心上。其实你想想，今上即位近五十年了，天下户口减半，有哪个地方豪强有此祸害百姓的能力？就如你所言，江之推祸害百姓，可他这么多年来，又杀了几个人呢？还远不如江充杀的人多，在渭水边，一次处决成千上万，江充本人做得到吗？还不是今上授意的，至少是今上给了他胡作非为的权力。"

小武低声道："不要瞎说。这话要是被人听去，不但我们，你父亲、你亲同产弟，都会断头。你说的固然有一定道理，可是，那些被地方豪强欺辱的百姓却不这么想，他们唯一能冀望的只有皇帝的使者。就如我在豫章郡诛杀的五百人，哪个不是血债累累？我父母和阿思又做了什么错事？被那样残忍杀害。如果不是皇帝，谁来为他们报仇？"

"这我确实不知道。"刘丽都道，"我想不清这么复杂的问题。"

"丽都，今上再怎么，也对你我有恩。我爱你，若非今上，我怎能娶到你？如果你喜欢我，你难道不感激他吗？"

刘丽都微微点头："做人很难，既要不背恩，又要对得起良心。皇帝一言九鼎，可以让我们在一起；一言九鼎，也可以让无数人破家。皇帝至高无上，到底是好事还是坏事，我说不清。做好事时，无人能挡，固然让我们兴奋；做坏事时，也无人能挡，我们又当如何？我喜欢的地方，不应该有这样的律令：射中皇帝去过的楼台馆驿就判腰斩，宁愿为此放过无恶不作的奸人也在所不惜。他去过的楼台馆驿，为何就那么神圣？比一个个活生生的生命还要重要！仲卿，这是谁制定的律令，这是毫无人性的律令。"

小武道："是呀，所以窦太后赦免了长安厨厮养尹千秋，就是因为不符合人情，制定这条律令的人叫贾谊，他本是好意，谁知反而神圣了殿门，这何其荒诞。我现在有些困惑，困惑我的理想是不是非常荒诞。我被自己的理想害死，并不足惜，只是连累了你，真百死莫赎。"他的嘴唇吻着刘丽都耳朵下面的鬓发，她身上的气息直透入鼻孔。他愈加惶惑起来，泪水不由自主地溢满了眼眶，吧嗒吧嗒直往下掉。他恍然惊异，其实自己并非一心奉公，他更重视的是怀抱里这个女子，没有她，日子无法想象。他淌着热泪，手臂把刘丽都搂得更紧了，似乎梦呓似的在她耳边说，"我对你发誓，假如这次渡过危难，我做大决定时一定听取你的劝告……我绝对不会这样鲁莽……我绝不能这么轻率……"

"仲卿，你哭了，别自责了，"刘丽都也感到背上一阵阵温湿，劝慰道，"就怕你渡过这次难关，也改不了你的脾气。你看到奸佞之人，必欲除之而后快，但是你现在懂了，不值得，这个世道，不是诛除了奸佞就能变好的，若你固执，就会变成别人的刀，别人的剑，刀剑击顽石而破折，执刀剑的人却完好无损，顶多再去找另一柄刀剑使用。不过仲卿，既已至此，自责也不用。总之，如果你有不讳，我也不想独活。你是一个有缺陷的人，但即使如此，我也非常爱你，没有你，这世间真没什么意思。"

小武道："我懂了你的话，我忽然明白中书令司马迁的境遇了，前些天，我去找过他，可惜他跟着皇帝去甘泉宫了。若我能见到他，他肯见我，也许就没有现在的事了……可是我要你答应我，即便我有什么不讳，你也要好好活着，你如此年轻，如此美貌，你还能找到一个既稳重又有才干的丈夫……唉，想我当初为小吏时，何曾料到有今日的幸福。我虽然不甘心，但其实也该满足了。我现在真想和你安静地过一辈子，生儿育女，共度这短暂的一生。可是，现在看来，生儿育女有什么意思呢？世间太残酷了。"小武擦干眼泪，吟道，"'茗之华，其叶青青。知我如此，不如无生！'最好是没有生在这世上。"

"但你不就见不到我了吗？"刘丽都在小武肩头上蹭干眼泪，"不遗憾吗？"

小武道："若没有生出来，便见不到你，就如婴儿，无知无识，又怎会有遗憾？"

"也对。"刘丽都道，"仲卿，你能这样想真好。仲卿，我，我想上书司马门，为你减爵赎罪，我宁愿夺爵为士伍，和寻常百姓一样劳作，只希望你能活着。"

小武黯然道："丽都，我也尽快上书，把事情的前因后果说清楚，皇帝虽然残酷，却非昏君，至少可以纳钱赎死吧？不过，我们也没有那么多钱。"

"如果能赎死，我会去求父亲。"

"大王哪里有钱？若有钱，也不会巴结赵何齐。或者我只有像司马迁那样，接受宫刑①，与赵何齐为伍去。"

刘丽都气恨道："这个时候，你还跟我说笑。"小武道："相对而泣也没有意义。"刘丽都道："我让父亲去凑，总能凑出一些，广陵毕竟是个国。"小武黯然道："你父亲怎么会为我花钱？前日愿意招我为婿，一则看你态度坚决，二则陛下有诏，他还以为我能飞黄腾达呢。我现在这样，只怕他担心被我连累，会躲得远远的，怎肯出钱？"刘丽都道："不管如何，什么都要去试。"

---

① 当时法律，纳钱可以赎死，交不出钱，接受宫刑也可以免死。

—— 第十九章 ——

有诏公卿议　中廷折众蝇

三天后一大早，甘泉宫的使者入京兆尹府宣读诏书：

> 制诏丞相御史：水衡都尉江充劾奏京兆尹沈武，率吏卒阑入上林苑豫章观椒唐殿，射中殿门，大不敬。沈武劾奏江充纵容同产弟江之推私假卫尉军旗，羞辱朝廷印绶，又多为不法，贼杀百姓，剽劫县廷，斫伤县卒，摧辱长吏。两造异词，朕甚惑焉，未知孰是。书下丞相，丞相其召御史及两府掾史、中二千石、侍中、诸吏议。

使者道："沈君，现在公卿大会丞相府，听你和江都尉两造分辩曲直，赶快奉诏吧。"

沈武道："臣遵旨，待臣进去换件衣服。"

使者应了一声，坐在门槛上等候。他知道小武的意思，换衣服只是借口，更可能的是入内和家人诀别，这是很多大官被逮捕前的习惯。刘丽都在东厢听了使者宣诏，赶紧溜回后室，随即见小武进来，面上还带着笑容。刘丽都道："刚才我在东厢听了诏书。"

"不用担心。"

刘丽都道："我似乎有些心安了。"

小武道："你也发现了？"

"是的。"刘丽都道，"按说既然射中殿门就是死罪，皇帝没有必要召集群臣杂议，直接下狱就行了。"

小武道："我说了吧，我感觉皇帝也不愿意江充毫无制衡。"

"但要小心刘屈氂那些人，如果皇帝在长安就好了。"

两人的心情突然轻松了些，小武换好衣服，道："丽都，我很快就会回来的。"刘丽都从后抱住他，头伏在他的肩上，重重地点了点头："夫君大兄，我等你回来。我相信我的夫君辩才无碍，一定能应付这场诘问。"小武笑道："丽都，放心吧，要论舌辩，自负不输于朝中任何人。也许日中时我就能回来。"他转头反抱刘丽都，紧紧搂了搂她，感受着她的体温，随即决然回头，大踏步出去了。

数名侍从跟着小武来到丞相府，小武摘剑免冠，走进丞相府议事大堂，坐于西边。江充的席位正和他相对，看见他，冷笑了一声，扭过头去。东边正中坐着丞相刘屈氂、御史大夫暴胜之。左边是中二千石九卿、二千石，右边是诸吏、侍中等内廷官员。

刘屈氂斜了小武一眼，咳嗽一声，大声道："丞相奉天子诏书，与诸君杂治京兆尹沈武射中殿门狱。诸君可引述律令杂问，我再和暴大夫参考诸君意见，附所比律令条奏于皇帝，让皇帝亲自裁断。好，现在开始廷议。执法御史监辅殿内，有敢喧哗者斩之。"

众大臣沉默了，都不敢率先开口，明摆着，两造都是皇帝的宠臣，从诏书看不出皇帝的意思，贸然开口，如果有违圣意，岂非自找麻烦？不如暂且观望一下。

刘屈氂看群臣都不说话，注目了一下丞相长史章赣，章赣点了点头，首先发难道："京兆尹沈武，君号称精通律令，却非法阑入上林，射中禁苑殿门，冀图以残贼敢任邀宠，博能吏之名，罔上不道。律令：吏知法故为者，加罪一等。京兆尹沈武应判大逆不道，腰斩，妻子没入为奴。臣谨问沈武，知射中殿门者死，不引决①以谢，乃反鼓刀弄笔以文书上讼天子，文过饰非，意欲侥幸脱罪，何解②？"

小武道："长史君过奖，武不敢妄称熟知律令，和长史君相比，亦颇有不如。武有一疑，即便武坐罪当腰斩，然武妻乃宗室之女，按之律令，宗室之女最多迁徙

---

① 引决：汉代法律术语，即自杀。司马迁《报任少卿书》："及罪至罔加，不能引决自裁。"

② 何解：秦汉法律术语，指如何辩解。

边郡，毋用没入县官为奴，武之所以说律令不如长史君精熟，就是希望长史君能明以教我，宗室子女没入为奴出于哪卷律令？如长史君不能明示，则武怀疑长史君妄自改易天子律令，因缘为奸。武未知二者孰是，望长史君发蒙，明示于武。"

章赣脸上微微发红，他没想到一时不慎，忘了小武之妻为翁主，被小武抓住把柄。的确，按照律令，宗室之女有罪一般只流放边郡，极少没入为奴。如今自己首先发难，反被他诘问，冠上了"改易天子律令"的罪名，那可是要判腰斩的重罪，自己如何担当得起？一时甚为尴尬。他转眼瞧着刘屈氂，不知怎么办好。

刘屈氂心中暗怒，这长史真是没用，当场出丑，比沈武的确远远不如。同时也暗暗可惜，本来小武也做过他的长史，可惜时间不长。他对小武并无恶感，反颇为欣赏，只是拗不过江充的要求，才答应一起对付。现在章赣出师不利，只有自己亲自出马，暂且利用丞相威权压制一下了。

于是刘屈氂道："沈君，现在是你受天子长吏诘问，却反过来诘问长吏，是否太嚣张了？况且长史君主要诘问你为何射中殿门，你无法辩解，只抓住长史措辞方面的小节不放，岂非意欲转移目标，侥幸脱罪？"

沈武道："丞相君，武岂敢诘问长史？不过是依照杂问程序辩解罢了。况且事关国家律令，又人命至重，哪有大节小节之分？武尝为县廷小吏多年，深知奉行律令当一丝不苟，稍有疏忽，就会造成冤狱。武岂敢恃口舌之利，而避斧钺之诛？只是犹记得当年孝文皇帝下诏，天下各郡、国、县、道罪囚，若对长吏的判决心有不服，认为有欠公正，都应当上谳①廷尉。现在武奉诏在此接受鞫问，心里不服而不上谳辩驳，岂非亏损圣天子恩，让天下百姓怀疑天子伪施恩惠，而实不能行，乃至众心失望，那不是更有损于朝廷威望吗？"

刘屈氂默然不语，"亏损君恩"是一项重罪，凡是天子有诏对百姓赦免、赏赐或者其他恩惠等事，而主事官吏阳奉阴违甚至故意违背的，皆判弃市。刘屈氂知道厉害，不敢接嘴，望了一眼大鸿胪商丘成。商丘成会意，道："沈君既然身为国家长吏，当熟知故事。岂不闻当年右扶风减宣率吏卒阑入上林，射中蚕室门，天子下吏簿责，减宣无法自解，即引决谢罪。今沈君官拜中二千石，自知有罪而觍颜求生，不是太无廉耻了吗？"

这商丘成胡子都白了，看上去倒是容貌伟壮，可这当众迎合丞相的谄媚样

---

① 上谳：相当于今天的上诉。

子，实在和形貌不相称。沈武轻蔑地望他一眼，道："当年减宣阑入上林，是想捕杀掾属成信，缘由和武截然不同。成信因为怀疑减宣想加害自己，遂逃入上林苑，意欲找机会告发减宣的奸事。减宣大恐，为杀人灭口，下令鄠县县令率吏卒务必捕杀，和武的目的完全相左。武和江之推素不相识，只因为吏民上书，告发他众多不法行径，武在灞陵遇见他时，也曾好言劝慰他归家，仅捕系了他属下两个侵辱县廷的宾客以为薄惩。而江之推怙恶不悛，竟携带刀兵弓弩，率领宾客家奴三百余人，夤夜攻击县廷，篡取罪囚，大逆不道，武身为京兆长吏，有捕奸之责。大鸿胪责怪武不当击杀江之推，难道是讽劝武应当'见知故纵'吗？"

这句话让商丘成张口结舌，"见知故纵"同样是很重的罪名，凡是知道贼盗而故意纵放，让其逃走，主事官吏全部腰斩。当年张汤和赵禹两人制定出这个律令，曾得到皇帝大大的嘉奖，而反对它的官吏多被弃市。小武说商丘成讽劝自己"见知故纵"，自然是把他牵扯了进去。商丘成年老昏聩，一时之间不知如何辩驳，望着小武，哼了几声，说不出话来。

殿上沉默了一会，突然宦者令苏文尖着嗓子开口了："素闻沈君口齿便给，今日一见，果然不虚。孔子云：'恶利口之覆家邦。''友便佞，损矣。'不管沈君如何巧辩，射中殿门却是证据确凿，沈君一意饰非，难道如此贪恋微命么？"

这苏文和江充是一伙的，江充任用的胡巫就是苏文所荐，几个人狼狈为奸，借着治理巫蛊狱兴风作浪。小武一向对他们鄙视至极，当即愠怒，遂毫不客气回道："口齿便给有好处，也有坏处。倘若用来谗毁忠良，那自然是损之又损，有倾覆家邦之危险，但是奉辞应对，出使外国，口辞便给又有何害？故古之诸侯谦称'不佞'，孔子亦云：'不有祝鲍之佞①。'可见口才的重要。现在大鸿胪府中就有不少精通数国语言之人，口齿岂不算便给？而国家常依仗他们晓谕蛮邦，使闻圣天子德化，岂不美哉？若专选那些讷讷不言的人，如何胜任？苏君所言射中殿门，武以为与劫质同。江之推躲藏椒唐殿，意欲逃避罪责，已是犯下死罪。武不胜其忿，令吏卒将他射死，乃是正当执法，算不上什么过错。只不过误射中殿门，违背了禁令，但事出有因，恐罪不至诛。至于贪恋微命，只怕苏君比武更

---

① 祝鲍：孔子称赞过的贤人。佞：口才。孔子那句话的全文是："不有祝鲍之佞，而有宋朝之美，难乎免于今之世矣。"汉人熟读《论语》，口头引述常常只引半句，别人已知其意。

甚。律令：'诸犯殊死而愿下蚕室①者，许之。'苏君如果不是贪生畏死，当初又何必宁愿下蚕室，即便羞辱先人，也一定要苟延残喘呢？"

苏文脸色煞白，他张口结舌地说："你你你……"可是什么也说不出来。他早年官为郎中，的确曾坐法而判死罪。但宫中宦者一向奇缺，皇帝曾下诏书，诸犯死罪而愿意接受宫刑者，皆可以上书请求批准，并赐钱五万。苏文就是这样免死处以宫刑为阉宦的。因为宫刑是极为耻辱的刑罚，所以很多士大夫官吏都宁愿就死，也不肯觍颜苟活。小武突然揭到他的痛楚，自然让他尴尬而怒不可遏了。

刘屈氂一看不对，只能硬着头皮强行出头："沈君，你怎敢顾左右而言他，苏君诘问你射中殿门一事，何解？"

小武道："诚知此有过错，希望能上书皇帝，详细陈述，以求宽贷。"

刘屈氂道："不是有过错，是有罪，何必避重就轻？皇帝制诏，让本侯招集公卿杂议，君应该当廷有所辩白。既然不能辩白，就只能械系狱中。至于君欲单独上书辩解，可将之附在杂议条奏中，一起呈报皇帝。"

小武大惊："如何不能辩白？武的确只是有过错，未有大罪。武少习律令，至今已有十多年。知道律令规定，射中禁苑殿门者，大逆不道，腰斩。此令源于文帝时贾谊上疏，贾谊当年不忍见公卿下狱被狱吏摧辱，认为有伤朝廷体面，也会导致公卿丧尽廉耻，从此摒弃道德，混同小吏，所以在上书中再三恳请，凡天子所亲信任用的长吏，都不可被狱吏摧辱。若其所犯是小罪，可以免职；所犯是大罪，赐其自裁。因为天子亲信的长吏，都有高爵，而爵位只有天子才能赐予，若任由有高爵的大臣在监狱中遭受无爵位的狱吏侵辱，狱吏和百姓们都会想，什么高爵，什么公卿，和我们这些人也没有什么太大区别。你今日是高爵公卿，瞬间就比奴隶都不如；你现在是天子，瞬间也可以被我踏在脚下。这样下去，在下者对在上者无敬畏之心，犯上作乱的事将层出不穷。只有永远尊崇朝廷高爵近臣，百姓们才会有所顾忌，贾谊称之为'投鼠忌器'。天子当时很是赞赏，下公卿议，最后决定，凡天子驾幸过的宫殿，等同于天子近臣，无诏书而敢以刀兵加之者皆斩。武以为此议甚迂，若有贼盗挟持天子亲近大臣，难道不该进击吗？难道江之推一个无爵士伍，三辅无赖，只因为闯进了天子宫殿，就应当听之任之吗？养恶遗患啊，所以，武虽然明知一时不免将遭诘问，依旧下令击贼，都是为

---

① 下蚕室：处宫刑的代称。

大汉社稷江山考虑啊。苏君光知死背律令，不知律令所由来，岂不荒谬？"

江充忍不住叫起来："太大胆了，竟敢非议天子诏书，罪加一等。"

小武道："江君和武一样，也在此一同接受诘问，有什么资格来诘问武？"

刘屈氂打圆场说："虽然江君不当诘问，但所说的话是不错的，沈君你非议天子诏书，实在太丧心病狂了。"

小武道："虽天子下诏，也有不当用的时候。不然，天子何必设立丞相一职？丞者，辅也；相者，视也。丞相的职责，就是辅弼君上，为君上分忧。君上诏书有不当，丞相当封还诏书，并条列理由。倘若担任丞相只知希旨逢迎，岂非尸位素餐吗？县官赐丞相以重俸，乃为家国社稷、百姓黎民着想，而非养奴仆倡优自娱。今君侯以'天子诏书'的理由驳斥武，不知大义，武不敢服罪。"

刘屈氂顿时心中大怒，这竖子说话好生刻薄，但细思一下，又觉得他所说也不是没有道理，一时间竟想不出什么反驳的理由。

小武道："且射中殿门无罪也有先例，景帝前元三年十月，长乐宫司马门大谁何卒许终古，忽发心疾，舞刀闯入长乐宫前殿，殿下执戟郎中惶遽不知所为，长安厨厮养尹千秋拔出随身携带菜刀投掷许终古，同时击中前殿栏楯。有司奏尹千秋按律当斩。窦太后说尹千秋忠，牵念君上安危，并非故为，特意下诏赦免，并赐金五斤。臣此次所为与尹千秋类似，皆是急于为国家除去奸邪，请代为上奏陛下，陛下圣明，必有明断。"

刘屈氂望着自家府中章赣等一帮掾吏，希望他们发言反驳，但他们个个垂头丧气，像大旱下的瓜秧。一时间殿上静如黑夜。正是尴尬的时候，御史大夫暴胜之说话了："沈君所言，是否属实？丞相府章君等明习故事，何不辩驳？"

章赣等人面面相觑，章赣嗫嚅道："这个只怕要去兰台查阅，兰台所藏律令千万，要揭穿沈君的谰言，颇费劳力。"

小武道："此事出自兰台第三十五，去兰台一索便得，费何劳力？"

殿上丞相掾属默然不言，御史大夫掾属则响起了嗡嗡声。暴胜之道："沈君言之有理，只是当时未先条奏皇帝再击杀贼盗，略微不当。不如请廷尉断决。"

刘屈氂大怒，不好直接呵斥御史大夫，遂对着御史掾属道："御史乃国家执法官吏，却知法犯法，喧扰大殿，何不自劾大不敬，下殿自裁？"御史掾属见刘屈氂疾言厉色，大惊，自家刚才交头接耳，确实行为不当，于是个个面色惨白，避席谢罪："君侯息怒，下吏等是惊讶沈君狂傲嚣张，一时忘了忌讳，死罪死罪。

下吏等以为，即便兰台所藏有此故事，仍不能助沈君脱罪。当时许终古已经闯入前殿，威胁到窦太后圣躬，只能便宜从事。而江之推阑入豫章观椒唐殿，事况并不紧急，沈君大可守在观外，等江之推自己出来，却不能忍一时之忿，令吏卒射箭，实在嚣张。故沈君刚才所言，无论真假，都不重要。"

刘屈氂面有得色，道："这才对了。"又面向暴胜之："暴大夫怎么忘了？沈武官为京兆尹，乃廷尉严延年举荐，现在沈武遭诘问，廷尉自当回避。丞相、御史两府尽多文法精熟之士，由他们合议吧。"

于是两府掾吏纷纷发言，书佐记录。丞相府的人大约都揣测到了刘屈氂的意思，一般都赞同判沈武腰斩；御史大夫寺的掾吏本来看暴胜之的脸色，虽不敢断言沈武无罪，但都有轻判的意思，只是适才被刘屈氂呵斥，暴胜之却沉默不言，当即明白了形势，于是也接二连三附和丞相府掾史。最后，刘屈氂接过简书，宣告道：

> 征和二年十月癸亥朔乙丑，有诏丞相大会廷中，杂议京兆尹沈武射中殿门狱事。奏议如左：江之推，水衡都尉江充之同产弟，常游荡三辅，颇有不法，最①贼杀三辅无辜百姓五人，杀伤二十七人；又勒索县廷，斫杀伤县吏，当腰斩，今已见诛；未央卫尉鱼长孙私假仪仗于人，罔上不道，腰斩；京兆尹沈武，射中天子殿门，大逆无道，腰斩；茂陵令、灞陵令曲意逢迎江之推，髡钳为城旦，终身禁锢……诸犯者咸先下若卢诏狱，俟天子最后明诏决断。

小武刚才见刘屈氂嚣张跋扈，就知道不妙，等听到判决，心中轰了一声，他明白了，不管他律令如何精熟，辩驳如何有力，他的命运并不会因此改变。当然，谁都可以说，正是因为律令的公正无私，才导致他这种结果，他不该有任何不平。但他仍觉得委屈，既然有些律令不合理，就应当及时变更。他本来还怀着希望，希望能在廷议中说服众吏，将他的意见奏禀皇帝，显示他并非一个单纯的文法之吏，他还知道律令的由来，以及其中蕴涵的深刻道理，而这正是公卿所该具备的气象。现在他失望了，和心爱妻子的承诺再也不能兑现，他能想见她的痛

---

① 最：总计。

苦，因为类似的痛苦正像虫子一样啮咬着他悔恨的心。他一生中从来没有感到过这样的绝望，即便当年被公孙贺追杀之时。他看见江充坐在对面冷笑，真想冲上去打烂他的脸。刘屈氂手一挥，两个丞相府卫卒上来解脱他的京兆尹印绶，道："请沈君诣若卢诏狱。"

若卢诏狱隶属少府，专门囚禁二千石以上大官。刘屈氂不按惯例让小武下廷尉狱，自然是防备严延年徇私。小武失魂落魄，任由卫卒抬起他的胳膊，将印绶解下，事到如今，任何反抗都毫无意义。他看出刚才打算腰斩自己的都是丞相府掾吏，御史大夫寺的掾吏虽然表示疑义，却并不坚决，显然忌惮刘屈氂和江充等人的势力。

一帮没有操守的小吏，小武心里暗恨，想起临来时，还跟刘丽都说很快就能回去，心如刀绞。

御史中丞靳不疑在甘泉宫随侍皇帝，这天皇帝突然召问他："江充才来觐见，说了一些治理巫蛊的进展，又状告沈武，还有一件事和你有关。"

靳不疑一惊："不知何事跟臣有关？"他想，是不是和严延年商量让沈武来守京兆尹的事，虽然举荐沈武的只是严延年，但风闻沈武为了追杀江之推，射中了椒唐殿殿门，按律当斩，如果有人告发说自己曾经也参与过推荐沈武，或者会受牵连。

刘彻说："说是令妹在今年祓禊时节，认识了江充的儿子江捐之，相互传书已经有半年之久了，最近江充才发现，问了其子，知道两情相悦。于是他跟朕说了这事，请朕做主，君看如何？"

靳不疑大惊，没想到自己的妹妹竟然跟江充的儿子扯上了关系，他嗫嚅道："此事臣并不知道，等回去问了舍妹才知。"刘彻笑道："朕知道君对江充没有好感，江充也知道，故不敢造访君家求婚，才来求朕。朕现在就问你什么意见？"靳不疑迟疑道："家父还健在，这种事臣怎敢做主？"刘彻道："朕先问你，至于令尊，朕也会问。"靳不疑道："若舍妹愿意，家父又应允，臣也无意见。"

刘彻笑道："这是中丞君的真实想法吗？"

靳不疑见皇帝笑容满面，顿时来了勇气，道："其实和江家结亲，臣有顾虑。"

刘彻道："就知道君不情愿，但说无妨。"

"外间传说江充仗着陛下宠爱，过于暴横，道家说，物禁太盛。臣怕万一江

346

都尉获罪，舍妹连坐。家父只此一女，爱若明珠，是以……"

刘彻打断了他："那当初你将令妹嫁给高辟兵，是不是定保无虞？可高辟兵是一个酒囊饭袋，差点丢了朕半壁江山，若不是死于豫章，朕也要将其治罪，算是便宜他了。"

靳不疑一哆嗦，偷窥了一眼皇帝的表情，刚才的笑容不见了，赶紧叩头："臣出言无状，死罪死罪。"

刘彻沉默了一下，说："君担心江都尉获罪，江都尉安能获罪？除非朕死了。他同产弟最近多有不法，那也只是他同产弟。"

靳不疑再次叩头："臣也是忧虑同胞，望陛下哀怜臣。"

刘彻道："罢了，朕可以理解你的心情，你离家已久，朕许你回长安，和令尊、令妹商量一下。"

靳不疑松了一口气，赶紧辞谢，拜别出宫，去符节令处领了符传，去大司农处要了车马，即刻出发，一路上忧心忡忡，皇帝不知发了什么疯，要我靳家与江充结亲。又对父亲有些腹诽，当初严延年向靳家提亲，靳不疑回家一说，却被靳莫如断然拒绝。靳不疑恼羞成怒，道："你还想着沈武那竖子？他已经有妻子了。论门第状貌，严孺卿比沈武强上百倍。"靳莫如不答，只望着窗外发呆。仆人见气氛凝重，多嘴去报告江都侯靳石，靳石匆匆赶来，骂靳不疑："以我们靳家的品第，岂是严延年那个山东暴发户能配上的？你这么着急想把妹妹嫁出去，意欲何为？难道我们煌煌靳氏，还少你妹妹一碗饭吗？"靳不疑脱口道："大人，可是臣已经答应了严延年。"靳莫如一听，哭泣起来。靳石一向最疼爱这个小女，心中大怒，嘴里却不动声色道："我年老悖妄，差点忘了中丞君是皇帝身边的宠臣，一言九鼎。啧啧，很不错。老夫竟敢多嘴，实在是太不知趣了。"靳不疑一听父亲称他官名，忙跪下谢道："大人息怒，臣只是怜惜妹妹一人寂寞孤单，岂敢擅作主张，明天就去辞了严延年便是。"靳石犹不消怒："你四个大兄都列侯，我的江都侯爵位是要传给你的，你如此卤莽，怎堪嗣爵[1]？将来坐罪失去我爵位的，一定是你。"靳不疑苦苦求饶，他母亲和几个大兄听到吵闹，都赶来了。于是，几位二千石的兄长，齐齐跪在靳石面前为弟弟说情。靳莫如也哭道："阿兄，你和严延年本来分庭抗礼，却要我嫁给他的儿子，那你成什么了？难道你以后见

---

[1] 嗣爵：继承爵位。

他，也要跪起如子侄？"靳石也骂："你说起来是朝廷重臣，也算见多识广，还不如你妹妹晓事。"良久，靳石才慢慢消气。靳不疑再不敢提这事，回绝了严延年。现在皇帝要让妹妹嫁给江家，恐怕父亲会后悔吧？还有那个沈武，皇帝已经下诏，让刘屈氂审问，不知结果如何？得赶紧打听打听。

甘泉宫离长安不远，两天就到了。回到尚冠里的家，拜见父亲，靳石很奇怪："你不在宫中侍候陛下，跑回家做什么？"靳不疑遂把前因后果说了，靳石也惊了："还有这样的事？"当即吩咐把靳莫如叫来问讯，又吩咐仆从都离开，"这事听来不甚光彩啊。"他说。

等候时，靳不疑问起沈武的事，靳石道："外间传闻两府掾史一致判他腰斩。"靳不疑道："皇帝似乎没有杀沈武的意思。"靳石道："你怎知道？"靳不疑道："臣一直在陛下身边，当下诏时，臣看见陛下脸色和善。"靳石道："那刘屈氂不知揣摩陛下心思，只怕也会倒霉。"

一会靳莫如来了，一听缘故，脸色绯红，原来几个月前她和侍女在灞水祓禊，走到塘岸下，突然从草丛里窜出一条硕大的蛇，两颊扁得像薄版一样，吐着信子就要上前。靳莫如吓得魂飞魄散，呼唤侍女，侍女一样怕蛇，惊呼大叫，嚎啕大哭。正在危急时刻，过来一青年人，将手中的竹棍猛地敲在蛇头上，蛇呼啦一声钻进旁边的树洞，不见了。靳莫如吓得瘫了，那青年一把抱住她，温言抚慰。她醒来得知，那人叫江捐之，是江充的儿子。

后来江捐之求侍女传书，说自从那回一见，对靳莫如从此不能忘怀，准备请父亲来靳府提亲。靳莫如知道父兄都瞧不起江家，提亲绝无可能。只是想到当时软绵绵躺在江捐之怀抱，不免面红耳热，也不甚峻拒，其实心中已萌爱意。

靳不疑道："怪不得你坚拒严延年的儿子，原来如此，我当时还以为你依旧想着沈武，还好没嫁沈武，现在他要判腰斩了，你知道吧？"

靳莫如叹了口气："听说了。"

靳不疑问："你什么想法？为沈武惋惜吗？"

靳莫如沉默了一下："沈武很有才干，自然可惜，陛下为何不特赦他呢？"

靳不疑道："刚才我还跟大人说此事，我看陛下并不想杀他，但又不愿拂江充的意。"

"为何？"靳莫如道，"为何陛下如此宠幸江充呢？"又自己叹了口气，"我知道为什么，可这事明明是江家人太过分。"

"那你为何还会爱上江捐之呢？"靳不疑赶紧逼问。

靳莫如道："他救了我的命，但这不是主要的。龙生九子，子子各异。江捐之和江充兄弟完全不一样，他饱读儒书，举止文雅，完全没有江氏兄弟的粗鄙之气，想必是取师得当使然。我听说当年文皇帝在位时，为窦皇后下诏寻找失散多年的兄弟，后来都找到了，名叫窦长君、窦少君，他们都出身很低，从小在贩夫走卒间讨生活，其中窦少君还曾被屡次贩卖，备历艰辛。绛侯周勃和颍阴侯灌婴有些担心，商量道：'这两人未经教化，却因姊姊之故而腾贵①，他们如果乱来，百姓岂不遭殃？连我们都可能死在他们手里。得赶快给他们推荐几位大儒，施些教化。'文皇帝采纳了两位列侯的意见，给窦氏兄弟找了德行高尚的大儒做老师，一年过去，两位国舅果然都变得谦恭有礼，不敢以富贵骄人。江捐之也是如此，再凶悍的人，都不愿自己的子女仍旧像野兽一样，不是吗？"

一直没说话的靳石连连点头："女儿说得对，自古马上打天下者，不能马上治天下，从野蛮人变成贵族，是大汉君相的必经之路。如果你真的喜欢江捐之，我也不反对。"

靳不疑默然不语，他虽然心中极不愿和江充结亲，但皇帝说了话，怎敢拒绝？遂迟迟疑疑，把皇帝让他回来的原因说了一遍。靳石道："这样更好，本来我还怕物议，为何与江家结亲，如今陛下主婚，谁还敢说话？而且即使江充将来得罪，我们也可免责。女儿，你说呢？"

靳莫如道："陛下已经发话，女儿还有什么意见？"又看着靳不疑，"阿兄，刚才说起沈武之事，我对他已经淡了。不过当日在豫章，若非他果断，我们都会身陷贼手。说他救了我一命，并无夸张。我跟他聊过很多次，他进取心很强，行事刚断，但我了解他，并非像一班酷吏那样只是想以敢杀邀宠，他是真有理想的人。女儿以为，沈武年轻气盛，等年纪大些，盛气退去，变得思虑周密，有可能成为国家股肱之臣。如果不是你们把沈武从豫章弄来，做你们的刀剑，他也不至于如此，所以我说为他可惜。"

靳不疑脸色难看："你怎能这样说话，沈武来长安任京兆尹，和我有关吗？"

靳莫如道："市井纷纷传言，说沈武虽然是廷尉严延年举荐，但之前和阿兄商量过。"靳不疑有些尴尬，默然不语。靳莫如道："若阿兄还有良心，应当向皇

---

① 腾贵：迅速富贵。

帝求情，救一下沈武。"靳不疑赌气道："他当初拒绝我们靳家的婚事，就是活该。"靳莫如道："枉你为御史中丞，做错了事心虚不肯承认，你和严延年把他弄到长安，并不是为了替我除怨的，从道义上说，你有理由帮他。"靳不疑道："你都要成江家的新妇了，怎还为沈武说话？须知沈武刚杀了江家人，江充与沈武可谓不共戴天。"靳莫如冷笑道："我纵做江家新妇，也必须承认江之推该死，所谓大义灭亲，何况我跟江家再怎样，也没有血脉之亲，怎能为此忘却大义？"

靳石道："莫如说得有理，可惜她不是男儿，否则她来做御史中丞，比你清正。"靳不疑默然，良久道："大人，正因为臣参与了严延年的举荐，才没法上书为他辩解，若尚书劾奏我'妄相称誉'，我自己也要下狱。"想了一下，又急忙补充，"不过事情有转机，刘屈氂虽然一意要杀死沈武，但臣看皇帝确实不想杀沈武，爰书若已经奏上，需要皇帝制可，依臣的观察，恐怕江充的希望会落空。"

"阿兄这么肯定？"靳莫如呆了一下。靳不疑道："据我推测是如此，但不可外传，窥探圣意极为敏感。我来长安，是陛下特意赐假，若江充来提亲完毕，我就回甘泉。"

靳不疑和父亲、妹妹商量完毕，立刻去了严延年府邸。见了靳不疑，严延年大喜过望："一直想见中丞，却又不能擅自离署[①]，这些天真是寝食难安。"

两人到内室攀谈，严延年表达了自己的忧急，如果皇帝制可丞相府杂议的判决，他也会被召诣尚书讯问，按照《置吏律》，将以"举荐不实"免官，这可不值得。况且江充绝不会放过他，他现在官为廷尉，江充还有忌惮，若免官为民，就是江充的下饭菜，心中怎不忧急？

"中丞君可有什么办法救救沈武？"严延年给靳不疑看了廷尉府存档的爰书，急道。

靳不疑看完爰书，叹道："难啊。沈武果然辩才无碍，廷议中根本无人的诘问将他折服，刘屈氂却强行判决腰斩。暴大夫身为御史大夫，也不敢坚执异议，但皇帝也许不会制可，否则不会下诏廷议。"

严延年有些欣慰："我也这样想过，但愿如我所愿。"

靳不疑遂说起这次来长安的目的，严延年又是嫉妒，又是感叹："皇帝真是

---

① 离署：秦汉行政术语，指擅离职守。

被那奸邪给蒙蔽了，我们回天乏力，太子危殆。"

刘丽都那日在府舍里，从早食一直等到日中，没有等到小武回来，只有檀充国满脸慌张地带回了坏消息。她虽有预感，却仍被这消息打击得内心绞痛，伏在案上，发了好一阵呆，最后抹抹眼泪，站起来，对檀充国道："我要去见府君。驾车。"

檀充国结结巴巴："可是，府君系押在若卢诏狱。"

刘丽都顿时无言，若卢诏狱归少府管辖，位于未央宫中，和一般的县狱不一样。未央宫戒备森严，卫尉率领的南军数千人屯卫于宫墙之下，没有出入宫殿的门籍，是进不去的。她魂不守舍地坐下，心里急速想着，要怎样才能进入未央宫。一霎时间，心里转过千万个主意，伪造门籍不现实，伪装成佣工，遇上合适时机可以混入，但未央宫广阔，就算进去了，又怎么去找若卢诏狱？就算找到，监狱卫卒众多，又怎能进得去？这时婴齐、如将军、管长史等数人求见。

几个人都已知道消息，刘丽都说了自己想去探狱的愿望，管材智首先反对："臣曾经常出入未央宫，对宫中地域也算熟悉，里面防守极为严密，三步一岗，五步一哨，翁主绝对无法进入若卢诏狱。若被巡逻士卒捕获，只怕加重府君的罪责。为今之计，还是想办法求陛下赦免。"

刘丽都泣道："他现在一定非常孤苦，我担心他的状况。陛下已经完全被江充蛊惑，无可奈何了。我想把夫君篡取出来，等待大赦。"

管材智不言，如侯道："翁主乃宗室之女，依律可以获得出入宫禁的门籍符信，何不去宗正府申请符信？"

刘丽都道："我也想过这个，但宗室要取得门籍符信，必须在禁中有亲属，我的亲人都远在广陵，宗正能给我发放符信吗？"

如侯道："现任宗正刘长乐，臣和他有一面之交，可以去找他试试。"

管材智一拍脑袋："想起来了，如将军曾救过刘长乐一命。"遂把前因后果说了一遍，原来五年前，刘长乐拜北地太守，到任不久，就碰上匈奴入侵，被匈奴骑兵围困在灵武。消息传到长安，皇帝下令征发北军紧急前去救援。如侯时任射声都尉，星夜率五千士卒赶到灵武，见匈奴人几乎已经攻破城池。如侯也来不及让军队修整，令强弩兵出击，万箭齐发，匈奴兵行将破城，骄傲大意，被杀了个出其不意，溃败而去。刘长乐拣了一命，对如侯非常感激，声言若他日如侯有难，当刎颈相报。"可如将军上次逃亡，也未曾开口求他。不如让如将军试试，也许刘长乐不会驳这个面子。"管材智说完，看着如侯。

"我去开口没有问题，只怕就算进了宫，也进不了若卢诏狱，也是个麻烦。"如侯道。

刘丽都道："先进宫再说，其他再想办法。我可以冒充送饭女子，在广陵国，宫中监狱都让复作女徒送饭，我也可以冒充复作女徒，混进监狱。据家父说，长安宫中也是如此，在广陵，一切举措都是模仿未央宫的。"当时刘胥还说，这都是为了将来进长安做皇帝做准备。这些话当然不能说出来。

如侯道："这倒也可以。"心里则有些不以为然，就算这样见到沈武，又有何意义？难道你有遁土术，能带他遁出来？但想到确实也没有别的办法，也就只好暗叹。

于是各自分头去做准备，刘丽都细想还有谁能帮忙，才发现自己在长安举目无亲，来长安毕竟时间短暂，哪来得及培养人脉。好在如侯很快回复："翁主，事情办成了。"说着从手上提的青囊中掏出半枚竹符。刘丽都接过，见上面写着半边"百"字。"另半边在公车司马门处，合符后就可进宫。"如侯道。刘丽都长跪道："多谢如将军。"

如侯默然，又问了一句："翁主真要以身犯险吗？臣可以陪翁主进去，关键时候是个帮手。"

刘丽都道："多谢将军，不必了，多一个人还得多一枚门籍符信，刘长乐未必再肯。"

如侯坚持："一枚也是给，两枚也是给，也未必不肯。不说别的，臣对宫中道路熟悉。"

刘丽都想了一想："真的不用，将军和长史一起给我画个地图就是了。"

少府官署在未央宫内，外墙东南距未央宫前殿大约三百步①，东面二百五十步则是皇后居住的椒房殿。若卢狱在官署院子内的东侧，狱室不多，一般用来关押高官。西侧有一排士卒屋庐，驻扎着五十个士卒，用来看管几间狱室，是绰绰有余了。狱室北侧有个大池塘，和宫中的沧池相通，此刻池中残荷零落，一派衰

---

① 汉代的一步约等于现在的一点五米。

352

飒之气。

若卢令王信站在池塘边看残荷，作为一个六百石的长吏，他不喜欢看管监狱，哪怕是这种关押大官的监狱，还不如看残荷有意思。不过他的眼睛突然被沿着荷塘走过来的一个女子牵扯住了，那女子穿着永巷宫人的麻布襜褕①，手里提着一个食盒，应该是来给囚徒送饭的。若卢狱关押的犯人，在饮食方面向来不会受到亏待，都是由未央厨供应，每日定时由未央厨派宫人送来。王信向来不关心这些，也从不正眼看那些宫人，现在他的眼睛却直了，那女子虽然穿着粗陋的衣服，容貌之艳丽，实是他生平所仅见。这话可能有些夸张，因为据说皇帝以前的李夫人、邢夫人，现在的钩弋夫人都貌若天仙，但像他这种级别的官吏怎么可能见到，就算有机会见到，也绝不敢抬头看一眼。他大为惊讶，这样的仙女，怎么被遣来送饭？没人去向皇帝报告么？想到皇帝，他刚刚萌生的一点色心又压了下去。这样的女人迟早是皇帝的，他只能看看。

女子越走越近，王信的眼睛一刻也舍不得从她的脸上挪开，忍不住还是调戏起来："美人，看上去有些面生啊。"

那女子粲然一笑："婢子是刚进宫的，将军当然有些面生。"

"真是光彩照人。"王信心里感叹，嘴上就说了出来，"你太美了，怎么能干这种粗活，来，让大兄我来帮你。"

那女子道："将军想帮婢子把食盒送到狱中去么？"

王信没想到她会这么说，但见她千娇百媚的样子，下意识地接口："当然可以，不过美人可要陪我说会话。"

那女子道："婢子是没问题，只怕曹署怪婢子回去晚了责问，将军若有意，还怕没有机会吗？"

王信又惊又喜，如果这女子满口答应现在亲热，高兴是高兴，细想却会生疑，她被未央厨遣出做事，是有时间限制的，哪敢随便答应陪人聊天，但她这么说，显然是暗示以后可以往来。宫人孤苦伶仃，一些不为皇帝所知的人，可以贿赂主事官吏将出，找个人替代。难道真有这样的艳福？王信心里蠢蠢欲动，赶紧殷勤地接过那女子的食盒，道："美人，跟我来。"

女子自然就是刘丽都，她通过符信进了未央宫，靠着熟记的地图，很快找到

---

① 襜褕：秦汉普通人穿的一种单衣。

了少府官署。又潜伏在树丛里，将一个送饭食的宫人打晕，用她的符节进了官署内，沿着池塘走到若卢令官廨所在，看见王信站在那里看残荷，一切都很顺利，顺利得都不敢相信。

王信带她走进一个屋子，显然不是若卢狱室，刘丽都也知道，并不揭穿他，跟着他进去。王信关上门，两眼放光："美人，你是哪个曹署下面的，告诉我，明天我就去找你们官长，将你赎出来。"

他这话可谓半真半假，掖庭的宫人若说很轻易可以赎出来，那是假话，因为名籍在光禄勋处有记录；可如果说完全没希望，也不尽然，因为宫人千千万万，除非被皇帝所知，其他的另找一个女子替换出来，也不是不可能，只是必须和光禄勋、少府、卫尉有交情，才可以万无一失。他一个六百石的若卢令，有这么大的本事吗？当然有，毕竟六百石也不算小官。但是他肯花多大的代价呢？官吏有机会占占掖庭宫人的便宜，产下一个两个私生子，这种情况虽不多见，也不是寥若晨星。又不是皇帝的妃嫔，谁会在乎？很多时候宫人反而会投怀送抱，盼望有机会嫁给像王信这样的官吏，所以王信认为自己也许可以得手。

刘丽都假装惊喜："将军真的愿意赎婢子出去？"

王信见她脸上欢喜，越发衬托得面若桃花，半个身子都酥软了，赶忙道："当然，千愿万愿，不过得看你懂不懂事。"说着张开双臂，就想将刘丽都抱在怀里。但很快他就后悔了，一柄锋利的匕首正顶着他的咽喉，眼前的美人换了语气，低叱道："你知道我是谁吗？敢叫唤一声，就将你杀了。"王信大惊："你是什么人？"他后悔不迭，这女子姿色按说根本不像宫人，自己久在宫禁，竟然没看出来，显然只能用"色令智昏"四个字来解释。

刘丽都道："我是谁不重要，若卢狱里关押的京兆尹，是我的夫君，我要你放了他。"

"沈武？"王信立刻冷静下来，摇头道："你杀了我吧。"

"你真想死？"刘丽都低喝道。

王信摇摇头："我听说沈京兆的妻子是广陵国翁主，聪慧精敏，没想到却做出这么蠢的事。"

刘丽都道："我怎么蠢了？"

王信道："我要是放了他，不但我会腰斩，家人还会连坐。何况，你也带他出不去，他受过刑，行动不便，一看就知道是刑徒，如何走出未央宫？"

"啊，你们打了他，打成什么样了？"刘丽都低声惊呼起来。

王信也"啊"了一声："你清醒点。他一个京兆尹，狱吏也不会太难为他，但想一点苦头不吃，也不可能，至少现在戴着钛钳吧。"

刘丽都怒道："这些该死的狱吏……今天不带我进去，你别想活了。"匕首抵近了肌肉一寸。

王信道："我刚才说了，你可以杀了我，但你一定走不出去——你这样只能是害了你夫君。"

见王信一副死猪不怕开水烫的样子，刘丽都反而不知所措，她还没见过这么视死如归的，一个刚刚还色眯眯像一摊牛屎的竖子，怎么突然就换了一个人呢？她把刀横在王信脖子上，割也不是，撤回来也不是。"你真的不怕死？"她的刀尖微微陷进了王信脖子上的肉中，一缕红线顺着王信脖子上肉的褶皱蜿蜒流下。

王信道："用点力气，尽快结束。"

刘丽都脸色煞白，突然松开了王信，右手握着匕首，跪在席上哭泣起来。王信望着她，好一会儿，道："我可以带你去看看他，但你要救他，只能想别的办法。"

"真的？"刘丽都抬头望着他，泪眼婆娑。

王信擦掉脖子上的血迹，道："走吧。"他想了想，又道，"其实我之前接到过丞相府的移书，不能让你夫君沈京兆接受任何外来物件，就算带你去见一见，也是冒着极大风险的。"

"令君放心，"刘丽都道，"我会给君十金以为报偿。君说丞相府移书是怎么回事？难道丞相一手遮天，想隔绝妾身夫君音问，欲专杀中二千石大吏？"

"钱就算了，"王信道，"这次帮你，就算是谢不杀之恩吧。"王信心里也觉得奇怪，不知为什么，刚刚看见刘丽都哭泣的样子，竟然自己也心中悲苦。按理说，自己主管若卢狱多年，类似的场景见过不知多少，早就波澜不惊了。这次是怎么回事，他委实想不明白。他又补充道，"至于丞相为什么移书，我自然也不敢问。"

两人一前一后走向若卢狱，还没进去，就看见一个戴黑纱冠的使者飞驰而来，后面跟着几十个骑士，大喊道："请若卢令王君说话。"

王信脸色一变，对刘丽都道："只怕今天不行了，那位是水衡狱的使者，这么匆忙赶来，定有要事。你回去吧，沈府君的事若想解脱，只有求皇帝陛下赦免，除此别无他法，篡狱是绝对不可行的。"他说完匆匆对那官吏应道，"在下便

355

是王信。"

那使者道："水衡都尉江君麾下的望气者发现若卢狱有巫蛊气，特遣臣带骑士来搜索防护，今后不管什么人，都不能随便出入，饭食之类，也由我等负责输送。"

王信赶忙道："谨遵水衡都尉君的命令。"应付一阵，又折回来，低声对刘丽都道，"下吏听说三天之后将有使者从云阳甘泉宫来，翁主可以想办法去面见使者辨冤，现在还是赶快出宫，万勿让人抓住把柄。下吏听说沈府君的妻子乃是广陵国翁主，容貌美丽，今日一见，果然名不虚传，刚才惭愧，得罪了。"

刘丽都又拭了拭眼泪，道："没想到还有你这样的好官，多谢了。"王信有些不好意思："刚才真的得罪了，沈京兆才是真的正直好官。"

回到家中，如侯、管材智、婴齐等人都在屋里等候，看见她回来，都松了一口气。刘丽都把情况一说，几个人也没有觉得惊奇，都知道江充派骑士接管若卢狱的意图，嘴上却轻描淡写地带过，劝刘丽都先歇息，好好睡一觉，再思量怎么去求见甘泉宫来的使者。

婴齐走在最后，在门口徘徊了一会，又折了回来，伏席对刘丽都道："翁主，请且放宽心，强进饮食。刚才听翁主说起王信的话，甘泉宫使者三天后将到长安，臣据皇帝的一贯行事推测，未必会制可刘屈氂的劾奏，说不定使者一到，就宣布赦令呢！皇帝一向英明果断，江充他们哪里便这么容易称心如意？翁主还是保重玉体，善自珍爱要紧。倘若翁主一意不进食，亏损玉颜，府君回来见到，岂不怜惜？"

刘丽都脸上一红，这个小吏，说得什么话，我亏损容貌，岂是你应该管的。心里颇有些不悦，但瞥了一眼婴齐，看他脸上诚恳，并无亵辱之色，也就释然了。她深知自己生得美艳，寻常男子见了经常大失体统，说出些莫名其妙的话来。婴齐既是个男子，自然也不会例外。

不过婴齐这个推测让她的心顿时一松，小武常称婴齐律令精熟，比起自己已经不遑多让，他的推测应该不是妄言吧。想到这里，陡然觉得腹中饥饿，已经两顿未吃什么了。正在这时，檀充国匆匆进来，神色张皇："翁主，据说甘泉宫天子使者已经到了长安，现正在未央宫北街丞相府，招集三公九卿、中二千石，要宣读制诏。"

刘丽都只觉胸中狂跳："这么快，看来是提前到了。充国君，可打听到制诏上说什么？"

檀充国道："翁主，制诏尚未宣读，不曾露布①。若是赦令，不需打听，等待露布就行了。据说使者才到丞相府，要等到诸吏聚集，才宣读制诏。这是下吏刚刚路过直城门，向未央宫北阙司马门卫卒打听到的。"

刘丽都两手据地，长跪道："请檀君速速去丞相府等候，一有消息就回来报告。"说完这句话，她觉得气有点儿喘不上来，想，倘若消息不祥，我一人活着还有什么意思？长安的公卿一旦有罪自杀，妻子也多半追随。

檀充国忙跪下还礼道："这是下吏分内之事，翁主切不可多礼。下吏这就去丞相府打探消息，祈望上天，保主君平安。"他心里也很悲哀，如果小武真被处死，他可能会受牵连，即便不受牵连，又要流离失所。好不容易跟上小武这样谦恭待下的主子，眼看就换命了，谁知又再次沦落。

此刻丞相府东阁，甘泉宫使者、诸吏②掖庭令赵何齐满脸深沉地坐在东面，等候群臣到达。他心里也颇矛盾，这个沈武害得自己丢了胯下的器具，本来自己对他也是恨之入骨，但他当时劝告自己的话也颇有道理，如果能齐心协力，辅助广陵王为太子，自己就可以封侯。宦者封侯，这可是第一次，一定会在史书中写上一笔的。青简留名，谁人不想？所以见沈武得罪，又觉不妥。他知道刘屈牦、江充都是拥护昌邑王的，如果沈武真的被他们弄死，单凭自己的力量，想扶立广陵王就完全没可能了。平心说，沈武那竖子虽然狡猾不道，但确实很有才干，在自己目的达到之前，绝对不能让他死掉。这次皇帝派赵何齐为使者，他好不欣喜。毕竟经常亲近皇帝，已揣测到皇帝的意图并不想处死沈武，不过皇帝显然也不愿意直接下旨赦免他，以免显得自己公然袒护大臣，之所以重派使者，不过是想给众臣一个暗示。赵何齐看了看在场的公卿，摊开竹简，念道：

> 皇帝使诸吏掖庭令告丞相、御史：所上京兆尹沈武射中殿门劾奏，朕毕览焉。议咸契于法，朕甚嘉之。然朕少受《论语》，其中有云："君子之过

---

① 露布：表露公布，秦汉法律术语，指公开。当时赦令都需公开，以免有人暗弄手脚。
② 诸吏：官名，汉武帝置，为加官的一种，凡正官加此官号者，得出入禁中，常侍皇帝左右，可举劾百官，并与左、右曹平分尚书奏事。

也。"其复与九卿、列侯、中二千石、博士、诸吏议。

刘屈氂听完，脸色疑惑，这么简短的诏书，是何用意？他悄悄问身边的丞相长史章赣，章赣一脸苦瓜色，说："皇帝大概有意赦免沈武吧。"

刘屈氂道："具体怎么说？"

章赣道："明侯难道忘了'君子之过也'后面一句是什么吗？"

刘屈氂脱口而出："当然是'如日月之食焉。过也，人皆见之；更也，人皆仰之'。"他随即"哦"了一声，拍拍脑袋，"我明白了，这是暗示沈武的过错可以赦免，只不过皇帝不好意思亲口说出来，所谓重新招集群臣杂议此案，只是给我们一个改判的机会。"

章赣道："正是，若这次我们改判还不能让陛下称心，只怕陛下就不会再这么客气了。"

刘屈氂当即心中惊恐，知道章赣所言丝毫不假。皇帝是既要独断，又要装尊重大臣的意见，当年他下诏征天下文学儒者入长安，上朝时对群臣说求贤若渴，大臣汲黯就直言不讳："陛下内多欲而外施仁义，却想效法唐虞之治，恐怕难成吧！"皇帝当即默然，愤懑见于颜色，群臣都为汲黯捏一把汗，汲黯却斥责他们："天子设置公卿辅弼之臣，难道就是为了让他们每天谄媚奉承的吗？这是陷主上于不义啊。况且身在其位，却一味胆怯怕死，岂不是侮辱朝廷？"皇帝听了，也只好说："这竖子真是太戆直①了。"汲黯这人内心修洁，忠心耿耿，直言极谏也只是为了社稷安危，故未降罪，可我刘屈氂哪有汲黯清白啊？要做大官，一定要懂得猜测主上的心思，我和小武并无恩怨，何苦为了江充，给自己换来麻烦？第一次没猜中皇帝心思，已经失分；第二次自己再不明白，就真的太愚蠢了。亡羊补牢，未为晚也，于是他赶忙跪拜接旨，道："请掖庭令君当廷监临，臣马上就召集群臣重议。"

赵何齐刚才拆开制诏，一看之下也很失落。这古怪心理让他自己也觉得诧异，虽然他并不想让小武马上死掉，但如此轻易地让他逃脱，却是自己未曾意料的，心里也莫名地不忿起来。这种不忿没有太多理由，可能就是潜意识里愿望和理智互相交战的结果，希望一个自己再厌恶不过的人活着，本身就是一件很摧残

---

① 戆直：迂腐刚直。

心灵的事，不是吗？他看见刘屈氂脸上讨好的神色，心里愈加不快，阴沉着脸说："君侯也别太急，还是把整个狱事从头到尾好好覆鞫拷掠之后再杂议，否则仓促上奏，恐怕难以让皇帝陛下满意——关键的是，事实绝对不能含糊。"

刘屈氂看见赵何齐的脸色，又不免忐忑起来。看使者的辞气，宽纵沈武似乎也不合上意。从诏书上开头的称呼来看，掖庭令新近加官诸吏，可以参与朝政，又经常在皇帝身边，他的意见可不能忽视啊。也罢，杂议过几天再说，等会先向这个赵何齐探探口风，总之要彻底搞明白皇帝的意思再做判决。

于是他笑道："掖庭令君言之有理，臣遵旨再议。"说着他飞速地扫了一眼江充，江充脸色铁青，看来气得不轻。刘屈氂心里暗道："对不起了，再怎么得罪你，也不能得罪皇帝，你要生气我也没办法啦。"

"好，下吏也暂且歇息一下，跑了一天，的确也累得很了。"赵何齐说着，就径自走下堂来，走到大殿中央，又突然回头，加上一句，"关于诏书内容，诸君切切不要宣扬，否则按'漏泄禁中语'论处。"

刘屈氂一愣，赶忙道："掖庭令君见教的是。臣自会晓告主事者，不许漏泄制诏内容，以防罪囚曲解诏书，有妨公平鞫讯。"

赵何齐脸上肌肉抖了一下，露出一丝阴沉的笑容："很好，君侯吏事明敏，也难怪皇帝如此器重。"

檀充国匆匆回来，报告刘丽都道："翁主，下吏实在无能，制诏内容不得而知，丞相府未曾露布。"

刘丽都一跤跌进了冰窖："看来不是赦书。"脸色惨戚。

檀充国也哭了："据说使者下令，毋得使诏书下群吏，否则按'漏泄禁中语'论处。"他擦擦眼泪，看了一眼刘丽都，犹豫了一下，补充道，"不过臣打听到使者乃是掖庭令赵何齐，据府君当日说，此人和翁主旧识，翁主不妨去向他辩冤，请他上书皇帝，劾奏刘屈氂禁送刀笔，隔绝消息，不许府君上书陛下为谢。"

"竟然是他！"刘丽都心中又是一阵疼痛，如果是他，基本暗无天日了。但转而忆起小武曾经告诉自己，当日曾说服赵何齐顾全大局，心中又升起一丝希冀。如果赵何齐还想封侯，成就大事，那就不会希望夫君被处死，不如此刻就去拜访赵何齐，探探口风。

她一刻也没法等，马上命令驾车，驰奔使者府第。赵何齐听到侍从报告一位很美貌的贵族女子来访，心头恼怒，猜到十之八九是刘丽都。"只有这个时候你才会屈尊来见老子。"他自言自语地咕哝道，怒喝一声，"不见。"刚转过身，突然心中又闪过一个念头，喊住侍从道，"且慢，领她进来。"

侍从把刘丽都领进前堂，赵何齐箕踞而坐，见刘丽都近前，淡淡地说："翁主，好久不见，别来无恙乎?"

刘丽都跪坐施礼，强笑道："赵先生，的确好久不见，再见时已贵为掖庭令，让人景仰。而且加了诸吏官，实在前途无量。"

赵何齐微微有点愠怒，待要发作，但想到自己现在已经处于上风，尽可以玩玩黄鼠狼抓鸡的游戏，于是也假笑了几声，悠闲道："哪里哪里，比不上尊夫升得快了，一下子就是中二千石，那才真是前途无量。"

刘丽都赔笑道，"先生取笑了，先生现在贵为天子使者，连丞相也对先生巴结三分。哪像敝夫君，被系押在若卢诏狱，犬马之命，朝不保夕!"说着眼珠下落。

赵何齐见她哭泣，当真是莲花沁露，海棠滚珠，千娇百媚，让人神奋，可胯下空无一物，无动于衷。他富家子弟出身，从小姬妾环绕，早领略过男女欢爱滋味，自从受了宫刑，心如止水，但往日记忆终究难忘，每一念及，悲愁百转。如今见刘丽都天仙模样，愤懑愈发炽烈，却假装淡淡笑道："翁主且放宽心吧，尊夫命好，惯常能逢凶化吉的。哪像贱躯，身残处秽，说到做上这掖庭令，还是托了尊夫的提携呢!"说到这里，到底压不住心情悲愤，又桀桀怪笑了两声。

听到他笑声悲凉，刘丽都心头一阵紧缩，知道赵何齐心有不平。若是以前，这样的人自己根本懒得搭理，但想起丈夫关在监狱，日日受狱吏侮辱，江充还特意派骑士看管，不知正受着怎样的苦楚，若不能尽快救他出来，只怕不等赦书，就已经瘐死监狱了，只好忍住心头厌恶，长跪据地谢道："赵先生，往日在广陵国，大家多有误会，赵先生宽宏海量，须知为天下者不拘小怨，此刻更应捐弃前嫌，共谋大事。"

赵何齐看着刘丽都低首蜷曲的谦恭模样，心里愈加恼怒，你前倨后恭，不过是为了那个小竖子，当日在广陵国，你对我何曾有稍假辞色? 真是可恶之极。想我一堂堂富家公子，哪点比那个该死的沈武差了? 无论财产还是势力，那个穷酸小子都远远不及。可恨我每夜在掖庭官署独对孤灯，辗转难眠，你们则每日在太守府鸾凤和鸣，好不快活。他看着刘丽都憔悴而别有风致的面庞，心中的酸意如喷泉一样上泛，本来一切都是我的，眼前这个人也是我的，可是我非但得她不到，反弄得连那玩意都没有了，不，我一定要报仇，该死的沈武，虽然现在让你死了有点可惜，但你也不能不付出代价。他心中电闪雷鸣，突然浑身颤栗，对，我得不到的东西，也要让你失去，让你知道悲痛是什么滋味。

于是他脸色假装缓和："下走知道尊夫目前处境艰险，否则翁主也不会枉移玉趾来我这。不过这件事不大好办。尊夫射中禁苑殿门，证据确凿，罪状明白，天子极为震怒。刚才诏书宣布，下走也不便告诉翁主什么内容，毕竟'漏泄禁中语'的罪名，谁也担当不起啊。"

刘丽都低声道："'漏泄禁中语'固然是重罪，可是妾身夫君如果真的坐此腰斩，赵先生难道真不可惜么？先生莫非不想封侯了？"

赵何齐看了看左右："你们下去。"左右侍从鱼贯退出，房中只剩得他们两个人。赵何齐怒道："我不懂你说的是什么，你先请回吧，在家等待丞相府杂议结果是正经。当然，现在也可以适当准备一点苇、炭、蜃灰等蒿里用物，免得要收葬时一下子备不齐。"

他此言一出，刘丽都大怒，呼的一声站起身来，道："倘若妾身夫君有事，妾身也不想活了，但临死之前，会把大家在广陵的事全部说出来，反正都是死，干脆一起族诛了吧。"

赵何齐心道，沈武那小子狡猾，我承认玩不过他，但你要跟我玩这套可不行，火候还差得远呢。他掸掸袖子，轻松地说："翁主请便吧，反正我废人一个，死不足惜。只是翁主要告发，必然牵连广陵王。别忘了，广陵王是宗室，他也许会处死，也许会'有诏勿论'，但翁主一定会死。有故事，宗室子告发父亲谋反，为大不孝，反而会先于谋反者处死。元封二年，衡山王庶子刘君房因为怨恨父亲过于偏袒嫡子，告发父亲谋反，廷议认为，刘君房因为和嫡子争宠，告发亲父，大不孝，判处弃市，为天下笑。翁主是不是想等害死亲父之后，再让天下人耻笑呢？"

刘丽都"啊"了一声，当即呆住，像具木雕。赵何齐缓缓道："其实翁主既然不怕死，下走倒有个计策，翁主若肯自杀，保证可以救得沈武一命。"

堂上长久的一阵死寂。

赵何齐见刘丽都眼睛发直而不答话，于是语带讥嘲："刚才说得动听，什么夫君若死，绝不独活，也就是说说而已！其实这未必不是一件好事，沈武那竖子办事莽撞，当初不过凭着特殊机遇获得高官，哪里有什么真才实学？他死了，翁主正好换个稳重的世家子弟嫁了，夫妻长保富贵。以翁主这般姿色，让沈武那竖子独占便宜，岂不可惜？暴殄天物啊。"

刘丽都抬首盯着他，淡淡地说："赵先生，你当我真的这么爱惜自己的生命？如果我的死，能换来他的活，那我绝不会吝惜。刚才我只是想，如果他出狱，得知我魂归泉壤，将何以为情？也罢，往后的事也不是我能考虑的，坟墓中亦无复相思之痛。我知道我不能忍受失去他的痛苦，我宁愿让他承担这个痛苦——请赵先生明示，我该怎么做？"

赵何齐不怒反笑："你是不是疯了，为那竖子考虑得可够周到。这天下女子何止千万，你死了，难道他便不能娶别人？说不定你尸骨未寒，他就左拥右抱地去快活了。我劝你还是别想他会怎么为你伤心，想想他怎么在除丧服前，就和婢女在你灵前奸淫苟合更好。"

"你哪会有我了解他？"刘丽都长出了一口气，心里无限悲凉。她想起自己和丈夫真正在一起不过大半年的时间，然而可供回忆品尝的事却是那么多。本来高高兴兴回到豫章，却导致了他父母惨遭被杀，这对他是多大的伤害？他一怒之下大肆捕杀乡里不法，曾一度让自己怀疑，是否因为迁怒之故。但是自己看了鞫狱文书，却只能说，如果按照律令，一个都没有杀错。自己是相信他的，因此到长安以来，对他的所为没有丝毫怀疑。江之推所为，人神共厌，丈夫捕杀他，做错了什么呢？他只是映衬出绝大部分朝臣的无耻和怯懦。他有谋略，但又是毫无机心的；他疾恶如仇，却不会害人，所以才会落到这样的下场。这些，你这个该死的阉宦永远不会明白。

刘丽都心里思绪联翩，回忆最多的还是和小武在一块的欢乐时光，在豫章，时间虽短，而公务之暇，也曾和他游遍豫章周围。他们驰车梅岭的时候，看见满山的竹林如黛，丈夫笑道："当年我借兵诛灭的梅岭群盗，就伏窜在这些竹林里。"说起自己矫诏篡竹营的事，犹不禁感慨系之。这个事件里还有那位长安靳侯的女儿，尤让她兴致盎然，但她并不带任何醋意，她信任丈夫。在长安，丈夫也曾和她游历五陵，驰车终南山射猎。可是这样的日子，以后再也不会有，永远一去不复返了。刘丽都擦了擦眼泪，声音仿佛也是湿的："你不会理解他的。只要能救他，任何事我都愿意做。"

赵何齐心中醋海翻腾，冷笑道："好，既然翁主一意求死，那我也没什么好说了。现在天子要诛沈武，虽然主要是因为他罪状明白，而江充等人垄断杂议的因素也不可忽视。律令虽严，一向也不是不能变通的，至少还有'议贵'、'议亲'之条，不是吗？景皇帝时，中尉郅都主管废太子临江王刘荣的狱事，刘荣被征诣中尉府对簿，想求刀笔上书辩解。郅都不许提供，幸亏魏其侯窦婴给临江王偷偷送了刀笔，临江王作书谢上之后愤懑自杀。皇太后接到窦婴转送的临江王谢书，大怒，恨郅都竟敢隔绝上书，专杀诸侯王，令皇帝诛杀郅都，为临江王报仇。皇帝当时辩解道，郅都是忠臣。皇太后怒道，难道临江王就不是忠臣吗？景帝无奈，只好处死了郅都。现在沈武的事情虽然不能等同临江王，可是论贵，爵位是关内侯，秩级是中二千石；论亲，也是皇帝的孙女婿。江充等隔绝沈武上书是毫无道理的，所以翁主可以从这入手劾奏江充。"

刘丽都暗暗诧异，这赵何齐进宫之后，律令文法果然大见长进，分析案例头头是道，难怪皇帝给他加官诸吏。倘若他能早早学得这么聪明，又何至于闹得胯下之物被割了呢？她细思赵何齐的话，又是感慨，又是伤怀。

"赵先生分析得是，我明白了。"刘丽都道，"汉家重死节，上书为明不欺，只有自杀阙下，才能让皇帝信任。嗯，很好——妾就回去制作文书，明天再来拜访赵先生，自杀之后，请赵先生务必将文书呈达皇帝，妾感激不尽。"

赵何齐满意地说："翁主果然聪明，放心好了。沈武死了，我怎么办？我还想封侯呢。"他嘴上这么说，心里依旧妒恨，面前这个养尊处优的美人，竟然肯为了那竖子去死，但转而一想，这美人再美，都和自己毫不相关，既然自己不能享用，早点死了是正经，巴不得这天下的美人全死光才好呢。当然，也得表扬一下自己，如果不是突然脑子一转，叫刘屈氂他们不能漏泄禁中语，刘丽都就能推测到沈武死不了，也就不会来求自己了。而且，如果不是自己表演得好，刘丽都也不会相信自己。女人一旦嫁人，就变成了完美无瑕的蠢物，为了一男人，竟然命都不要，那，那也是活该了。

第二天，跟从刘丽都来的还有婴齐。昨晚刘丽都叫他来制作文书，他就隐隐有些不安。他感觉到刘丽都的情绪很不好，可到底怎么个不好，他也说不上来。她不会自杀上书吧？婴齐忐忑不安，汉家不成文的规矩，如果冤屈无告，来长安自杀上书是常见的一种方式。这很容易博得常人同情，一个人上书喊冤，有可能会是狡辩或者陷害，但如果上书之后即自杀，立刻会让旁观者改变看法：这人肯定是有冤屈的，因为如果陷害别人或者为自己脱罪狡辩，却首先自杀，代价未免太大，蠢人也不会干。元狩五年，未央卫尉窦充国的掾史苏纵，上书司马门，状告窦充国不法阴事，奏上后当即伏阙自杀，以示不欺。皇帝大怒，当即下吏簿责窦充国，窦充国惶恐自杀。元狩六年，御史大夫张汤在被朱买臣逼得自杀前，也上书皇帝，指出是丞相三长史陷害自己，皇帝感慨之余，也将三长史下狱处死。如果刘丽都走这条路，在目前的形势下，的确是无可奈何的事。他不敢问刘丽都，怕她本来没想到，但经自己一提醒，反而去照办。所以，刘丽都再次来到使者驿舍，婴齐还是跟着来了。

赵何齐瞟了一眼婴齐，冷淡地说："你是什么人？我和翁主商谈秘事，任何人不得在侧。"

"这是我丈夫的功曹史。"刘丽都道。

赵何齐道："沈武命都快没了，哪来的功曹？"婴齐愠怒，脖子都红了，但知道面前是天子使者，自己根本惹不起，只能伏席不动。刘丽都道："婴齐君，请先到外面歇息一下吧。我很快就出去。"婴齐只好十分不情愿地下堂，有侍从将他带到门前庭中等候。

赵何齐接过刘丽都递过的文书，看了两遍，道："很好，我想皇帝看到，一定会赦免沈武的。怎么样，你自己的事准备好了吗？"

刘丽都不答，从腰间的囊中掏出一个漆盒，淡淡地说："请借赵先生酒爵一用，并赐酒一杯。"

赵何齐吩咐道："给翁主拿一个酒爵和一壶酒来。"

刘丽都打开漆盒，用勺子挑出一些黑色的粉末。赵何齐知道，那是乌头毒药，心里不禁掠过一丝怪异的感觉。他有点想劝止她，告诉她诏书的真相。可是转念一想，又不甘心，心里七上八下的，怔怔地看着刘丽都的动作。

刘丽都从漆盒里又拈出一根长约数寸、色彩怪异斑斓的羽毛，伸进酒里搅拌。"这是鸩鸟的羽毛，是我从广陵王宫带来的。"刘丽都语调平淡地说。

"这我知道，"赵何齐应道，"寻常人家哪里有鸩鸟的羽毛？即如乌头毒药，也只允许诸侯王和高爵大臣私藏，普通百姓挟有也是死罪。"

"嗯，当年我在豫章，就是用涂了乌头的毒箭射杀了三名公孙贺的使者，才救得了我夫君。"刘丽都语声略带骄傲。

赵何齐心里暗怒，刚萌生的一点儿同情心也顿时烟消云灭，这女人果真是没得救了。他冷冷道："那是，用毒箭射杀小吏，换别人，早就处死了——翁主还犹豫什么？你这回还能用毒箭救他么？"

刘丽都沉默不答，眼泪突然如泉水般涌出，她想了一会儿，将那鸩羽扔到一旁，举起酒爵，一饮而尽，惨笑道："请赵先生不要忘了答应我的话。"

赵何齐看她果断灌下毒酒，心中忽然又是一阵惶恐：也许我真的过分了，那后果我也许承担不起。天呐，现在想挽救也来不及了，他的声音略带颤抖："下走绝不会忘记翁主的嘱托，希望翁主到了泰山地府，也能长享富贵。"

鸩毒的发作并不会太快，刘丽都饮下后，回顾自己短暂的一生，自小和父母在广陵的快乐，母亲去世后的悲伤，和小武在一起的幸福，这些永远永远都不会再现了，不自禁悲声饮泣，不可遏止。婴齐就在门外，听到隐隐传出来的悲泣声，大吃一惊，知道不妙，也不顾侍从的拦阻，疯狂冲了进去，一眼看见刘丽都伏在几案上，肩头一阵阵耸动，显然哭得极为伤心，而赵何齐坦然坐在一边，满脸木然。婴齐觉得气氛不对，心头如重锤撞击了一般，不由得失声叫道："翁主，你怎么了？"

赵何齐叹道："唉！你的主母刚才猝然饮了鸩毒，真是没料到，何苦如此！"

婴齐心中一阵轰鸣，差点没晕过去，他几步窜到刘丽都跟前，跪下来抓住她的胳膊，喉头满是辛酸悲苦，嚎哭道："翁主，翁主何必如此？我们还可以从长计议的，倘若府君遇赦回来，看见翁主不在，活着又有什么意思啊?!"说着不再拘束，将刘丽都的肩膀扳过来，让她面对自己。

刘丽都脸上涕泪阑干，额上则沁出一粒粒细密的汗珠，大概是鸩毒初步发作，断断续续地说："我……我不死，他就……就不能活着，只要……只要他能活着，我……我也没……没什么遗憾了。"

婴齐泣不成声："翁主，翁主你太傻了……不，不能这样……请恕下吏无礼。"他突然拦腰一抱，将刘丽都揽在怀里，大叫道，"水井？水井在哪里？"他知道刚服鸩毒的人，马上大量灌进冰凉的井水，就有可能催吐，将鸩毒逼吐出来，这是当时宫廷和民间都普遍采用的解救办法。

赵何齐见他这般模样，不自禁后退："这个庭院里，有没有水井，我也不知道。"

婴齐没有理会他，抱着刘丽都疯狂地跑下堂去，一边跑一边凄声大叫："水井，水井在哪里？水井……"

守门的侍者不知就里，看见他神情狰狞，有点害怕，赶忙答道："侧院里就有，你从便门出去。"说着伸手指了指。

婴齐跑过去，穿过侧门，果然看见一个辘轳横架在井榦上。他电闪似的奔过去，将刘丽都轻轻放下，颤声安慰道："翁主，你且等等。"他抬袖擦了把汗，就去扳井榦上的辘轳。汉家一般稍微好点的宅子，都有水井，水井边一般都放置有陶罐，以便随时汲水之用。如果井的水位太低，还装有辘轳帮助汲水，陶罐一般系在辘轳的绳子上，垂在井里。婴齐一扳那辘轳，顿时心里凉了半截，因为手中毫无重量，拉上来的只是一截斩断的绳子，陶罐早就不见了。

他凄厉地大叫一声："苍天哪……"也顾不得悲伤，捶胸顿足转身来看刘丽都，刘丽都脸色已经蜡黄，豆大的汗珠从额上奔涌而下，乌黑的长发也被汗水浸湿，隐隐冒出蒸气。她蜷曲着身子，想略微减轻一点痛苦，声若游丝地说："婴……婴齐君，我身上有一封信，里面有些事，托付给你……我答应了使……者，自杀……以谢……谢皇帝，只要……要府君没事就好……"

婴齐跪在地下，扶着井榦，拳头狂击地面，大声号哭，吼道："不，不！是谁，是谁将陶罐打烂了。不，我要去找他们，我要去找他们这帮天杀的禽兽……"他的手满是鲜血，浑然忘却了自身的痛苦。突然又腾的一声站起，涕泪零落，"翁主，翁主你再忍耐一会儿。"他重新疯狂地向侧门跑去，想找人索要陶罐。可是跑到近前，发现侧门竟然关闭，怎么也拉不开。他拔出长剑，对着门狂斫，边狂斫边凄厉地狂吼，可是这庭院里的人好像一下子全死光了，没有一个人理会他，而赵何齐正站在阙楼上，偷偷俯视这一切，脸上浮现出一丝诡异的表情，不知道是忧伤，还是欢乐。

第二十章

应喜闻赦令　堪怜失丽卿

云阳，甘泉宫钩弋殿。

年老的皇帝刘彻半倚在云母镶嵌的床榻上，赵何齐正跪在他面前，陈述出使长安的情况。刘彻的身体很糟糕，近月来，每天只用一顿饭食，掌管皇帝御食的太官令和他的一群属下忧心惶惶，度日如年。按制度，皇帝每天应进食四次，倘若皇帝驾崩，有司可能会劾奏太官令奉食不谨，将他们下狱处死。就算皇帝不死而病情迁延，照样让人提心吊胆。一个身体欠安的皇帝，心情也好不到哪去。尤其是像刘彻这样的皇帝，性格强悍，一辈子说一不二，对人世的留恋和对他人生命的忽略，都让他随时可能迁怒臣下。此刻，他听完赵何齐的奏禀，怒道："朕身体不豫已经这么久了，江充曾对朕信誓旦旦，说只要捕捉到诅咒朕的人，朕就会痊愈，可这么久了，那些诅咒朕的人呢？在哪里？他不尽心尽力为朕治理巫蛊，却念念不忘侵害沈武。若不是朕觉得他治理巫蛊很有一套，早就将他下狱了。他那个弟弟侵辱六百石，杀伤县吏，鱼肉百姓，沈武将之射杀，如何不该？朕本欲直接下诏赦免沈武，只是不愿违逆二三大夫之意，才让他们杂议，没想到他们竟群党比附，甚失朕望。"

赵何齐道："陛下息怒，还是保重御体要紧。"他不敢说什么劝慰的话，但知道趁着皇帝发怒的机会可以办成很多事，遂又从怀里掏出一封简书，"臣这次在长安，沈武的妻子刘丽都求臣将此简书转呈陛下，据她说，内容乃是劾奏江充隔绝她夫君上书，大逆不道。为了表明诚意，她上书之后，当即在臣前饮鸩自杀，以示不欺。臣不知其决心，猝然之间，难以施救，眼睁睁看着她含冤而逝，凄怆满怀，难以自解。"

刘彻哦了一声："不错，真是忠直可嘉。"他做了一世皇帝，听到有人自杀，只如听见一只蚂蚁死了一般，丝毫不觉惊异，嘴上如果肯赞叹一两声，已经是相当难得了。

"把简书呈上。"刘彻命令道。

光禄勋韩说过来，将简书接过，摊在刘彻榻前的几案上。刘彻看了几行，眉头皱了起来："对了，沈武的妻子是宗室女子，朕险些忘了。这简书谁执笔的？文法甚佳，可称得上良吏。"

赵何齐道："臣不知道，翁主自杀前，将此简书托臣上呈陛下，只知道当时跟从她来的，是京兆尹府二百石功曹史婴齐，据说颇擅长刀笔。"

刘彻将简书看完，道："哦，沈武掾属颇多才俊，赵卿，你将这简书念一遍。"

赵何齐惶恐称是，不知道皇帝是何用意，他尖着嗓子念了一遍，刘丽都交给他时，简书是封缄好的，他并不敢拆看。现在读来，感觉颇为铿锵悦耳，通篇旁征博引，主要是律令，时不时也夹杂几句《论语》《孝经》中的名言警句，既质朴又华丽，确实是不可多得的奏书，堪为典范。

刘彻待他念完，道："赵卿怎么看？"

赵何齐赶忙道："江充舞文巧诋，以构陷大臣死罪，蒙蔽君上，且迫死宗室翁主，实在罪不可恕。臣以为应下使者收系江充，下廷尉狱案验。"

刘彻嗯了一声，脸上没有表情，问韩说："按道侯，君以为如何？"

按道侯韩说，祖先是韩王信，他的哥哥韩嫣，陪伴刘彻长大，两人友情极深，出则同车，卧则同席，有一次新年，江都王入朝，刘彻特地下诏，允许他跟自己一起在上林苑狩猎。江都王提前在道上等候，望见天子的车驾隆隆驰来，旁边跟着上百骑士。江都王赶紧在道旁拜谒。韩嫣却视而不见，径直驰过。江都王后来知道是韩嫣，就回去对着王太后哭泣："希望朝廷收回臣的王位，让臣能宿卫天子皇宫，和韩嫣一个待遇。"王太后听完始末，大怒，当即借口说韩嫣出入永巷，秽乱后宫，派使者赐死韩嫣。刘彻听说，跑去找太后，为韩嫣求情，太后不许，韩嫣就此被杀。好像是为了报复似的，后来刘彻又特意找来韩嫣的弟弟韩说，给他机会跟随卫青去征讨匈奴，由此封为列侯，极为宠幸，随时在旁侍候。

韩说和江充也有交情，担心如果将江充下狱案验，也许会牵连到自己，汉法至严，自己虽受宠幸，连坐并诛的可能性并非没有，遂赶忙答道："陛下，臣以为江都尉固然教弟不谨，自身举止却甚为整饬；沈武被判死罪，律令上记载分明。说江都尉是舞文巧抵，臣以为并不合乎事实。至于隔绝上书，也未必无误，也许沈武服罪不愿上书也是有的。翁主自杀代其夫上书辨冤，可能因为一时愤懑，不必以为是江都尉所逼迫。当时翁主在赵君面前自杀，赵君应该晓以律令，多加安慰，阻止她自杀才对啊！"

赵何齐暗骂了一声："这竖子实在阴险，竟把责任推到我头上了。"他赶忙应道："韩侯满篇或然之词，为江充辩护，未免太过。且无端迁怒在下，求全责备，也不厚道。翁主自杀，事发仓促，可见是郁闷在胸，早萌死志。臣事先不知，仓促之间想要救助，又安可得？臣以为，以堂堂大汉的翁主，为救夫君也只有一死上书以抒其愤懑，可见江充的确是一手遮天，蒙蔽君上。倘是寻常百姓，只能沉冤千载了。"他偷偷看刘彻脸色，又感叹了一声，道，"翁主真乃天下丽人，臣目睹翁主临殁前惨状，宛转悲啼，催人堕泪。唉，'美连娟以修嫮兮，命樔绝而不长'，'佳侠函光，陨朱荣兮'，绝代红颜，一朝陨落，臣虽宦者，睹之亦未尝不怜惜伤怀。直到现在，臣每每追忆，也总不免动容。"

刘彻立刻来了精神，奇怪道："哦，翁主有这么美么？朕竟然没有福气一睹。""美连娟以修嫮兮，命樔绝而不长"，"佳侠函光，陨朱荣兮"，这两句是他悼念李夫人的歌辞，听赵何齐念出来，不禁大感兴趣，心想，这世上岂有比李夫人更美的女子，那是万万不能信了。

赵何齐免冠叩头说："臣罪该万死，刚才一时悲伤，竟称引陛下专门为李夫人所作的歌辞。不过臣的确是脱口而出，并无丝毫冒犯之意。翁主之美丽，实乃臣生平所仅见。臣出身定陶豪右之家，生平阅人无数，其中不乏天姿国色的美女，然而将她们和翁主相比，却如将粪土与和氏璧放在一起。臣绝无诋欺，敢以人头担保，愿下使者案验。"

刘彻头仰了一仰，好像有些神驰的样子，喃喃重复了那两句歌词，突然道："来人，给我制诏御史：立即持朕的节信，驰奔若卢诏狱赦免沈武，以八百石秩级继续守京兆尹，赐金百斤以给丧事。若妾侍有子，奉翁主封邑。赐玺书江充，自今以来，专力治理巫蛊事，毋得越职劾奏大臣，善自整饬族人和部属，毋得惊扰百姓，倘有再违，以重论之。"

赵何齐松了口气，他进宫以来，一直在揣摩皇帝心理，知道皇帝好色，惯有怜香惜玉之心。听到翁主乃天下绝色，定然十分惋惜，再发诏令定然对沈武有利。今见皇帝猝然草诏，果然。沈武竖子，今天老子也是小小的报了一仇，虽然让你拣了条命，但你也要尝尝丧妻之痛。哼，虽然你现在还是京兆尹，秩级却从中二千石跌到八百石，比老子还颇有不如了，还威风个屁。只是江充那竖子仍旧不倒，他在皇帝心中的地位果然非同一般，怪不得这么多朝臣死活巴结他。不过，这是因为皇帝太相信巫蛊了，等此事一过，我再和沈武揭发他们和昌邑王勾结。想到这里，他简直想哈哈大笑。

刘彻道："朕要派人前去护理翁主丧事，看看到底是否真的天下绝色。"

赵何齐心想，这个难道他娘的会有错吗，你派再挑剔的人去案验，也不可能说我夸张。他快活地叩头："此去长安，快马不过一二日路程，翁主面容尚未败坏。如有半句不实之词，臣愿授首阙下谢罪。"

刘彻叹了一口气，道："好，倘若不是朕身体欠佳，朕真的要亲自去看看。"

长安。

刘屈氂接到使者诏书，吓得差点尿了裤子。虽然事先他也探过赵何齐口风，可换来的只是冷脸推托，说辞是不敢非议诏书，也不敢妄测上意，只是意味深长地告诫："诸君要一依诏书，秉公处理啊。"等于说了句废话，刘屈氂以大汉丞相之尊，拿赵何齐毫无办法。他也不敢完全相信章赣的解释，再加上江充的坚执，在第二次廷议的时候，虽然不再判决小武腰斩，却也没判无罪，而是论髡钳为城旦，笞一百。江充听到论决，大为不悦，可转念一想，算了，虽然从结果来看，小武逃了一命，但自己可以使点手脚，比如买通行笞刑的狱吏，一百下鞭笞即使打小武不死，也得打成重残，让他做刑徒都没资格了。想到这里，他重新快乐了起来。

然而当他听到使者宣读制诏，顿时傻了眼。皇帝这次也不再文绉绉暗示了，而是直截了当切责刘屈氂朋比为奸，阿谀附从；江充怠于职事，纵亲为虐；并让使者持节即刻赴若卢诏狱赦免小武，官复原职，只是稍有降秩。江充气得差点吐血，降那么一点秩级算什么？只不过少领点薪俸，地位权力丝毫无损，等于没有惩罚，而且一年后考绩合格，就可以重享原俸。

刘屈氂脸色阴沉，使者一离开，就埋怨江充道："皇帝想要赦免沈武，我上次就猜到了，若不是为了你，今天也不会如此狼狈。"

江充见丞相在气头上，也不欲和他计较，遂安慰道："君侯且息怒，臣也是为了日后着想。现在朝臣大多都逢迎我们，少数几个虽然不附从，却也不敢明目张胆和我们作对。独有沈武那竖子一意跟我们过不去，倘不除了他，怎能杀鸡骇猴？只可惜皇帝终是不肯杀他，留着总是个隐患啊。"

刘屈氂差点儿想一口痰吐到他脸上，什么和我们过不去，只是和你一个人过不去而已。他抚住胸部，沉吟了一会儿，道："江都尉，既然你口口声声说以大事为重，却也不管束一下自己的族人。你要知道，皇帝待臣下一向严苛，每当我想起前任诸位丞相的死事，总是辗转不寐。不瞒你说，这几天心悸之症又犯了。你看看自天汉元年以来，三公九卿坐罪诛死的有多少？手指和脚趾加起来也不够数，群臣都极为谨慎，像都尉这么行事张扬的，闻所未闻。都尉有才华，但不要真觉得陛下离你不得，还是稍微收敛一点儿吧，等大事成功，少主继位，再张扬一些，都无所谓了。"

江充冷笑一声："县官刻薄寡恩，万事都为自己考虑，这样的君主，哪值得我们替他卖命？若不是我善治巫蛊，他必须依仗我，恐怕这回下狱的就是我了。好了，这回算我们失败。既然县官贪生怕死，我们就正好利用，加紧行动，先除掉太子。县官如果听到是自己至亲的太子在诅咒他，肯定会惊怒交加，伤心失望，以他现在的身体状况，再经受这样的打击，去泰山地府还会远吗？"

刘屈氂瑟瑟发抖："都尉，拜托你说话委婉一点。"

江充大笑："你以为委婉一点，他听了就不会灭我们三族？别再掩耳盗铃了，事情已经到了这步，就别畏首畏尾。"

刘屈氂气沮："那都尉说吧，下一步怎么做？"

江充道："现今长安城东北的百姓里居，我都爬梳遍了，年前两次征发执金吾车骑闭门大索，捕获了不少人。其实那些百姓可杀可不杀，但不杀又不行，为了制造的确有大批人在行诅咒的假相，这些人必须要杀。至于尚冠里、戚里那些高官贵戚，可以分一分类，拥护我们的就算了，不合作的就趁机构陷。难道杀人也很费力？又不用我亲自动手。我准备挑个好日子，在长安城南的渭水旁再来个大型的斩首大会，就像当年杀公孙贺他们一样。唉，那场面可真叫人神往，好久没有再历了。现在是非常时期，也不用等到冬天执行。至于下一步，我决定搜索未央宫。"

江充摇头晃脑，嘴角不断泛起白沫，像一只螃蟹在吐泡泡。刘屈氂感觉有些恶心，这样子的人，皇帝竟会喜欢，而且这人如此丧心病狂，竟然以看杀人为乐，稍久没得看还心驰神往，真是不可想象。对，我固然也杀人，可都是迫不得已，从不为了杀人而杀人。不行，等大事办成，得找个借口先把这人除掉，免得自己重蹈亡秦丞相李斯的覆辙。于是刘屈氂干笑了几声，没话找话："江都尉，难道君想对卫皇后下手吗？卫皇后一生谨慎，那是很难找到借口的。"

　　江充嗤笑了一下："丞相错了，除掉卫子夫有什么用？我的目标是刘据，知道吗？该死的刘据，还想当皇帝，做美梦吧。搜索未央宫不过是造个声势，椒房殿我暂且放过，掖庭七区其他的失意妃嫔，就只好受点儿委屈了。虽然她们什么也没做，头颅还值得借用一下。说她们搞巫蛊诅咒，皇帝一定相信。失意的妃嫔嘛，有怨恨之心一点儿都不奇怪。这次虽不触动卫子夫，也要将她吓得半死。让她先看着我怎么炮制她儿子吧。该死的刘据，我要用烙铁将他身上每一块养尊处优的肌肤都烫个稀烂，我要向他那生来尝遍天下玉食的嘴里灌上粪便，嗯，我亲自拉的粪便。让他知道，得罪了我江充有什么后果。哼，当日我没收他车马的时候，就知道他在怨恨我，并幻想以后能族诛我。可是没机会啦，卫子夫还能腾起什么浪，就等着玺书赐死吧……"

　　江充边说边笑，最后情不自禁站起来，在屋里踱来踱去，以手势辅助自己慷慨激昂的演说。刘屈氂随即明白了，江充的举动没有一个是难以理解的。一个得罪了储君的人，就等于关在猪圈里的猪，迟早要挨刀的；如果能把储君弄死，这头猪就等于冲破了猪圈，奔向了旷野。刘屈氂感觉自己被这头猪拉进了猪圈，现在只有同栏共济了。他心中有些难过，没想到自己也只是一头猪。

　　他忐忑不安道："沈武那竖子还没死，都尉君还是小心点儿。"

　　"没死，可是活着的滋味也不好受。"江充道，"他的婆娘死掉了，一命换一命，我弟弟也不算死得太冤。先让他活着，饱尝一下痛苦，轻易死了，倒便宜了他。嗯，县官对我还是不错了，虽然没杀沈武，可是同意主婚，要江都侯靳石把女儿嫁给犬子。这样，我和靳不疑就成了姻亲，就算他不帮我，也不会阻挠我做什么。"

　　刘屈氂又高兴起来："看来陛下真是离不开都尉。"

　　甘泉使者持节和赦书驰奔若卢诏狱，若卢令王信恭敬地将小武送出，一边逢迎一边祝贺："据说明府要官复原职，真是可喜可贺啊，下吏早就知道明府忠直，陛下圣明，一定不会冤枉明府的。"自从上次见过刘丽都后，王信对小武颇为同情，暗令亲信狱吏，再不许折辱小武。小武也心知肚明，道："多谢贤令一直以来的照顾。"

王信低声道："明府不必感谢下吏，下吏也是被明府妻子的一片赤诚感动了。"

小武一惊，道："难道，丽都她也来过这里？"

王信道："是啊，下吏还差点被她的匕首割断脖子。"说到这里，他自知失言，毕竟初见刘丽都时，还曾对之轻薄，说起来并不光彩。

小武道："请贤令说说详细。"

王信无奈，就避重就轻说了一遍当时的情况，小武垂泪道："我知她对我情深，一刻不忘。日后我要谦恭谨慎，再也不让她为我担忧。"

他们走到狱室门前，水衡都尉府的骑士都站在两侧，目睹他们出来。小武左右看看他们，嘴角露出冷笑，心想，你们的主子能拿我怎么样？是谁赢了，是我还是你们的主子？又想起皇帝，心中一阵颤栗，皇帝对自己真是太好了，粉身碎骨难以报答。我依旧要像以前那样，不顾一切为皇帝除奸吗？似乎应该啊，这回是真正犯了死罪，也被诏书赦免，说明皇帝希望我不要手软。那我该怎么做呢？虽然最后无事，但系狱这么久，也让丽都受惊了，我能老这样让她受惊吗？

宣读赦书的使者已经站在门前等候，小武赶忙上前拜谒，但当他听完诏书，再也站不起来了。什么？他心中有数百辆革车在来回践踏，隆隆声不止。不会，不可能的。"赐金百斤以给丧事。若妾侍有子，奉翁主封邑"，丽都怎么会这么做？她怎么会这么傻？虽然他嘴上嚎叫，可是内心明白，这是天子诏书，绝不能有假。一霎时间，他为自己刚才的浅薄快意深深羞愧。天啊！是谁赢了，当然是江充那个畜生，自己输得可真惨。他那个该死的猪狗一样的弟弟，及不上自己妻子一根毫毛的价值。一万头江之推那样的猪狗，也抵不了丽都一根毫毛。小武干脆舒展了身体，俯伏成了一个大字，泪水抑制不住，像泉水一样汩汩涌出，满脸满嘴都是灰尘。往日的生活，哪怕是和刘丽都在一起的一个微不足道的场景，都会让他的泪水更加不可遏制。他拼命地抓挠自己的头发，哭声中夹杂嚎叫，那嚎叫声像一头待宰的猪在哭，他想不明白自己为何那般愚蠢，为了那点惩治恶贼的快意而付出了如此重大的代价。然而，现在一切的悔恨都没有意义了。丽都再也不会听见他的哭声，他深信能给予她的快乐，一辈子的快乐，一霎时就永不能兑现，而这完全是因为自己的愚蠢。

他还能赶上为刘丽都发丧，秋天的长安已经很凉了，在这期间他一直心绪不宁。有不少官员前来吊唁，包括暴胜之、靳不疑、田仁、任安等中二千石的大官，甚至太子少傅石德也来了。这让小武简直吃了一惊。石德不愧为做少傅的料，他谆谆安慰小武，并殷勤转达了太子的问候，并暗示对往日小武告发公孙贺一事绝不会心有芥蒂。当然，他也是偷偷驾车来的，不愿意让江充看到太子那边的人和大臣们接触过密。小武听了他的话，心下少安，他现在一意要报仇，要报仇就不能多方树敌。虽然太子那边表面上没有什么势力，行事也很谨慎小心，可毕竟当了几十年的储君，隐性力量绝对不可忽视。既然太子并不怨恨自己，那自己就没有后顾之忧了。他最后把如侯、管材智等原来公孙贺的掾属舍人全部请出，和石德见面。他告诉石德，自己当初告发公孙贺，并非针对太子，而且是公孙贺害他在先。如侯等人也告诉石德，小武所言句句真诚。石德大喜，满意辞别。小武望着他的背影，长出了一口气，他已经决定，以后的岁月，自己就是一个复仇的精魂，除了复仇，再也没有值得上心的事了。

但婴齐站在他身边，突然道："府君，难道不怀疑赵何齐吗？"

小武看着婴齐，他的脸色憔悴，忧伤似乎不比自己更浅。两人进了屋子，小武犹疑道："此话怎讲？"随即仿佛心中的暗夜亮起一道火光，追问道，"婴齐君，你认为有可能是赵何齐捣的鬼吗？"小武感觉自己脸上毫无血色，全身发凉，甚至望了望四周，确认没有任何眼睛窥视。他身上穿着丧服，房间的帷幔也是一例的白色。

"我想是这样。"婴齐低着头，体若不胜衣，仿佛一阵风就能吹倒。那次事件之后，他病了一场，现在刚刚痊愈，一直在回忆那天的情况，一想起就油然而生无尽的悲愤和懊悔，他对美貌的主母相当忠心，也不排除私下的恋慕。因此，一旦提起这事，就不免双目噙泪。"是的，"他声音凄恻，"那天臣在门外等候，听见翁主悲泣，觉得极为奇怪，因为那种悲泣和寻常人伤心时的悲泣不太一样。我也说不出来是怎么个不一样，我就是觉得，寻常的悲泣或许只是宣泄，隐含着希冀；可翁主的悲泣，蕴涵的是巨大的绝望和不甘，而不是宣泄。如果非要说是宣泄，也是将生命像敝屣一样抛弃掉了的那种。那种悲泣，臣每天一闭上眼就回荡在耳边，我能想象当时翁主柔肠如车轮一样翻转。她是不想饮药的，然而最终还是饮了，一定有人在胁迫她，这个人只能是赵何齐。"

小武愈发痛不欲生，他恨恨地擂着几案，忘记了手的疼痛："这个畜生，他的确会干出那样的事。"他站起来，在屋里来回乱走，"我起先还奇怪着，持节使者说，是皇帝听了赵何齐的劝谏才赦免了我。赵何齐怎会如此好心？嗯，很聪明，这个畜生果然长进不少，他算是，他总算是赢了我一回，我输得精光。"小武躺在墙角，呜呜地哭，"我会就这么罢休吗？畜生，畜生，天杀的畜生，你何不杀了我，为什么要害我的丽都。你杀了我，我不怨你。你长进了，确实，害了丽都，比杀了我强，你长进了……"

婴齐上前，拍小武的背："赵何齐，他绝对不是人，他是我见过的最最邪恶无耻的畜生。他肯定是计划好了的，在胁迫翁主饮药前，早已吩咐将院子水井里的汲水陶罐收了起来。如果当时汲水陶罐还在，臣或许还可以救得了翁主，可是臣实在没有办法。尤其是他竟指使人关上了侧门，臣想出去找汲水器具，怎么也出不去，他让人用铁链替换了门闩。臣只能用剑斫开厚重的木门。府君，你能想象得到，那要费多少时间。臣心中是何等悲苦，天塌下来也不会让臣那样悲苦！等臣斫开门，再去找汲水器具时，已经太晚了。翁主的眼睛迸出了鲜血，连头发上都浸润着殷红的血色——那鸩毒真是好不厉害。过了很久，赵何齐才假惺惺露面，表示遗憾，承诺说，一定会向皇帝禀奏翁主的壮烈举动，可是臣敢肯定，这一切都是他安排的。"

小武像木雕一样一动不动，眼眶中时或涌出一些泪，时或又干涸着。最后只听他喃喃地说："她怎么会这么傻？相信赵何齐那样的小人。"

婴齐道："唉，翁主实在是太爱府君了，生怕府君被腰斩，忧急之下，自然就缺思量。也怪我们这群僚属没用，想不出一点办法。如果我们有用，翁主又何至于此？翁主暗暗做出这个决定时，一定非常绝望，非常伤心，一定对我们这帮僚属非常鄙夷，非常失望。"

"嗯，"小武应了一声，也不知道是不是回答婴齐。"让我想想，"他自言自语，"我得想出一个办法，宁愿我丢了性命，也要先报了此仇。"他捧着脑袋发了半天呆，突然猛拍了一下枰席，"好，我先试试。婴齐君，这事恐怕要你帮帮我了。"

婴齐道："只要能杀了赵何齐那个畜生，婴齐赴汤蹈火，也在所不惜。"

"好，"小武道，"不过也不能太急，过一个月，等我除了丧服再说。"

接下来的一个月里，长安城里桴鼓不绝，江充借口皇帝的诏令，征发执金吾车骑，日日在城里驰骋。他搭了一座几十丈的高台，让三个胡巫在上面望气，望见哪里有巫蛊气，就立刻派人驰奔哪里。卫卒们都扛着掘土工具，只要江充一声令下，就蜂拥冲进去狂掘。一旦被掘出木偶人，或者家庙里供奉了朝廷禁止的左道鬼神，无论贵贱，一概被江充劾奏为"执左道奉淫祠，不道"的罪名系捕。长安城人心惶惶，只要一听见鼓声响起，大家就知道，某家人就要倒霉了。他们只有在心里企盼，这样的倒霉事不要落到自己头上。

这是一个秋高气爽的早晨，长安城里出奇的安静，往日鼓声喧哗的情况没有出现。将近正午，大批车骑突然轰隆隆涌到未央宫北阙的司马门前。司马门令郭穰听到卫卒的报告，匆忙跑出来，高声喝斥："何人敢闯宫阙？"当他看见迎头斧车上的玄鸟旗时，知道是执金吾统率的北军车骑，话音顿时低了一大截，躬身长揖道，"拜见江都尉，不知都尉有兴致来未央宫门外游玩。"随即回头命令，"赶快撤了。"大群南军卫卒将弓弩槽上的箭撤下，执戟的卫士也都将锋刃朝外的戈戟收回。

江充大大咧咧坐在革车上，慢条斯理道："什么游玩，我终日只想着为皇帝分忧，哪有心情游玩？前段时间胡巫望气，未央宫椒房殿后八区有黑色戾气直冲天空，可能有人在用巫蛊术诅咒君上，我已经请得诏书，征发北军车骑搜索。你听着！"

征和二年十月癸亥朔甲申，乃者，胡巫望见戾气自未央宫掖庭椒房殿出，疑后宫有以左道巫蛊诅咒陛下者，水衡都尉江充、光禄勋韩说、宦者令苏文冀请诏逐验，得驰入未央宫掖庭便宜搜索，宫内卫卒、郎官、骑士皆毋敢勾留。制曰：可。

郭穰心里暗道，皇帝莫非真老糊涂了，未央宫掖庭全是女子，竟让江充率卫卒突入。皇后就居住在椒房殿，也不顾忌。但诏令在，他也无可奈何，只好下令大开阙门。江充吆喝一声，革车隆隆驰进阙门，绕过石渠阁、御史大夫寺、少府中央办公官署等一应建筑，朝未央宫前殿驰去。郭穰叹了一声："不知又有多少美人要魂归泰山了。"

掖庭八区的妃嫔们刚进过午食，正欲少作休憩，就听得车声如雷鸣般驰近。她们正在惊异，难道皇帝突然从甘泉宫回来了么？皇帝不回宫，谁敢在未央宫喧嚣。往日宫中都是一片死寂，除了徼巡的卫卒时不时在柳枝下出没，几乎看不到人影。即便是皇帝回宫，喧嚣声也不会传得这么远。很久以来，热闹就是属于钩弋夫人一个人的，连皇后也分不到一杯羹，何况是她们。

然而车声越来越近，还夹杂着马的嘶鸣声，这就实在让人惊讶了，看来并非是天子还驾。汉家规矩，天子的车马，一举一动乃至銮铃的响声都有严格规定，不该如此嘈杂。她们的感觉是对的，车声在飞翔殿、合欢殿、增城殿、披香殿、凤凰殿、鸳鸯殿附近戛然而止，接着听见甲叶的撞击声，守卫宫掖的郎官似乎在呵止着什么，接着大批卫卒冲进各殿，将漆得鲜红的宫殿地面踏得到处是乌黑的脚印，领头的胡巫进入一间间房寝仔细察看，只要他觉得有问题，就粗暴发令："掘。"卫卒们搬开青蒲席，手中的臿镶等物齐下，席下的菱形方砖被掘开，扔得到处都是，随即胡巫会惊呼道："有偶人。"掌上倏然托着一个数寸长的木人，宣布道，"诅咒君上，大逆不道，将她们全部收捕，下水衡狱拷掠。"卫卒们答应一声，早从车上卸下准备好的绳索，将妃嫔们捆成一串蚱蜢，牵出去掷到车上。未央宫中顿时像旗亭官市一样，号哭震天。不一会儿，江充在众车的簇拥下出现了，他环视一眼装满了上百辆车的女人，冷冷地喝道："你们这些贱婢，因为皇帝陛下不喜欢你们，竟怀恨在心，诅咒报复。今天被我发得奸事，罪状明白，不俯首服罪，反号呼喊冤，实乃大逆不道。等到了水衡狱，定让你们知道厉害。"

妃嫔们听了，愈加恐惧绝望，喊冤声此起彼伏。椒房殿中，卫皇后听得叫号，内心不安，早让中黄门去探查，不久中黄门回来报告："是水衡江都尉捕人，声称内宫挖得无数木偶人。车骑很多，都聚集在后殿，老奴上去盘问，他说有诏书。"卫皇后扑通一声跌倒在榻下，她知道，这一切都是针对自己来的，结局不会很远了。她在侍从的扶助下挣扎着爬起来，颤声道："召詹事①、家令、中厩令。"

皇后詹事薛广德、中厩令成安，都匆匆赶到椒房殿安室。这几个人都是皇后心腹，做皇后的私官都有十来年，知道皇后一旦得罪，自己作为私官属，一定会被并诛，所以江充的所作所为，对他们也是威胁极大。卫皇后躺了会儿，心神稍

---

① 詹事：秦汉时代的官吏名称，掌管皇后、太子的家事。

定，叹道："诸位也都知道了，江充刚才率执金吾车骑，系捕后宫妃嫔数百人，装车而去。之所以没骚扰我，只是因为尚未得到皇帝明诏。但目前这一切，就是为了制造声势，让皇帝慢慢相信我有诅咒不道的事实。诸位和我及太子家都是肺腑相依，一旦我和太子坐诛，按照汉法，诸位也不能幸免。诸位想想有何良策？"

三人面面相觑，薛广德先嗫嚅道："不知道皇后想要哪种程度的计策？"

卫子夫道："如今火烧睫毛了，诸君还有退路吗？"

薛广德沉默了一下，小心翼翼道："那臣就斗胆妄言。既然皇帝有恙，皇后不妨先派使者去甘泉宫频繁问候，探听虚实。如果皇帝确实病笃，那我们就干脆发兵诛灭江充。"

"发兵，谈何容易？"卫皇后道，"没有虎符和天子节信，我们能发多少兵？"

"皇后放心，"中厩令成安道，"臣前几日私下和武库令闲言，他对江充甚为不满，声言拥护皇后和太子。臣感觉他可以说动，只要他愿意配合，我们即可打开武库，矫制敕中都官刑徒，全部授兵。这些刑徒加上未央宫和明光宫卫卒，总有近十万人，诛灭江充是绰绰有余。臣掌管的中厩，现有马千匹，车数百辆。臣私下已经命人准备皮革千余张，数夜之间可将厩车改装为兵车，装载射士，以武库强弩连射，翦灭江充，应该不难。江充等一伙所掌只有水衡见卒、光禄勋郎中卫卒、射士和执金吾车骑，人数不过二三万。只要北军不发兵相助，我们就能稳操胜券。"

卫皇后眉头稍微舒展："成君真是有心人，我们母子，就全仗你了。倘若他日有成，封侯拜相，任诸君选择。"

薛广德和成安齐齐稽首拜倒："主上有难，臣义不容辞，安望封侯拜相。这事要赶紧通告太子，大家都早作准备。"

而在京兆尹府第，小武得到江充突入未央宫大索的消息，满意笑道："赵何齐的死期也将近了。"看着婴齐，"婴君知我意否？"

婴齐道："府君明虑，赵何齐的正式官职是未央宫掖庭令，主管后宫八区事宜。现今江充搜索后宫掖庭，诬告搜得木偶人。赵何齐身为掖庭长官，奉职不谨，当坐罪下狱接受簿问。江充只知道这次是赵何齐帮府君脱罪，对其中各种隐情并不清楚，对赵何齐肯定恨之入骨，哪能不严加拷掠的？"

"婴君所言极是。"小武微笑，"我猜，后宫掖庭妃嫔诅咒君上这么大的狱事，

378

皇帝不会单交给水衡都尉拷掠，等几天后诏书下达，必定是让水衡都尉和廷尉杂治。严延年秉公无私，赵何齐就不一定有事，这时候该用得上你我了。"

婴齐道："府君的意思是，我们要帮江充一把？"

小武颔首道："不错。"

"杀了赵何齐是必须的，不过翁主的仰药，起因也跟江充有关。若非江充，府君不会下狱；若府君不下狱，赵何齐无法展其奸巧。江充此番得逞，势力就逾大，我们如何能彻底为翁主报仇？"婴齐不解。

小武脸色转为阴郁："江充只是害我，未曾害翁主，所以，赵何齐罪恶更甚。且江充本来无奈我何，他只是凶暴，不善奸巧；反倒是赵何齐这样的阉宦，内心就像阴沟溷厕一般，更难防备，倘不除了他，日后不知还要害多少人，先除了他再说。翁主临终前宛转痛苦，我也不能让赵何齐死得那么痛快，不但要他死，还要夷他三族。这次要劳动婴君的大驾了。至于江充，他跑不掉，会有机会的。"

婴齐道："但凭府君吩咐。"

小武道："赵何齐的姊姊是楚王妃，当初我为绣衣直指，路过楚国，还曾见过他父亲。我要婴君立刻驰奔楚国，面见楚王，讽劝他即刻捕斩赵何齐的族人，讨好皇帝，免得把自己牵连进去。"

"哦，"婴齐道，"不过赵何齐下狱，江充有可能就会穷治，力图牵连到赵何齐族人，又何必我们自己动手呢？"

小武道："不然，我算过，因为巫蛊案被灭族的远不到三分之一。何况江充和赵何齐并无深怨，未必想牵连赵何齐宗族，即便想牵连，在现在的形势下，也会有所顾忌。毕竟穷治下去，会一直牵连到楚王。我相信，在江充干掉太子之前，不敢花力气穷治诸侯王，以免诸侯王联合反抗。赵王现在就非常痛恨江充，江充不是也没机会报复吗？我让婴君去讽劝楚王，是因为楚王太子和楚国相当初窝藏逃亡官吏，犯下大罪，我帮他掩盖了。你告诉他，这次如果不捕斩赵长年灭口，有可能被江充发觉这件奸事，那样大家都会并诛。他也不是蠢人，知道利害，一定会知道怎么做的。"

婴齐道："好吧，臣立即整装，昼夜潜行，赶往彭城。"

小武满意道："君这次出行，必须保密，因此，再发挥一下诈刻符传的本事吧，通过函谷关，不能暴露身份。路过邮亭驿置，千万不可投宿，免得留下踪迹。"

婴齐道："府君放心，这些臣一定会注意的。"

—— 第二十一章 ——

揾血报忿怒　弗忍忆蕣英

　　江充的儿子和江都侯靳石的女儿要联姻了，这个消息一天之间传遍了整个长安。

　　的确如靳莫如所言，江捐之和他死去的叔叔江之推完全是两种人，他从不因为自己父亲有威势而骄横不法。几个月前，当他在灞水边初见靳莫如时，立刻就被她迷住了，因此，平时怕蛇的他，竟鼓起勇气上前击蛇。他也知道自己家族名声不好，靳家不可能允婚，谁知父亲竟然直接求到皇帝身边，把这事办成了。于是在一系列匆忙的纳采、纳吉等前期准备之后，婚期很快就得到确定。

　　与此同时，靳家上下并无特别的喜庆气氛，当然，表面上的欢乐还是有的，否则如何向皇帝交代？靳不疑向父亲感叹："江充倒行逆施，灭族有份，我们靳家，就算不被牵连，也会遭士大夫耻笑。"靳石也默然，父子相对垂泣。

　　靳莫如倒是满怀憧憬，虽然对江充的行径也不是完全没有异议。她想，假如做了江家的新妇，也许有机会劝劝。总之不管怎样，愿意也好，不愿也罢，这段婚姻是皇帝亲口制定的，不得拒绝，倒省了思前想后，反正没有选择，只好听天由命。假如最终结果不好，也用不着悔恨。这样一想，也难免不高兴起来。

　　这天的黄昏时分，朝臣正陆续来到江充的府第祝贺，庭燎耀天，绫罗束柱，整个宅子披红挂彩，喜气洋洋。宾客们正在院内相互寒暄，忽然几个甲士拥着一个郎中打扮的人走了进来，庭中诸人看见他们的服饰，立即识相地闪开了一条道路，他们知道是甘泉的使者又到了。果然，使者到了阶下，就传召江充，当庭宣读诏书，在褒奖了一番之后，命令将被系捕的后宫妃嫔下水衡狱，让水衡都尉和廷尉、京兆尹杂治。

江充心里一沉，天子果然谨慎，竟然不让他独自审讯。他心里清楚，所谓后宫巫蛊本无其事，全是自己的栽赃，若整个狱事交由水衡狱处置，自然好办，稀里糊涂就可结案。将她们都杀了，对卫皇后是个巨大的震撼，没准还能吓得她精神失常，甚至铤而走险发兵造反，那就真的谢天谢地；可是如果交给三府杂治，自己就不能一手遮天。严延年那老竖子已经不好惹了，谁知皇帝还要京兆尹沈武参与其中，这小竖子比严延年还要阴毒，若让他发现妃嫔们蒙冤，自己有可能反坐其罪，后果十分严重。奉诏之后，他强作欢颜和使者客套。等送走使者，感觉身体极不舒服，畏寒想吐，遂令家丞接待宾客，自己躲到后阙楼上去清静一下。

贴身仆人见他脸色不对，赶紧叫来医工。医工号了脉，说没事，只是太忧心国事了，休息片刻就好。他喝了一壶热茶，感觉好些，站在阙楼上俯视庭院，寻思着如何解决面前的棘手难题。听着院内欢声笑语一声声入耳，心情渐渐好起来。今天是该快乐的日子，通过这次联姻，拉拢了靳不疑，而靳不疑和严延年关系很好，日后有机会燕饮，让姻亲去请严延年，总不至于不给面子。剩下沈武那个竖子却没奈何，自己刚刚整得他家破人亡，他怎肯善罢甘休？看皇帝那么信任他，一定已经对自己有所猜忌，这才是最可怕的。他呆呆望着前院，突然把嘴巴张得老大。

江充看见了一个最不可思议的场景：一位青年官吏，戴着梁冠走进了庭院。在庭燎的耀目光芒下，可以看出他的脸庞年轻而忧伤，竟是沈武。天啊，怎么可能，他会来给自己祝贺？然而分明是他。只见他和自己的家丞含笑行礼，然后一个升阼阶，一个升西阶，亲切地拱手，走上了堂。他的身后跟着一个健壮的武士，满面虬髯。江充知道这人叫郭破胡，是小武的贴身掾属，贼曹卒史。郭破胡没穿浅红色的武卒服装，而是带着一梁的竹皮冠，身穿簇新的黑色深衣，手上还捧着大匹的丝帛，显然是贽敬。江充僵了一会儿，不知道是该自豪，还是该疑惑。难道沈武竖子这次吃了大亏，死掉了一个漂亮妻子，知道斗不过我，因此示弱讨好来了？如果是这样，就太好了，即使他并非真心，先利用他一下也是好的。江充正在思忖，忽然家丞匆匆跑上楼来，低声道："主公，贵体可有好转？"江充说："没事了。"家丞喜道："太好了。另有一件奇事，京兆尹沈武来登门贺喜了。"

江充屏住呼吸，假装淡淡地说："哦，知道了，来就来了，有什么可大惊小怪的。"

其实家丞看见江充听完诏书就心情不悦，已经猜到他为何烦恼。刚才见小武登门，大喜过望，是以立刻上来奏告。他也知道主人一向好面子，也不点破他，肃然垂手："主君胸怀阔大，若巨鲸而游溟海；不像臣池中之蛙，见蠛蠓而心喜。"江充也觉得自己装得过了，温言道："沈武这竖子也算是贵人，难为了你。"家丞道："主君，诸位大臣都在庭院等候主公，主公若无大恙，不如降临，让大家一瞻风采。"

江充道："也好，这样的大场面，你也驾驭不住。"遂和家丞下楼，刚到前庭，只见小武立刻趋近笑道："都尉君，刚才接到诏书，皇帝陛下让武协助都尉君杂治后宫巫蛊狱，武左思右想，虽然知道都尉君一向不喜武，可是为朝廷计，总不能对私怨念兹在兹，是以觍颜登门，祝贺都尉君的公子新婚大庆。"

江充一愣，看着小武微笑的表情，心情复杂。娘的，这竖子到底是何用意？难道并非因为惧怕我而主动示好，看他提到杂治巫蛊狱，喜不自禁，似不怀好意。但江充一直视小武为劲敌，也不敢怠慢，强笑道："岂敢。京兆这几句话说得太好了，为天子办事，自不能长计私怨。京兆肯屈尊莅临寒第，充蓬荜生辉。过去的事情已经过去了，京兆与充各有悲痛，不如趁此机会，弃怨修好，全心全意为主上效力。但愿巫蛊一灭，主上御体霍然痊愈，我等和天下的百姓也就可告慰了。"

小武笑道："若无弃怨修好之心，武也不敢上门。有江都尉这番话，武怎不欣喜？今上御体不安，武日日忧虑，寝食难安，想不出世上有谁会如此恶毒，竟诅咒我圣明主上。夫为人臣者不爱其君，是为不忠；为人妻妾者不爱其夫，是为不义。不忠不义，人神共愤！都尉君，从今以来，武和都尉勠力同心，共治巫蛊。不但要治理，而且要穷治，不达目的决不罢休。"

江充连连点头："沈君肯这样想，何愁陛下御体不痊愈，何愁大汉社稷不安宁？"他死死盯着小武的脸，极力想看出一点什么，但什么也没看出。

宾客全部到了，乐工也布满阶下庭中，笙钟齐鸣，大家觥筹交错，抚髀尽欢。酒过数巡，只听得门外马蹄声响，主事者大叫："公子迎亲的车马回来了。"接着一个俊秀的青年执着马鞭从萧墙后转了进来，他身着绛色的深衣，宽袍大袖，头戴介帻，满面春风。见了江充，疾步趋近跪拜行礼，喜气洋洋道："阿翁，孩儿回来了。"

江充看着自己的儿子，满面慈祥："很好，你先出去，领着新妇拜见宾客，敬酒备礼，再自己引进青庐吧。你现在是真正的成年人了，不可忘记责任所在，阿翁照顾不了你一辈子。"

小武坐在一旁，侧目看着这个场面，心如刀绞。这江充心如蛇蝎，对自己的儿子却舐犊情深。唉，人性真是复杂。眼前的一幕好像是自己刚在广陵国亲历的一般，那江捐之不就是自己当时的化身么，他的喜悦、得意，一如当时的自己。他想起自己怎样驾车载着刘丽都从显阳殿奔驰到清越殿，当时得意之情，难以言表，自以为春秋尚富，能与神仙眷侣在这世间相伴几十年，不觉有凌云之感，谁知这么快就人天两隔，再也无从相见。小武想到这，泪水欲夺眶而下，他抬起袖子，遮住自己的脸庞，以免被宾客们侧目。他随即又想起在高釭红烛的清越殿正房，刘丽都鼓瑟时的妖娆之态，那是何等美妙的幸福，都杳如黄鹤，永不可追。他想起刘丽都边鼓瑟边唱的那篇歌诗，是冥冥之中的谶语么？那样凄婉的歌词，怎能用到青庐新婚之夜？他想起当时自己无意识说的话，"我欲学古人，于边塞风吟，取其数策而已。就取那'欢娱在今夕兮燕婉良时''努力爱春华兮莫忘欢时'两句吧"。而果然，欢娱只是一刻，一朝过去，就永不可再得。那歌的最后一句方是最怆怀的，"生当复来归兮死长相思"，如今伊人果逝，一切的一切，只有通过长相思来漫抛轻掷了。

江捐之听了父亲的话，躬身道："是，阿翁，孩儿马上就去。"他转身离开，一会儿回来时，手上已挽着一个美貌女子。一大伙男女侍从捧着妆奁礼物跟在他们后面。那女子梳着高髻，髻上插着步摇，身上披着华丽的袿衣，肩上在身后还拖出燕尾状的飘带。她肤色白皙，神色端凝，看不出一点喜怒哀乐。小武认出，确是这场婚礼的新妇靳莫如。自从来到长安，他从未如此近距离见她，这是多么奇怪的一个场景啊！她和两年前相比，没有什么变化，只是感觉这个喜庆的日子，她似乎也有一些忧伤，不知道是为了什么？

"这位是京兆尹沈君。"当这对新婚夫妇举着酒爵走到小武的席前时，赞礼者介绍道。江捐之长跪举起酒爵，恭谨道："捐之敢以一爵为沈君足下寿，祝足下长乐未央，欣欣安康。"靳莫如抬首看了小武一眼，脸色惨白，也学着丈夫说了一句："莫如敢以薄酒为沈君足下寿，愿足下长乐未央，欣欣安康。"

小武看着江捐之面目诚恳，全不似其父，心里暗叹，江充这样一个悖妄的恶人，也算是有子了；靳莫如嫁给他，也算是般配了。他又扫了一眼靳莫如，发现她目光复杂地盯着自己，不由得颇为局促。他惶惑地避开她的目光，也直起腰，长跪着举起酒爵，道："武岂敢受此大贶。请尽此爵，令夫妇新婚大庆，武谨有吉言相赠：吉日令辰，乃结良配；敬尔威仪，淑慎尔德；夫妻长保，永受胡福！"说完仰首将酒一口饮尽。

靳莫如也仰首饮完爵中的酒，看见小武脸上挂着泪珠，心里颇为怜惜。她知道他的不幸，原以为他会被判腰斩，谁知他没死，妻子死了。她虽然天性善良，却也是个活人。她暗恨过小武，也嫉妒过刘丽都，但没有跟人说过。说出去一定会被人笑死，一位堂堂侯门千金，竟然会喜欢南方偏远郡县的一个出身卑贱的竖子，还未能如愿，简直丢长安列侯的脸。她也是个通情达理的人，恨只恨自己当时没有能力，把小武从管材智手中救下，否则小武怎会被广陵翁主夺去？但从这件事，她也自豪自己的眼光，自己喜欢那个竖子并不丢脸，皇帝的嫡亲孙女不也喜欢他吗？而且黄土古原上的豪门大族，都风传京兆尹的妻子拥有难以形容的美貌。能被这样的女子喜欢的人，岂是池中之物？时光慢慢抹平了一切创伤，她遇到了江捐之。江捐之经常请人向她鱼雁传书，她慢慢接受了他，只在深夜低徊之时，才会略有些遗憾。

她自然也奇怪，小武为什么会来？他的妻子不就等于是江充害死的吗？依照他的性格，是不可能登门祝贺的！总不可能是来看我。又或者是经历过这次劫难，胆怯了？似乎也不像，她和小武相处时间虽不长，但感觉比很多人都了解小武，她觉得小武不是一个会轻易妥协的人。他很固执，认死理，宁折不弯。假如他妻子还活着，也许他会屈服，但现在怎么会？他的眼泪已经是一个明证，她知道他看似平静的心胸下，正涌动着愤懑的热血。想到这，靳莫如感觉自己也鼻子酸了，眼泪忍不住流淌。她偷偷抬起袖子擦拭，生怕泪水毁了妆容，让人惊诧。她又想，小武说不定心中愤懑，好端端的一个贵族女子，为什么要嫁给江充的儿子，他内心一定在鄙薄自己？或许还会怨恨，为什么要嫁入与他有着深仇大恨的家族？他刚才的祝福很可能不是真的。可是，他又怎斗得过江充？

靳莫如的心一阵刺痛，她恋恋不舍，又假装找东西，回头偷望了小武一眼，她看见小武已经转过头去，和身边的侍卫郭破胡笑着说些什么。那是勉强做出来的笑容，是为了掩饰。她肯定。

小武的举动是有些奇怪，连严延年也看了出来。严延年对江充搜获的一系列后宫嫔妃的巫蛊证据有些怀疑，坚决要求详加勘验，要求更多的证据，讯问更多的证人，但江充不肯。严延年就暗示小武，谁知小武竟然反驳道："廷尉君真是过分谨慎了，江都尉根据胡巫的望气，亲率执金吾车骑在掖庭搜得木偶人，证据确凿，恐怕没什么可怀疑的！除非……"

"除非什么？"严延年看着小武冷漠的脸，这张脸以前也和他在朝廷上辩诘过。那时虽然也不动声色，却犹可看出激烈的言辞下充满了热情，那是一般小吏刚出仕时多有的理想状态，每个毛孔都发散着报效主上的忠悃。然而现在，这张脸却仿佛用寒冰雕成，偶尔冒出的笑容也夹杂着砭人的寒气。这个官秩腾踊的青年干吏，短短一年之间就似乎老了几十岁，仿佛看惯了人世的荣辱，从此波澜不惊了。

小武笑道："除非廷尉君不以主上的御体为意。胡巫已经说了，主上婴疾，经久不愈，皆是因为有人在行巫蛊诅咒。都尉君不顾惊扰宫禁的指责，捕获到这么多奸人，赤诚堪比日月。而廷尉君竟然犹豫不决，莫非想让罪犯'逾冬'么？"

"啊。"严延年吃了一惊，这竖子怎么了？不但帮江充说话，还把"逾冬"的罪名扣到自己头上。一般来说，朝廷要赶在冬季结束前处决犯人，如果在治狱时有司借口证据不足，拖延判决，就可能让罪犯拖过冬季，而汉法，新春常行宽大之政，朝廷往往下诏，死罪可以减死一等。碰到朝廷有大庆，直接赦免出狱，有官职的，甚至可能官复原职。因此有些官吏为了徇私，就经常拖延相关狱事的判决，希望为罪犯等到活命机会，但也有风险，很可能被仇人抓到把柄劾奏，把自己搭进去。若狱事有关谋反，多半因此丢掉性命。

严延年听到小武这么说，怎不吃惊："沈京兆何出此言？延年此生富贵全出自主上，岂是背恩忘义的小人？只是狱者重事，不敢轻忽罢了。"他看着小武的冷硬目光，语调不由自主地降低了。

"没什么。"小武笑了，可在严延年眼里，仿佛是脸上的冰块绽开一般。"大家都是为天子办事。"小武站了起来，背着手踱了几圈，道："天汉四年，有人告发胶西王刘端谋反案，事下廷尉治。当时的廷尉吴尊声称刘端谋反无真凭实据，奏请详勘。诏下中二千石以上杂议，丞相奏吴尊身为廷尉，不系念天子安危，心怀奸宄，为反贼说情。当时狱事正好在十月发生，公卿都认为吴尊想让刘端拖过冬月，得以减死一等论，大不忠。天子大怒，下吏簿责，吴尊惶恐自杀以谢——

我这可也是为了严廷尉着想啊。"

"延年绝无为罪人开脱之意，忠心可鉴日月。"严延年心中愠怒，强行忍住怒气，急眼争辩。

小武道："廷尉君忠悃，武完全相信，但朝野颇多小人，难免有人会因此借机生事，陷廷尉君以不义，廷尉君将百口难辩。请廷尉君相信，武也是一片赤诚为廷尉君考虑。"

严延年想，假如有奸人生事，我确实百口莫辩。皇帝年老昏聩，行事已经不循常理，正义良知固然是好东西，但也不值得把全族人的性命赌上去，于是嗫嚅道："既然罪状明白，那就照常讯鞫论报吧。"

江充抚掌道："严廷尉知过能改，善莫大焉。沈京兆深明大义，也让人敬服，那就这么定了，全部弃市。请廷尉奏上，陛下制可后，立刻行刑。"

不久就等到了甘泉宫的制可诏书，所有犯人的生命终于要走到尽头。江充将行刑现场又选在长安城南西安门外的渭水边，和当年处决公孙贺等人一样。和上次稍有不同的是，这回有数百后宫美女加入了死亡的行列，未免让观看的百姓愈发兴奋。人群中，那些贫民百姓抑制不住啧啧叹息，既慨叹皇帝的艳福，又惋惜白白浪费了这么多美女，要是赐给他们做老婆，该有多好！整日疼还疼不过来，哪舍得杀掉？不过他们也算饱了一番眼福，那些美貌的妃嫔，将她们密丝繁鬓的脑袋乖乖放到斧质上时，照例要被扯去上衣，露出她们窈窕的形体和雪白的肌肤。这样，在鼓声咚咚的间歇，时时会夹杂着那些三辅无赖们饱含涎水的惊叹。

在看台上监斩的三长吏神色各不相同。江充还是那样得意，严延年坐立不安，小武凝坐，面无表情。江充看了看他们两位，自言自语，仿佛是为自己寻求安慰："这帮人穷凶极恶，竟敢诅咒主上。唉，我何尝愿意多杀，不得已罢了。今天掾属给我上书，说掖庭宫人大逆不道，她们的令长也应当判罪。我说，掖庭令赵何齐君常年在甘泉陪侍皇帝，掖庭宫人有不轨，他怎么知晓，不要过分牵连，以免引来物议。不知沈君意下如何？"说到最后一句，他转头微笑，看着小武，眼角的鱼尾纹仿佛带着慈祥。其实他在想，据说赵何齐和沈武关系密切，这次沈武帮自己吓住严延年，免去许多烦恼，不妨卖个乖，投桃报李，趁机拉拢小武，也没什么不好。

小武却冷冰冰道："不然，武以为，应听从都尉君掾属的意见。皇帝这次去甘泉宫不过数月，而掖庭宫人埋藏木偶起码一年，对不对？赵何齐当时就在长安，依法当负重劾——虽然赵君与武有旧，然为天下者，不顾私恩。都尉君不必顾忌。"

江充看着小武的脸，觉得越发迷惑了。这竖子到底在想些什么？为天下者，不顾私恩，不，他心里所想绝不会这么简单，那是怎么回事，难道他和赵何齐有仇？对了，赵何齐因为上书被处以宫刑，难道也怨恨他？可是当时提议处刑的是严延年，具体执行的是我，他应该恨我和严延年才对。而且特别应该恨我，是我讨厌他油头粉面的样子，迫不及待割了他的阳具。面前这人到底怎么回事？如果赵何齐死了，这人日后再有难，想到皇帝身边找个帮忙的人都没有了。江充理不清头绪，只好讪讪道："京兆君如果觉得赵何齐有罪，那我就劾奏他。"

半个月之后，长安御史寺下达的文书通过邮传驿置送往天下郡国，诏书内容是关于掖庭令赵何齐纵容后宫妃嫔诅咒天子，已经征下若卢狱的事，并昭告天下，为奸宄不法者戒。远在彭城的楚王延寿接到诏书，立即会见国相、内史、中尉。中尉发武卒革车二百辆，强弩骑士数百人，驰围了大商人赵长年的府第，将赵氏族人上千口全部系捕。而在王官里，楚王不住地唉声叹气，惶惶不安地对身边一黑衣人说："婴君，寡人征得国相同意，让中尉发兵围捕赵长年，实在心有不忍。不知王妃是否也当连坐？寡人和王妃夫妻情笃，将何以堪啊，唉——寡人真能因此免罪么？"

婴齐道："赵何齐主管掖庭，现在被两府劾奏，性命朝不保夕。这次皇帝命令我们府君和江充杂治此案。府君本意实在很想保全赵何齐，怎奈江充势力太大。前段时间因为射中殿门狱，我们府君也差点被腰斩，幸亏翁主自杀以谢，皇帝才不忍致法。这次待罪守京兆尹，已是战战兢兢，无论如何也阻止不了江充。只是我们府君担心，如果赵何齐看到我们府君参与杂治巫蛊，却不肯帮他，一定会心怀怨恨，说不定会因此指使人上书告发我们府君和大王的阴事，那大王就真可能牵连弃市。他一时惶急，哪里会想到我们府君根本没能力帮他呢？几十年前，御史大夫张汤就是因此走上死路的，所以臣劝大王火速发兵系捕赵何齐全族，那么他想找人上书都没有机会，皇帝也会下诏褒奖大王忧心社稷，疾恶如仇。此事固然委屈了赵氏，可是能保全大王，以后总有机会报复江充。我们府君之所以让臣潜行来彭城劝说大王，都是因为预料到了这些啊！"

楚王微微点头，心想，的确，元狩六年，御史大夫张汤有罪自杀，其中一个原因就是如此。当时他属下一个小吏鲁谒居的弟弟有罪被捕，看见张汤巡视监狱，呼喊告冤，想让张汤帮忙脱罪。张汤在公开场合不好回答，寻思回去后再设法偷偷相助，就假装不认识。鲁谒居的弟弟心下大恨，以为张汤见死不救，于是上书告发张汤和自己大兄的不法阴事，天子得书大怒，下吏簿责，张汤只好自杀。如果赵何齐也这样误会，那么的确会如沈武所说，牵连到自己。他叹气道："也只好如此了，我们先下手为强，将赵长年一家劾奏为谋反大罪，全部处死。"

婴齐道："大王果然从善如流。"他仰望着屋顶，房梁上有一个空巢，不见燕子，这真是凛冽的冬天。燕子春天还会来，人却不能复活。他想，这事做得对吗？又搜寻记忆中刘丽都自杀时的惨状，想说服自己，现在自己做的都对。但他发现，竟然没有什么效果。他想，也许自己还不是那么喜欢、慕恋她，我和府君不一样。他长长地叹了口气。

由于甘泉宫没有官署，赵何齐被槛车载往长安，关入若卢狱。小武作为杂治此狱的长吏，来到若卢狱，命令狱令王信紧闭狱门，自己和郭破胡两人进去。他看见赵何齐狼狈地躺在墙角，前段时间作为天子使者的趾高气扬之态一扫而光。这个人听见响声，抬头一看，马上从柴草的褥子上坐了起来，眼中迸出一丝希望的光芒。"沈君，"他尖声叫道，"这次你一定要帮我，我是冤枉的。"

小武腰下系着剑，背着手，静静地看着赵何齐额头上的草叶，不发一言。对他来说，这人是世间最堪憎恨的人，什么公孙贺、公孙敬声、八狗甚至江充等人都无须来做比方。曾经他对这人有过一丝内疚，到底是自己弄得他残缺了身体，可是后来只有后悔，后悔自己太仁慈了。这样的人，有什么值得可怜的？小武厌恶地转过脸，叹了一口气："你还要我怎么帮你？"

"怎么帮？当然是帮我脱罪。"赵何齐尖叫道，"所谓掖庭巫蛊狱事，分明是江充搞的鬼，我怎会那么做？就算妃嫔诅咒皇帝，我远在甘泉，又怎能知晓？你一定要上书皇帝，帮我辨冤，绝不能让江充得逞。你精通律令，皇帝一向信任你，一定会听你的。"

"是么？"小武道，"一向信任？那倒不见得，否则上次怎么差点被腰斩了呢？"

赵何齐道："上次的事，皇帝本无意处置你，否则怎会接二连三下诏让公卿复议？"

"哦，是这样。对了，赵君。"小武冷笑了一声，"我是该帮你的，上次你还帮了我呢，你还帮助我妻子仰药自尽了，就在你的面前。"

赵何齐回味小武的语气，一怔，随即喘着粗气道："尊夫人仰药自尽，以救夫君，赵某十分钦佩。我当时想劝她，可惜差了一步，悔恨莫及。"

小武不答，来回走了几步，道："赵君，你现在不大清醒，等你清醒了，我再来吧。"说着朝狱门走去。

"站住。"赵何齐嚎叫道，"你过来。既然你知道了，我赵某也就走到天井说亮话。是的，她的自杀，我当时没有劝阻，但是我被你害得处了宫刑，又怎么算？这件事，我们扯平了。我们现在应该并力对付江充，如果江充倒台，广陵王立为太子，你什么样的女人没有？说到底，我也只图个虚名，我有什么？顶多在赵氏收个养子，哪有你这么风流快活……"

"嗯，"小武道，"养子恐怕已收不成了，楚王已经将令尊和族人一千多口全部逮捕，不久之后，凡是男子都会斩首，女子都会没入县官，卖为奴婢……你别激动，别大叫大嚷，你想要指使人上书出卖我，让我和你同归于尽，恐怕也太晚了。"

赵何齐不断地发出凄厉的哀嚎声，他瞪着小武，尖声咆哮："你这个千刀万剐的贼亭长、贼刑徒，你比蛇蝎还要狠毒，怪不得你父母就被人杀了，你弟弟也死于非命，这是上天给你的报应，我早该知道你这贼刑徒说的话不可信，但你也不要太得意，短短两三年间，你死了弟弟，死了父母，死了妻子，下一个就会轮到你。天网恢恢，疏而不漏，你们全家正在泰山地府叫嚷，召唤你的名字……"赵何齐骂着骂着，突然跳了起来，带动脚钳丁当作响，他用头撞击墙壁，一边撞一边嘶声号哭，嘴里混乱不清，都是诅咒。

小武走上前去，踢了他一脚："你叫我贼亭长，但你这该死的商贩，未必比我好到哪里去。我家虽然贫苦，好歹也是世代耕读，为大汉的良民。你这狗商贩，天子禁令中最劣等的一类，向来在'七科谪'之列，竟梦想什么封侯拜相？去死吧。你知不知道，你这该死无耻的商贩，毁了我为吏的信念。虽然这朝廷有不少像江充这样的凶暴之徒，但比起你的阴险歹毒来，其危害度却差了好几个台阶。他们远远不能像你这样让我从此灰心，对于他们，我还有信心去整治，但像你这样的人，却只留给了我呕吐和绝望。你不是官吏中的毒瘤，而是人性的毒瘤。你这阉宦，就算死一百次，也不会让我心安。你诅咒我全家，又怎么样？我早萌死志，不在乎你的诅咒，我没什么志向，我写不了书，藏不了名山，留不了后世。我之所以苟活下来，就是想弄死你们。"

赵何齐再不答话，只是仆在草席上，时断时续地发出瘆人的呜咽声。

小武噙着泪，静静地看着赵何齐寻死觅活的样子，好半晌一声不发，终于走出了狱室，郭破胡也没有说话，跟着他离开。狱室光线阴暗，地面凹凸不平，依稀可见斑驳的暗色血迹，自大汉建国一百多年来，这里不知死去了多少的冤魂，加上赵何齐这么一个，它也绝不会嫌多。两人的身影倒映在地面上，渐行渐远的孤寂脚步声，带走了赵何齐所有残存的希望。赵何齐长吐了一口气，失神地望着屋顶，闭上了眼睛，嘴角溢出鲜血，像一头在丛林中负伤认命的野兽。

王信正在门外等着，见小武两人出来，恭谨问候。小武站在他面前，望了望旁边高墙上的苍色天空，又看着王信："贤令不必多礼，希望贤令记着，赵何齐手足上的钦钳一刻也不能取下，不要给他刀笔，免得他胡说妄言，惊扰皇帝。过不了几日，就要将他枭首长安市。三府杂治的讯鞫文书已经送到甘泉去了，等天子报文一到，即可行刑。"

王信道："府君放心，下吏不会让他找到胡说八道的机会。"

小武面上笑容惨淡："贤令真是有心人，很快就会前途无量的。"说着步下台阶。王信跟在后面不停地感谢，目送小武升车而去，对身边掾属说："听见没有，赶紧带几个人进去，将赵何齐的舌头和手指斩掉。"

掾属们相视了一下，齐齐回答："谨遵若卢君命令。"

—— 第二十二章 ——

天子常寝疾　储君日忧茕

　　征和二年的长安大抵就是这个样子，大汉帝国似乎突然逸出了它固有的行驶轨道。自春天以来，在长安的东市、西市以及城南的渭水岸边，一批批无辜的人头在几个愚妄之人的监护下，被粗暴地斩离了脖子。这几个人借着为圣天子御体安康考虑的崇高名义，日日安排上演一幕幕血腥的戏剧。而这戏剧的指导者江充，其实只为了一个目标：搞死太子。只有赶紧搞死太子，他全家才能有救。大汉帝国诛夷三族的恐怖刑罚在身后时时催促他跟时间赛跑，当今天子一旦驾崩，他全家将死无葬身之地。在这时候，帝国的严酷法律跟它自己开了一个奇特的玩笑，它没有将邪恶者吓退，反而加重了其邪恶，甚至有可能导致强大的帝国分崩离析。现在，大汉的司法完全败坏，往常需要经廷尉复核的死刑，如今只要水衡都尉的一句话。而那个水衡府，它的职责本来只是管理上林苑的山泽园陵，收取其中的税赋，以供养皇室，不知何时，它的主要职责竟然变成了治狱杀人；往常一般在冬季实行的死刑，现在可以在一年中的任何一天，只要江充愿意。这样一来，那本来应当慎重的处决，就变得轻巧，近乎游戏了。当赵何齐的头颅和残缺不全的尸体像一块腊肉似的在长安西市的秋风中飘荡之时，远在楚国的彭城，赵长年和赵氏所有男子，也一起在彭城的旗市被莫名其妙地斩下了脑袋。可能这些杀戮还不够惨烈吧，甘泉宫里，那位衰老皇帝的御体并没有因此变得稍微鲜活，这让江充恐慌之余，又免不了有一丝窃喜。于是，在甘泉宫下达愤怒的谴书，指责江充不尽心尽责的时候，江充觉得重大的时机到了，他招集属下最擅长刀笔的掾史，炮制了一封历史上最催人泪下的奏书，声称最主要的巫蛊者还没有找到，却并非因为自己不称职，而是因为涉及到皇后和储君，自己不敢也没有权力搜索。因为胡巫已经登上未央宫沧池中的渐台，发现明光宫中有巫蛊气。正在甘泉宫钩弋殿中静养的皇帝看到奏书，勃然大怒，他深信太子有诅咒自己早死的一切动机，当即把奏书摔到陛阶下，气咻咻道："为人子者岂当如是？朕千秋万岁之后，又何敢将天下交付如此不孝之人？我大汉以孝立天下，储君不孝，将谓天下何？"

年轻貌美的赵婕妤坐在身边，温柔劝慰："陛下莫忧伤，太子不孝，是太傅和少傅的过错，当斩之以谢天下。"

刘彻怒道："难道太子就没有罪吗？虽说虎毒不食子，但虎子又安能噬父？假若孺子真的诅咒朕躬，朕一样会大义灭亲的。"

赵婕妤身子抖了一下，吓得不敢说话。少子刘弗陵在一旁，抱着刘彻的腿，嘴里咕哝道："阿翁，大义灭亲，解释一下。"

刘彻看着可爱的幼子，脸色顿时缓和下来。他把刘弗陵抱在膝上，遥望宫殿下高高的清波池，若有所思："把社稷交给那个不肖子，朕终不甘心。不如干脆立弗陵为太子。"

赵婕妤马上跪下来，解掉头上的簪子，耳朵上的饰玉，叩首道："谢陛下立弗陵为太子，臣妾终于安心了。"

刘彻注目赵婕妤，不动声色："弗陵不做太子，你怎么就不安心了？"

赵婕妤珠泪零落，呜咽道："臣妾死不足惜，然担心陛下千秋万岁之后，弗陵有赵隐王如意之忧[①]。"

"唉。"刘彻叹道，"你过虑了，卫皇后不是当年的高皇后。太子也一向为人仁厚，朕反倒是因为这点，才不喜爱他的。汉家治天下，本以霸王道夹杂儒术行之，而太子只喜儒术，过于仁慈。为人君而过于仁慈，难以威众。不能威众，则政令不下行；政令不下行，辄有乱臣贼子上窥神器。恐怕乱我汉家天下的，就是太子啊。朕御宇五十余年，天下看朕罢黜百家，独尊儒术。其实朕心里知道，单

---

① 赵隐王如意：汉高祖刘邦的幼子刘如意，刘邦宠姬戚夫人所生，被封为赵王。刘邦晚年一直想立如意为太子，却得不到大臣的认可，最后放弃了这个主意。刘邦死后，太子刘盈即位，刘盈的母亲吕后立刻把戚夫人残忍杀害，又用鸩酒毒死了刘如意，谥为隐王。

以儒术治天下是不行的，可惜太子始终不识大体。"

"如果江充所言是实呢？"赵婕妤道，"如果太子果然诅咒陛下，难道还算得仁慈吗？"

刘彻熟视赵婕妤，一字一顿道："即便太子诅咒朕躬，你又有资格提建议吗？"

赵婕妤看了刘彻一眼，感觉那眼光像蝮蛇，不由得打了个寒颤，赶紧叩头道："臣妾该死。"

刘彻哼了一声："你起来吧，带弗陵进去。"赵婕妤赶紧爬起来，从刘彻膝盖上抱过刘弗陵，迅疾退回东厢。刘彻看着她们进去，自言自语道："牝鸡司晨，惟家之索。"又语气和缓，"来人。"

身边郎中、中郎、侍御史等官员赶忙趋近，齐声道："臣在。"

刘彻道："给我制诏水衡都尉。"侍御史立刻执板把笔："臣敬闻上命。"刘彻思忖了一会，道："朕自今春以来，体常不豫。乃者君奏言胡巫望气，有臣民以巫蛊祝诅朕躬，朕假君节钺，冀君搜获，得专而诛之。今君诛杀奸民已近万余，而朕躬之不豫一如往旧，何解？岂君及胡巫望气有失欤，将弗肯尽力也？今君奏言太子宫有巫蛊气，意朕将有所回护，而不敢奏上？传不云乎：'大义灭亲。'朕命君即率执金吾车骑索太子宫，毋得有隐。即再不获，君其自解印绶，以身诣廷尉狱。"

长安的明光宫里，刘据命太子家令张光急召太子少傅石德。石德立即驾车，穿过尚冠街，折入章台街，直驰入明光宫的南阙。他跳下车，上气不接下气地跑进明光宫前殿。太子家令张光在前面引路，将石德领进前殿左侧的非常室中。太子正在室内焦躁不安地来回走动，今年才四十出头的刘据，头上已经赫然可见白发，令石德黯然神伤。石氏家族一向和太子家有良好的感情，石德的父亲石庆早年就担任过太子太傅，因为积劳，后来迁御史大夫，继而代赵周为丞相。石庆一向尊奉儒术，以仁义教导太子。自任丞相以来，适逢张汤为御史大夫，张汤以刑名治理政事，缘饰儒术，深得皇帝宠幸，皇帝身边也差不多全是用法峭刻的所谓能吏，石庆虽然位居丞相，朝会时却从不敢有所建言，尸位素餐而已。他也是不得已，慑于前丞相李蔡、庄青翟、赵周的被诛，时时忧惧，偶尔实在羞愧自己在朝堂上形同尸体，也壮着胆子上奏，却总是不合皇帝意旨，于是更加惊慌。后来在一次廷议中，皇帝干脆命令身为朝臣之首的石庆回家休息，只留下其他朝臣，石庆极为惭恶，上书辞去丞相的职位。皇帝的报文很不客气，开头列举了一番石庆任职期间的过错，最后却说，批准辞职请求。石庆一向老实，得到报文，心里暗喜，当即解下印绶，交付使者回复。但两位高级僚属丞相司直和丞相长史大吃一惊，把他请到一边，低声劝阻："君侯太忠厚了，恐怕误解了天子的真实意图。请看诏书上这句，'夫怀知民贫而请益赋，动危之而辞位，欲安归难乎？君其反室！'分明是责备君侯在关键时候逃避责任。最后一句'君其反室'，表面上是答应君侯辞职回家，实际上是句气话。倘若君侯果真回家，只怕明天就会收到更严厉的谴书，那时后悔就来不及了。"长史的担忧则更为深广，他说："司直君所言极是，而且从语气上看，天子恐怕是震怒，只是暂时藏怒于心，尚未发露，君侯不如……"

石庆惊道："不如什么？"

长史道："君侯不如遵循故事，伏剑自杀以谢君上，以免殃及宗族。"

石庆身子一软，差点摔倒，面如死灰，声音沙哑："难道只有自杀一途吗？"他很不甘心，自己也未犯大罪，为何自杀？他父亲石奋历经高帝、惠帝、文帝、景帝、武帝五朝，以孝谨著闻于天下，从不曾有些微过失。石氏家族向来只闻褒书，未闻谴书，到他这代，却要伏罪自杀，别说不甘心就死，也太丢先人脸面了。

司直安慰道："下吏以为自杀倒也不必，皇帝并未派使者簿责，还有希望。君侯不如回书，说自知有罪，希望有机会勤勉职事，戴罪立功，皇帝就会息怒了。"

石庆喃喃道："那就拜托司直为我拟奏，不行再死不迟。"司直召集一帮得力僚属，各自焦神苦虑，群策群力，连夜写就了一封奏书奉上，主要是骂自己愚妄，不该在危难之际辞位，给君父贻忧。皇帝读了报文，果然息怒，赐书勉励。

石庆的丞相职位最终被公孙贺代替，免职归家之后常常慨叹："现在的天子真不好侍候。"自然都是对最亲密的人讲的。当石德也以儒学精湛被皇帝征为太子太傅之时，石庆就举出自己的例子告诫他，一定要更加小心谨慎。石德一个劲儿点头，任职后立即上书，称自己不能接受太子太傅的职位，因为那是自己父亲任过的，若坐在父亲的寺署办公，作为人子会感到不安。皇帝得书大喜，觉得石德果然是名父之子，恭谨忠孝，遂再次下诏，任命石德为太子少傅，而且承诺，只要石德任少傅，太傅一职就永远空缺。好在太傅和少傅虽然名称有别，秩级倒也完全一样，都是二千石。石德得到这个清闲官职，又是在自己父亲留有余泽的太子家任职，心想只要熬到当今皇帝宫车晏驾，那么自己以太子师父之恩，将来定可封侯拜相，重耀门楣。谁知皇帝晚年日益乖戾，渐渐让他感到希望渺茫，照这趋势，他非但不可能佩上万石的紫绶金印，而且很可能随同太子被赐死。即使太子不废，只收到皇帝的谴书，他也随时可能被冠上"教导太子无方"的罪状坐诛。他自问教导太子不能说不称职，举凡儒家的一切经义，他无不尽心传授。他有足够的资格和理由为自己和父亲的成就骄傲，太子不就是一个恭谨谦让的人君么？他将会比大汉所有的皇帝都仁慈，都懂得善待臣下。他敢说，只要太子即位，天下再无兵戈之忧，文景之治将重现。可惜他等不到这一天了，他跪坐在太子的面前，想起父亲和自己所受的委屈，想到自己一生谨慎，却仍然逃脱不了被诛戮的命运，愤怒像毒蛇一样，不停地吐出信子，霎时间，一生积累的恭谨都抛到了九霄云外。他怀疑自己的脸色非常难看："太子殿下，如果江充真的得到诏书，驰围明光宫搜索，那就应当早点做好准备，干脆首先将他系捕，派能干狱吏穷治其奸诈。"

刘据很惶急："少傅君，他既有诏书，我们将他系捕，岂非犯上作乱？也正好坐实了他的诬告啊。且为人子者，死则死耳，终不能反戈以向君父。"

石德道："太子别忘了，《春秋》记载，晋献公太子申生被后母谗言，自缢于新城。《春秋》并不赞许，反倒认为他应当先诛谗贼，使至诚上达君父，若只是为了'孝'的虚名自杀，对国家社稷又有什么好处呢？申生一死，晋国果然发生数世的祸乱。《春秋》认为，此即申生之罪也。如今太子的情况正是如此，若让江充诬陷太子得逞，太子不肯自明反而自杀，皇帝纵使以后明白了太子的忠心，将悔之何及？且江充若得逞，将大肆杀戮，尽力掩盖真相，臣恐太子之冤，将沉埋千载啊。"

刘据头上汗水涔涔："已经冬月，明光宫里竟如此之热——《春秋》里有这样的话么？我的头很疼，真是一点儿也想不起来了。"

石德道："当然有，就在《左氏传》里。"

刘据烦躁地摆摆手："少傅君不要说了，容我再想想。"

石德叹道："太子三思吧。或者也可以暂时隐忍不发，打开宫门，让江充搜索，他没有搜到便罢；若他硬要栽赃诬陷，那太子就千万不能再迟疑了。"

"好吧。"太子好像在思索着什么，下意识地回了一句。

事情的进展相当之快，就在他们密谈过没几天，明光宫的双阙下，突然出现了数百辆革车。掌管太子官殿安全的宫门令得到阙楼上观望卫卒的报告，失魂落魄地跑去通知太子。他自然要失魂落魄，明光宫里所有侍奉太子的官吏，只要达到一定秩级，就和太子牢牢地绑在一根绳索上。或者是共享富贵，或者是同归地府，但现在更大的可能是后者。

太子妃史次倩正在侍候刘据着衣，听到宫门令的禀报，刘据心里痛了一下，强作镇静地对着铜镜细心整顿仪容，又扶扶头上的冠冕，尽量保持语调平静。他对史次倩说："我出去迎接使者了。"站在门口，又默默看了一眼身边的长子刘进和其他几个子女，深深叹了口气。这群贵胄，本来是世上最富贵的一群人，不久之后，却可能都保不住自己的头颅。

史次倩望着丈夫，无言地点了点头。她嫁给太子二十多年了，二十多年来，一度风光无匹。皇帝二十九岁才生了太子，她嫁给太子时，皇帝已经快五十岁了。皇帝的爷爷和父亲都只活了四十多岁，也许过不了几年，皇帝也会驾崩。太子为人仁厚，不会擅行废立，自己获得皇后之位，只是时间问题。谁知皇帝竟然六十多了，还没有死的迹象，久做太子的人，最危险不过。最近几年，她也和丈夫一样，每天寝食难安，尽管如此，该来的还是最终来了，她只能望着太子垂泪。

刘据走到台阶下，回过身来，对自己的儿女说："你们先去却非殿等候，和少傅他们待在一起，没有我的命令，不可轻举妄动。我想不会有什么事的。"最后一句有气无力，似乎自己也不相信。

刘进忍不住张口叫了一句："父亲……"他对父亲的话不以为然，怎么会没什么事？简直是掩耳盗铃。一个区区二千石的官员，被诏以车骑搜索太子宫，不可能没事，这说明皇帝已经迫不及待，决心翻脸了。有一句谚语说得好："虽有亲父，安知其不为虎？虽有亲兄，安知其不为狼？"为了权力，父子之间的亲情脆弱如丝，一旦反目，也是你死我活。但这样的话，怎么能拿来劝自己的父亲呢？自己和他也是父子关系，难以说理啊。

刘据见儿子欲言又止，想追问一句，但忽然心乱如麻，再也没有心情，大步走下台阶。

在明光宫高大灰色的双阙下，江充从他的革车上跳下来，他的动作轻快而愉悦。他慢腾腾踱到太子面前，一脸公事公办："太子殿下，有诏书，皇帝命下吏来搜索明光宫，看是否有巫蛊，请殿下千万体谅。"在长安深秋的微风中，他的鼻子有些微红，肥厚的手掌上托着一枚半边老虎形状的铜铸符节，隐约可见虎腹有细细的篆书。"这是皇帝赐下的虎符，太子要不要验证一下？"他补充道。

江充身旁站着一个浑身披甲的官员，他是执金吾刘敢，也是宗室子弟。他躬身施礼："臣奉天子诏令，望皇太子万勿怪罪。"

刘据冷冷道："我的宫中怎会有巫蛊？都尉君是否搞错了？"

江充还是面带笑容："望气者望见太子宫中有巫蛊气，皇帝又有诏书严令搜索，臣等怎敢不奉诏？太子仁厚孝道，天下莫不知，莫不闻，但太子宫殿广阔，奴仆众多，其中出现一两个行巫蛊诅咒君上的人，并非没有可能。下吏想，太子肯定也对这类奸人恨之入骨，急欲把他们找出来，不是吗？"

刘据望着江充手上的虎符，沉默了一刻，道："如果宫中真有奸人，我自然希望能找出来。节信也不必验证了，既然有天子诏令，我岂有不奉诏的道理？都尉君请进吧，只是希望约束士卒，请勿惊扰宫殿。我自问清明在躬，昭然坦荡，可搜索宫殿这么大的举措，传到皇后耳中，终归会让皇后忧惧不安，请都尉君谅解。"

刘敢赶紧谦卑道："臣一定会约束士卒，请太子放心。"他并不想参与这事，不过诏书命他一依江充调遣，他也无可奈何。

江充没有说话，他心里暗笑，什么请勿惊扰宫殿，什么会让皇后忧惧不安，知不知道，我就是想惊扰宫殿，我就是想让皇后忧惧不安，你们这帮自以为是的贵人，死期到了。他对刘敢说："那么，我们就开始吧。神巫，立即率士卒搜索，尽量早点结束，以免惊扰太子。"

刘据点点头，仰首对着阙楼下令："开门。"巨大的宫门缓缓裂开，革车隆隆驰进明光宫。大群士卒站在革车上，以奇怪的目光注视太子。他们手中握的不是兵器，而是锄头、铁锹等掘土工具，红扑扑的脸上充满着迷惑，他们深知，只要江充下令掘土，从来没有无功而返的。即使他们这批人掘不到什么，另外一批人也会有斩获。他们没有什么见识，都是天下郡国征召而来的农民，大多服满一年兵役就要罢归家乡。的确，他们也实在想不明白，皇帝为什么要对太子开刀。他们望着太子的眼光中，既有迷惑不解，又蕴涵着些许怜悯。但他们也是兴奋的，他们绝大部分人，连本县的县廷都没敢进去过，如今却能堂而皇之进入明光宫，等一年后役满回乡，这份经历也足以在乡里吹嘘一辈子了。

在胡巫的带领下，士卒们在明光宫各个宫殿里狂掘，只要胡巫伸手一指，立即锄、锹并下。铺满菱形青砖的宫殿内，饱含湿气的新鲜泥土堆积如山。这场挖掘持续了整整三天，期间没有任何消息透露。在这三天内，太子和他的僚属都要把器具挪来挪去，到了第三天的日晡时分，江充带着刘敢、韩说、苏文等几个人来到刘据面前，皮笑肉不笑道："太子殿下，事情办完了，我们这就撤出。太子可以让宫人将坑填平了。"

刘进站在太子身边，怒道："什么，你们把宫里挖得乱七八糟，现在叫我们自己填？"

江充又笑了一下："史皇孙息怒，诏书只命令臣等搜索，没有命令臣填土，臣等岂敢对抗诏书？"

刘进气得脸色发白，抬脚上前，刘据赶紧喝住他道："大胆，有这样跟江都尉说话的吗？还不快快退下。"

刘进只好悻悻闪到一旁。刘据拱手道："犬子莽撞无礼，还请都尉君海涵，敢问都尉君搜索的结果？"

江充笑道："史皇孙年轻气盛，臣怎会跟他计较。再说臣奉诏书行事，即便前面有刀山火海，也是义无反顾的。皇孙必发怒，臣也不敢退缩。"

这话一出，刘据周围的僚属无不激愤，本来刘据以皇太子之尊，向江充客气两句，江充应该顺势谦让，他竟说"怎会跟他计较"，好像自己年高位尊，不屑于跟少辈一般见识，嘴里虽然称"臣"，其实有恃无恐，骄横至极。太子家令张光手握剑柄，当即就想上去击杀江充。刘据觉察到了，又赶紧上前，用身体挡住张光，笑道："都尉君肯原谅犬子，我很感激。不知都尉君此番搜索的结果如何？"他见江充不回答，耐着性子再问一遍。

江充依旧是笑："主要是胡巫监护，我这番回去，再听他们奏报——太子还是进去吧，不必送了。"他拱拱手，退后几步，反手抓住车绥，登上自己的革车，大声道："听我号令，立即收整田具兵器，撤出太子宫。"刘敢骑着一匹马，来回不停地驰走，大喊道："各部司马听着，江都尉下令，立即撤离太子宫。"他属下的几位掾属也当即分头宣令，随即大群士卒闹嚷嚷地登上革车，随着隆隆的车声驰过，刚才还喧嚣如菜市的明光宫重新恢复了死寂，留下刘据一帮人，看着被翻得乱七八糟的宫殿，神色沮丧。他们不知道等待他们的结果到底是什么。

张光望着殿门，恨恨道："这个狗贼，我刚才真想杀了他。"

刘据道："张君冲动了，现在就杀了他，不正好坐实我心里有鬼吗？再忍让一阵，我相信天道无亲，常与善人。江充这种恶人，不会成气候的。"

"'天道无亲，常与善人'，只怕上天没有那么好啊。"张光道，"伯夷、叔齐难道不是善人吗？最终饿死在首阳山。仲尼收了三千弟子，最得意的是颜回，但颜回生前经常挨饿，早早就去世了，上天为何不照顾他们？盗跖每天要杀人，吃人肉，竟以寿终，老天为何不惩罚他？大汉立国以来，无恶不作的恶棍，大多也终身逸乐，累世富厚；那些从无作奸犯科的好人，却往往遭遇祸灾。哪有什么天道？殿下万不可心存侥幸，还是要尽人事啊。"

刘据默然，石德对刘据道："张君所言甚是，我们还是立刻通知皇后吧。前几天，皇后詹事薛广德和中厩令成安送来消息，他们正在秘密将中厩车改装为革车。武库令田宜昌也密誓承诺支持太子，这样，我们就有了武库兵器。至于人手，明光宫、长乐宫和未央宫的刑徒一两万人，加上一向支持我们的长乐卫尉壶无忌的长乐卫卒两万人，明光宫卫卒两万多人，以及长安各中都官囚徒六七万人，一共有十万余众，一定能击破江充。"

"难道真要造反不成？"刘据的汗又不由得涔涔而下，"要知道，不管胜负，都洗不脱谋弑君父的恶名。少傅一向教我《公羊传》，其中有云：'君亲无将，将即反。'即使贵为君亲，也须谨遵君臣之道，做臣子的别说动手，就算想一想都等同谋反，何况去盗发武库兵器，攻击天子使者。还记得前段时间少傅跟我大谈《左氏传》，少傅一向治《公羊传》，注重家法，怎么改治他经了？"

石德暗暗苦笑，这太子真是迂腐之极，怪不得会被臣下欺凌若此，也可能是我父亲当太子太傅时教坏的。世异时移，当然要跟随形势变化，怎能死守经典？这时候还跟我大谈经义，真要死无葬身之地了。我何曾跟你大谈过《左氏传》，不过为了劝告你胡乱说了几句，遂急道："太子殿下，现在不是谈经义的时候。看江充临走时的神色，陷害太子是必然的。如果皇帝听信他，再赐他虎符，让他得以征发三辅郡兵和北军八校尉骑士，我们只能束手就擒。就凭我们手上十万临时授兵的刑徒，如何抵挡北军见卒？至于太子所言谋弑君父的恶名，若太子即位，广施仁政，百姓安居乐业，百姓将家家诵祷太子，何来恶名？相反，若太子死守孝道，如扶苏自刭，任江充暴虐，百姓将家家诅咒太子……"

旁边僚属大惊，有人说："少傅无礼，怎敢这样对太子说话？"但并未有人响应。刘据一向尊敬少傅，一摆手："罢了，少傅口不择言，也是为我好。"他来回踱了几步，"也许不会那么严重吧？何妨再等等？江充若真要诬陷我，何不马上宣判我的罪状？"

石德道："江充只是暂时有些忌惮，才不敢马上宣布，倘若他手上有数十万见卒、骑士，绝不会有任何顾忌。何况殿下须要明白，江充深知得罪了太子，他不是蠢人，他知道绝不能让太子登极为君，否则自家三族人头不保，他陷害太子是必然之事。若我们处在江充那个境地，我们也会做同样的事情。"

"不，不。"刘据焦躁道，"再等等看，不到万不得已，我们不能做让君父伤心的事。"

石德道："当年高祖皇帝也是秦朝子民，他斩蛇起义，难道不是让君父伤心？"

刘据怒道："石德，别以为我尊敬你，你就敢悖逆妄言，高皇帝反秦，是为民请命，你怎敢随便拿来比附？"石德见状不妙，立刻伏席谢罪："请太子恕臣妄言，臣的确是一片忠心啊。"张光等人也伏席请求："少傅一片忠心，日月可鉴，臣等也愿意以头颅相保。"

刘据长长叹了口气："少傅，我欲做明君，可是我们只有些刑徒，如何必胜啊？所谓成王败寇，少傅还不明白我的意思吗？"

石德和张光等人面面相觑，大概明白了太子的意思，但这种事情谁敢说必胜？难道因为不能必胜就任人宰割？刘据看他们也无言可对，就说："不必多言，我意已决，暂且以静制动吧。我累了，诸位先退下。"

僚属们无奈，悻悻退下。步出殿外，石德抓住张光的手，悄悄道："张君，太子过于仁慈，将遭大祸而不自知。我们为臣下的却不能坐视不理，你应该立即派心腹掾属去未央宫告知皇后，请皇后派使者去甘泉宫问候皇帝。前此数次皇后派人去，都被拒绝接见。据说皇帝病得很重，没准此时已经神智不清，说句做臣子不该说的话，皇帝恐怕离驾崩不远了。此乃非常时期，江充等奸吏一定会生事，若这次皇帝仍然不肯接见使者，我们就立即矫节发兵，系捕江充，穷治其奸诈，斩之于长安市，然后号令天下清君侧，免得重蹈二世和赵高的覆辙。"

张光道："少傅君见教的是，太子犹豫不决，必坏大事，臣立即派人去未央宫。"他拉过身旁的一个掾吏，轻声道："陈君，你拿着太子节信，立即去未央宫，从长秋门进，那里有皇后的心腹家吏，会放你进去的……"

那人叫陈无且，当即应道："遵命。"

石德道："那我们也去分头做准备吧。希望皇后果断一些，亲自劝告太子。太子一向孝谨，皇后的话管用。"

三天前，卫皇后已经知道江充搜索明光宫的消息，及至听到陈无且汇报当时情景，心乱如麻，问身边的薛广德："詹事君，你认为应当如何？"

薛广德道："只怕也没有比石少傅的建议更好的办法，皇后就派人前往甘泉宫吧，借着问候皇帝御体的理由，探听江充上奏文书的意向，如果对我们不利，就立刻矫诏发兵。"

中厩令成安道："若文书对太子不利，恐怕就晚了。不如现在就发兵系捕江充，穷治其奸诈。"

"这也和石少傅的意见一样。"陈无且道。

卫皇后道："不行。万一江充没有诬陷太子的意思，我们贸然系捕他，不是自己证明自己谋反么？"

薛广德道："真是两难，如果我们能确认江充的意图就好了。"

"唉，"卫皇后叹道，"江充现在一定更加谨慎，怎可能知晓他的意图？"

"臣认为有一个人可以帮我们，"薛广德道，"京兆尹沈武近来和江充颇为密切，也许通过他打探到江充的意图。而据上次石少傅和沈武见面的印象，他觉得沈武秉心正直，是个贤人。沈武的家吏如侯，是当年的射声校尉，后来为公孙贺的舍人；还有管材智，也曾是公孙贺的长史，现在都成了沈武的心腹家吏。沈武能将公孙贺的舍人笼络为家吏，足见此人光明磊落，颇有器量。"

"秉心正直又岂会和江充那狗贼关系密切？"卫皇后不悦，"若不是这个沈武，哪里又会有什巫蛊案？至于说到如侯、管材智那一干人，一点儿也不奇怪。天下趋炎附势的小人向来不少，又能说明什么？想当年大将军、骠骑将军在世时，攀附我们卫氏的又有多少，现在呢？都死到哪里去了？"

成安道："皇后不必动气，趋利避害是人之本性，何必深责？否则将被廉颇所笑[1]。臣观沈武所作所为，也觉得他的确并非奸佞小人。至于巫蛊案的缘起，

---

[1] 此句所用典故，说的是廉颇从长平之战的前线被罢免回家的时候，门客都跑光了。等到后来重新被任用为大将，门客又都回来了。廉颇怒道："滚，你们这帮趋炎附势的小人！"门客说："唉，将军何必这么狭隘呢？世间的人际交往都像做买卖，将军得势，我们就为将军卖命；将军失势，我们就投靠更有回报的人，这不是人之常理吗？"廉颇一听，笑道："好吧，也有道理。"

那也半由天意，不能全怪他的。再说我们如今势穷力蹙，谁肯帮我们，都求之不得，哪还能挑三拣四。"

卫皇后沉默了片刻："好吧，既然你们都认为他不错，那就去向他打听打听，就怕他把我们出卖，让江充反而更早有了准备。"

薛广德道："那倒也没什么，我们不打听，江充也一样会有防备。他的府第，时刻有五百徒卒轮流守卫，是皇帝专门从北军调拨给他的。"

卫皇后语调无力："那赶快派人去吧，就麻烦陈无且君走一趟。"

薰街边上的京兆尹府第，送走陈无且，小武和婴齐两人随即讨论。小武道："婴君，刚才听陈无且的意思，太子想发兵诛戮江充，只是下不了决心，我们就鼓励他一下吧。江充搜索了明光宫，下一步就是上奏，从长安到甘泉宫的驿置，第一站是渭城驿，这是最方便的路了，也有可能第一站会走万年驿。不管怎么走，这两个地方都在京兆尹的治区，你立刻私下吩咐渭城驿长、万年驿长以及这两个驿置附近的所有亭长，严加徼巡，若有江充派出的驿使路过，就想方设法稳住，获取其所送文书的消息。"

婴齐道："文书上有封泥，拆开就会发觉。"

小武道："这当然又要发挥你诈刻印信的本事。看完之后，用新刻的印信，给它重新盖上封泥。"他拍拍婴齐的肩膀，"我欠你太多，如果你不想做，我也不勉强，再想想其他办法。"

婴齐道："怎么不想干？翦除江充，利国利民，更不用说因为他，才让赵何齐有机会害死翁主。臣每一想起此人，就恨不能生剥其皮，就算和他同归于尽，也是在所不惜的。"

小武顿时又眼眶噙泪："丽都和我同患难，又为我而死，我毕生都不能忘她。倘不能给她报仇，活着真如行尸走肉。"他抬袖拭泪，"婴君，我替丽都感激你。这就去吧，在邮卒可能路过的各亭驿置守候。记住，千万不可去大农厩打听，免得走漏消息。"

"府君不要难过，"婴齐眼眶也红了，"好在马上就可以报仇。"

"嗯，"小武道，"卫皇后认为我和江充关系密切，其实江充也不蠢，怎肯信任我？上次我帮他诛杀赵何齐，他现在肯定百思不解。我每次见到他，心里都如刀剜一般，可惜就是没有力量报仇。"

婴齐有些不好意思："这次他逃不掉了。其实不瞒府君说，前几天臣已有所逆料，早就派了人在两条驿线的所有邮亭等候，一旦看见水衡府派遣的使者，就先想办法稳住。好，臣现在就出发，驰往渭城。"

"婴君果然先我一着。"小武赞许地说，"有你这样能干的僚属，我沈武算是如虎添翼。君去渭城驿，我就派破胡马上去万年驿，但愿苍天助我，戮此奸贼。"

婴齐匆匆奔到院庭，命令套车。不多一会儿，一辆黑色油泥屏风的轩车冲出京兆尹府，顺着藁街东行，穿过长安城东的灞城门，往渭城方向驰去。不到两个时辰，这辆轩车已经驰到了渭城西边不远的第一个最大的驿站：渭城驿。

婴齐跳下轩车，刚进渭城驿置的院门，驿长已经迎了出来，见到婴齐，急忙上前躬身施礼。婴齐拉着他的袖子，边往里走，边低声问："今天有多少个使者经过？可有水衡府的人？"

驿长带着婴齐爬到驿置的侧楼上，关上门，也悄声道："下吏谨遵婴君吩咐，这两天除了睡觉，一刻不敢懈怠，观察过往邮人使者。凡有经过的邮人，全是下吏亲手登录名籍，填发到驿时间，至今尚未发现水衡都尉府派出的使者。"

婴齐道："好，想来他们也没那么快，要搞那么大的阴谋，必然仔细商量步骤。我也不走了，这几天就在此等候。"边说边从身边随从手里接过一个包裹，掏出几件浅赤色的衣服，一件件穿上，马上他也变成了一个驿置小吏模样。"我想长安的驿马走了两个时辰，到这里也该换马，否则无力续行。前面只有几个小亭，马匹不但很少而且质量欠佳，在渭城驿换马是最佳选择。"他走到室内一个大铜镜面前照了照，笑了笑，仿佛很满意自己的打扮。

"掾君放心。"驿长说，"其实江充的使者哪会料到我们在这等他。他们没准备，我们有准备，一定可以打探出消息的。"

"嗯。"婴齐道，"我们下楼吧，万一他们这时候来，不要错过了。"

他们坐到楼下守候，这期间颇来了一些邮人驿使，有丞相府发出的，有御史大夫寺发出的，有少府、大鸿胪等官署发出的，还有河西诸郡送归河东籍戍卒棺木的，无一不要经过渭城驿。有的文书要经过驿长交接，写上送达时间，以及从此驿继续发送的时间，但是水衡府的驿使却始终没有见到。

婴齐心里甚是焦躁，他站在楼上，倚着窗户，两眼呆呆地望着长安驰道的方向。正是深秋时节，驰道两旁的杨树叶开始飘落，黄灿灿的掉了一地；驿置的院子里则是一片碎金，屋顶上也被秋叶盖满，看上去色彩斑斓。然而，这时的婴齐哪有心情欣赏？他慢慢踱下楼，坐在院子前的门槛上，样子像极了一个下级官吏。长安地区的下级官吏就是这样，总摆出一副丝毫不拘小节的邋遢姿态。虽然朝廷对于下级官吏的衣冠整饬问题也曾有过严厉警告，可是如果不是皇帝巡行路过，谁又会当真呢？长吏们都知道，除了这份公职的微薄薪俸，小吏们每天还要干各种农活维持生计，哪能有那么多的讲究！

　　整整两天没有收获，等到第三天早上，婴齐仍是一早起来，洒扫庭院。正是平旦时分，天色已经亮了，驿置的其他小吏也不敢晚起，院子里炊烟袅袅，雇来的厮养在烧早食。吃过早饭，婴齐又焦躁地等候，可是这一天也没有收获，他开始失望了，甚至判定，要么江充还没有派出使者，要么使者走的是万年驿。他有些担心一介武夫的郭破胡能否妥善处理好这件事，虽然他早已刻好了一个"水衡都尉"的印信，让郭破胡带上。但是无疑，如果由他亲自查看文书上的封泥，临时摹刻比较保险。谁知道江充会不会改用别的印信呢？他望了望天色，已经是日昃时分，正是无奈之际，突然听见马蹄声的的作响，他抬头一望，从长安驰道方向奔来一匹黑马，马背上坐着一个灰衣小吏。他心里不禁怦怦直跳，本能地感觉到，这或许就是自己要等的人。

　　那小吏也不下马，直接驰进了院子，大声呼道："给我换马，有紧急文书送往云阳。"

　　云阳，那不就是甘泉宫么？婴齐心里一喜。这小吏真懂得作威作福，迫不及待宣扬自己所送文书的重要，以此炫耀自己有身份。婴齐马上应道："足下请下马，先进驿置用饭，休息一夜，明日再出发。"他心里好不欢喜，这邮人来得正是时候，如果早来了，他不肯过夜歇息，倒怕没机会盗得他的文书。

　　那小吏的腰上系着一个黑色丝囊，上面印着赤色和白色交杂的花纹。婴齐瞥了一眼，心里怦怦直跳，更加紧张起来，原来寻常奏报文书才用黑色丝囊包裹，如果黑色丝囊上有赤白色的花纹，那就表明此文书异常紧急，一般边境有急，发下的文书才用赤白囊装裹。像这样的文书简直都不用拆开看，就知道太子要倒霉了。但婴齐转念一想，江充用紧急文书囊装密奏文书，蠢人都知道上奏的内容非同小可，如果有极大的奸谋，何必如此招摇？他心中颇为奇怪，但也管不了那么多了，先想办法弄到看了再说，如果不能抄得一份文书的附件，太子又如何相信？如果他不相信，就不肯孤注一掷发兵，那么，要杀死江充，就真的遥遥无期了。

他心中千变万捻，嘴上却谦恭地笑道："什么急事，用赤白囊装裹文书？"

那小吏骄傲道："是江都尉关于巫蛊案的奏文，自然要紧急了。这东西关系到皇帝陛下的御体安康，还有什么事比这更重要，你说？"

婴齐笑道："那是那是。江都尉是天子的忠臣，他的文书自然比什么都重要。足下在水衡都尉府当差，真是前途无量。我们这些人，就不知何时才能熬到这福分。"

那小吏听婴齐赞美，满脸喜色，嘴上却道："哪里哪里，臣不过是都尉府一个小吏罢了，又不是高级掾吏，何足羡慕。"

"不然，"婴齐道，"如此重要的公文，都尉竟放心让足下递送，可见何等器重足下。我们也在吏职多年，可不是什么都不懂的蠢人啊。"

那小吏越发欢喜："这倒是。一般文书都'以亭行'①，再重要些的，也不过'以邮行'②，像我这样专门递送，不假他人之手的'以吏马驰行'，的确是最高规格了。"

婴齐显出一副好奇的神色："不知文书所奏何事，如此要紧？可否说说，让我们这些乡巴佬也长点儿见识？"

"这个在下的确不知道，"那小吏收起了笑容，"就算知道也不敢透露，这可是腰斩的罪。请诸君帮在下备好良马，明天一早赶路。"

婴齐道："在下失言了。这个自然的。足下请进驿置歇息，进膳食。"

天色渐渐黑了下来，几个人摆好晚膳，婴齐提议道："驿置还藏有几坛好酒，不妨大家群饮为乐？"

众人轰然叫好，那小吏听见有酒，眼睛放光，嘴上却迟疑道："好是好，就怕明晨起不来，误了公事。诸君也知道，邮使每天行多少里，都有严格规定的。"

婴齐道："这个下走岂有不知？明天挑匹好马给足下，绝对让足下比规定时间早到甘泉。"说着已经倒了一樽酒，递给那小吏。

那小吏本来意志就不坚强，现在眼睛见了酒，哪里还能推拒？欣然接过，仰起脖子一饮而尽，满意叫道："真是佳酿。"婴齐也给其他几位小吏斟满，大家边

---

① 以亭行，指交付沿线亭长派人续送。

② 以邮行，指让专门邮亭派人递送。

饮边大歌欢呼，霎时间，一坛酒就见了底。婴齐道："今天能和水衡都尉的府吏一起饮酒，何其有幸。干脆把剩下的那坛也开封了吧。"

那小吏这会儿兴致高涨，再无任何异议，由婴齐给他斟满。而这次，婴齐已经在他的酒樽抹上了一些可暂时致幻昏迷的药粉，那是小武给他的，也是刘丽都的遗物。汉法，这类药物只有王侯才许收藏，那小吏怎能想到一个驿置的小吏会有这些？他喝下这杯酒，不长时间就歪倒在席上，昏睡了过去。

婴齐赶忙从他腰间解下丝囊，丝囊靠着腰间的里侧原来还有一块木质的封简，封简上有三道契口，用细绳缠了三道。这块封简两头薄，中间坟起的部分被剜了个四方形的凹槽，凹槽里是一块封泥，已经干燥了。婴齐将那封泥放在灯下细细察看，上面是凸起的"水衡都尉印"五字。木简的封泥上方有墨书的几个大字"水衡密奏"。下面是几行小字："印破　印曰水衡都尉印　十一月辛巳卒未央以马驰行。"

婴齐暗叫，好险。幸好是路过渭城，他这个"水衡都尉印"竟然破了一个角，我还能照原样也刻破一个角，换了郭破胡，就麻烦了。他马上拿出刀笔，在灯下细致地仿刻。

没多少功夫，将印刻好，他仔细比较了一番，确认一般人绝对看不出破绽，然后果断地抠出那枚封泥。那封泥干燥脆弱，一抠之下就成了碎片。他解开细绳，从丝囊里掏出两片对合在一起的木札。打开一看，不禁大惊失色，那上面写的是：

> 臣充以征和二年十月乙丑率执金吾车骑掘蛊长安诸官寺、民居，历十余日，掘得桐木人数十，桐人胸腹间分书陛下、赵婕好及皇少子名讳。经胡巫勘验，信为行巫蛊所用。桐木人金可半尺许，关节灵便，拜送起卧一如真人，为防万一途中亡失，桐人遣他使者送诣。臣不敢自专，冀陛下明断。

这文书中无半句涉及皇太子，只说是搜索诸官寺和民居所得，婴齐不禁暗暗叫苦，这江充果然狡猾，在文书中隐晦其词，连证据也不和文书一起寄送。那真正的奏告文书，想来还有其他使者递送了。万一使者走万年驿，不知郭破胡能否对付。不过，现在这封文书既然拆开了，也不妨抄录一下。他赶忙拿出刀笔，将这封密奏按原样抄录。随即将原书捆扎，装进丝囊，用泥巴将木槽填实，盖上印信，重新系在那小吏的腰上。他明天醒来，绝不会发现曾有人动过。婴齐看那小吏昏睡的面孔，想下一步怎么办，是继续在这里等候，还是立即赶赴万年，和郭破胡会合，一时踌躇，心里不知是什么滋味。

夕阴街的水衡都尉府，江充心里同样忐忑不安，对未来几天的结局也充满了惊惧。他又登上阙楼，望着冷冷清清的夕阴街，已经是深夜时分，街上半个人也没有，只有城门方向有灯笼的光亮，那是城门校尉的卫卒在巡逻。长安城是阴沉而阔大的，四围都是宫殿飞檐的影子，整个城市，宫殿占了三分之二，这就是伟大的长安城。江充每当心烦意躁的时候，深夜登上他的阙楼，遥望着长安的屋脊，心里就会慢慢安定。能如此端详这些伟大的城阙，是一种福分，决不能轻易失去。他自言自语："我害怕什么？多年来我千辛万苦，等的不就是这一刻吗？谁不喜欢我，谁就必须交出人头。"他想象着刘据被腰斩成两块的情景，心里顿时填满了一种虚幻的快意。

"阿翁，这么晚了还不睡吗？"一个声音传入他的耳朵，他回过神来，听出是儿子江捐之的声音。

"你来干什么？"江充回头，满眼都是慈爱。江捐之，这是他惟一的儿子，但是他不喜欢将自己的心事告知儿子。因为这儿子和他的性格不但大不相同，而且屡次挑战自己作为一个父亲、一个户主、一个二千石大吏的尊严，总是劝谏自己不要太嚣张。嚣张？可笑，没有自己的嚣张，你能享受这锦衣玉食的生活吗？这个世道就是一个弱肉强食的世道：不是刘据杀死我，就是我杀死刘据。

江捐之不安地说："阿翁，儿子听见了刚才的话，阿翁真要陷害皇太子么？"

江充板起脸道："什么陷害？是刘据自己找死，竟敢用桐木人诅咒皇帝。我身为人臣，荷圣天子厚恩，自然不能听之任之。"

江捐之道："父亲，你何必再瞒我，这样做，是要赤族的。皇太子没有任何理由诅咒他的君父，这大汉的天下，不久就是他的。"

"好吧，"江充道，"我也不怕你去告发，你是我儿子，你去告发，如果皇帝相信你，他会赦免你一个人，但我和其他很多的人都会死；如果你不去，我们都可以保全，你能够进宫当郎官，将来升迁至二千石；当然，还有第三种选择，你不去告发，我也罢手不干，那么等到皇太子即位，我们都会死。那才叫真正的赤族——你是我儿子，我不会杀你，不会阻拦你，我不是刘彻。去吧，儿子。"

江捐之沉默了，他无法从这三条之中选择任何一条，特别是他不可能去告发父亲。然而诚如父亲所言，等到皇太子即位，会诛夷江氏三族。那么，只能选择第二条。他是一个人，虽然他不愿意伤害别人，但更不愿意别人伤害自己。他只有哀叹："父亲，你能不能保证一定成功呢？"

　　这句话激起了江充的愤怒："去，你不是我的儿子，这世上哪有什么保证成功的事？成则王侯，败则魑鬼，大丈夫不敢拿命去赌博，难道一辈子畏畏缩缩侍候他人吗？而且关键是，人家是否乐意你的侍候？"

　　江捐之不敢答话，他就是这样的一个人，自小跟着父亲逃亡关中，养成了担惊受怕的性格。虽然形貌是个雄赳赳的男子，内心却自卑而敏感。大多数时候，他都崇拜父亲，鄙视自己的怯懦。父亲给了他一切，尤其是靳莫如，如果不是父亲向皇帝提请，靳家怎肯招他为婿？他爱极了靳莫如，而今靳莫如已经怀孕了，迎接他的，还有几十年美好的日子。现在美好日子才刚刚开始，他不能失去。

　　江充见他这个样子，语气缓和了："唉，真是不肖之子。老实说吧，你阿翁如果没有十足的把握，也不会贸然行事。我看皇帝想换太子已经很久了，你要知道，虽然他是大汉帝国至高无上的天子，却也不是事事能随心所欲的。废掉一个没有任何过错的太子，廷议时会出现无数反对的声音，御史甚至会拒绝草拟诏书，丞相府甚至会封还诏书。他当然可以斩了丞相、御史，强制推行，但人言可畏，天下会他骂是无道暴君，他也怕骂。我这是在帮他，让他师出有名。"江充说着，语调也颤抖了起来，"虽然我敢说，他应该好好感激我，但我永远只能装糊涂。如果让他知道我猜中了他的心事，我们都会没有命。"

　　江捐之瞪大了眼睛："帮皇帝，天啊，皇帝还要人帮？"

　　"当然。"江充道，"皇帝也是人，也有弱点。好了，不说这些了，我已经派人从两条驿路送文书给甘泉。一条走渭城，一条走万年。走渭城驿的，发送的只是普通文书；走万年驿的，才是重要文书。虽然料想刘据一向怯懦，不敢派人去劫掠邮人。但是，也不能指望他的掾属都那么老实。这几日内甘泉宫当有报文，希望皇帝能颁下虎符，让我发兵驰围明光宫。但绝对不能让刘据探知分毫，否则就我手中的这点力量，仅是他的明光宫卫卒，我都制不住。不能让他狗急跳墙，我已经派人监视明光宫，看他们有何动作。"

　　"好吧，阿翁，你所做的，总有你的道理。不过除去太子之后，阿翁想要扶植谁为太子呢？"

江充道："那关老子屁事，谁当太子都行，只要不是刘据。不过丞相和贰师将军都希望立昌邑王，我看也只有他合适。现在我和他们关系都不错，再加上拥立之功，将来封个万户侯应该不成问题。"

江捐之脸色苦涩："阿翁难道确信自己和丞相、贰师将军能够一手遮天，想立谁，就一定能做到么？"

江充又不悦道："瞧你那没出息的样子，真是枉为我江充的儿子。你要明白，如果凡事都畏首畏尾，就什么也做不成。哼，谁敢拂逆丞相和贰师将军？对了，还有一人必须除去，就是沈武竖子，上次射杀你叔叔的仇还没有报呢。"

"啊，沈武不是和阿翁言归于好了吗？"江捐之惊道，"上次臣婚礼，他还来祝贺的，臣看此人恭俭能让，是个人才，何苦要害他？至于叔叔的死，恕臣直言，那是叔叔罪有应得，谁做了京兆尹，都会那么做的。叔叔也太蔑视王法了，皇帝看阿翁的面子，才容忍了他。倘若将来阿翁宠衰，叔叔不死，一定会连累我们灭族。"

"你懂什么？"江充道，"即便你叔叔有罪，也轮不着他来管。上次他突然上门祝贺，我一直觉得古怪，你切莫小看了此人，我总觉得他有哪里不对劲。后来我总算想通了，此人心计和狠毒只会比我强，不会比我弱，若上天给他机会，你当他是吃素的？那个掖庭令赵何齐原本和他是一伙儿，后来可能和他有隐怨，他竟然不顾利害，怂恿我将赵何齐处死。我曾经派人混到他家当门吏，最近收到秘报，他妻子的死可能和赵何齐有关。然而要算起来，我才是直接害死他妻子的人。为了那个女人，他连赵何齐都不放过，岂能对我善罢甘休？哼，不过这竖子命差，暂时没能力和我斗，我自然要抓住机会，绝不能对他姑息。何况他的岳父是广陵王，他心里自然巴不得拥立广陵王。总之不管为了公还是私，这个人都必须死。"

江捐之沉默了一会儿，长叹道："阿翁，臣真的不明白，为什么大家一定要你死我活。都是为天子办事，相互和气一点不好么，利益均沾不好么？"

江充冷笑："那是因为你没有尝过逃亡的苦楚。当年阿翁我带着你东躲西藏，你年纪还小，还以为那是游历山川吧？你哪里能体会到你阿翁时时有断头的惊惧。和你的新妇好好恩爱吧，你也是快做父亲的人了，这些事你不要操心，你也没有这个能力操心。"

—— 第二十三章 ——

邮驿截奸策　庼园愤发兵

　　婴齐赶到万年驿时，看见驿长神色惊恐。他匆匆跑进去，面对亭舍里的景象，目瞪口呆。郭破胡箕坐着，正在发愁。他面前的地上，躺着四具尸体。看那装束，和渭城驿水衡都尉府派出的小吏一样。尸体们躺着的状态各异，一个仆倒，背上插有一枝短戟；两个仰面朝天，脖子部位全是血污，显然是被刀剑破喉而死；还有一个整只肩膀被卸下，身体微微颤动，似乎还没有气绝，身下满是血迹。那背上中戟的人显然是想逃跑，被人用短戟掷中而死。屋子里杯盘狼藉，大概当时正在用餐，因为某事突起争执，发生殴斗。婴齐不禁皱了皱眉头。郭破胡看见他，好像看见了救星，像青蛙一样弹了起来："婴齐君，我无奈之中杀了他们，你帮帮我。"

　　婴齐道："唉，你终究沉不住气，这下坏了府君的大事。"

　　郭破胡道："这几个使者好不狡猾，硬是滴酒不沾，而且用完饭即要起身赶路，我一时气急，想拦住他们。最后就成了这样。"

　　驿长也在身边作证似的："的确如此，我们苦劝他们饮酒，他们颇有怀疑，当即想走。郭卒史拦住他，其中一个人拔剑就想斫卒史，卒史迫不得已，才横戟反击。"

　　婴齐见郭破胡身上也有数道伤痕，不忍心再说他，况且江充一次派出四名使者，自然是颇有准备，换了自己，也毫无办法，遂安慰道："既然如此，暂不管那么多了。也亏得你勇力过人，不然的话，让他们跑了，我们还脱不了干系。先忙正事，文书呢?"

郭破胡恍然道:"刚才一时沮丧，也没来得及看，就在这人的腰间。"他指了指那个尚在微微蠕动的人。

婴齐跳过去，顾不得血腥气，翻动他的身子，从他腰间搜得黑色丝囊。那人喉咙间发出喝喝的声音，却说不出话，只在嘴角挤出一个个血泡。婴齐叹道:"我帮你一下吧。"说着拔出长剑，噗的一声将他的首级斩下，喝喝的声音戛然而止。"等天黑，将这些尸体悄悄埋了。"他吩咐驿长。

驿长唯唯连声。婴齐照原样拆开封泥，见上面糊满了血污。展开一看，木牍上写着数行字，大致和渭城驿的差不多:

> 臣充以征和二年十月乙丑率执金吾车骑掘蛊太子宫，费时三日，于明光宫却非殿西南角掘得桐木人三枚，其胸腹间分别书陛下、赵婕妤及皇少子名讳。经胡巫勘验，确为行巫蛊术所用。桐木人金可半尺许，关节可活动，拜送起卧一如真人，为防途中亡失，桐人遣数位使者送诣。事关太子，臣不敢自专，臣敢请陛下遣使者监临，赐下虎符，俾臣得发三辅近县兵、北军骑士，会同执金吾车骑驰围太子宫，穷治奸诈。此事不知太子亲为耶，将太子奴仆私下祝诅，而太子信不知也? 臣请廉得其情状，奏上。

婴齐道:"不出所料，江充这奸贼果然诬陷太子。"他站起身，在其他尸体上翻弄一阵，各搜得一黑丝囊，里面分别有一桐木偶人。胸腹间果然有篆书的小字，分别写着:刘彻、赵婕妤、刘弗陵。其中一个稍大的偶人，背上还写有几行小字:

> 大汉皇太子据谨告地下二千石，长安免老①男子刘彻、大女子②赵婕妤、未使男③刘弗陵三人寿数将尽，今遣之，书到圹穴，具奏泰山君。

婴齐吸了一口冷气，暗叹江充的歹毒，什么"长安免老""大女子""未使

---

① 免老:达到退休年龄的老人。按照爵位高低，退休年龄有不同，一般六十岁以上退休。

② 大女子:秦汉法律规定，十五岁以上为大女子。

③ 未使男:年龄低于七岁的男孩。

男"，都是官府对卑贱平民的称呼，却用在皇帝一家身上，可谓大不敬，更不要说后面的"寿数将尽，今遣之，书到圹穴"，就算仁厚的君主看了都会怒不可遏，何况今上？他将文书偶人一并装入丝囊，藏在自己的腰下，心想，事已至此，我们何须犹犹豫豫。如此可怕的奏文，即便是灌醉搜得，我也会忍不住将他们击杀。此奏文绝不能让皇帝看到，现在干脆将此原件送交太子，让他死了侥幸之心。如果他还当断不断，那可真是该死了。

他对郭破胡说："我们赶快走，这就回长安。尸体交给驿长处理，千万不可出差错。"

驿长本来都是小武从心腹门客中选拔安置过来的，绝对忠心，他道："婴功曹放心，下吏一定不会的。"婴齐道："拜托了。翦灭奸贼，大家共享荣华。"两个人匆匆跑出来，驾上轩车，冲上驰道，往长安方向飞驰而去。

那边，小武早把如侯、管材智等一干人召集起来，说了江充的阴谋。如侯惊道："不知府君的消息是否确定无疑？"

"暂时还是猜测，"小武道，"但不是毫无根据的猜测。我已经派婴齐和破胡两个去驿站等候，堵截江充的信使，目前还没有消息。不过，据我所料，皇太子应是凶多吉少。等两人回来，诸位当知我言不虚。"

如侯迟疑了一下："下吏一向相信府君的断事才能，不过敢问，府君告知下吏这件事，是否已经有计划？"

小武笑道："我知道诸位都很敬服皇太子为人，虽然我和皇太子没有私交，而且还知道皇后对我不满，我也不是什么高风亮节的人，只是，江充那奸贼和我有仇，就算将他剁成肉泥，也不能让我的丽都重生。诸君敬重太子，那是为了公义；而我要杀江充，是为了私仇。当然，如果能因此对公义有点帮助，那也是乐于见到的。"

管材智道："府君这样说，让臣等惭愧无地。府君对臣等有厚恩，江充害府君身入牢狱，而臣等只能龟缩内室，不能对府君有所补益，导致翁主被害。每一思之，愧悔欲死，这次如果能助府君除此元恶大凶，挽回一点脸面，就算身死九原，也无怨恨。"

"管君说的是，我等身受府君恩惠，早思有所报效，只恨得不到机会。这次如果能公私兼顾，铲除江充，的确是我等日夜切齿拊心所盼望的。"如侯附和道。

小武道："有诸君这些话，再好不过。我知道如将军在北军中有崇高威望，不知能否联系到北军的旧部曲以助太子？以太子现在的兵力，诛一江充固然足矣，但万一事情闹大，引起皇帝震怒，则非有正卒辅助不能成事。"

如侯道："下吏原任射声校尉，兼领长水校尉，颇有一些旧部曲。最近数月以来，又恢复了联络。府君这么说，下吏怎敢不从？但府君也知道，即便有人对今上不满，要让他们冒着诛夷三族的风险去反叛，还是很难的。当然，他们也是风头草，若太子到时有胜利的迹象，下吏才有说动他们的可能。到时府君一声令下，下吏立刻潜入宣曲宫，矫制发长水胡骑①两万余众，射声校尉的材官蹶张、车兵两万余众，就算江充有虎符能发得三辅近县兵，也不必怕了。"

小武道："长水胡骑擅长骑射，射声校尉的材官蹶张，人人皆操五石以上的强弩，太子若能得到他们援助，十拿九稳。婴功曹擅长伪造印信，等他回来，就让他伪造符节和天子玺印。到时将军一定要小心，最好不说应我要求。另外，诸君在外不可随便说话，我的门吏竟然是江充派遣的暗探，还当我不知呢。"

如侯道："府君放心，下吏知道，府君身荷今上厚恩，难以背弃，只是憎恨江充，不得不助太子。下吏死也不会连累府君，若大事成，府君之功，太子也不会知；若不成，无人知道府君曾暗中帮助太子。"

小武顿觉愧怍："如将军，武没有将军所言那么高尚，但武感念今上，倒是真的。若无今上，武现在可能已经死在广陵，又怎能娶到翁主为妻？"又想，这第二次从江充刀下逃生，倒无需感激皇帝，因为若非皇帝纵容，江充怎敢如此嚣张，自己又怎会射杀他弟弟，丽都又怎么会死。今上不是昏君，也很难说是暴君。因为他无需自己亲自施暴，他能充分利用江充这些人为他作恶。现在看来，他早已决定除掉太子，也难怪公孙贺会背叛。这皇帝到底值不值得效忠？小武委实也踌躇不决。他确实是有手腕，虽然自己现在家破人亡，但若自己说他半个不字，天下人都会骂自己背恩忘义。可不管怎样，丽都的仇必须报。何况苟安已经不可能了，江充如果真的弄死太子，自己的命也不会太长。只要能杀死江充，就算死了，也不遗憾。但愿真有泰山地府，我能和丽都在那重逢；可是如果不能杀死江充，我又有何面目去地下见她？想到这，小武油然悲伤自怜，眼中泪满，欲夺眶而出。他急忙低下头，掩饰自己的窘态。他心中一片茫然，只觉为了丽都而

---

① 长水胡骑主要由投降的匈奴兵卒组成，因为驻长水(今陕西蓝田县西北)而得名，由长水校尉统领。

死，也是幸福的。什么治世理想，真是荒诞可笑……

这时檀充国匆匆走了进来，低声道："主君，门外有一位年轻女子登门造访，说有重要物件，要亲手交给府君。臣遵从府君指示，将她带到非常室中等候。"

小武哦了一声："竟有此事。"他挺直身体，对如侯等人说，"诸位请稍后片刻，我去去就来。"说着站起，和檀充国走了出去。

非常室是个密室，掀开室中上方的木板，可以升上一个阙楼，阙楼的四面都是琐窗，还有射孔，居高临下，可以看到四围的动静。因为悬居一侧，别人又无法靠近窥测。非常室中还积存了为数众多的飞虻矢，大约有数千枝，大黄肩射的强弩数十张，剑戟数十柄，可以装备十个以上的士卒，实际上是临时应变的地方。汉家宫廷和好一点儿的大官府第以及边关哨所，都筑有这样的应急室。小武进去，看见一个大约二十岁左右的女子，在室中来回走动。看见小武，急急叫道："沈先生，可急死我了。"

小武看这女子有些面熟，茫然道："足下认识我么?"

"沈先生真是贵人多忘事，"那女子道，"连同乡都忘了。"她突然口音一变，说出了一句地道的南昌县方言。

小武呆了一呆，喜道："我记起来了，你……你是靳邑君的婢女?"他高兴之下，也用方言回答。他忆起这女子是靳莫如在南昌县的侍女，因为使唤得颇为顺手，特意带到长安来了。

那女子展颜笑了："看来，沈先生官当得还不是太大。"

小武道："官当得再大，见到同乡仍会高兴的。"他微微一怔，"怎么，足下怎会突然屈尊造访?"

那女子从身后掏出一个丝囊，低声用方言道："这是邑君让我带来的，她嘱咐我一定要亲手交到先生手中。"

小武接过丝囊，从里面掏出一块叠成正方形的丝帛，展开来一看，脸色不禁凝住了，上面写的是：

> 水衡都尉江府，妾莫如再拜问沈君足下：顷者巫蛊事急，三辅长安恐难安定，愿足下慎修容止，免致奸人构陷。切切。书从江府来，沈君当知之，毋用妾多言也。

小武心中一转，立刻明白了，不禁大为感慨。靳莫如真是温恭仁厚，自己那样背弃她，她也不生恨。此信前后谆谆写明来自水衡都尉府，就是暗示江充很可能在构陷自己，她已经知晓了端倪。她劝告自己慎修容止，就是希望自己谨慎奉职，以免被江充抓到把柄。她是否知道江充在构陷皇太子？也许知道，但是怕被连累并诛，不敢揭露？小武叹了口气，对侍女道："谨为武回谢邑君，邑君厚意，武不敢或忘。"心里感激归感激，这句话却是言不由衷。我岂能因为怕死，就不报仇了？江充又岂会因为我的慎修容止，就轻易地放过我？即便他这次构陷我不成，也一定会再找机会。先声者夺人，总之，这次是箭在弦上，不得不发。他陡然又想起，假若江充被诛，靳莫如也逃不掉，这可如何是好，一时心里颇为矛盾。也许靳不疑能上书保她吧。他只能这样安慰自己了。

"赏她钱一万。"小武吩咐檀充国道，又用方言对那侍女说，"多谢。"

檀充国将侍女带出去，小武想一个人在非常室里呆一会儿，想一些事，却听到门外叫"府君"的声音。小武当即心中一震，是婴齐的声音。他按动机关，门咔嚓一声开了，婴齐和郭破胡两个人走了进来。小武诧异道："破胡，事情不顺？"

"也不算不顺，只是还是用了武力。"婴齐道，"他一个人击毙了四个江充的使者，江充果然想陷害太子，上奏言辞极为歹毒。"说着递过丝囊，"府君请看。"

小武匆匆展开奏文，急速看下去，嘴唇有些颤抖："果不出我所料，他盼皇帝赐下虎符，发三辅近县兵。也好，断了我的后路。江充见使者久不到达，一定会报告丞相府，调查使者失踪情况。使者死在万年驿，我脱不了干系。事到如今，只能背水一战了。"说着重重击了一下几案，又看到木偶人背上的字迹，忍不住失笑，"'长安兔老男子刘彻、大女子赵婕好、未使男刘弗陵三人寿数将尽'，这个奸贼，真是什么都敢写，真是丧心病狂。这样的话，寻常百姓看了，都会提刀上门，何况天子?!"

婴齐笑道："是啊，把皇帝称为'长安兔老男'，甚至可谓奇想。"

小武道："把这个给如将军他们看，他们也该下决心了。"

三人回到堂上，将文书递给如侯和管材智等人，他们都情绪激动，很显然，虽有心理准备，仍被这实实在在的阴谋吓坏了。如侯道："府君，此文书应当立即送往太子宫。太子纵然仁厚寡断，看到这份文书，也不该再犹疑了。"

小武道："我正有此意，不如烦请君亲自送去，太子意见如何，亟望回来告知。"

如侯道："好，婴功曹现在就摹刻天子玺印，准备起事吧。"说着站起来。

明光宫却非殿的非常室中，刘据依旧犹豫不决，这个半老男人带着哭腔："不行，真的不行，为人子者怎能盗窃父亲的兵器，去专诛父亲的大臣呢？这是大大的不孝，大大的不孝啊！少傅君，我们也可以上书陛下辩白冤屈，陛下一向圣明，怎见得会偏信江充？"

石德心头暗怒，耐住性子问："太子殿下认为亡秦的始皇帝是什么样的君主？"

刘据道："始皇帝虽然酷暴，但其足不出户，而能翦灭六国，可算是一代雄主。"他停顿了一下，又补充道，"这是令尊前太傅君教我的，少傅君以为何如？"

石德道："的确如此，始皇帝诚然酷暴，确为一代雄主。方其在位之时，安得有陈胜、吴广之事？若无陈胜等的首义，高皇帝也不能仗三尺剑夺得天下。不过始皇帝虽然并不昏聩，却仍重用了赵高那样的奸诈小人，和李斯那样不忠的丞相。倘若他的太子扶苏能继位为二世皇帝，秦国又怎会灭亡？所以请太子殿下想想，如今江充蒙蔽君上，和当年赵高蒙蔽始皇帝岂非如出一辙？如果太子效法扶苏，那奸人将不知扶植什么人为太子。臣恐秦二世之祸，复现于今啊！"

刘据烦躁道："未必有那么严重吧？只要父亲开心，我不当太子，又有何妨？"

石德再也按捺不住，怒道："当断不断，反受其乱。竖子不听臣言，将来懊悔无及。要知道，这天下不是今上的天下，也不是你的天下，而是高皇帝的天下。你们即便位登至尊，也不过是社稷暂时的守护者。储君不是随便的职位，你想让就让吗？我只怕你让掉的是整个刘氏的社稷。"他情急之下，直斥太子为竖子，旁观侍从面面相觑，太子家令张光、太子舍人陈无且看着石德，颇为动容，显然他们也认同石德的看法。

刘据也吓了一跳，他印象中石德一向温文尔雅，现在突然失态，肯定是愤懑之极，一时忘形了。他默不作声，细细品味石德的最后几句话，是啊，这天下是高皇帝的天下，自己让出太子的职位不要紧，但让奸人诡计得逞，却会丢掉整个刘氏江山。他环顾四周，心腹们都默然低头，他看着如侯："如将军也这么看吗？若真起兵，胜算几何？"

如侯回答果断："恕臣直言，臣以为不起兵只是小孝，而纵容奸人，倾毁社稷是大不孝。臣请太子殿下摒弃小孝，追慕大孝。江充奸诈，天下怨恨，臣愿执矢前驱，为殿下射杀元丑。江充若死，天下人怎不拥护太子？"

刘据突然大声道："好。诸君都执大义，我又怎忍拂逆？发兵！不过具体事宜还要细细规划，少傅君可有建议？"

众人顿时欢呼，石德的嗓音有些激动："太子殿下，立即遣人通告皇后，约定举兵日期。"

随即大家纷纷发言，一个时辰过去，基本商议停当。如侯道："太子殿下，我受沈府君嘱托，先要回去复命。沈府君建议我潜入北军，联系旧时部曲，征发宣曲宫胡骑和射声校尉材官蹶张士，以助太子。"

刘据道："暂且别这么着急，先收捕江充再看，最好不用大动干戈。"

征和二年的十一月初，尚冠里的按道侯府，家丞突然跑进来叫道："君侯，臣刚在角楼上观望，藁街上很喧哗，驰来了很多革车，会不会有什么事发生？"

按道侯韩说道："不会吧，日前江都尉奏上甘泉宫，请求关闭长安十二城门，大索巫蛊奸贼。难道天子的报文这么快就到了？陛下特地遣我来协助江都尉，他得到诏书，也该先通知我啊。"

家丞说："君侯，江都尉行事一向突兀，不可以常理度之。臣看有些革车是朝我们尚冠里的里门驰来，难道我们尚冠里也有贵臣犯事？"

韩说心里更加奇怪了，这次奏文，请求逮捕的对象是皇太子，一般人都不知道，包括自己的家人。太子住在明光宫，车骑怎么会驰往尚冠里？他情不自禁地站起来："我亲自登阙楼看看。"韩说是个很谨慎的人，作为大汉开国功臣韩王信的后裔，他常常把祖先的失败作为教训牢记于心。他和公孙贺一样，是以军功封侯，但他不像公孙贺急于建立自己的小圈子，而是装得孤身侍主，从不和任何朝臣过分亲密，是以一直固宠不衰。他刚站起，已经听到自家院门外响起了咚咚的鼓声，不由得大惊失色。这是收捕大臣的仪式，鼓声响过之后，会给他一顿饭的功夫让他自杀，到时甲士就会冲进来。他的心顿时凉了，难道皇帝不是真想废掉太子？政治这东西真可怕，你永远不知道怎样才算站对了。

他正在思忖毒药喝下去会不会很痛苦，废话，肯定很痛苦，但也没有选择。他望着家丞："把药和得剧烈些，让我死得快些。"家丞还没回答，门已经被冲开了，看来这次使者的心情非常急切，连自杀的时间也不肯给。大群甲士执着剑戟涌入，一黑衣使者喝道："有诏书，收捕按道侯韩说。"说着他展开竹简，念道：

制诏御史：朕命韩说、江充、苏齐杂治巫蛊，而三人怀诈不忠，构陷良

善，事情发觉，罪状明白，朕失望焉！书下，有司即发车骑阖家收捕，毋使
一人走脱。

韩说见这使者好生面熟，心里隐隐觉得不对。难道是假的？他反而高兴起
来，不是皇帝赐死，就有逃生希望。他望了望那些甲士，暗暗慨叹，看来消息走
漏，刘据已经先发制人了。于是他假装叩头道："臣接旨，然汉家制度，大臣有
罪准许自裁。臣请仰药，以谢陛下。"

那使者迟疑了一下："也好，请君侯自便。"

韩说站起来，转身回到堂上，喊道："来人，速和药来，不要让使者久待。"
但才走到堂上，终于沉不住气，突然发足狂奔，穿过前堂，跑到后院，大声呼
道："太子谋反。快快上楼击鼓求救，收拾武器，抵御反贼。"

那使者没料到他会来这套，赶忙叫道："按道侯谋反，诸君立即逐捕，有敢
抵御者，当场格杀，凭首级拜爵赐钱。"说着抢过身边一位甲士手中的强弓和箭
壶，冲上堂去。

等他们奔到后院，韩说已经跑到阙楼上，他的家卒把鼓敲得震天响，箭矢也
纷纷从东西楼阙两个处所飞泻而下。跟随使者而来的甲士纷纷举起盾牌，有的引
满弓向楼上射箭。韩说的家卒则躲在栏杆小孔后向下发射，射倒了数名甲士，楼
下的甲士却射不中他们。那使者见状大怒，返身回去，随机从外推来一辆牛车，
牛车的车厢高而且宽，是绝好的大盾。使者将车推到院中，躲在车厢后面，两边
箭矢如雨，全部钉在车厢上。那使者也引满弓，瞄准东阙上的一个家卒，右手指
一松，箭矢飞出，那家卒随即发出一声凄厉的惨叫，跳了起来，他的眼睛中箭，
向后倒栽了出去，尸体正摔倒在韩说身边。韩说俯身一看骇然，这枝箭竟然是从
射孔飞入，射中家卒眼睛的，而且贯穿后脑，足见射手臂力惊人，既准且狠。韩
说还没回过神来，只听得西阙又是一声惨叫，一个家卒惨叫道："不要将眼睛对
着射孔，那竖子箭法厉害。"韩说心中一亮："这人是如侯，我知道了，这人是如
侯。"他才说完，一支箭已经穿透他的咽喉，原来他惊恐之中，不知自己露出了
小半截身子。他连惨叫也没发出，就像个肉袋一样摔倒在楼阙上，死了。

家卒们看见主人死了，顿时丧失了斗志，箭也射得稀稀疏疏的。如侯大声下
令道："楼上的听着，首逆反贼韩说已死，剩下的立刻投降，可以免死，有捕斩
韩说同产亲属子弟者，可赐爵拜官。"家卒们沉默了一下，突然楼阙上发出喧哗

惊叫声，接着有几个首级从阙上扔下，同时一个声音传下来："诸君不要听这反贼妄言，现在分明是太子矫诏谋反，诸君且共我守住城阙，等待救兵，不可自乱阵脚。江都尉现正率北军骑士和执金吾车骑赶来，有听从反贼蛊惑者皆斩之。"

如侯叹了口气，道："反贼既然执迷不悟，诸君给我勠力并进，以捕斩首级数目论功。"甲士们也学如侯的样子，找来数十辆牛车，躲在车后缓缓往前推进。

在这前一天，刘据下令分头搜捕江充、韩说和苏文等人之时，曾对属下叮嘱："最好是不动刀兵，能将他们收捕，带回来严加案验。让他们自己招供陷害我的奸谋，然后奏告皇帝。江充千万要抓活的，其他的死了无所谓。"如侯被分派去收捕韩说，没想到立刻被韩说识破，只能武力攻取。

执金吾刘敢听到按道侯府邸的鼓声，赶忙率领车骑直赴水衡都尉府，他隐隐怀疑皇太子将对江充不利。和大多数官吏一样，他也是个谨小慎微的人，既然皇帝命令他配合江充，他就会老老实实地听从，不敢丝毫怠慢。江充也曾私下和他交谈，说："如果长安近日内有什么异常，请君一定要先率兵去充官署护卫。充因为助陛下治理巫蛊，剔发奸贼，想害充的奸人多如牛毛。充不敢爱惜自己的犬马之命，但只怕充一死，再也无人敢像充一样，为陛下不计生死效忠。充若死，陛下震怒，君等亦不能免。"刘敢明白江充的能力通天，只能唯唯称是。

等他的车骑赶到夕阴街的时候，水衡都尉府比韩说的府第还要热闹。奉命系捕江充的是太子家令张光，江充听见甘泉宫使者到达，心里也很怀疑，早就命令水衡卫卒聚集四围楼上，引满弓弩埋伏。如果使者有诈，看他的手势，立即射杀。张光也怕江充不那么容易上当，早令甲士上千人将都尉府围了数匝，万一被识破，有足够的兵力将其格杀。他心里对太子的婆婆妈妈颇为不满，又听说皇帝仍然不肯接见皇后的使者，怀疑皇帝就算没有病死在甘泉宫，也奄奄一息了，这正是诛灭奸臣、拥立太子即位的大好时机，所以他秘密命令亲信部曲，万一发生混乱，就不管那么多了，杀死江充再说。

江充带着几个侍从，出来迎接使者，见到张光，马上发觉不妙，他一挥手，大喝道："使者有诈，太子造反。"登时几辆兵车从两侧冲出，江充跳上兵车，兵车在院内环了一圈，向院后驰去，接着大门轰隆一声关上。张光还没回过神来，头顶箭如雨下。幸好他身边的士卒也有准备，赶忙用盾牌护住他往外跑。跑到安全地带，他下令卫卒强攻，同时齐声鼓噪："江充造反。"又派人驰告太子，说已被江充识破，为今之计，只有一不做二不休，让皇后发中厩车，开武库，矫制赦长安中都官刑徒，授兵，围攻江充和丞相等。他自己则振作精神，命士卒用大木撞开江充后院府门。

可是刘敢率领的车骑也隆隆地驶近了。张光一看不妙，命令一个掾属持假节赶去迎候刘敢，想趁机征发刘敢的车骑，一起进攻江充。江充也猜到了张光的意图，让士卒在楼上大声呼叫："太子造反，节是假的，执金吾千万不要相信。"

刘敢听见呼喊，半信半疑，张光的掾属怒道："刘君难道相信反贼江充，废格天子明诏吗？"

"下吏岂敢？"刘敢道，"不过使君和江都尉各执一词，臣未得到诏书，不敢贸然相信任何一方，不如双方各自罢兵，奏上丞相裁断。"

使者托起符节，怒道："有天子节信，还有什么不相信的？再不奉诏，将你也一并收捕。"

刘敢见使者言辞猖狂，有点儿怯意，又听得阙楼上江充在大叫："刘敢君，领兵攻打我们的是太子家令张光。若不相信，愿同去丞相府对簿。"

刘敢又惊又怒，江充的话提醒了他，自己刚才提出去丞相府裁断，使者只是发怒，不敢答应。而江充则愿去丞相府对簿，明显有恃无恐，到底谁是假的，蠢人也明白了。他当即怒喝道："使者有诈，立即收捕。"他身侧的数十名骑士立即驱马赶上，一队翼蔽刘敢，一队向使者冲去，其中一个身材高大的骑士伸臂将使者从马上抓起，扔在地上，大声喝道："向刘府君招供，饶你一死。"

那使者被摔得头昏脑涨，胸前被几枝戟叉住，知道这下过不了关，赶忙叫道："的确有诈，是太子卫卒在围攻江都尉。"

刘敢道："立刻进攻反贼，捕斩有军法。"声音刚落，身边的骑士已像飙风一样冲了出去。刘敢又吩咐掾属，"你们去向丞相府报告，赶快派人乘疾传①去云阳，禀奏皇帝，告知太子谋反。"

张光的卫卒已经撞开了江充后院的大门，不料一队骑兵突然从身后涌来，这些骑兵或操着长刀，或握着弓弩。冲进他们的人群中，狂劈乱砍。另外一队车兵在后面也隆隆驶近，乱箭齐发，张光的卫卒一下子倒了大片。执金吾的骑士多为陇西六郡征发的良家子，几乎都出身骑射世家，非常勇猛，而明光宫的卫卒多是

---

① 疾传：快速邮车。

内郡的农民，武艺体力都远远不及，由此节节溃退，人头如滚瓜似的飞下。张光暗暗惧怕，刚才还是他在进攻江充，现在江充的卫卒见形势逆转，都呼啸着从楼上冲下，开始反攻。江充在楼上眺望，心中大喜，自己诬告太子巫蛊，其实也一直不安，生怕皇帝改变心意，所以刚才使者来时，自己还颇有几分惧怕。如今太子沉不住气发兵造反，简直给自己帮了大忙。他看见张光的卫卒在刘敢的车骑和自己的卫卒夹攻下，如被割的麦子一般倒伏，喜笑颜开。现在正好乘胜通知丞相，以紧急变化为理由矫制发北军兵去系捕太子，就算在乱兵中格杀了他，也是没有任何关系的了，免了讯鞫论报，岂不快活？

但与此同时，笑容又在他脸上凝住了。他看见藁街的尚冠里方向冲来一队革车，车上都是全副武装的甲士。那些甲士隔得老远就向刘敢的军队发射弩箭，弩箭十分强劲，刘敢的骑兵向那些甲士冲去，却纷纷在半途倒下，大多被弩箭射穿。不一会儿，那些革车就冲到了夕阴街自己府第的楼下。领头的一个披甲的中年人骑着一匹淡黄色的马，拉着一张大弓，弦声响时，必定有一个刘敢的骑士翻身落马。张光正在焦躁，见了那人，大喜道："如将军好箭法，反贼拒受诏书，只有全部格杀了。"

如侯应道："韩说也已伏诛，大家看他的首级。"他身边一个甲士举着一枝长矛，矛尖上顶着一个首级，正是韩说的头颅。江充心中大骇，赶忙伏下身子，叫道："快打开后门，去上林苑水衡官署，捐之正在瀛台观等候，到后紧闭大门等候丞相救兵。"

他们飞奔下楼，登上革车，打开后门蜂拥而出，后门本有张光部署包围的士卒，只是刚才受到刘敢的车骑冲击，凌乱不堪。见了江充的人马冲出，虽然都涌过来堵截，究竟兵力不强，被江充的人马杀开一条血路。江充率先沿着章台街，冲出了长安城。

车马在驰道上狂奔，江充看看自己的部曲，只剩得不到一百人，非常恐惧。不过终于逃得生路，只要进入上林苑的瀛台观，紧闭固守，支持十来天，应该是不成问题的。有十多天的功夫，丞相一定可以想出办法，扭转危局。

他的心随着车子上下颠簸，他多么希望瀛台观就在眼前，自己飞驰而入，大门随即轰隆关上，将危险全部关在外面。他边想边不时回头张望，后面烟尘滚滚，都是他的卫卒。看见江充转头，卫卒们都喊道："都尉君放心，反贼没有追上来。"他顿感心安，但没过不多久，又忍不住转头后望，这行车马飞驰了大半个时辰，离瀛台观越来越近了。江充捂着胸部，两眼掠过御者的肩膀，向远处已经遥遥可见的宫阙眺望，心仿佛在嗓子眼里，他使劲按住胸部，似乎这样才能使心脏稍微安静一会儿。"到了，快到了！"他喃喃念叨，却突然看见御者的肩膀向下急剧一沉，似乎想向前抢什么东西，像只蛤蟆似的扑了出去。他当即叫道："糟了。"随即看见马头也陷落不见，自己同时被甩了出去，全身乱七八糟一阵剧痛，只觉得身边都是零零乱乱的东西。他痛得神魂出窍，等稍微好些，发现自己躺在一堆杂物中间，耳畔是人的尖呼声和马的嘶鸣声。他心里充塞着绝望，完了，刘据这竖子也不简单。

飞矢的破空之声和叫骂的声音在坑上面回荡，持续了约一顿饭的功夫，逐渐停止了，他知道自己剩余的卫卒不会有一人幸免。他长长叹了口气，心想：希望儿子能坚持住，等皇帝灭了刘据，儿子作为死难者子孙，必然封侯，我江充也算没有枉活一生。他感觉几枝铁钩伸进了坑里，摸索着，拨开车马驾具，搜寻着他。很快听到一阵欢呼："找到了，似乎还没死。"随即他感觉自己背上的肌肉被铁钩钩住，一阵新来的剧痛让他惨嚎起来，但铁钩子不管不顾，向他的背脊深处捣入，硬生生将他扯了上去。几个士卒喜道："这回可以封侯了。"他惨笑道："你们这群蠢货，跟着反贼凌辱国家重臣，还想封侯？"士卒道："放屁，你才是反贼。"一个头目上前，狠狠扇了他两巴掌，扇得他眼冒金星。随即又架着他，推到一个人面前。他抬起头，这个人身披重甲，兜鍪下的一张脸毫无表情，竟是自己的死对头沈武。他长长地呼出了口气，叫道："沈武，原来你也造反。"他听出自己的声音含糊不清，知道是嘴巴肿得厉害。又四顾望了望，草丛中全是尸体，都是自己的水衡卫卒。

小武左手捏住江充的胖脸，冷冷道："你错了，谋反的不是太子，而是你。我从万年驿的文书中早就知道了。"

江充虽然惊恐，却无法再从脸色显示出来，他的脸被抽成了猪头，红肿红肿的，看不出本色。他沉默了一下，突然嘶声叫道："反贼，你竟敢劫掠邮传，隔绝圣听，当真大逆不道。陛下会诛夷你的三族。"

小武道："大逆不道的是你。何况我现在孑身一人，哪来的三族？倒是你有儿有女，只怕全家一个不剩，都要去见泰山君了。"

"放屁，我怎么大逆不道，是你劫掠邮传，不是我。"江充叫道，虽然不是真的，但小武说他全家要去见泰山君，听到耳朵里依旧带来相当惊恐。

"是的，"小武道，"是我劫掠邮传，但大逆不道的是你。"

江充看见小武冷漠的眼神盯着自己，里面没有一丝情绪，如果有一丝能让自己捕捉的情绪，也许自己可以再说点儿什么，可是没有，于是话到喉头边，又咽了回去，他垂下头，有气无力："那你把我交给皇帝吧……或者，我们可以做个交易……"

小武道："我不是商人，也不喜欢和你这样的人做交易，更不想将你交给皇帝。"他看着江充，缓缓从背上摘下一个布囊，从里面掏出一样东西。江充定睛一看，是张精致的小弩。

"你想怎么样?"江充惴惴地问。

小武不答话，自顾自地从腰间的箭壶里抽出三支箭矢，安装在弩槽里，将弩臂对准江充，低沉着声音说："你知道吗？这张小弩是我爱妻的遗物，今天用它来尝尝你这奸贼体内污浊的血液。我不会射你的要害部位，我不会让你痛快地死去，赵何齐就死得很惨，你可能不知道。他的肉是被一块块脔割下来的，他的三族也都被弃市了。"说完，小武扳动机括，三支箭矢掠出，噗哧一声，钉入江充的肩膀，江充惨叫一声，捂着伤口，蜷曲在地上。

小武道："箭镞上涂有稀薄的毒药，你要等几天才死。当然之前我还要将你献给太子，你知道，太子也很想见你呢。"

江充疼得说不出话来。小武向郭破胡示意，郭破胡将江充拎起，扔到道路边一个空着的小院里，院里的几个守卫已经被小武的士卒杀死，横七竖八躺在地上。江充被扔在几具尸体之间，摔得晕头脑胀。他回过神来，反而没那么惊惶了。被毒箭射在身上时，他已掉到了冰窖的底部，不会再有更深的打击等他。总之已是一个死，即便此刻有人能将他救出，他也无法再活，只有认命。他两手据地，爬了起来，箕踞而坐，两眼讥讽地望着小武，笑道："死就死吧，有什么了不起? 那么多人死在前面，你阿翁也值得了，何况你们很快也会跟在阿翁的屁股后面来的。就凭你们这些乌合之众，谋反能成事么?"

"谁也不想谋反，如果没有你这个畜生。"小武淡淡地说，"虽然你现在死到临头，但我还是得承认，你很够本，有这么多人为你殉葬。"他走到江充跟前，突然抬脚对其猛踢。江充被缚着双手，壮大的身躯被踢得在地下翻滚，但他并不呻吟。小武边踢边骂道："你这畜生，还敢自称阿翁，你是谁的阿翁，你要当我的儿子我都不要。皇帝，皇帝又怎么了？既然他会重用你这样的畜生，那他就是不称职，太子早该取代他了。怎么，你不叫饶吗？还在装好汉？是不是从你娘那肮脏的产道里滑下来起，就一直是这么强项的？我不信。"他俯下身，突然拔出江充肩头的短箭，左手按住江充的脑袋，噗嗪一声，将那短箭插了他的左眼，鲜红的血液和透明的晶体一起滚出了江充的眼眶。小武的手腕一扭，短箭在江充的眼眶里转了一圈。江充终于忍不住哀嚎了出来。小武一脚踢在他下巴上，满意地说："终于装不成好汉了。这回你身上的毒会发作得更快，我得赶快将你送到太子那里，让他见你最后一面，否则真的来不及。"

郭破胡提起他，掷到一辆车上。他们依次上了车，数百个士卒跟着，向长安城驰去。长安的厨城门前已经有士卒设立起了路障，见到小武的兵卒，横戟呵问。小武驰到他们面前，扬起银印，道："我是京兆尹沈武，不认识我的旗帜吗？城中如此喧哗，我身负维护三辅治安的重责，特来看看发生了什么事？"

城门司马听见是京兆尹，赶快跑出来，躬身道："明府来的正好，执金吾刘君率军和一队不明身份的士卒作战，据说是太子谋反，明府赶快发三辅县卒来帮助我们吧。"

小武假装惊讶道："竟有此事？"他对婴齐眨眨眼，"持我的节信，去发三辅诸县卒，火速驰来长安。我先进去看看。"婴齐道："好，我马上就去。"城门司马命令士卒搬开路障，小武率领几十辆兵车驰入，奔向明光宫。

明光宫里，太子一伙正忧心忡忡，张光和如侯率领的甲士已经攻破江充府第，却让江充逃了。太子面如土色，他忧急地看着石德。石德安慰道："长安城如此喧哗，想隐瞒事实已经不可能了。据说刘屈氂已召集百官，商讨对策。虽然没有虎符，他们暂无能力征发北军骑士，但就算手头的各中都官卫卒，数量也不少。我们要对付他们，不具优势。何况在此坐等，也会受制于人，不如调拨全部的卫卒，先击破丞相府，号令百官，宣言江充和丞相勾结谋反。然后登极称帝，尊皇帝为太上皇，皇后为皇太后。说不定皇帝已经驾崩，只是我们不知罢了。"

刘据摇头道："这怎么行？绝对不行。皇帝病重而已，怎谈得上驾崩？"

石德叹道："好吧，即便不宣布称帝，也可以宣称江充和丞相等勾结谋反，太子不得已，矫制发兵诛灭反贼，再奏上甘泉宫不迟。"

刘据踩脚道："也只有这样了。这是骑在老虎背上，欲罢不能。发兵先击丞相府。陈无且君，你马上去未央宫告知皇后，立即发长乐卫卒，出武库兵。等我击破丞相，就赦刑徒授兵。"

这时官门令匆匆领进一人，道："太子殿下，京兆尹沈武捕获江充，特来献给太子。"

刘据大喜，奔上去握住小武的手，摇动道："太好了，沈京兆，你捕得反贼，必得封侯之赏，那奸贼现在何处？"

小武道："太子殿下，已经在院子里了。"刘据喜道："好，我们赶快去审问他。"

一群人走下殿堂，和小武来到院子里。院子当中停着一辆葱楑车，郭破胡从上面扔下一人，这人披头散发，肩上和脸上满是血污，但依稀可见就是江充，这平日不可一世的水衡都尉，现在像头野兽似的躺在地上，一动不动。

刘据大步上前，揪住江充的衣领："江都尉，我与你何冤何仇，你一定要想方设法害我？即便上次你没收我的车马，我又何尝想过报复？我不是是非不明的人，我知道是我的属下违背了律令，难道我作为一国储君，心胸会那样狭隘吗？"

江充转过下垂的脑袋，眼光中有一丝悲凉，惨笑道："汉家的天子，有几个不狭隘的？其实，狭隘倒不可怕，就怕像你这样的——懦弱畏软。"他左眼的眼眶满是血污，显得异常狰狞。往日的俊美早已一丝不见。

"你何苦要这样害我？！"刘据拼命摇他，满面惶急，"求你帮帮我，写封文书，就说是你怕我报复旧怨，才陷害我的。我一定会好好报答你，你要相信我。"他的声音带着一丝哭腔。

江充注视着刘据，突然仰天大笑："哈哈哈哈，太子殿下，你怎么如此幼稚？枉你活了四十多年。我自述罪状，还能有命等到你来报答？况且，你怎么报答我？你自己半个身子都已进棺材了。"

刘据大急道："怎么不能？江都尉，你相信我，只要我没事，即便皇帝要杀你，我也可以向皇帝求情，保住你的家人宗族。将来我登极为帝，你的宗族一定会封侯拜相，与我大汉永永无极。我们可以歃血为盟，让天上的明神作证。"

"唉，"江充突然叹了口气，"歃血为盟，太子，你真是个书呆子，书看多了，看傻了。你要明白，一个人做了对另一个人不利的事，要那个人完全忘却，是不可能的。不是我不相信你，实在是我太了解人是什么玩意了。还有，我真的有点儿同情你，你真的不知道么？皇帝并不喜欢你当太子，只不过他不好意思说出来。我为他找到了借口，可以诛灭你，他一定很感激我，纵是我死了，我的子孙一定会因为他内心的感激而得到封赏。反之，如果我听你的，皇帝一定恼羞成怒，非诛夷了我的全族不可。你怎么会不明白呢？你应该明白的，凭我一个小小的江充，一个山东①来的跳梁小丑，本来是搞不倒尊贵的皇太子的。只不过我知道皇帝想做什么，我懂得作为人臣，怎么做才能达成君上的心愿。"

刘据额头上冒出丝丝热气，和长安此刻的气候极不相称。他嗫嚅道："胡说八道，胡说八道，你这个赵虏，当真是胡说八道。我是皇帝的长子，皇帝一向对我爱如珍宝。你想想，皇帝为我特意修筑了高大巍峨的进贤馆，还有宽敞富丽的博望苑。我立为太子几十年了，天下郡国和边邑属国莫不听闻，皇帝怎么会想废掉我？难道你害得赵王太子家破人亡，也是皇帝一直的意愿吗？"

"唉，"江充又叹了一口气，"我说了，你很可怜，太不了解你的父亲。我不妨指点你，你父亲这辈子最大的爱好就是权力、美女和声名，抓住这三点，才能懂得你父亲，可你抓不住。赵王彭祖一向喜欢揽权，中伤谋害了数十名朝廷派去的相、内史，你父亲早就对他不满，只因赵王是他大兄，他不想背上杀兄的恶名，才一直隐忍。而赵王太子以喜欢猎艳闻名天下，你父亲免不了妒忌。碰上我来告发赵王一家的罪行，你父亲求之不得，不管赵王怎么哀求赦免太子都不准许。同样，对你，他也不想背上杀子的恶名，自然要假手于我。当然，也可能有一些其他的因素，比如他的确怕死，怕有人诅咒他之类。但关键，什么都是他自己决定好了的，我不过帮助他实现他一直以来的愿望而已。"

刘据的眼神顿时黯淡下来，像被风吹灭的蜡烛，喃喃道："不会这样的，不会的……你真的不肯写自伏状？"

江充眼中充满了鄙夷不屑之色，轻轻地说："人之将死，其言也善。阿翁我花这么大的力气，跟你这竖子唠叨了这么多，难道就没丝毫作用吗？唉，还是收集你的兵卒去跟你父亲的军队打一仗吧。你肯定会输，但你这样做了，还不算输得那么窝囊，还像个男人，何必在这里跟我婆婆妈妈。"他转过脑袋向着小武，小武正冷眼瞧着他，满眼都是愤怒和伤心。江充笑道，"其实这里我只佩服你，只有你懂得绞尽脑汁去快意恩仇。其他的人都患得患失，实在如猪狗一般！"

刘据长呼了口气，蹲下来，抓住江充的脑袋往地下一撞，又站起身，满面泪痕发令："将这奸贼枭首，立即召集士卒，进攻丞相府。"

---

① 山东：秦汉时的山东指函谷关以东，江充是赵国人，正是当时的山东地域。

他身边的士卒立即上去，将江充架起来，缚在一棵树上。小武道："太子殿下，请让我来动手吧。"

刘据突然发怒道："是你捕获的，你斩好了。"他此刻极为绝望，与其说江充的话深深伤害了他，毋宁说是使他豁然开朗，这奸贼所言全是对的，父亲真的早想废了自己，否则这奸贼不过是一个小小的二千石，怎敢肆无忌惮地凌迫自己，于是悲伤之下，口不择言。小武听了江充的那番话，也不由暗赞其奸佞才干，这奸贼看得真透，因此对刘据的失态也完全理解，现在他考虑的是怎么从这场纷争中脱身，他不想为太子殉葬。

于是小武躬身谢罪："太子殿下息怒，下吏的意思，不过是想凌迟这奸贼，让他死得难受一点儿。没想到让殿下因此误会而生不快，下吏请先告退，回去征集三辅县卒，看能否有助于太子。"

刘据也意识到了自己无礼，缓和了语气："是我太粗鲁，请明府不要在意。明府想让这奸贼死得惨一点，我又何尝不想？就请明府代我动手吧。"

小武道："太子有令，下吏岂敢不从？破胡，你去。"郭破胡应了一声，走到江充面前，长剑舞动，只见得寒光如匹练一般，霎时在江充身上划了上百个口子，江充怎么也忍不住，一个劲儿哀嚎。小武听得瘆人，就道："好了，斩下他的脑袋。我们还要赶快动身去做正事。"

郭破胡一剑将江充的脑袋割下，哀嚎声戛然而止。郭破胡又提过一根长矛，将江充的头颅插在上面，交给一个士卒撑着。刘据道："出发，进攻丞相府。"

明光宫外人喊马嘶，太子执绥登车，车轮隆隆滚动，沿着章台街、藳街向西边的丞相府疾驰。

刘屈氂一听到水衡府发生大战，不知如何是好，立即召集两府官员和九卿来丞相府商议。他不是个果断的人，本来关于构陷太子的计划，他和江充是有默契的，如今太子举兵发难，又免不了惊惶失措，再说他也发不了多少兵。丞相长史章赣私下劝他："君侯不如矫制发北军骑士，消灭太子，不是君侯早就希望的吗？现在正是良机。"

刘屈氂连连摆手："矫制已是腰斩的罪名，攻击储君，更会灭族，现在还不是时机。"章赣急道："君侯就说太子谋反。春秋之义，'君亲无将，将即反'，并不因为储君就能宽贷，现在正好趁机击灭他，扶植昌邑王为太子。"刘屈氂道：

"可是太子已经捕获江充，声称有证据证明江充谋反。江充这人并非善类，我和他也只是利益之交。假如他真的私自制造乘舆器物，有谋反举措，我如何助他？等太子向皇帝呈交证据，我攻击太子岂不就要灭族？不如召公卿杂议。"

章赣见刘屈氂如此胆小怕事，叹了口气："好吧，君侯既然谨慎，那么，就一边召集公卿杂议，一边发各中都官卫卒守护丞相府。臣愿意率领一支军队驻守东门。"他私下已经计算好了，以中都官的卫卒两万，抵挡太子的明光宫卫卒差不多足够。万一不行，就率军冲开城门逃跑。刘屈氂道："也好，你赶快持节去征发士卒。"

可是章赣万万没料到太子的兵马竟然那么多，远不止二万之众，明光宫卫卒大部分是徒兵，不会有太多射士，可是他看见迎面黑压压涌来的全是车骑，那兵车比平常的革车要大一号，显然是厩车改造的。章赣马上就明白了，一向软弱的刘据其实早就有准备，此番更是下了极大的决心。他疾速跑去报告丞相，又耳语道："君侯，我们还是赶快逃跑吧。"刘屈氂大吃一惊："太子的兵马有那么强吗？"章赣道："比想象的要强得多，他们显然已经劫掠了武库，而且军中有长乐卫尉的青龙军旗，估计长乐宫的卫卒全部参加了造反。"

刘屈氂脸色慌乱："你觉得一定要逃么？"章赣道："没有别的办法，我们绝对守不住的。"刘屈氂道："可是《军律》说得明白，逃跑会腰斩，全家连坐。"章赣道："下吏不是劝君侯弃城逃，而是劝君侯先撤出官署，避其锋芒，再做计虑。"刘屈氂低头想了想，大声对廷议的官员说，"太子谋反，其率军已在门外，诸君说怎么办？"

暴胜之道："先紧闭阙门，派人问候太子，看到底为了什么，不可盲目交兵……"

他还未说完，外面整齐的呼声已经传入了大殿："诛江充，清君侧！诛江充，清君侧……"震天动地，显然士卒极多，而且呼声中不时夹杂着鸣镝箭刺破天空的尖利哨声，显然是在炫耀武力。在座官员闻之，脸上无不变色。

刘屈氂强自镇静，对暴胜之说："大夫君，请和我一块去阙楼上看看吧。现在江充已在他们手上，他们还能有什么要求？"

两人和一些官员鱼贯上了阙楼，只见楼阙上的卫卒都挽满弓，瞄准楼下。见刘屈氂上来，卫卒都略微松了口气，显然谁也不愿意打这场毫无胜算的仗，只是畏惧汉法的严厉，不敢私自逃逸而已。他们都希望丞相出面，和平解决争端。

刘屈氂在楼阙上眺望，面如土色。太子这次真是发狠了，门外士卒从场地上一直延伸到整个直城门大街，被参天的大树隔开的宽约十丈的驰道和两条各宽六丈左右的侧道，全被士卒挤满，看不到尽头，而且部伍整齐，都按照正规行军阵式排列。前面一排是厚重的盾牌军，紧接着是强弩射士，射士后是一排兵车，兵车上一人执戟，一人持弓。再接着是长矛士卒，这排士卒都穿着红色军服，红色旗帜。左边的一队身着青色军服，青色旗帜，前面是兵车，后面紧跟着徒兵和射士。右边的一队则是白色军服，白色旗帜。这两支军队像鸟的两个翅膀，一青一白，成个弧形，虎视眈眈地张望着丞相府。后军则延伸至武库的位置，一律穿着黑色军服。中间的大将军旗，则是黄色的，竖在一个四方形的黄色人海中。

刘屈氂擦了擦汗，大声道："我是大汉丞相，请太子殿下说话。"

前面的车骑马上向两边移动，分出一条道来。后面的黄色大旗下驰出一辆兵车，刘据站在兵车上，身边是石德。一个车右撑着一枝长矛，上挑着一个满是血污的头颅。

刘据手握长剑，指着那个头颅，大声叫道："水衡都尉江充谋反，私自制作乘舆器物，构陷太子，危害社稷，今已伏诛。请丞相立刻交出和江充关系密切的奸臣逆贼，否则我就要下令硬闯了。"

刘屈氂道："太子要下臣交出哪些人?"

"宦者令苏文、胡巫、少府卜千秋、大鸿胪商丘成、丞相长史章赣……"刘据大声报名。

章赣在旁边听到，急对刘屈氂道："君侯千万别听他的。他分明是谋反，即使君侯交出我们，他也不可能满足。当年景皇帝杀死忠臣晁错，误以为七国能就此罢兵，后悔莫及，君侯可千万不要步景皇帝的前辙啊。"

刘屈氂道："那依君看，现在该怎么办?"

章赣道："丞相府不是有个秘道吗，一直通到直城门外，我们带着少量士卒从那里逃跑，驰奔上林苑。上林苑瀛台观金城汤池，我们可以一面固守，一面派使者驰奔甘泉宫，请求赐虎符发兵诛灭反贼。"

"那好。"刘屈氂点头，面对着楼下，大声道："太子请稍候，待臣和九卿、二千石商量一下。过半个时辰再给太子答复。"

刘据侧身和旁边的石德嘀咕，然后抬头道："好，半个时辰之后，如果丞相不允，大家就玉石俱焚。"

刘屈氂匆匆跑下楼阙，对暴胜之借口如厕，带着章赣和丞相府的亲信卫卒，从秘道遁走。守候直城门的卫卒仍是执金吾的骑士，刘屈氂命令他们护送，一起奔往上林苑。章赣请求让自己乘邮传奔往甘泉宫，刘屈氂应允。于是章赣带着几个卫卒，往万年驿奔去。

刘彻在钩弋宫见到章赣时，章赣已是遍体鳞伤。听完奏报，刘彻怒道："丞相如此没用？太子妄动甲兵，专杀大臣，已是谋反。丞相竟犹豫不决。看来朕是用错人了，人言公卿当用经术士，果然不假。丞相难道没学过《公羊春秋》，不知道'君亲无将，将即反'吗？"

章赣道："臣也曾这样劝丞相，但丞相怕太子谋反的消息传遍属国，让他们嘲笑我大汉所谓以孝立天下全是虚名，所以才刻意保密。以为凭陛下威名，派一使者下诏书就可平息此事，无需劳动甲兵。丞相也是用心良苦啊。"章赣赶忙为刘屈氂说好话。他知道，保住丞相，对自己的将来有利。

刘彻哼了一声："事情弄成这样，还能保什么密？周公当年诛亲同产弟弟，《春秋》是之，何曾有半分损害他圣人的声名？丞相还是缺乏周公的风范啊。"

章赣赶忙道："陛下圣明，威德广播海外，惩治臣民，何须周公代庖？"心里想，像你这样生怕权柄外移的皇帝，怎会喜欢周公那样的臣子？做你的臣子真难，专断一点儿是死，不专断又是不称职，真他娘的。

"也有道理。"刘彻脸上的威容稍霁，显然章赣这马屁拍得恰到好处。"好吧，"他说，"朕这就遣使者赐丞相玺书，来人，制诏丞相：朕闻太子起兵造反，长安扰动，而君首鼠两端，不敢露布，朕甚为不取。今遣使者赐君虎符，发北军骑士，捕斩反者，自有赏罚。以牛车为大盾，毋接短兵，以免多杀伤士众。坚闭城门，毋令反者得出。"

很快，使者从符玺郎手中接过诏书，匆匆跑出，乘疾传驰往长安。

章赣道："臣还有一事禀报，臣来甘泉宫时，乘传车路过万年驿，驿丞听说臣要去甘泉奏告太子谋反，竟然击伤臣。万年驿属京兆尹，臣怀疑京兆尹沈武参与谋反。现在太子已经宣扬陛下久病不起，恐怕沈武想因此巴结太子。"

"哦。"刘彻心里沉吟，沈武和江充有旧怨，帮太子斩江充也不奇怪。此人颇有才干，上次他击杀江之推，朕为了鼓励江充尽心治理巫蛊，委屈了他，致使他妻子自杀。不过他若为此就背叛朕，也未免过分。想到这里，有些愤怒，"好，朕干脆亲自还驾长安，击灭反贼。"

小武辞别刘据后，出城去征发三辅县卒，听见万年驿丞派人报告说攻击了章赣，但最终被他走脱，叫苦之余反而定下心来，这回只有死心塌地帮助太子了。他对婴齐说："我知道太子败亡的可能性很大，但我自为吏以来，失望的事情太多了。太子如果能当皇帝，本来是汉家之幸。皇帝虽对我有恩，却宠信江充这样的奸贼，为了一妇人而想杀死自己的太子，实在过于残忍。我宁可忠于社稷，不可盲目忠于皇帝。婴功曹，我不希望你跟着我连坐并诛，不如你和破胡两个去甘泉，告发我谋反脱罪。"

婴齐怒道："府君这么说，就是看不起臣了，臣等受府君厚恩，怎可背弃？卖主求荣，天下耻笑，苟延年命，难洗屈辱。府君不必多言。"

郭破胡也道："婴功曹说的话，臣很喜欢，臣郭破胡一个下贱戍卒，若不是府君照顾，哪能当上二百石的长吏？有恩不报不是人，也很不祥。何况臣这条命当初就该死在大王潭边，这次能为府君而死，没有什么遗憾的。"

小武叹道："你们又何苦，我身为二千石，和太子站在一起，是一定要死的。可你们不一样，你们顶多算被长吏诖误，幸运的话可以免罪，何必硬要跟我一块儿死。"

婴齐道："府君不要再说了，太子仁厚温恭，深得百姓之心，说不定这次就成功了。府君何必如此悲观？"

"唉，"小武道，"难啊。好吧，既然你们都不愿离开，那我们就再观望一二，现在立即率领县卒进城去帮助太子。"说完，拔出剑，号令出发，数千士卒跟着他，往长安城奔去。

他们到达城中，刘屈氂已经逃走。太子见楼上许久没有动静，知道中计，立即号令士卒击破丞相府。而在楼里，公卿中有人发现刘屈氂许久不见，也都急忙带着家卒找小路逃跑了。太子被士卒簇拥着进入丞相府，走进刘屈氂的官署小室，四顾望了望，拿起桌上的印信，端详道："这奸贼即便逃跑，也是死路一条。连丞相印绶都丢在这里，还想活命么？"

石德笑道："律令，丢失官印，夺爵为士伍。但他是仓惶逃离，还得加上'见敌畏懦，逗桡不进'罪，得判腰斩。"

刘据道："少傅君，现在已是骑虎难下了，下一步怎么办？"

石德道："召集百官，宣布皇帝已经驾崩于甘泉宫，而江充伙同丞相勾结皇帝近幸臣，密不发丧，冀图为奸。太子鉴于亡秦赵高篡夺帝位之事，不得已矫制起兵，诛灭奸臣，以正社稷。然后再分遣使者持节驰奔各中都官府，赦各府狱中刑徒，授兵，驰往上林，击破奸贼。"

"好。"刘据道，"立即以皇后名义下诏。"他们匆匆赶到未央宫前殿，见到卫皇后。卫皇后虽然恐惧不安，但也知道再无退路，随即以皇后之玺下急诏，征发未央宫卫卒、长乐宫卫卒、北军八校尉骑士、建章宫昆明湖黄头楫棹士，并赦各中都官刑徒，令共追斩刘屈氂、商丘成等。

石德和张光立即持节奔赴各中都官府，发布赦令。刑徒们一听赦免罪行，若捕斩反贼还可加官赐爵，大多欣忭雀跃。二人带着这数万穿着赭色囚衣的刑徒来到未央宫和长乐宫之间的武库，大开库门，发放武器。太子命令张光为前将军，皇后詹事薛广德为左将军，中厩令成安为右将军，京兆尹沈武为后将军，自己将中军。但小武极力推辞，请求太子让武库令为后将军，自己愿意作为后将军下辖的左部司马。太子见他执意谦让，也就答允了。然后人马呼啸着出城。小武跟着这队伍的后面，站在兵车上，望着赭色的人海，心情颇为沉重。婴齐站在他的身旁，低声道："府君，当年大泽乡，陈胜率领的也不过是囚首丧面的刑徒兵，却击破了秦兵精锐。"

小武知道婴齐是安慰自己，笑了笑，其实他们都知道，现在并不是秦末，凭这些刑徒兵，真碰上训练娴熟的正卒，一定溃败。可是，现在也只能苦笑而已。他们都不知道怎么会落到这步，人生的确不由自己主宰，他们奋斗了那么久，满以为可以扬眉吐气，却不料前面仍旧是一个死在等着。

车队行进到上林苑，刘据下令停下，烧杀胡巫，以祭军旗。士卒们都很振奋，上林苑到处都是美景，让他们目不暇接。若非这样，他们哪有机会来这？昆明湖浩瀚的水面已经可以遥遥望见，水面上隐约可见画楼一角。瀛台观就建在无垠绿水之中的小岛上，只有一条窄窄的小道与它相通，从远处看去，像一条细线，点缀在湖面。但他们在小道前面的一个阙楼前，遇到了第一个坏消息。

他们看见阙楼前已经布满了武刚车，围成一个环形，在一堆路障的后面。车上装备着强弩，弩臂虎视眈眈对准他们到来的方向，望楼上也密密麻麻全是士卒，都将弩箭持满。一个全身铠甲的人站在楼阙上大喊："反贼听着，有诏书。"他嗓音洪亮，刘据站在兵车上，听着他嘴里吐出的字，脸色渐渐发青。

前排的士卒能听清那人的声音，开始有点骚动。他们纷纷小声耳语道："这是皇帝派来的侍郎马通，在宣读诏书，诏书上说皇帝健康完好呢。"

"不但完好，而且马上要回长安，不日就要驾幸建章宫。"

"已经宣布太子造反，命令丞相为大将，发郡兵督战。啊，太子不是宣布江充谋反吗？难道是太子自己谋反？"

"诏书上说三百石以上的长吏谋反者皆杀之，毋有所赦，三百石以下至普通士卒不知实情而被长吏诖误者，皆可以赦除。"

"这是军法，当年吴楚七国之乱，景皇帝就是这样下诏书的。我们这些士卒投降可以无罪。"

"那我们怎么办？"

"还能怎么办，你以为你想投降就能投降？现在只有听从命令，不然会被后面的弩箭射成刺猬。"

……

石德看见前排士卒已经有点骚动，赶忙劝告太子道："殿下快下令进攻，久之怕有变。"

刘据心情也很焦躁，大声道："你们这群反贼，胆敢假冒大行皇帝的诏书，罪死无赦。诸位猛士，准备好武器弓弩，等我一声令下，即刻攻城。刘屈髦等反贼龟缩在瀛台观里，躲不了多久了。"

那马通在楼上哈哈大笑："太子还是赶快束手就擒吧，也许陛下看在父子之情的份上，会赦免太子。陛下明日就会到达建章宫，已经诏发北军骑士和三辅近县郡兵前来平叛，你那一伙刑徒，和陛下的军队对抗，简直以卵击石。来人，将如侯、管材智、陈无且、公上阖间、辛彭祖、金顺等反贼的头颅挂上。"

几个士卒走上阙楼，举起长矛，每个长矛尖上都插着一个血迹斑斑的头颅，他们将矛镦插在阙楼的堞孔上。刘据仰头一看，心里暗暗叫苦，第一个头颅方正阔大，剑眉星目，满脸虬髯，正是如侯的首级。后面一排头颅，也都是自己认识的，马通没有说谎。公上阖间是现任的射声校尉，辛彭祖是他属下的部司马。金顺则是长水校尉。显然如侯等人潜入长水校尉和射声校尉的营垒，已经说动了他们的长官追随太子，却在最后关头被人发觉，遭到突然袭击而罹难。陈无且持皇后诏书，去建章宫征发黄头楫棹士，也同样没有成功，人头悬在这里，可能皇帝真的要回长安了。

马通冷笑道："反贼看见了没有？如侯这反贼早在两年前就该腰斩了，当时江都尉驰围丞相府时，被他射杀数十名兵士逃脱。这次我们早有准备，暗伏强弩将他身体射穿。这竖子倒也确实不弱，临死之前还伤了我弟弟马何罗。公上阖闾等身受天子洪恩，竟也附逆，全部枭首以徇。"

刘据头一阵晕眩，石德抢过他的剑，下令道："太子有令，反贼巧言奸邪，诸君立刻向前击杀，不要听他胡言乱语。"

他身边的皇后詹事薛广德、中厩令成安、武库令田宜昌、长乐卫尉壶无忌等人听见皇帝已经回长安，也很灰心失望，皇帝在他们心中有着无与伦比的威慑力，如果驾崩了，他们绝对有足够的勇气去攻城陷阵，但他还活着，只要一想象他那威严的样子，勇气就像装沙的袋子裂了一条缝，嘶嘶往外泄。他们自己也想知道，为什么皇帝已经老态龙钟，手无缚鸡之力，自己却还如此畏惧。可能那老头已经变成了一个象征，高高地悬在他们的灵魂上，主宰着他们的一切。按律令，伏罪必死，战又没多大勇气。无奈，硬着头皮进击吧。

他们一层层将号令传下去，裨将、副将、部司马、曲候长、屯长、伍长都抖擞精神，整齐肃穆摆好阵势，发射强弩。石德命令御者驾着马车退后，前面数百盾牌手簇拥着他们退到后列，大群士卒抬着巨大的圆木，头上蒙着巨大的盾牌往前冲，可是阙楼前的武刚车突然射出暴雨似的箭矢，将这些蒙着犀牛皮的盾牌射穿，又穿透了他们的玄甲，他们一排排倒在阵地上。前面攻城的士卒多是卫尉的射士，他们手中握着武库的大黄肩射强弩，箭矢也像暴雨一样泼了出去，武刚车后的士卒抵挡不住这强大的箭雨，也纷纷栽倒。薛广德等人见势大喜，下令加紧攻势。于是下面的箭雨好像被风吹得拐了个弯，转向楼阙上洒去。楼阙上惨叫连连。马通大骂道："他妈的，好强的弩箭，反贼已经盗发了武库。也好，老子不陪你们玩了。"说着从楼阙上一隐而灭。

薛广德等人大喊："很好，给我冲进去，捕斩有功，按首级赐爵和田地。"楼下的太子士卒听见有重赏，呐喊着往前冲，楼上的箭矢也弱了不少，没多久，士卒们撞开大门，这座楼阙算是攻陷了。

他们没有发现马通，刘据下令将如侯等人的头颅取下厚葬，然后士卒潮水一样继续汹涌前进。但过了多久，他们又傻眼了，原来通往昆明湖中心瀛台观的那条柳荫密布的小径已经被士卒挖断，变成了一条宽阔的壕沟，足有十几丈宽，不知水深多少，远处湖上游弋着几只巨大的楼船，高可数丈，分为数层，每层当中密布着射孔。船头上竖着大斧，甲板上一群头裹黄布的栮棹水卒，持着弓弩刀剑，朝这面远远地观望。在他们身后，湖中心三个岛屿像三只更大的船，飘荡在烟波上，岛上三座华丽的楼阁，隐约浮现在白云之中。

刘据登时泄了气，对石德说："少傅君，看来真是天意。我们没法渡过湖去，最强的弩箭也射不了那么远。"

石德道："也罢，刚才马通说皇帝不日将回建章宫，我们等不及了。他一回来，我们就更被动，不如派一队士卒守在此处，我们率军去渭水北岸，以节征发北军。监北军使者任安一向和我们交好，如果能夺得北军兵，先行占领建章宫，封锁甘泉驰道，皇帝想回来也不可能。"

刘据道："不行，我本意不想和父亲对着干，诛杀江充实为无奈。若占领建章宫，封锁甘泉驰道，那就是真正弑父弑君。少傅君，无论如何，这个建议不行。"

石德叹了口气，黯然道："难道龟缩长安固守，遣使者报告皇帝，奏明发兵苦衷有用？"

刘据想了想："就算想占领建章宫，封锁甘泉驰道，兵力也不够，北军，如何说动北军站到我们这边？任安那人不过是全躯保妻子之臣，靠不住。"

石德喜道："当然要太子去争取。"

军队马上回头，向渭水北岸的北军营垒进发。小武的革车也随着缓缓前进，婴齐叹道："也许府君说得对，初战就失利，无力回天。"

小武若有所思："不然，如果能征发到北军骑士，成败就还未知。只要占领建章宫，封锁甘泉驰道，再以轻骑袭破甘泉宫，那……不过可能性不大。"

婴齐道："如将军等人矫制，想发宣曲胡骑，都没有成功，可见天子诏书已经下达，北军肯定也有所听闻。可惜府君没有权力，否则早就……"

小武道："这话就不必说了。自从赵何齐、江充狱事之后，我对自己早年的理想已经丧失了信念。什么勤于吏职，造福百姓，都是虚假。熟记律令有什么用？皇帝宠幸谁，谁就可以践踏律令，恣意为非。为吏当真辛苦，倒不如做个偏僻小县的百姓，了此残生的好。"

婴齐道："府君太悲观了，何况做个寻常百姓，又未必无烦恼了。每年官事杂役征发，何等繁复？那些遣去戍边的士卒，又有多少死于战事？想做个自食其力的寻常百姓，更不容易啊！下吏知道府君还在为翁主的事悲观沮丧，可如果府君不是一意报仇，也不必卷入这场风波。"

小武心中浮起了大王潭的景色，叹道："功曹君说得也是，除非能像匡俗一样驾鹤云游，否则烦恼永远不能避免。我又何必如此消极，不是我们尽力打探到江充的奸谋，只怕江充现在还活着，而太子已下狱自杀。刘屈氂和江充勾结，本来就是个极大的祸患，除去他们，我们就算是死，也算为天下百姓办了一件好事。"

　　正说着，军队已经来到了北军营垒前。小武道："这次是个关键，我们既然不想坐等死亡，就主动点儿吧。我现在就去见太子，只怕他未必肯听我的。"他跳下车，抢过一匹马，驰到前军去了。

—— 第二十四章 ——

惜乎军不利　拭恨蹑坟茔

　　北军的营门紧闭，刘据派使者持节到营门前，要求召见主帅。监北军使者任安此时正苦恼异常，他和太子一向关系很好，也知道以太子的性格，这次发兵是万不得已。但几个时辰以前，侍郎马通已经遣使者带来了天子的诏命，宣告太子谋反，没有皇帝的虎符和节信，北军诸营不准发兵，而且诏书明确说明，朝廷此前节信上的红色牦牛尾作废，改用黄色牦牛尾。所以任安看见太子使者手持缠在竹节上的三重鲜红色牦牛尾，就知道怎么回事了。他有些犹豫，到底要不要发兵帮助太子，假如帮助太子，一则怕各营垒校尉抗命不从，二则权衡利弊，既然皇帝近几日就将驾幸建章宫，那太子的失败指日可待，自己何必为他殉葬？只是他又担心太子可能成功，万一太子击破刘屈氂，自己岂非错过了表达效忠的机会？不如去见见太子，至少口头上表白一下忠心，以后总少不了一点儿好处。何况倘若自己和太子素无交往倒也罢了，可是本来和太子一向亲善，这次突然不见，肯定会被他深怨。于是他答复使者，带了几个亲信掾属，随使者驰出军营，进入太子军中叩见。

　　刘据见他来，大喜，当即说明意图，催促发兵相助。任安笑道："既然太子有节信，臣即刻驰回北军，发兵帮太子诛灭奸臣。"

　　太子急道："有劳任将军了，等奸贼夷灭，我封将军为万户侯，剖符丹书，传国久远。"

　　任安有些心虚，脸上并无喜色，道："臣只为了社稷，不为封侯。臣请先告退，太子在此稍候。"说着，他站起身来要走。

小武急忙悄悄扯了扯太子的衣服，向他使眼色。事实上刚才使者去营垒宣召任安的时候，小武已经在劝告太子，他问："殿下认为任安会来吗？"

刘据道："沈君放心，任安和我一向亲密，而且此人颇重节义，不会坐视不救的。"

小武道："殿下，恕臣直言。臣和任安也曾有杯酒之欢，知道这人虽然良善，却少谋寡断，且不识大体，患得患失，关键时候靠不住。臣猜想他顾念太子的恩义，怕太子一旦成功，深怨他，应该会来；但臣私心推测，他即便来，也只会持观望态度。一方面他希望太子殿下胜利，自己可以封侯；一方面又怕殿下失败受到牵连。所以依臣之见，可以安排卫卒，等任安一来，立即将他和身边掾属击杀，夺他的虎符印信。"

太子诧异道："杀他，真是疯了？这万万不行，京兆怎能以小人之心度君子之腹？"

石德也插嘴道："沈京兆有所不知，任君并非君所言。"他心里暗想，这沈武心肠歹毒，难保他日不是另外一个江充，等事情成功，一定要寻个借口将他杀了，以绝后患。朝廷重职，应该全任命儒生，像沈武这样的文法吏，一个都不能要，一个都不安全。

小武道："太子和少傅君不要着急，让臣把话说完。太子击杀他，夺走他的兵符，传出号令说任安废格诏书，大逆不道，然后驰入北军发兵。以北军之众，击破三辅郡兵不在话下。接着立即部兵伏候驰道，等皇帝驰入建章宫，立即射断通道，将其围困，逼其退位。天下百姓本来就向慕太子仁厚，一旦长安肃清，天下郡县自然传檄而定。区区一刘屈氂和江充余孽躲在瀛台，又能成什么事？我们以兵围困，不出半月，他们就得活活饿死。"

太子道："使用如此阴谋诡计，诛杀任安这样的贤臣，又弑君弑父，即便得了天下，又有什么光彩，如何为百姓表率？沈君无须多言，我不能这么做。况且任安君一定会帮我的，杀了他，反引起北军愤怒。"

小武叹道："臣一片赤诚，太子还是三思吧。"

这时任安的革车已经驰入，刘据不再理会小武，出帐迎接。在他们嘘寒问暖的期间，小武看见任安闪烁的目光和言辞，愈发深信自己的判断。错过这个时机，将一败涂地。于是当任安起身告辞之时，小武垂死般拉着太子的袖子，向他做最后一次示意，太子狠狠瞪了他一眼，将后脑勺留给他。小武盯着太子平坦的后脑勺，心中突然充满绝望和愤怒，他很想跳起来，挥拳暴击这个愚蠢的脑袋，狠狠将它砸扁。

他跑出去，骑上马，回到自己的后队。"好了，"他对婴齐和郭破胡说，"等天一黑，我们就逃吧。"

婴齐默默点头，知道太子未听从小武计策，只是问："去哪里？"小武沉默了一会："我想去丽都的坟前，和她诀别。你们不用去了，各自逃生去吧。你们官小，可免死罪。"婴齐和郭破胡道："我们一起伏窜民间，等待大赦。"

天色已经快黑了，刘据还站在巢车上眺望北军军营，他希望看到对面营垒打开，任安率领军队蜂拥而出，跟随他封锁云阳甘泉驰道。可是他没有等到，任安的车一驰回军营，营垒门就随即关闭，整个营垒阒寂无声，上空看不出有丝毫烟尘。他知道任安骗了自己，但还有点不死心，再派使者去，却再也敲不开营门。刘据勃然大怒："果真被竖子骗了，"他对石德说，"他不开门，我们就冲进击。"

石德讷讷道："太子一向待任安不薄，谁知……进击不可行，如今他不主动攻击我们，就算万幸。我们还是先进长安城，以羽檄征天下郡国兵吧。"

太子拔剑斩断了旁边的一棵树，怒道："刚才悔没听沈先生之言，立刻招沈先生来议事。"

身旁侍从说："沈京兆刚才驰马回后军了。"太子道："还不立刻去请？"

但后军也找不到小武了，他和婴齐、郭破胡、檀充国及其他几个亲信已经偷偷驰离了太子军，进入了长安，他们要去带些金银细软，郭破胡还要把自己的妹妹郭弃奴接上。在城门前，守门的卫卒还不知小武帮助太子造反。小武也庆幸，没有接受太子所封的后将军职位，否则名单早传出去了。他假装自己还是京兆尹，驰入了自己的府第。长安城暂时处在一种势力真空中，但是明天就未必了，太子的军队驰入长安，随后刘屈氂就会率军反扑，这是一定的事。

可是就在傍晚，刘屈氂的军队却首先进了城，在太子引兵去渭水北岸的时候，马通的弟弟马何罗率领的宣曲宫胡骑，进击了守在昆明湖岸边的少部分太子军。这支匈奴族的骑兵以良好的骑射功夫，瞬间将太子的乌合之众击溃，又用渡船运出瀛台观的刘屈氂军，急奔长安。他知道，太子一定会引兵入长安。

第二天，太子的数万军队回到长安，浩浩荡荡沿着藁街行进。他们在长乐宫的西阙下，碰到了一排排牛车组成的路障，路障后面是密密麻麻的士卒，也就是刘屈氂调来的军队。随即，两支军队开始在西阙下交战。长乐宫和未央宫之间是巨大的武库，武库前有巨大的广场，平日这里是操练士卒的地方，这时却是最好的阵地和刑场。二百年前，秦惠文王的弟弟樗里疾临终之时，让人将自己葬在这里，说："百年之后将有两宫夹我墓。"他号称"智囊"，秦国当时有谚语说："力则任鄙，智则樗里。"果然，他预见到了，萧何将未央宫建在他墓的西边，正好和秦国固有的兴乐宫，也就是后来的长乐宫相对。可是他没有预见到，岂止是百年之后两宫夹其墓，两百年之后，还能看到一场惊心动魄的屠杀。

屠杀在长安的寒风中足足延续了五日之久，每天都是一浪一浪的高潮，它们是以流不尽的鲜血来展示的。长安城的陶制下水管道中，从未接纳过这么多汹涌的血流。五天之内，这片场地上积累了近十万具尸体。近十万具尸体的血，让长乐宫和未央宫终日笼罩在一片腥气冲天的血雾当中。刘据在阙楼上眼睁睁看着他的士卒一批批倒下，仿佛感觉自己体内的血液在一点点流失，却无可奈何。丞相那边是不会缺血的，黄头楫棹士的血用完了，来了三辅近县的郡兵，然后是建章营骑、羽林孤儿、北军骑士，三辅近郡的兵也在皇帝的诏令下，从远方络绎不绝汇往长安。就算这些都不够，还有更广阔的郡县。刘据绝望了，当看到张光、少傅石德等人也被弩箭射穿时，他知道大势已去，哀嚎一声，掉转马头，率领亲信的几十个士卒，往长安城门驰去。

长安城每边城墙有三个门，最东边的那个叫覆盎门，从这里出去策马南驰，就是下杜县，那里的乐游原和白鹿原曾是刘据最爱的驰游之地，所以覆盎门又叫杜门。一出城门，横跨渭水有座桥，相传是鲁班所造。下杜一带，是史良娣的宗族聚集地，他平日往来诸县，也颇为熟悉。他生于深宫之中，长于妇人之手，除了这里，再也想不到还有哪处可以投奔。他打马驰过火光遍地的街道，向南急奔。虽然他已明知，各个城门都有刘屈氂的士卒封锁。也许皇帝已经端坐在建章宫几十丈高的神明台之上，俯视长安城中互相杀戮的芸芸众生了。那芸芸众生，都是被驱赶的蚂蚁，他们都不知道自己的处境，当然，就算知道了也毫无办法。

老迈皇帝的心是复杂的，偶尔，他也会收回目光吧，收回目光，看看在自己身边嬉闹的幼子，顿时又是一阵喜悦。甚至偶尔还会自责，这样做太残忍了，但事情已经发生了，无可挽回。让事情无可挽回，就是摆脱良知折磨的最佳办法。假如真挽回了，他又会陷入急欲更换太子的焦虑之中。他也曾假装说服自己：

"是太子先诅咒朕的，不是朕绝情。"他做梦曾经活捉了太子，亲口问了太子："为什么要诅咒自己的父亲？"太子只是冷笑："你不要装了。"醒来之后，一片茫然。梦，终于透露了他真正的心思。

刘屈氂来报告："陛下，太子已经斩断覆盎门的门关逃走了。"

他怒不可遏："上次你丢失官印，朕没有惩罚，冀盼你立功赎罪。没想到你还是让那个不肖子跑掉了。"

苏文在一旁道："陛下息怒，丞相一直在前线督战，覆盎门的守卫是由丞相司直田仁负责的。按照律令，田仁当斩。"

"那田仁的首级呢？"刘彻怒道。

刘屈氂抖抖索索地说："臣本欲将田仁就地处死，可是御史大夫暴胜之阻拦臣，说司直是二千石的大吏，不经审判就擅自处死不妥。臣因此将田仁暂时系捕，等候诏书判决。"

刘彻大怒道："丞相长史章赣、宦者令苏文，你们去城里，将暴胜之和田仁带到朕跟前来。朕要亲自审问。"

暴胜之还在覆盎门的阙楼上，指挥军队和太子的残余军队作最后的战斗。章赣和苏文出现了，他们怪腔怪调道："大夫君，不必忙碌了，皇帝召你即刻去建章宫对状。还有田仁，也一并带走。"

暴胜之呆了，他无力道："皇帝日后终会明白臣的苦心。"

章赣哈哈笑道："什么苦心？你纵放反贼，按律当腰斩，你看不到明年灞桥柳树发芽了。"

田仁被反接双手，推了出来。他望着章赣，惨笑道："你别得意，腰斩的未必是我们。皇帝只是一时震怒，过不了多久将会知道太子是冤枉的。倒是刘屈氂自己，要小心一点儿了，他和江充勾结昌邑王的事，现在不是没有证据的。你们两个奸贼附从他们，一个也跑不掉。"

苏文脸色大变，尖叫道："还敢嘴硬，等槛车一到，你们就知道滋味了。来人，先解了暴胜之的印绶。"他转过头，对章赣使了个眼色。两个人一同走了出去。

环顾四下无人，苏文对章赣耳语道："长史君，田仁和暴胜之敢大胆放走反贼，是不是有恃无恐？"

章赣道："的确有点奇怪。天子严令紧闭城门，凭刘据身边那几个残卒，想斩关而出，简直做梦。我听人报告，京兆尹沈武这几日曾和田仁在一起，现在他也不见了。莫非沈武掌握了我们什么信息？其他人倒也罢了，那竖子一向奸诈，可不那么好对付。"

一听沈武的名字，苏文脸上变色，愤愤不平道："那竖子的确让人防不胜防，江都尉屡次想除掉他，都未成功，反而死在他手里。我对他也是恨之入骨。"

"我又何尝不是？"章赣道，"上次廷议他的罪行，反被他抢白一通，让我当场出丑。我一直恨不能寝其皮、食其肉。"

"那我们怎么办？"苏文道，"看田仁如此口气，万一沈武那奸人果真给了他什么证据，他到皇帝面前一说，我们岂非先要受死？"

章赣狞笑道："那干脆将他们杀了，向皇帝奏报他们畏罪自杀。"

刘据带着几十个人，驰马冲过渭河虹桥，遥望着下杜，悲凉之气盈满胸中。他的母亲留在未央宫，恐怕性命不保了，妻子女儿也绝不可能幸存。长子刘进在混乱中失落，现在跟随他的只有两个小儿子和十多个亲身侍卫。他们奔跑了一个多时辰，遥遥可以望见白鹿原上的亳亭。坐在亳亭上，可以俯窥下杜。以前游猎，他们一伙中途歇息，一定会选择在亳亭布置幄帐，一边饮酒，一边四下眺望白鹿原下的风光景色。远处终南山的竹林像片绿云，笼罩在天之尽头，这是他们最为欣赏的胜景。然而这次，他们驰上白鹿原，已丝毫没有那种昂扬心境，只有满腹哀苦。

他们的车一登上亳亭前面的露台，陡然发现有两辆革车隐在草木之间，几个人正坐在露台上歇息。刘据心里一沉，等到看清楚，才长长舒了口气，惊呼道："沈君，你怎么在这里？不会是专程等候，擒拿我去献功的吧？"

小武面色凝重地说："确实是专程等候太子。"

太子身边残存的几个侍卫面面相觑，虽然小武身边只有五个男子，一个女人，可他们也筋疲力尽，不想战斗了。何况，小武身边的那个虬髯大汉看上去相当健壮，想消灭他貌似没有太多胜算。

刘据惊道："难道沈君真想擒我回去受赏？我们也曾合作过，皇帝不会放过你的。"

郭破胡忍不住插嘴道："太子误会了，不是我们府君救你，你现在连长安城都出不了。"

刘据惊奇地说："是沈君救了我？"他拍了下脑袋，"对了，我到了城门口，也以为出不了城，可那些守门的士卒竟然毫无斗志，只是虚应几下就逃，我们才有机会斩关冲出。这到底是怎么回事？"

小武道："臣只是劝说守城门的田仁和暴胜之，告诉他们，臣已经掌握了刘屈氂和江充勾结昌邑王谋反的证据。如果这次放了太子，将来定有报答。他们看了臣的证据，果然答应。是太子给了他们封侯的希望，臣有什么能力呢？"

刘据道："你竟然有拥立昌邑王谋反的证据？怎么得来的？"

小武道："说来话长，当年我在豫章郡某乡亭，捕获了一个叫张崇的人，他是昌邑王派出来扰乱东南五郡的，他受我恩德，愿意报答，全盘供出昌邑王的阴谋。田仁和暴胜之问了张崇，知道不假，所以故意放太子出城，找机会劝谏皇帝。只要太子潜伏民间几个月不死，就可能得到赦书。我不知道到底行不行，但总得试试。"

刘据感慨道："沈君真是长者，有功不居。这时候还愿意救我这穷途末路之人。悔不该当初拒绝君的劝告，要是斩了任安，夺走他的虎符，也许不至于此。"

"太子殿下太仁厚了。"小武道，"上天如果不让太子为君，实是大汉的不幸。任安这人首鼠两端，以为不帮太子就可自保。但依皇帝一向的脾气习性，一定会恼恨他怀有二心。他肯定也得腰斩。"

刘据道："沈君说得对，我后来懊悔，派人去找沈君，却说已经离开了。不知沈君怎么知道我要从南门出去，又怎么知道南门守卫是田仁？真是不解。"

沈武叹了一口气："这就是天意要救太子了。"遂把经过一说。原来他进入长安后，才知道长安八街的士卒由江捐之率领，已经严密封锁了道路，不许任何人在道上驰骋，他又从板檄中知道田仁守卫覆盎门。其实进了城，就很难出去了。若不是靳莫如突然出现，他现在也许已困死城中。

靳莫如带着亲信家仆跑进京兆尹府的时候，小武正在灯下苦思良策，怎样才能接近田仁，晓之以利害。黑暗的长安城里，时时传来鸣镝的声音，显然偶尔还有激战。他知道时间很紧，三四天过去，太子的军队已经消耗得差不多了，不知道是否还能支持两个晚上。一旦刘屈氂完全控制局势，白天一定会大索城内。正在他伏案焦躁几乎绝望之时，阁门格格一声推开了，一个女子走了进来，身穿一身淡青色的深衣，竟然是靳莫如。

"天啊，你怎么会找到这里？"小武下意识地叫道，"充国——"

"不用叫了，"靳莫如轻轻地说，"并非他不尽职，我告诉了檀君，我是来帮你的。我知道你肯定在这里，我必须要来，因为冥冥之中上天在告诉我，我终于争到了一次救你的机会……我为此等了太久。"

小武垂下目光："邑君，我不配你的救助。"

"不要这么说。"靳莫如道，"我一直希望当年在南昌县青云里救走你的是我，我也不知道为什么，这成了我的心结，无法解释。我也不想跟你妻子争什么，可惜了，你妻子……现在我也有丈夫。江充是个坏人，我知道，但他儿子是个好人，你想不到吧。"

小武又鼻子一酸："邑君，我也不知道为什么，竟然能得到邑君的喜爱，我真不配。我是个不祥的人，凡是跟我沾上边的人，都死了。我父母、婢女阿思，我妻子，都死了，世上只有我孤子一人，也没有什么求生的欲望，只是还有一件心事没有完成，现在不能死。"

"不能怪你，怪这个世道。"靳莫如坐在她对面，面目忧伤，她的肚子微微隆起。"你有什么心愿未了，现在正可去做，我可以帮你出城。"

小武抬起头，见靳莫如脸色雪白，双目噙泪，看上去可怜哀婉，不由得想起了当年在南昌初见她时的情景，又想起了她新婚时自己对她的祝福，真是宛如梦幻。他惨笑了一下，垂泣道："莫如，还好你没有跟着我，否则也不能如今日这么幸福。我确实听说令夫江公子为人和乃父截然不同，你们在一起，是更般配的。"

靳莫如目光游离，喃喃吟道："吉日令辰，乃结良配；敬尔威仪，淑慎尔德；夫妻长保，永受胡福！"

小武听她吟自己在酒筵上给她的贺辞，不知用意，靳莫如突然抬袖擦擦眼泪，强挤出一丝笑容，道："刚才听你叫我莫如，莫名伤感。其实当初在酒筵上听到你的贺婚辞，我心里还是有些难受的，这不是说我丈夫不好，我也不知道为什么。好吧，这些事都过去了，不提了，现在长安门紧闭，霸城门由我丈夫的几个亲信把守，等天黑后，沈君就假装劫持我，我丈夫那时会在藁街巡行，他顾忌我的安全，一定不敢命令士卒攻击。沈君可以趁机沿着藁街右折，在黑暗中驰往霸城门，以我为要挟，命令我丈夫放君出城。出了长安，君驰奔湖县泉鸠里，去找我长兄的朋友，京兆大侠杜少翁，这个人是个宁愿自杀，也不会出卖朋友的长者。沈君可以躲在他家里等待大赦。"

小武忙道："这绝对不行。我宁愿死，也不能劫持人家的妻子，只为了苟且偷生。"

靳莫如突然抓住小武的衣袖，道："仲卿，不仅是救你，也是为了太子，难道你宁愿看到刘屈氂更加嚣张么？你也不忍心看着身边的亲信一起死吧？太子的残军被肃清只是今晚的事，一旦明日大索，你插翅也飞不出长安城了。"

小武猛然站起，一剑将面前的几案斫断，嘴里迸出两个字："好吧。"

他采纳了靳莫如的提议，但是突然想，不如将计就计，不从霸城门出去，而是折入夕阴街，驰奔覆盎门去劝说田仁，如果太子想从覆盎门逃出，就请他放走太子。小武知道太子如果想逃，一定会首选覆盎门，因为下杜县离这里最近，最方便。下杜县又是太子最热爱、最熟悉的地方，太子一定会以为那是最好的藏身之所。他的预测没有错。

"太子殿下，"小武道，"下杜不是安全之所，殿下还是去湖县吧。"

刘据道："下杜我最熟悉不过，这里有我外家的宗族，天下哪有比这更安全的地方？"

小武道："殿下，正因为下杜乃殿下外家宗族所在，才更不安全，皇帝要搜索殿下，首先会搜索下杜。"

刘据讷讷道："我也这么想过，但我确实不知道能去哪里，你刚才说湖县，什么意思？"

小武遂把靳莫如的推荐说了一遍，但隐去靳莫如的真名："此人绝对可靠。"这时太子身边的一个插嘴："湖县杜少翁，的确有名。"

刘据道："既然如此，那我们立刻出发。"

小武道："殿下先去，下吏还有一个极为重要的事要处理，若不能完成这件事，下吏就算跟着殿下，也无心为殿下效力。"又递过一卷竹简，"殿下，这是武这几日夜不能寐时，胡乱写的一卷奏书，主要是为殿下辨冤。若殿下找到合适人代为上书，可资参考。殿下先走一步，武办完事就来。"又看着檀充国，"檀君，武想请你帮忙侍候太子，等我归来。"

檀充国道："敬闻命。"

湖县原名叫胡县，是周代时就有的古邑，邑中的山上，还有两位周天子的祠庙。建元元年，今上初即位，就将县名改为"湖"，因为他非常痛恨胡人。县邑右依鼎胡山，左临黄河。地势十分显要，号称桃林之塞，黄河从崇山峻岭中蜿蜒流过，山谷深邃，高出云表，险不可攀。山上深林茂木，白日成昏，自古就是亡命藏匿的洞天福地。鼎胡山原名荆山，相传黄帝曾在这里铸鼎炼丹，得道成仙，有条黄龙从天上降下，载着黄帝飞升。黄帝的群臣舍不得离开黄帝，也都跟着他攀上龙的背脊，黄龙承受不了太多的人，急着飞升，剩下没有爬上龙背的臣子就抓住龙颌下长长的胡须，由于他们的身体太重，胡须一根根随着他们的身体掉下，他们只好跪在地下，望天嚎啕了。因了这个，后人就把荆山改名为鼎胡山。

泉鸠里位于湖县的边缘，道路崎岖，有条泉鸠涧水发源于鼎胡山麓，环绕着整个里。这个里比较偏僻，几乎没有富人，杜少翁在此算是家境稍微好的了。他本来也是富人，只是一向急侠好义，广疏钱财，才日渐贫困下去。虽然贫困，整个京兆无不宣扬他的美名，朝廷公卿都以结识他为荣，常有官员趁着休沐，从长安驰车来拜访。每到节日，他的门外多是长者车辙，附近百姓无不艳羡。靳莫如的长兄靳不忧和他也有很好的交情。

杜少翁听说是靳不忧的推荐，立即将刘据十多人引到自家的后院。后院很大，种着茂密的树木，但正是冬天，叶子都掉光了，院外山坡上的蒿草也都呈灰白色，一片萧条的景色。杜少翁带着他们走到院墙一角，掀开一个隐蔽的木门，露出一个地室。杜少翁带路，一行人跟着他下到地室，地室面积还颇不小，摆着十来张床榻，一些几案，但都显得寒酸破旧。杜少翁躬身施礼道："寒宅破旧，请太子殿下暂时忍耐。"

刘据四下望了望，叹道："少翁名满天下，家中景况竟然如此寒凉。如果邀天之幸，让我刘据有重出的机会，一定要以万金为杜君寿。"

杜少翁变了脸色："少翁怜惜太子无辜而已，岂望报答？太子倘若重新富贵，能厚遇天下百姓，则少翁幸甚。不然，少翁死不足以脱骂名。"

刘据忙道："杜君请勿误会，据不过遵循'无德不报'的古义而已，当日居明光宫时，也不曾以富贵骄人，何况今天？"

杜少翁颔首道："少翁极知殿下心意。望殿下听臣一言，既来到臣处，就得遵循臣的安排，不经臣允许，千万不能出门。臣家虽贫，粗茶淡饭还是有的，每日饭食，皆由犬子亲自送进。少翁不才，平日也有几个相知，定会和他们商量，找机会上书皇帝，为太子辨冤。不过，臣等一向粗鄙，不知太子身边可有能文之士？皇帝平生颇好艺文，奏书如果写得深恻感人，只怕能事半功倍。"

刘据环视了一眼身边的几位亲信，叹道："不想都在沈京兆预料之中，檀君，把他做的奏书呈给杜翁看看吧。"檀充国从囊中掏出竹简，递给杜少翁。杜少翁展开读毕，道："真有良史之才，殿下身边真是人才济济，不知是哪位所作？"说着环视刘据的几位亲随。刘据忙道："少翁真有眼光，此书乃是京兆尹沈武所作。"

杜少翁道："沈武号称酷吏，谁知有此才干？此书奏上，皇帝若非铁石心肠，当会感动。我这就托德高望重的乡贤呈送，殿下暂且忍耐，没有消息千万不可出门，切记切记。"

太子道："一定。"

接下来的时间，他们就日日隐藏在杜家后院，不知过了多少个朝夕。寒冬天气，地室中不见天日，只有几盏油灯相伴，非常寒冷。他们想，杜少翁本来家道中落，陡然家里来这么多客人，生计将会愈发艰难。在这种情况下，时间拖得越长，变数越多。不过还好，十多天后，杜少翁下到地室，带来了好消息，他笑着对刘据说："臣托付壶关三老籍长孺上书，为太子辨冤。皇帝好像颇有感悟。"

刘据大喜："果真如此么？实在太感谢杜君了。"

杜少翁欣然道："是啊。也因沈京兆奏书文采斐然。"

刘据道："的确要感激沈君，此人真有公卿之才，那篇奏文，我前后吟诵了数遍，非常喜欢。像那'故父不父则子不子，君不君则臣不臣，虽有粟，吾岂得而食诸？'真得儒术之精粹，我自小熟读《公羊》、《谷梁》二经，却不如沈君得其精要。"

杜少翁笑道："沈京兆阐述'积毁销骨，众口铄金'一段，真是一唱三叹。臣这几日日日吟诵，也都烂熟于胸了。"说着口中吟道："昔者虞舜，孝之至也，而不中于瞽叟；孝己被谤，伯奇放流，骨肉至亲，父子相疑。何者？积毁之所生也。由是观之，子无不孝，而父有不察。今皇太子为汉嫡嗣，承万世之业，体祖宗之重，亲则皇帝之宗子也。江充，布衣之人，闾阎之隶臣耳；陛下显而用之，衔至尊之命以迫蹴皇太子，造饰奸诈，群邪错缪，是以亲戚之路隔塞而不通。太子进则不得见上，退则困于乱臣，独冤结而无告，不忍忿忿之心，起而杀充，恐惧逋逃，子盗父兵，以救难自免耳！臣窃以为无邪心。《诗》曰：'营营青蝇，止

447

于藩。恺悌①君子，无信谗言。谗言罔极，交乱四国。'往者江充谗杀赵太子，天下莫不闻。陛下不省察，深过太子，发盛怒，举大兵而求之，三公自将。智者不敢言，辩士不敢说，臣窃痛之！惟陛下宽心慰意，少察所亲，毋患太子之非，亟罢甲兵，无令太子久亡……"

吟完，叹道："少翁慕游侠，不喜酷吏。但看沈京兆此文，与一般酷吏不同，真想结识。"刘据道："沈京兆本来和我一起来的，只是说有事要处理，办完再来和我会合。"

杜少翁道："那是好极。现在还不知皇帝的确切意思，不过此书奏上，皇帝虽然没有报文，却令尚书赐籍长孺黄金百斤，且善言抚慰，可见已不再怒恨太子。不过臣想，要皇帝撤回系捕太子的诏书，还需个转圜过程，太子且放宽心，再等待几日吧。"

刘据精神一振："多谢少翁。"

杜少翁道："臣还托付了另一知交，高庙寝郎田千秋上书，再为太子辨冤。"

又过去了近十天，杜少翁始终没有露面。刘据和两个儿子逐渐不堪忍受粗茶淡饭和寒冷，何况连这粗茶淡饭都分量不足，所有人都饿得有气无力。几天前杜少翁带来的乐观气氛，早已被饥肠辘辘的空腹消化得无影无踪。这日，当杜少翁的儿子杜春再送来微薄饭食时，刘据叫住他："令尊好久不见，到底去哪里了？"杜春也形销骨立，恭敬道："阿翁去了长安十多天，据说是找挚友为殿下的事活动。"

刘据忧急地说："还没消息吗？"

"还没有。阿翁走时，只是吩咐殿下千万不要出去。"

"哦，"刘据低头想了一会，"我常听到前院半夜也有响声，颇为奇怪。你们每天都睡得那么迟么？"

杜春颇为惭愧，迟迟疑疑地说："寒家素来贫困，不得不多织草鞋去卖，否则无米下锅……"

刘据脸色灰白，默然不应。整个夜晚，他都在屋里踱来踱去，没有一丝睡意。第二天一早，他召集众人道："杜君一家为了我们十几个人，愈发贫苦。这样下去不行，冬天又有谁会买草鞋？一旦断炊，难免生变。我忽然想起有位故

---

① 恺悌：和乐平易。

人，就住在临近的新安县，姓落下，家财千万，到了新安县，一问便知，诸君谁能跑一趟，为我去找他接济？"

一亲随道："太子殿下，万万不可，现今皇帝还未明确赦免太子，天下人人都想捕获太子以博封侯，太子能保证故人就一定可靠吗？"

刘据道："落下先生人品值得信任，放心吧。而且事已至此，实在无可奈何，这样拖下去，只怕我们都会冻死饿死，少翁的公子也形销骨立，还不时咳嗽，像是感了伤寒，也未必非衣食不足之故。我是实在不想看到诸位陪我饿死，甚至连累到杜君一家也饿死累死。"

诸人默然，檀充国突然道："臣愿为太子充当信使，潜去新安。"

刘据喜道："我看檀君一向办事干练，那是再好不过。我马上写好手书，君到新安见到主人，交给他就行了——速去速回。等渡过此厄，我封君为万户侯。"

檀充国俯身道："谢殿下信任，充国一定不辱使命。"

看着檀充国离去的身影，所有人心里都升起了巨大的希望，他们盼望的还不仅仅是充足的食物，更指望伴随食物而来的好消息，联系上落下先生，就意味着又多了一份希望。一个人在绝望的时候，连根稻草也会当作救星，一群人亦如是。可是，他们哪里知道，他们盼来的将是可怕的失望。

征和二年的十一月辛亥，在檀充国离开后的第五天，天气阴寒，不知什么时候，天飘起了雪花，刘据等人听到前院有异常声响。杜春气喘吁吁跑来，惶急道："太子殿下，有数百县吏正向这边驰来，不知怎么回事！"

刘据面如土色："果有此事？敢问令尊从长安回来了没有？"

杜春道："还没有回来。臣等遵照阿翁的指示，日日去当地县廷打探消息，仍不见有赦书传达，看来阿翁还在长安尽力活动。购赏太子的文书依旧到处都是，所以我们才劝殿下不能出去，这县吏……"

所有的人都满脸惊恐。

"县吏不速而来，肯定凶多吉少。"刘据的次子烦躁地说，"你们家住在这么偏僻的地方，怎么可能被人发觉？一定有人向县廷告密。把我们交出去，到底能得到多少赏金？"

杜春怒道："皇孙，请恕臣直言，虽然臣等和皇孙贵贱相隔，有如天壤，但也不能容许皇孙侮辱我们杜氏的家风。不管皇孙怎么怀疑，我们杜氏自问一片赤诚，苍天可鉴。"

刘据忙道："杜君息怒，贱子也是一时惶急，口不择言。君说有县吏驰来，也许是其他公事，未必是发现了我们，我随你去前院看看。"

杜春咳嗽了一声，叹气道："请恕臣刚才无礼，也难怪皇孙怀疑，若真有事，臣先自杀以明心志。"

刘据道："杜君何出此言？只是误会，不必如此。"

几个人匆匆跑到前院，攀上角楼。杜少翁家道中落，但这座宅子乃是先人传下，虽然破旧，规模却还可以，寻常中人之家必备警贼的角楼也都具备，而且角楼颇为宽阔坚固，简直就像一个城楼。角楼上已经有很多人，杜少翁全家男子数十口皆面色凝重，向外眺望。只见远处泉鸠水一曲，十几辆葱楼车正沿着河岸，向里门方向疾速驰来。角楼上的人心里怦怦直跳，他们多么盼望这是巡行官吏来此例行宣告诏令。刘据趴在角楼栏杆上，嗓子里头干燥得像要冒烟，一颗心七上八下，雪花依旧不紧不慢飘着，寒风凛冽，吹得全身好像只穿了一件单衣。他心里安慰自己道，也许是皇帝颁布赦书了，文书刚刚传达到湖县，因为事情重大，所以县廷专门派官吏下到各里宣告。他盯着那些葱楼车越驰越近，一双眼几乎要迸出血来。

刘据完全想错了，他虽然也懂得一些公文传达程序，可究竟不是基层小吏出身，不知道官吏下乡宣告赦书绝不会发出这么多奇怪的葱楼车。没多久，葱楼车驰近，长长的一排停在里门外面，随即大群县吏从车里钻出，手中都握着弩机和长戟。刘据在楼上看得分明，身子抖了一下，又惊又怒，扫视杜少翁一家。

杜少翁的几个儿子和孙子默然不言，好一会，其中一个终于开口道："殿下既然怀疑臣等，臣等也没办法，今天只有一死，以洗刷耻辱。"

其他族人都无言地走到角楼的一侧，掀开几个木制的大箱子，从里面拿出剑戟和弓弩等武器，并列站在角楼上。

一个声音从楼下响起："杜少翁听着，有县廷的文书，前此数日，你们的同伙檀充国自首，声言你们藏匿了谋反太子一家。文书严令立刻将太子一家交出，可赐爵封侯，不然全部格杀勿论。"这声音颇为熟悉，好像就是丞相长史章赣。

继而又传上来一个老者抖抖索索的声音："杜家翁，把太子交出来吧，何苦连累得自己宗族屠灭?!"这老者是泉鸠里的里长，一向对杜少翁极为尊敬，当然不希望看到杜家被赤族。

450

楼上寂静无声。这时楼下又传来一个熟悉的声音，似乎在向领头的县吏禀报："县丞君，反贼就藏在里面，包括刘据的两个儿子和三个随从，臣敢以头颅担保，无半句虚言。"

这声音显然是檀充国发出的，太子既绝望又悔恨地望着天空，他心里也清楚，这并不能怪小武，虽然檀充国是小武的属下，但谁不会看错人呢？

事到如今，刘据也无法躲藏，他站在角楼上，下视道："檀君，你背主求荣，会遭报应的。"

檀充国低下头，有点愧怍，不过马上昂头大声道："什么背主？皇帝陛下才是天下唯一的人主，官吏和僚属之间的情义，怎能和君臣大义相比？君臣大义至高无上，你们背叛君父，我自有责任告奸。《春秋》说'大义灭亲'，哪怕是我父亲背叛天子，我也不得不告发，何况你们？你们也是饱读儒书的，难道连这点都不知道吗？怎敢指责我？"

他身边一个留着长须的官吏附和道："我乃新安县县丞，二百石长吏，檀君说得是。诏书明令，首恶必须伏诛，三百石以下的官吏都可赦免。你们当中有不想死的，赶快系捕你们的首恶，还来得及。"

那第一个说话的人站在檀充国身边，身材胖大，果然是丞相长史章赣。他得意地笑道："该死的沈武，果然参与了造反，枉皇帝陛下那么信任他，他到底去哪了？不在上面吗？今天将他捕回，一定要千刀万剐才能解恨。"

檀充国道："沈武说有事要办，在下杜就和太子分开了，说办完事再来和太子会合，留人在此等候，一定可以等到他。"

章赣笑道："好主意。"忽然只听"嗖"的一声，从楼角飞出一支箭矢，正中檀充国脖子，他扑通一声向后坐在地下，低头看着下滴的血迹，脸色死灰，绝望地尖叫哭嚎。章赣见势不妙，刚想跳开，却也被一矢射中肩头，向后趔趄了几步，惨呼连连。

下面的县吏大惊，那县丞赶忙下令："反贼不肯投降，全部射杀。"

他这一声令下，县吏们全部挽满弓，箭矢纷纷向楼上射来。

楼上的杜氏一家也纷纷向楼下扔石块和发射箭矢，投掷短戟。虽然他们力量弱小，但仗着居高临下，倒也没有怎么吃亏。不过他们也知道，双方终究力量悬殊，县廷可以不断征发县吏赶赴，他们却只有这么几个。双方激战了好一会，楼上的箭矢越来越少，逐渐无还手之力。混乱中，刘据一不小心，也被一箭射穿肩骨，血流如注。他忍住痛，拉住杜氏族中的一人，道："算了，不要再打了，都是我刘据一人之罪，我出去受缚，你们还可保全性命。"

那个人不理，拼命挣脱他。经常给他们送饭的杜春劝道："太子，不必管臣等了，臣等既然身受重托，保全不了太子，只有同死，方无愧于心。有诺必践，是我们杜氏的规矩。"

刘据怒道："那好，我自己出去便是。"他咬牙将箭拔出，往楼下奔去。其他人见刘据执意要出去自首，也只好跟着他奔下。他们刚刚落地，大门已经被县吏撞开，几十个手执剑戟的县吏涌了进来。杜氏一家男女老幼全部手执刀兵迎上，边格斗边疾呼道："太子快从后山逃走！河边有渡船可到对岸。"

两个侍从挟着刘据赶忙往后门退，杜氏的一个家人拉上前院门，叮嘱道："太子，从后院出跑，沿山路而下，可到河边。后院全是山道，他们的革车不方便驰追。"

几个人边打边退，退往后院，随即咣当一声顶上大门。门外不时传来呻吟和惨叫，门扇上也时时发出沉闷的声音，那是箭矢射在上面的碰撞声。刘据瑟瑟颤抖，他知道杜氏族人很快就会被杀得一干二净，可是出去帮助，除了送死，也完全无济于事。他环视周围，身边只剩下四个侍卫，自己的两个儿子也不见了，遂长叹道："你们出去自寻活路吧。"那几个侍卫多日来吃不饱，并没有什么力气，知道大限临头，眼中含泪，默然不语。

这时门外脚步杂沓，声音又越来越近，只听见县丞在大声叫喊："赶快冲开门紧追那几个反贼。"接着响起巨大的撞门声，显然是县吏们迫不及待想闯入。因为诏书早就露布天下，有能捕获太子者，皆得封侯。因此不但是县吏，还有本地百姓闻知，都纷纷加入到进攻的队伍中来。

在强烈而持续的撞击下，厚重的木门终于轰然倒塌。刘据剩下的侍卫也只能强打精神，上去格斗，他们大叫："殿下快跑。"刘据本能地继续往前跑，雪花越飘越密，后山上寒风愈发凛冽，吹得他气都喘不过来。也不知跑了多久，只看见黄土和枯草不断在眼前晃荡，突然又觉面前一空，视野突然极端开阔，一片浊水长天，尽在眼底。原来他竟然跑到了悬崖边缘，黄河在遥远的脚下，如同一线，曲曲曳行在群山万岭之间。鹅毛般的雪花坠入黄河，不见踪影。他脸色惨白，只好又折回去，没多久，看见前面枯黄的树丛中有个木门，原来竟又回到后院那个地室。他跌跌撞撞爬进地室，木然将门关上。

他解下腰间革带，挂在房梁之上，自言自语："为了我这个不祥的人，导致长安数十万生灵涂炭，我的罪过，罄竹难书。"说着，爬上几案，将脖子往革带上一挂，一脚蹬掉几案。而此时，远在长安未央宫的卫子夫，也接到皇帝的谴书，伏剑自杀。母子二人遥相呼应，同归地府。

门外树林中传来欣喜的声音："快，这里有血迹，反贼太子又跑回来了，血还是稀的，一定就在附近。"

"是啊，"另一个满口乡音的声音应道，"没想到俺下半生也有命过上好日子，上天总算待俺不薄。"

开头那个声音又应道："你真是够幸运的，为了这个反贼太子，我们县廷同僚不知死了多少，他们万料不到，会被你这个乡巴佬拣了个便宜。你叫什么名字，现在的爵位是什么？"

那个满口乡音的人答道："小人名叫张富昌，本县山阳里人，爵位只混得公士①，没想到这辈子可以当列侯②，俺真不是做梦？上天对俺太好了。"

另一个细嗓的声音道："休要啰嗦，逐捕要紧。"听他严厉的语气，显见是追得最紧的三人中地位最高的。

开头那个声音道："李令史说得是，等到抓到反贼太子，再好好庆贺吧，咱们快追。"

太子在杜少翁家躲藏的时候，小武和婴齐、郭破胡、郭弃奴却去了茂陵邑南的刘丽都墓。他要办的事，就是去祭拜刘丽都。其实他已经打定主意，不再逃命了，祭拜之后，横剑自杀。他本来想劝郭破胡兄妹和婴齐一起跟着太子，但三人都不愿意。他只好打发檀充国，带着三人来到墓地。

那是一片莽苍的山林，虽然冬天，大部分草木零落，却还有一些竹林和松树依旧青翠。刘丽都的坟墓地，是他亲自选择的，依山而建，旁边有一条河流，绿水潺潺。他们初到长安时，曾在此处游览，非常喜欢这里的景致，还说，将来致仕，就到此处建一别墅，优游林泉。这话说得太早，想得太美，最后只好选为墓地。

---

① 公士：二十等爵位的第一级，也是最低的一级，仅比庶民好一点。
② 列侯：二十等爵位的第二十级，也是最高一级。

他们在路上把马匹全卖了，怕引人注意，只推了一辆鹿车，载着一下什物。在林中歇息时，小武道："其实我已经决定和丽都作伴了，诸君还是各自逃命吧。"三人大惊，尤其郭弃奴，一向将小武视若神明一般，她并不奢望他的爱，只希望能默默守在他身边，远远地看着他，就是此生最大的幸福。见小武如此悲观，她忍不住上前，突然抱住小武，趴在他的肩头悲哀哭泣："府君，你别这样丧气……你把我们带到了长安，我们人生地疏，你怎能丢下我们不管？"

小武道："是我的不对，可我已经没有活路了，皇帝已经知道我参与了谋反。你们这些僚属罪状不重，还能自新。假如追捕吏来，你们跟着我只是送死。"

婴齐道："府君，你自己都安顿好了太子，怎能不安顿好我们？若皇帝有所悟，赦免了太子，府君不但有活路，还要封侯呢。下吏看了府君为太子写的奏文，言辞恳切，似乎府君对太子被赦是充满期待的。"

小武道："也就是勉为其难罢了。皇帝刻意要立幼子为嗣，才有今天这场杀戮，他是下棋者，我们都是棋子，婴君还看不出来吗？"

婴齐道："皇帝就算曾有杀子的念头，也难保不后悔。有时转换念头只在一瞬之间，不到万不得已，不可绝望。"

郭破胡道："府君，我是个粗人，不知道说什么。但我知道，我绝不会离开府君。"

小武道："唉，那再看看吧。其实丽都不在了，我已经没有什么生的欲望了，这段时间，一直靠杀江充报仇的想法支撑我，现在他死了，我心里一下子空落落的。"

他们休息一阵，继续前进，没多久就到了墓地。只见坟冢上草色枯黄，周围倒是一圈圈绿竹护卫，幽深阴翳。数人跪坐在墓前拜祭，小武眼中含泪，满脸悲戚，默然无言。郭破胡等人面面相觑，也不敢说话。不多时天上下起了雪粒，像细盐一样，掉在地上，亮晶晶的。但似乎地气还暖，一会又不见了，随即有新的盐粒填上。婴齐道："府君，得找个地方避避。"

在墓地附近，也有一些其他贵人墓地，有些大族在自家墓地附近建了享堂，还配有守墓人。很多守墓人都是外地迁徙来的穷人，自愿给人守墓，主人就把屋子给他们住，除了特殊日子来看看，平时不闻不问。婴齐道："找个守墓人的屋子避避吧。我经常来此巡视，知道墓地有不少守墓人，可以帮我们暂避一时。"郭破胡道："要被他们怀疑我们是逃亡的，反惹麻烦！"婴齐道："但也没有选择，我们换一下妆扮就好。"

于是四人换了衣服，都穿着短衣，好像普通家人妆束，郭弃奴也穿了男装。他们看着刘丽都墓地不远，有一个看上去还不错的小屋，似乎还隐约冒着炊烟。小武道："那屋子好像是守墓人住的。"于是径直过去。走到近处，见一男人迎上来，大约三十五六岁的年纪，蓄着山羊胡子，身材中等，皮肤黑红，身上穿着破旧的绵袍，胸前还有一摊油渍，手里握着锄头，警惕地看着小武等人。小武道："诸君打扰了。我等从北地郡来，贩马去长安卖，不想路上遇到盗贼，把我们的马抢了，如今又冷又累，想找个地方烤火休憩，恳请救助，感恩不尽。"

那人还没说话，屋里又走出一人，身材普通，也是三十来岁，蓄着虬髯，空着手，左右看看，看见郭破胡推着鹿车，笑道："都是苦命人，何须感谢，进来吧。"

小武倒是一怔，笑道："多谢，不过在下有些内急，想先如厕，不知哪里方便。"那人大笑："我们平日都是在野地里方便，想来先生是讲究人，是北地郡的大族子弟吧？"小武道："君看我们这穿着，像是大族子弟么，中人之产而已，因此被抢了马匹，尤为悲苦。"同时偷偷拉了婴齐，婴齐会意，道："我也去一趟。"郭破胡道："我也想去。"小武对郭破胡道："岂有此理，我去你们就去？在这等着，我片刻就来。"又指着郭破胡兄妹对那两人说，"这两位是我家大奴，不晓事，请多担待。"

走在野地里，小武蹲下，对婴齐道："看出什么奇怪没有？"

婴齐道："一般看墓的都是一家人，夫妇带着孩子，这家都是壮年男子，怕不是有什么古怪，要不换个地方？"小武道："这些人所在毗邻丽都的墓，如果是奸人，也不能听之任之。"婴齐道："那我跟破胡说。"

小武提起裤子，回到屋前，对郭破胡道："去吧，你个不晓事的。"

郭破胡见小武对自己使眼色，憨笑道："小人知道护主，就是晓事的。"说着蹦蹦跳跳隐入草丛，婴齐见他过来，说了情况。郭破胡道："要动手，府君吩咐一声，好办。"

一会儿，四人跟着那两位汉子进屋，屋内地上的土夯得结实，显然是长久住人。中间燃着一盆火，竟是木炭，火色鲜红，看着眼里也觉温暖。那山羊胡汉子请小武等人坐下，道："在下伍弃疾，我这位同伴叫李敢，还有两位兄弟，去外打渔了。我等四人为主人家守墓，一年一换。"小武道："往年也是同样的四位吗？不带家眷？"伍弃疾略迟疑："都是。"小武道："敢问贵家主君是谁？"伍弃疾道："江都侯靳家。"小武一惊："靳家号称一门五侯，富贵无比，家墓选在这里，肯定是风水佳地。"李敞道："那是，所以才能一门五侯。"

小武四下看看，只是一堂两房，没有室，颇为简陋，家具也是寒酸的几件，房梁上还有一个鸟巢，颜色陈旧，大约是燕子的。小武注意到墙角有一个鸠车，笑道："这个做得精致，比我们北地市场上的好，我本来想卖了马，也贩点玩具去家乡卖，谁知碰到贼盗。这三辅地界，号称天子脚下，竟盗贼公行，比我们北地还不如，却是怎么回事？久闻京兆尹沈武治郡有方，路不拾遗，看来也是假的。"说着重重叹气。

李敞道："原先还好，后来沈武错杀了水衡都尉家人，被下狱，差点腰斩，出狱后就懒散了。据说现今长安城中扰攘，我们兄弟也不敢回去打听，贵客没入长安城吗？"

小武道："本来要去，这不却被抢了财物吗？"又道，"不想着偏僻地方，竟有木炭烤火，哪里买的？"

伍弃疾道："不需买……"但话语被李敞截断："是在茂陵邑买的，冬天寒冷，没有它不行。"小武道："是啊，这是金贵物，不知茂陵邑这边价格多少？"李敞道："忘了价格，待我想想。"

小武点头，又走到鸠车旁，"这个车子是儿童玩具，按说不该在此。"

伍弃疾顿时脸色难看："贵客这么说，是什么意思？"

小武道："刚才你说四人守墓，一年一换，但这鸠车上写着年月，不过是九个月前长安隐官制作的，所以有此疑问。"

李敞道："这是侯府家丞上次来巡视，带着他的小公子来，不小心遗落的。"

小武道："侯府家丞是三百石的官，他的公子想必不会玩这么粗糙的玩具。"

李敞强笑道："刚才贵客还说，这鸠车精致，想贩些去北地郡卖呢，怎么又说粗糙了？"

小武道："随口一说，这鸠车对于贫家孩童算是精致，对于三百石官吏的公子来说，就不堪入目了。"

伍弃疾当即站起："你是什么人，怎么啰里啰嗦的？好心收留你进来烤火，却像官吏似的盘问个不休，请出去吧，敝宅不敢收留。"

小武道："这是你的宅子吗？"

伍弃疾脸色一变："不是我的难道是你的？"同时右手伸进袍子里，不动，大概怀里藏有短刀。

小武沉默了一会，突然大叫道："破胡。"郭破胡迅疾跳上去，一拳击中伍弃疾脖子，伍弃疾短刀还没拔出，当即瘫倒。郭破胡惊诧道："这么不经打吗？"那边李敞见势不妙，也从腰间拔出短刀，退到墙角："你们被贼盗抢了，却忘恩负义，来抢我们这种好人吗？"小武道："你们是好人吗？那鸠车哪来的？"李敞道："说了是家丞的孩子遗落的。"小武笑笑："那木炭呢？"李敞道："说了买的，忘了价格。"小武道："你们家徒四壁，像木炭这种物品，并不像你们用得起的，却说忘了价格，你当自己是豪富之家的公子，不知稼穑辛劳，买东西从不问价格？分明是从墓葬中盗来的防湿木炭，我闻着味道就不对。"李敞惊慌道："实实是买来的，小人不敢盗墓。"小武怒道："还敢骗我？不妨告诉你，我就是故京兆尹沈武，你要跟我玩心智，还不够格。"李敞一听，当即往门外冲，郭破胡早已守在门口，笑道："你爷爷是京兆二百石卒史，亲自来捕你，你算有面子了。上来试试。"李敞弯着腰喘气，突然扔下刀，跪地道："求京兆饶命。"

原来这四人是长安富家的逃亡奴仆，前不久游逛到茂陵，商量发财途径，伍弃疾就建议盗墓。茂陵附近多豪家冢，平日颇有巡徼来往，下手不得。最近一年朝廷颇乱，江充大肆搜捕巫蛊，监狱系满了人，各级小吏一切配合江充，无心他事。富家被牵连巫蛊入狱的不计其数，其奴仆到处逃亡，都在三辅地界游荡，剽劫行人，治安大坏，却无人管。他们商量好，即刻行动，杀了守墓人一家，想趁着冬天尽快挖到墓葬，席卷墓里的钱财而逃。等春天祭祀时，主家发现自家的守墓人被杀，也来不及了。小武命令将两人绑住，揭开锅，一边舀食锅里煮的食物，一边等候另外两人。所谓食物，也就是一些小米糊糊，小武有些恻然："这些人本来也是苦命人。"自己过去喂他们吃了些，两人连连求饶："小人都是苦命人，没做什么坏事，求先生饶命。"小武道："你们相信我是故京兆尹沈武吗？"两人道："阿翁，你说什么小人都相信。"小武道："你当我诳你，刚才击倒你们的，是我的郭卒史，你道一般人有这样的功夫？"

两人对望一眼："怪不得。"依旧哭喊求饶。小武叹气："若你们没有杀人，我还可以饶你们。现在先给我闭嘴。"两人依旧嚎叫求饶，郭破胡上去，给他们嘴里各塞了一团草料，这才噤声。小武和婴齐、郭破胡商议下一步怎么做，不多时，听到院子里骂骂咧咧："这鬼天气，鱼也怕冷，不晓得躲到哪里去了！"随即有两人进了屋，一个提着渔网，一个提着鱼篓，浑身都是雪粒，看到屋内光景，一惊，转身就想退出，郭破胡早上前揪住一个，一拳击在后脑勺上，那人躺在地上转圈呼痛。另一人跑了没几步，被郭破胡追上，生擒了回来。鱼篓翻倒在地，滚出十几条小鱼，夹杂几只虾子，犹自乱跳。婴齐捡起来，洗了扔进锅里，郭弃奴烧火，盖上锅，还能听见虾子蹦跳，好一会儿才没动静。

四人吃完饭，小武道："这四人在这屋内挖地道挖的日子不短了，说是已经挖穿，我们不妨进去看看，是谁的墓葬？若有木炭，可拣些来，以免寒冷。"说着打了火把，走到房内。这房间里倒有一层木地板，掀开一块地板，露出一个黑洞。小武率先进去，婴齐也点了火把，跟着进去了。

墓道狭窄，只能蜷着腰爬行，墓道顶部都用竹子支撑，小武道："要是坍塌了，我们就被活埋了。干这行也有风险。"婴齐道："三辅的贵家子弟也常常干这个，他们并不缺钱，纯粹是为了刺激。"小武道："也不尽然。有些贵家子弟，家教甚严，每月例给用度有限，他们又要在外斗鸡走狗，荒淫骄奢，身上却没钱，便也只有偷偷结伙去挖人墓冢，偷去金货。"

他们爬了数百步，眼前豁然开朗，只见一层白膏泥已经挖穿，露出木炭，泄了一地，外椁也已经挖出了一个小洞，隐隐可见里面彩色的漆绘，不知是漆器还是彩绘棺木。小武皱眉道："我说刚一进了屋里，就闻着味道不对，真正让我起疑的还不是那鸠车。"婴齐道："府君是天生吏才，若世道清明，不知可以解决多少疑狱，捕获多少奸人，避免多少冤狱，可惜啊可惜。"

小武不答，打着火把照了一会，突然大叫："婴君，你看这木椁上的烙印。"他的情绪非常激动。

婴齐吓了一跳，打着火把凑近看，也吃了一惊："这，这，这就是翁主所居的佳城，这帮天杀的，这帮天杀的……"只见火把照处，有两个数寸见方的烙印，一个是"京兆尹"，一个是"广陵翁主"，那是小武当初命令烙下的，这些木头都是他亲手挑选的木头，他当时想，如果千百年后，有人看到这两个烙印，会怎么想？他们永远不知道墓中人是何等美丽，又是何等高洁，也不会知道我们两人的传奇经历。以后在我死之前，一定要把我和丽都的事写下来，可惜竹简易朽，千百年后，依旧会湮没。若刻在石头上，埋进墓里，倒是更加经久，大汉却没有这风俗，主持我丧事的人，肯定不会执行。但怎么也没想到，才下葬不久，丽都的墓葬就已经被四个猥琐的男子挖穿，精致木炭被他们用来烤火。假如他们打开棺木，看到丽都的样貌，又会起怎样的邪念？丽都是饮鸩毒死的，下葬时面容尚未败坏，也不知什么缘故。大概是鸩毒太烈，毒虫也不敢侵犯。

小武道："我要杀了这四个畜生。"

他们爬出去，把郭破胡叫到一边，把情况说了，郭破胡也大怒："本来我看这四人吃糠咽菜，也是可怜，即使知他们杀了守墓人一家四口，依旧怜悯。没想到竟敢冒犯翁主，等夜里我就一一拉出去杀了，再找个废弃的墓冢扔进去。"

四个人在屋子里度过了十来天，屋里的存粮和自己带的食物都吃完了。他们来时，携了一些金银细软，最后决定，由郭破胡和婴齐两人乔装成厮养，去茂陵邑买些衣食木炭回来，顺便打听当下局势。

两人出门后，小武坐在房中榻上整理着文书，郭弃奴帮他磨墨，呵着手说："府君，太冷了，墨都冻住了。"用木柴燃了一盆火，又被烟呛得不行，小武更是咳嗽得厉害，只好扑灭。郭弃奴说："要是有木炭就好了，希望大兄尽快买些木炭回来。"小武道："丽都的墓里有木炭，去弄些来吧，她可以理解的。"郭弃奴道："不行，怎么也不行。"小武笑道："你真善良。"郭弃奴道："我的善良只对府君。"她看小武不说话，感觉他情绪很低，于是说些将来的憧憬："府君，很想你将来能再带我去大王潭看看，真是太美了。"小武道："是美，想起那瀑流声，都觉得起寒。"忽然打了个寒颤，"但只怕我不可能再去了。"郭弃奴道："为什么不能？离春天不远了，很快就等到大赦了。"小武道："一个人心死了，活着只是一具躯壳。我现在只是想，怎么才能把你们安顿好。"郭弃奴流泪道："府君好好活下去，才能安顿我们。"小武叹气不语。郭弃奴只好跟着垂泪。小武自言自语："唉，此天也！命也！想我沈武，自十五岁为亭长，七年之间，陡然升为中二千石的大吏，中间多历奇险，也算是热烈活过了一生，我还有什么不满足的？弃奴，你侍候我这么久，我非常感激，唯一的遗憾，就是再也不能朝夕与共。"他拣着手上的文书，"弃奴，这些刘屈氂和昌邑王勾结的文书，你要好好收藏，等机会成熟，再伏阙上书。真舍不得你们，深恨不能永永陪伴。"弃奴大哭，抱住了他："府君，你怎么说些这样不祥的话？你说的这些事我们都干不了，得你自己来。你很冷，抖得这么厉害。"小武道："这么冷的天，最近又没什么吃的，不冷才怪。我看你还好。"郭弃奴道："我身体比你健壮，我去把被褥拿来。"说着抱来被褥，盖在小武身上："好些吗？"又抱紧小武："我不怕冷，我可以帮你暖和。"说着窸窸窣窣脱了自己的衣服，小武抚摸她的头发，道："你确实暖和，我对不起你们，真希望我还能够陪伴你们，照顾是谈不上了，你看我自己就是一个需要人照顾的人，你正在照顾我，我只能拖累你们。"郭弃奴道："这算什么照顾？你有才华，你是中二千石，你不但能照顾我们，还能照顾一郡的黎民苍生。你一定能的，也许今天大兄和功曹回来，就能带回好消息。"小武道："但愿如此。"

……

婴齐和郭破胡到了茂陵邑中，发现到处亭舍刷满诏书，逐捕太子及其身边的高级掾属，其中包括小武。但也有一点好消息，就是听说壶关三老已经上书皇帝陛下，为太子辩护，而皇帝非但没有降罪，还赏赐了壶关三老。两人闷闷不乐之余，又略有些振奋。回来的路上，远望着高大的茂陵在冬日的雾霭中屹立，郭破胡道："离春天不远了，我想春天一定能看到大赦诏书。"婴齐道："嗯，我们要有信心。待会儿见了府君，我们要骗他，说外面不再有逐捕太子的巡徼。反而是壶关三老上书皇帝陛下，已经得到陛下赏赐。"郭破胡道："省得。"

但他们回到屋里时，发现郭弃奴沉沉睡着了，身上盖着被褥，脸上带着笑，小武却不知去向。前后东西到处找，也找不着。他们叫醒郭弃奴，郭弃奴也惊慌失措："其实后来府君冷，我就抱了褥子给他盖上，又用身子暖他。他也渐渐暖和了，不知怎么我们就睡着了。"

两人面面相觑，郭弃奴在被褥里穿好衣服。婴齐突然一拍脑袋："我知道了。"随即点燃火把，爬进了墓道。三个人鱼贯进入墓道，郭弃奴道："他开始还要我去翁主墓里弄些木炭，我说不行，不能用翁主的木炭。"

他们一直往前爬，在墓道的尽头，他们看见小武箕踞躺在木椁旁，身边掉落着一卷竹简。婴齐感觉不祥，叫道："府君。"小武没有回答。婴齐上前摸小武的鼻息，早已没有，但身体还有余温，不禁嚎啕大哭。他感觉手指黏黏的，才发现都是血，小武身上的血，还没有完全凝固。婴齐捡起竹简，凑着火把看上面的字，泣道："府君说，他去陪伴翁主了。"

三个人把小武的身体用布匹捆扎好，挖开木椁，放了进去。婴齐道："现在没有能力，等将来有机会，重新为府君夫妇合葬。"他们哭着爬回去，封住了墓道，各自悲伤。郭弃奴哭得尤其伤心，她说："好像如梦里一般，刚才还是活生生的府君，甚至不是昨天，而是刚才……"

婴齐道："府君死前在竹简上写下了自己的一生，我会帮他传诵，让后世人都知道。我和府君是同乡，我也想念梅岭青翠的竹林，鄱阳幽深青绿的大王潭，我多么想再和府君翁主夫妇，一起同车在梅岭山中游乐。那火红的杜鹃……"他看着郭弃奴："不必过于伤心，人固有一死，不过早晚几十年的事罢了。"又看着竹简，"我喜欢这篇诗。"他喃喃吟道：

> 结发为夫妻兮恩爱不疑。
>
> 欢娱在今夕兮燕婉良时。
>
> 征夫怀往路兮视夜何其。
>
> 参辰皆没兮且从此辞。
>
> 行役于阵兮相见未期。
>
> 握手一叹兮泪为别滋。
>
> 努力爱春华兮莫忘欢时。
>
> 生当复来归兮死长相思。

　　二十世纪七十年代，在江西省南昌市老福山发掘出一座汉墓，墓主是一位七十多岁的老人，名叫婴齐。随墓出土了大批竹简，竹简全部泡在地下水里，除法律文书外，还有墓主平生所写的近千块木牍，上面记载了一个叫沈武的官吏一生的经历，是汉代一个基层下吏由亭长上升到中二千石秩级的最详细的记录。尤为让人惊讶的是，文书中涉及到西汉武帝时戾太子狱事，竟然有这个名叫沈武的官吏最密切的参与，给我们揭示了史书上阙载的许多细微情节和下层民众的平凡恩怨……

（全篇完）

主要参考文献

1. 司马迁：《史记》，中华书局，1991年。

2. 班固：《汉书》，中华书局，1993年。

3. 司马光等：《资治通鉴》，中华书局，1992年。

4. 《张家山汉墓竹简》，文物出版社，2001年。

5. 《额济纳汉简》，广西师范大学出版社，2014年。

6. 《里耶秦简》，文物出版社，2010年。

7. 《郭店楚墓竹简》，文物出版社，1998年。

8. 《岳麓书院藏秦简》，上海辞书出版社，2010年。

汉武帝年号表

建元（6）	前140—前135		太初（4）	前104—前101
元光（6）	前134—前129		天汉（4）	前100—前97
元朔（6）	前128—前123		太始（4）	前96—前93
元狩（6）	前122—前117		征和（4）	前92—前89
元鼎（6）	前116—前111		后元（2）	前88—前87
元封（6）	前110—前105			

西汉官制简表（一）

```
                        皇帝
                 丞相  御史大夫  太尉
  太常  光禄勋  卫尉  太仆  廷尉  大鸿胪  宗正  大司农  少府  执金吾
         太守  都尉  太守丞  都尉丞  诸侯相  内史
             县令  县尉  县丞
         三老  啬夫  游徼  斗食  佐史  亭长
```

西汉官制简表（二）

中央行政机构		地方行政机构		王国行政机构	
三公 （万石）	丞相 御史大夫 太尉	郡府 （太守、都尉 一般皆二千石）	太守 都尉 郡丞	王国	太傅 诸侯相 内史 中尉
九卿 （中二千石）	太常 光禄勋 卫尉 太仆 廷尉 大鸿胪 宗正 大司农 少府 执金吾 京兆尹	县廷 （县令,大县千石至 六百石,小县减半）	县令 县尉 县丞		
其他 （二千石）	将作大匠 詹事 典属国 水衡都尉 左冯翊 右扶风	乡亭	三老 啬夫 游徼 斗食 佐史 亭长		

西汉二十等爵制表

公士　上造　簪袅　不更　大夫　官大夫　公大夫　公乘　五大夫　左庶长　右庶长　左更　中更　右更　少上造　大上造　驷车庶长　大庶长　关内侯　彻侯

西汉秩俸等级表

（斛是度量单位，一斛为十斗）

秩级	俸禄	秩级	俸禄	秩级	俸禄
万石	350斛	比千石	80斛	比三百石	37斛
中二千石	180斛	六百石	70斛	二百石	30斛
真二千石	150斛	比六百石	60斛	比二百石	27斛
二千石	120斛	四百石	50斛	百石	16斛
比二千石	100斛	比四百石	45斛	斗食	11斛
千石	90斛	三百石	40斛	佐史	8斛

平民的奋斗

——我为什么要写《亭长小武》

强汉风骨和猛虎精神

亚当·斯密曾经说过："在火器发明以前，人类文明总是被野蛮所摧毁。"他举了罗马毁于北方的日耳曼蛮族之手为例子。在东方，同样的事情也曾层出不穷地发生。当野蛮的秦国以摧枯拉朽之势将东方礼乐之国尽数纳入自己版图之际，后世的史学家们无不心潮澎湃地回忆那段时光，他们号哭流涕，痛心疾首，自以为找到了另一个文明被野蛮征服的例子，就像在那之前的数百年，赫赫的西周王朝覆没于犬戎的铁蹄下一样。诚然，从文明的定义上来讲，秦国的种族的确比较胡化，秦国的社会制度的确比东方六国要野蛮，法家的视点和儒家的悲悯情怀的确大相径庭，虽然从某个角度来看，儒家也曾有过"杀人不见血"的美誉。

当商鞅变法以后，秦国的贵族们哀叹了，奴隶们欢呼了，他们抛却了身上世袭的枷锁，可以凭着自身的勇力获得自由，甚至爵位、官职、土地，只要他们在战场上杀的敌人足够多。这在东方六国的人看来，不啻是场无耻的变革。因为它终于彻底脱下了周代以来一直披在身上的那层礼乐文明的外衣，赤裸裸地跳进了"杀人越多越光荣"的角斗场中，它首倡了"首级俱乐部"制度，让东方六国的君主们为之舌挢不下。不管儒生知识分子们愿意不愿意，"尚首功之国"的秦王朝终于靠着这个"无耻"的制度将人的主观能动性发挥到了极致，于是"六王毕，四海一"，秦王朝顺理成章地登上了声势煊赫的历史舞台。

然而这浩瀚的光荣竟然仅是昙花一现，以为可将国家传之万世而不绝的始皇帝刚刚崩殂，强大的秦王朝就顷刻间土崩瓦解。这很让后世的儒生们感慨，而且找到了一个绝佳的证据：暴政只能喧嚣一时，要长治久安还得靠儒家的仁政。马背上可以得天下，马背上却不可以治天下。这个显著的实例让随之而来的汉代儒生们在皇帝面前指斥起法家来完全有恃无恐，皇帝虽然尴尬，却也无可奈何。儒家的仁政是好东西，可是统治者们不会看不到其中的缺点，他们不会不清楚儒家思想在先前也曾有过一败涂地的血的教训：宋襄公为了所谓的仁义，兵败身死；晋献公太子申生为了所谓的仁义，身死国分。于是，暗地的实质的法家，表面的修饰的儒家，这一套制度终于艰难地施行起来了。

　　汉代终于成为了一个真正强劲的王朝，它像秦王朝一样彻底战胜了北方游牧民族的骚扰，使号称"天之骄子"的匈奴分崩离析，进而远遁泰西。它能够征发许多的游牧民族为它所用，它的军队一度远渡到苍茫的西域，它的国号绣在火红的旗帜上，在猎猎的西风中如波浪般荡漾，让西域三十六国的君主们震怖丧胆，但是它却没有像秦王朝一样"二世而亡"，而足足统治了天下四百年之久。章太炎说，东汉以后，汉民族刚健风气逐渐丧失，从而屡屡被异族蹙迫。它凭什么能做到这点呢？

　　我认为，那就是它行政的高效率，而又不是完全没人性的高效率。如果说秦朝是一个高效率的政权，这点我们是不得不相信的。因为在它统一天下之前，六国的使臣到秦国访问，归来无不慨然太息：秦国的官府效率竟然是如此之高，官吏们是如此勤奋，今天的事，绝不会拖到明天去办，官吏们的几案上决不会有冗余的文书。这样的国家，那是注定要担负统一天下的重任的。但是秦王朝的高效率发展到最后，却是以牺牲人性为代价的，除了实用的"科技"书外，它烧毁了其他诸子百家的书籍，法家定于一尊，皇帝是至高无上的主宰。它废除了无以数计的伦理道德，虽然那看似繁文缛节的东西的确阻碍了政令的通达，对长治久安是不利的，但它却在社会的另一个层面发挥着不可小觑的潜在作用。而汉代正是吸取了儒家这一潜在的作用，把它的统治维持得足够久长。当然，从本质上来看，它自己的一套法则仍是秦王朝的翻版，不管是汉初表面上的放任自流，还是汉代中期以后的独尊儒术，都是王朝政治的表面现象，实际上，法家仍旧占据着主宰地位。诚如汉宣帝所说："汉家自有制度，本以霸王道杂之，奈何纯用儒术？"真正的儒家，在那个冷兵器时代，是无法应付来自域外的内忧外患的。法家的"信赏必罚"、"综核名实"才能让煌煌大汉成为东亚大陆上一只威腾万里的猛虎，才能战胜在蒙古草原和黄沙大漠中纵马飞驰的引弓之国——匈奴。那上千年来让地球上无数国家和部落闻风丧胆的骑射之族，终于败在了安土重迁的农耕之国的大汉手下，这实在是世界文明的一个异数。它让人们相信：在冷兵器时代，文明的农耕民族并不一定会遭到游牧蛮族的蹂躏，两汉就是榜样。如果说游牧民族如匈奴是草原大漠上的狼，那么强汉就是整个东亚大陆上的一只猛虎！猛虎啸谷，百兽震惶。凶残的狼终于在猛虎利爪的追捕下遍体鳞伤地号叫而去。如果中原王朝建立的政权一直有这种猛虎的精神，又何至于一次次在北方的游牧民族铁蹄下哀鸣号叫呢？很显然，这是制度的问题。有什么样的制度，就有什么样的民风，反之亦然。

潜规则和显规则

众所周知，当文明发展到一定阶段，它的人民就会增加多少思虑，而贪生畏死。一个身无长物的赌徒是没有什么可以牺牲的，除了他的身体。但是，即便他不肯牺牲他的身体，他也本没有尊荣富贵。所以他容易下决心作孤注一掷，因为输了，他所失不多；侥幸胜利了，那就彻底改变了命运。所以，当年东方六国的锐卒抵抗不了秦国刑徒们的雷霆攻击，那些人就是一帮身无长物的赌徒，日日盼望的就是来函谷关以东抢掠。这有点像时时南下抢掠的匈奴人。两者的动力是颇有不同的，而在某些方面又有着惊人的相似。

匈奴是个崇敬壮健、摒弃老弱的民族，所以抢掠得到的好食物好物品，首先要分给健壮者。如果他们能吃好喝好，就有力气发动另外一场抢掠。我们不好指责他们的野蛮无耻，因为世界上的文明民族可能无一不是靠此起家的。而秦国的政策，当时颇有相似之处，它几乎摒弃了儒家的尚老风气，也贱弃老弱。所谓"家贫子壮则出分"，就是儿子大了一定要和老子分居，因为按户征发士兵的制度使它能有更为充足的兵源。老父亲要向儿子商借农具，可能会遭到儿媳妇的辱骂。这在后世的儒家士大夫看来，简直是难以想象的忤逆。像匈奴一样，秦国曾把士卒分为三队，一队是妇女，一队是老弱，一队是健壮的士兵。两军对垒之际，充当前锋的妇女和老弱大概很快就丧生在对方密集的箭雨之下，同时也使对方的箭镞消耗殆尽，这时勇壮的秦国士卒才风驰电掣般驰近，左挟生虏，右斩人头。灰飞烟灭之下，胜负立判。而能将人的主观能动性发挥到这种地步的就只有法家制度。

法家制度到底是个什么东西呢？它为什么能让一个农耕民族有如此刚健勇武的作风？就因为它的"信赏必罚"和"综核名实"。当商鞅立下五十金的赏赐，鼓励农民把一根木头从南门扛到北门的时候，就已经奠定了秦国成功的基础。谁能想象到，一个如此简单的举动，就让一个家徒四壁的平民陡然拥有五倍于中产之家的财富？一个政府对它国民的信用，那是比什么都重要的。这激励了芸芸蠕动的穷苦的秦国人，他们知道，只要他们按照政府的要求做事，他们就一定能得到政府答应给他们的报偿，因为这有精细的律令作为依据。而大汉就承袭了秦王朝的这一作风，从出土的汉简来看，汉初法律的精细，甚至超过秦王朝。一个史书上称之为"清净无为"的政治时代，并不是放任自流的时代。它有它记载在竹简上的明细的规则，而且它还没有堕入后世腐朽的"潜规则"盛行的时代，如果它的"潜规则"像后世的王朝那么俯拾皆是，它就不可能以比后世少得多的官吏，而更加有效地管理那么庞大的一个国家，触角一直延伸到那样遥远的边域；它不会有那样强大的战斗力；不会形成那样重然诺、轻生死的民风。同样，它也不会留下那样勘破生死的、哀婉动人的五言诗歌，这些诗歌不同于唐代的豪放，因为它在豪放中夹杂着哀伤。固然，它也不是热烈奔放的，但却是慷慨激越的那种。所以后者恐怕是读来更让人鼻酸的深厚情感，而这种并不单纯的欢乐似乎更能给人永久不可磨灭的印象。

不管是从《汉书》中，还是从出土的汉简中，我们可以看到，汉代律令的执行是严酷而认真的。所以，当汉武帝赦免他的宠臣主父偃时，遭到了张汤的反对，他固争的理由就是一旦开这样非法赦免的先例，大汉的后世将不可治，于是武帝也只有眼睁睁看着主父偃被族灭。当汉文帝想族灭偷盗高皇帝宗庙器物的盗贼时，廷尉张释之只肯判那盗贼一个人死刑，并且称"法如是也"，文帝虽然愤怒，但在和太后商议之后，也只有认可张释之的判决正确。当飞将军李广愤而自杀时，他只能得到道义上的同情，而在法家看来，他本来就该去幕府对簿。谁也不能因为他曾经让匈奴闻风丧胆，就可以法外开恩。他从来没有得到封侯的赏赐，并非由于"卫青不败由天幸，李广无功缘数奇"，因为他的确没有真正的大功劳。他的从弟李蔡虽然平庸，竟封侯拜相，那是按照功劳簿上的记载逐次升迁的。不然，以武帝之雄才大略，又何必厚于李蔡而薄于李广呢？

正是法家的"显规则"而不是"潜规则"，造就了汉王朝的强大，使陈汤敢于发出振奋人心的呼喊："犯强汉者，虽远必诛！"

当然，汉代的律令虽然畅通，也有它受阻的时候，那就是碰到和皇帝的意志发生明显的冲突之时，也就是"显规则"和"潜规则"相碰撞之时，这时候"显规则"只好屈服。虽然我们不能不为之遗憾，但对于两千年前的封建王朝来说，已经是非常难得的事了。

西汉的平民奋斗

不管在什么朝代，如果朝廷和民间没有一条可以交流的渠道，那么这个朝廷是难以长治久安的。所以钱穆盛赞科举制度，认为它是官方和民间沟通的一条温情脉脉的桥梁。他的赞扬虽然有点肉麻，但并非没有一点道理。自隋唐以来，封建科举制使下层民众有了进入庙堂的渠道，民众因此对他们的政府不会产生完全的隔膜。但是在隋唐以前，尤其是汉代，下层民众靠什么进入庙堂，去宣泄他们的激情，博取他们的荣誉呢？他们靠熟读律令。因为汉代是个法家治理的国家。律令是第一位的，就像作为当时"最高法院院长"的廷尉在九卿中排名第二一样，法律在朝廷中有着举足轻重的地位，它和国家的兴衰息息相关。

因此，这个王朝统治下的社会就会产生千篇一律的奋斗史，就像我们现在通过高考或者别的奋斗手段来改变自己命运的办法一样。当然，当时的民众除了熟读律令之外，要想当官，还有一个条件，就是要有足够的家产。这和西方政治也有一定的相似性。但，当某些人"千里做官只为财"的信条广为传诵的时候，如果绝大部分的为官者都抱有这个态度，这个政治的确离腐朽已经不远了。古今史学家们会钩沉索隐，也会抚膝长叹，社会的文明发展又是何其的相似！托克维尔在他的名著《论美国的民主》中宣称：薪水制度造就了职业公务员，使贵族为了荣誉而治政的信条一扫而空。东方也是如此。当封建贵族制让位于薪水制，做官就不仅仅是为了荣誉，而是为了钱财。汉代去古未远，因此还保留了贵族制的一些作风。一个家产富足的人来当官，他可能不会过于贪墨，不会过于盘剥他治下的百姓。但是政府又不可能给它的所有官吏以采邑，所以做官已经明显有了博取利益的成分，虽然汉律对贪污的处置十分残酷。

我的小说中的主人公小武，就是这样一个家境贫寒的人。如果不是汉王朝的政策改变，他根本不会有做官的机会，但是我仍愿意把他写成一个具有理想色彩的人。年轻人总是有理想色彩的居多。他苦苦学习律令，不放过一切稍纵即逝的

469

机会，而且敢于赌博，终于成功地由一个小小的亭长晋升为县丞，进入了中层官吏的行列。但是他的命运似乎不大好，无意中得罪了丞相，弄得四处逃亡。幸好他凭借自己精熟的律令知识，再次赌博成功，晋升为丞相长史，进而为豫章太守、京兆尹。只不过他后来过于自信，不知道在法律斗争中适可而止，进入了政治斗争的行列，终于抽身未得，遭到了失败。但是他一生的经历在汉代是非常具有典型性的。我无意于简单随便抽取一个人物，描写他的传奇一生。那不是我的初衷。我并不是想写一部仅仅是好看而已的传奇小说，我想写的是一个汉代典型人物的典型一生，他的身份在汉代是典型的，是法治的汉代社会中最基层的一个官吏。他包含于一个基数巨大如蝼蚁般的阶层，这个阶层奠定了汉代统治的基础，但又是汉代尤其是西汉晚期以来公卿将相们滋生的温床。他的奋斗方向就是汉代贫民孜孜奋斗的方向。他们似乎和当今社会中"皓首穷经"的莘莘学子以及一批批"豆腐块"状写字楼里的白领一族的奋斗历程有相通之处。

表面上看来，写《亭长小武》这部小说似乎是为了消遣消遣，但这个回答实际上说服不了我自己。我为什么不爱其他的朝代，而爱汉代？我想除了上面正儿八经地说给大家的"公言"之外，还有我个人对这段历史的偏好。一则我喜爱《汉书》之古雅质朴的文采；二则潜意识里我喜爱它的雄伟矫健和绝弃腐弱的生命力，它去古未远的历史风景，犹保存着真正的封建时代民风的质朴；当然还有它里面存活着的游侠义吏重然诺、杀身不惜的作风……这些都使我常常是读来、思来、写来，不尽感慨。

总之，我所讲述的故事虽然在历史上没有记载，但它完全是一段"可能发生"的历史。它仿佛就是一丛逸失的史事，隐藏了两千多年，终于在今日大白于天下。如同《逸周书》之于周代历史，从某种意义上说，《亭长小武》可以看成是一部之于《汉书》的写给普通民众看的《逸汉书》。

2005年1月3日

后记一

　　写这本小说，是很偶然的。起初仅是为了满足朋友们的好奇，没想到一发不可收，弄成这么长的一篇东西。

　　我并非学历史出身，要说喜欢《汉书》，竟是因为它的文学性。这样，顺带着汉代的历史也可说是稍知道一点。也因此，看见现在有些写这个时段的小说，就没有胃口。那些作者们大概以为古代的所有时段都是一回事，所以我从中看到了多为雷同的内容，除了人名换一下。当然，这并不说明我只爱好历史的细节。但关键是，如果不是那些各个朝代不同的细节，很多故事就有可能不这样发展，而应当那样发展。所以，细节有时是可以左右情节的。

　　因此想写自己心目中的汉代。但从何开始呢？仅仅写宫廷斗争，我自己觉得很无聊，况且很多小说已基本是这内容，我不必去凑趣。不过为了能吸引大众的眼球，王侯将相是必要的，毕竟通过欣赏纸上王侯的奢华，能让我们获得虚幻的满足。除了王侯，剩下还有才子佳人。只是汉代又偏偏无所谓才子这种东西，毕竟科举制度还没有。那么我怎么能让读者随着我一起"意淫"呢？

　　可以追溯一下经历。童年时，我住在南昌的一个市井里，往西走，数百米之外便是波光粼粼的抚河，乃赣江的一条支流，赫赫有名的滕王阁就建在不远的地方。我回想起这场景，总觉得二千年前的汉代，作为豫章郡太守治所的南昌（在小说中叫南昌县），估计也就是这样子。因此我就干脆写一个平民，如何从这个江边小邑发迹的过程。汉代重视"法律人才"，人要发迹，非得从小吏做起，那么熟读律令非常重要。我遥想一个两千多年前的青年人，怎样通过苦苦诵读律令，致位通显。这就是当时的"才子"了，再想出个"佳人"来，故事就基本有了迎合大众口味的可能。

除了这个俗不可耐的故事框架之外，要说这篇小说有些和别人不一样的东西，就是它比较注意细节。我充分运用了自己知道的一点汉代法律知识，让主人公借助它时时脱险，步步高升。就像武侠小说中的人物凭借武功脱险，本质都是一样。可惜最后有个遗憾，我本想让主人公有个美好的结局，可是写着写着就走调了，无可奈何地让他失败，这是我感到很抱歉的。有些读者已经对我提出过愤怒的批评，希望写下一部时，我能洒脱一点，让主人公无所不能。这很好理解，读者代入故事情节时，会因此感到尤其爽快。

有必要说明，虽然我的意图是尽量写出心目中汉代的味道，但为了情节的需要，我将一些很常识的史实加以改造了。读者看到这些部分，大可一笑置之。

回想当初写这个东西时，也是比较烦的，每天总觉得要完成一件事，日子因此感到拘束。现在终于看到它的出版，又不由得庆幸。毕竟不写点儿这个，时间可能也是白白流失，什么也不会留下。虽然小说并非什么"经国之大业"，留下与否不很重要，可是"虽小道，必有可观焉"。如果终究能愉悦他人，自己也会很愉悦的。

史杰鹏

2004年4月写于北师大

后记二

从2005年第一次由东方出版社初版开始，这本书在后来的岁月中，就不断再版。2010年有江苏文艺出版社二版，2015年又有人民文学出版社三版，后来卖断货，在2018年，转到百花洲文艺出版社四版。这回是第五次，编辑叮嘱我要写一个后记，我不敢违命，因此把这次再版的前后经过写几句。

我的朋友李鑫，有一次我们谈到一部历史题材电影《琼斯先生》，他说这段历史他很熟，并写过论文，随即把论文发给我。我读完感慨万分，让我知道了电影后面隐藏的很多历史，也足以见出他的品位。去年十月，他在微信问我："您原先的书稿，有没有版权到期的，比如《亭长小武》版权到期了吗？"

我说："还得明年到期。"他说："好的，我先预约，明年夏天再跟您联系。"又补充道："《亭长小武》非常好，就是再过三十年，五十年，《亭长小武》依然是好作品。现在很多写历史剧的人，根本写不出《亭长小武》的意境，也不能反映出汉代人物的生活状态。《亭长小武》是一个高度，一般作者达不到。"

听到一个编辑称颂自己的作品，当然很高兴，我想没有任何一个写作者会不高兴。过去二十年来，通过这部小说，我结识了不少朋友，比如有位叫毛闽峰的朋友，也是个作家，多年前的一个晚上，我坐在北师大英东楼阴暗的办公室里，突然接到他的短信，说在网上看了我的《亭长小武》，非常特别，希望认识一下。那时这本书还未出纸质本，他却说要用两万块钱买下影视版权，可见他确实喜欢。

第二个因此结识的朋友是祁又一，就是通过他的介绍，我认识了北师大毕业的校友刘太荣先生，第一次出版了它的纸质本，并把影视版权卖给了中影集团，可惜后来因为种种原因，没有投拍。但也因此认识了给这本书做电视剧改编剧本的大作家钟道新先生，那时我三十多岁，去太原函授讲课，第一次见到钟道新先生，他吃了一惊："您这么年轻？我还以为作者是一个老头子。这书的阅读门槛可不低啊，我都翻字典查了一百多个字。"钟先生才华横溢，自小在清华园长大，和知识人有天然的亲近，家里四壁摆满《四库全书》，却坦言："都是装样子的，我被时代耽误了，再读这些书，已经晚了。"我在大学时就经常读钟先生的小说，他的小说都是以高知为主角，很对我脾胃，因为我也是一位智力崇尚者。可惜钟先生因为心脏病英年早逝，我再也没有机会向其请益。

还有一位读者很有意思。大约十年前，我突然接到一封邮件，邮件里说，他姓王，也是北大中文系毕业，跟我是校友，目前是北京某机关干部。他很喜欢《亭长小武》，希望跟我认识一下，请我吃饭。我就约了他在北师大校内一餐馆吃饭，他带了妻子来，俊男靓女，一对璧人，到了餐馆，连说我找的地方太简陋了，大概是怕我让他多花钱。这说对了一部分，人说请客，我总不能宰别人，另外就是我很少出入高档餐饮场所，想宰也不知怎么宰。总之，这都是让我极其温暖的记忆。

此外还有一些，比如电影导演王冀邢先生、北大校友孙国勇先生，这里就不一一列举了。这位李鑫先生，在本书已经四版之后，依旧主动提出想将其再版，更是我的知己，我希望真如他所言，五十年后，这本书还是一部好书。如今离它的初版，已经过去二十年了，还剩三十年，我希望自己能成功活到那一天，亲眼见证这本书依旧再版。

还必须说明一下，在这第五次再版之前，我决定全面修订一下。这本书最初是在网上连载的，当时由着性子，想怎么写就怎么写，语言追求古朴简洁。后来出纸质版时，编辑希望我改得通俗点，我就按照指示改了，由此多了几万字。后来我屡屡觉得冗烦，一直想修订，却忙于琐事，没有那个心情。这回为了回报李鑫先生的厚意，我花了两个多月的时间，把整本书逐字逐句地修改了一遍，冗长的句子大刀阔斧地删掉了，总共删节了几万字，但最后全书稿的字数未变，因为我增加了一些细节描写，甚至增加了几个人物，最重要的就是小武在南昌时，家里的女仆阿思。小说的结尾也完全改写了，我不知道这些修改，老读者会怎么看，很期待大家的意见。

2023年5月30日　星期二下午六点